ÂNSIA DE VIVER

Obras da autora publicadas pela Record

Acidente
Agora e sempre
A águia solitária
Álbum de família
Amar de novo
Um amor conquistado
Amor sem igual
O anel de noivado
O anjo da guarda
Ânsia de viver
O apelo do amor
Asas
O beijo
O brilho da estrela
O brilho de sua luz
Caleidoscópio
Casa forte
A casa na rua Esperança
O casamento
O chalé
Cinco dias em Paris
Desaparecido
Um desconhecido
Desencontros
Doces momentos
Entrega especial
O fantasma
Final de verão
Forças irresistíveis
Galope de amor
Honra silenciosa
Imagem no espelho
Jogo do namoro
Jóias
A jornada
Klone e eu
Maldade
Meio amargo
Mergulho no escuro
Momentos de paixão
Um mundo que mudou
Passageiros da ilusão
Pôr-do-sol em Saint-Tropez
Porto seguro
Preces atendidas
O preço do amor
O rancho
Recomeços
Relembrança
Resgate
O segredo de uma promessa
Segredos de amor
Segredos do passado
Segunda chance
Tudo pela vida
Uma só vez na vida
Vale a pena viver
A ventura de amar
Zoya

DANIELLE STEEL

ÂNSIA DE VIVER

Tradução de
REINALDO GUARANY

11ª EDIÇÃO

EDITORA RECORD
RIO DE JANEIRO • SÃO PAULO

2010

CIP-Brasil. Catalogação-na-fonte
Sindicato Nacional dos Editores de Livros, RJ.

S826a Steel, Danielle
11ª ed. Ânsia de viver / Danielle Steel; tradução de Reinaldo Guarany. – 11ª ed. – Rio de Janeiro: Record, 2010.

Tradução de: Wanderlust
ISBN 978-85-01-03717-6

1. Romance norte-americano. I. Guarany, Reinaldo. II. Título.

92-0222 CDD – 813
CDU – 820(73)-3

Título original norte-americano
WANDERLUST

Direitos exclusivos de publicação em língua portuguesa no Brasil adquiridos pela
DISTRIBUIDORA RECORD DE SERVIÇOS DE IMPRENSA S.A.
Rua Argentina 171 – Rio de Janeiro, RJ – 20921-380 – Tel.: 2585-2000
que se reserva a propriedade literária desta tradução

Impresso no Brasil

ISBN 978-85-01-03717-6

Aos meus muito amados viajantes,
eles que prefeririam muito mais
a Amazônia ou a Manchúria,
e, sem dúvida, o Expresso do Oriente
a um passeio no Central Park...
Ambos começaram minha vida,
de diferentes maneiras...
o primeiro a quem dei
o começo de minha vida...
e o outro a quem dei todo o resto:
meu pai, John,
e meu marido, John...

E a uma mocinha muito, muito especial,
Victoria, uma criança muito querida.
Que você não viaje para muito longe de mim
à medida que o tempo for passando,
mas apenas longe o bastante para satisfazer sua alma.

Com todo meu amor,

d.s.

Ânsia de Viver

viagem, viagem
passeio,
girar,
a ânsia de perambular,
de dançar,
de voar,
de ser,
em busca
de liberdade,
a necessidade de ver
de ir
de encontrar
de procurar
de fazer,
meus desejos
tão facilmente satisfeitos
tão próximos de casa
e os seus tão grandiosos,
tão elegantes,
tão maravilhosos,
subir ao cume de montanhas,
caçar elefantes
e tigres
e ursos dançantes
e a grande distância das estrelas
e viagens a Marte
e tudo isso
tão selvagem,
tão vasto,
tão livre,
enquanto você vai viajar,

viajar,
perambulando,
e, então, a melhor
parte de tudo
quando, já satisfeito,
completo
e feliz
você viaja
devagar
de volta à casa,
para mim.

Capítulo 1

Tudo na casa brilhou quando o sol penetrou pelos altos janelões. A cornija da lareira de mogno cinzelado em uma das duas salas de visita da frente foi polida até cintilar, suas rosetas e bustos femininos trabalhados tinham sido lustrados com perfeição. A longa mesa em marchetaria ao centro do aposento tanto era bonita como bem-cuidada, embora fosse quase impossível vê-la sob a grande quantidade de tesouros reunida ali durante semanas. Esculturas de jade, enormes pratos de prata, toalhas de mesa rendadas, duas dúzias de vasos de cristal magnificamente entalhados e, pelo menos, três dúzias de saleiros e pimenteiras de prata e quatorze candelabros de prata. Os presentes de casamento estavam dispostos em cima da mesa como esperando uma inspeção e, na extremidade da mesa, uma caneta-tinteiro preta e um bloco onde se poderia escrever cada nome, o presente e o doador, para receber os agradecimentos quando a noiva tivesse tempo. Uma das criadas da copa tirava o pó das oferendas todos os dias e o mordomo tratava de fazer com que a prataria fosse polida, assim como tudo mais na mansão Driscoll. Havia ali uma aura de opulência contida, de imensa riqueza, que aparecia de modo nítido, mas jamais com ostentação. Os pesados cortinados de veludo e as cortinas de renda da sala de visita da frente afastavam os olhos curiosos, assim como o pesado portão que fechava a casa, a sebe bem-cuidada e as árvores atrás. A casa dos Driscoll era uma espécie de fortaleza.

Uma voz de mulher soou no salão principal logo atrás da larga escadaria. A voz não foi gritada, mas foi ouvida com clareza, quando entrou na sala de visita da frente uma mulher alta e jovem, de quadris estreitos, pernas compridas e ombros bem marcados. Usava um robe de cetim cor-de-rosa, os cabelos avermelhados presos no alto, e mal parecia ter mais de vinte anos. Tinha um quê de suavidade nas dobras do robe de cetim; no entanto, nada havia de suave nela. Parou ereta, olhou direto para a mesa carregada de presentes, com os olhos em lento movimento pelos tesouros, acenou devagar com a cabeça e depois aproximou-se da mesa a fim de ler os nomes que anotara... Astor... Tudor... Van Camp... Sterling... Flood... Watson... Crocker... Tobin... Eram a nata de San Francisco, da Califórnia... do país. Lindos nomes, pessoas refinadas, belos presentes. Contudo, não pareceu excitada ao dar um rápido passo em direção à janela e ficar olhando para os jardins. Eram conservados de maneira imaculada, como sempre tinham sido desde sua infância. Ela sempre amou as tulipas, que sua avó plantava a cada primavera, uma exuberância de cores, e tão diferente das flores em Honolulu... sempre amou aquele jardim. Suspirou, pensando em tudo que tinha a fazer naquele dia e, em seguida, girou nos saltos de cetim cor-de-rosa, lançou um olhar de soslaio com os olhos azuis-escuros para a mesa carregada de riquezas. Os presentes eram bonitos, sem dúvida... e a noiva também seria... se fosse ao ajuste do vestido. Audrey Driscoll deu um rápido olhar para o pulso delgado e o fino relógio de diamantes, que tinha pertencido à sua mãe. O relógio tinha um gancho de rubi que ela adorava.

No andar principal havia duas empregadas de copa e um mordomo, uma empregada do andar de cima para cuidar dos quartos de dormir e, no térreo, uma cozinheira com sua ajudante e uma criada... dois jardineiros... um chofer... no total, uma equipe composta de dez pessoas, que mantinha Audrey muito ocupada. Entretanto, estava acostumada com tudo isso. Agora fazia catorze anos que administrava a casa, desde que voltara do Havaí. Quando seus pais morreram em Honolulu, tinha onze anos e Annabelle, sete; a não ser para lá não tinha aonde ir. Sua mente vagou de volta à enevoada manhã, em que elas chegaram. Annabelle apertava-lhe a mão e soluçava alto, aterrorizada. O avô mandara a governanta para trazê-las de volta das ilhas e ela e Annabelle foram acometidas de enjôo do mar durante toda a viagem. Mas não Audrey, Audrey jamais. Fora ela a enfermeira da velha Sra. Miller, a governanta, quando esta morreu de influenza quatro anos mais tarde. Mas foi a Sra. Miller que ensinou a Audrey tudo que devia saber sobre a administração de uma casa antiga e elegante como aquela. Também ensinou exatamente o que seu avô esperava. E Audrey aprendeu muito bem as lições; administrava a casa com perfeição.

Os cicios do robe de cetim cor-de-rosa foram o único barulho na sala vazia quando ela apressou-se em direção à sala de jantar, tomou assento à mesa vazia e apertou o discreto botão de rubi e jade da campainha ao lado da cadeira. Tomava o café da manhã ali todas as manhãs, ao contrário da irmã, que tomava o desjejum no andar de cima, em uma bandeja coberta com uma impecável toalha branca e engomada.

Apareceu, de imediato, uma empregada com avental, punhos de camisa e touca brancos e engomados, que olhou, nervosa, para a jovem alta sentada tão ereta na cadeira de estilo *Queen Anne,* que sempre ocupava na extremidade da mesa.

— Sim, Srta. Driscoll.

— Apenas café para mim esta manhã, Mary, obrigada.

— Sim, Srta. Driscoll — seus olhos pareciam vidro azul, não houve nenhum sorriso enquanto Audrey observou-a. Tinha medo dela, a maioria deles, exceto aqueles que a conheciam bem... que se recordavam da menininha que corria pelo gramado... das brincadeiras de infância... da bicicleta... da vez que ela caiu do pinheiro australiano... mas essa Mary não sabia nada disso. Era uma moça da idade de Audrey e conhecia apenas a mulher de mão firme, idéias fortes e apenas um oculto e esplêndido senso de humor, escondido naqueles olhos azuis-escuros... estava lá... se a pessoa soubesse como descobrir. Mas muito poucos descobriam... ela era somente... a Srta. Driscoll... a solteirona...

Chamavam-na de a irmã solteirona. Annabelle era a bela. Não havia nenhum segredo entre as duas e Edward Driscoll o dizia em público. Annabelle tinha a aparência frágil e loura de um anjo, aquele ar de total fragilidade que foi tão popular nos anos trinta... e nos anos vinte... e décadas e séculos antes... Annabelle, a princesinha... o bebê... Audrey ainda se lembrava de quando a segurou nos braços e ninou, depois que seus pais morreram ao voltar de Bora-Bora. O pai nunca pôde resistir a uma aventura, e a mãe seguia-o aonde quer que ele fosse, com medo de ser abandonada se não o fizesse. No final, seguiu-o, inclusive, para o fundo do oceano. Os destroços nunca foram encontrados. O barco naufragou em uma tempestade a dois dias de distância de Papeete, e as meninas foram deixadas sozinhas no mundo, só com o avô... a pobre Annabelle ficou aterrorizada ao vê-lo, e Audrey segurou-a com tanta força que seus dedos ficaram brancos quando ele observou-as... Audrey sorriu para si mesma ao pensar nisso. Ele ainda as amedrontava. Ou tentava... em especial à pobrezinha da Annie.

Seu café foi servido em um bule de prata com asa de marfim, que ela trouxera de Honolulu junto com outros tesouros de seus pais. O pai pouco ligava para tudo aquilo e a maior parte do que a mãe comprara no continente continuou encaixotada. Ele estava mais interessado em perambular pelo mundo, era muito mais apaixonado pelos álbuns que montava após as viagens. Audrey ainda os conservava, em prateleiras no seu quarto. O avô odiava vê-los, pois só serviam para lembrar sua perda... seu filho único... O Imbecil, como sempre o chamou... Uma vida desperdiçada... duas vidas desperdiçadas... e duas menininhas impingidas a ele. Na ocasião, fingiu odiar a inconveniência e insistiu para que as duas se tornassem úteis. Exigiu que Annabelle aprendesse a bordar e costurar e ela aprendeu, mas suas exigências a Audrey foram infrutíferas. Ela não gostava nem de uma coisa nem de outra, mesmo jardinagem ou culinária. Era péssima em aquarelas, não escrevia, em absoluto, poesia alguma, odiava museus e mais ainda as sinfonias... mas gostava de fotografia e livros de aventura, assim como as histórias sobre lugares distantes e remotos. Comparecia às conferências dadas por sábios absurdos e remotos e, com freqüência, projetava-se ao fim do mundo, os olhos fechados, sentindo o cheiro do mar, pensando nas costas longínquas, tocadas pelas pontas dos dedos do oceano Pacífico. E administrava a casa muito bem para ele, sabia como lidar com os empregados, conferia os livros todas as semanas, mantinha a casa com um bom estoque e cuidava para que ninguém o enganasse em um centavo sequer. Seria uma boa administradora em qualquer negócio, só que não havia nenhum para ser administrado. Apenas a casa de Edward Driscoll.

— O chá está pronto, Mary? — sem olhar para o relógio, sabia que eram oito e quinze e que o avô desceria a qualquer momento, vestido como em todas as manhãs, como se ainda tivesse um escritório aonde ir. Ele iria desaprovar, olharia furioso para Audrey como sempre fazia, se recusaria impassível a dirigir a palavra a ela, olharia fixo uma ou duas vezes, tomaria o chá, leria o jornal, comeria ovos quentes, uma fatia de torrada, beberia mais uma xícara de chá inglês e, então, lhe diria bom-dia. Seu ritual da manhã não enervava Audrey, que mal parecia tomar conhecimento dele. Começara a ler o jornal do avô aos doze anos e, sempre que tinha uma oportunidade, o discutia a sério com ele. No princípio, o avô se divertia e, em um determinado momento, percebeu o quanto Audrey absorvia do jornal e como suas opiniões eram bem-formadas. Tiveram a primeira discordância política importante no décimo terceiro aniversário de Audrey, e não se falaram durante uma semana, para o deleite dele. Tinha sentido um terrível orgulho dela na ocasião, e ainda sentia. Pouco depois, Audrey teve uma grande fonte de prazer ao encontrar, pela manhã, seu próprio jornal sobre a cadeira. Desde então, passou a ler o jornal todas as manhãs e quando, enfim, ele desejou conversar, Audrey ficou toda contente em discutir as notícias que captavam seu interesse. Passaram a ter, então, discussões horríveis sobre tudo que liam, desde o mundo da política até as notícias locais e, inclusive, as matérias sobre os jantares dados pelos amigos. Raras vezes concordavam sobre algo, motivo pelo qual Annabelle odiava tomar o café da manhã com os dois.

— Sim, senhorita, o chá está pronto — a empregada de uniforme cinzento disse como se rangesse os dentes, reforçando-se para um ataque inimigo, que chegou momentos depois. O passo cuidadoso dele no corredor, no momento em que seus sapatos de brilho impecável deixaram o tapete persa por alguns instantes antes de encontrar um outro tapete na sala de jantar, o resmungo de desaprovação ao puxar a cadeira para trás, se sentar e olhar para Audrey apenas em uma fração de segundo para, em seguida, desdobrar, com cuidado, o jornal. A empregada serviu o chá enquanto ele lhe dirigia um olhar fixo e, a seguir, ele sorveu-o, com cautela. Nesse momento, Audrey estava absorta com as notícias, ignorando, por completo, a maneira como a luz do sol de verão brilhava em seus cabelos de cobre, as mãos compridas e delicadas segurando o jornal. Por um instante, ele observou-a, cativado por sua beleza, como lhe ocorria com freqüência, embora Audrey não soubesse disso. Era isto que a tornava mais adorável, o fato de nunca pensar nisso. Ao contrário da irmã que não pensava em nada mais.

— Bom dia — tinham-se passado trinta minutos completos antes que as palavras saíssem dele em um ímpeto, com sua barba de um branco imaculado quase não se mexendo quando falou; os olhos azuis, o esplendor do céu de verão que davam uma falsa idéia de seus oitenta verões. A empregada estremeceu quando ele falou, como sempre ocorria todas as manhãs. Odiava servir-lhe o café da manhã, assim como Annabelle odiava tomá-lo com os dois. Apenas Audrey parecia impenetrável à aspereza de seus modos. Ela agia de um modo não diferente de como agiria se, todas as manhãs, ele sorrisse, a beijasse e lhe dirigisse palavras carinhosas.

Na língua de Edward Driscoll não havia palavras carinhosas. Nunca houve, nunca, exceto para sua mulher, mas ela estava morta havia vinte anos e, desde então, parecia ter endurecido, e tinha, em muitos aspectos. Era um homem bonito e muito bem-arrumado, alto no passado e ainda ereto, de cabelos brancos como neve, a barba cheia e bonita, os ombros largos. Caminhava com passos cuidadosos porém determinados, na mão forte uma bengala de marfim e cabo de prata, que gesticulava, enérgico, para os outros. Como o fez nesse momento, ao lançar um olhar para Audrey.

— Suponho que tenha lido as notícias. Nomearam a ele, os estúpidos. Malditos estúpidos, todos eles — a voz ribombou na sala de jantar com painéis de madeira, enquanto a jovem criada estremecia e Audrey disfarçava um sorriso, sem sucesso; com seus olhos azuis, ela fitou-o direto nos olhos, e havia uma pontada de semelhança entre os dois.

— Achei que você ficaria interessado em ler isso.

— Interessado! — o avô gritou-lhe. — Ele não tem a menor chance, graças a Deus. Hoover vai ser eleito de novo. Mas eles deviam ter ido com Smith em lugar desse idiota — lera na coluna de Lippmann a nomeação de Franklin Roosevelt na convenção do Partido Democrata, em Chicago.

Audrey havia previsto, com facilidade, a sua reação. O avô era um defensor leal de Herbert Hoover, apesar de, até então, aquele ter sido o pior ano da Depressão. Mas o avô recusava-se a tomar conhecimento disso. Ainda achava Hoover um bom homem, apesar dos exércitos de desempregados que morriam de fome em toda a nação. A Depressão não os afetara e, desse modo, ele achava impossível sondar a extensão com que afetara outros.

Mas a política de Hoover provocara a "defecção" de Audrey, como Edward Driscoll chamava. Dessa vez, Audrey votaria com os Democratas, e ficou muito contente com a nomeação de Franklin Roosevelt.

— Ele não vai eleger-se, você sabe, de modo que não perca tempo ficando tão contente com ele — Edward Driscoll parecia irado ao colocar o jornal em cima da mesa.

— Ele poderia e realmente deveria ser eleito — o rosto de Audrey estava controlado ao pensar na situação econômica do país. Era aterrorizadora e sempre perturbou-a. O avô não gostava de conversar a esse respeito, porque fazê-lo significaria dizer que a culpa era de Hoover. Ao que parecia, Annabelle não se importava com o que ele dizia, mas Audrey era muito, muito diferente. — Vovô — nesse momento, ela fitou-o com cuidado, com plena consciência do que estava fazendo e da reação que provocaria nele — como pode fingir que não está acontecendo coisa alguma lá fora? Estamos em 1932, muitos bancos acabam de afundar em Chicago, pouco antes da convenção do Partido Democrata; todo o país está sem emprego, morre de fome nas ruas. Que droga, como pode ignorar isso?

— A culpa não é dele! — bateu com o punho em cima da mesa e seus olhos cintilaram.

— Uma ova que não! — Audrey disse com ardor, mas com um tom de franqueza irônica.

— Audrey! Olhe a sua língua!

Ela não pediu desculpas, nem achou que devia pedir. O avô a conhecia bem, e Audrey a ele. E o amava de todo o coração, fosse qual fosse a sua política.

Ela sorriu enquanto o avô lhe lançava um olhar funesto.

— Aposto com você agora mesmo que Franklin Roosevelt se elege.

— Absurdo! — ele afastou o pensamento com um gesto da mão que tinha sido republicana durante toda a vida.

— Cinco dólares como ele se elege.

O avô estreitou os olhos para ela.

— Sabe, apesar de todos os meus esforços, você tem os modos de um motorista de caminhão.

Audrey Driscoll riu e se levantou, parecendo qualquer coisa

menos o que era, com seu robe de cetim cor-de-rosa com chinelos combinando, e havia minúsculos diamantes presos em suas orelhas. Assim como o relógio, eles tinham sido de sua mãe e Audrey sempre os usava.

— O que vai fazer hoje, vovô?

Já não fazia muita coisa mais. Visitava os amigos, ia almoçar no clube, o Pacific Union, e quando voltava tirava a sesta de todas as tardes; com oitenta anos de idade, ele tinha esse direito. No passado, tinha sido um dos principais banqueiros de San Francisco. Mas após aposentar-se, dez anos atrás, sua vida era muito tranqüila agora, à exceção das duas netas que moravam com ele, em breve apenas uma. Porém, como admitira para um amigo no dia anterior, desde que fosse apenas Annabelle ele não sentiria falta. Ela era a beleza reconhecida, mas Audrey era de carne e osso. O avô precisava dela, ao passo que ele e Annabelle jamais se tornaram amigos de verdade. Audrey sempre se interpôs entre eles, muito mais para proteger a irmã pequena. Annie era o bebê que Audrey herdara da mãe, e ela nunca traiu a outra, nem trairia agora. Estava planejando um esplêndido casamento para Annie.

Nesse momento, os olhos de Edward Driscoll encontraram os de Audrey.

— Vou para o clube e imagino que você e sua irmã estejam indo ao Ransohoff's para gastar todo o meu dinheiro — ele fingia estar na miséria, mas, apesar da Depressão, não estava. Todo seu dinheiro fora investido com tanto cuidado que os tempos desfavoráveis mal haviam tocado seus bolsos.

— Faremos o possível — Audrey deu-lhe um sorriso trivial.

Ela comprava muito pouca coisa para si própria, como sempre, mas Annabelle ainda necessitava de uma série de coisas para o enxoval. E teria sete damas de honra em seu casamento. Audrey seria madrinha. J. Magrien fizera o vestido de casamento, de renda francesa ao velho estilo, incrustado com minúsculas pérolas, com gola muito alta para emoldurar o delicado rosto de Annabelle, com um véu da mesma renda e filó francês para compor os cabelos de fios dourados. Audrey ficou extremamente contente com a beleza do véu e do vestido, assim como Annie. O único problema era fazer com que ela comparecesse aos ajustes. O casamento seria dentro de três semanas, na igreja episcopal de Saint Luke, e mil detalhes precisavam ser cuidados.

— A propósito, Harcourt virá jantar aqui — ela sempre tentava preveni-lo pela manhã.

Vez por outra ele esquecia e ficava furioso ao encontrar algum rosto estranho, ou mesmo um conhecido, à mesa de jantar sem ter sido prevenido. Nesse momento, o avô olhou fixo para ela, como sempre fazia quando seu futuro genro era mencionado. Nunca se convencia ao certo de que Audrey não sentia ciúmes. Era difícil imaginar que não. Afinal de contas, Annabelle tinha apenas vinte e um anos e Audrey vinte e cinco e, aos olhos da maioria das pessoas, não era a beleza da família. Audrey tinha a tendência de se tornar simples, de usar os cabelos bem puxados para trás, sem nenhum ruge nas faces de marfim para lhes dar alguma cor, sem qualquer cosmético para escurecer os cílios ruivos, ou batom para acentuar os lábios carnudos, que seriam sensuais se ela quisesse. Mas Audrey não parecia querer nada disso; não tinha nenhum namoro sério. No decorrer dos anos teve vários pretendentes, mas o avô sempre os afugentou. E Audrey não parecia importar-se; para ele, todos lhe eram sedentários e muito entediantes. Às vezes, ela sonhava com um homem igual ao seu pai, com a aventura no sangue e paixão por lugares exóticos, mas jamais conhecera alguém que tivesse uma semelhança mesmo que remota com ele. E Harcourt não se ajustava ao modelo, embora fosse perfeito para a irmã.

— Ele é um rapaz bonito, não é? — os olhos do avô esquadrinharam os dela, como sempre o faziam à espera de ver algo que não estava presente e nunca esteve, mesmo tendo ela conhecido Harcourt primeiro, mesmo tendo ele a tirado para dançar uma ou duas vezes. Audrey cedeu-o, porém, com satisfação para a irmã e apesar do que as pessoas pudessem pensar, não o desejava, nem se arrependeu. Ele jamais saciaria a fome de sua alma — e ela duvidava se alguém poderia fazê-lo. O que ambicionava, ela encontrava nas fotos que tirava e nos esfarrapados álbuns que o pai lhe deixou. Alguma coisa bem em seu íntimo se assemelhava a ele; até mesmo suas fotos se pareciam, seus olhos, a percepção dos dois, a fome que sentiam pelo exótico e o distante. — Ele será um bom marido para Annabelle — o avô sempre dizia isso como que para escarnecer dela, ou pressioná-la a fim de ver sua reação. Ainda pensava que ela cometera um erro ao desistir dele em favor da irmã mais nova. Ainda não compreendia o que havia no íntimo de Audrey; poucos compreendiam. Na verdade, ninguém. Mas isso não tinha importância para ela. Durante anos, Audrey se tinha acostumado a não revelar seus sonhos particulares. Em todo caso, não poderia realizá-los. Seu lugar era ali, administrando a casa do avô e estando presente para ele. E, nesse momento, Audrey sorriu para o avô, com aquele sorriso lento que começava nos olhos, se deslocava com cuidado para os lábios e a fazia parecer reprimir uma gargalhada. Sempre fazia com que os outros se perguntassem pelo resto da piada, como se ela soubesse de algo que os outros não sabiam... como se houvesse mais... e havia... havia um bocado de coisas mais em Audrey Driscoll, mas ninguém sabia. Nem mesmo seu avô suspeitava a que ponto seus sonhos iam, nem a imensa ânsia de seguir os rastros do pai. Ela não fora moldada para a vida destinada às mulheres de seu tempo, como ela própria sabia muito bem. Preferiria morrer a se estabelecer e casar com Harcourt.

— O que o faz pensar que ele será um marido tão bom assim? — Audrey ostentou um sorriso travesso para o avô. — Só porque é republicano como você? — provocou-o e ele mordeu a isca.

Os olhos de Edward Driscoll se ensombreceram e estava prestes a responder, quando ouviram um sorriso atrás deles. Era Annabelle envolta em uma nuvem de seda azul e renda creme, os cabelos caindo em cascata sobre os ombros, enquanto olhava desesperada para Audrey. Era quase trinta centímetros mais baixa do que a irmã mais velha, e parecia muitíssimo nervosa com as mãos tremulando como passarinhos. Para Audrey, ela era sempre graciosa. Era diferente de Audrey em tantos aspectos e confiava por completo na irmã mais velha calma e capaz.

— Vocês dois já estão conversando sobre política a essa hora da manhã! — pousou a mão nos olhos como se estivesse com dor de cabeça e Audrey deu uma risada.

Eles conversavam sobre política a maior parte do tempo, em geral porque gostavam. Gostavam até mesmo das brigas, que revigoravam a ambos, embora aterrorizassem Annabelle, que achava entediante o assunto "política" e as discussões dos dois totalmente enervantes.

— Franklin D. Roosevelt ganhou a nomeação na convenção do Partido Democrata ontem à noite. Talvez lhe interesse — Audrey sempre achou importante mantê-la informada, embora ela nunca se importasse. Annabelle fitou-a com os olhos azuis.

— Por quê?

— Porque ele derrotou Al Smith e John Garner — disse Audrey em tom prosaico e Annabelle balançou a cabeça com um ar petulante e aborrecido, embora estivesse muito bonita.

— Não... quero dizer, por que eu gostaria de saber?

— Porque é importante! — os olhos de Audrey brilharam para Annabelle como não acontecia com mais ninguém. Não toleraria aquele absurdo de parte da irmã, embora ela própria soubesse, durante todos aqueles anos, que era inútil. Annabelle não ligava a mínima para nada, exceto seu rosto e seu guarda-roupa. — Ele pode ser o próximo presidente do país, Annie. Você precisa prestar atenção em coisas assim — tentava ser gentil com a irmã, mas seu tom de voz era cortante. Sempre quis que Annabelle se interessasse mais pelo mundo; no entanto, ela não queria saber de nada. Era surpreendente perceber o quanto eram diferentes; às vezes era difícil de acreditar que eram filhas dos mesmos pais. O próprio avô já dissera isso.

— Harcourt diz que o interesse pela política torna uma mulher vulgar — sacudiu os cachos dourados e lançou um olhar de desafio para os dois, enquanto Edward Driscoll a olhava fascinado. Era uma criaturinha surpreendente e bonita, sem dúvida. É verdade que tinha uma grande semelhança com a mãe... mas Audrey... Audrey era tão parecida com o filho que ele amara... se ao menos ele não tivesse... mas não havia motivo para se pensar nisso agora... malditos lugares malucos... no decorrer dos anos, ele estivera em toda parte, da Samoa à Manchúria, e que bem isso lhe trouxera? — Além do que — Annabelle prosseguiu — acho desagradável da parte de vocês conversar sobre política no café da manhã. E péssimo para a digestão.

Edward Driscoll pareceu espantar-se mesmo, e Audrey precisou virar-se para esconder seu sorriso. Quando tornou a encará-los, seus olhos encontraram os dele por sobre a cabeça de Annabelle. Havia no olhar do avô um carinho dissimulado por ela, não que algum dia ele soubesse como expressá-lo em palavras.

— Verei vocês duas à noite, no jantar. E a Harcourt — o avô empreendeu sua fuga em direção à biblioteca, enquanto Audrey observava sua retirada. Ele estava um pouco mais curvado que no ano anterior, mas apenas um pouco. Era um homem forte e orgulhoso, e Audrey pensava que lhe devia muito. Talvez, o resto de sua vida... ou, pelo menos, devia a si própria pelo resto da vida dele. O avô precisava dela para administrar a casa. Enquanto pensava nisso, Audrey baixou os olhos em direção à irmã mais nova, que tinha muito o que aprender sobre como se administrava uma casa e que se recusava, com firmeza, a aprender com a irmã mais velha, insistindo que Harcourt dizia que ela só precisava ser bonita e se divertir, que ele cuidaria do resto por ela. Harcourt achava "vulgar" que uma mulher assumisse muita responsabilidade, Annie dizia sempre que podia, sem pensar nas farpas que lançava, dessa maneira, sobre a irmã, que, imperturbável, continuava deleitada, sem ser afetada pelas opiniões de Harcourt sobre o que era "vulgar".

— Não se esqueça que hoje você tem um ajuste no vestido de casamento — ela lembrou a Annabelle quando as duas saíam da sala, no exato momento em que a porta da biblioteca era batida e fechada com firmeza.

Audrey sabia que o avô queria fumar um charuto e ficar sozinho durante algum tempo antes de ser levado de carro para o Pacific Union Club. Ficaria sentado, olhando para o infinito, sonhando com os velhos tempos, lendo cartas de amigos, elaborando as respostas na mente antes de escrevê-las à tarde. Pouco lhe restara para fazer, ao contrário de Audrey, que precisava planejar um casamento para quinhentos convidados e tinha uma irmã que confiava nela cem por cento.

— Não quero ir ao centro da cidade hoje, Aud. Fez muito calor ontem à tarde e ainda estou com dor de cabeça.

— Que pena. Tome uma aspirina antes de ir. Você só tem três semanas até o casamento. Verificou os presentes que chegaram ontem? — tomou a irmã pelo braço, com firmeza, e puxou-a, de leve, para a sala de visitas da frente. A cada hora que passava, a comprida mesa ficava mais abarrotada com os presentes de seus amigos e de Harcourt.

— Oh, Deus... — ela começou a lamuriar-se, o que sempre fazia com que Audrey tivesse vontade de sacudi-la... — olhe quantas cartas de agradecimento terei que escrever!

— Olhe quantos presentes bonitos você ganhou! Seja grata e não se queixe — Audrey mais parecia ser a mãe de Annabelle do que sua irmã mais velha. Há quatorze anos que ela tinha toda a atenção de Audrey, em uma intensidade muito maior do que poderia ter tido da mãe. Audrey estudara, inclusive, em um colégio nas proximidades, em Mills, de modo que pudesse ficar perto da irmã, que não freqüentou nenhuma escola depois da Srta. Hamlin. Mas ninguém esperava isso, pois todos diziam que Audrey tinha o cérebro e Annabelle a beleza.

— Vou ter mesmo que ir à cidade hoje? — lançou um olhar súplice para Audrey, que levou-a ao segundo andar, fez com que se vestisse e se sentasse para escrever meia dúzia de cartas de agradecimento, enquanto ela própria se vestia; e às dez e meia, quando o chofer chegou com o Packard azul-escuro que o avô mantinha para o uso delas, as duas já estavam prontas. Era um lindo dia de verão, a primeira semana de julho, e o céu estava tão azul quanto o do Havaí.

— Ainda se lembra, Annie? — Audrey perguntou quando rodavam em direção ao centro da cidade, mas a linda loura de vestido de linho branco e enorme chapéu de aba larga apenas balançou a cabeça. Todas as lembranças do tempo em que era uma menininha evaporaram, ao contrário das fotografias dos preciosos álbuns do pai. Eram a única coisa do passado à qual Audrey ainda se aferrava, mas Annabelle não ligava, de fato, para eles. Sempre os achou desinteressantes, estranhos e muitíssimo exóticos, além de assustadores, o que era precisamente o que Audrey amava neles. Quase se podia sentir o cheiro dos lugares distantes, quando se olhavam as fotos de montanhas na China e dos rios no Japão... pessoas usando quimono e empurrando carrocinhas engraçadas, pescando às margens dos córregos e com o olhar fixo na câmera, como se estivessem prestes a falar em seu próprio idioma... Às vezes, quando era pequena, Audrey adormecia com os álbuns no colo e sonhava que se encontrava em um daqueles lugares exóticos... e agora suas próprias fotos capturavam algo incomum e exótico, mesmo nas vizinhanças comuns.

— Aud? — Annabelle a fitava, enquanto o carro rodava para J. Magrien. Audrey sobressaltou-se e sorriu para ela; deixara a mente vagar, o que não lhe era típico. Estava sempre tão ocupada, em especial agora com tanto o que fazer para o casamento de Annie. — Em que está pensando agora?

— Não sei — Audrey evitou o olhar da irmã; estava pensando em uma fotografia do pai na China, vinte anos atrás. Era uma foto a qual Audrey sempre dedicou um amor especial, na qual ele ria montado em um burrinho.

— Você parecia estar tão feliz — Annabelle era inocência pura.

Audrey sorriu e olhou pela janela e, em seguida, fitou a irmã.

— Devia estar pensando em você... e no casamento...

Acompanhou Annabelle para fora do carro, enquanto algumas pessoas na calçada as olhavam atentamente. Era raro ver um Packard naquela época; a maioria das pessoas que possuía um tinha sido obrigada a vender. Audrey seguiu Annabelle até a loja, sentindo-se estranha, de repente, como se tivesse sido arrancada da imensa distância daquela foto em que estivera pensando no carro e colocada de volta naquele terrível lugar mundano e comodista; e a transição pareceu muito estranha, enquanto uma sinfonia de perfumes franceses pairava no ar e chapéus, blusas de seda e luvas como que dançavam diante de seus olhos, tudo muito bonito e muito caro. Em um dado momento, Audrey flagrou-se pensando no quão ridículo era aquilo tudo, quão sem graça... quão errado. Havia outras coisas na vida, que eram mais importantes... outras pessoas que não podiam comprar comida nem roupas quentes de inverno para os filhos... favelas estavam espalhadas por todo o país, cheias de pessoas que já não tinham lares, e, no entanto, lá estava ela com sua irmãzinha, comprando roupas caras e um vestido de casamento que custou mais do que um curso na universidade.

— Você está bem? — Annabelle fitou-a por um minuto, no quarto de vestir onde provava o vestido. Por um instante, ela pensou que Audrey estava com o rosto verde, o que estava mesmo. Audrey quase sentiu ânsias de vômito com o contraste, em que esteve pensando.

— Estou bem. Só está um pouco quente aqui dentro, só isso.

Duas vendedoras saíram correndo para pegar um copo de água e, no bebedouro, enquanto uma servia e a outra segurava o copo, elas trocaram sussurros.

— Coitadinha... está com tanto ciúme da irmã, que ficou verde... coitadinha... ela é a solteirona — em nenhum momento Audrey escutou essas palavras, mas já acontecera antes com freqüência. Agora acostumara-se com elas e não se importava, em absoluto, nem mesmo, nessa noite, quando conversou com Harcourt Westerbrook IV, esperando que a irmã descesse ao primeiro andar e o avô retornasse do clube. Estava atrasado, o que não lhe era típico, assim como também estava Annabelle, o que, em seu caso, era o esperado. Estava sempre atrasada, sempre agitada, exceto quando Audrey, com toda calma, tomava conta de tudo para ela.

— A lua-de-mel já está programada? — parecia não haver outra coisa que conversar com ele, a não ser o casamento. Com qualquer outro homem, Audrey teria discutido a nomeação do Partido Democrata, mas conhecia muito bem a opinião de Harcourt sobre as mulheres que discutiam política com os homens, ou com qualquer um, para falar a verdade. Audrey flagrou-se pensando no que teriam conversado quando foram dançar. Talvez sobre a música, ou será que ele achava que essas conversas também eram vulgares? Sorriu com esse pensamento e, então, teve que se conter, de imediato. Harcourt estava descrevendo, com todos os detalhes, a lua-de-mel. Tomariam o trem para Nova York, em seguida o *Ile de France* até Le Havre, o trem para Paris e de lá partiriam para passar alguns dias em Cannes, depois viria a Riviera Italiana, em um determinado momento Roma, depois Londres e, em seguida, ao navio para voltar para casa. Planejavam ficar fora dois meses e parecia que a viagem seria muito agradável, embora não igual à que Audrey teria planejado. Ela viajaria para Veneza e de lá tomaria o Expresso do Oriente até Istambul... só de pensar nisso seus olhos dançaram, mas a voz de Harcourt intrometeu-se, monótona, falando de um primo de Londres, que havia prometido conseguir uma audiência com o rei. Audrey fingia estar muito impressionada, quando o avô entrou na sala e lançou um olhar feroz para Harcourt. Estava prestes a comentar que ninguém o tinha prevenido que eles teriam convidados, quando Audrey foi até ele, apertou-lhe o braço e levou-o em direção a Harcourt com um sorriso satisfeito.

— Está lembrado que eu lhe falei que Harcourt viria hoje à noite?

O avô olhou para ela com um ar contrariado, durante alguns momentos, enquanto estreitava os olhos e, a seguir, teve a vaga lembrança de alguma coisa que ela teria falado nessa manhã.

— Foi antes ou depois de você fazer todas aquelas malditas observações tolas a respeito de Roosevelt? — o avô estava com um jeito aborrecido, mas não descontente de todo, e Audrey deu uma risada, enquanto Harcourt pareceu chocado.

— Desastroso, não é mesmo, senhor?

— Não estou ligando a mínima. Hoover será eleito de novo.

— Eu espero que sim, sem dúvida — um outro republicano ardoroso.

Audrey olhou, zangada, para os dois.

— Se for eleito, vai destruir este país para sempre.

— Não me venha com essas suas teorias sobre isso! — ele rugiu, mas no mesmo instante perdeu a platéia, já que Annabelle entrou em cena, com um vestido de seda lustrosa de cor azul-clara e parecendo o tema de uma pintura. Estava de uma delicadeza absoluta com seus enormes olhos azuis, as feições suaves aureoladas pelos cabelos louros. Como era compreensível, Harcourt ficou totalmente perplexo com ela e seus olhos fixaram-se em Annabelle. Desviou os olhos dela apenas o tempo suficiente para lançar um olhar de desaprovação para Audrey, no trajeto até a sala de jantar.

— Espero que você não esteja falando a sério sobre Roosevelt.

— Sem dúvida que estou. Este é o pior ano que nosso país já atravessou, e devemos agradecer a Hoover por isso — Audrey disse com calma e uma segurança difícil de ser negada, mas Annabelle fitou-a, súplice, enquanto enfiava a mão por dentro do braço de Harcourt.

— Vocês não vão conversar sobre política hoje à noite, vão? — Os enormes olhos azuis tinham uma expressão confiante e quase infantil. Harcourt deu-lhe um tapinha na mão.

— Claro que não.

Audrey deu uma risada e nos olhos do avô também surgiu um brilho. Estava morta de vontade de saber o que todos falaram no clube, muito embora a maioria fosse republicana; mas Audrey sempre achou as conversas dos homens muito mais interessantes do que as das mulheres. Sempre. Exceto em se tratando de homens como Harcourt, que se recusavam a discutir assuntos sérios com as mulheres. Achou cansativo bater papo, sorrir e ter conversas infantis, como Annabelle fez durante toda a noite. Quando ele foi embora, Audrey estava exausta, ao passo que Annabelle deslizou para o andar de cima, feliz como um anjinho. Audrey subiu mais devagar, de braço dado com o avô, para dar tempo que ele galgasse os degraus apoiado na bengala.

Como sempre, o avô estava bonito e digno; Audrey quase desejou poder encontrar um dia um homem como ele. Ela sabia, através das fotos antigas, que o avô tivera elegância e estilo, a mente brilhante e idéias fortes. Poderia viver, sem dificuldade, com um homem como ele. E se não fosse sem dificuldade, então, pelo menos, com felicidade. Audrey e o idoso cavalheiro estavam sós no salão, quando o avô baixou o olhar em sua direção. Era quase tão alta quanto ele, mas mesmo curvado pelos anos, o avô era meio palmo mais alto.

— Você não se arrepende, não, Audrey? — foi uma pergunta engraçada em se tratando dele e, dessa vez, seu tom de voz foi amável. Desapareceram a grosseria, os gritos e a bravata. Queria saber o que havia no coração de Audrey. Para sua própria paz de espírito, desejava saber se ela mudara de opinião em relação a Harcourt.

— Arrepender de quê, *vô*? — ela não o chamava assim desde a infância, mas agora a palavra saiu de seus lábios, com facilidade.

— Em relação a ele... o jovem Westerbrook. Ele poderia ser seu — falou à meia voz, com receio de que alguém pudesse escutar. — Ele saiu primeiro com você e você é mais velha do que Annabelle... um dia, seria uma esposa melhor... não que ela seja uma moça má... só é jovem... — o avô não a compreendia.

Audrey deu-lhe um sorriso amável, comovida com sua preocupação.

— Ainda não estou preparada para casar e, em todo caso, ele não era o homem certo para mim — e sorriu ao olhar para o avô.

— *Por que* você ainda não está preparada? — apoiou-se firme na bengala quando ficaram face a face no salão escuro; estava cansado, mas aquilo era importante para ele. Audrey suspirou ao pensar na pergunta.

— Não sei... mas sei que primeiro terei que fazer outras coisas — porém, como poderia explicar? Queria viajar... fotografar... fazer seus próprios álbuns, maravilhosos... como os do pai...

— Como o quê? — o avô pareceu preocupado com as palavras dela, que tocaram uma velha corda da memória... que lhe custara a vida do filho... — Não tem em mente nenhuma tolice, tem?

— Não, *vô* — antes de mais nada, desejava tranqüilizá-lo. Ela lhe devia isso e, afinal de contas, ele era um velho. — Nem ao menos sei o que quero. Mas sei que não é Harcourt Westerbrook. Disso eu tenho certeza absoluta.

Ele acenou com a cabeça, satisfeito, e olhou no fundo dos olhos de Audrey.

— Então, está tudo bem.

E se não estivesse? E se ela o desejasse? Audrey pensava nisso ao dar ao avô o beijo de boa-noite; e virou-se ao ouvir a porta ser fechada alguns momentos depois. Estava do lado de fora de seu quarto, pensando no que falara. Nem ao menos sabia ao certo o motivo pelo qual dissera aquelas palavras, mas sabia que eram verdadeiras... havia *algo* que ela desejava fazer... alguma coisa... lugares aonde tinha que ir... pessoas que precisava ver... e montanhas e rios... e aromas... e perfumes... e comidas exóticas... Ao fechar a porta com um movimento suave, ela sabia que jamais poderia ter-se acomodado ao lado de Harcourt, ou, talvez, com qualquer pessoa. Havia algo muito mais grandioso que ela necessitava para alimentar sua alma e talvez um dia, em breve, ela partisse... seguindo os passos do pai, tirando fotos enquanto avançava... voltando nas mesmas viagens misteriosas e trens mágicos, como em uma viagem de volta no tempo, entrando nos álbuns... com ele.

Capítulo 2

Na manhã de 21 de julho, Audrey estava no saguão da frente do primeiro andar, olhando para o relógio e em uma espera quase instintiva que o carrilhão do relógio da sala de jantar tocasse para dizer-lhe que horas eram. O carro os aguardava lá fora e ela supunha que os convidados já se encontrassem na igreja esperando por elas. O avô ficou dando pancadinhas na bengala ao parar perto dela, e Audrey podia sentir os olhos dos empregados à espreita por toda a casa, ansiosos para ver Annabelle descer ao primeiro andar. E valeu a pena a espera quando ela flutuou devagar escada abaixo, envolta em uma nuvem branca qual uma visão. Parecia uma princesa de conto de fadas ou uma rainha muito jovem, assim como parecia flutuar pouco acima do chão, os minúsculos pés em sapatos de cetim creme, os cabelos qual fios de ouro na coroa de renda antiga e pérolas pequenas, a cintura fina como que esculpida em uma estreita peça de marfim, e os olhos dançando de alegria. Era a moça mais linda que Audrey já vira, e sorriu com ternura e orgulho enquanto a observava.

— Você está encantadora, Annie — as palavras eram pobres demais, mas foi a única coisa em que Audrey conseguiu pensar. Os infinitos ajustes tinham recompensado o trabalho. O vestido ajustava-se a ela à perfeição. Audrey usava seda cor de pêssego adornada com renda antiga bege, e as damas de honra usavam a mesma cor, mas com uma tonalidade mais clara, e Audrey estava de uma beleza rara com a cor quente e os cabelos de um cobre escuro. Realçava a cor creme de sua pele, e seus olhos azuis pareceram dançar quando Annabelle respondeu-lhe o sorriso.

— Você está linda, sabe, Aud... — de alguma forma, nunca pensara na irmã dessa maneira, mas Audrey estava linda... estava, de fato. Na verdade, Annie ficou surpresa; não era freqüente ela pensar realmente em Audrey, que estava sempre presente, durante toda a sua vida.

Audrey fitou-a, feliz, satisfeita com os meses de trabalho, os anos de amor. Annabelle crescera para se tornar o que devia ser, agora seria a mulher de Harcourt e viveria feliz para sempre, em Burlingame. Era o que lhe convinha, o que ela queria fazer. Annie seria uma linda mulher para ele e agora ela se estabeleceria... estabelecer-se... a palavra ecoou na cabeça de Audrey, que quase sentiu calafrios. Sempre odiou essa palavra... estabelecer-se. Para ela, soava como morrer.

— Está feliz, Annie? — Audrey sondou os olhos da irmã mais nova. Foram tantos anos em que cuidara dela... assegurando-se de que ela saísse agasalhada... de que tivesse a seu lado a boneca favorita quando ia para a cama à noite... e que não tivesse mais pesadelos... que nunca ficasse sozinha... que seus amigos sempre fossem agradáveis para com ela... que ela freqüentasse uma escola da qual gostasse... Audrey lutara com unhas e dentes com o avô por causa disso. Annie não quis entrar na escola de Katherine Branson do outro lado da baía, queria ir para a da Srta. Hamlin, e obteve o que desejava... Audrey cuidou de tudo até esse dia, até os últimos detalhes do magnífico vestido. E queria que ela fosse feliz agora. Sempre quis isso para a irmã... talvez, até demais... mimou-a no decorrer dos anos, com toda probabilidade mais do que os pais teriam, mas a irmã sempre pareceu uma menininha. Era assim, mesmo agora. Os olhos de Audrey sondaram seu rosto, querendo assegurar-se de que Annie achava que estava fazendo a coisa certa. — Você o ama, não?

A risada de Annabelle ecoou como um sininho de prata no salão da frente, enquanto ela parou, envolta pelo véu branco, e deu uma olhada em seu reflexo no espelho. Ficou fascinada com o que viu... até então, nunca vira algo mais bonito que o próprio vestido e, ao responder à irmã, a voz soou vaga.

— Claro que o amo, Aud... mais do que a qualquer outra coisa...

— Tem certeza? — para Audrey, aquilo parecia ser um passo tão enorme, e era mesmo, mas Annie nem parecia assustada, apenas excitada.

— Hum... — ajustou o véu e o avô desceu a escadaria em direção ao carro, apoiado no braço do mordomo.

— Annie...? — Audrey sentiu uma pontada de nervosismo no estômago ao observá-la. E se... se ela não estivesse fazendo a coisa certa? Foi ela que empurrou Annabelle nessa direção? Ou alguma outra pessoa, ao insistir que ele era o partido certo para ela? E que importância isso tinha? A própria Audrey não teria sido influenciada, mas Annabelle...

A irmã mais nova virou-se para ela com um sorriso deslumbrante e, por um instante, Audrey sentiu-se aliviada.

— Você se preocupa demais, Aud... este é o dia mais feliz de minha vida — seus olhos encontraram-se e fixaram-se por alguns instantes.

Ela parece mesmo feliz, Audrey teve que admitir para si mesma. Porém feliz o bastante? E, então, de repente, ela sorriu. Annabelle tinha razão; ela se preocupava demais. Só que aquele parecia ser um grandessíssimo passo a ser dado. Audrey perguntou-se por que Annabelle não estava com medo, mas ficou claro que não estava quando estendeu o braço e tomou a mão da irmã com a sua de luva de pelica creme. Agora seus olhos estavam sérios.

— Sentirei sua falta, Aud...

Audrey pensou o mesmo, também. Iria ser tão estranho com a irmã fora de casa. Tomara conta dela por quatorze anos, como se Annabelle fosse sua própria filha, e agora ela iria embora. Sentia-se mais como mãe da noiva do que madrinha, quando pararam uma última vez no salão da frente, enquanto o bonde desaparecia lá fora.

— Sabe, Burlingame não fica muito longe — mas, de qualquer modo, seus olhos encheram-se de lágrimas e ela estendeu os braços e deu um suave abraço em Annabelle, não querendo amassar o véu. — Eu te amo, Annie... espero que sejas feliz com Harcourt.

Annabelle apenas sorriu outra vez, ao afastar-se e sair pela porta da frente, sussurrando por cima do ombro:

— Claro que serei.

Soou a buzina do Rolls Royce do avô, que teve um acesso de cólera, quando Annabelle ajeitou o volumoso vestido no carro. Todos foram envolvidos e mal sobrou espaço para os três.

— Você acha que eles vão esperar o dia inteiro na igreja, hem? — o avô vociferou, apertando entre as mãos o cabo da bengala. Mas ficou claro pela expressão de seus olhos que ele estava comovido com o ar encantador de Annabelle. Lembrava demais a noiva que ele tinha visto vinte e seis anos antes. Era até mais bonita do que essa moça... a mulher que se casou com seu filho Roland... era misteriosa a semelhança de Annabelle com ela. O avô sentia-se como se tivesse viajado de volta no tempo, ao encontrar-se na igreja ao lado de Audrey, observando Annabelle prestar o juramento e olhar feliz para Harcourt.

Lágrimas rolavam lentamente pelas faces de Audrey, enquanto assistia a irmã mais nova casar e tornou a sentir os olhos banhados em lágrimas ao ver, um pouco mais tarde, na recepção, o avô conduzi-la em uma lenta e graciosa valsa. Era difícil lembrar que, em geral, ele caminhava com uma bengala e o avô também parecia ter esquecido isso, enquanto movia-se com gestos elegantes pela pista para, no final, entregá-la ao marido. O avô ficou parado com um ar perdido durante alguns momentos e, em seguida, afastou-se com passos lentos, parecendo, de repente, muito velho de novo, quando Audrey tocou-lhe o braço.

— Dá-me o prazer dessa dança, Sr. Driscoll? — Audrey tinha quase a mesma altura dele... seus olhos encontraram-se e ele sorriu.

O amor que compartilhavam ficou óbvio no olhar que trocaram. Havia uma estranha e intensa sensação em relação àquele dia, como se a partida de Annabelle os unisse um pouco mais, quase como se fosse o casamento deles, e ambos o sentiam.

Após alguns giros pela pista de dança, Audrey conduziu-o suavemente até uma cadeira, sem fazê-lo sentir-se velho e fraco. Insistiu que precisava verificar algumas coisas nos bastidores e, como sempre, fez um belo trabalho. Todos comentaram que a recepção fora encantadora e, no final, quando Annabelle partiu em seu vestido de algodão branco sob uma chuva de pétalas de rosa e arroz, Audrey pareceu satisfeita com a maneira como tudo transcorreu. Apertaram as mãos dos convidados restantes e ela e o avô foram para casa no Rolls.

Era como se transcorressem anos desde que saíram de casa naquela manhã, e Audrey estava exausta. Sentaram-se diante da lareira na biblioteca, enquanto a cerração aumentava de modo inexorável, e ouviam as buzinas de nevoeiro ao longe.

— Foi bonito, não foi, vovô? — Audrey mal conseguiu reprimir um bocejo e tomou um cálice de xerez, que ele lhe serviu.

O resto dos convidados consumira galões de champanhe de seu estoque particular, levado com toda discrição para o hotel, mas, na verdade, ela bebeu muito pouco e agora o xerez relaxou-a, enquanto olhava para o infinito e pensava no casamento da irmã... a menininha de quem tinha tomado conta durante todos aqueles anos e que, agora, desaparecia, de repente. Ela e Harcourt passariam a noite em uma suíte do Mark Hopkins e, pela manhã, tomariam o trem para Nova York, onde embarcariam no *Ile de France* a caminho da Europa. Audrey havia prometido que iria despedir-se deles no trem e ao pensar nisso, sentiu-se trespassada pela lança da inveja, não pelo que os dois iriam dividir em comum, mas pela viagem que fariam. Não era um itinerário que ela teria planejado, mas Audrey compreendeu, de repente, que lhes invejava a fuga. E com um súbito sentimento de culpa, olhou rápido para o avô, como que receando que ele pudesse ler sua mente. Parecia injusto ficar tão ansiosa para fugir, mas em certos momentos o desejo de ver alguma coisa nova quase a possuía. Havia vezes em que não bastavam as noites sonhadoras, que passava virando as páginas dos álbuns do pai... Audrey queria mais... queria ser uma daquelas pessoas nas fotos das páginas desbotadas.

— Devíamos fazer uma viagem juntos um dia desses — as palavras escaparam de sua boca antes que Audrey pudesse detêlas, e o avô fitou-a, assustado.

— Uma viagem? Para onde? — tinham planejado ir ao lago Tahoe em agosto. Sempre o faziam. Mas, no mesmo instante, ele suspeitou que a neta insinuava alguma coisa mais e algo na maneira como falou lembrou demais Roland.

— Talvez para a Europa, como fizemos em 25... ou voltar ao Havaí... — e de lá para o Oriente, quis acrescentar, mas não teve coragem de dizer.

— Por que haveríamos de querer fazer isso? — ele parecia aborrecido, mas não era aborrecimento que sentia, era medo. Não se importava em perder Annabelle, mas ficaria aterrorizado em perder Audrey. A vida não teria sido a mesma sem sua mão competente, sua mente aguda, a maneira dela de perceber as coisas e as batalhas maravilhosas que compartilhavam, durante quase duas décadas. — Estou velho demais para sair viajando pelo mundo.

— Então, vamos a Nova York — seus olhos iluminaramse e, por um momento, o avô quase sentiu pena dela.

Não havia muita coisa que ela pudesse fazer sozinha e a maioria das moças que conhecera na escola já estava casada havia muito tempo. A maioria já tinha dois ou três filhos e maridos que poderiam levá-las aonde quisessem ir. Audrey ainda esperava sentada por um homem, que parecia destinado a não aparecer, e de certa forma Edward Driscoll sentia-se culpado. Não era de se admirar que ela nunca tivesse encontrado um homem. Estava ocupada demais com a administração de sua casa e tomando conta da irmã. Mas agora, pelo menos, ela tinha ido embora... e ele não estava nem um pouco arrependido, ao olhar para o rosto bonito de Audrey, o chapéu de seda cor de pêssego tombado para um lado e os grossos cabelos cor de conhaque caindo em cascata sobre seus ombros. Era tremendamente bonita... uma mulher de aparência delicada, ele acrescentou, em silêncio, para si próprio.

— Bem, por que não? — Ela o fitava, em expectativa, e o avô esquecera o que ela dissera, mas Audrey parecia esperar uma resposta.

— Por que não o quê? — O avô pareceu confundido e aborrecido e Audrey percebeu que ele estava cansado após o longo dia e, com toda probabilidade, tinha tomado um pouco demais de champanhe, não que isso lhe fosse fazer algum mal; agora tomava conhaque. Mas não estava bêbado, em absoluto, e Audrey lançou-lhe um olhar esperançoso.

— Por que não irmos a Nova York, vovô? Poderíamos ir em setembro, depois de voltarmos do lago.

— Por que iríamos querer fazer isso?

Mas ele sabia o motivo. Tinha sido jovem um dia... casara-se... embora sua mulher não fosse afeiçoada à vida itinerante. Foi Roland quem pegou esse micróbio, seu filho único, e só Deus sabia de onde ele tirara essa fome de viagens e aventuras. Era provável que estivesse no sangue de Audrey, Edward Driscoll lamentou, em silêncio, mas isso matara seu filho e ele não iria deixar que Audrey se viciasse.

— Nova York é uma droga de lugar insalubre, cheia de multidões e longe demais. Você se sentirá melhor depois de ir ao lago, Audrey. Sempre se sente — então, Edward Driscoll olhou para o relógio e levantou-se com um leve cambalear de joelhos. Fora um grande dia, mesmo que ele não o admitisse. — Estou indo para a cama e é melhor que você faça o mesmo, minha querida. Você teve um longo dia preparando o casamento dessa moça — deu um tapinha no braço de Audrey, gesto incomum nele e, nessa noite, junto à janela de seu quarto, Edward Driscoll observava as luzes acesas do quarto de Audrey, perguntando-se o que ela estaria fazendo, em que pensava. E se espantaria se a visse sentada à penteadeira, o olhar no infinito, as pérolas na mão, pensando na viagem que faria por meio mundo e nas fotos que ansiava tirar quando viajasse. O avô, a casa, a irmã, o casamento, tudo foi esquecido enquanto Audrey sonhava e, então, enfim, sacudiu-se e voltou ao presente, levantou-se, espreguiçou-se e foi tirar a roupa no toucador. Pouco depois, deslizou para dentro dos lençóis frios e fechou os olhos, tentando não pensar em tudo o que tinha a fazer no dia seguinte. Prometera a Annabelle tomar conta de tudo enquanto a irmã viajasse... inspecionaria a casa nova... os pintores... a mobília que chegaria... guardaria os presentes de casamento... como sempre, faria tudo... como sempre... a fiel Audrey... flutuou adormecendo e sonhando com Annabelle e Harcourt... e com uma casa em uma ilha tropical, enquanto seu avô gritava ao longe... "volte... volte..." Mas ela não voltaria.

Capítulo 3

Como lhe era típico, apesar das três semanas passadas na casa de verão dos Driscoll, no lago Tahoe, Audrey conseguiu pôr tudo em ordem para quando Annabelle e Harcourt retornassem no final de setembro. Uma pequena porém adequada equipe de empregados cuidava da linda casinha de pedra que Harcourt comprara para os dois. Os aposentos foram pintados nas cores que Annabelle desejava, mobiliados como ela queria, até o carro fora revisado, e a própria Audrey o ligava com regularidade, para que a bateria não descarregasse.

— Sua irmã sabe mesmo administrar uma casa, não é? — Harcourt comentou no café da manhã após a primeira noite de volta, e Annabelle sorriu para ele.

Estava feliz por ele estar contente. E se ele se aborrecesse por ela deixar que Audrey fizesse tudo? Mas a irmã fazia tudo tão bem, por que não deixar? Harcourt pareceu concordar. Embora na California Street, naquele exato momento, ninguém estivesse elogiando seus dotes domésticos. O avô brigava porque os ovos passavam do ponto e o chá não fora feito de modo adequado e, mais ainda, havia semanas que não tinha um desjejum decente, vociferou ele. Tinha uma cozinheira nova e o avô fustigava Audrey dizendo que ela não era tão boa quanto a última.

— Será que você não consegue encontrar uma cozinheira decente para esta casa? Você espera que eu me acostume com essas refeições horríveis ou está tentando matar-me?

Audrey reprimiu um sorriso diante da tirada; havia dias que ele dizia a mesma coisa, e ela estava procurando outra pessoa para substituir a nova cozinheira, da qual o avô não gostava. Acostumara-se com isso e, nessa manhã, sua maior preocupação era com o que ele lera nos jornais. O salário médio semanal que, apenas três anos antes, era de vinte e oito dólares, caíra para menos de dezessete dólares, e em toda parte havia filas para o pão. Cerca de cinco mil bancos quebraram, mais de oitenta mil empresas faliram e muitas pessoas se suicidaram. A situação do país ficava cada vez mais desastrosa e eram assustadoras as estatísticas do jornal matinal. O Produto Nacional Bruto decrescera para a metade de seu nível de três anos antes. A situação era realmente insustentável, e Audrey tomava o seu café com a testa enrugada.

— Não sei como pode ignorar o que está acontecendo, meu avô — ela só o chamava assim quando estava zangada com ele; e estava furiosa com o que vinha ocorrendo no país e a contínua defesa pelo avô de Herbert Hoover.

— Se você passasse mais tempo prestando atenção no que ocorre nesta casa e menos tempo observando o que acontece no mundo, nós teríamos uma cozinheira melhor e eu tomaria um café da manhã decente.

— A maioria da população não toma nenhum café da manhã. Já pensou nisso? — o avô sabia que Audrey estava em um de seus estados de excitação; mas não se importou... em seu íntimo, até gostou. — O país inteiro está indo para o inferno.

— Há muito tempo, Audrey. Isso não é nenhuma novidade. E tampouco é exclusividade deste país — ele cutucou o jornal com o dedo. — Está escrito aqui que a Alemanha está abarrotada de desempregados, e também a Inglaterra. Eles também não têm saída. E daí? Você espera que eu fique em casa chorando?

Esse era o lado frustrante da coisa, havia muito pouco que se podia fazer.

— Pelo menos podia votar com inteligência.

— Não gosto do que você chama inteligência — olhou fixo para ela, mas ficou louco de raiva quando, após as eleições, Roosevelt derrotou Hoover com sessenta por cento dos votos. Audrey estava encantada e os dois tiveram uma briga estimulante.

Ainda brigavam na noite em que Annabelle e Harcourt apareceram para jantar. Os dois foram embora cedo, com Annie dizendo que as conversas sobre política lhe provocavam dor de cabeça, mas, ainda assim, ela conseguiu contar o segredo para

Audrey. Esperava um bebê para maio. Audrey ficou encantada pela irmã; ia ser tia. Este foi um pensamento estranho quando ela acompanhou o avô ao andar de cima, nessa noite, com ele ainda resmungando sobre a derrota de Hoover. Mas agora Audrey não o ouvia, pensava em Annabelle e no bebê. Annie teria vinte e um anos quando o bebê nascesse... vinte e um... e tinha tudo que sempre desejara. Audrey estava com vinte e cinco e não realizara coisa alguma, em absoluto; e estava deprimida quando começou a estação chuvosa e até mesmo os livros que lia pareciam sombrios. Mas à medida que avançava a gravidez de Annabelle, Audrey estava ocupada demais para sentir-se triste. Tinha o que fazer, comprar o enxoval de recém-nascido, montar o quarto do bebê, contratar uma babá, e Annie estava cansada demais para fazer tudo isso sozinha. Como de hábito, Audrey fez tudo por ela. Logo depois do octogésimo primeiro aniversário do avô, nasceu o bebê, um menino grande e saudável, que não parecia ter criado muitos problemas para a mãe. Audrey foi a primeira pessoa a ver os dois, depois de Harcourt, claro, e tratou de fazer com que tudo na casa estivesse em ordem, antes que Annie e o bebê voltassem para casa, duas semanas depois.

Audrey encontrava-se no quarto do bebê, dobrando uma pequena pilha de cobertas azuis e fazendo um rápido inventário do novo mundo do pequeno Winston, quando Harcourt parou no vão da porta.

— Achei que a encontraria aqui — seus olhos atravessavam Audrey, como se ele tivesse alguma coisa a dizer, e Audrey virou-se, surpresa. Poucas vezes os dois conversavam, e a maior parte dos assuntos eram tratados com sua irmã. — Você nunca se cansa de fazer as coisas por ela? — entrou no quarto andando devagar e Audrey pôs de lado a pequena pilha de cobertas azuis, enquanto balançava a cabeça e sorria.

— Não, realmente. Há muito tempo que faço isso.

— E vai ser assim para sempre? — a pergunta soou esquisita e havia algo de estranho no tom de voz de Harcourt quando avançou na direção dela, que, de repente, perguntou-se se ele tinha bebido.

— Nunca pensei muito sobre isso. Gosto de tomar conta das coisas para Annie.

— Oh? — ele levantou uma sobrancelha e parou tão próximo a ela no ensolarado quartinho do bebê, que Audrey quase podia sentir no rosto sua respiração e, então, de repente, ele esticou o braço e tocou-a. Sua mão parou, suave, na face de Audrey, enquanto um dedo deslizava indolente até seus lábios; em seguida, ele tentou puxá-la contra seu corpo. Por um instante, chocada com o que ele fazia, Audrey não resistiu, mas depois, com a mesma rapidez, afastou-se, evitando os lábios que roçaram seus cabelos sedosos. Harcourt esticou os braços e agarrou-a pela cintura com duas mãos poderosas, enquanto ela tentava escapar.

— Harcourt, pare com isso!

— Não seja tão melindrosa... pelo amor de Deus, você tem vinte e seis anos, vai ficar bancando a solteirona virgem para sempre? — dizer isso foi uma indelicadeza e suas palavras feriram-na mais do que suas mãos, ao puxá-la pelos cabelos e inclinar-lhe a cabeça, de modo que pudesse beijá-la. Os protestos de Audrey tornaram-se ininteligíveis pelo beijo e agora ela empurrou-o com mais força, começando a ficar com muita raiva.

— Harcourt, que droga, *pára*! — afastou-se dele com um puxão, ofegante, e por instinto foi para o outro lado do quarto, o berço do bebê entre os dois. — Ficou maluco?

— É loucura querer você? Eu poderia ter casado com você, sabe? — e, nesse momento, ele pensou que era o que devia ter feito, não importava o quão difícil ela fosse, com suas malditas idéias políticas, todos os livros que lia e sua extravagante educação. Teria dado a ela alguma outra coisa para pensar e Audrey tinha, pelo menos, mais personalidade do que sua esposa. Já estava cansado das inúteis e constantes lamúrias infantis de Annabelle. O que Harcourt queria era uma mulher. Uma mulher de verdade. Como Audrey.

— Parece que você está um pouco desnorteado — agora Audrey lançou-lhe um olhar severo. — Está casado com minha irmã e jamais poderia ter casado comigo.

— Por que não? Acha que é boa demais para mim, Srta. todo-poderosa? Acha que é esperta demais? — ele pareceu furioso com a idéia. Na verdade, Audrey era mais inteligente do que a maioria das pessoas que ele conhecia, mulheres ou homens, mas Harcourt não gostava disso. — Você é um tesãozinho que espera pelo homem certo, e cometeu um grande erro ao dar o fora em mim, Audrey Driscoll.

— Talvez — e reprimiu um sorriso. Ele era ridículo, de fato, e inofensivo, sem dúvida. Sentiu pena de Annie, que era obrigada a lidar com ele e, de repente, Audrey perguntou-se se, nos últimos tempos, ele estava atacando todas as amigas. Esperava que não, porque, em caso afirmativo, o boato logo se espalharia. — Mas, em todo caso, Harcourt, agora você está casado com Annabelle e tem um filho lindo. Sugiro que se comporte como um chefe de família e não como um maldito bobo ou conquistador barato.

Os olhos de Harcourt cintilaram, quando ele parou do outro lado do berço e agarrou o braço de Audrey.

— É você que é uma maldita boba... — e quando tornou a falar, sua voz saiu bem medida. — Sabe que estamos sós nesta casa, Audrey? Todos os empregados saíram.

Por um instante, ela sentiu um calafrio de medo subir por sua coluna. Mas não se permitiria sentir medo dele. Harcourt era um cretino e um menino mimado, não iria machucá-la, nem fazer algo de que se arrependesse. Ela não deixaria. E Audrey disse isso em uma explosão que fez com que ele afrouxasse o aperto em seu braço. Ela ajeitou o paletó do terninho azul-escuro e pegou a bolsa e as luvas na mesa onde as deixara.

— Nunca mais faça isso de novo, Harcourt. Com ninguém. Mas, sem nenhuma dúvida, não comigo — estreitou os olhos ao fitá-lo. — Porque, se fizer, levarei sua esposa e seu filho de volta para minha casa com tanta rapidez, que sua cabeça vai girar. Se você se comportar desse jeito, não vai merecer tê-los aqui. Recomponha-se *rápido* — ao parar no vão da porta, Audrey estava com um ar nefasto, ainda furiosa com o que acontecera.

Ao fitar Audrey, os olhos de Harcourt estavam vazios e, nesse momento, ela pôde ver que ele estava bêbado, embora não muito. Não bêbado o bastante para desculpar seu comportamento grosseiro.

— Ela não sabe amar ninguém — e a verdade era que ele não estava seguro se também sabia, mas sentira, por instinto, que essa mulher sim, que havia mais coisas enterradas na irmã mais velha de sua mulher do que jamais se saberia; e tudo estava perdido, trancado e era muito provável que para sempre. — Ela é mimada, egoísta e inútil e você sabe disso. E a culpa é toda sua por tê-la tratado a vida inteira como um bebê.

Audrey balançou a cabeça, leal até o fim.

— Se você for mais gentil, talvez ela amadureça agora.

Ele deu de ombros, depois recostou-se no guarda-roupa, e encarou a cunhada, perguntando-se se ela iria contar para sua mulher o que ele fizera, embora nem ao menos tivesse certeza se se importaria. Foram muitas e, em um dado momento, alguém contaria para ela. Havia algum tempo que ele fazia aquela brincadeira. Cansara-se de Annie há meses. A única coisa que ela fazia era conversar sobre o bebê e até se mudara para um quarto separado a fim de protegê-lo... talvez agora as coisas fossem diferentes... mas, nos últimos meses, Harcourt aprendera a gostar de variar. Além disso, a intriga, ter pequenos casos com as amigas deles ou com as mulheres de seus amigos, tornava a vida mais interessante. Fitou Audrey e alguma coisa estranhamente perceptiva falou por ele, algo que ele sabia que Audrey não gostaria de ouvir.

— Sabe por que ela é infantil, Aud? Porque você a fez assim. Você fazia tudo por ela. Tudo. E ainda faz. Ela nem consegue assoar o nariz sozinha. A única coisa que faz é esperar que outra pessoa faça tudo por ela. Quer que tomem conta dela o tempo inteiro, porque você tomou conta dela a vida inteira e agora ela espera que eu assuma o seu lugar, mas ninguém poderá chegar aos pés do que você fez por ela. Você nem é humana. É uma espécie de máquina que administra casas, encomenda cortinas e contrata empregados — as palavras foram indelicadas, mas algumas eram verdadeiras.

Ela mimara Annabelle desde a morte dos pais e talvez tenha mesmo feito um pouco demais por ela. Mais de uma vez, ela própria se preocupou com isso. Porém o que mais devia ter feito? Deixar que a irmã provesse a própria subsistência? Não poderia... a coitadinha desamparada... Os olhos de Audrey encheram-se de lágrimas ao pensar, ainda se atormentava com a lembrança do quanto Annabelle chorara com a morte dos pais, quando tinha sete anos... foi tão horrível, para ambas...

— Ela era muito nova quando nossa mãe morreu — Audrey endireitou as costas e reprimiu as lágrimas. Agora achava que tinha que justificar suas ações para ele... e se ele estivesse com a razão? E se ela tivesse incapacitado Annie para o resto da vida? Ele chamou-a de máquina... uma máquina de encomendar cortinas e contratar empregados... seria verdade?... não haveria nela nenhuma humanidade além disso?... era assim que as pessoas a viam? Em sua angústia, Audrey esqueceu, no mesmo instante, o modo diferente como ele a tinha visto apenas alguns momentos antes. Tão humana e desejável. A palavra *máquina* magoou-a até a medula.

— A mãe de vocês está morta há mais de quatorze anos e você continua fazendo tudo por ela. Olhe para você — ele acenou para as esmeradas pilhas de cobertas, sapatinhos e suéteres —, ainda é assim, Aud. Ela não faz coisa alguma para mim ou para si própria, nem mesmo para o bebê. É *você* que faz tudo. Eu bem que podia ter casado com você — tornou a olhar de soslaio para ela, enquanto Audrey descia rápido o corredor antes que ele pudesse aproximar-se. Não iria lutar com ele outra vez, nem responderia, enquanto descia a escadaria correndo em direção à porta da frente. Harcourt gritou-lhe do alto da escada, olhando para Audrey, enquanto ela abria a porta da frente com um puxão. — Um dia você tomará juízo, Audrey. Um dia se cansará de bancar a mãe dela, de tomar conta de seu avô e de administrar a casa de todo mundo, exceto a sua própria, e, quando isso acontecer, telefone para mim. Estarei esperando — suas palavras foram respondidas com a porta sendo batida atrás de Audrey.

Ela correu todo o trajeto até o carro, com um soluço preso na garganta, que explodiu quando ligou o carro e rodou em direção a El Camino Real.

Mas e se ele estivesse com a razão?... e se toda a vida dela consistisse naquilo?... tomar conta do avô e de Annabelle para sempre... estava com vinte e seis anos e não tinha vida própria, não de verdade. É claro, ela não se importava. Estava sempre tão ocupada... e, então, ao lembrar-se de novo das palavras dele, sentiu um desespero corrosivo... estava ocupada encomendando cortinas e contratando empregados... e dobrando cobertas de bebê para uma outra pessoa... não vivia sua própria vida. Naqueles dias, nem ao menos tinha tempo para fotografar. Havia meses que não tocava na máquina fotográfica, e todos os seus sonhos com aventuras e viagens esperavam... mas o quê? O que ela estava esperando? O avô morrer? E se ele vivesse mais quinze anos, ou mesmo vinte... ele seria capaz de viver até os cento e um. O avô dele vivera até os cento e dois e seus pais tinham noventa e tantos quando morreram... e daí?... que idade ela teria? Então, ela estaria com quarenta anos e meia vida desperdiçada... o pequeno Winston estaria crescido... E, como nunca antes, Audrey sentiu, de repente, como se a vida tivesse passado por ela; e, em todo o trajeto para casa, teve uma sensação de pânico crescente, que quase explodiu dentro dela quando entrou no salão da frente e encontrou o avô colérico, balançando a bengala para as duas empregadas e o mordomo. O chofer batera com o carro à tarde quando um bonde dobrou a esquina. O avô demitiu-o no ato, ordenou que saísse do carro e dirigiu o Rolls de volta para casa. Estacionara-o de um modo esquisito lá fora; e agora, ao balançar a bengala para Audrey, ele estava excitado e irado.

— E o que há com *você*? Será que não consegue contratar um motorista decente para mim?! — o motorista estava com eles há sete anos e nunca o desapontara.

De repente, Audrey olhou para todos com um olhar selvagem e explodiu em soluços incoerentes, enquanto subia a escadaria em direção ao quarto, galgando dois degraus de cada vez, pensando que Harcourt tinha razão. Era a única coisa que sabia fazer... pior ainda, era a única coisa com que os outros se importavam, a única luz que as pessoas viam nela... contratar e demitir empregados e administrar casas... todos os seus sonhos tinham sido abandonados. Deitou na cama e soluçou e, algum tempo depois, foi com total estupefação que o avô bateu na porta. Nunca a vira daquele jeito antes e estava aterrorizado. Alguma coisa devia ter acontecido com ela. Era isso mesmo, mas ela não poderia explicar. Não tinha a menor intenção de denunciar Harcourt para o avô, e não era ele, de fato, que importava em tudo aquilo. O que importava era a maneira como se sentia e a consciência de que dera de cara com tudo de uma só vez. Agora, Audrey sabia muito bem que devia fazer alguma coisa. Antes que fosse tarde demais.

— Audrey?... Audrey... minha querida... — o avô entrou no quarto, com todo cuidado, e ela sentou-se, o rosto avermelhado e riscado de lágrimas como o de uma criança, o terninho azul todo torto. Quando se deitara na cama ainda usava o escarpim azul-marinho e branco. — Minha querida, o que há de errado?...

Audrey apenas sacudiu a cabeça, ainda chorando e tentando recuperar a compostura. Como iria contar para ele? Como partiria? Mas agora ela sabia que tinha de ir embora. Não poderia esperar mais tempo. Era hora de se afastar das empregadas, do mordomo, dos ovos quentes no café da manhã, dos rituais, de Annabelle e até mesmo do bebê recém-nascido. Precisava fugir de todos eles, antes que fosse tarde demais para ela.

— Vovô... — seus olhos procuraram os dele e encontrou em alguma reserva escondida em seu íntimo a pequena onda de coragem. Ele sentou-se, cauteloso, na beirada da cama, sentindo que estava prestes a escutar algo impressionante. Talvez ela fosse casar, embora ele não visse como. Estava sempre em casa com ele, a não ser nas raras ocasiões em que ia jantar com uma das amigas da época da Srta. Hamlin, ou quando ia a Burlingame para jantar com Harcourt e Annabelle. — Vovô... — quase sufocou-se com as palavras, mas tinha que dizer para ele. Audrey foi em frente, com medo da dor que causaria. Mas o avô sobrevivera a outras coisas... à perda do filho... à da mulher antes... — Vovô, vou embora.

A princípio, ele não pareceu compreender. Em seguida, falou com um tom de voz medido. Ele *tinha* compreendido. Já ouvira essas palavras antes, há muito, muito tempo, naquele mesmo quarto... com Roland...

— Para ir aonde?

— Ainda não sei... preciso pensar nisso. Mas sei que preciso ir... à Europa... só por alguns meses... — sua voz quase não passava de um sussurro e, por um curto momento, ele fechou os olhos. Por um instante, apenas um instante, ele pensou que as palavras de Audrey iriam matá-lo. Mas não podia deixar que fosse assim... não podia... fora uma vida muito longa e, no final, todos faziam isso... magoavam até você não agüentar mais. Não valia a pena amar alguém tanto quanto ele amou Audrey. Não valia a pena... mas ele não podia impedir e, então, quase com um grunhido de dor, estendeu a mão para ela e Audrey foi aos seus braços; o avô abraçou-a com força, desejando poder mantê-la ali para sempre. Mas ela queria abandoná-lo, com o mesmo desespero. — Sinto muito, vovô... sei o que deve estar sentindo. Mas prometo que voltarei... eu juro... Não serei igual ao meu pai — sabia o que o avô pensava e ele apenas assentiu, enquanto duas lágrimas solitárias rolavam lentamente por suas faces.

Capítulo 4

O trem para Chicago partia de Oakland e Annabelle, Harcourt e o avô insistiram em acompanhá-la à estação. Audrey decidira não voar, mas saborear cada momento da viagem ao leste indo de trem. Durante toda a travessia da baía na balsa, Annabelle falou pelos cotovelos, e Harcourt olhava, por cima da cabeça da mulher, nos olhos de Audrey, com um ar expressivo, como se estivesse prestes a tomá-la nos braços e dar um longo e apaixonado beijo de adeus diante da própria esposa. Audrey teria rido daquele olhar, mas não riu por preocupação com o avô que ficou estranhamente quieto durante dias e, nessa última manhã, não falou coisa alguma. Não pronunciou uma única palavra durante o chá, não tocou nos ovos quentes, apesar da excelente cozinheira nova, que Audrey contratou para ele, e em nenhum momento chegou a abrir o jornal. Era óbvio que estava de coração partido e, ao fechar a última mala e parar para dar uma última olhadela em seu quarto, Audrey sentia uma profunda preocupação em relação ao avô. Estava aterrorizada com a possibilidade de que sua partida precipitasse um ataque do coração ou um derrame, ou que, pior ainda, ele pudesse desistir de viver uma vez que ela tivesse partido. Mas, pelo menos uma vez na vida, todos teriam que apoiar-se nos próprios pés sem ela. Só por alguns meses... o tempo suficiente para ela ver um pedaço de mundo e tirar de seu organismo um pouco desse delírio. Audrey prometera milhares de vezes que voltaria para casa em pouco tempo. Mas ao que parecia, o avô jamais acreditou.

— Estarei em casa em setembro, o mais provável, ou em outubro, o mais tardar, avô... eu juro.

Ele olhou desolado para Audrey e sacudiu a cabeça, insistindo que já ouvira aquelas palavras antes, muito tempo atrás, e Roland nunca voltou para casa de suas viagens... nunca...

— Agora é diferente, avô...

— É? Por quê? O que fará você voltar, Audrey? Um senso de obrigação para comigo? Um senso de dever? Isso a trará de volta? — falou quase com amargura e, no entanto, quando no final ela se ofereceu para não ir, ele não deixou que ela cancelasse a viagem, em absoluto. Sabia o quanto aquilo significava para ela e também sabia que, por causa dela, teria que deixá-la ir, não importava o quão doloroso isso fosse. E, de fato, era. De repente, ele se sentiu ancião, como se alguma coisa que tivesse mantido encurralada durante anos finalmente o derrotasse. Sempre teve medo de que um dia Audrey o deixasse... que um dia ela seguisse os rastros do pai. Era tão parecida com ele e sempre adorou aqueles malditos álbuns. Audrey os deixaria em seu quarto, abandonados agora, enquanto ia reviver as aventuras do pai, com a própria máquina fotográfica ao ombro, uma Leica que ela amava.

Agarrou-se ao avô na estação, sentindo, de repente, como ele era frágil, estreitou-o contra seu corpo, arrependendo-se de sua fuga frenética e odiando Harcourt por tê-la feito questionar toda a sua vida. Que direito ele tinha de fazer aquilo?... só que estava certo ao instigá-la. Audrey tinha que fazer o que precisava fazer. Tinha que... precisava... por si própria. Agora precisava fazer alguma coisa por si própria... não pelo avô ou por Annie. Ficou lembrando-se disso enquanto apertava as mãos do avô e, então, não pôde contar as lágrimas ao agarrar-se a ele. Os outros estavam a alguma distância e Audrey olhou-o nos olhos, enquanto as lágrimas rolavam por suas faces. Sentia-se como uma criança que saía de casa pela primeira vez e, de repente, lembrou-se da dor ao deixar o Havaí pela última vez, após a morte dos pais.

— Eu o amo, vovô... Voltarei para casa logo. Prometo.

Ele tomou-lhe o rosto suavemente nas mãos e deu um beijo silente nas faces riscadas pelas lágrimas. Agora toda sua grosseria desapareceu e a superfície crua de seu amor por ela ficou exposta à dor da partida de Audrey.

— Cuide-se, moça. Volte para casa quando estiver pronta. Todos estaremos esperando.

Falou com voz calma e foi sua maneira de dizer que estaria bem sem ela. Ele próprio não estava muito convencido disso, mas achava que devia a liberdade a Audrey. Ela lhe dera tanto nos últimos quinze anos e agora era sua vez, embora não estivesse enamorado da idéia de ela viajar sozinha, mas Audrey insistiu que estavam em 1933, nos tempos modernos, e que não havia motivo para não viajar sozinha. E estava indo apenas para a Europa. Havia amigos do pai, que Audrey tencionava visitar em Paris e Londres, Milão e Genebra, caso fosse lá. Em toda parte havia pessoas que poderia procurar, mas agora só tinha olhos para o avô, ao observá-lo descer do trem com passos lentos, a bengala na mão, o chapéu na cabeça, a compleição alta e magra e os olhos trespassando os dela, enquanto parava orgulhoso na plataforma. E, então, quando enfim o trem começou a se afastar, o avô sorriu para ela. Foi seu presente de despedida para Audrey, o presente de deixar que ela partisse para suas aventuras. Harcourt abraçara-a com muita força ao dar o beijo de despedida, e Annabelle não tinha parado de falar, aterrorizada com o que faria se a babá do pequeno Winston pedisse as contas, ou se faltasse a empregada do segundo andar... Harcourt tinha razão... ela fizera coisas demais para todos. E agora era a vez de Audrey. Acenou o máximo que pôde e, então, o trem fez uma curva e eles desapareceram como miragens.

Foram dois dias e duas noites para chegar a Chicago e Audrey passou o tempo todo lendo os romances que levara. Tinha seu próprio compartimento com uma sala de visita e um sofá-leito, e no primeiro dia terminou *Death in the Afternoon* de Ernest Hemingway, sentindo-se plena de seu espírito de aventura ao ler sobre as touradas que tanto intrigaram-no. Logo depois, Audrey leu *O Admirável Mundo Novo* de Aldous Huxley. Ambos os livros pareceram apropriados ao seu estado de ânimo de descoberta e aventura. Durante toda a travessia do país, Audrey mal falou uma palavra com alguém. Apenas saía do trem de tempos em tempos para esticar as pernas, ou para comer uma comida indigesta em uma das estações, lendo um livro enquanto comia, depois mastigava fazendo barulho os bombons que comprara. Tinha uma verdadeira paixão pelas balas 3 Musketeers, e comprou-as para chupar enquanto ficava acordada, lendo até altas horas da noite. Estava tendo uma viagem maravilhosa e cômoda e, pela primeira vez em anos, não tinha ninguém em quem pensar a não ser em si própria. Não precisava preocupar-se em planejar refeições ou aprovar cardápios, ou brigar com as empregadas, ou se vestir a tempo para o jantar. Durante toda a viagem usou uma saia de flanela cinzenta, e levava consigo várias blusas. Começara com uma de crepe-da-China cor-de-rosa abotoada afetadamente no pescoço e com o colar de pérolas, que o avô dera de presente em seu vigésimo primeiro aniversário. No segundo dia usou seda cinza e, na última noite, crepe-da-China branco. Quando pararam em Denver, usou uma jaqueta de pele de raposa contra o frio da noite, mas depois foi ficando cada vez mais quente à medida que atravessavam o país. Era meados de junho e, no momento em que chegaram a Chicago, Audrey vestiu um terninho de linho branco e os sapatos brancos novos, que tinha comprado para a viagem, com saltos azuis e uma correia azul por sobre o dorso do pé. Eram a última moda e Audrey se sentiu muito chique ao descer do trem, com o imenso chapéu tombado para o lado, os cabelos de cobre caindo em cascata em volta do rosto quando acenou para um carregador. Levou todas as suas coisas para o La Salle Hotel, onde passou a noite antes de embarcar de novo no trem, na manhã seguinte, para a breve viagem a Nova York. E, sem que esperasse, foi possuída pela excitação do que estava fazendo. Quase sentia vontade de parar no meio da rua e rir de tão contente que estava consigo; agora parecia indistinta a dor por estar deixando a família.

Só quando falou com o avô foi que a dor novamente veio à tona. E, mesmo então, apenas por breve momentos. Quando Audrey telefonou, a voz dele soou áspera, mas uma aspereza que mal disfarçava a solidão tão evidente em sua voz.

— Quem é? — vociferou ao telefone quando Audrey ligou, e ela sorriu em seu quarto de hotel, olhando para fora da janela, sem nada ver, enquanto segurava o telefone.

— Sou eu, vovô. Audrey. Não é possível que já tenha me esquecido.

— Eu estava ouvindo Walter Winchell — Audrey calculou rápido a diferença de horários, e percebeu que ele mentia. Não queria que ela soubesse que estava sentado ao lado do aparelho, rezando para ela telefonar. — Em todo caso, em que diabo de lugar você está?

— Em Chicago. No La Salle Hotel — Audrey lhe dissera seu itinerário antes de partir, pelo menos até onde ela sabia, mas o La Salle estava incluído.

— O que é isso? Algum hotel barato?

— Claro que não! — ela riu, sentindo uma súbita e terrível falta dele. Sentia-se muito, muito longe de casa e muito solitária por ele. — Fica perto do Loop e você também já se hospedou aqui. Você mesmo me contou.

— Eu não me lembro — mas Audrey sabia que ele lembrava; estava apenas sendo difícil, para mitigar a solidão que sentia, sem ela. — Quando vai para Nova York?

— Amanhã de manhã, vovô.

— Bem, trate de ficar em seu compartimento. Nunca se sabe que escória estará nesse trem. Você tem sua própria cabine, não tem? — o avô parecia nervoso e Audrey comoveu-se.

— É claro, vovô.

— Ótimo. Então, fique aí — e, de repente, sua voz pareceu meiga, quase súplice; era tão pouco característico dele que os olhos de Audrey encheram-se de lágrimas. — Vai telefonar para mim de Nova York?

— Assim que eu chegar — a voz de Audrey soou suave nos ouvidos do avô e, por fim, ele assentiu em silêncio. Quis agradecer, mas não sabia como. Sentia-se grato até pelo telefonema de Chicago.

— Onde vai hospedar-se em Nova York?

— No Plaza, vovô.

— Está bem — e depois, um silêncio. — Cuide-se, Audrey.

— É claro, vovô. Prometo. E você também. Não fique acordado até tarde hoje à noite.

— Tenha cuidado no trem — ele mostrou-se preocupado de novo. — Fique em sua cabine!

Claro que no dia seguinte ela não cumpriu a promessa ao avô quando chegou à Broadway Limited. O vagão das poltronas era intrigante demais com seu bar abarrotado de fregueses felizes e conversadores. O restaurante era tão luxuoso quanto o outro vagão; e a comida, esplêndida, servida por garçons de fraque. Dividiu uma mesa com um casal em lua-de-mel e um advogado de aparência muito respeitável, de Cleveland, com mulher e quatro filhos em casa. Mas, assim mesmo, perguntou se poderia vê-la em Nova York e até ofereceu carona em seu táxi da Penn Station até o hotel. Audrey recusou, foi embora da estação em seu próprio táxi, e começou a tirar fotos. Reclinou-se para a frente, no assento do enorme carro, apoiou-se e começou a fotografar os arranha-céus e transeuntes, captando ângulos estranhos, chapéus engraçados e as expressões dos rostos. Tinha um verdadeiro talento para o que via na objetiva da câmera e, quando estacionaram no hotel, estava totalmente absorta. Charretes de aluguel estavam paradas no lado de fora, e o motorista fitou-a, curioso, quando ela pagou.

— Você é turista ou fotógrafa profissional? — não conseguiu perceber; ela era atraente e bem-vestida e, no entanto, tinha um jeito de quem sabia, de fato, o que fazia com a câmera.

Audrey sorriu, enquanto o porteiro carregava as malas.

— Um pouco das duas coisas.

— Vai dar um giro por Nova York? — seu ar era esperançoso.

— Claro — Audrey olhou para o relógio. — Dê-me uma hora. Encontro você aqui.

Era uma linda tarde ensolarada e Audrey tinha tempo de sobra, e uma cidade inteira para descobrir sozinha.

O motorista prometeu voltar e cumpriu a palavra. Uma hora depois, Audrey estava de volta no táxi, passando zumbindo por pontos da cidade que nunca vira em suas outras viagens a Nova York: o Empire State Building, Saint John the Divine. Fez, inclusive, com que ele a levasse através do Harlem, onde sua câmera trabalhou até a exaustão, e comprou sorvetes de casquinha para duas menininhas, após ter tirado fotos delas.

Foi um dia divino, uma viagem maravilhosa e um momento muitíssimo agradável de sua vida. E, quando voltou ao hotel, sentia-se como se já tivesse visto tudo aquilo. Gastara seis rolos de filme em prédios, em pessoas, no Harlem, no Central Park, no East River, no Hudson, na Ponte George Washington, em Wall Street e Saint Patrick's. Estava radiante de alegria quando telefonou para o avô nessa noite, e ainda se sentia alegre quando partiu para jantar no *21*. Era o bar mais famoso de Nova York, onde se vendia bebida clandestina e um dos poucos em que ela poderia entrar desacompanhada. Usava um lindo vestido de festa preto e, no momento em que se sentou, dois homens aproximaram-se, mas o *maître* logo pediu que voltassem ao bar de onde tinham saído. Audrey retornou ao Plaza como partira, sem nenhum acompanhante.

Tinha três dias para passar em Nova York antes de embarcar no navio, e aproveitou-os muito bem. Visitou todos os pontos turísticos que queria ver e foi, inclusive, ver dois filmes, ambos estrelados por Joan Crawford, a quem Audrey adorava, *Grand Hotel,* também estrelado por Greta Garbo, e *Rain*, com Crawford e Walter Huston. Ambos entraram em circuito no ano anterior, mas Audrey não teve tempo para assistir. Agora o que mais lhe sobrava era tempo. Saiu dos cinemas sentindo-se cansada e satisfeita, tanto que no dia seguinte foi a uma matinê de *A Bill of Divorcement,* com Katherine Hepburn.

Fez caminhadas infinitas olhando lojas e seu único arrependimento verdadeiro foi não ter conseguido ir a El Morocco, inaugurado um ano e meio antes; Annie contara a Audrey histórias arrebatadoras sobre o lugar. Ela e o marido conheceram-no na lua-de-mel e, ao que parecia, a decoração era em listras de zebra e todos os tipos do *café society* estavam à mostra por lá, bebendo e dançando até o começo da madrugada, lindas mulheres com roupas fabulosas e homens bonitos de aparência extremamente sensual e romântica. Era um cenário que Audrey teria gostado de ver, embora não houvesse nenhum modo decente de fazê-lo. Não conhecia ninguém em Nova York e nem sonharia em ir sozinha, mesmo se pudesse.

No entanto, ficou fascinada ao perambular pelas ruas — as mulheres eram tão chiques e os homens se vestiam tão bem. De uma certa forma, a cidade fazia com que San Francisco parecesse sonolenta e quando telefonou para Annabelle, tentou descrever tudo.

— Você é tão sortuda, Aud... Eu daria tudo para estar aí com você.

— Todo mundo está usando os chapeuzinhos mais extraordinários e os vestidos mais lindos — ambas sabiam que esses "chapeuzinhos engraçados" eram a moda daquele ano, mas ver dúzias deles empoleiradas em cabeças por toda parte, de repente, dava vida a tudo. Tudo era tão maior, mais brilhante e excitante do que na Califórnia. De repente, San Francisco parecia tão sossegada e tranqüila e, de fato, o era. Audrey estava excitada por ter fugido, mesmo que por apenas um breve período de tempo.

— Você foi a El Marocco?

Audrey deu uma risada e balançou a cabeça, enquanto olhava pela janela do quarto de hotel e conversava com a irmã.

— Claro que não. Como poderia? Não conheço ninguém aqui para me levar.

— Ouvi dizer que deixam as pessoas entrarem desacompanhadas se tiverem boa aparência e estiverem bem-vestidas... — sua voz diminuiu esperançosa e Audrey deu outra risada.

Ela também já ouvira isso, era a única maneira de se manterem cheios e com um ar de sucesso em plena Depressão. Deixavam as pessoas bonitas entrarem para fazer o local parecer movimentado e, então, seus fregueses habituais apareceriam e ninguém seria o sabichão.

— Sem um acompanhante, acho que eu não chegaria muito longe — disse Audrey sem qualquer arrependimento, e ela e Annabelle deram de ombros.

Era estúpido de parte de Audrey viajar sozinha como uma velha, mas Annabelle suspirou e disse:

— Talvez você esteja em melhor situação desse jeito, Aud — não queria falar mais. Havia um quê em sua voz, que fez Audrey perguntar-se o que Harcourt estaria aprontando.

— Está tudo bem? — ao fazer a pergunta, ficou de coração partido pela irmãzinha. Aos seus olhos, Annabelle ainda era um bebê. — Há alguma coisa errada? — parecia uma tigresa pronta para defender o filhote, mas Annabelle negou que houvesse algo de errado e Audrey quis acreditar.

— Estamos bem. Só que... é tão difícil sem você. Não sei como você faz tudo tão certinho e... — havia lágrimas em seus olhos, mas, por sorte, Audrey não podia vê-las.

— Você também faz. Basta ter paciência. Não pode aprender tudo da noite para o dia.

— Harcourt acha que posso — agora sua voz soou abatida, e Audrey sorriu.

— Os homens não compreendem essas coisas. Olhe para nosso avô — Annabelle sorriu banhada em lágrimas. — Você está fazendo bem as coisas — era o mesmo encorajamento que vinha dando a ela durante toda a vida. — Faz um belo trabalho com o pequeno Winston — era verdade, de fato. Annabelle era como uma menininha brincando com sua boneca.

— Tenho tanto medo de fazer alguma coisa errada... — começou a se preocupar e Audrey cortou-a.

— Não vai fazer. Você é a mãe dele. É *você* quem sabe o que é melhor — nesse momento, Audrey estava pensando que a chamada sairia muito cara. Levava apenas cinco mil dólares do dinheiro que os pais deixaram ao morrer, e a quantia tinha que durar a viagem inteira. — É melhor desligar agora, querida. Telefonarei para você antes de zarpar.

— Quando vai ser?

— Dentro de dois dias — sabia que Annabelle não sentia inveja disso. Sempre teve enjôos desesperados em suas viagens de ida e volta ao Havaí. Harcourt havia dito que ela não saiu nem uma única vez da cabine do *Ile de France,* durante toda a viagem de lua-de-mel. Mas ao chegar em Paris, recuperou-se logo. Chanel, Patou, Vionnet. Annabelle fez os giros e gastou uma fortuna. — Cuide-se e transmita meu amor para o vovô.

— Ele nunca telefona para mim — Annabelle lamentou-se.

— Ligue para ele, pelo amor de Deus! — Audrey falou em tom aborrecido. Annie nunca pensava em ir procurar ninguém. Esperava que todos fossem a ela. — Agora ele precisa de você.

— Está bem... eu ligarei. E telefone para mim se você for a El Morocco!

Audrey riu consigo mesma ao colocar o fone no gancho. Como eram diferentes, às vezes era gozado pensar nisso e no quanto Annabelle odiaria a viagem que Audrey planejara para depois que chegasse à Europa. Chanel e Patou não estavam em parte alguma do itinerário de Audrey. Pensava em ir pescar em outras águas, e, tão logo chegou ao navio no dia seguinte, sentiu o coração bater em disparada. Parou, mirando as quatro chaminés do *Mauretania* e, de repente, foi como se um sonho se tornasse realidade. Até mesmo os álbuns do pai desapareceram de sua mente, a única coisa em que conseguia pensar era em suas próprias viagens, suas próprias aventuras, seus próprios planos, enquanto se instalava na cabine do convés A. Claro que não havia ninguém para despedir-se dela, mas subiu ao andar de cima quando zarparam e observou o navio afastar-se do cais em uma lenta manobra, enquanto os passageiros jogavam confetes e serpentinas e gritavam para os amigos que estavam em terra. A sirene do navio soou, abafando todos os outros sons, e Audrey viu ao seu lado um casal de braços dados, ela com um lindo traje de seda cor-de-rosa e um daqueles delicados chapeuzinhos, que Annabelle teria adorado. Tinha os cabelos bem pretos, enormes olhos azuis e pele cremosa e usava sapatos de linho rosa com correias cruzadas e bordas douradas, e quando acenou para um amigo em terra, Audrey tomou conhecimento de um bracelete de diamantes muito grandes. Então, quando a sirene do navio parou de soar, Audrey ouviu o som da risada da mulher e viu-a beijar o homem que a acompanhava. Estava vestido com calças largas de linho branco e um *blazer* azul-marinho, um chapéu caído em cima de um olho; e juntos eram de uma elegância extrema quando se afastaram de braço dado, ainda rindo e parando para se beijar de vez em quando. Audrey flagrou-se perguntando-se se os dois estariam em lua-de-mel e, mais tarde, quando os viu bebendo champanhe no compartimento de descanso, antes do jantar, quase teve certeza. Depois viu-os fitando-a, e observou-os do outro lado do restaurante, nessa noite. A mulher vestia um vestido de noite branco espetacular com um decote ousado, o marido estava de *black tie,* e Audrey usava um vestido de noite de cetim cinza que, de repente, pareceu muito menos sofisticado do que poucos meses atrás, em San Francisco. Mas não se importou, de fato. Divertia-se de um modo maravilhoso, observando todas as outras pessoas. Quando saiu ao convés após o jantar, envolveu os ombros com a jaqueta de raposa prateada. E tornou a vê-los ali, beijando-se ao luar, de mãos dadas. Sentou-se em uma cadeira no convés e olhou a lua; sorriu quando eles passaram de novo por ela e, em seguida, sentiu um susto repentino quando pararam perto de sua cadeira e a mulher sorriu para ela.

— Está viajando sozinha? — falou direto com Audrey e era ainda mais linda quando se olhava para seus incríveis olhos cor de safira, que, na verdade, mais pareciam diamantes azuis.

— Sim, estou — de repente, sentiu-se tímida. Uma coisa era sonhar em ter aventuras e outra coisa bem diferente era embarcar sozinha em uma viagem, sendo obrigada a conhecer outras pessoas e ter de explicar tudo. Sentiu-se uma adolescente desajeitada, quando a jovem com sofisticado vestido andou em sua direção.

— Meu nome é Violet Hawthorne e este é meu marido, James — fez um aceno casual com a mesma mão que antes usara um bracelete de diamantes, mas que agora usava um enorme anel de esmeralda com um bracelete combinando; o que ela deixou de mencionar para Audrey era que o "James" se tratava, na verdade, de "o" *Lord* James Hawthorne, e que ela era *Lady* Violet, marquesa de nascimento. Mas não havia nada de arrogante ou esnobe em seus olhos quando sorriu para Audrey, e o marido aproximou-se para apertar-lhe a mão e repreender a mulher por ter sido rude, mas havia um tom risonho em sua voz e, ao colocar o braço nos ombros da esposa, foi como se quase não conseguisse ficar com as mãos afastadas da mulher de aparência espetacular.

— Estão em lua-de-mel? — Audrey não conseguiu reprimir a pergunta, e os dois deram uma risada.

— Estamos com cara disso? — Violet riu da idéia. — Chocante... esse terrível ar de ansiedade que confessa para todos que você não pode esperar a hora de ir para a cama. Querida, realmente, é terrível... — Audrey corou diante das palavras sinceras, mas os três riram e Violet apressou-se para corrigir. — Lamento dizer que estamos casados há seis anos e temos dois filhos esperando por nós em casa... não, só estamos viajando de férias. Na verdade, James tem um primo em Boston e eu queria ir a Nova York. A cidade é totalmente maravilhosa nessa época do ano. Você é de Nova York? — sorriu ao fazer a pergunta, parecendo não se dar conta de sua imagem de beleza deslumbrante, parada ali com seu vestido de noite branco, arrastando um xale de arminho, com as esmeraldas cintilando às luzes do navio. Audrey estava subjugada por completo e sentia-se uma verdadeira caipira.

— Na verdade, sou de San Francisco. — *Lady* Violet ergueu as sobrancelhas, interessada; tinha o rosto muito expressivo e quase não parecia ser mais velha do que Audrey.

— É mesmo? Nasceu lá? — adorava fazer perguntas e o marido interveio rápido, repreendendo-a aos risos.

— Quer parar de interrogar as pessoas, Vi. Você deve mesmo parar com isso! — mas os americanos foram de uma tolerância extrema para com ela; de fato, muito poucos pareceram objetar, se é que alguém objetou, e ficavam felizes em responder todas as suas perguntas.

— Não me importo — Audrey interpôs-se rápido e *Lady* Violet desculpou-se.

— Sinto muito. James tem razão. Tenho o pavoroso hábito de perguntar demais. Na Inglaterra, todos me acham de uma rudeza terrível. Os americanos parecem ser mais camaradas em relação a isso — deu um sorriso ingênuo e Audrey deu uma risada.

— Que interessante.

O deslumbramento dela parecia autêntico e Audrey riu, percebendo que ainda não foram apresentados. Estendeu a mão, completaram a apresentação formal e, em seguida, James convidou-a para juntar-se a eles para o champanhe. Era um homem de incrível beleza, com cabelos negros brilhantes, ombros largos e mãos impecáveis e aristocráticas. Audrey precisou forçar-se a não olhá-lo, mas James era de tão boa aparência que ao falar hipnotizava os outros, e vê-los juntos era como assistir a um filme. Os dois personificavam tudo que fosse fascinação. Tinham tudo, eram lindas pessoas com roupas bonitas, com frases espirituosas, jóias incríveis e exalando uma aura de tranqüilidade que faria inveja a qualquer um.

— Você vai à Europa com freqüência? — Violet fazia perguntas de novo, mas dessa vez James não tentou detê-la.

— Só estive lá uma vez — confessou Audrey. — Quando tinha dezoito anos. Fui com meu avô. Fomos a Londres e Paris, passamos uma semana em algum *spa* no lago de Genebra. Depois voltamos para casa, em San Francisco.

— É provável que tenha sido no Evian. Uma chatice terrível, não foi? — Violet e Audrey riram, James reclinou-se na cadeira, observando a esposa.

Era óbvio que ele era louco por ela e, ao observá-los, Audrey sentiu pena da irmã. Era assim que o casamento devia ser, duas pessoas que nutriam interesse mútuo, que gostavam das mesmas coisas, não estranhos que só se preocupavam com a maneira como pareciam para os outros. Se não pudesse esperar até encontrar um homem como aquele, Audrey preferia continuar solteira pelo resto da vida. Mas descobriu que não invejava Violet, em absoluto. Gostava de observá-los juntos, enquanto Violet continuava tagarelando.

— Minha avó tinha uma casa velha e gozada em Bath. Costumava ir lá para as "águas", e todos os anos me mandavam com ela. Nem dá para eu começar a lhe dizer o quanto eu odiava... só que — levantou a vista para James com um sorriso largo — houve um verão que não foi tão medonho assim.

— Quebrei a perna caçando na Escócia e fui hospedar-me com minha tia-avó, contra a minha vontade e opinião, mas... tive algumas vantagens. A bela *Lady* Vi aqui foi uma delas... — a voz de James baixou de um modo sedutor e ela aceitou a batalha de bom humor.

— Você está insinuando que houve outras?

— ... Oh, uma linda coisinha da padaria, pelo que me lembro, e...

— James, como pôde?! — ele a estava provocando e Violet adorava isso.

Audrey passou uma noite deliciosa com os dois, rindo, zombando e falando da Califórnia e dos lugares que queria ver na Europa.

— Tem planos de ficar quanto tempo, Audrey? — James perguntou, amável, enquanto servia nos copos o restante da segunda garrafa de champanhe.

— Mais ou menos até o final do verão. Prometi a meu avô que estaria em casa nessa época. Sabem, eu... é bem complicado, receio. Moro com ele, que tem oitenta e um anos.

— Deve ser muito triste para você, minha cara — James pareceu apreensivo, mas Audrey balançou a cabeça rápido, por amor, lealdade e o fato de sempre ter adorado morar com ele. Só que agora ela precisava fazer algo diferente, durante algum tempo.

— É um homem maravilhoso e, na verdade, nos damos muito bem — ela sorriu. — Não que vocês fossem acreditar se nos vissem juntos. Vivemos brigando por causa da política.

— Faz bem à saúde. Eu sempre discuto com o pai de Vi. Ambos gostamos muito — todos sorriram; em uma noite apenas tornaram-se amigos íntimos. — Agora, conte-nos seus planos.

— Bem, primeiro Londres, depois Paris e, então, penso que posso descer de carro até o sul da França...

— Dirigindo? — ele pareceu surpreso e Audrey confirmou. — Sozinha, ou com um motorista?

Ela sorriu para ele.

— Você fala igual ao meu avô. Ficaria admirado, sou uma motorista muito boa.

— Ainda assim... — James não estava seguro se aprovaria, o enorme anel de esmeralda de Violet faiscou em sua direção.

— Não seja tão antiquado. Tenho certeza que ela irá muito bem. E depois, para onde? — virou os olhos interessados na direção de Audrey.

— Não sei ao certo. Acho que passarei algum tempo na Riviera, depois irei para a Itália de carro ou de trem. Quero ir a Roma... Florença... Milão... — hesitou durante apenas uma fração de segundo, mas ninguém notou — ...e se tiver tempo, talvez passe alguns dias em Veneza, depois tomarei o trem de volta a Paris e de lá para casa.

— E planeja fazer tudo isso até setembro?

— O que puder... tem umas outras coisas que eu também gostaria de fazer, mas sei que não haverá tempo. Gostaria de ir à Espanha, talvez a Suíça... Áustria... Alemanha... — Índia, Japão... China... quase riu de si própria. O mundo inteiro lhe era tão atraente, como uma maçã gigantesca que Audrey queria morder, morder e morder até devorá-la por completo, com casca, sementes e tudo.

— Acho que você não terá tempo nem para a metade disso — James ostentava um ar de dúvida e Violet parecia intrigada.

— E vai fazer tudo sozinha? — Audrey assentiu. — Sabe, você é muito corajosa.

— Acho que não sou. Só que... — fitou-os com um ar honesto, e pareceu muito jovem. — ...eu sempre quis fazer algo assim... meu pai era desse jeito. Viajou pelo mundo inteiro e, no final, acabou no Havaí, mas viajava para Fiji, Samoa e Bora-Bora... acho que é alguma coisa em meu sangue. Toda a minha vida eu sonhei em viajar assim... sozinha... conhecer pessoas, fazer coisas... e agora, de repente, aqui estou... — parecia que estava prestes a explodir de alegria, e *Lady* Violet jogou os braços em torno dela e lhe deu um abraço.

— Sabe, você é uma moça engraçada. E de uma coragem terrível. Não tenho certeza se teria coragem para fazer algo parecido, sem James — ele deu um sorriso benévolo para ela; começava a pensar em ir para a cama com ela, pelo resto da noite, e dentro de pouco tempo Audrey e suas aventuras seriam, sem dúvida, *de trop.* Tinha olhos apenas para sua mulher. — Está gostando até aqui? — como de hábito, Violet estava curiosa.

— Estou — Audrey sorriu para os dois e percebeu corretamente o aumento do interesse de James pela mulher. Em todo caso, já era tarde e fora um longo dia para todos. Levantou-se, sorriu, e tornou a apertar-lhes as mãos. — Tive uma noite maravilhosa. Obrigada a vocês dois. E muito obrigada pelo champanhe.

— Então, vamos fazer alguma coisa maravilhosa amanhã? Vamos almoçar juntos, vamos? — Violet sorriu e Audrey concordou.

— Eu adoraria. Vejo vocês amanhã, então.

Deixou-os batendo papo, felizes e foi para sua cabine no convés A. Passara uma noite maravilhosa com eles, que não eram, em absoluto, o tipo de gente que ela esperava conhecer. No decorrer da noite, Audrey ficara sabendo de Violet que esta estava com vinte e oito anos e James trinta e três, tinham um filho de cinco anos, também chamado James, e uma menininha, Alexandra, que tinha três. Moravam em Londres o ano inteiro, tinham uma casa de campo, nos verões iam para Cap d'Antibes. Levavam uma vida indolente e luxuosa; ainda assim, não eram cansativos nem esnobes. Eram maravilhosos, pessoas divertidas de se lidar, e Audrey ansiava almoçar com eles no dia seguinte. No final, passou a maior parte do cruzeiro com os dois. Tornaramse uma tríade inseparável, riam, dançavam e contavam histórias, bebiam champanhe até mal conseguir parar de rir, zombando dos outros passageiros e, de vez em quando, convidando-os para juntar-se a eles. Mas, no conjunto, a tríade fez um enorme sucesso, Audrey e os Hawthorne agora grandes amigos. Tanto que foi lúgubre a noite em que defrontaram-se com a perspectiva de desembarque no dia seguinte.

— Virá conosco a Cap d'Antibes? — a sugestão foi de Violet, mas James pareceu ansioso para aprová-la. — Vai se divertir muito. Nós sempre nos divertimos. Lá há pessoas tão maravilhosas — seus favoritos dentre elas eram os Murphy, claro, Gerald e Sara, com suas festas infinitas, trajes engraçados e amigos intrigantes. Hemingway esteve lá com eles uma vez, Fitzgerald também, Picasso, Dos Passos... porém mais do que isso, eram os próprios Murphy muito divertidos. Os Hawthorne eram loucos por eles e diziam ter sorte por tê-los como amigos. — Vá mesmo — os olhos de Violet suplicaram ao mesmo tempo e Audrey sentiu-se tentada a dizer sim. — De qualquer modo, você vai mesmo ao sul da França. Basta planejar passar um pouco mais de tempo por lá.

— Sim — James riu —, algo como dois meses. Deus do céu, Audrey, o irmão de Violet ficou conosco sete semanas no ano passado, de tão agradável que foi — então, ao olhar para sua mulher, fingiu franzir a testa. — Ele não vai voltar este ano, vai, *Lady* Vi?

— Olhe, não comece com isso de novo, James, você sabe que ele só ficou duas semanas em julho. E este ano só poderá ficar alguns dias — e tornou a desviar a atenção para Audrey. — Contamos com você. Nós estaremos lá no dia 2 ou 3 de julho, e você trate de ir.

— Irei — ela prometeu e, de repente, o verão pareceu ainda mais excitante.

Havia todo um mundo novo a ser descoberto, com o elenco de personagens em Antibes, que eles descreveram, e todas as aventuras que compartilhariam. Ofereciam a excitação qual um punhado de pedras preciosas, e suas promessas dançavam na cabeça de Audrey como se fossem pequenos duendes, quando deitou-se, essa noite, em seu beliche e repassou tudo em mente outra vez... um fim de semana em Saint-Tropez... jogo no cassino de Monte Carl, como Vi chamou em seu francês imaculado porém irreverente... Cannes... Nice... Villefranche... só os nomes já a enchiam de excitação, e seu coração bateu furioso, enquanto ela ficou acordada até tarde da noite, agradecendo à sua estrela por tê-los conhecido.

Capítulo 5

Os dias em Londres passaram voando, rápido demais. Audrey foi levada ao Claridge's por James e Vi, com uma apresentação especial ao gerente. Tinha reserva no Connaught, mas James insistiu para que ela trocasse porque ele preferia o outro. Não havia, em absoluto, nenhum motivo para trocar, e Audrey teria sido feliz em ambos os lugares, embora a apresentação de James lhe tenha garantido um tratamento de primeira, que ela jamais encontrara em parte alguma. Audrey tentou explicar isso em uma carta para Annabelle, mas no final acabou rasgando-a, com medo de que a irmã mais nova fosse possuída pela inveja. Havia rios de champanhe, infinitos cestos de frutas, bandejinhas de prata com chocolates impecáveis e tardes de compras com *Lady* Vi, era levada a todas as partes no Rolls deles, ia a festas e peças. E Vi e James até fizeram uma festa para ela. Apresentaram-na ao seu círculo de amigos, ela apaixonou-se pelos filhos deles e ficou impressionada com a casa. Era enorme e elegante, mais se assemelhava a um pequeno palácio do que a uma casa. Audrey nunca vira algo parecido, nem mesmo em San Francisco, com todas as suas casas grandiosas. Quase odiou partir para Paris no final da semana, e o único consolo que teve era o fato de que iria encontrar-se com eles em Antibes dentro de poucas semanas — mal podia esperar pelo reencontro.

Em comparação com Londres, Paris era quase insípida sem Violet e James. Audrey comprou um lindo chapeuzinho para Vi na Patou, e um outro ainda mais encantador para Annabelle, o qual ela despachou para casa. Nesse ano, quase tudo que viu em Paris parecia ter um motivo da selva. Comprou um extravagante vestido de noite, listrado como a pele de uma zebra, planejando usá-lo em Antibes quando visitasse Violet e James, talvez até mesmo em uma das fabulosas festas que os Murphy davam, caso fosse convidada. Mas foi a primeira vez na vida de Audrey em que ela se sentiu totalmente independente e madura. Não precisava responder a ninguém, nem se responsabilizar por coisa alguma. Não importava a que horas comia, ou quando se levantava. Esquadrinhava Montmartre à noite e bebia vinho tinto ao meio-dia. Perambulava pela *Rive Gauche*; e após duas semanas de gloriosa liberdade, tomou o trem em direção ao sul da França.

Por fim decidira não ir de carro, não por ter medo, como James pensou que ela teria, mas porque se sentia indolente agora e por ser mais fácil ir de trem. Vestia uma saia longa e apertada azul-clara, um par de alpagartas que tinha comprado, e um enorme chapéu de palha de aba larga, quando desceu do trem em Nice e viu Violet e James parados ali, com trajes parecidos com o seu. Violet usava um vestido branco de verão, um imenso chapéu de palha com uma rosa vermelha e sapatinhos vermelhos, e James com alpargatas iguais às de Aud. Já estavam bronzeados, e as crianças os aguardavam no carro, com a babá. Audrey colocou Alexandra nos joelhos quando o carro partiu, e James e Violet começaram a cantar uma canção francesa. Todos riam, enquanto iam a toda velocidade com a capota arriada. Era um verão para a felicidade e a excitação, suas vidas estavam privadas de medo ou de qualquer tipo de preocupação.

Audrey apaixonou-se, de imediato, pela casa e pelas pessoas que os visitaram nessa noite: artistas e aristocratas, franceses e mulheres de Roma, meia dúzia de americanos e a mais bela moça que Audrey já encontrara, que insistiu em nadar nua na piscina. Hemingway era esperado, mas, em vez de ir, foi pescar em alguma cansativa expedição no Caribe organizada por ele. Era mágico e exatamente aquilo que Audrey sempre sonhou. Era impossível acreditar que há apenas um mês e pouco se encontrava tranqüila em casa, assegurando-se de que os ovos quentes do avô estivessem no ponto.

E agora Audrey compreendia, inclusive, sua própria obsessão com as notícias do mundo. Era uma maneira de se agarrar a alguma coisa mais, ao mundo lá fora, à vida, só que agora ela fazia parte disso, dia e noite, com todas aquelas pessoas que nunca encontrara antes e que jamais veria de novo, e as pessoas extraordinárias a quem eles a apresentavam diariamente. Faziam tudo sem dificuldades, estavam tão acostumados com aquilo. Todo mundo que eles conheciam já escrevera um livro ou encenara uma peça, criara um objeto de arte famoso ou nascera em família nobre. Não eram simples pessoas ali, eram mais, eram escultores de um tempo mágico na história e, ao observá-las, Audrey podia sentir os momentos sendo entalhados e a poeira de ouro em seus cabelos.

Todos os dias ao acordar ela tinha a sensação de que estava acontecendo alguma coisa notável e era isso mesmo: agora compreendia aquilo pelo qual seu pai vivera e morrera, a excitação sem a qual ele não poderia existir. Os álbuns adquiriram nova vida para ela, só que ali era melhor ainda. Era a vida dela, não a dele, e aqueles eram seus amigos... e, como o pai, Audrey vivia tirando fotos.

— Em que está pensando, Audrey? — Violet a observava, enquanto estavam sentados na estreita faixa de areia de Antibes. — Sabe, você estava sorrindo e olhando para o horizonte O que é?

— Penso em como sou feliz. E como isso fica longe de casa — olhou para a amiga com um sorriso. Já sabia que seria uma imensa tristeza voltar no outono e tampouco gostava de pensar nisso. Queria ficar ali para sempre, com a magia acontecendo, mas claro que não o faria. Em um determinado momento, todos teriam de ir para casa. No entanto, ela odiava essa idéia.

— Você adora isso aqui, não é?

— Amo — Audrey deitou na areia, o maiô francês preto moldou-lhe o corpo com perfeição na areia. Ao seu lado, Violet usava branco, o que combinava bem com seus cabelos negros. Juntas, as duas formavam um belo par. Era uma foto que Audrey adoraria tirar. Não parava de fotografar. Depois, quando revelava, em um laboratório de Nice, os outros comentavam que ela era muito boa. O próprio Picasso disse isso, um dia, ao ver as fotos que ela examinava. Olhou-as com interesse e depois fitou Audrey com seus olhos penetrantes.

— Sabe, você tem talento. Não deveria desperdiçá-lo.

Ele falou em um tom austero que assustou-a. A fotografia era algo que ela gostava; nunca pensara nisso como sendo alguma coisa a não ser "desperdiçada". Mas ficou impressionada com o tom de voz dele. Estava impressionada com tudo que acontecia a sua volta, e adorava.

— Por que você não fica? — Violet perguntou, quando estavam deitadas na praia.

— Em Antibes?

— Na Europa, quero dizer. Parece ser o lugar certo para você — observava os olhos de Audrey, melancólicos enquanto ela pensava na partida.

— Eu adoraria, Violet. Mas não seria justo.

— Para quem?

— Meu avô principalmente... ele precisa de mim por lá... talvez um dia — não quis dizer quando, mas talvez quando ele já não existisse mais. Isso dava sabor ao sonho de sua vida; sempre poderia voltar. Um dia. Se tivesse sorte.

— Sabe, não me parece justo ter de abrir mão de sua vida desse jeito.

Audrey encarou-a, tranqüila.

— Eu o amo, Vi. Está tudo bem.

— Mas e quanto a você? Não pode viver assim para sempre, Audrey — e, então, fitou-a com curiosidade. — Você não gostaria de casar e levar sua própria vida um dia? — parecia-lhe tão estranho não ser assim. Há tanto tempo amava James que nem conseguia imaginar a vida sem ele.

— Talvez. Na verdade, não penso muito sobre isso. Esta é a minha vida. Talvez casar não seja o meu destino... talvez isso não esteja no Plano para mim — as duas trocaram um sorriso e deitaram na areia. Pela primeira vez, Audrey pensou que, caso nunca se casasse, já não seria mais um destino infeliz. Era agradável ser livre, em especial ali, no verão de 1933, em Cap d'Antibes, na Riviera.

Nessa noite foram a uma festa, de novo na casa dos Murphy, dessa vez um baile à fantasia e como sempre o próprio Gerald Murphy foi o mais maravilhoso de todos. Era bonito, meticuloso e, no entanto, era muito mais do que isso. Elegante como poucos homens conseguiam ser, elegante e criativo, era tão perfeito em cada detalhe que se tinha vontade de sentar em um canto e observá-lo a noite inteira. Era uma dessas raríssimas pessoas cuja plumagem era tão fina e deleitável que todos admiravam. Elegeram-no o mais elegante da classe em Yale, em 1912, e à época ainda não conheciam nem a metade de sua elegância. Vinte anos mais tarde, era muito, muito mais maravilhoso, e a mulher, Sara, divina. Costumava usar suas pérolas na praia de Antibes e insistia que "era bom para elas", enquanto conversava sentada ao lado de Picasso e seu eterno chapéu preto.

Foi um verão glorioso para todos, embora menos para os Murphy do que em anos anteriores. Ainda lutavam contra a tuberculose do filho Patrick, mas pelo menos estavam todos ali e havia algo de especial e dourado em cada dia. Audrey também sentia a magia, enquanto passeava com Violet ao longo da praia, dia após dia, observando as crianças, piscando ao sol e sentindo a areia nas pernas, enquanto ficavam deitadas, indolentes, compartilhando uma série de histórias, gargalhadas e confidências. *Lady* Vi era a irmã que Audrey não teve, a irmã responsável, a boa amiga, mais velha apenas dois anos. Eram almas gêmeas. Foi quase que como chegar em casa e encontrá-la, entre elas formou-se um laço cálido e sólido que Audrey nunca sentira antes. E dava valor a isso a cada dia que passava. James estava contente por tê-la por perto, continuavam sendo uma tríade confortável, e ele jamais demonstrou o menor interesse impróprio pela amiga da esposa. Era um irmão e cavalheiro, só isso.

— O que você vai fazer realmente quando for para casa, Aud? — Violet observava a moça alta e delgada de cabelo ruivo escuro. Às vezes se preocupava com ela. Sabia da vida vazia que ela levava em casa e gostaria que Audrey permanecesse em Londres com eles, embora Audrey continuasse insistindo que não seria possível. Precisava voltar para a Califórnia.

— Não sei. Acho que o mesmo de antes — olhou por cima do ombro para Violet, com um sorriso. — Não é tão ruim assim — tentava convencer mais a si própria do que a amiga. — Já fiz isso antes... administrar a casa de meu avô, quero dizer... — mas nunca mais as coisas seriam as mesmas. Jamais. Não depois daqueles dias dourados com pessoas, com que todos sonhavam, em um lugar reservado para uns poucos privilegiados. E agora, durante aqueles breves momentos, Audrey era um deles. Mas por quanto tempo? Mais cedo ou mais tarde tudo aquilo chegaria ao fim. Audrey nunca perdia isso de vista, o que só servia para tornar tudo mais precioso para ela à medida que julho passava.

— Eu gostaria que você pudesse ficar por algum tempo.

Pesarosa, Audrey balançou a cabeça.

— Na verdade — ela suspirou e piscou para o sol — eu deveria ir embora na próxima semana, se quiser completar minha viagem. Eu iria de carro até a Riviera Italiana e de lá seguiria em frente.

— Você quer mesmo fazer isso? — Violet pareceu oprimida e Audrey riu dela.

— Honestamente? Não. Quero ficar aqui para o resto da vida. Mas imagino que isso não seja muito realista. De modo que posso muito bem empreender um lento caminho de volta ao mundo real. E só Deus sabe quando voltarei à Europa de novo — o avô não estava ficando mais jovem e só o Senhor sabia quando ela seria capaz de se separar outra vez. A última carta de Annabelle informava que ela estava aterrorizada com a possibilidade de estar grávida de novo. Não queria outro filho tão cedo e Harcourt estava furioso com ela. Ao que parecia, Annie não usava nenhum preservativo. A única carta do avô pareceu-se com ele; Audrey quase podia ouvi-lo grunhir à medida que virava as páginas. Queixava-se de Roosevelt e de vários acontecimentos locais. Insistia que Roosevelt não fazia nada para melhorar a economia, apesar de todas as suas promessas de um *new deal.* E em suas cartas a Audrey, o avô sempre se referia a ele como "seu amigo FDR" e, em geral, sempre sublinhava o *seu*, o que fazia com que ela risse. Pensar nele fez com que suspirasse outra vez. Como tudo aquilo parecia longínquo agora. Olhou para James na praia, ao pensar nisso. Ele caminhava devagar em direção às duas, acompanhado de um homem alto e magro, de cabelos mais negros que os seus e que gesticulava animado, enquanto James ria e apontava para a praia. Violet acenou e fitou Audrey com um sorriso largo e um ar de imenso contentamento.

— Sabe quem é ele, Aud? — Audrey balançou a cabeça, divertida com a excitação da amiga em relação ao outro. Não havia dúvida que era um jovem muito atraente, mas não mais do que os inúmeros outros que entravam e saíam de suas vidas. Violet começara a acenar quando eles desciam a praia, brandindo o enorme chapéu frouxo, enquanto Audrey ria. — É Charles Parker-Scott, o escritor sobre viagens e explorador. Não o conhece? Publica um bocado de livros nos Estados Unidos. Sabe, a mãe dele era americana.

De repente, Audrey pareceu assustada enquanto ria. Sem dúvida conhecia o nome, que, de fato, era famoso; só que ela sempre supôs que ele fosse muito mais velho do que aquele jovem bonito, que passeava na praia ao lado de James. Mas não teve tempo para outros pensamentos, enquanto Vi lançava-se aos braços dele.

— Comporte-se, garota. Essa não é a maneira de uma mulher casada cumprimentar um homem — James repreendeu-a com um tapa em seu traseiro, mas Violet não se assustou. E como era óbvio, Charles ficou encantado com a saudação.

— Oh, vá para o inferno, James — Vi ficou radiante, enquanto o recém-chegado a levantava do chão em seus braços. — Charlie não é um homem, pelo amor de Deus — e quando pronunciou as palavras, ele fingiu ter ficado desapontado e, sem nenhuma cerimônia, soltou-a no chão e fitou-a.

— O que você está insinuando, que "não sou um homem"? — sem dúvida, seu sotaque era mais americano do que inglês e Audrey lembrou-se de ter ouvido falar que ele freqüentou Yale; mais tarde, ele explicou que quando criança passava todos os verões em Maine, em Bar Harbor, com a família da mãe. E tinha uma acentuada propensão a tudo que fosse dos Estados Unidos.

— Charles Parker-Scott, estou dizendo que você é praticamente da família — Vi deitou-se contente na areia, levantando os olhos para ele, que deu uma risada e, então, sentou-se ao seu lado para lhe dar um abraço afetuoso. Mas seu olhar vagou em direção a Audrey. Era um interesse autêntico, porém forçou-se a ser atencioso para com Violet.

— Como tem andado, *Lady* Vi?

— Muitíssimo bem, Charlie. E agora o verão vai ficar muito melhor com você por aqui. Quanto tempo você poderá ficar?

— Alguns dias... uma semana... — ele sabia como eram suas festanças de verão, sempre se divertia quando os visitava. Era um homem de beleza impressionante, Audrey percebeu ao parar e olhar para ele, perguntando-se por que sempre pensou que ele fosse um homem mais velho. Talvez porque Charles tivesse realizado tanto... talvez porque suas longas viagens e descobertas exóticas a fizessem lembrar-se de seu pai em vários aspectos.

Tinha cabelos negros e lustrosos, tão negros que quase eram azulados, uma tez lisa e cor de azeitona, enormes olhos castanhos-escuros, e um sorriso que lhe iluminava o rosto de uma maneira incrível. Era alto, delgado e aristocrático e não parecia um inglês, em absoluto, decidiu Audrey ao observá-lo. Estava mais para um espanhol ou francês, talvez italiano... na verdade, era igual a um príncipe italiano, e usava um traje de banho de tricô azul-marinho, sendo fácil notar que tinha pernas compridas e fortes, braços graciosos e ombros ainda mais largos do que os de James. Os dois freqüentaram Eton juntos anos antes, tinham sido como irmãos a maior parte da juventude. Nesse momento, foi James que o agarrou pelo ombro e sacudiu-o um pouco.

— Se minha mulher conseguir ficar quieta o tempo suficiente, eu o apresentarei à nossa amiga. Esta é Audrey Driscoll, da Califórnia — Charles lançou os enormes olhos em sua direção, com um sorriso que teria feito qualquer mulher derreter e Audrey também sentiu seus efeitos, enquanto balançava a cabeça. Era difícil não ser afetada pela maneira como ele olhava, Audrey, porém, estava mais intrigada em relação aos livros dele e esperava conversar sobre eles mais tarde. Conversaram até a exaustão nessa tarde antes de ele partir para um passeio de carro com James, deixando Audrey e Violet sozinhas de novo.

— Incrivelmente bonito, não é? — Vi sorriu, orgulhosa de seu amigo.

— Eu que o diga — Audrey deu uma risada. Tentara, com todo desespero, não se sentir desajeitada perto dele durante toda a tarde; no entanto, ele era tão despretensioso e relaxado que, em um determinado momento, as pessoas esqueciam de sua boa aparência. Mas não havia dúvida que isso era difícil a princípio. Era o que, nele, mais impressionava.

— Sabe, ele desconhece, por completo, a própria aparência — Violet confidenciou durante o champanhe na varanda, enquanto esperavam por James. Ambas usavam vestidos de seda branca e estavam lindas com seu profundo bronzeado, ao passo que o cabelo de Audrey assumia uma coloração de vermelho queimado por causa do sol. — Uma vez eu conversei com ele sobre isso e eu juro, ele não tinha a menor idéia de como afeta as pessoas. A menor, em absoluto. Na verdade... — enfiou na boca alguns cogumelos cozidos e sorriu como uma menininha, enquanto devorava-os antes de conseguir falar de novo. — É surpreendente, não é, Aud? Quero dizer, você acharia que ele estava acostumado a ver mulheres desmaiando sempre que anda. Mas Charlie é tão preocupado com seus livros que acho mesmo que ele não se importa — Audrey gostou disso. Mais ainda, gostava de sua mente. Já lera dois dos livros dele e fora cativada, por completo. Outro autor do mesmo gênero de que Audrey gostava era Nicol Smith, o explorador e escritor, e Charlie disse que também era louco por ele. Nessa tarde, os dois tiveram uma longa conversa sobre Nicol. Audrey achou Charles fascinante, enquanto falavam de Java, do Nepal e da Índia.

— São todos lugares que você jamais vai querer visitar — Audrey provocou Vi, que resmungava para os dois.

— Não consigo imaginar o que vocês acham intrigante em lugares como esses. Para mim parecem desprezíveis — os olhos de Audrey dançavam enquanto ela sorria para a amiga e James entrava em cena com um terno de linho branco, com um ar extremamente tropical em seu acentuado bronzeado, os cabelos negros e olhos verdes.

— Ela fazia alguma nova grosseria, Aud? — James serviu-se de champanhe e *hors d'oeuvres* e virou-se para admirar a mulher. — Deus, como você está bonita hoje, *Lady* Vi. Devia sempre usar branco, querida — beijou-a de leve nos lábios, comeu outro cogumelo cozido, virou-se e sorriu para Audrey de novo. Era gostoso tê-la com eles e agora, com Charles, iriam divertir-se de fato. E mais tarde, à noite, esta pareceu ser uma perspectiva muito provável. Os quatro foram jantar em um pequeno restaurante em Cannes. Beberam uma grande quantidade de vinho e riram como bobos durante todo o trajeto até Juan-les-Pins, onde foram a uma festa sobre a qual alguém tinha falado com James: só saíram depois das duas, seguiram em frente e pararam em outra festa em Cap d'Antibes, até que, enfim, foram para casa às quatro, menos bêbados do que algumas horas atrás e decididos a ficar acordados para assistir ao amanhecer. Quando chegaram em casa, James abriu outra garrafa de champanhe e bebeu a maior parte dela, *Lady* Vi adormeceu no sofá e, mais tarde, James levou-a para o segundo andar, cantando uma música muito imprópria, o que deixou apenas Audrey e Charles ainda na varanda quando, duas horas mais tarde, o sol começou a espreitar devagar ao horizonte, e nasceu. Enquanto o sol nascia, Charles a observava, com uma expressão séria nos olhos.

— O que a trouxe, de fato, aqui? — nas últimas duas horas, falavam de amenidades, cada qual desfrutando da companhia do outro e falando sobre os assuntos de que gostavam, as viagens pelos cantos distantes do mundo... o verão em Cap d'Antibes... os amigos Vi e James... mas agora Charles a fitava, concentrado, perguntando-se quem ela era realmente, ao passo que ela ponderava sobre perguntas semelhantes em relação a ele. Era estranho pensar sobre a armadilha do destino que os levara para lá, ao mesmo tempo.

Audrey decidiu ser honesta com ele; tão honesta quanto pudesse.

— Eu precisava fugir.

— De quê? — sua voz era uma carícia à luz dourada do sol nascente. Mas Charles imaginou que ela estava querendo fugir de um homem. Tinha idade suficiente para não ser casada, pelos padrões da época. — Ou devo dizer de quem? — sorriu, e os olhos de Audrey estavam cândidos quando ela balançou a cabeça.

— Não... não é isso... ou talvez eu só precisasse fugir de mim mesma, e das responsabilidades que me impus.

— Isso me soa sério — os olhos de Charles não despregavam dos dela em nenhum momento; e ele sentiu um desejo insaciável de tocar-lhe os lábios com os seus, de correr a ponta dos dedos pelo gracioso pescoço de Audrey, mas forçou-se a ouvi-la e dominar o desejo crescente que sentia por ela, pelo menos por enquanto.

— Às vezes, é sério — Audrey recostou-se com um suspiro. — Tenho um avô que amo de todo meu coração... e uma irmã que precisa de mim com todo desespero.

— Ela é doente? — Charles franziu as sobrancelhas e Audrey fitou-o, surpresa.

— Não... o que o fez dizer isso?

— A maneira como você acentuou "com todo desespero".

Audrey balançou a cabeça, desviando o olhar para o mar e pensando em Annabelle e, no final, permitiu-se pensar de novo em tudo que Harcourt lhe falara.

— Ela só é muito nova... — tornou a olhar para ele. — E eu a mimei, imagino. Era difícil não mimar. Perdemos nossos pais quando éramos muito pequenas e eu a criei.

— Que estranho — quando falou, havia um quê de assombro no rosto de Charles.

— Por que diz isso?

— Que idade tinham quando os pais morreram?... morreram na mesma época?

Audrey assentiu, perguntando-se por que ele pareceu tão concentrado de repente.

— Eu estava com onze anos, minha irmã tinha apenas sete... no Havaí... e, sim, morreram juntos em um acidente no mar... — ainda lhe doía conversar sobre isso. — Depois voltamos para o continente, para morar com meu avô. Desde então, sou eu quem administra a casa dele, e banco a mãe de minha irmã... talvez até demais... pelo menos foi isso que o marido dela disse — lançou um olhar honesto para os olhos de Charles. — Acho que ele pensa que eu a tornei incapaz, que ela não consegue fazer coisa alguma para si própria sem a minha ajuda. E talvez ele tenha razão. Ele disse — tentou parecer divertida, mas era óbvio que não era o caso — que a única coisa que faço é encomendar cortinas novas e contratar e despedir empregados. E quando pensei sobre isso — de repente, seus olhos encheram-se de lágrimas e Audrey ficou horrorizada — não consegui, de fato, discordar dele... de modo que parti... por algum tempo... e vim para cá... — tornou a desviar os olhos, mas Charles estendeu o braço e tomou-lhe a mão.

— Eu compreendo.

— Compreende? — os olhos de Audrey tornaram a encontrar os dele, e seus cílios estavam molhados. — Como pode compreender?

— Porque minha vida não era diferente da sua, só que não existia nenhum avô. Uma tia e um tio durante algum tempo, mas agora também se foram. Meus pais morreram em um acidente quando eu tinha dezessete anos, meu irmão tinha doze. Moramos com meu tio e minha tia na América, durante um ano, e odiamos. Eles tinham boas intenções — ele suspirou e apertou mais a mão de Audrey de uma maneira quase imperceptível —, mas a verdade é que não compreendiam nenhum de nós dois. Eles me achavam aventureiro demais para a minha idade, independente demais e muitíssimo sincero em relação a isso; e pensavam que meu irmão não era independente o bastante. Ele ficou muito traumatizado com a morte de nossos pais e nunca foi uma criança muito saudável. Quando fiz dezoito anos, fomos embora. Voltamos para a Inglaterra e eu fiz o que pude... — houve um tremor em sua garganta e Audrey ficou penalizada. — Ele só viveu mais um ano. Morreu de tuberculose aos quatorze anos — fitou-a com olhos vazios, o coração partido. — Eu sempre me perguntei se isso teria acontecido se tivéssemos permanecido nos Estados Unidos... talvez ele não... ele poderia estar aqui agora se...

— Não diga isso, Charles — estendeu o braço, sem pensar, e tocou-lhe a face. — Não se consegue controlar coisas como essa. Eu sempre me senti responsável de alguma forma pela morte de meus pais. Mas isso é uma tolice, além de não servir para nada. Nós não podemos controlar a vida.

Ele concordou. Era a primeira vez que se abria com alguém como fez com Audrey, uma pessoa a quem mal conhecia, mas ela irradiava um quê de calor e simpatia. Ela o atraíra desde o primeiro momento em que se encontraram, e agora mais ainda. De repente, ele quis contar tudo a seu respeito, sobre sua vida, sobre Sean, o irmão que perdeu...

— Depois disso comecei a viajar. Tentei ir para a universidade depois, mas não conseguia me concentrar após a morte de Sean. Tudo me fazia lembrar dele... todos tinham um irmão mais novo da idade dele... ou, então, eu via meninos na rua que se pareciam tanto com ele... eu queria ir para algum lugar onde não fosse lembrado de alguém que conhecia antes... de modo que fui para o Nepal... e depois para a Índia... e, em seguida, o Japão, durante um ano... e quando tinha vinte e um anos, escrevi meu primeiro livro — Charles sorriu pela primeira vez em uma hora — e, então, isso se tornou um meio de vida e eu me apaixonei. — Audrey sorriu, olhando dentro dos olhos dele.

— Você é muito bom no que faz — sentia-se comovida por ele ter confiado nela e lhe doía a dor dele. De repente, a confissão fê-la pensar no que teria significado a perda de Annabelle. Não conseguiu suportar a idéia, as lágrimas encherem seus olhos só de pensar.

— Agora, viajar é toda a minha vida — ele confessou quase em tom de culpa, novamente com ar jovial.

— Isso não é nenhum pecado. Na verdade — Audrey suspirou com um sorriso, enquanto o sol da manhã brilhava sobre os dois — eu o invejo. Meu pai viajou pelo mundo inteiro e é o que eu sempre quis fazer.

— Então por que não faz?

— E Annabelle?... e meu avô? O que aconteceria com eles?

— É provável que ficassem muito bem.

— Acho que vamos ver... esse é todo o motivo dessa viagem.

— Dificilmente Antibes será um lugar exótico, minha amiga.

— Eu sei — ambos deram uma risada. — Mas talvez se eles sobreviverem à minha vinda para cá, então, talvez um dia eu possa ir a um lugar mais temerário.

— Devia ir agora. Um dia, você estará casada e não terá a oportunidade.

Audrey sorriu. Não corria nenhum perigo iminente quanto a isso.

— Acho que não há nenhum grande risco.

— Tem mais alguma coisa que eu ainda não saiba? Uma maldição sobre a família? Alguma característica terrível que você está ocultando?

Audrey riu da provocação dele e ao balançar a cabeça, a cabeleira de cobre girou livre.

— Não. Só que eu acho que não sou do tipo que se casa.

— Mas acabou de me contar que administrou a casa de seu avô durante quinze anos. Isso não basta como treinamento?

— Sim, mas não sou casada com ele. Para ser franca com você — e Audrey estava sendo, por completo —, a maioria dos homens que conheci não me atraiu muito.

— Por que não? — estava fascinado por ela, fascinado por tudo que Audrey fazia, dizia e pensava; nunca conhecera uma mulher como aquela.

— Eles me matam de tédio. Como o meu cunhado. Têm idéias preconceituosas sobre o que as mulheres podem e não podem fazer. As mulheres não podem conversar sobre política, nem mesmo pensar em coisas assim. Devem preparar o chá, trabalhar para a Cruz Vermelha, devem ir almoçar com as amigas. E as coisas que realmente me interessam são tabu. A política, as viagens... perambular por meio mundo, de preferência com minha máquina fotográfica.

— Você tira fotos, não tira? — Audrey assentiu, entusiasmada. — E aposto como é boa nisso — ele falou com absoluta confiança, e Audrey ficou surpresa.

— O que o faz dizer isso?

— Você é sensível, é provável que seja perceptiva... é necessário um certo tipo de mente para se ser um bom fotógrafo... um olho aguçado, uma mente decidida.

— E eu sou culpada disso tudo? — ela riu, admirada com a análise que ele lhe fez. — Em casa só me chamam de moça velha — Charles ficou magoado ao escutar isso e de repente pareceu furioso.

— Que estupidez a deles! O problema é que ninguém compreende se você não se ajusta à forma certa. De uma certa maneira, tenho os mesmos problemas que você. Não quero me prender a uma pessoa qualquer... nunca... não depois... — Audrey sabia que ele estava pensando em Sean. — A vida é curta demais... efêmera demais... não quero desperdiçá-la fingindo ser o que não sou.

— E o que você não é? — agora era a vez de Audrey fazer perguntas, assim como também estava curiosa em relação a ele.

— Não sou um homem que se poderia fixar com facilidade. A aventura está em meu sangue. Adoro o que faço. E não existem muitas mulheres que estejam dispostas a compreender isso. A princípio, elas fingem, depois querem que eu me fixe. É o mesmo que enfiar um leão dentro de uma jaula. Todo mundo quer tentar, mas depois não sabem o que fazer com ele. Eu nasci para viver no mundo selvagem. E o adoro. Receio que não esteja muito domesticado — ostentou um sorriso charmoso e o coração de Audrey deu um pulo. Era um homem muito afetuoso e o que disse a seguir também comoveu-a e Audrey compreendeu perfeitamente. — Também não sei ao certo se um dia vou querer ter filhos... e isso é uma espécie de obstáculo. A maioria das mulheres quer dois ou três — Audrey não ousou perguntar o motivo, mas, mesmo assim, ele disse: — Depois de Sean... achei que nunca mais queria amar alguém tanto como o amei... era como se ele fosse o meu filho e não mais meu irmão... e não pude suportar perdê-lo — os olhos de Charles encheram-se de lágrimas, mas ele prosseguiu, sem vergonha nem embaraço, abrindo o coração para ela. — Não poderia suportar amar meus próprios filhos dessa maneira e depois talvez perder um deles. De alguma forma, me parece mais seguro continuar assim. E devo dizer que sou muitíssimo feliz — enxugou uma lágrima da face e sorriu para ela de um modo agridoce. — Claro que os amigos ficam malucos. Violet nunca resiste à ânsia de me apresentar a todas as mulheres que eles conhecem. Pelo menos, isso anima as coisas quando estou deste lado do mundo — ele hesitou e fez uma suave carícia na mão de Audrey, que repousava sobre a sua. — E você, minha amiga? Não acha que vai se fixar um dia?

Ela já quase desistira disso e, na verdade, nem se importava mais.

— A gente é obrigado a abrir mão de tanta coisa... não que eu queira me ajustar ao casamento no sentido convencional.

— E filhos?

Audrey respirou fundo e olhou dentro dos olhos dele.

— Tenho Annabelle — era como ela de fato sentia. Era uma filha, mesmo não a tendo parido — e agora o filho dela... e meu avô... Não preciso de meus próprios filhos.

— No entanto, você não pode levar uma vida assim, vivendo a vida de outros. É boa demais para isso. Há muitas coisas em você.

— Como sabe? — era como se, por instinto, ele soubesse exatamente como ela era, e até ali não tinha errado. — Você é feliz do jeito que é, por que eu não seria também?

— Porque estou fazendo o que quero fazer, mesmo. E você não... ou está? — sua voz era meiga, e a mão muito firme ao segurar a dela. Audrey não podia negar o que ele falava. Balançou a cabeça com um lento movimento. Estava fazendo o que devia fazer, o que precisava, o que deveria, pelas pessoas que amava... mas não era o que queria fazer.

Ostentou um prudente sorriso para ele, sabendo que tinha um amigo que manteria por um longo, longo tempo.

— Você tem razão, mas não há nada que eu possa fazer... em todo caso, não agora. A única coisa que posso fazer é ver esse verão como uma dádiva e depois voltar quando chegar a hora.

— E depois?... e depois disso?... você está disposta a desistir de quanto de sua própria vida?

Audrey quase sufocou ao pronunciar as palavras.

— De toda ela, imagino. Não se pode abrir mão só da metade — isso ele aprendera com Sean e agora tinha medo de renunciar outra vez... de amar alguém *à tout jamais,* como dizem os franceses... até o fundo da alma. Não tinha amado durante quinze anos e agora, de repente, lá estava ela, uma mulher que parecia compreender o próprio funcionamento de sua alma, assim como compreendia o dela. Era estranho encontrá-la agora. Não tinha estado à procura dela e não sabia ao certo se já queria encontrá-la. Mas lá estava ela, os cabelos projetando reflexos acobreados sobre ele, enquanto o sol subia no céu e ele a fitava.

— Sabe, não sei por que nos conhecemos assim... mas acho

que estou me apaixonando por você... — Audrey não estava preparada para o que Charles disse e foi quase como se seu coração tivesse dado uma guinada e saltado para fora do peito para voar até os pés dele.

— Eu... eu não... eu estou... — e, então, como não encontrou as palavras, ela assentiu. Ele compreendeu tudo... Harcourt... Annabelle... o avô... sua ânsia de ver o mundo... de estar viva... de ser livre... de fotografar... e o sonho distante ao qual renunciara havia muito tempo, sonho de compartilhar isso com alguém, de encontrar alguém que fizesse tudo isso com ela... e agora, de repente, lá estava ele, seus caminhos cruzando-se por apenas algumas horas ou dias... — Acho que também estou — parecia atordoada e sentia-se desamparada pela primeira vez na vida. E ao estender as mãos para ele, Charles tomou-a nos braços e abraçou-a com tanta força que Audrey perdeu o fôlego. Não havia nenhuma dúvida na mente de Audrey que a mesma flecha também a acertara, e os lábios dele roçaram seus cabelos, enquanto suas mãos mantinham-na apertada contra seu corpo.

Então, Audrey levantou os olhos para ele, que sorriu e beijou-a, a princípio suavemente, como jamais beijou antes outra mulher; e Audrey sentiu o coração elevar-se aos céus, enquanto os lábios de Charles pressionavam os seus com força.

Era loucura, de fato. Na noite anterior, os dois ainda eram estranhos e agora, de repente, Audrey sabia que se estava apaixonando por ele. E quando caminhavam devagar de volta à casa, Charles envolveu-a com o braço e ela sentiu os dedos roçarem seu pescoço. Nessa noite, Audrey sentiu-se como se sua vida tivesse chegado a um ponto de virada e que jamais seria a mesma de novo.

— Audrey... — ele baixou os olhos para ela quando se detiveram do lado de fora do quarto, e tornou a mostrar um sorriso amável para Audrey. — Sabe, somos muito parecidos, eu e você — nunca pensou que fosse conhecer alguém parecido com ela, e não acontecera até então.

— É surpreendente, não é? — parecia maravilhoso e, ao mesmo tempo, injusto. Audrey via nele tudo que desejava e dentro de alguns dias jamais tornaria a vê-lo. — Quanto tempo você vai ficar em Antibes? — ela mal ousou sussurrar as palavras.

— O tempo que puder.

Seus olhos encontraram-se em um último olhar demorado e, com um silente aceno, Audrey deslizou para dentro do quarto.

Capítulo 6

Passou-se outra semana idílica e Charles ainda estava hospedado na casa de Vi e James. Ainda brincavam como crianças em Antibes, os quatro iam a toda parte, embora Audrey e Charles conseguissem algum tempo livre para si próprios, todos os dias. Em geral, Audrey ia a alguma parte para fotografar, e Charles arranjava um jeito de acompanhá-la. Era como se desde a chegada dele os dois nada mais tivessem feito a não ser explorar as próprias vidas, era difícil acreditar que não se conhecessem há muito tempo.

Ela estava enfocando uma casa antiga, na aldeia montanhesa de Eze, quando Charles fitou-a nos olhos, com admiração. Agora já observara o desenvolvimento de seu trabalho e sabia que Audrey era muito boa com a pequena Leica, que levava a toda parte e usava com tanta freqüência.

— Eu gostaria de, um dia, trabalhar em um livro com você, Aud. O que me diz?

Ela bateu mais duas fotos, depois virou-se, sorriu, e tirou uma foto em que ele estava com um ar surpreso no rosto.

— Fala sério, Charles? — Audrey florescera naqueles dias, desde que ele chegara. De repente, parecia mais feminina, relaxada, e havia uma expressão diferente em seus olhos. Violet vivia falando sobre isso sempre que ela e James estavam a sós, e perguntava-se se aquilo daria em alguma coisa, embora James insistisse que não. Charles não era do tipo casamenteiro. Ele mesmo dizia isso há anos, e o casamento jamais se ajustaria à sua carreira. Mas era óbvio até mesmo para James que Charles estava louco de paixão pela moça. Ou "de cabeça virada de amor por ela", como Vi dizia.

— Claro que estou falando sério. Suas fotos são muito boas. São melhores do que o que escrevo.

— Dificilmente — Audrey deu uma risada com a modéstia dele e andou em sua direção. — Pronto para almoçar? — os dois levavam no carro a enorme cesta de piquenique de Vi e James. Abriram-na na encosta da montanha, cercados por flores silvestres, tendo às costas as muralhas de Eze e lá embaixo o Mediterrâneo. Era uma paisagem tão pitoresca que Audrey se perguntava se sua fiel Leica seria capaz de captar aquela beleza. Esticou-se na grama, apoiada em um cotovelo, os olhos fixos nele, com uma maçã na mão e um sorriso nos olhos. — Sou tão feliz aqui, Charles.

— É, agora? — ele pareceu contente. — E por que motivo, você consegue supor? — então, ele reclinou-se e beijou a ponta do nariz de Audrey. — Já lhe ocorreu que eu também estou feliz? Mais feliz do que já fui em toda a minha vida.

Audrey ficou radiante de alegria quando ele inclinou-se e beijou-a em cheio nos lábios.

— O que faremos quando chegar a hora de voltar? — começava a se preocupar com isso; mais cedo ou mais tarde o idílio teria que acabar e Audrey temia isso. Ambos temiam.

— Quem determina isso, Cinderela? Como saberemos que chegou a hora de voltar para casa?

— O navio zarpa a 14 de setembro — voltar pelo mesmo caminho... para a responsabilidade... a obrigação... e Annabelle, que já não se sentia bem com a gravidez. Sua última carta estava manchada pelas lágrimas que caíam no papel enquanto escrevia, e Audrey se sentiu culpada por ficar fora o tempo que planejara.

— Isso está escrito na pedra?

— Não. Mas você sabe que preciso voltar — suspirou.

— Por quê?

— Você sabe o motivo.

— Não, não sei — estava provocando Audrey e queria testar a intensidade com que ela pensava. Charles teve uma idéia que o vinha perseguindo há dias e quase receava compartilhá-la com ela, por medo do que Audrey diria. Mas sabia que, se conseguisse convencê-la, a vida dela jamais seria a mesma... nem a dele.

— Charles... — ela o fitava com um ar súplice, com um pesar nos olhos que ele nunca vira antes. Na maior parte do tempo, eles riam, bebiam champanhe e iam a festas com Violet e James, mas era nesses pequenos passeios juntos que tinham a oportunidade de se abrir as almas, como faziam com freqüência.

— Por que está com esse ar tão triste, meu amor? — deitou-se ao lado dela na grama e o calor de seu corpo próximo ao dela quase a enlouquecia. Sentia coisas em relação a Charles com que jamais sonhara em toda a sua vida, mas ele não a pressionava de nenhuma maneira deselegante. E, nesse momento, apenas fitou-a com ternura, fazendo-lhe cócegas na orelha com uma flor purpúrea, que estava perto de onde se deitou.

— ...não me pressione para não voltar para casa. Não posso retardar meu retorno.

— Por que não?

— Não seria justo.

— Para com quem? — ele a encostava contra a parede, o que era muito duro para Audrey.

— Para com meu avô. Sei o que ele pensou quando parti, e quero provar que ele estava errado.

— Em relação a quê? — de repente, Charles ficou intrigado, até ela explicar.

— Acho que ele estava com uma expressão de *déjà vu* quando parti. Estava aterrorizado de que eu fosse fazer o que meu pai fez... e eu prometi que não faria... Não posso fazer isso com ele.

— Não entendo — Charles roçou-lhe os lábios com os seus e Audrey precisou fazer força para se concentrar no que estava dizendo.

— Meu pai foi embora e, na verdade, nunca mais voltou. Não durante um longo tempo. Ele prometeu voltar, mas a coisa era mais forte do que ele... ele não conseguia voltar. Estava apaixonado demais pelos lugares aonde ia, as pessoas que conhecia, as aventuras que encontrava... — sua voz sumiu ao lembrá-lo. O pai fora um homem vistoso e romântico e, então, quando Audrey pensou nele, tornou a fitar Charles... os dois eram tão parecidos... coisa que a assustava, às vezes...

— Isso é tão terrível assim? — era algo que ele compreendia tão bem. Nos últimos quinze anos, vivera exatamente desse modo. A única diferença era que não havia ninguém à sua espera, em parte alguma. Ninguém que ligasse a mínima para onde ele estava, a qualquer momento, exceto os amigos como Violet e James. Mas ninguém chorava quando ele partia, e ninguém contava as horas até sua volta. De uma certa maneira, Charles a invejava por isso. Até que gostaria de ter uma mulher que o esperasse, embora não muito.

— Não posso fazer isso com ele — a voz de Audrey estava tão suave quanto a brisa que penetrava em seus cabelos.

— E com você? Você pode abrir mão de seus sonhos, Aud?

— Isso é o meu sonho — ela sorriu para ele. — Na verdade, é mais do que meu sonho.

— Não foi o que me disse quando nos conhecemos.

— É, sim — Audrey corou, perguntando-se pelo que dissera naquela primeira noite, quando ficaram acordados até o nascer do sol e os dois conversaram sobre seus sonhos, suas vidas e quem eram de verdade.

— Disse que queria ver lugares exóticos...

Audrey abriu os braços para abranger a grandiosa beleza da encosta da montanha onde se encontravam, no centro dos Alpes marítimos.

— E então?

— É difícil que isto seja o que você tinha em mente... acho que falamos sobre o Nepal na ocasião, não falamos? — Charles a provocava, deixado-a apenas um pouco mais desconfortável, sem pressioná-la demais. Era bom nisso, mas Audrey também.

— Pois será. Por enquanto.

Então, de repente, ele ficou com um ar triste.

— Sabe, Aud, tenho que partir dentro de alguns dias — foi a primeira vez que ela ouviu isso e sentiu o coração parar. Encarou-o com olhos arregalados. Estava chegando ao fim. Ela sabia que seria assim... só não sabia que seria tão rápido. — Preciso escrever uma história para o *Times* de Londres.

— Agora? — uma minúscula palavra assustada.

— Logo.

— Onde?

— Nanquim, Xangai, Pequim...

— Meu Deus! — estava chocada, mas tentou ser uma boa esportista ao sorrir, sentindo-se esvaziada, de uma só vez, de todo o ar de felicidade.

Charles assentiu, em silêncio.

— Eu gostaria que você pudesse vir junto.

— Eu também — Audrey pronunciou as palavras com honestidade. Parecia mágico para ela; só ouvir aqueles nomes já era extraordinário, mas conhecê-los não era o seu destino. Pelo menos, por enquanto.

— Você poderia tirar fotos fabulosas em uma viagem como essa — ele a atrairia com o que pudesse, e Audrey ostentou um sorriso melancólico. — Entre outras coisas.

— Quando você parte? — ela estendeu os braços para ele em um gesto instintivo e os dois ficaram de mãos dadas, em silêncio, sob o céu de verão, sentindo a proximidade que construíram no curto período desde que se conheceram.

— Não sei. Primeiro preciso fazer um trabalho na Itália e penso que depois disso pegarei o Expresso do Oriente em Veneza.

Audrey fechou os olhos, emocionada só de pensar nisso. Ele observava seu rosto e, então, viu duas lágrimas rolarem por suas faces quando Audrey tornou a fitá-lo.

— Você é um homem de sorte.

Charles balançou a cabeça, tão infeliz quanto ela.

— Não, não sou. A mulher que amo estará no outro lado do mundo... não estará? — pressionou-lhe a mão e Audrey empertigou-se. Precisaria ser madura em relação ao fato. Não havia por que chorar por causa de algo que não poderia ter, e ela não poderia tê-lo. Em todo caso, não por enquanto. Não havia motivo para se enganar.

— Por que você não vai a San Francisco depois? — sorriu, e Charles deu uma risada.

— Assim, sem mais nem menos, hem? Sem dúvida que você faz a coisa parecer bem fácil.

— Não é? — agora Audrey provocou-o e ele tornou a beijá-la.

— Talvez eu vá. E talvez eu a leve embora em um cavalo branco, com uma rosa presa em seus dentes.

— Isso soa tão maravilhoso, Charles.

— Sim... não soa?... — ele tornou a pressioná-la na grama, com seu corpo por cima do dela, e ficaram abraçados durante algum tempo, até que o abraço tornou-os excitados demais para se controlarem e Audrey inteligentemente afastou-se, enquanto Charles a fitava, com pesar. Ele a respeitava muito, mas nunca desejara uma mulher com tanto desespero como agora, e os dois tinham muito pouco tempo de sobra.

Isso gerava uma alegria forçada nos momentos que passavam juntos com Vi e James. A cada dia, as noites alongavam-se cada vez mais e eram recheadas com mais champanhe. E ficava cada vez mais difícil separar-se dele à noite e retornar para seu próprio quarto, mas Audrey não queria cometer nenhuma tolice antes de voltar para casa; depois seria obrigada a viver com as conseqüências pelo resto da vida. E Charles não queria arriscar-se com ela, por mais que a desejasse. Ele a amava demais para fazer tal coisa.

— Acho que devo começar a tomar banhos frios, ou nadar no mar à meia-noite, não que o Mediterrâneo seja frio o bastante. Receio que não — provocou-a uma noite, quando caminhavam de volta para casa depois de uma festa do outro lado da praia de Antibes. — Sabe, você está me deixando louco. — Audrey sentia-se culpada, e não se incomodou por ele falar.

— Sinto muito, Charles... — fitou-o com um jeito adorável, ele envolveu-a com o braço e tornou a puxá-la para perto de si.

— Não devia sentir. Graças a você, essas foram as melhores semanas de minha vida. Levarei a lembrança comigo até o fim do mundo — sorriu e beijou a mecha de cabelos cor de cobre que dançava em torno da cabeça de Audrey. Charles ainda não sabia, mas Audrey tinha uma surpresa esperando por ele. Vinha montando um álbum dos dias que passaram em Antibes, cheio de fotos tiradas por ela, com algumas cópias que conservaria. Ela o completaria antes da partida de Charles. Ele poderia admirá-lo a caminho de Nanquim. Audrey não gostava nem de pensar nisso, mas era obrigada. Ele partiria dentro de poucos dias.

E, na última noite, ficaram observando o sol nascer, como na noite em que se conheceram, poucas semanas antes.

— É difícil acreditar, não é? — seu ar era sério, enquanto segurava a mão de Audrey. Vi e James tinham desistido e ido para a cama muito tempo antes, mas Charles e Audrey não tinham nenhuma pressa para se separar nessa noite. — É como se eu a conhecesse durante toda a minha vida.

— Vai ser tão estranho quando você for embora... de repente, vai ficar tão vazio... — Audrey foi de uma honestidade total. Ele era uma pessoa para quem ela poderia dizer qualquer coisa, e muitas vezes dizia, e nesse momento Charles fitou-a, sem conseguir desistir do sonho de mantê-la ao seu lado.

— Quero perguntar-lhe uma coisa, Aud. E quero que você pense antes de dizer não — parou e respirou fundo antes de prosseguir — Quer vir comigo? — O coração de Audrey parou de bater e ela refletiu isso no olhar. — Só até Istambul. Você ainda consegue voltar para Londres a tempo. Preciso partir de Veneza a 3 de setembro. Seu navio zarpará no dia 14 — e, então, os olhos de Charles se iluminaram quando ele fitou-a. — Audrey... — ela já estava sacudindo a cabeça.

— Não posso fazer isso, Charles.

— Por que não? Só Deus sabe quando vamos nos ver de novo. Será que você é mesmo capaz de desistir com tanta facilidade, de desperdiçar tudo que nós passamos? — de repente, ele olhou furioso para ela; levantou-se e ficou andando de um lado para o outro no terraço, enquanto esperavam o sol nascer. — Como você pode dizer não desse jeito? Que droga, Audrey, só dessa vez... pense em você... pense em nós... por favor!... — virou-se para ela com uma expressão que lhe partiu o coração. — Pelo menos pense um pouco nisso.

Audrey prometeu pensar, mas dessa vez não eram suas obrigações que a detinham. Era uma outra coisa. Tinha medo de ir a Veneza com ele. Sabia o que poderia acontecer por lá... o que faria se estivesse sozinha com Charles... jogaria para o alto todas as convenções. Estava quase prestes a fazê-lo em Antibes, mas não queria... era uma loucura. E ir para Veneza era como atirar-se em um precipício. Durante toda a noite, Audrey sondou os olhos dele, pensando em seu pedido, e, quando o sol nasceu, virou-se para ele preparada para dizer que não poderia acompanhá-lo, mas Charles silenciou-a com um beijo e, então, de repente, começou a falar de Sean... e de como a vida era curta... do quão infinitamente valiosa era... de quanto era cara... e, de súbito, Audrey compreendeu como era a vida dele. Charles ia à China para entrevistar Chiang Kai-Shek e para escrever sobre Xangai, que nesse momento era ameaçada pelos japoneses. E se ele morresse?... e se jamais tornasse a vê-lo?... foi um pensamento terrível e quando ele beijou-a de novo e Audrey sentiu as mãos dele subindo devagar em suas coxas, ela perdeu a respiração e quase gemeu com o toque.

— Por favor, Audrey... por favor... me acompanhe até a Itália — e quando olhou nos olhos dele, soube de modo desesperado que também o queria. Não poderia dizer-lhe não... ou a si própria... não mais.

Quando ele beijou-lhe o pescoço e acariciou seus seios, Audrey sussurrou:

— Vou encontrá-lo em Veneza antes de você partir — ficou chocada com as próprias palavras, mas quando ele tomou-a nos braços e segurou-a, Audrey não se arrependeu da promessa. Era o que ela também queria fazer. E só precisaria ser sensata e não cometer nenhuma loucura... mas, afinal de contas, o que poderia acontecer? Seria dois dias antes de ele embarcar no trem.

Os dois concordaram em não contar para Vi e James. Quando Charles partiu no dia seguinte, deu um beijo demorado em Audrey para todos verem e ela acenou até seu carro desaparecer de vista. Após a partida, *Lady* Vi ficou muito apreensiva.

— Você está bem, Aud? — preparou uma bebida forte para Audrey e sua expressão era como se estivesse preparada para vê-la sucumbir a uma crise de choro. Mas ficou satisfeita quando Audrey tomou um gole da bebida e depois foi deitar-se no quarto, tranqüila. Ficou deitada pensando nele e no que concordara em fazer... prometera a ele... prometera... Era uma completa loucura e, no entanto, não estava nem um pouco arrependida... Na Piazza San Marco, às seis horas, em 1º de setembro. E então, só Deus saberia o que aconteceria depois. Mas Audrey tinha certeza de uma coisa. Precisava estar lá, com ele.

Capítulo 7

A semana seguinte passou rápida demais. Charles partira, o irmão de James chegou e, alguns dias depois, o irmão de *Lady* Vi; e à medida que agosto avançava, tinha-se a sensação de que em breve tudo acabaria. Audrey decidiu que era hora de começar sua viagem. Em nenhum momento mencionou para Violet ou James o que Charles sugerira antes de partir. Ainda se perguntava se devia desistir, se aquilo que faria era uma rematada loucura, mas não conseguia suportar a idéia de voltar para os Estados Unidos sem vê-lo outra vez. Tinha de encontrar-se com ele em Veneza, mesmo que fosse apenas para dar um último adeus e entregar-lhe o álbum que fizera para ele.

Afinal, quando deixou Violet e James foi outra despedida triste, e pior ainda foi separar-se das crianças. Comprou para Alexandra uma enorme e linda boneca na *Le Rêve d'Enfants,* em Cannes; e, para o pequeno James, um maravilhoso uniforme de marinheiro e um veleiro de brinquedo, com o qual poderia brincar no parque da casa. Deu a Violet um bonito broche de cristal e ônix e a James uma caixa de champanhe Dom Pérignon. Mas, melhor do que tudo isso, deu-lhes uma pilha de fotos que tirou deles. Algumas eram esplêndidas, nas quais Violet aparecia em vários trajes e fabulosos chapéus, James andando pela praia, caminhando tranqüilo com Charles, uma outra de James ao pôr-do-sol olhando nos olhos de *Lady* Vi com uma expressão de ternura, que encheu os olhos de Audrey de lágrimas ao ver a foto revelada. Formavam um lindo *souvenir* de um verão que nenhum deles jamais esqueceria, e Audrey tentou expressar isso em palavras quando eles se encontravam ao lado do carro alugado por ela, mas foi impossível dizer o que sentia. Gostava demais de todos eles.

— Obrigada acaba sendo uma palavra de uma ridícula pequenez em troca de tantas coisas... — abraçou afetuosamente *Lady* Vi e quando Violet recuou de novo, as duas estavam chorando.

— Você precisa escrever! Prometa!

— Escreverei! Prometo... — em seguida, abraçou James.

Quando ela partisse no *Mauretania,* eles ainda não teriam voltado a Londres. E James foi como um irmão mais velho ao lhe dar beijos carinhosos em ambas as faces. Audrey não pôde deixar de desejar que Annabelle tivesse casado com um homem como ele em vez de fazê-lo com o marido que tinha. Beijou as crianças pela última vez, tornou a beijar Violet e, em seguida, sem esconder o choro, entrou no carro e deslizou para trás do volante, enquanto Violet balançava a cabeça outra vez e enxugava os olhos com um lenço de renda.

Violet tentou sorrir com o rosto banhado em lágrimas.

— Não tinha esse sentimento terrível desde que tia Hattie morreu no ano passado — riu e assoou o nariz. Audrey fez o mesmo dentro do carro, enquanto *Lady* Vi a repreendia. — Você não devia dirigir sozinha. É perigoso.

— Estarei bem.

— Você é independente demais! — Estava com pena por não ter dado nada de sério com Charles. Ele devia ter ficado para levá-la de carro à Itália, mas estava com tanta pressa de partir para ir escrever seus artigos... Talvez James estivesse certo, decidiu, enquanto acenavam para Audrey que se afastava em marcha lenta. Charles não era, de fato, do tipo casamenteiro. — Que vergonha! — gritou para James quando Audrey desapareceu.

— Bem, eu não a mandei embora, querida. Não grite comigo — James apertou os ombros de Violet, que tornou a assoar o nariz e balançar a cabeça.

— Eu não quis dizer isso, me referia a Charles.

— O que há com Charles? — James pareceu confuso.

— É uma vergonha que ele não tenha sensibilidade suficiente para saber que ela era a esposa perfeita ao conhecê-la.

— Eu lhe disse. Ele não é do tipo que se casa.

— Foi isso que eu quis dizer! — estava com uma expressão de extremo aborrecimento e James deu uma risada.

— Oh, foi isso que você quis dizer... bem, ele não é... portanto, não se torture, nem a pobre Aud. Na vida dele não há espaço para uma mulher, pelo amor de Deus. Qual a mulher que iria querer juntar-se a um homem que corre pelo mundo desse jeito, que vive entre tribos de beduínos e camelos e só Deus sabe o que mais; a não ser, talvez, uma beduína — mas Violet não estava divertida ao encará-lo.

— Ele é um tremendo burro!

— Talvez. Ou talvez conheça muito bem a si próprio, minha querida — e, então, de súbito, James demonstrou um ar de preocupação ao dar um rápido olhar na mulher. — Você acha que Audrey esperava que aquilo desse em alguma coisa? Sabe, não vai ser assim nunca.

— Penso que ela sabe disso melhor do que nós. Em todo caso, ela é tão cabeça-dura quanto ele. Só pensa no avô e naquela irmã problemática. Todas as vezes que essa moça escreveu, Audrey ficou deprimida o dia inteiro. A garota deve chorar o tempo todo. É difícil imaginar, não é?, Audrey é o oposto completo. E não, eu não acho que ela esperasse alguma coisa de Charles, mas penso que a coisa foi mais fundo do que os dois esperavam.

— O que a faz pensar assim? — James sempre impressionou-se com a capacidade de percepção da mulher. Violet via, com freqüência, coisas das quais ele não tinha o menor pressentimento, e se perguntou o que ela viu ou pressentiu em relação àqueles dois. Charles ainda era seu amigo mais íntimo e ele se tinha afeiçoado a Audrey durante sua estada com eles. — Ela lhe disse alguma coisa antes de partir?

— Não — *Lady* Vi balançou a cabeça. — Assim como ele também não disse, o que me faz achar que a coisa é mais séria do que pensamos. Os dois fizeram questão absoluta de não dizer coisa alguma.

James encarou-a como se Violet tivesse enlouquecido.

— Às vezes você não faz o menor sentido — inclinou-se e deu-lhe um suave beijo nos lábios. — Mas eu a amo mesmo assim.

— Obrigada, James — ela sorriu e se recostou em sua cadeira predileta, enquanto os dois absorviam os últimos raios do sol de verão.

Audrey viajou por San Remo, Rapallo, Portofino e Viareggio ao longo da costa, no final abandonou o mar nessa última cidade e rumou para o interior, em direção a Pisa e Empoli e, então, para o sul, até Siena, Perugia, Spoleto, Viterbo e, enfim, até Roma. Porém, uma vez ali, descobriu que mal conseguia pensar nas coisas que devia ver na cidade. Só conseguia pensar em Violet e James, nas crianças, nos amigos e, claro, em Charles. Sentia-se uma alma perdida ao perambular através de igrejas e museus, ao ir ao Coliseu, às Catacumbas e ao Vaticano. De uma certa forma, sentia-se desajeitada enquanto caminhava sozinha por Roma e já não achava que tinha sido uma boa idéia viajar até lá. Ficou aliviada ao tomar o trem para Florença e desistir do carro alugado, mas ao chegar lá foi a mesma coisa. Sua mente não estava concentrada na beleza do que via, e todas as igrejas e museus começaram a lhe parecer iguais. A única coisa em que conseguia pensar agora era em ir a Veneza para rever Charles. No final, quando entrou no trem para Veneza, teve vontade de desembarcar e sair correndo. O trem parou milhares de vezes, ou pelo menos pareceu. Multidões iam e vinham e, em cada parada, o trem atrasava mais. Pelo fim da tarde, Audrey entrou em pânico. Era óbvio que não chegaria a tempo e, de súbito, ela percebeu a loucura de ter marcado um encontro com ele em uma praça pública. Na ocasião pareceu tão romântico e não ocorreu a nenhum dos dois que não era prático, que ali era a Itália e que nada acontecia na hora. O trem chegou à estação pouco depois das oito horas, quando o sol se punha com brilhantes faixas alaranjadas no céu e lágrimas brilhavam nos olhos de Audrey. Estava mais de duas horas atrasada e só Deus saberia onde Charles estaria. A essa hora, ele já devia ter aparecido e ido embora. Os dois não tinham sequer pensado em combinar um hotel, embora ela tivesse feito, de Roma, uma reserva no Gritti, mas não tinha a menor idéia do hotel em que Charles se hospedaria, ou se se veriam de novo. Nunca em sua vida sentiu-se tão desolada como no momento em que observou o *gondoliere* empilhar sua bagagem na gôndola e ela dizer o nome do hotel. E, então, de repente, tomou a decisão de tentar de qualquer modo.

— Podemos parar na Piazza San Marco, no caminho?

— Piazza San Marco? — ela concordou, ainda desesperada. — *Si, signorina.*

Sorriu para ela com olhos afetuosos e sem a metade dos dentes, tendo na cabeça o clássico chapéu de *gondoliere*, as pernas fortes bem equilibradas enquanto conduzia o gracioso barco e

Audrey olhava em volta para os outros que viajavam em gôndolas pelos canais, o pôr-do-sol brilhando nos moisacos dourados das várias catedrais. Era o lugar mais lindo que ela já vira e nunca em sua vida sentira-se tão sozinha como no momento em que saltou do barco e correu em direção à praça. Seus olhos esquadrinharam a vasta extensão, abrangeram o Campanário e as multidões que entravam e saíam dos bares. Olhou para todos, correu apressada de um café ao outro e, então, de súbito, vislumbrou os cabelos escuros, uma capa de chuva inglesa, a nuca de uma cabeça conhecida: voou na direção dele e olhou-o com uma expressão de alívio... só para descobrir que era uma outra pessoa; Audrey afastou-se desanimada e envergonhada. Meia hora depois, foi forçada a admitir a derrota. Charles não foi visto em parte alguma. Talvez nem tivesse estado lá, ou, se esteve, fora embora convencido de que ela lhe dera o bolo. Audrey teve de reprimir as lágrimas durante todo o trajeto até o hotel e, quando porteiros e *gondoliere* desembarcaram a bagagem, entrou em silêncio, o coração frustrado e a expressão de mágoa nos olhos. Era óbvio para todos que algo terrível lhe ocorrera.

A suíte que lhe fora reservada era muito mais imponente do que todas as outras em que se hospedou antes. Havia uma enorme cama com dossel ao estilo renascentista e adoráveis antiguidades no quarto, mesas de mármore e tapetes. Era um cenário grandioso e Audrey sentiu-se boba por se encontrar sozinha ali. Mas não podia fazer outra coisa. Nesse momento, já passavam das nove horas e não havia como vasculhar as ruas à procura dele. Perguntara ao porteiro se o Sr. Parker-Scott também fizera reserva no hotel e a resposta foi negativa. Não havia absolutamente coisa alguma que pudesse fazer para encontrá-lo agora. A única coisa que poderia fazer seria dar um giro pelos melhores hotéis no dia seguinte, com a esperança de encontrá-lo em alguma parte e, fora isso, poderia procurá-lo na estação de trem, a 3 de setembro, esperando encontrá-lo antes que embarcasse no trem que faria a conexão com o Expresso do Oriente no dia seguinte, na Áustria. Era uma vergonha desperdiçar dois dias em Veneza, mas, enquanto provava o jantar que mandara levar ao quarto, Audrey perguntou-se se aquilo não seria sua punição... se não tinha sido um erro concordar em encontrá-lo ali. Sabia que sim, mas não conseguiu resistir e agora tudo estava perdido. Enquanto pensava nele, as lágrimas começaram a rolar e quase não ouviu a batida na porta. Então murmurou em tom sombrio:

— Entre — assoou o nariz, imaginando que era o serviço de quarto, que retornava em busca da bandeja decorada que fora deixada com ela.

Mal levantou a cabeça quando a porta abriu-se e, de repente, ofegou e levantou-se. A porta não estava trancada e ele entrou direto no quarto.

— Meu Deus... como você... — seu coração disparou, enquanto Audrey voava para os braços dele, grata como nunca se sentiu antes ao encontrar alguém, e ele segurou-a como uma criança perdida... como no passado fez com o irmão Sean... abraçou-a tanto e com tanta força que Audrey quase não conseguia respirar. — Oh, Charles — chorava como uma menininha, o que era difícil de acontecer —, pensei que jamais fosse vê-lo outra vez.

Charles falou com voz macia, enquanto a embalava:

— Você não vai conseguir livrar-se de mim com tanta facilidade, meu amor. Tive um pouco de medo quando você não apareceu, depois fui verificar nos hotéis e decobri que você tinha reserva aqui — Audrey olhou para ele com uma expressão encantadora e Charles sorriu.

— Fiquei aterrorizada... pensei...

— Que no mínimo eu estava morto? — ele notou os olhos avermelhados e tornou a abraçá-la, alisando, com uma expressão de amor, os desarrumados cabelos ruivos. — Sou do tipo decidido, Aud. Você está bem? — deu uma olhada na suíte alinhada. — Minha Nossa Senhora... — então, deu uma risadinha pela primeira vez e, de repente, Audrey pareceu-lhe uma mocinha.

— É muito imponente, não é?

— Sem dúvida que é — recuou para admirá-la, muitíssimo aliviado por tê-la encontrado tão depressa. Como Audrey, teve visões de dias desperdiçados e tentativas inúteis de encontrá-la em algum lugar. — Sinto muito por você ter ficado com tanto medo, meu amor. Eu devia encontrá-la em Roma, mas tinha tanto trabalho a fazer... — atirou o casaco em cima de uma cadeira e sentou-se próximo a ela, fitando-a, sério, enquanto Audrey tentava recuperar a compostura. — Quero que saiba que não teria partido para Istambul sem vê-la.

Audrey sorriu por entre as lágrimas recentes e perdeu a voz ao falar. Estava muito aliviada por vê-lo.

— Eu estava pensando o mesmo... já tentava imaginar quando zarparia o próximo navio... Tentava lembrar se parti no dia errado... se entendi mal... — deu uma risada com o rosto banhado em lágrimas e jogou os braços no pescoço dele. — Oh, Charles... eu o amo tanto... — precisava dizer essas palavras, contar como se sentia. Ele significava muito para ela. E Charles estreitou-a contra seu corpo e seus lábios encontraram os de Audrey; agora não havia nada para detê-los, nenhuma etiqueta enquanto hóspedes, nenhuma preocupação com os amigos, e eles esqueceram do mundo, enquanto ele a tinha nos braços e suas mãos percorriam o corpo de Audrey. Nunca antes tinha sentido por ela o desejo que sentia nesse momento, e ela desejava tanto quanto Charles. — Oh, Charles... — no final, ele olhou-a com atenção, enquanto ambos recuperavam o fôlego, e se afastou com um movimento suave.

— Talvez seja melhor eu ir agora, Aud... — seus olhos sondaram os dela à procura de uma deixa de parte dela, mas, ao contrário de todas as outras vezes em Antibes, ela balançou a cabeça e Charles prendeu a respiração ao olhar para ela. — Não quero fazer nada de que você se arrependa depois — tinha sido uma noite de emoções para os dois, um dia de difícil espera pelo reencontro. Na verdade, nenhum dos dois conseguiu pensar de modo lógico desde que Charles partiu de Antibes. E Audrey ficara à espera daquilo, e só ela sabia o quanto, ao tornar a olhar para ele. Sabia por que tinha ido. A princípio, teve medo de admiti-lo para si mesma, mas tinha que fazê-lo e sabia que jamais se arrependeria. A partir desse dia, ela era dele.

— Não quero que você vá embora — sua voz saiu profunda, calma e sensual, enquanto Charles tomava sua mão e beijava-lhe a ponta dos dedos. Só isso fez com que todo seu corpo gritasse de desejo por ele. — Eu o amo, Charles — no final, foi simples assim, tão simples quanto essas palavras e a intensidade com que ela o queria.

— Eu jamais amaria outra pessoa — ele sussurrou e, então, levantou-se, tomou-a nos braços e caminhou em silêncio até o quarto contíguo. Luzes suaves infiltravam-se quando Charles fechou a porta, apenas o luar movia-se pelo chão. Podia ver o rosto, os olhos e os lábios de Audrey; beijou-a suavemente, despiu-a na penumbra, admirando o prateado em sua pele, enquanto, com todo cuidado, passava as mãos em seu corpo. Audrey sabia, sem sombra de dúvida, que lhe pertencia e estremeceu ao deslizar para debaixo dos lençóis frios, observando-o despir-se de costas para ela. Charles entrou no outro lado da cama, encontrou-a no meio de braços estendidos para ele ao se aproximar; e entregou-se a Charles de todas as maneiras. Seu corpo vibrava com o toque dele e Charles ensinou-a muito bem e de um modo amável, possuindo-a somente quando Audrey estava preparada, e depois quando ela o quis de novo. Deixou que ela imprimisse o ritmo e deu a Audrey tudo que tinha, de corpo, mente, alma e coração. E a partir desse momento seus corações pareciam entrelaçados para sempre, enquanto ela dormia em seus braços; dessa vez não viram o sol nascer, com o campanário badalando as horas, dormiam como duas crianças, esgotados pelo amor.

Capítulo 8

Os dois dias passados em Veneza foram como um sonho. Charles levou-a para conhecer todos os lugares adequados, o Palácio dos Doges com seus aposentos magníficos, a ponte Rialto, Santa Maria della Salute e a Alfândega com seus cata-ventos dourados... e o mais importante, a Ponte dos Suspiros, onde Charles a fez prender a respiração e beijou-a, enquanto o gondoleiro cantava ao passar por baixo. Charles garantiu que, por causa disso, seus sonhos se tornariam realidade, e Audrey deu uma risadinha. Mas passavam a maior parte do tempo no quarto de Audrey. Charles reservou um quarto menor no mesmo andar, apenas para manter as aparências, mas nem ao menos deixou a bagagem nele. Viveram juntos como marido e mulher durante dois dias e duas noites, e Audrey flagrou-se entrando em pânico ao se aproximar a hora de partida dele. Tinha passagem no trem para Londres nessa mesma noite; mas o trem que Charles tomaria iria para a Áustria, onde se encontraria com o Expresso do Oriente.

Estava tão deprimida por deixá-lo que quando se vestiam pela última vez, demorando-se no enorme banheiro de mármore que compartilhavam, tendo acabado de fazer amor no banho antes de se vestir, ela mal conseguia falar por pensar no que significaria dizer adeus para ele. E, então, de repente, ao pensar no adeus, a resposta estourou e Audrey começou a soluçar, enquanto o fitava.

— Querida, não... não faça isso... — estava fora de seu alcance pressioná-la mais. Suplicara que ela o acompanhasse mas

Audrey continuou insistindo, com firmeza, que não podia. Seria cruel pressioná-la mais e Charles prometeu não voltar a fazê-lo.

— Irei a San Francisco assim que puder. Assim que terminar em Pequim. Vou direto, de navio — segurava-a nos braços e Audrey soluçava, sem conseguir controlar-se. Ela se entregara àquele homem e agora não podia suportar abandoná-lo de novo. Pertencia a ele. Cada fibra de seu ser gritava só de pensar em abandoná-lo e, no entanto, ela sabia que precisava deixá-lo. Não tinha escolha, em absoluto. Seus braços envolviam o pescoço dele e demorou um longo tempo até recuperar o controle de novo.

Charles ajudou-a a se vestir e observou-a prender o colar de pérolas, os brincos e colocar o enorme chapéu de palha; e enquanto a olhava, desejou que o tempo parasse. Aquele era o momento mais precioso de sua vida e Charles notou que Audrey não tocou na máquina fotográfica durante dois dias. Aquilo não era uma coisa que se pudesse registrar, eram momentos cheios de sensações e desejos ansiosos enfim saciados. Eram momentos que nenhum dos dois jamais esqueceria, e ambos estavam melancólicos ao pagar a conta do hotel e observar suas bagagens serem levadas para a gôndola lá fora. Audrey virou-se, uma vez, para olhar para o hotel e depois fitou-o com ar triste.

— Nunca mais quero voltar aqui, Charles.

— Por que não? — ele pareceu chocado. Teria interpretado mal o que Audrey sentia? Ele não podia ter...

— Jamais poderá ser tão lindo como foi. Quero lembrar disso como é agora... em minha mente — seus olhos encheram-se de lágrimas e Charles tomou-lhe a mão — em meu coração... — olhou para ele com os olhos banhados em lágrimas, ele abraçou-a e ajudou-a a subir na gôndola. Tinha medo do que significaria dizer adeus para Audrey. Duvidava se conseguiria represar as próprias lágrimas. Só de pensar nisso, ficava sufocado. Ficaram aconchegados qual duas almas perdidas durante a viagem até a estação, e ele levou-a ao trem, já que a partida de Audrey estava marcada para meia hora antes. Charles observou o carregador ajeitar os pertences de Audrey e permaneceu na cabine privada com ela. Nada mais restava a dizer, exceto as promessas que nenhum dos dois poderia manter. Charles tinha o seu trabalho e ela a sua família, mas se amavam como poucas pessoas podiam amar. Ambos sabiam disso quando, enfim, chegou a hora; e Charles abraçou-a, com as lágrimas rolando devagar pelas faces dos dois, enquanto se beijavam de olhos fechados.

Charles foi o primeiro a se afastar; já não suportava mais.

— Eu te amo, Aud. Eu te amarei para sempre — teve vontade de pedir outra vez que ela o acompanhasse até Istambul, mas não ousou. Não seria justo para com nenhum dos dois continuar pressionando. Era hora de dizer adeus e eles tinham de enfrentar isso. Mas foi a coisa mais dolorosa que aconteceu a Charles desde a perda de Sean e ele não estava seguro se seria capaz de suportar a perda de Audrey, só que não tinha outra escolha.

— Eu te amo de todo meu coração — Audrey sussurrou. — Cuide-se... mantenha-se são e salvo... — agarrou-se a ele por um último momento e, em seguida, Charles saiu apressado da cabine, atravessou o corredor, desceu os poucos degraus e correu de volta à janela de Audrey, que abriu-a, inclinou-se para fora, eles se beijaram e sorriram. — Eu o vejo depois de Pequim... — mas nem gostava de pensar nisso... pela própria confissão de Charles, seriam vários meses... talvez até seis... ele não tinha a menor idéia do tempo que ficaria retido na China. O prazo derradeiro era no final do ano, mas, com as hostilidades com os japoneses, Charles não tinha idéia do que encontraria ao chegar lá.

— Vou escrever para você, Aud — foi uma promessa que ele nunca fez a ninguém e tencionava cumpri-la.

Depois ficou parado, olhando para ela, com vontade de pedir mais uma vez que ela o acompanhasse até Istambul. Mas não pronunciou as palavras. Beijou-a uma vez mais, depois virou-se e afastou-se apressado, antes que não mais conseguisse. Não suportaria a cena dolorosa de ficar parado na plataforma enquanto ela se distanciava. Foi esperar em seu trem e, vinte minutos depois, ouviu-o pôr-se em lento movimento, enquanto fechava os olhos e estremecia como um homem diante de um esquadrão de fuzilamento. Cobriu os olhos com a mão e deitou-se no assento, pensando em Audrey. E as imagens que via mentalmente eram tão reais, que quase a sentia na cabine ao seu lado, sentia o cheiro do perfume de Audrey, ouvia sua voz...

— Pode abrir os olhos agora, Charles — ele quase morreu de susto ao deixar a mão cair e abrir os olhos para vê-la.

Audrey estava a meio metro de distância e sorria para ele, enquanto um carregador arrumava suas malas com um ar de espanto.

— O que... pombas... pelo amor de Deus, Audrey! Quase me provocou um ataque do coração! — gritava ao pôr-se de pé, mas arrancou-a do chão, tomou-a nos braços, soltando um grito e beijando-a com tanta força que Audrey pensou que seus dentes seriam empurrados garganta abaixo. — Que diabos você está fazendo aqui?

— Pensei que devia ir com você até Istambul — Audrey tomou essa resolução depois que ele foi embora. Sabia que ainda não podia deixá-lo, que não era a hora. E conseguiria voltar a Londres a tempo para zarpar no *Mauretania* no dia 14, caso não houvesse atrasos significativos. E se não fosse assim, ela embarcaria no próximo navio para voltar para casa. A única coisa que sabia era que devia estar com ele, o resto não importava. — O convite ainda está de pé? — agora ostentava um sorriso radiante para Charles, que desejava uma bebida com todo o desespero para acalmar os nervos arrasados.

— Acho que está — olhou entristecido para ela e depois, quando o carregador fechou a porta e deixou-os a sós, tornou a puxá-la contra seu corpo. — Nunca mais quero ficar sem você, Aud... ou pelo menos não durante um longo, longo tempo... como o resto de minha vida — e sorriu.

— Isso é um pedido de casamento? — Audrey pareceu perturbada.

— Pode ser. Não consigo imaginar viver sem você, Aud.

Audrey pensava o mesmo em relação a ele. Mas um dos dois seria obrigado a abrir mão de tudo. Ela, da família; ele, da carreira. E não pôde imaginar nenhum dos dois abrindo mão do que amava.

— Acho que ainda não é hora para nos preocuparmos com isso. Talvez seja melhor aproveitarmos o que temos — era uma mulher sábia e tinha tomado sua decisão. Sabia que devia ficar com ele. E tencionava ficar. Até Istambul, com certeza. E talvez mais em frente. Isso ficava para ser visto depois.

Capítulo 9

Passaram a noite fazendo amor, a caminho da Áustria, e quando Audrey acordou no dia seguinte estava com os cabelos desgrenhados e olhos arregalados. Por um momento, esquecera de onde estava indo com ele e, então, de repente tudo voltou à sua mente quando o trem deteve-se para uma rápida parada e ela olhou pela janela por cima do ombro de Charles, e viu o lustroso trem azul e dourado à espera deles do outro lado da plataforma. A inscrição na lateral dizia: COMPAGNIE INTERNATIONAL DES WAGONS-LITS ET DES GRANDS EXPRESS EUROPÉENS; e, então, Audrey arregalou os olhos ao olhar. Aquele era o trem sobre o qual lera tanto, durante tantos anos. Até mesmo seu avô lhe falou alguma coisa, pois tinha andado nele anos atrás. Viu fotos nos álbuns de seu pai, e agora, de súbito, lá estava ela, olhando para ele com todo seu esplendor, esperando descobrir seus mistérios.

— Charles... olhe... — cutucou-o como uma criança. Charles mexeu-se sonolento e levantou os olhos para ela com um sorriso preguiçoso.

— Bom dia, meu amor — Charles passou a mão fazendo um carinho no traseiro de Audrey, que sorriu para ele, mas ela estava muito mais interessada na cena lá fora. Mesmo àquela hora havia pessoas fascinantes embarcando no trem. Homens que pareciam banqueiros e mulheres parecidas com concubinas, estrelas de cinema ou mulheres de presidentes. Havia uma mulher envolta em uma pele de raposa prateada, e uma outra carregada de zibelinas apesar do ar quente de setembro. Havia homens com ternos com listras e chapéus de feltro, com pesados relógios de bolso de ouro com correntes atravessando as barrigas, como se as estivessem segurando. Audrey ficou fascinada e esticou o braço por cima de Charles, distraída, apalpando à procura de alguma coisa atrás dele, enquanto ele a fitava, divertido com sua excitação diante daquilo a que ele, zombando, se referia como sendo um "simples" trem.

— Você ficou maluco? — replicou, insultada, ao encontrar o que procurava. Era sua Leica e, no mesmo instante, Audrey enfocou a cena lá fora. — O que está ali é o Expresso do Oriente, não é apenas um trem, pelo amor de Deus.

Charles riu dela e tomou a câmera de sua mão, depois que ela teve a oportunidade de tirar pelo menos meio rolo de filme, e depositou-a com todo cuidado antes de firmar Audrey com suas pernas compridas e graciosas e fitá-la, furioso.

— Foi por isso que você veio comigo? Só para tirar fotos? — ele a provocou e Audrey riu dele.

— Mas que droga, é claro. Por que motivo você achava que eu tinha vindo? — nesse momento, Charles a estava beijando e ambos riam, enquanto ele lhe dava repetidos beijos, até que os risos desapareceram e ele fez amor com ela, a princípio de um modo suave, depois com toda paixão, com Audrey arqueando as costas de prazer e ele provocando e zombando dela, até levá-la para a posição que ela procurava, por instinto, em seus braços. Quando estavam deitados pacificamente nos braços um do outro, ela fitou-o, feliz. — Estou contente por estar aqui com você, Charles.

— Eu também, meu amor.

E Audrey ficou mais ainda ao ver o trem. O interior dos vagões da sala de estar e do restaurante era todo revestido de madeira. Havia relevos em vidro e brilhantes pedaços de latão. A cabine que eles compartilhavam tinha uma sala de visita com cortinas de veludo e paredes revestidas de madeira mais esplêndidas ainda. Mais se assemelhava à sala de estar de uma casa do que a um trem e quando almoçaram Audrey continuava impressionada, ainda esperando que os outros passageiros embarcassem. Foi uma refeição de seis pratos, menor do que o jantar, claro, e violinistas ciganos andavam de mesa em mesa para divertir as pessoas que comiam. Antes de começarem a refeição, o garçom trouxe um pratinho de *hors d'oeuvres*, com bife ao molho tártaro e fatias de salmão defumado sobre pão negro, e Audrey ficou embaraçada ao descobrir o quão faminta estava. Também devoraram as generosas porções de caviar, e Charles comentou que era óbvio que eles estavam demonstrando a excelente refrigeração que possuíam. Com seus novos vagões refrigerados, poderiam servir quase tudo aos passageiros, e serviam mesmo. Os pratos seguintes eram igualmente extraordinários... aspargos à holandesa... peito de carneiro... camarões perfeitos e minúsculos... *profiteroles*... No momento em que terminaram o excelente café vienense, Audrey sentiu-se como se mal pudesse levantar-se, e Charles acendeu um charuto, o que era raro em se tratando dele, mas após uma comida tão refinada como aquela o charuto pareceu-lhe um gesto adequado.

Audrey recostou-se na cadeira, desfrutando da névoa de fumaça azulada do charuto de Charles e observando os companheiros de viagem chegarem um a um. Havia uma mulher envolta em *mink* sobre um traje de algodão cinzento, que se virou para conversar com um homem de chapéu de feltro e monóculo, os dois riram e dois minúsculos pequineses brancos latiram em seus calcanhares; ao longe duas criadas carregavam o que parecia ser um punhado de casacos para ela. Havia uma outra mulher de vestido de seda vermelha; tinha uma pele incrível e os cabelos bem presos em um coque, com dois enormes rubis nas orelhas. Parecia ser uma dessas cortesãs e expôs uma extensão adequada da perna ao embarcar no trem, com inúmeras malas e baús de navio. Uma vez abrigada nas enormes poltronas de veludo de sua suíte, Audrey recostou-se à vontade e conversou com Charles, contando como eram as fotos do pai e batendo um papo tranqüilo com ele. Viajar com Charles era como viajar com seu amigo mais querido. Os dois riam das mesmas coisas, achavam divertidas as mesmas pessoas, ou então insuportáveis ou ridículas, e juntos riam de tudo. Charles encantava-se com a excitação de Audrey diante de tudo; e estava no paraíso com o fato de ela o ter acompanhado. Mal podia esperar a hora de mostrar Istambul para Audrey, quando lá chegassem, e de passar com ela uma noite em seu hotel preferido, antes de levá-la de volta ao trem. Mas não podia pensar nisso agora. A viagem mal começara. Não era a hora de pensar no adeus. Ainda não. Não agora. A diversão acabava de começar.

Nessa tarde, antes de saírem da cabine, Audrey tomou um

banho e trocou de roupa para ele; saiu do banheiro usando um vestido que deixou-o encantado, de algodão cor-de-rosa, com uma prega cortada em uma linha oblíqua, e um chapeuzinho de Rose Descat, que *Lady* Vi insistiu que comprasse em Cannes. Parecia perfeito para aquele trem extraordinário, cheio de pessoas também extraordinárias. Para a ocasião, Audrey usou as enormes pérolas da avó, com brincos de pérolas combinando nas orelhas. O avô lhe dera ao completar vinte e um anos e estava contente por tê-los agora, assim como o chapéu. Sentiu-se muito chique quando caminhavam pela plataforma e ficou surpresa ao ver alguns uniformes que não notara antes, quando um grupo de homens apareceu e como que flutuou próximo à entrada de seu vagão, conferindo em silêncio e com ar de quem estava à espera de alguém, como de fato estavam.

— Quem são? — Audrey estava com uma expressão intrigada e Charles lançou um olhar sem-cerimônia para as lapelas, os uniformes não eram idênticos, mas eram parecidos com os que vira na Alemanha.

— Acho que são homens de Hitler.

— Aqui? — Audrey pareceu surpresa. Hitler fora nomeado chanceler da Alemanha sete meses trás, mas, afinal de contas, ali era a Áustria.

— Também existem nazistas austríacos. Vi alguns em Viena quando estive lá em junho. Embora eu ache que aqui seja muito mais raro vê-los de uniforme. Dollfuss, o chanceler da Áustria, baniu os uniformes nazistas daqui, neste ano, e Hitler ficou tão louco que impôs um imposto sobre os alemães que visitam a Áustria. Isso diminuiu um bocado o turismo daqui, e acho que alguns nazistas daqui ignoram o banimento. Talvez esses sujeitos estejam aqui em alguma missão oficial.

Audrey tornou a olhar para eles, mais intrigada ainda. Antes de partir dos Estados Unidos, lera um bocado sobre Hitler. E Vi e James tinham um bocado de coisas a dizer a respeito dele. Ao que parecia, os dois o achavam perigoso, muito embora na América ninguém estivesse preocupado. Então, notou que os homens uniformizados conversavam com um homem e sua mulher, que viajavam com um outro homem. Todos os três estavam bem-vestidos e eram de meia-idade. O mais alto dos dois parecia muito tranqüilo ao explicar alguma coisa para os nazistas, que franziam a testa com um ar ameaçador. Fizeram uma pergunta áspera e o homem mais velho e mais baixo apresentou dois passaportes, que, como era óbvio, Audrey viu que eram dele e da mulher.

— O que você supõe que estejam querendo deles, Charles?

— É provável que apenas os documentos — Charles fez pouco caso e tornou a encher o copo de Audrey. — Não se preocupe com isso. Nesses dois países, eles são muito intrometidos, mas não nos aborrecerão — não queria que coisa alguma estragasse a viagem dela; mas no início do ano começara a ouvir histórias que deixaram-no preocupado em relação ao regime nazista. Não havia a menor dúvida que ele era bom para a Alemanha, que começava a construir algumas estradas realmente bonitas, mas seu violento anti-semitismo era algo que não soava bem para Charles. Olhou para fora da janela enquanto Audrey observava e, de repente, um dos homens uniformizados agarrou o mais baixo e velho pela garganta. Todos na plataforma ficaram muito assustados com a cena, e a mulher que devia ser sua esposa soltou um grito de medo. Esbofetearam o rosto do marido, os passaportes desapareceram e foram pronunciadas algumas palavras rudes para a mulher e o outro homem e, sem nenhuma cerimônia, os dois homens uniformizados levaram embora o homem mais baixo, que protestava e tentava explicar, sem sucesso, alguma coisa para eles, gesticulava e gritava pela mulher e o amigo.

— O que ele está dizendo?... o que ele diz? — Audrey levantou-se, nervosa, assustada com o que via e angustiada pela pobre mulher, que agora chorava nos braços do outro homem.

— Está tudo bem, Aud — Charles envolveu-a com o braço. — Ele disse para os outros não se preocuparem com ele, pois esclareceria as coisas — mas, nesse momento, os dois viram toda a bagagem deles ser retirada do trem e quando desapareceram de vista, a mulher ainda soluçava nos braços do outro homem.

— Meu Deus, o que aconteceu? — perturbada, Audrey saiu apressada e quase de imediato encontrou o chefe do trem. — O que aconteceu com aquele homem? — estava apenas um pouco embaraçada por se alvoroçar com a coisa; todos os outros observavam o acontecimento, sem nada dizer, e depois seguiam seu caminho.

— Não foi nada, *mademoiselle* — ele apressou-se em tranqüilizá-la com um sorriso e um olhar para Charles por cima da cabeça de Audrey, como se ele fosse compreender. — Foi apenas um criminoso insignificante tentando embarcar no trem — mas o outro não parecia ser um criminoso; seria mais um banqueiro ou homem de negócios. Usava um chapéu fino, um terno sob medida e uma grossa corrente de relógio de ouro atravessada no colete; sua mulher também usava roupas caras. — Não há nenhum problema — passou por Audrey e, aos sussurros, disse ao cabineiro que levasse uma outra garrafa de champanha para eles.

Mas alguns momentos depois, quando uma outra pessoa embarcou no trem, Audrey ouviu palavras sussurradas, porém distinguiu apenas uma delas e olhou para Charles, assombrada.

— Essa mulher disse *"Juden"* e estava falando dele, não estava?

— Não sei, Aud — Charles ficou perturbado, mas não queria que ela ficasse mais perturbada do que estava.

— Eram judeus. Ou, pelo menos, ele. Meu Deus... então, é verdade, não é, as coisas que as pessoas começam a dizer? Meu Deus, Charles... que terrível...

Ele segurou o braço dela com um toque suave, como que para trazê-la de volta, e olhou fundo nos olhos de Audrey.

— Não há nada que você possa fazer, Aud. Não estrague sua viagem — queria isso mais do que qualquer outra coisa. E era verdade o que disse. Não tinha poder para ajudar o homem, então, por que se torturar? E era muito provável que ele estivesse bem.

Os olhos de Audrey brilharam com as palavras dele.

— Isso estraga a viagem dele, não estraga? E a da mulher... e a dos amigos — olhou direto para Charles. — E se fossem Violet e James? Se levassem James embora, você deixaria ou faria alguma coisa?

— Ora, que droga — ele respondeu com um olhar fixo nela, bastante contrariado com o argumento dela. — Não é a mesma coisa. Claro que eu não deixaria que acontecesse com James. Mas nem sequer conheço aquele homem, e não há nada que possamos fazer para ajudar. Trate de tirar isso de sua cabeça — mas teve um efeito perturbador nos dois, até que, enfim, o trem pôsse a caminho e Charles foi sentar-se ao lado dela, no pequeno canapé de veludo, e tomou-lhe as mãos. — Aud, não há coisa alguma, em absoluto, que possamos fazer — envolveu-lhe os ombros com o braço e ela começou a chorar.

— Eu me sinto tão mal, Charles... por que não pudemos fazer alguma coisa por eles?

— Porque nem sempre podemos. Não se consegue deter as marés. Nesse exato momento, há coisas pavorosas acontecendo aqui. E talvez seja mais importante que não nos envolva.

— Acredita mesmo nisso? — Audrey estava chocada com ele.

— Por minha causa, não. Mas eu jamais faria algo que a colocasse em risco. Se eu tivesse feito uma cena lá fora hoje, talvez acabasse na cadeia e, então, o que aconteceria com você? Os homens de Hitler são gente poderosa aqui. Não estamos em condições de fazer nada e devemos reconhecer isso. Aqui não é Londres nem Nova York. Você está muito longe de casa — e agora, pela primeira vez no trajeto agourento, Audrey sentiu isso e foi difícil deixar de pensar no homem que fora levado embora.

— Faz com que nos sintamos tão desamparados, não? — ele acenou com a cabeça, em silêncio. Também ficou assombrado e o que Audrey disse acertou no alvo. E se tivesse sido com James?... ou com Aud... foi um pensamento horrível e Charles estreitou-a contra seu corpo, enquanto os dois procuravam consolo mútuo nos braços do outro e, algum tempo mais tarde, foram possuídos pelo desejo e fizeram amor no canapé, com o campo passando lá fora; nessa noite, quando se vestiram para jantar, os dois sentiram-se mais tranqüilos de novo. Era mais como se estivessem em um hotel e não em um trem, e Charles seguiu-a, em silêncio, até o vagão-restaurante, admirando o decote cavado do vestido de seda branca sem costas, que mostrava, de modo admirável, os restos do bronzeado da Riviera e fazia com que Charles tornasse a vibrar de desejo.

Mas voltaram a conversar sobre o incidente no jantar, e a conversa pareceu aliviar os dois.

— Isso é comum aqui na Áustria? Estão prendendo todos os judeus? — Audrey estava com um ar de preocupação desesperada, enquanto o garçom servia o quarto vinho.

— Não sei ao certo. Ouvi algo a esse respeito em Viena, em junho, e em Berlim alguns meses depois. Talvez sejam apenas ataques ao acaso. Eles afirmam que só estão procurando os inimigos do *Reich,* mas de alguma forma não confio em Hitler, e essa definição deixa a interpretação bem vaga. Não deixa? — Audrey concordou com ele, com ar desanimado.

— James disse a mesma coisa quando numa noite passeávamos em Antibes. É assustadora a maneira como Hitler quer militarizar o país. Sabe, isso só pode levar a uma guerra. Por que não existem mais pessoas assustadas com isso?

— Porque poucas pessoas concordam conosco, receio. Os americanos não concordam, não há dúvida. Pelo que posso julgar, parecem achá-lo maravilhoso.

— Isso me enoja — Audrey estava pensando de novo no homem da estação e, dessa vez, ao acender o charuto, Charles estava com um ar muito sério. — É um luxo gozar da liberdade como gozamos.

Foram lembrados de tudo quando atravessaram a Tcheco-Eslováquia, a Hungria e a Romênia, e nas poucas paradas que o trem fazia oficiais uniformizados subiam a bordo. Mas mesmo então, nunca viam todos os passageiros. Era surpreendente a maneira como se trancavam em suas cabines, dando festas privadas para o grupo com que viajavam, ou apenas ficando sozinhos para observar o campo e beber champanhe com as amantes ou mulheres. Audrey e Charles saíram para esticar as pernas uma ou duas vezes; à medida que se aproximavam rápido de Istambul, ela começou a ficar triste. No último passeio, na noite anterior à chegada, Audrey fitou-o com olhos pesarosos. Os dias em Veneza e no Expresso do Oriente tinham sido como uma lua-de-mel e nenhum dos dois queria ver o fim dela.

— Não posso acreditar que já estamos quase lá... o sonho de uma vida inteira e que acaba em dois dias. De uma certa forma devia demorar mais, você não acha? — ela suspirou.

Charles sorriu e apertou-lhe a mão com um pouco mais de força, enquanto caminhavam. Eles conversavam horas sobre política e livros, as viagens dele, as aventuras do pai de Audrey havia tanto tempo, o irmão que ele perdeu, Annabelle, até mesmo sobre Harcourt... as fotos dela... Sempre havia mais do que falar, algo mais que queriam fazer. Era difícil acreditar que estariam em Istambul no dia seguinte e que ela voltaria para Londres um dia depois, e só Deus sabia quando ele a veria outra vez.

Quando reembarcaram no trem, ficaram observando o campo deslizar com o início do crepúsculo, os pastores de ovelhas caminhavam nos morros, através dos bosques, levando seus flocos a caminho de casa. Foi quase bíblico quando a noite caiu e Audrey estendeu a mão para ele.

— Fico pensando naquele homem, perguntando-me o que aconteceu com ele.

Charles fitou-a, calmo.

— É provável que o tenham liberado e que ele tenha embarcado no próximo trem. Você não pode atormentar-se com uma coisa como essa. Aqui não estamos nos Estados Unidos, Aud. Coisas estranhas acontecem aqui. Não pode envolver-se com o que fazem — esta era uma das razões de seu sucesso ao escrever sobre lugares longínquos do mundo. Era um observador profissional e jamais se envolvia. Esteve presente quando os japoneses atacaram Xangai, em 1932; teve permissão para sair do país e depois voltou várias vezes, mas parte dessa liberdade originava-se do fato de ele jamais interferir no que via, não importava o quão problemático isso fosse. Agora ele tentava explicar isso para Audrey. — É o preço que pagamos pelo privilégio de estarmos presentes, Aud. Você tem de fingir que não está acontecendo nada... ou, pelo menos, não com você.

— Coisa que é terrivelmente difícil, não é?

— Às vezes. Mas se não for assim, você sai machucado — suspirou e recostou-se no assento. Estava pensando em outras coisas. Nos últimos momentos dos dois no Expresso do Oriente e depois teriam apenas mais um dia, antes que ela voltasse a se dirigir para o oeste e ela começasse a interminável viagem para o leste. Adoraria empreender, um dia, uma viagem como essa com Audrey, mas no momento nem ao menos mencionou isso para ela. Em vez disso, olhou para a noite lá fora, pensando nos prazeres exóticos de Istambul. — Você vai adorar, Aud. É um lugar incrível. Diferente de tudo que você já viu — havia um quê de admirável em mostrar a cidade para ela, era como um mundo novo, uma vida nova, e como se Audrey agora tivesse nascido nele, com Charles. Era uma experiência inebriante para ambos e, nessa noite, Charles falou sobre suas experiências durante todo o jantar, enquanto Audrey ouvia fascinada, desejando, assim como ele, que os dois tivessem oportunidade de viajar juntos outra vez. E, após outra refeição colossal, retornaram à cabine. Quando Audrey tentou dizer que estava muito feliz por ter ido, havia no ar uma melancolia que ambos podiam sentir.

Mas havia mais coisas, que não sabiam como dizer. De uma certa forma, falar de Istambul mantinha a realidade afastada, como se ela fosse ficar ali ao lado dele para sempre, não apenas por um dia para depois partir e os dois trilharem caminhos diferentes, voltarem às vidas separadas. Foi Audrey quem teve a coragem de dizer as palavras primeiro, enquanto ele a fitava com ar infeliz.

— Não posso imaginar mais uma vida sem você, Charles — sua voz estava suave e triste quando ela olhou para ele. — Não é estranho, depois de um tempo tão curto? — era como se, de alguma forma, tivessem casado ao longo do caminho e não o notassem, ou como se o ato de fazer amor tivesse criado um elo inseparável entre ambos. E, no entanto, não era isso que Harcourt e Annabelle sentiam... era mais parecido com o que James compartilhava com *Lady* Vi. Seriam eles dotados de um raro dom... e o que aconteceria agora?

— Não consigo imaginar-me separado de você — estava preocupado com a viagem dela de volta, e com a vida de Audrey depois. Era tão injusto que não pudessem seguir assim, viajando juntos durante um longo, longo tempo. — Mas suponho que essa não seja uma vida para você — sondou os olhos de Audrey para ver o que ela pensava, como se a testasse. Recostou-se no assento, suspirando. — Será que um dia você poderia ser feliz com uma vida sem raízes como essa? — ele ainda não estava preparado, mas talvez em breve... Vinha brincando com a idéia desde que partiu de Antibes e, em especial, nos últimos dias, no trem.

Mas Audrey era sempre honesta com ele.

— Eu poderia ser — ostentou-lhe um sorriso de tristeza, do lugar onde estava sentada — se não tivesse uma família com que me preocupar.

— Por acaso você não tem o direito de levar sua própria vida? — ficava aborrecido ao ouvi-la falar assim. Teria compreendido se Audrey lhe dissesse que detestaria viajar com ele, mas não queria mais ouvir falar das responsabilidades dela.

— Não tenho esse direito, Charles — Audrey jamais perdia isso de vista. — Talvez um dia tenha.

— Quando? Quando tiver quarenta e cinco anos de idade e tiver criado todos os filhos de sua irmã? Quando você acha que a deixarão partir? Na semana que vem? No ano que vem?

Daqui a dez anos?... cinco?... você está se iludindo, Audrey. Jamais deixarão você partir. Por que deixariam? Você é a melhor coisa que eles têm — estava com raiva disso. Por que eles a teriam se ele não podia? E era culpa deles o fato de Audrey não ficar ao seu lado. Não estava claro para ele que Audrey não pudesse viajar para sempre com ele, assim, sem qualquer vínculo formal, com apenas seu amor para acompanhá-los.

— Que diferença isso faz? — Audrey também estava ficando com raiva. Os dois estavam tristes porque já chegavam ao fim os momentos que dispunham para ficar juntos, e não havia ninguém de quem sentir raiva, a não ser de si próprios, enquanto rodavam os últimos quilômetros no trem, de que tanto tinham desfrutado. — Você quer mesmo se casar um dia, Charles? — não estava convencida disso, mas ele não admitiria isso.

— Por que não?

— Não é a maneira certa de se dizer, "por que não"?

— E eu imagino que você não seja nenhuma autoridade em casamento. Logo você, que se considera uma moça velha e que está muitíssimo contente em desistir de tudo.

— Que diferença isso faz? Você preferiria se eu o estivesse perseguindo para casar comigo, Charles? É isso que você quer? Eu realmente acho que não — estava gritando com ele e não percebeu, até que Charles atravessou a elegante sala de estar e levantou-a, os olhos fixos nela, com as mãos nos ombros de Audrey como se fosse capaz de sacudi-la caso ela não o ouvisse agora.

— Sabe o que eu quero? Quero que você fique comigo. Não quero que você deixe Istambul e volte para embarcar no seu maldito navio. É isso que quero — não houve nenhuma promessa, nenhuma proposta de casamento, nenhum juramento, mas Audrey não ligou a mínima. Não era o que esperava dele. Não houve nenhuma premeditação, nenhuma intriga, nenhum plano. Audrey amava aquele homem e também queria ficar ao lado dele. Tampouco queria voltar à Inglaterra para embarcar no navio, mas não podia fazer outra coisa e tentava explicar isso para Charles. — Você tem vinte e seis anos de idade. Já é crescida. Faça o que quer.

— Você não entende coisa alguma — soltou-se das mãos dele e tornou a sentar-se. Charles tomou assento ao seu lado no canapé e segurou-lhe a mão. A raiva dos dois começava a se dissipar. Ela não resolveria nada e ambos o sabiam. — Charlie, meu amor, se você não fosse tão livre assim, também não poderia fazer o que bem entendesse. A vida não funciona desse modo. Pelo menos, na maioria dos casos.

Charles fitou-a com um ar de tristeza. Não compreendia e não queria compreender.

— Imagino que às vezes esqueço que o resto do mundo não é tão livre quanto eu — uma faca trespassou seu coração ao pensar em Sean. — Não é o estado ideal para se elogiar. Talvez você esteja em melhor situação — era isso que de vez em quando o fazia querer ter filhos, a ânsia de ter alguém ligado a ele e a quem ele, por seu turno, fosse ligado. Mas, então, pensou na perda de Sean e voltou a ficar com medo. No entanto, de uma estranha maneira, ele *estava* ligado a Audrey. Sentiu isso e, nesse momento, olhou para ela com uma expressão súplice. — Audrey... que tal se você me acompanhasse até a China?

Audrey perdeu o fôlego com essas palavras e pareceu chocada.

— Você ficou maluco? Pode imaginar o que minha família diria? Eu nem vou contar para eles que vim até aqui. Eles falariam sem parar. Istambul! Eles pensariam que eu perdi a cabeça — todos, exceto o avô, claro, que sabia muito bem o que a motivara... essa ânsia de perambular que estava em seu sangue... os demônios que ele tanto odiava. Mas a China? — Charles, você enlouqueceu.

— Enlouqueci? E sou maluco por querer ficar com a mulher que amo? — não desviava os olhos de Audrey, que não conseguiu responder. Não sabia o que dizer para Charles. Era a proposta mais adorável que já recebera, mas não havia como ela acompanhá-lo. — Poderíamos zarpar de volta para os Estados Unidos, de Yokohama, no final do ano.

— E como eu explicaria isso para eles?... Charlie, eu dei minha palavra a meu avô. Ele é um velho. O choque talvez fosse grande demais para ele.

— Não tenho como competir com isso, não é, Aud? Homens da minha idade não morrem de "choque" — encarou-a com uma expressão quase que de amargura; de repente, sentia um ciúme violento de um homem de oitenta e um anos. — Nem mesmo sentia mágoa. Eu invejo a sua lealdade para com ele.

— Você também tem a minha lealdade — falou com a voz bem suave. — E meu coração.

— Então, pense nisso. Pode responder em Istambul.

— Charlie... — e apenas olhou para ele.

Não havia razão para se torturarem com o que não poderiam ter. E Audrey não podia acompanhá-lo na viagem à China. Quando foi dormir nessa noite, ela lembrou-se disso dúzias de vezes. Poderia gozar de um breve momento em Istambul... dois dias... uma noite... depois teria de voltar para casa... precisava... era necessário, Audrey forçou-se a dizer, enquanto adormecia... mas sonhou com Charles durante toda a noite. Sonhou que o procurava e não conseguia encontrá-lo em parte alguma. Despertou aos prantos no meio da noite, em pânico, e agarrou-se a ele enquanto chorava, com medo de explicar o desespero que sentia por deixá-lo, receando que se dissesse isso Charles nunca a deixasse partir. E não havia a menor dúvida em sua mente. Ela *precisava* partir.

Capítulo 10

A entrada em Istambul foi extraordinária e Charles acordou-a de manhã bem cedo para assegurar-se de que ela não perderia nenhum momento. Quando Audrey acordou, praias passavam ao lado do trem e as águas pareciam pintadas de dourado, enquanto pássaros voavam baixo. Istambul era cercada pelo mar de Mármara por um lado e, pelo outro, o Bósforo. Audrey pensou que nunca viu algo tão esplêndido como as mesquitas que surgiam com seus zimbórios e minaretes dourados e, então, enfim, quando deram a volta no Cabo do Harém, apareceu o Palácio Topkapi, trazendo consigo visões de sultões e haréns, fantasias extraordinárias e contos de fadas. Era uma cidade que inspirava fantasias de todos os tipos e quando entraram devagar na estação Sirkeci, Audrey sentiu-se, de súbito, possuída pela nítida influência oriental que havia ali. Era um lugar diferente de todos os outros que já havia conhecido; e ficou fascinada enquanto Charles apontava para os pontos turísticos a caminho do hotel. A Mesquita Azul e o Hagia Sophia, a mesquita mais famosa de Istambul, a Coluna de Constantino que pairava sobre a praça pública, o Grande Bazar, as inúmeras outras mesquitas e bazares que a encantaram. No final, a angústia diante da perspectiva de deixar Charles foi mitigada pela excitação de estar ali com ele, por menor que fosse o tempo. Sua máquina fotográfica trabalhou sem parar e Charles levou-a direto para o hotel, que era um lugar surpreendente.

Charles tinha reserva no Palácio Pera, um de seus hotéis prediletos do mundo inteiro. Uma dúzia de carregadores desembarcou a bagagem, enquanto Audrey e Charles entravam. Ele pediu dois quartos ligados por uma gigantesca sala de estar. Por toda parte encontravam espelhos de três metros de altura, com molduras douradas, painéis negros, esculturas rococó e cupidos dourados. O saguão do hotel também era repleto da mesma decoração e, de uma certa forma, parecia adequado ao ambiente exótico, embora em qualquer outro lugar Audrey acharia horrendo. Mas nada era feio ali. Tudo era fascinante e exótico, enquanto ela seguia Charles até o Grande Bazar, tirando rolo após rolo de filme, fascinada com as vistas, cheiros, caminhos tortuosos e mercadores decididos a lhe vender tudo que pudessem. Charles observava-a encantado, enquanto Audrey absorvia tudo e parecia florescer com a atmosfera. Levou-a para almoçar em um minúsculo restaurante e nem mesmo a comida turca intimidou-a. Audrey adorou tudo. Parecia ter nascido para levar uma vida como essa. "A vida de um vagabundo", ela descreveu para Charles, com os olhos dançando, quando passeavam na praia de mãos dadas e olhavam para a entrada da cidade.

E só quando retornaram ao hotel Audrey voltou a ter a expressão de tristeza e, dessa vez, não se consolaram nem mesmo ao fazer amor. Já não havia mais esconderijo algum contra a realidade. Audrey partiria de trem no dia seguinte e o breve interlúdio romântico, por mais apaixonado que fosse, se acabaria para os dois, talvez para sempre, se a vida não fosse generosa com eles. Ficou deitada na cama, em silêncio, ao lado dele, depois que fizeram amor, desenhando com a delicada ponta de um dedo círculos indolentes no peito de Charles, enquanto ele tentava não sentir tudo o que sentia por ela, pelo menos não com tanto ardor.

— Quando você parte para a China? — não havia mais razão para não se falar disso; teriam de enfrentá-lo mais cedo ou mais tarde. E para eles já era tarde.

— Amanhã à noite — fitou-a com olhos infelizes.

— Quanto tempo vai demorar para chegar lá?

— Algumas semanas. Vai depender das minhas conexões.

Audrey sorriu para ele.

— Soa divertido.

E ele deu uma risada.

— Só mesmo você poderia dizer isso. A maioria das mulheres teria calafrios só de pensar... na verdade, a maioria dos homens. É uma viagem bem dura — de uma certa forma, estava contente por Audrey não ir. Embora, por egoísmo, adorasse se ela fosse. — Pense nisso quando você estiver confortável de novo no *Mauretania,* bebendo champanhe e dançando com algum homem vistoso... — sentiu o estômago apertado ao pensar nisso. — Eu estarei rastejando no cume de alguma montanha do Tibet, com a bunda congelada.

Audrey encarou-o, mas dessa vez não sorriu.

— Não vou estar dançando com ninguém, Charles.

— Vai sim — sua voz foi um sussurro e seus olhos estavam melancólicos. — Não tenho nenhum direito de esperar que você não o faça.

— Você se esquece de uma coisa.

— O quê?

— Eu não vou querer. Estou apaixonada por você, Charles — e, então, Audrey encarou-o com um ar estranho. — Nós bem podíamos estar casados. E estamos, em meu coração — perguntou-se se ele se assustaria com o que disse, mas, de qualquer modo, precisava dizê-lo.

— Estamos, sim. — Charles falou com um tom tão solene, que Audrey se assustou, e mais ainda quando ele olhou para as mãos e tirou do dedo mínimo o anel de sinete. Tinha seu timbre gravado e foi colocado na mão esquerda de Audrey, no dedo em que ela usaria uma aliança de casamento. — Quero que use isso, Audrey. Sempre.

Não havia palavras para expressar o que ela sentiu e, quando Charles abraçou-a, as lágrimas brotaram em seus olhos. Quando fizeram amor de novo foi de um modo agridoce, e Audrey conservou o anel no dedo com a mão bem fechada. Sabia que jamais tiraria o anel do dedo. Estava um pouco largo, mas não tanto que ela pudesse perdê-lo.

Quando levantaram-se ao crepúsculo Charles sugeriu que saíssem para jantar, mas Audrey balançou a cabeça e virou-se para fitá-lo.

— Não estou com fome.

— Você precisa comer.

Audrey sacudiu a cabeça. Tinha muitas coisas em mente e ficou um longo tempo de costas para ele, olhando pela janela os minaretes, bazares e mesquitas. Parecia estar fascinada por Istambul, mas, na verdade, não via coisa alguma. Audrey examinava o próprio coração e tomava uma grande decisão em relação a eles dois.

Charles deixou-a sozinha durante um longo tempo, depois aproximou-se, tocou-a suavemente no ombro e ficou chocado com o rosto desolado que viu quando Audrey voltou-se para encará-lo.

— Oh, querida... — estendeu os braços para ela e Audrey permaneceu parada. Para ela já não havia mais escolha. Devia saber disso em Veneza. Foi lá que tudo se decidiu para ela. Ou talvez até mesmo antes.

— Não irei embora — Audrey falou como se estivesse pronunciando uma sentença à prisão perpétua, e era assim mesmo. A sua própria. Mas ninguém a condenou àquela vida. Ela a escolheu. Apenas lastimava a dor que sua decisão provocaria em outros.

Charles ficou parado, sem saber ao certo se compreendia.

— Quero dizer que vou com você — de repente, Audrey pareceu bem menor, como se tivesse encolhido nas últimas horas.

— Para a China? — pareceu chocado, quando ela assentiu. — Você tem certeza, Aud? — teve um medo súbito de que ela se arrependesse. Uma vez começada a viagem, não haveria como voltar. Ela seria obrigada a acompanhá-lo durante todo o trajeto até Xangai, que não seria fácil, como ele já lhe dissera mais de uma vez.

— Tenho certeza absoluta.

— E quanto a seu avô? — nesse momento, Audrey perguntou-se se ele não a queria a seu lado, afinal de contas; Charles viu a mágoa estampada nos olhos dela e, no mesmo instante, estendeu os braços para abraçá-la de novo. — Eu só não quero que você mude de opinião na metade do caminho.

— Você quer dizer no topo de uma montanha do Tibet? — ela sorriu com o rosto banhado em lágrimas e Charles respondeu ao sorriso enquanto ela assentia.

— Isso mesmo.

— Não mudarei de opinião. Vou mandar um telegrama para meu avô dizendo que chego em casa no Natal. Tem algum endereço lá para o qual ele possa me escrever?

Charles pensou e balançou a cabeça.

— Não até chegarmos a Nanquim. Ele pode escrever para lá. Ou para Xangai. Darei a você os nomes dos hotéis em que vou me hospedar. Ele poderá escrever para você aos meus cuidados — percebeu então que não seria muito inteligente e esboçou um sorriso diante da idéia. — Conte para ele que eu sou uma mulher que você conheceu na viagem.

Audrey ostentou um sorriso tímido para o homem que amava.

— Não ria. Talvez eu seja obrigada a isso.

Nesse momento, Charles tomou as mãos dela e olhou dentro de seus olhos.

— Audrey, você tem certeza, realmente? É isso que você quer? Eu iria ao fim do mundo com você, mas eu não tenho nada a perder. Você tem. Sei o que suas responsabilidades significam para você... sua família... seu avô... Annabelle...

— Talvez seja a minha vez agora. Só dessa vez. Talvez eu possa fazer isso, sem que eles me odeiem para sempre.

Ele hesitou durante alguns momentos, depois prosseguiu:

— E depois? O que acontecerá conosco, então? — se ela não havia conseguido deixá-lo agora, como seria depois da China?

— Não tenho resposta para isso. Não sei. Mais cedo ou mais tarde serei obrigada a voltar para eles.

Seu sorriso foi tristonho.

— Às vezes, é como estar apaixonado por uma mulher casada.

Audrey sorriu da analogia, mas não pôde discordar.

— Como você observou há algum tempo, eu não tenho a bênção de ser tão livre quanto você.

— Talvez seja por isso que eu a ame. Se você fosse um pássaro tão solto como eu, talvez eu não a amasse tanto — sorriu para ela e acariciou-lhe os cabelos. E Audrey abraçou-o, sentindo o anel no dedo. Ela estava comprometida com ele agora, e apesar disso sentia-se livre ao mesmo tempo, mais livre do que em toda sua vida e surpreendeu-se com a maneira como isso a deixava feliz.

Capítulo 11

O telefone tocou no exato momento em que Edward Driscoll se ajeitava para ouvir Walter Winchell. A empregada bateu na porta da biblioteca e quase tremeu ao se aproximar dele. Ele estava mais queixoso do que um ou dois meses antes, e ela sabia o quanto ele odiava ser perturbado.

— Desculpe-me, senhor... — os joelhos quase se chocavam e ela pôde sentir a touca de renda que usava todas as tardes começar a deslizar em um lento movimento por sobre a orelha. Edward odiava as toucas quase tanto como odiava as interrupções. Na verdade, nesses dias ele odiava quase tudo e todos. Perambulava pela casa como se fosse um policial, com a esperança de fazer alguma prisão antes do cair da noite. — Desculpe-me, senhor... — ela tentou de novo, posto que ele não tinha respondido da primeira vez.

— Sim? O que é? — ele vociferou com a moça, que teve um sobressalto visível. — Que droga, não estremeça desse jeito, você me deixa nervoso.

— A ligação é para o senhor.

— Pegue o recado. Não quero conversar com ninguém a essa hora da noite. Já está quase na hora do jantar. Em todo caso, não pode ser importante. Ninguém jamais telefona para mim.

— A telefonista disse que era uma chamada internacional.

O rosto de Edward ficou tenso, no mesmo instante. Talvez tivesse acontecido alguma coisa com ela e ele deu outro olhar penetrante na moça.

— De onde é?

— De Istambul, Turquia, senhor.

— *Turquia?* — quase atirou a palavra no rosto dela. — Não conheço ninguém de lá. Deve ser um engano... ou um trote. Desligue. Não perca seu tempo conversando com imbecis — se ela tivesse dito França, ele teria corrido para o telefone. Ou mesmo a Itália ou a Inglaterra. Mas a Turquia... e, então, de súbito, teve uma sensação desagradável, levantou-se devagar e fez um sinal para a moça antes que ela saísse da biblioteca. — Descubra quem é antes de desligar.

— Sim, senhor — e voltou menos de um minuto depois; os olhos arregalados, a touca mais torta do que antes, mas dessa vez ele não notou. — É a Srta. Driscoll, senhor. Da Turquia.

Esqueceu a bengala e quase correu até a salinha onde ficava o telefone. Era uma câmara pequena e ecoante, com uma cadeira estreita e desconfortável. Mas Edward jamais pôde entender por que alguém precisaria ficar confortável ao falar ao telefone. No que lhe dizia respeito, o telefone era para negócios rápidos e não para se tagarelar o dia inteiro. Já falara isso muitas vezes para Annabelle, que nunca lhe deu ouvidos.

— Alô? — ele gritou ao telefone. — Alô? — era tanta a estática, que ele mal conseguia ouvir; e estava tão excitado que se esqueceu de sentar. A jovem empregada ficou por perto, com medo de que ele se excitasse demais.

— Sr. Driscoll?

— Sim! Sim!

— Temos uma chamada internacional para o senhor, da Turquia.

— Já sei disso, sua burra, agora onde está ela? — mas quase ao mesmo tempo em que pronunciava as palavras, ouvia a voz de Audrey e seus joelhos enfraqueceram.

— Vovô?... Está me ouvindo?

— Mal. Audrey, em que droga de lugar você está?

— Em Istambul. Tomei o Expresso do Oriente com amigos.

— Mas que droga, isso aí não é um lugar para você. Quando vai voltar para casa?

Ao escutá-lo, o avô pareceu, de súbito, tão frágil e tão terrivelmente distante, que do outro lado da linha Audrey quase renunciou ao plano de acompanhar Charles até a China. Mas também não estava preparada para fazer isso. Tinha de contar para o avô.

— Só voltarei para casa no Natal — houve um silêncio terrível e Audrey ficou com medo de ter caído a ligação. — Vovô?... Vovô?...

Ele deixou o corpo cair pesado sobre a cadeira desconfortável e a empregada correu para pegar um copo d'água. O rosto de Edward estava cinzento e ela esperou que não fosse alguma notícia terrível. Ele era velho demais para suportar.

— Mas que droga você está fazendo aí? E com quem está viajando?

— Conheci um casal simpático no navio. São ingleses. Estive com eles no sul da França — e esperou que o avô imaginasse que também estava com eles na Turquia.

— Mas por que diabos eles não a levam de volta para a Inglaterra?

— No final, vão levar, mas primeiro vou até a China.

— Você vai o *quê*? — a moça empurrou o copo na direção dele, que, com a mesma rapidez, empurrou-lhe o braço para o lado. — Você ficou maluca? Os japoneses já invadiram a Manchúria. Vai voltar para casa agora mesmo!

— Vovô, eu juro que ficarei a salvo. Estou indo a Xangai e Pequim — Audrey pensou que seria melhor não contar que iria a Nanquim para ver Chiang Kai-shek, a fim de que ele não ficasse mais preocupado. — E de lá vou direto para casa.

— Você também podia tomar o Expresso do Oriente e voltar para Paris agora. Lá você embarca em um navio e daqui a duas semanas estará em casa. Isso faz muito mais sentido para mim — maldita insensata, ele murmurou para si mesmo, mas não alto o bastante para chegar aos ouvidos de Audrey, na Turquia. Era igual ao pai.

— Vovô, por favor... eu quero fazer isso. Depois irei para casa, eu juro.

As lágrimas encheram os olhos dele contra sua própria vontade.

— Você é igualzinha ao seu maldito pai. Não tem o menor senso debaixo desses seus cabelos vermelhos, não é? A China não é um lugar para uma mulher! Ou, para dizer a verdade, para ninguém, fora os chineses. Em todo caso, como você vai chegar lá? — toda aquela cena parecia uma loucura para Edward Driscoll, mas era exatamente o que Roland teria feito, maldito seja...

— Iremos de trem.

— De Istambul durante todo o trajeto até a China? Você tem alguma idéia da distância que é?

— Tenho... estarei bem.

— Essas pessoas com quem você está viajando são decentes? Você está segura com elas?

— Muito. Eu juro.

— Guarde essas malditas juras para você mesma — estava furioso com ela, mas era difícil expressá-lo com toda a estática da ligação e a incrível distância. Audrey levou oito horas para fazer a chamada.

— Você está bem?

— Estou ótimo, se é que isso lhe interessa.

— Como está Annie?

— Vai ter um outro bebê. Em março.

— Eu sei. Chegarei em casa muito antes disso.

— É melhor chegar mesmo, ou então nem se dê ao trabalho.

— Vovô... sinto muito...

— Não, você não sente não. É igualzinha ao seu pai. Sei que você é uma insensata, mas não seja mentirosa. Você não sente coisa alguma. Você é maluca, é isso que você é.

— Eu te amo — nesse momento, Audrey estava chorando, mas ele não tinha como saber. O avô também chorava, mas Audrey não podia ouvir.

— O quê?

— Eu te amo.

— Não consigo escutar.

Audrey conhecia muito bem o jogo dele.

— Consegue sim. Eu disse: *Eu te amo!* E estarei em casa, em breve. Preciso ir agora, vovô. Vou escrever dando meu endereço na China.

— Não espere que eu escreva para você.

— Só quero que saiba onde estou.

Ele soltou um grunhido ininteligível ao telefone e depois disse:

— Ótimo.

— Transmita a Annie meu amor, também.

— Tenha cuidado, Audrey! Diga a essas pessoas para também tomarem cuidado.

— Direi. Cuide-se, vovô.

— Eu tenho me cuidado. Ninguém faz isso por mim.

Audrey sorriu com o rosto banhado em lágrimas e momentos depois disse adeus. Charles estava ao seu lado enquanto ela telefonava; tomou-a nos braços e abraçou-a, enquanto ela chorava após ter desligado. Ela sentia-se tão culpada por magoar o avô, e teria sentido-se pior ainda se visse o rosto dele depois que colocou o fone no gancho.

Edward Driscoll ficou sentado olhando para a parede, na salinha do telefone; por fim, esforçou-se para pôr-se de pé, parecendo ter vinte anos mais do que meia hora atrás, e, mal sentou-se na cadeira da biblioteca, trêmulo da cabeça aos pés, tocou a campainha da porta, ele quase morreu de susto e gritou para a empregada:

— Agora, que demônio será? — estava com cara de quem vira um fantasma, muito pálido, e o mordomo correu até a porta para deixar entrar Annabelle e Harcourt, que tinham sido convidados para jantar. — O que vocês estão fazendo aqui? — ele vociferou e Annabelle ficou com uma expressão de extremo aborrecimento.

Ela sentiu-se péssima durante todo o verão e quando o avô gritava com ela deixava-a nervosa.

— Não grite comigo, vovô. Você nos convidou para jantar hoje à noite. Não está lembrado?

— Não, não estou. Tem certeza que não armou essa jogada para ter um jantar grátis à minha custa? — enquanto a fitava, Annabelle ficou com um ar de quem estava prestes a girar nos calcanhares e ir embora, mas Harcourt apressou-se em acalmá-la, murmurando algo como "não ligue para o que ele diz... sabe como ele é... nessa idade..." — Não falem pelas minhas costas. É uma maldita grosseria! Annabelle — ele vociferou —, acabei de falar com a sua irmã. Ela só vai voltar para casa no Natal — disse isso quando se dirigiam para a sala de jantar e, em seguida, recusou-se a continuar a conversa enquanto não se sentassem.

— Mas ela devia chegar em casa dentro de poucas semanas... o que aconteceu? — de repente, Annabelle ficou aterrorizada com a possibilidade de Audrey ter conhecido algum homem e fosse casar. Pensava que a irmã fosse voltar para casa. Sua casa estava em um estado terrível e ela e Harcourt pensavam em tirar férias. Precisava que Audrey voltasse para casa e ficasse com o pequeno Winston, sem falar da contratação de uma nova babá, uma nova cozinheira e um outro motorista. Annie nunca conseguia encontrar alguém decente, em absoluto, e quando encontrava a pessoa não continuava no trabalho. Não havia sombra de dúvida de que já era hora de Audrey voltar. — O que ela está fazendo por lá? Onde está? Em Paris ou em Londres?

Por um instante, Edward vestiu a máscara da ruína, mas, na verdade, gostou de enervar Annabelle com a notícia.

— Não. Ela está na Turquia.

Harcourt ficou chocado.

— Mas que diabo ela está fazendo lá?

— Embarcou no Expresso do Oriente com alguns amigos e agora está indo para a China.

— Ela está o *quê*? — Annabelle quase guinchou e Harcourt por pouco não olhou embasbacado para o avô dela, mas foi rápido em dar sua opinião. Rápido demais, aos olhos de Edward Driscoll.

— Essa moça é muito, muito independente para o próprio bem dela. Imagine o que as pessoas vão pensar, uma moça da idade dela indo sozinha para a China. É a coisa mais imprópria que ouvi nos últimos anos!

— Não, não é não — Edward Driscoll bateu com o punho na mesa. — Se quer saber minha opinião, é muitíssimo mais *impróprio* você falar de minha neta dessa maneira sob este teto. E no futuro, agradecerei se guardar suas opiniões para si. Essa moça tem mais personalidade no dedão dela do que você em todo o corpo. E a Annabelle aqui não tem a menor personalidade, nunca teve, jamais terá. Ela herdou as tripas de um camundongo morto, mesmo sendo minha neta. Portanto, não me venha falar de Audrey. E para dizer a verdade, não se dêem ao trabalho de jantar comigo. Só de olhar para essas suas caras de tristeza e ouvi-la choramingando — fez um gesto em direção a Annabelle, que o encarava boquiaberta — me dá indigestão.

Em seguida, ele levantou-se da mesa, agarrou a bengala, andou batendo o pé até a biblioteca e bateu a porta, enquanto Annabelle começava a chorar e saía apressada da mesa para ir recolher suas coisas e lançar-se pela porta da frente, antes que pudesse alcançá-la. Chorou durante toda a viagem de volta à casa, em Burlingame, acusando Harcourt de fraco por não defendê-la contra o avô e censurando Audrey por não voltar para casa a fim de ajudá-la.

— Essa puta egoísta que fica por lá sem mais nem menos... e a China?... A China!... Ela sabe muito bem que preciso de ajuda quando estou grávida... está fazendo de propósito... não tem nada mais a fazer... só está tentando esquivar-se das responsabilidades... há anos que ela tem ciúmes de mim, aquela magricela feiosa. — Harcourt ouviu as reprimendas durante todo o trajeto para casa. Mas não ligou a mínima. Tão logo chegasse em casa, sairia para visitar a namorada em Palo Alto. Ele tinha uma gracinha de garota escondida lá, um verdadeiro tesão. Encontrou-se com ela durante todo o verão e Annabelle não tinha a menor idéia do que ele estava aprontando.

Assim como Edward Driscoll também não tinha, embora não fosse importar-se. No momento em que Harcourt e Annabelle chegaram em casa, ele ainda estava sentado na biblioteca. E ainda estava sentado lá várias horas depois, pensando em Audrey... e, de uma certa forma, confundindo-a com Roland em sua mente... ela estava na China... ele se lembrava... a China... mas estaria lá com Roland ou sozinha?... de repente, não conseguiu lembrar-se dos detalhes. A única coisa de que se lembrava era a saudade que sentia dela.

Capítulo 12

A distância entre Istambul e Xangai é de mais de 8 mil quilômetros e se a viagem transcorresse verdadeiramente esplêndida, Charles calculava que levariam algo em torno de quatorze dias. Os artigos para os quais fora contratado centravam-se em torno do governo de Chiang Kai-shek, com sede em Nanquim. Havia também uma matéria sobre Xangai na zona desmilitarizada, uma outra sobre Pequim e esperavam que conseguisse algum material sobre os revolucionários comunistas, que foram para as montanhas em 1928. Charles já tinha inúmeras anotações e suas credenciais eram sem dúvida muito boas, mas era difícil prever o quanto seus objetivos seriam acessíveis. Não havia dúvida de que os "bandidos" comunistas não o eram, e era improvável que Charles conseguisse pelo menos contratá-los. Mas Charles tinha esperanças de que Chiang Kai-shek se dispusesse a vê-lo depois de encontrá-lo. E, claro, qualquer idéia casual que Charles tivesse ao longo do caminho mais tarde poderia ser transformada em artigo. Fazia anotações cuidadosas e sempre levava consigo uma pasta cheia de blocos de anotações e papéis. No final dessa noite, quando embarcaram no trem para Ancara, Charles explicou seu método para Audrey. Ela sentia-se como se, com aquele homem, tivesse embarcado em uma vida totalmente nova e, de uma certa maneira, tinha. Ficou mais segura ainda disso quando fizeram o transbordo de trens em Ancara e, de repente, começou a rir ao se lembrar do Expresso do Oriente. Agora, o Expresso era de uma incongruência completa, enquanto Audrey embarcava no outro trem atrás de duas mulheres que carregavam duas galinhas vivas e uma pequena cabra.

O trem-correio que tomaram em Ancara passava pelos lagos Van e Urmia, na fronteira persa, e atravessava montanhas até chegar a Teerã. Lá, a estação era movimentada e abarrotada de pessoas que conversavam por toda parte, Audrey olhava fascinada e usava a Leica sem parar, enquanto Charles foi comprar as passagens no correio noturno para Meshed, na parte nordeste do país cerca de 160 quilômetros de distância da fronteira com o Afeganistão. Meshed era uma cidade sagrada e quase todos que viajavam no trem iam de joelhos, em postura de devoção.

As mulheres da estação de Teerã eram de uma aparência interessante e algumas eram bonitas; e todas ficaram fascinadas com Audrey, mesmo com as roupas simples que estava usando. Não desviavam os olhos dela. Duas meninas chegaram a tocar-lhe os cabelos ruivos e depois saíram correndo, dando risadinhas por baixo dos véus. Era um mundo novo para ela, que, de repente, passou a ser objeto de fascínio e óbvia desaprovação porque não usava o véu como as mulheres locais.

Viajaram a noite inteira até Meshed, depois ao sul, em direção ao Afeganistão e pareceu demorar uma eternidade para alcançarem Cabul. Até então, tinham viajado mais de 3 mil quilômetros e havia uma semana que estavam na estrada. Audrey pensava que enlouqueceria se visse algum outro trem e, ainda assim, olhou para os lados e viu a beleza tranqüila em torno dela, enquanto o sol se punha e os camponeses que viajavam com eles saíam da estação com seus alforjes de pele de cabra recheados com o pouco que possuíam e, de alguma forma, Audrey achou que nunca tinha sido tão feliz. Parou ao pôr-do-sol por alguns momentos, olhando para Charles, e viu que ele lhe sorria. Ambos estavam sujos e cansados, havia quatro dias que não conseguiam tomar banho, mas nenhum dos dois parecia importar-se. Charles envolveu-a com o braço e carregou uma das três malas dela e riu quando ela apresentou o elegante estojo para pó de arroz, no qual não tocava há mais de uma semana.

— Imagino que não é bem o que você pensava, não é, meu amor? — de vez em quando ele se preocupava que a viagem seria demais para Audrey, mas ela procurava mostrar que se divertia muito, e como uma boa esportista nunca se queixava, nem mesmo quando o trem descarrilou na garganta de Nanga Parbat e eles tiveram de caminhar cerca de 16 quilômetros. Charles não podia imaginar que houvesse uma outra mulher viva que viajasse assim com ele. — Arrepende-se muito?

— Nem um pouco — sorriu radiante para ele.

A viagem era exatamente o que ela esperava, selvagem, desconfortável e linda, em um mundo como Deus queria que fosse, sem nenhum arranha-céu à vista, sem ruas pavimentadas ou buzinas. Era lindo tudo aquilo, e nessa noite, quando estavam deitados na caminha arqueada, no hotel que Charles conhecia, Audrey passou a mão, em um movimento suave, pela parte interna da coxa de Charles, que suspirou de felicidade ao virar-se para fazer amor com ela.

— O que você está fazendo aqui, sua maluca? — ele deu um sorriso sonolento, depois do sexo. Estavam a uma grande distância dos luxos rococós do Palácio Pera de Istambul, de Cap d'Antibes, dos Hawthorne, e seus amigos pareciam fazer parte de uma outra vida, mas Audrey não queria outra coisa que não aquilo, uma cama estreita em um quarto vazio e um estranho mundo lá fora, que ela descobria ao deitar ao lado do homem que amava, noite após noite.

— Charles?... — ambos já estavam quase dormindo quando ela enroscou-se nele, com a sensação de ter feito isso durante toda a vida.

— Hum?

— Nunca fui tão feliz em minha vida — isso ela dissera milhares de vezes, mas precisava fazê-lo mais uma vez; e Charles sorriu enquanto pegava no sono e sussurrava:

— Moça maluca... agora trate de dormir um pouco...

No dia seguinte, precisavam levantar às seis da manhã. Quando acordaram, receberam leite de cabra e um pedaço de queijo, antes de descer a rua correndo para pegar mais um trem. Dessa vez viajavam para Islamabad e depois direto até Caxemira. Chegaram ao meio-dia, dessa vez, a viagem não foi tão má, embora o trem parecesse muito velho. O trem levou-os durante todo o trajeto até o desfiladeiro de Ladakh e quando enfim chegaram, eram quatro da manhã. Audrey dormiu nos braços de Charles, que ficou olhando para as estrelas com uma sensação de paz. O trem enguiçou duas vezes, mas não pediram que eles saíssem; subiram todo o caminho até a altura de 5.400 metros e agora empreendiam a lenta descida. Estavam, enfim, no Tibet e ainda tinham 1.300 quilômetros a percorrer antes de alcançarem Lhasa, onde poderiam descansar por um dia. Charles conhecia bem o trajeto. Calculava que do desfiladeiro de Ladakh até Lhasa levariam mais ou menos dois dias. No final, levaram três e estavam exaustos quando, enfim, chegaram a Lhasa. Estavam na estrada há dez dias e encontravam-se a um terço da viagem até Xangai, mas nesse ponto sempre se achava como se jamais fosse chegar ao fim. Charles levou-a à estalagem onde sempre se hospedava, aboletada no cume de uma montanha, com monges de veste alaranjada que podiam ser vistos em toda parte e que caminhavam devagar, lado a lado, cantando ou em silêncio. Ali sentia-se a presença de Deus mais próxima, e o lugar era tão remoto que era impossível imaginar que houvesse um outro mundo além dele. Só estar ali já era uma experiência quase mística. Audrey ficou na janela durante um longo, longo tempo, pensando no pai e perguntando-se se ele estivera naquele lugar. Mencionou isso para Charles, mais tarde, quando comiam a refeição simples, composta de arroz e sopa de feijão à luz de vela. Enfim sentiu-se satisfeita. Sentia fome demais para se preocupar com o que comiam, o que foi bom, pois mais tarde ficou sabendo que os minúsculos pedaços de carne de sua sopa eram, na verdade, carne de cobra. Audrey fez uma careta de horror para Charles, que deu uma risada enquanto ela desabava na cama e, então, fitou-o, pensativa.

— Às vezes me pergunto se havia fotos desse ou daquele lugar nos álbuns que eu tanto adorava. De repente, tudo aquilo é apenas um borrão e isso aqui é muito mais real.

Escrevera para o avô no dia anterior, tentando explicar suas viagens para ele e o motivo pelo qual tinha ido. Mas agora era como se nada houvesse a se falar. Aquilo ali era tão mais real e tudo o mais parecia estar tão terrivelmente distante. Audrey também tinha consciência do fato de que aquela era a primeira vez que os traía e se preocupava com isso. Não esquecia que o bebê de Annabelle era esperado para março, e chegaria em casa muito antes para tomar conta de tudo para a irmã. Às vezes ainda se sentia culpada, mas quando retornasse compensaria tudo. E era provável que Charles tivesse razão, eles a puniriam um pouco durante algum tempo. Mas agora poderiam fazer o que bem entendessem com ela. No que lhe dizia respeito, Audrey teve tudo que queria. E sentiu as lágrimas arderem em seus olhos, quando deixaram Lhasa em lombo de mula para ir tomar o trem. Dessa vez, tinham um longo caminho pela frente. Atravessariam 1.600 quilômetros pelas montanhas de Tahsueh até Chung-king. A viagem demorava mais de trinta horas em um trenzinho antigo, e tinham tempo para trocar de trem apenas uma vez. Ali, o clima era muito mais frio e as pessoas tinham a aparência, agiam e se vestiam de modo diferente. Audrey admirou-se ao ver tantos homens fumando cigarros, inclusive algumas mulheres também, velhos baixos e enrugados que fumavam guimbas e olhavam de soslaio para ela e Charles através da fumaça que exalavam. Em um dado momento, foi como se houvesse mais deles no trem, e não tinham a expressão tão amigável como outras pessoas que tinham conhecido na viagem. Audrey notou isso, em especial, enquanto tirava rolo após rolo de fotos. Não paravam de olhá-la, e quando embarcaram no trem para Wuchang um grupo de crianças correu até ela e tocou-lhe a manga, enquanto Audrey enfocava a Leica. Mas quando virou-se para sorrir para elas, as crianças saíram correndo, dando gritinhos. Charles estava equilibrando as malas, os dois estavam exaustos pela viagem de trem da noite anterior e ele adormeceu quase no mesmo instante em que se instalaram no trem seguinte, a cabeça pousada no ombro dela e com roncos suaves, enquanto as outras pessoas do vagão olhavam diretamente para Audrey. Ali, tudo parecia ser muito mais abarrotado de gente e mais movimentado. A sensação era bem diferente da que tivera na Turquia e no Tibet. Estes lugares eram mais agrestes, mais primitivos e mais naturais, ali era mais populoso, mais estranho de várias maneiras. As pessoas estavam muito mais interessadas nela do que em quase todos os outros lugares, e quando enfim Charles acordou Audrey estava morta de vontade de perguntar a ele sobre tudo isso. Ele bocejou e espreguiçou-se o melhor que pôde, embora quase não houvesse espaço para suas pernas; e Charles sentiu-se grato a cada estação em que paravam. Então, saía com Audrey para esticar as pernas durante alguns minutos.

De Chung-king a Wuchang a viagem durava um dia inteiro e no trajeto passaram por um gigantesco reservatório, mas dessa vez foi Audrey que dormiu e Charles estava ocupado, escrevendo em um de seus blocos de anotações. Tinham mais um dia de viagem antes de chegar a Nanquim, e Charles esperava ver Chiang Kai-shek nessa cidade. Nesse momento, tinha muito em que pensar, as perguntas que desejava fazer, a conduta que iria assumir. Teria muita sorte se pudesse vê-lo. Ou talvez fizessem com que ele tomasse um chá-de-cadeira durante três semanas. Talvez não, se as credenciais que Charles levava de seu editor impressionassem alguém, ou se tivessem ouvido falar de um de seus livros, mas as esperanças de Charles eram grandes e ele estava disposto a esperar apenas uma semana antes de avançar para Xangai. Também tinha muito o que fazer ali e sempre adorava ir a essa cidade.

Quando chegaram a Wuchang, foram para um hotelzinho de apenas três quartos, mas Charles já se tinha hospedado ali uma vez. O hotel oferecia aos viajantes apenas um pouco de arroz e chá verde. Audrey olhou para a tigeja, em silêncio, depois esboçou um sorriso para ele e deu de ombros. Era a primeira vez que ela sentia, de fato, uma saudade desesperada da comida ocidental e daria o braço direito em troca de um bife ou um hambúrguer. Quando foram para a cama, Audrey flagrou-se sonhando com um *milk shake* de chocolate, enquanto seu estômago rugia.

— Você ainda tem algum bombom? — ela voltou-se para Charles, esperançosa. Sua paixão pelas balas 3 Musketeers não era saciada há meses, mas, antes de partirem da Itália, Charlie descobriu alguns antigos confeitos em barra em um lugar qualquer e os levou consigo durante parte da viagem, mas nesse momento balançou a cabeça.

— Receio que não, meu amor. Quer mais um pouco de arroz? Eu posso tentar. Direi a eles que você está grávida ou algo assim — sorriu e Audrey jogou as mãos para cima.

— Meu Deus do céu, não faça nada tão desesperado assim, Sr. Parker-Scott. Eu viverei. Mas estou faminta como o diabo — tornou a lançar um olhar triste para ele e Charles correu os dedos, de modo torturante, do pescoço aos seios de Audrey, que se esqueceu de toda a fome, menos da que sentia por ele. Nessa noite, ficaram deitados no escuro até tarde, conversando e sussurrando, enquanto Charles contava pedaços da história das cidades que iriam visitar. Não era tão apaixonado por Nanquim quanto por Xangai e Pequim.

— Xangai é tão incrível, Aud. Existem ingleses, franceses, russos e agora japoneses. É uma autêntica cidade cosmopolita e, ao mesmo tempo, é uma verdadeira cidade chinesa.

Penso que deve ser a cidade mais cosmopolita que conheço.

E os japoneses não a tinham atacado sem razão. Ocuparam-na por um breve momento quase dois anos antes, no início de 1932, e agora estava em curso uma frágil zona desmilitarizada. Chiang Kai-shek já se retirava para Nanquim muito tempo antes e o 19º Exército de Infantaria opusera uma vigorosa resistência antes de ser forçado a desistir. Nessa época, Chiang Kai-shek tinha reduzido a guerra contra os comunistas, já que tinha os japoneses com que se preocupar, e Mao Tsé-tung quase desaparecera da região vizinha. Nesse momento, nas regiões exteriores, uma quantidade menor de cabeças de supostos comunistas era fincada em postes. A presença dos japoneses criara uma inquietante aliança entre comunistas e nacionalistas. Agora as pessoas tinham outras coisas em que pensar, em especial na Manchúria.

No dia seguinte, quando embarcaram no trem para Nanquim, Audrey sentiu-se possuída por uma onda de excitação. Já estavam quase chegando. Seus objetivos eram Nanquim, Xangai e Pequim e, nesse momento, estavam a poucas horas de distância. Ela mal podia esperar. Nessa noite, dormiram em um hotel em Nanquim e no início da noite Charles dirigiu-se à residência de Chiang Kai-shek para deixar as credenciais, seu cartão de visita e uma carta muito educada, na qual pedia uma audiência. Ficaram sabendo, no hotel, que George Bernard Shaw esteve ali no início da primavera, a caminho de Xangai e, de repente, Audrey tornou a sentir-se excitada. Estava adorando o que via: multidões em toda parte, os trajes, a comida, os cheiros. Serviram-lhes um verdadeiro almoço no hotel e não apenas arroz e chá verde. Charles notou que ela havia perdido peso. Viajaram por mais de duas semanas e atravessaram mais de 8 mil quilômetros, para o trabalho dele e o sonho de Audrey, que pensava nunca antes ter sido tão íntima de um outro ser humano e, com toda probabilidade, jamais o seria outra vez. Enquanto faziam um tranqüilo passeio nessa noite pela rua do hotel, observando jinriquixás e uns poucos automóveis ocasionais, Audrey ficou em êxtase quando passeavam por algumas ruas afastadas e, inadvertidamente, chegaram a uma casinha com luzes fracas em seu interior e um cheiro estranho. Ela deteve-se, intrigada com o denso aroma que pairava no ar, e perguntou a Charles, que deu uma risadinha quando ela sugeriu que entrassem.

— Acho que não devemos, minha criança — e sorriu para Audrey.

— Por que não? — ficou desapontada com a falta de entusiasmo dele e Charles deu outra risada da ingenuidade dela.

— Isso aí é uma espelunca de ópio, Aud.

— É mesmo? — seus olhos arregalaram-se de surpresa; estava fascinada e, agora, mais interessada ainda em entrar.

— Você não pode entrar aí, Aud. Eles nos expulsarão. A mim, com toda probabilidade, e a você, com certeza.

— Pelo amor de Deus, por quê? Não podemos só observar? — ela imaginava o local como sendo um bar, mas Charles balançou a cabeça.

— Em geral são apenas para os homens.

— Que estupidez deles.

Audrey ficou com um ar aborrecido e eles continuaram o passeio, enquanto Charles transmitia-lhe parte do que conhecia sobre a história chinesa. Era uma história mais extraordinária em termos de sua arte e realizações do que qualquer outra que ele conhecia. Conversaram durante horas, enquanto caminhavam de volta ao hotel e se instalavam tranqüilos em seu quarto.

Foi uma semana cheia antes que Charles pudesse ver Chiang Kai-shek, mas tiveram tempo para descansar e relaxar. Fizeram longas caminhadas e foram de carro ao interior e, no final, a espera valeu a pena. Charles conseguiu exatamente a entrevista que desejava, e teve certeza que o artigo faria um tremendo sucesso. Pediu emprestada ao hotel uma máquina de escrever, e quando voltou nessa tarde começou a trabalhar, de imediato, na matéria; e Audrey encontrou-o absorto e até inconsciente de sua presença, enquanto sentava-se, em silêncio, em um canto do quarto e começava a escrever uma carta para Annabelle, tentando explicar o que tinha feito e visto. Mas, ao escrever, teve a sensação desencorajadora de que a irmã não ligaria a mínima. Audrey perguntou-se se alguém se importaria. Em vez de escrever para a irmã, escreveu para o avô, mas receou que também este fosse um esforço em vão.

Isso foi uma hora antes de Charles levantar os olhos e notar que ela estava presente e, ao fazê-lo, sorriu-lhe.

— Não ouvi você entrar.

Audrey sorriu e andou até onde ele estava sentado,

reclinando-se para beijar-lhe a nuca, e Charles envolveu sua cintura com o braço.

— Eu sei. Você estava concentrado no trabalho. Como foi a entrevista?

— Fascinante. Sabe, a causa dele é perdida, embora eu ache que ele ainda não percebeu isso. Os soviéticos estão ansiosos para apoiar Mao e enviar o Exército Vermelho para cá. Chiang Kaishek acha que pode vencer, mas eu penso o contrário. Na verdade, nesse momento ele está preparando um importante ataque contra as forças de Mao.

— É isso que você vai dizer em sua matéria? Que é uma causa perdida?

— Mais ou menos, embora de modo não tão brusco assim. Afinal de contas, trata-se apenas de minha opinião. Quero publicar o que ele disse, com toda a imparcialidade. Chiang é um homem interessante, embora implacável, sem dúvida. E gostaria que você tivesse conhecido a mulher dele. É linda e de um charme completo.

Em vez disso, Audrey teve a oportunidade de conhecer a viúva de Sun Yat-sen, quando Charles a entrevistou. E ela deu permissão para que Audrey tirasse algumas fotos, que Charles prometeu submeter a *The Times*.

— Está falando sério? — Audrey ficou excitada.

— Claro que estou. Você é boa à beça. Tão boa quanto qualquer profissional com quem trabalhei. Na verdade, melhor do que a maioria.

Então, Audrey fitou-o, pensativa.

— Você fala a sério em trabalhar comigo um dia?

E nesse momento ele deu uma súbita risada.

— Acho que já estou.

Audrey tinha acabado de tirar fotos da viúva de Sun Yatsen nessa tarde e os dois trocaram um sorriso. Adorava trabalhar com ele e esperava ter a mesma oportunidade em Xangai.

Prepararam-se para partir no dia seguinte e, depois de tudo que ele havia falado, Audrey mal conseguia esperar para ver Xangai. Soava como se fosse uma cidade que fervilhava de gente, excitação, comércio, jogos, prostitutas e cheiros exóticos. Era como se fosse o equivalente oriental de um bazar turco e ela estava morta de vontade de ver.

Fez as malas para a viagem e Charles sorriu, quando ela arrumou a bagagem e olhou de novo para o estojo de pó-de-arroz e fez uma careta.

— Sabe, eu devia jogar fora essa maldita coisa, ou então dá-la para alguém. Talvez possamos trocar, em algum lugar, por uma cabra ou um porco.

Ele deu uma gargalhada diante da idéia e balançou a cabeça.

— Depois como fará no navio, na viagem de volta para casa? — Audrey fechou os olhos para pensar. Agora a viagem de volta parecia tão remota e era extraordinário pensar no ponto em que eles tinham chegado. — É melhor você conservar isso, Aud.

— Não vejo motivo. Faz um tempão que não me olho no espelho e nem sei ao certo se voltarei a me olhar.

Maquiagem era algo tão ridículo ali. Quando partiram de Istambul, ela deixou de pintar as unhas e os sapatinhos com correias cruzadas estavam abandonados no fundo da mala. Desde o começo da viagem à China, Audrey só vinha usando mocassins, blusas, saias e agora uma jaqueta, e estava pesarosa por não ter levado coisas mais sensatas. A maioria de suas roupas era totalmente inadequada, trajes de seda e linho, vestidos colantes que usara no sul da França, trajes de banho, e vestidos de noite que usara no navio e que tornaria a vestir na volta para casa. Sentia-se mais ridícula ainda por levar o casaco de pele. Apesar da Sra. Chiang Kai-shek se vestir com muita elegância e de Nanquim ser uma cidade grande, as pessoas não se vestiam com nenhum talento nem interesse especial. Usavam o uniforme de cor parda das classes baixas chinesas, embora Charles insistisse que se podia comprar coisas maravilhosas em Xangai. Ela podia mandar fazer até algumas coisas e, acima de tudo, precisava de roupas quentes. O ar estava frio. Agora o outono já estava bem avançado e o clima estaria frio antes que eles voltassem para casa.

Passaram a noite no quarto depois de um jantar colossal em um restaurante recomendado pelo porteiro, e Audrey aconchegou-se ao lado de Charles. Mais uma vez coube-lhes uma cama estreita e frágil, e agora todos a chamavam de Sra. Parker-Scott. O homem da recepção salvou as aparências, afirmando que deviam estar em lua-de-mel e que Audrey não havia tido tempo de trocar o passaporte. E ela ficou tão divertida, que não respondeu nada.

— Você se importa, Charles? Quero dizer, por eu me apresentar como sua esposa...

— Nem um pouco.

Na verdade, ele parecia contente com a idéia, era como se fosse uma brincadeira dele e ela também se divertisse. Todos supunham que fossem casados e os dois começavam a se sentir assim. Charles até mencionou-a para Chiang Kai-shek, referindo-se a ela, sem pensar, como sendo sua esposa. E talvez, em um certo sentido importante, ela fosse. Audrey se comprometera com ele e estava ali por isso. Não poderia ter ido tão longe com um outro homem qualquer, nem estar mais feliz por estar ali. Audrey sorriu ao beijá-lo outra vez, antes de adormecer. Tinham feito amor quando chegaram no hotel, agora estavam saciados e contentes, enquanto se aconchegavam na noite fria.

— Eu te amo, Charles... mais do que qualquer outra coisa.

Ele sorriu diante das palavras sussurradas e tocou os cabelos ruivos.

— Eu também, Aud... eu também.

Capítulo 13

Charles e Audrey estavam sentados há sete horas no trem lotado que partiu de Nanquim e ela pensava que nunca chegariam. Durante parte desse tempo, ele anotou algumas idéias em um de seus cadernos e Audrey leu um livro que tinha levado, mas estava muito mais interessada nos passageiros do trem para conseguir concentrar-se e à medida que se aproximavam de Xangai, ela olhava para o campo e tirava fotos. Mas nada a tinha preparado para o que viram ao chegar na cidade, quando o trem entrou na estação e Audrey vislumbrou o tumulto da multidão na plataforma. Eram pessoas que iam para algum lugar, outras que tinham acabado de chegar, mendigos, moleques de rua, prostitutas, estrangeiros, todos se empurrando e gritando por cima do barulho. Crianças mendigando puxavam a saia de Audrey, uma criança com lepra e tocos onde antes eram os braços, prostitutas que gritavam em francês para Charles, enquanto meia dúzia de viajantes ingleses passava apressada. Ela mal conseguia escutar o que Charles falava, enquanto lutava contra a pressão da multidão, agarrada à valise e à pasta que ele lhe entregara, enquanto Charles pelejava com as malas.

— O quê? — ele falou algo que ela não conseguiu escutar e Audrey lutava para se aproximar dele. — O que foi que você disse, Charles?

— Bem-vinda a Xangai! — ele gritou a resposta com um sorriso torto e, enfim, graças a Deus, encontraram um carregador ansioso para levar a bagagem. Saiu apressado com os dois até uma fila de táxis à espera de passageiros. O motorista levou-os ao hotel Xangai, onde Charles costumava hospedar-se. A clientela era, em geral, de ingleses e americanos, e o serviço era excelente.

— É quase como um lar — Charles provocou quando o carregador instalou as malas no quarto. Nesse hotel, eles se registraram como sendo o Sr. e a Sra. Charles Parker-Scott, mas agora Audrey estava bem acostumada com o nome. Ela sorriu para ele do outro lado do quarto.

— Sabe, vai ser muito estranho voltar a ser apenas Audrey Driscoll.

Mas, então, essa possibilidade parecia estar a uma eternidade de distância. Audrey Driscoll fazia parte de um outro mundo, de uma outra vida, assim como Annabelle, o avô e tudo mais em San Francisco. Aquilo ali é que era real. O fascínio de Xangai, as pessoas se atropelando nas ruas, quando Audrey olhou pela janela. Virou-se para olhar de novo para Charles, que a observava. Já não conseguia mais imaginar uma vida sem Audrey ao seu lado. Tinham viajado até a metade do mundo e, em um dado momento, voltariam. E depois, o quê? Charles nem conseguia imaginar. Não podia pensar em se fixar com alguém e, no entanto, não suportava pensar na possibilidade de Audrey deixá-lo. Mas nada disso precisava ser resolvido agora.

Desejava levá-la para conhecer Xangai um pouco antes de se instalarem para passar a noite. Depois que Audrey tomou banho e trocou de roupa, desceram e tomaram um táxi para levá-los ao Bund, onde se situavam todas as lojas e prédios europeus, a seguir retornaram às ruas abarrotadas de Xangai, enquanto Audrey olhava fascinada para os exércitos de prostitutas, que perambulavam por todas as partes, as crianças ainda nas ruas tarde da noite, os mendigos, os estrangeiros. Não era incomum, em absoluto, encontrar rostos ocidentais aqui e ali, era como se houvesse centenas deles; italianos, franceses, ingleses, americanos e, claro, agora havia os japoneses também. Havia anúncios luminosos brilhantes, restaurantes, salões de jogo e casas de ópio. Ali não existiam segredos e nada que alguém não estivesse disposto a fornecer por um determinado preço. A cidade não tinha nada da tranqüila dignidade da antiga história chinesa e não era, de maneira alguma, o que Audrey esperava, mas movia-se a uma velocidade que fazia ferver o sangue das pessoas; e ela nunca viu antes algo parecido. Desfrutaram de uma excelente comida francesa em um restaurante administrado inteiramente por chineses e freqüentado por um interessante grupo internacional, muitos dos quais acompanhados por moças chinesas. Depois do jantar, Charles e Audrey voltaram a pé para o hotel. Ela olhava pasma para as pessoas nas ruas e Charles zombava de sua inocência. Aquela não era, sem dúvida, uma cidade inocente. Não havia coisa alguma que não se pudesse fazer, ter ou obter, por um determinado preço.

— É tremendo, não é?

— É surpreendente, Charles. É sempre assim? — era difícil de se acreditar que as pessoas conseguissem manter aquele tipo de energia o tempo todo. E havia tanta gente ali. A cidade fervilhava noite e dia; Charles riu dela.

— Sim, é sempre assim, Aud. Às vezes eu esqueço do quão decadente é e, então, volto e ela me pega de surpresa durante um ou dois dias.

Era de um contraste tão intenso em relação às aldeias sonolentas que eles tinham atravessado no Tibet, no Afeganistão e no resto da China. Nada preparava o viajante para Xangai, e Charles de maneira alguma avisara Audrey do que encontrariam ali.

— Eu gostaria de saber se era assim nos tempos de meu pai.

— É provável. Acho que sempre foi assim. Se é que hoje em dia ela não está um pouco mais calma, embora não muito, desde que os japoneses atacaram. O ataque deve ter deixado todo mundo de orelha em pé — mas não deve ter mudado muito as coisas.

Chegaram ao hotel e entraram no saguão caminhando devagar, de mãos dadas, enquanto conversavam sobre a estada na cidade. Tão absortos estavam que Audrey não notou o casal parado perto da escadaria, em conversa tranqüila, mas que depois olhou fixo para ela, quando Audrey passou com Charles.

O homem andava pela casa dos setenta anos, a mulher devia ter cerca de cinqüenta e cinco, estava vestida com elegância, usava jóias discretas porém caras e estava muito bem penteada com um coque liso e perfeito, e brincos de diamantes nas orelhas. Encarou Audrey fixamente durante alguns momentos, depois disse algo para o homem, que trajava um terno inglês e usava óculos com armação de tartaruga. Ele olhou para Audrey no momento em que ela começava a subir a escadaria, assentiu para a mulher e estava prestes a dizer, em voz baixa, alguma coisa, quando a mulher gritou:

— Srta. Driscoll?

Quase que por reflexo, sem pensar duas vezes, Audrey virou-se com um ar de surpresa e olhou na direção de onde ouvira a voz, para vê-la postada ali, com os olhos voltados para ela e depois para Charles.

— Eu... meu Deus... não tinha a menor idéia que vocês estavam aqui... — Audrey corou até a raiz dos cabelos, enquanto tentava parecer natural; desceu rápido os poucos degraus, ainda de mãos dadas com Charles. Acenou para ele e apresentou-o como sendo seu amigo Charles Parker-Scott.

— Claro — a mulher pareceu impressionada. — Eu li todos os seus livros.

— Você disse Parker-Scott? — o homem assentiu e olhou para Charles com um interesse crescente. — Você escreveu um livro sensacional sobre o Nepal. Viveu ali algum tempo, não viveu?

— Vivi. Em certa ocasião mais de três anos. Foi o primeiro livro que escrevi.

— Muitíssimo bom.

Mas agora sua mulher estava concentrada em Audrey, seu olhar ia dela a Charles com perguntas nos olhos. Os dois eram amigos de seu avô, Phillip e Muriel Browne. Ela era uma pessoa enxerida e dirigia as voluntárias da Cruz Vermelha. Foi condecorada pelos franceses por seu trabalho durante a Primeira Guerra Mundial, e já tinha sido casada, era viúva, claro. Phillip Browne tinha casado com ela por causa de sua imensa fortuna, era o que algumas pessoas diziam. Mas poucos tinham muito o que falar sobre eles. Os dois eram respeitáveis, não havia dúvida. Ele fazia parte do Pacific Union Club, assim como o avô de Audrey, e era o presidente do Banco de Boston. O casal viajava ao Oriente quase todos os anos e seria a última escolha de Audrey em termos de pessoas com que se deparar. Agora não restava sombra de dúvida de que seu avô iria saber de Charles, e ela decidiu fazer o que pudesse para cobrir seus rastros.

— Vovô não me disse que vocês estariam aqui.

— Passamos seis semanas no Japão, mas sempre gostamos de visitar Xangai e Hong-Kong — ela olhava, enternecida, de Audrey para Charles, pensando no quanto ele era bonito e perguntando-se se aquilo era uma paixão antiga. Talvez fosse por isso que Audrey nunca se casou. Ela sempre se perguntou sobre isso, apesar de nunca ter achado Audrey uma moça muito atraente. Agora estava muito mais bonita, mais suave, com os cabelos ondulados emoldurando-lhe o rosto, e os olhos cintilavam como nunca. Pelo menos não quando os Browne a viam com o avô. A irmã mais nova era bonita... e, pelo que Muriel se lembrava, estava casada com Westerbrook... — Está aqui com amigos? — Muriel Browne olhou direto nos olhos de Audrey, que rezou para não corar, enquanto interpretava o papel em seu benefício.

— Estou. Amigos de Londres. Mas eles tinham compromisso para hoje à noite. O Sr. Parker-Scott fez a gentileza de me mostrar a cidade. É um lugar fascinante, não é? — tentou falar com um jeito inocente e não muito inteligente, mas não achava que Muriel fosse burra, e tinha razão.

— E onde está hospedado, Sr. Parker-Scott? — foi uma pergunta que pegou-o de surpresa e Charles não percebeu que Audrey estava muito ansiosa para se livrar deles.

— Eu sempre me hospedo aqui. Gosto muito deste lugar.

— Eu também — entoou Phillip Browne, satisfeito porque uma autoridade como Charles o apoiava. Iria lembrar Muriel deste fato. Nessa mesma tarde, ela se tinha queixado do hotel. E agora estava provado que ele estava certo. O melhor hotel da cidade. Tinha de ser, se um homem como Parker-Scott se hospedava ali. — Eu disse isso para minha mulher, hoje...

Muriel apressou-se em interrompê-lo.

— Precisamos nos encontrar de novo antes de partirmos. Talvez para almoçar, hem, Audrey? E, claro, também adoraríamos vê-lo, Sr. Parker-Scott.

— Receio que não tenhamos tempo... Partiremos para Pequim dentro de um ou dois dias... e acho — deu um sorriso gracioso para Charles, em uma tentativa de transmitir com os olhos uma mensagem para ele — que o Sr. Parker-Scott está trabalhando em um artigo...

— Bem, talvez se você tiver tempo antes de partir... — Muriel olhou para ele, embaraçada. — Você também vai para Pequim? — aquilo daria um bom mexerico para se levar para casa. A chata da neta de Edward Driscoll metida com um escritor em Xangai... mal conseguia esperar o momento de contar para as amigas. E Charles caiu direto na armadilha, enquanto Audrey quase gemia.

— Vou, sim. Estou fazendo uma matéria para *The Times*.

— Que interessante! — exclamou Muriel batendo palmas.

Audrey teve vontade de estrangulá-la, sabendo muito bem que o que ela achou interessante foi o fato de tê-la flagrado com Charles quando subiam a escada a caminho do quarto, em um hotel. Sabia muito bem o que Muriel suspeitava e, claro, estava com a razão. O problema agora era como impedi-la de contar para o avô e todo mundo em San Francisco.

— O Sr. Parker-Scott acabou de entrevistar Chiang Kai-shek, em Nanquim — Audrey sabia que o estava deixando embaraçado, mas tinha esperanças de conseguir distrair aquela velha vagabunda, pelo menos por enquanto, e Phillip Browne ficou, claro, muitíssimo impressionado. Assim, Audrey virou-se e tornou a sorrir para Charles. — Sabe, você não precisa mesmo me acompanhar até lá em cima — deu um sorriso radiante para Muriel. — Todo mundo tem tanto medo de bandidos aqui. Meus amigos me entregaram aos cuidados de Charles como se eu fosse uma menina de cinco anos de idade — sorriu para ele e estendeu a mão. — Estarei bem com os Browne e sei que você quer ir ao encontro de suas amigas — tentou falar como se houvesse vinte mulheres à espera dele na esquina da rua, e Charles assustou-se com essas palavras e, então, compreendeu tudo e percebeu como tinha sido estúpido.

Charles entrou rápido no jogo dela, apertou-lhe a mão e as dos Browne, fez a maior cena ao pegar os recados na recepção, acenou para os outros e depois saiu do hotel, enquanto Muriel o seguia com os olhos, com um ar de desapontamento. Afinal de contas, talvez tivesse feito uma suposição errada. Tornou a olhar rápido para Audrey, que conversava com o Sr. Browne caminhando em direção à escadaria. Seus quartos situavam-se em andares diferentes, mas o casal acompanhou-a até a porta do quarto e Audrey trocou apertos de mão com os dois, entrou no quarto e soltou um enorme suspiro de alívio, enquanto os Browne subiam a escada. Audrey não sabia ao certo se eles tinham acreditado nela ou não, mas pelo menos fizera o possível para salvar sua reputação antes que fosse tarde demais. Perguntou-se o que chegaria aos ouvidos de seu avô, se é que chegaria algo.

Teria ficado muitíssimo menos aliviada se escutasse o que

Muriel sussurrou para o marido, quando subiam a escadaria.

— Não acredito em uma palavra disso...

— De quê? Da entrevista dele com Chiang Kai-shek? Você ficou maluca? Ele é o maior escritor de viagens que existe... — sentiu-se ultrajado e a mulher pareceu irritada com ele, como sempre.

— Não, não, aquele absurdo de que ele iria sair com amigos, e o fato de só tê-la levado para jantar hoje à noite, pois os amigos estavam ocupados... ela está dormindo com ele, Phillip. Eu garanto — seus olhos arredondados estreitaram-se, enquanto ele lhe dava passagem para entrar no quarto, com uma expressão de dor no rosto. Ela estava sempre desenterrando fofocas sobre todo mundo, até mesmo ali, do outro lado do mundo, em um lugar como Xangai.

— Pode falar o que você quiser. Ela é uma moça decente. Audrey não faria uma coisa dessas — ele sentiu-se na obrigação de defendê-la, pelo menos por causa de seu velho amigo, Edward Driscoll.

— Absurdo. Ela já é adulta. Teria casado com Harcourt Westerbrook, se pudesse, mas a irmã mais nova roubou-lhe o noivo. Você nunca a vê em parte alguma. A única coisa que ela faz é bancar a ama-seca daquele velho... e depois vem para cá e dá as suas voltinhas, em um lugar onde ninguém sabe de nada... — os olhos de Muriel brilhavam de prazer com a história que ela contava, mas Phillip Browne apenas acenou-lhe com a mão cansada.

— Pare de inventar coisas. Você não sabe de nada. Pelo que sabe eles podem estar noivos... ou muito apaixonados... ou são apenas bons amigos ou até mesmo estranhos. Sabe, nem todo mundo que você conhece tem que ter algo de sórdido — ele se perguntava com freqüência por que a mulher pensava desse modo... e o deprimente era que poucas vezes ela se enganava.

— Phillip, como você é ingênuo. Tenho certeza que se você verificar o livro de registro deste hotel, vai ver que estão hospedados no mesmo quarto. Estão tão longe de casa que pensam que estão a salvo.

E estava certa, claro. Audrey já estava em pânico em seu quarto; e correu à recepção para reservar um segundo quarto, em um andar diferente, em nome de Charles. Meia hora depois, ele deu uma risada quando entrou no quarto que compartilhavam e olhou para ela.

— O homem da recepção disse que você estava me expulsando — ele riu da explicação que lhe deram e adivinhou corretamente o que Audrey tinha feito no breve espaço de tempo em que ele atravessou a rua e foi tomar um drinque em um bar. — Não resta dúvida que você andou ocupada, não andou?

Audrey sentou-se na cama com uma expressão de desespero e olhou para ele.

— Não tem nada de engraçado, Charles. Eles são as últimas pessoas do mundo que eu gostaria de encontrar aqui.

— Em um dado momento eu imaginei isso, embora admita que estava lento hoje à noite. Imagino que a cara Sra. Browne tenha a língua bem solta, estou certo?

— Solta e maliciosa. Vai espalhar por toda San Francisco que eu estava viajando com você.

Charles franziu as sobrancelhas e sentou-se ao lado dela.

— Você quer mesmo que eu me mude para o outro quarto? — Charles faria qualquer coisa por ela. Às vezes era difícil lembrar que eles tinham outras vidas em que pensar, aquela parecia ser a única realidade para os dois. Mas não queria fazer coisa alguma que um dia provocasse a infelicidade dela, em especial se não estivesse presente para protegê-la. — Eu sinto muito mesmo, Aud. Eu realmente não pensava que fôssemos topar com alguém, pelo menos com alguém que você conhecesse...

Ela deu um sorriso tristonho para ele.

— Hoje em dia, o mundo é muito pequeno. E para responder a sua pergunta, não, não quero que você se mude para outro quarto. Só quero tirar do seu caminho essa velha piranha para que meu avô não fique magoado. Mas não vou mudar minha vida por causa deles, Charles. Eles não significam muito para mim.

— Talvez um dia possam significar. Depois que você voltar para casa... — sua voz sumiu. Odiava pensar que Audrey tinha um lar, a não ser com ele. — Não quero que você se magoe.

— Pensei nisso quando a coisa começou e arrisquei minha sorte com a sua. Se eu tivesse mesmo medo disso, ainda estaria escondida em casa... ou, então, a essa hora estaria a caminho de casa, nos Estados Unidos. O que quero fazer é isso aqui — falou como se sentisse orgulho só por estar com ele, e sentia — e você é o homem que amo, Charles Parker-Scott, e se as outras pessoas não gostarem, é problema delas. Desde que façamos um esforço para que ninguém saia magoado — e o quarto extra tinha servido a esse objetivo. — Então, tudo que fizemos não é problema dos outros, mas sim nosso.

Charles sorriu para ela e tomou-a nos braços, enquanto ela dizia essas palavras. Adorava isso nela. Essa coragem, a disposição de manter-se fiel ao que acreditava. Suspeitava que Audrey atacaria qualquer um a fim de defender o que achasse correto, e adorava isso nela mais do que qualquer outra coisa. Charles a respeitava como nunca tinha respeitado ninguém.

Nessa noite, foram para a cama e fizeram amor, com toda paixão, durante horas. Depois, Audrey sorriu para ele e provocou:

— Gostaria de saber o que a Sra. Browne diria disso.

— Ficaria morta de inveja, minha querida — ambos sabiam que era verdade e Audrey riu ao pensar.

— E o Sr. Browne ficaria embasbacado e diria "muito bem... muito bem".

Nessa noite, adormeceram como sempre, um aconchegado nos braços do outro, a salvo, e, como era de se esperar, Audrey sonhou com o avô, mas na manhã seguinte já havia parado de se preocupar. Tinham feito o que podiam e se fosse obrigada, quando chegasse em casa, Audrey explicaria ao avô que Charlie era amigo de James e Vi, que eles eram "apenas bons amigos", que por acaso ele estava em Xangai na mesma época. Estava preparada para mentir por causa do avô. Ele não precisava saber que ela morria de paixão por aquele homem. Isso só o assustaria e faria com que tivesse medo de perdê-la de novo, e Audrey já decidira muito tempo atrás que ela não o deixaria.

Então, tornou a voltar sua atenção para as maravilhas de Xangai. A cidade era um lugar incrível de se estar, e o povo também a fascinava. Havia ingleses, franceses e também chineses, e firmas como a Jardine, a Matheson's e a Sassoon's, que importavam alguns tipos britânicos muito adequados.

— A maioria deles não se mistura com os chineses — Charles explicou.

— Isso parece uma estupidez, não? Quero dizer, pelo menos enquanto eles estiverem aqui.

Charles concordou, mas ali as coisas não funcionavam desse jeito.

— De um certo modo, eles são muito colonialistas. Tentam fingir que não estão aqui. Nenhum deles fala chinês, pelo menos ainda não conheci quem falasse, a não ser talvez um homem, pelo que estou lembrado, e todos o consideravam um pouco estranho. Os chineses falam com eles em inglês ou francês, e os ocidentais esperam que seja assim.

— Parece bem pretensioso, não? — a idéia aborreceu-a, Audrey gostaria de aprender o chinês mais do que qualquer outra coisa. — E quanto a você, Charles? Você fala algumas palavras. Consegue entendê-los aqui?

— O sotaque daqui é diferente, mas estou progredindo — deu uma risada e atirou as calças em cima de uma cadeira. — Em especial, quando estou bêbado o suficiente — e ao dizer isso, atravessou o quarto com dois passos compridos e agarrou-a pelos braços. — Como agora — fingiu que ia mordê-la no pescoço e falou com ela em chinês, enquanto desabavam rindo em cima da cama. — Toda essa decadência lá fora faz com que tenha vontade de atacá-la o tempo todo, Aud. É muito difícil ficar aqui com você — ela deu uma risada e ele continuou fuçando-a com o nariz.

Os dois cansaram-se muito durante a viagem de 8 mil quilômetros, e agora começavam a renascer. Audrey estendeu os braços para ele, faminta, Charles abraçou-a e passou os dedos compridos e graciosos por suas coxas, até que Audrey soltou um gemido suave em seus braços. Quando ele penetrou-a, Audrey sussurrou o nome dele e fizeram amor durante horas, até sentirem-se esgotados. Quando Audrey começou a adormecer, tornou a sussurrar o nome dele. Já não conseguia mais imaginar amar outro homem. Ela bem podia casar com Charles, pois lhe dera seu coração. Para sempre. Era um amor que tinha atravessado dois continentes e Audrey teria ido a qualquer parte por ele, ou para estar junto dele. Charles sentiu isso ao abraçá-la, e fechou os olhos ouvindo os ruídos de Xangai.

Capítulo 14

Passaram uma semana em Xangai antes de avançar até Pequim. Partiram de Xangai no navio que fazia a ligação com o porto de Tsingtao, e passaram uma noite romântica a bordo, ouvindo o barulho das ondas no casco, enquanto faziam amor e depois sussurraram até altas horas. Audrey quase sentiu pena de deixar Xangai, pois encontrou lá infinitas fontes de maravilhas, e as entrevistas de Charlie também tinham sido bem-sucedidas ali. Agora, ele só precisava passar alguns dias em Pequim e depois poderiam empreender a longa viagem de volta a Istambul, Paris em seguida e depois Londres, de modo que ele poderia começar seu trabalho e os artigos estariam terminados por volta do final do ano, como seu contrato exigia. Agora, Charles estava ficando ansioso para voltar, tinha um bocado de trabalho para fazer; porém, deitados no beliche, a caminho de Tsingtao, ele não pensava em suas matérias, mas apenas na mulher que o inspirava com uma paixão, que nunca sentira. Jamais se saciaria, adorava seu jeito de pensar, ser e cheirar, não conseguia manter a mão afastada de sua pele sedosa e de seus cabelos ruivos, não conseguia manter os olhos afastados dos dela; os lábios longe dos lábios generosos dela... cada centímetro o excitava e Charles achava que faria qualquer coisa por ela.

— Você vai mesmo a San Francisco para conhecer meu avô? — ela sussurrou para ele nessa noite. Charles mencionou isso antes e ela já estava preocupada com a volta. Não suportava a idéia de deixá-lo.

— Irei se puder... quando terminar meu trabalho... — mas

queria que ela ficasse com ele em Londres. Tinha decidido voltar a Londres para escrever os artigos e esperava ficar livre depois. Sugeriu mais de uma vez que ela o acompanhasse a Londres, mas isso seria impossível para Audrey.

— Sabe que não posso fazer isso. Preciso voltar e me assegurar que meu avô está bem. E o bebê de Annabelle é esperado para março — também teria que estar em casa por causa disso.

— Por que não vai escrever seus artigos em San Francisco? Ou pelo menos assim que terminar? — Audrey não conseguia imaginar que ele levasse mais do que algumas semanas, e não entendia por que ele não poderia escrever em qualquer lugar.

— Tenho um livro para escrever depois, Audrey. Não posso sumir quando bem entender.

Agora, Charles estava deprimido por perceber isso. Não queria fazer algo que o afastasse dela. Mas tinha que pensar em seu trabalho. Tinha contratos a cumprir. Eles resolveriam isso de alguma forma. Faria mais sentido quando estivesse de volta a Londres e conversasse com o editor; e Charles pensaria nisso mais a sério no caminho de volta. Mas, enquanto isso, ainda tinham Pequim para compartilhar. As descobertas que os dois fizeram na cidade deixaram Audrey sem ar. Não tinha nada da semvergonhice e decadência de Xangai. Pequim representava a história. Capital da China durante oito séculos — e no passado foi residência de Kublai Khan — só suas terríveis dimensões assustaram-na, quando eles pararam na Praça Tienanmen, e havia lágrimas em seus olhos ao admirar os telhados dourados e curvos da Cidade Proibida, que durante muitos anos foi o complexo do Palácio do Imperador, nas dinastias Ming e Ching. Audrey passou horas visitando-a e ao Templo do Paraíso, todo construído de madeira e sem um único prego. Foi a construção que mais a impressionou em toda Pequim e situava-se a apenas cinco quarteirões da Praça Tienanmen. Audrey andou sem parar, levando a máquina fotográfica da maneira mais discreta possível, a fim de não assustar as crianças que ainda pensavam que aquilo era a caixa do diabo, e tirou fotos, do modo mais reservado possível, de todos e tudo ao alcance da vista. Renovara seu estoque de filmes em Xangai e gastou a maior parte em Pequim. Em especial quando saíram da cidade e foram de carro para o norte, primeiro para o Palácio de Verão, construído pela Imperatriz Viúva ao norte da cidade a fim de evitar o calor de Pequim. Ali era só um pouco mais frio e o que mais fascinou Audrey foi a barca de mármore, que, naquele momento, movia-se pelo lago seguida por inúmeras outras barcas com músicos e artistas que atuavam ao ar quente da noite.

Depois do Palácio de Verão, visitaram os Túmulos Ming, no Vale dos Ming. A avenida principal das sepulturas tinha fileiras de imensas estátuas de animais, camelos ajoelhados, leões rugindo, leopardos preparados para dar o bote e doze figuras humanas, sendo que algumas das quais representavam generais da dinastia Ming. Mais uma vez a enorme escala daquilo tudo e a incrível beleza e detalhe do trabalho deixaram Audrey sem fala. Mais de uma vez seus olhos encheram-se de lágrimas, mas a visão que mais a impressionou, da qual mal conseguiu separar-se, foi a Grande Muralha. Estavam em Pa-ta-ling, quarenta quilômetros a nordeste de Pequim, para observar suas graciosas curvas, que se estendiam até onde os olhos podiam alcançar. Parecia incrível o fato de que ela foi inteiramente construída por mãos humanas e se estendia por mais de 2.400 quilômetros, separando a China da Mongólia. Existia havia mais de 2 mil anos e tinha largura para acomodar quatro cavalos montados por guardas que patrulhavam a muralha, vigiando os bandos de mongóis nômades e as hordas que, de tempos em tempos, tentavam romper a muralha. Mas a íngreme grandeza dela e sua infinita continuidade como que para dividir o mundo eram tão surpreendentes que Audrey apenas levantou a vista para Charles, com admiração nos olhos.

— É incrível, Charles... meu Deus, é sem dúvida a coisa mais impressionante já construída pelo homem.

Charles sempre pensou o mesmo e estar ali com ela agora tornava a Grande Muralha ainda mais especial. Sempre quis compartilhar aquilo com alguém e antes nunca o fez. Já estivera ali antes, cinco ou seis vezes, sempre desejando dividir o que sentia, a imensidão do poder da história chegando até ele, como nesse momento. E Audrey compreendia isso muito bem, se importava muito, e Charles sabia que ela sentia o mesmo que ele, enquanto tirava uma foto dela em cima da Grande Muralha. Foi com enorme relutância que os dois partiram e, ao cair da noite, tomaram o trem para voltar a Pequim. Foi rápida a viagem de volta e Audrey ficou calada durante a breve jornada. Levaram pouco mais de uma hora, e quando pararam na estação de Pequim Audrey voltou-se para ele.

— Jamais esquecerei este dia. Vou me lembrar dessa muralha pelo resto de minha vida... — que se estendia para sempre, por centenas e centenas de quilômetros.

Audrey queria agradecer-lhe por tê-la levado, mas não sabia como. Charles lhe proporcionou uma experiência que ela jamais esqueceria pelo resto da vida. Na verdade, foi assim o tempo todo da viagem, fazendo com que os meses de verão no sul da França parecessem frívolos e desperdiçados. Tentou explicar isso para ele, quando estavam deitados na cama, à noite, após um delicioso jantar composto de marreco-de-Pequim, em um restaurante do qual Charles já havia ouvido falar, mas onde nunca esteve.

— Há espaço para as duas coisas na vida da gente, Aud. Lugares como Antibes e lugares como este aqui. Às vezes invejo o equilíbrio dessas duas vidas.

Audrey não sabia ao certo se concordava com ele. De certa forma, ela preferia aquele lugar. Tinha herdado mais o espírito do pai do que imaginava, em especial agora que estava ali, e, possuída pelas sensações que experimentava nessa noite, não conseguiu dormir. Não parava de pensar na Grande Muralha e nas tranqüilas paisagens pastoris em ambos os lados. Quase não havia outros seres humanos ali, apenas aquele vestígio de mais de 2 mil anos, com cada pedra colocada com cuidado em cima de outra, larga o bastante para quatro cavalos... parecia ter ficado gravado em seu coração e em sua mente. Estava acordada quando ele começou a se mexer, e voltou para deitar-se ao seu lado na cama. Charles estava faminto por ela, mas, depois que fizeram amor, Audrey pareceu distraída. Sua mente estava em outro lugar. Havia mais uma coisa que ela queria ver. Desejava viajar para o norte para ver Harbin, que era um dos outros sonhos de sua vida. Tinha lido, um dia, um livro sobre o lugar, um livro que pertenceu a seu pai, claro.

— Vamos conseguir chegar a Harbin? — sussurrou para ele na penumbra do quarto. Lembrava-se ainda dos álbuns do pai e tinha certeza que ele havia estado lá na juventude. E gostou mais de lá do que de Xangai, ou pelo menos foi o que disse, embora Audrey não soubesse ao certo o porquê, mas queria ver o lugar, se pudesse. Era um outro de seus sonhos, que seu pai lhe deixou de herança.

— Quer mesmo fazer isso, Aud? — Charles não mostrou

entusiasmo. — Nós deveríamos realmente começar a voltar — tentou falar como se tivessem decidido que ela retornaria a Londres com ele, quando, na verdade, em função de um retorno mais rápido, seria melhor que Audrey cruzasse o Pacífico de navio, deixando-o em Xangai para voltar sozinho a Londres. Mas Audrey ainda não tomara nenhuma resolução. Charles desejava levá-la para Londres. Ir a Harbin poderia significar a diferença de ela não ter tempo de acompanhá-lo na viagem de volta. Charles não queria nenhum atraso e disse isso para ela. — Não é sensato — mas Audrey ficou de coração partido com o que ele disse.

— Como vou saber se um dia voltarei aqui, Charles? Ir a Harbin significa muito para mim.

— Por quê? Só porque seu pai foi lá. Audrey... querida, por favor, seja sensata — mas os olhos dela, sem que ela esperasse, encheram-se de lágrimas e Charles odiava desapontá-la. Tentou persuadi-la o melhor que pôde. — Vai estar gelado lá em cima. Estive lá em novembro três anos atrás e a temperatura estava abaixo de zero. Nenhum de nós dois está equipado para isso.

Audrey achou as desculpas claudicantes e não quis desistir.

— Podemos comprar o necessário aqui. Pelo amor de Deus, não pode ser tão frio assim. Charlie, eu só quero ver esse lugar — olhou súplice para ele. Seria uma peregrinação santa para ela.

— Harbin está a 1.100 quilômetros daqui. Querida, seja sensata.

Mas Audrey não queria.

— Até agora, já viajamos 8 mil quilômetros e, nesse momento, eu estou a mais de 17 mil quilômetros de casa. No trajeto que percorri, mil quilômetros não me parecem uma distância insuperável — Audrey era obstinada, quando queria.

— Você está sendo insensata, Aud. Pensei que voltaríamos para Xangai amanhã.

— Charlie, por favor... — seus olhos suplicavam e Charles não teve a coragem de dizer não, mas fez com que Audrey prometesse que só ficariam em Harbin um dia.

Eles subiriam, dariam uma olhada pelo lugar e retornariam direto, depois deixariam Pequim e iriam para Xangai na manhã seguinte. Audrey prometeu fazer isso, e os dois passaram a tarde comprando roupas quentes e bem acolchoadas. Ali era mais difícil comprar roupas que se ajustassem aos corpos ocidentais.

Em Xangai teria sido mais fácil, mas eles tinham de fazer com que se ajustassem. As calças compradas por Audrey eram curtas demais, mas a jaqueta de pele e as meias quentes caíram bem, e Audrey conseguiu comprar botas masculinas de seu tamanho. Charles não se deu tão bem, mas insistiu que estaria agasalhado com o resto do que compraram para a breve viagem.

Pela manhã embarcaram no trem da Estrada de Ferro da China Oriental, cujos donos eram japoneses, para a viagem de 1.100 quilômetros ao norte, através da planície da Manchúria. A viagem devia demorar dezoito horas, mas levou mais de vinte e seis, com inúmeras paradas e atrasos, com os japoneses detendo o trem e revistando os vagões em todas as estações. As paradas mais demoradas foram em Chin-chou, Shen-yang, Shuangliao e Fuyu, mas enfim desembarcaram na estação de Harbin pouco antes do meio-dia. A primeira coisa que viram foi uma multidão de velhas russas na plataforma, com três crianças bochechudas e coradas aos seus cuidados, alguns cães farejando na neve e uma fogueira queimando por perto, onde homens com trajes da Manchúria aqueciam as mãos e fumavam cachimbos, enquanto contavam as fofocas do lugar. Também havia nas proximidades um carro de bombeiro puxado a cavalo e o cheiro de fumaça e a espuma nas bocas dos cavalos, provocadas pelo trabalho matinal, indicaram-lhes ter ocorrido um incêndio. Charles estava certo, o lugar era gelado e o chão estava coberto de neve quando saíram do trem e olharam em volta para as longas filas de carros e jinriquixás. Audrey ficou encantada quando acharam um carro antigo para levá-los no curto trajeto até o Hotel Moderne e Charles não estava com uma cara muito contente. Ele preferia estar a caminho de Xangai, na primeira parte da viagem para o Ocidente, mas Audrey estava tão obstinada que ele decidiu satisfazê-la. Audrey tinha opinião própria sobre certas coisas, e essa viagem demonstrou ser uma delas.

Acabaram verificando que o Hotel Moderne estava lotado, com metade dos quartos sendo repintado. Recomendaram-lhes um hotelzinho aconchegante, com o fogo aceso na lareira da sala de estar que servia de saguão de entrada. Há meses que não aparecia nenhum turista e o velho da recepção ficou feliz ao vê-los. Deleitou-os com histórias sobre as enchentes de 1932 e instalou-os em um dos dois quartos de hóspedes. Audrey esfregou as mãos ao olhar em volta e fitar Charles com um ar de felicidade.

— Não é maravilhoso? — sorriu radiante para Charles, que deu uma risada. — Está mais para a Rússia do que para a China — a caminho do hotel, ouviram um bocado de russo; a cidade tinha uma grande população de russos, pois situava-se apenas a trezentos quilômetros da fronteira com a Rússia.

A expressão de Charles era muitíssimo menos encantada do que a de Audrey.

— Imagino que depois você vai querer ir a Moscou.

— Não, não vou. Agora seja sensato, Charles. Admita, não seria uma vergonha perder isso aqui? — parecia uma cena de cartão de Natal, mas Charles não se sentia muito festivo. Fez um sinal de advertência com o dedo para Audrey, que aquecia as mãos na lareira.

— Amanhã nós vamos para Pequim. Está claro isso, não está?

— Perfeitamente. E, em todo caso, hoje quero dar uma boa olhada pela cidade. Você está com minha câmera?

Charles entregou-a já carregada com um rolo de filme e Audrey tornou a pegar a pesada jaqueta, que mal aquecia contra o clima gelado.

— Aonde vamos? — Charles olhou para ela com uma expressão de dor e ironia. — Imagino que você já tenha planejado a tortura do dia para mim. — Audrey sempre sabia muito bem o que queria fazer e o homem da recepção disse que Hu-lan era um lugar interessante. Situava-se mais ou menos a trinta quilômetros de distância, mas o carro que os trouxera da estação poderia ser alugado para a viagem até Hu-lan. Audrey deu a notícia a Charles, que gemeu. — Não podemos ficar aqui? Já não viajamos o bastante para um dia?

Audrey fitou-o com um rápido olhar de aborrecimento e pegou jaqueta e a câmera.

— Você pode ficar se quiser. Voltarei para o jantar.

— E que tal um almoço?

Ele parecia uma criança tristonha ao segui-la até a sala principal e a mulher do homem que os instalou no quarto começou a acenar, de imediato, do vão da porta da cozinha. Tinha preparado para eles *piroshki* e sopa quente de beterraba e repolho e, depois disso, Charles ficou um pouco mais calmo quando saíram no ar gelado para ir encontrar o carro que os trouxera da estação.

Audrey sorria alguns momentos depois, quando atravessavam as ruas de Harbin, admirando os anúncios pintados em chinês e russo, mas de um certo modo a cidade estava mais para européia do que para oriental, e ali como em Xangai se escutava uma grande quantidade de idiomas nas ruas, francês, russo, menos inglês do que em Xangai e um dialeto da Manchúria, bem como o cantonês. Ela estava fascinada pelas roupas que as pessoas usavam, os chapéus de pele, os estranhos casaquinhos e ali, assim como no resto da China, era como se todos fumassem.

O motorista mostrou-lhes o Banco Americano e rodou com eles na direção de Hu-lan, mas insistiu para Audrey e Charles que a estrada estava bloqueada antes de Hu-lan e que não conseguiriam percorrer todo o trajeto. Em vez disso, atravessaram com dificuldade estradas estreitas e cheias de neve, passando por fazendolas e construções pitorescas, enquanto ele explicava a colheita da soja. Passaram por uma igrejinha de pedra a meia hora de Harbin. Quando Audrey indagou sobre ela, o chofer disse que era francesa; mal acabou de falar, uma jovem com vestido de seda fina chegou correndo na estrada, tentando fazê-los parar. A princípio pareceu estar descalça, mas ao se aproximar do carro Audrey notou que usava sandálias de algodão azul e que, apesar de seus pés não terem sido amoldados, eram minúsculos. Falava freneticamente com o motorista em um dialeto desconhecido para Audrey e Charles e fazia gestos frenéticos na direção de um prédio de madeira.

— O que ela quer? — Audrey reclinou-se para a frente, sentindo que de alguma forma a criança corria perigo; o motorista olhou para ela com um encolher de ombros.

— Ela disse que uns bandidos mataram as duas freiras que administravam o orfanato. Tentaram esconder-se na igreja e as freiras não deixaram — ele falou com um inglês esmerado e durante todo o tempo a moça chorava e acenava com movimentos frenéticos na direção da igreja e do prédio anexo. — Alguém tem que enterrá-las, mas está muito frio agora. E alguém terá que tomar conta das crianças.

— Onde estão as outras? — Audrey disse rápido, enquanto Charles observava a troca de palavras. — Quantas freiras existem lá?

O motorista tornou a conversar com a moça, falando alto e com voz monótona, e ela respondeu rápido. Ele virou-se e traduziu para Audrey e Charles, que estava pesaroso por terem feito essa viagem desgraçada.

— Disse que apenas duas, que foram mortas. As outras duas foram embora no mês passado. Foram para Xangai e depois para o Japão. Em troca, chegarão mais duas daqui a um mês. Agora não tem nenhuma freira. Só meninas. Todas órfãs.

— Quantas são?

O motorista tornou a perguntar e recebeu a resposta com um longo choro de pesar.

— Disse que são vinte e uma. A maioria bem pequena. Ela e a irmã são as mais velhas. Ela tem quatorze anos, a irmã onze. E as freiras estão mortas na igreja — ele pareceu embaraçado e Audrey ficou horrorizada quando ele abriu a porta do carro para saltar, quase no mesmo instante em que Charles agarrava o braço de Audrey, detendo-a.

— Aonde pensa que vai?

— O que você vai fazer? Deixá-las sozinhas aqui, com duas freiras mortas? Pelo amor de Deus, Charles, podemos pelos menos ajudá-las a ajeitar as coisas, enquanto alguém telefona para as autoridades.

— Audrey, isso aqui não é San Francisco nem Nova York. Isso aqui é a China, a Manchúria, na verdade. Manchukuo, como os japoneses chamam e eles estão ocupando este lugar. Além disso, existe uma guerra civil, há bandidos por toda parte e o país inteiro está cheio de órfãos e crianças passando fome. Aqui morrem bebês todos os dias, assim como as freiras. Não há droga nenhuma que você possa fazer em relação a isso.

Audrey lançou um olhar furioso para ele, libertou o braço com um puxão violento, saltou na neve ao lado do carro e olhou direto para a menina trêmula.

— Você fala um pouco de inglês? — enunciou as palavras com todo cuidado e, a princípio, a moça fitou-a com um olhar vazio, em seguida começou a falar freneticamente, enquanto acenava para a igreja. — Eu sei. Eu sei o que aconteceu. — Deus, como ela iria falar com a menina? E, então, de súbito, Audrey recordou-se de algo que o chofer falara. As freiras eram francesas. — *Vous parlez français?* — o seu francês estava enferrujado, mas Audrey praticara no tempo que passou na Riviera.

A menina respondeu, de imediato, em um francês hesitante, ainda acenando para a igreja, enquanto Audrey a seguia e falava devagar, assegurando que tentaria ajudar; mas não estava, de modo algum, preparada para a cena com que se deparou ao entrar na igreja.

As duas freiras estavam caídas, com as roupas rasgadas; era óbvio que foram estupradas e, em seguida, decapitadas. No instante em que olhou para as poças de sangue, Audrey teve uma vertigem e sentiu-se agradecida ao braço forte, que amparou-a pelas costas, enquanto ela vomitava e se sentia miserável. Voltou-se para ver o rosto pálido e os lábios comprimidos de Charles, que murmurou algo e puxou-a e a menina de volta para o caminho por onde vieram, afastando-as da cena pavorosa.

— Saiam daqui, as duas. Vou buscar alguém para ajudar.

Audrey agarrou rápido o braço da menina e puxou-a para fora da igreja, mas nesse momento a menina forçou-a em direção ao outro prédio. E Audrey estava menos preparada ainda para o que viu. No momento em que a porta foi aberta, ela foi cercada por suaves rostinhos chineses voltados para ela com uma expressão de ansiedade, todos solenes e alguns chorando. A maioria devia ter quatro ou cinco anos de idade, apenas alguns pareciam ter seis ou sete anos, e pelo menos meia dúzia mal teria três anos de idade. Audrey encarou-as, perplexa, perguntando-se o que aconteceria com as crianças agora. A menina de quatorze anos e a irmã de onze não poderiam tomar conta das outras e agora, com as freiras mortas, não havia ninguém para ajudar, exceto um ministro metodista da cidade, que viajara ao interior para passar várias semanas. Audrey voltou-se para a moça que os tinha detido na estrada e perguntou sobre quem poderiam procurar, só para ter como resposta enormes olhos assustados e um balançar de cabeça. Mais uma vez, em um francês claudicante, a menina explicou que não havia ninguém.

— Mas tem que haver — ela insistiu, com o tom de voz que usara para administrar a casa do avô durante quase vinte anos.

A menina repetiu a mesma resposta, explicando que as outras duas freiras chegariam no mês seguinte *"Novembre"*, ela insistia, *"novembre"*.

— E até lá? — a menina virou para cima as mãos vazias e depois voltou-se para olhar as crianças em volta, dezenove no total, sem contar com ela e a irmã. E então, de um modo quase mecânico, Audrey flagrou-se pensando se elas tinham comido. Não sabia ao certo quando as freiras foram mortas e nenhuma das crianças tinha idade suficiente para se alimentar sozinha, exceto a que falava francês e sua irmã. Quando indagou, descobriu que nenhuma delas comia desde o dia anterior. Considerando-se isso, era admirável que não se queixassem. — Onde é a cozinha? — a menina mostrou o caminho e Audrey encontrou uma cozinha pequena, asseada e bem-arrumada, com apetrechos primitivos, um fogãozinho adequado e uma câmara fria. Possuíam duas vacas para fornecer leite, uma cabra e várias galinhas, um grande estoque de arroz e algumas frutas cristalizadas do verão anterior. Havia um pequeno suprimento de carne, que fora cuidadosamente preservado, e as freiras prepararam algumas conservas no outono. O mais rápido que pôde, Audrey fez ovos para todas as crianças, torrou uma fatia fina de pão para cada uma delas e deu-lhes pedaços de queijo de cabra e damascos cristalizados. Foi a refeição mais substanciosa que tinham comigo até então, e as crianças arregalaram os olhos para Audrey, que serviu-as com naturalidade e depois recuou para observar a cena. Estava usando o avental das freiras; e as crianças a fitavam espantadas, enquanto Audrey preparava a refeição e servia um copinho de leite para cada uma. Apenas as duas meninas mais velhas se abstiveram; foram elas que encontraram as freiras mortas e era óbvio que estavam muitíssimo abaladas. Audrey encorajou-as a comer e, no final, ainda relutantes, elas aceitaram um pratinho de ovos e um pedaço de queijo de cabra, enquanto conversavam e observavam Audrey.

Ela limpava a cozinha quando Charles chegou. Estava com uma expressão sombria e suas mãos e calças estavam manchadas de sangue.

— Nós as envolvemos em sacos e colocamos em um barracão dos fundos. O chofer vai trazer, mais tarde, as autoridades que as levarão embora. Quando voltarmos contatarei o consulado francês em Harbin — estava exausto e perturbado pelo horror com que acabara de lidar e Audrey entregou-lhe, em silêncio, um prato com um pouco de pão e queijo de cabra. Ela preparava um bule de chá para ele, que estava pesaroso por ela não ter algo mais forte. Nesse momento, seria bom ter uma bebida forte, talvez conhaque.

— Eles terão que mandar alguém para tomar conta das crianças. Aqui não tem ninguém, Charles. Ao que parece, há duas outras freiras que foram para o Japão no mês passado e mais duas que virão substituí-las em novembro. Mas agora não há ninguém para tomar conta das crianças.

Ele fez um gesto discreto na direção das meninas mais velhas.

— Elas podem cuidar disso por algum tempo.

— Você está brincando! Elas têm quatorze e onze anos. Não podem incumbir-se de dezenove crianças. Elas não comiam desde ontem.

Charlie fitou-a com olhos penetrantes e um súbito temor.

— O que é que você quer dizer exatamente, Audrey?

Ela encarou-o, em resposta, com um quê de dureza nos olhos.

— Estou dizendo que alguém tem que vir aqui para tomar conta dessas crianças.

— Isso eu entendi, está bem claro. E enquanto isso?

— Você vai até a cidade, fala com o cônsul e diz para eles mandarem alguém para cá — Audrey falou em tom medido e ele não gostou do som da voz dela. Charlie estava com a estranha sensação de que não iria gostar do que Audrey faria. E momentos depois, descobriu que estava certo.

— Onde você estará, enquanto eu estiver conversando com o cônsul?

— Aqui, com elas. Não podemos deixá-las aqui, assim, Charles. Você não pode fazer isso. Olhe para elas, a maioria tem dois ou três anos.

— Oh, pelo amor de Deus — Charles bateu o prato na mesa e atravessou a cozinha a passos largos. — Achei que era isso que você ia dizer. Olha, que droga, isso aqui está em guerra, ou pelo menos por perto está. Há uma ocupação japonesa, os comunistas estão fazendo o diabo. Você é americana e eu sou inglês, não temos coisa alguma a ver com o que está acontecendo aqui e se duas malditas freiras francesas foram assassinadas por bandidos, essa droga de problema não é nosso. Para começo de conversa, nós nem devíamos ter vindo aqui. Se você tivesse a droga de algum juízo, nesse momento nós estaríamos em Xangai e amanhã de manhã partiríamos para o oeste.

— Bem, que droga, não foi isso que fizemos, Charlie, e goste você ou não, estamos em Harbin e há aqui vinte e uma crianças órfãs, abandonadas, sem uma vivalma para se incumbir delas. E não vou deixá-las até aparecer alguém. Pelo amor de Deus, elas morrerão aqui, Charlie. Elas nem sabem como se alimentar.

— Mas quem, diabos, nomeou-a zeladora delas?

— Quem? Não sei. Deus! O que vou fazer, voltar para o carro e me esquecer delas?

— Talvez. Eu já lhe disse, há crianças morrendo de fome na China inteira. Estão caindo como moscas, na Índia, no Tibet, na Pérsia... o que você vai fazer, Audrey? Salvar todas elas?

— Não — falou com os dentes trincados; mas já vira muitas dessas crianças nas últimas semanas e todas as vezes se sentiu desesperada. Não tinha como ajudá-las, mas dessa vez não lhes daria as costas. Não podia. Permaneceria ali com as crianças até aparecer alguém. Aquele era um lado dela que Charles ainda não conhecia e que o estava deixando louco. — Vou ficar bem aqui, até vir alguém para ajudar, portanto, mova essa sua bunda de volta para Harbin e fale com o cônsul.

Quando Charles foi embora, Audrey pôs meia dúzia de crianças para cochilar, deu mais comida a algumas outras, tornou a arrumar a cozinha e ficou observando duas ordenharem as vacas. Tudo parecia estar em boa ordem e ela ficou contente ao ver Charles retornar às 18h; mas ao saltar do carro, ele não estava com uma cara feliz e Audrey perguntou-se o que o cônsul teria dito. Não precisou esperar muito para descobrir. Charles entrou na casa, bateu a porta, seus lábios eram uma linha fina, comprida e tensa quando se defrontou com Audrey.

— E então?

Charles já sabia que ela não cederia um passo e teve vontade de sacudi-la. Teve uma tarde medonha, que começara com a remoção dos corpos das freiras e terminou com sua batalha com o cônsul.

— Ele disse que não tem o menor controle sobre a Igreja Católica e nenhuma responsabilidade por essas freiras. Ao que parece, há anos que elas vinham criando encrencas com ele, e o cônsul disse para irem embora há dois anos. Mandará alguém buscar os corpos amanhã ou depois, mas não vai assumir a responsabilidade pelos órfãos. No que lhe diz respeito, o orfanato devia ser "desmantelado".

— Desmantelado? Mas que droga isso significa? Jogá-las lá fora na neve para morrerem de fome? — nunca antes Audrey mostrou-se tão furiosa com ele.

— Talvez. Não sei. Entregá-las aos habitantes locais. O que você vai fazer? Adotá-las?

— Pelo amor de Deus, não seja tão insensato, Charlie. Eu não posso simplesmente abandonar essas crianças.

— Ms por que diabo não pode? — Charles gritou com ela, em total frustração. — Droga, é necessário, Audrey. *Você* vai, sim! Precisamos voltar para casa. Tenho que escrever meus artigos, você deve voltar para os Estados Unidos... o que vai fazer em Harbin com vinte e uma órfãs? — falou em um tom tão desesperado que Audrey sorriu e, pela primeira vez em todo o dia, inclinou-se e beijou-o e, de repente, dissipou-se toda a sua raiva. Ela só estava preocupada com as crianças do orfanato.

— Eu te amo, Charles Parker-Scott, e sinto muito por ter metido nós dois nisto, mas não posso ir embora agora. Precisamos acomodar essas crianças. Nós devemos. Vamos perguntar ao pessoal do hotel se temos como encontrar abrigo para elas entre o povo do local — se houvesse essa possibilidade, as freiras já teriam feito muito tempo antes, e era óbvio que não havia. As crianças não desviavam os olhos dos dois, enquanto eles discutiam.

Charles estava quase perplexo à procura de palavras, enquanto Audrey o observava por cima das cabeças das crianças. Ele nunca a vira tão independente e obstinada. Era um lado dela que ele não conhecia e estava começando e enervá-lo.

— Você propõe que passemos a noite aqui? — seu ar era de um desânimo cada vez maior. Não conseguia imaginar como resolver a confusão em que estavam metidos, e tinha sido infrutífera a tarde que passara com as autoridades francesas.

— O que você sugere, Charles?

— Tenho uma idéia. Vamos encontrar uma outra igreja e deixá-las por lá. Tem que haver outras igrejas em Harbin — estava desesperado para pôr um fim ao dilema e voltar a Xangai. Cada vez mais, tinha a sensação de que não deviam estar ali, mas Audrey pareceu acolher sua sugestão, enquanto as crianças gritavam em volta.

— É uma idéia maravilhosa. Vá você e eu ficarei esperando aqui. Se você trouxer alguém, então poderemos partir. Caso contrário, poderemos transportá-las no táxi — táxi era um eufemismo para descrever o velho carro que os levou até a igreja.

Charles quase gemeu com a sugestão de Audrey. Agora cabia a ele encontrar uma igreja, que estivesse disposta a receber vinte e uma órfãs. Já seria uma façanha difícil no centro de Filadélfia, e em Harbin seria impossível. Amaldiçoou o dia em que concordara em viajar a Harbin, e após uma rápida xícara de chá verde foi ao encontro do motorista outra vez e começou a busca de uma igreja disposta a bancar a anfitriã das crianças rejeitadas.

Quando partiu, Audrey trocou inúmeras fraldas, preparou tigelas de arroz com um pouco de carne-seca e sopa para o jantar das crianças, e tentou pôr um pouco de ordem na minúscula casa que era o lar delas. Havia apenas uma pequena sensação de caos desde a morte das freiras no dia anterior e, para sua surpresa, as duas meninas mais velhas tinham tomado conta muito bem de seus protegidos mais novos, a não ser pela ausência de refeições, algo que esqueceram. A mais velha tentou explicar em francês tudo que aconteceu, que os comunistas desciam das montanhas de tempos em tempos para tentar esconder-se na igreja; que os manchus tentaram refugiar-se ali, dois anos antes, quando os japoneses invadiram; que havia bandidos em toda parte e que eles matavam as pessoas. Ling Hwei, como ela se chamava, explicou para Audrey, com seu francês capenga, que os japoneses assassinaram seus pais e seus três irmãos. Ela e a irmã, Shin Yu, eram os únicos membros da família que sobreviveram e as freiras as receberam junto com outras crianças pequenas, algumas das quais ficaram órfãs durante a epidemia de cólera no ano anterior. De tempos em tempos, grandes grupos de crianças eram transferidos para a sede da ordem em Lyon, ou para um outro orfanato que a ordem tinha na Bélgica. Também tinham um orfanato no sul da China, mas Ling Hwei e Shin Yu não quiseram sair de Harbin e as freiras deixaram-nas permanecer porque estavam muito desamparadas.

— Há alguma outra igreja aqui em Harbin, onde as suas freiras tinham amigos? — Audrey perguntou em francês; a menina balançou a cabeça e explicou que aquelas eram as únicas freiras de Harbin. A maioria das igrejas da cidade era da Igreja Ortodoxa Russa e os padres eram muito velhos, disse Ling Hwei, e então Audrey soube o que ouviria de Charles, quando ele retornasse da missão.

Não estava nem um pouco equivocada. Charles voltou tarde da noite, quando todas as crianças já estavam na cama, exceto as duas mais velhas que sussurravam tranqüilas em um canto. Charlie estava com ar exausto e olhou nos olhos de Audrey com uma expressão de derrota total.

— Não há ninguém, Aud. Fui a todas as igrejas da cidade. Perguntei ao casal que nos está hospedando. Parece que essas freiras levavam uma vida totalmente separada dos outros, e ninguém está disposto a amparar o fardo delas. A comida é escassa, as pessoas estão com medo dos japoneses e dos comunistas. Todo mundo quer tratar da própria vida. Ninguém está disposto a vir aqui para se incumbir dessas pirralhas, ou para levá-las, seja uma por uma ou em grupos. Tentei de tudo, em todas as partes. O sacerdote russo disse para nós abandonarmos as crianças, que elas encontrariam uma saída — lançou um olhar de extrema tristeza para Audrey, sabendo de antemão o que ela acharia da coisa, e ela resmungou confirmando seus piores temores. Charles começava a se perguntar se conseguiria fazer com que ela partisse. — Ele disse que a China está cheia de moleques de rua. Os mais fortes sobrevivem — até mesmo Charles achou essa frase de uma crueldade desesperadora; e os dois tinham notado a miséria dos moleques de rua por toda parte. Mas nesse momento, Audrey inflamou-se ao censurá-lo, na cozinha simples do orfanato.

— O que você sugere? Que as expulsemos para a neve lá fora? Você acha que uma criança de dois anos se daria bem como moleque de rua? A maioria dessas crianças quase não tem essa idade.

Embora ambos tivessem visto crianças de três e quatro anos de idade mendigando nas ruas de Xangai, Charles tinha tão pouco desejo de ver isso acontecer quanto Audrey. Só não sabia como escapar do destino que se abateu sobre eles naquele lugar remoto, e olhou melancólico para Audrey. Estava congelado, exausto e não tinha comido durante todo o dia.

— Não sei o que dizer, Aud — desabou em um banquinho de madeira e fitou-a; o rosto de Audrey suavizou-se e ela tomou-lhe a mão com delicadeza.

— Obrigada por ter tentado, Charlie — aquele era, de fato, um terrível dilema e todos os seus esforços tinham dado em nada. — Que tal levá-los a Xangai conosco e tentar acomodá-los lá?

— E se ninguém aceitar as crianças? As ruas estão abarrotadas de crianças abandonadas. Você viu com seus próprios olhos. E abandoná-las ali não será nem um pouco diferente de deixá-las aqui, só que lá não é tão frio. Mas aqui elas têm abrigo, pelo menos, e comida suficiente para algum tempo, além de ser um ambiente conhecido — além disso, parecia impossível a Charles a logística de uma viagem de trem de mais de mil quilômetros com vinte e uma crianças pequenas, e ele não estava tão errado assim. — Eu nem sei se as autoridades daqui permitirão que nós as levemos. Os japoneses estão muito melindrosos em relação a quem vai aonde com quem, pelo menos com grupos tão grandes como esse.

Os olhos de Audrey brilharam, de súbito, enquanto ela andava de um lado para o outro na cozinha arrumada.

— Se estão sensíveis, por que não se incumbem delas? — e então, de repente, lembrou-se da descrição de Ling Hwei sobre o que os japoneses tinham feito com seus pais, e percebeu que seria melhor se não ficassem com as crianças. Com toda probabilidade, matariam todos, a maneira mais fácil de resolver o problema. Sentou-se no banquinho ao lado de Charles e suspirou, sem ter idéia do que fazer. — E se telegrafarmos para a sede dessa ordem de freiras? Talvez possam enviar alguém para nos ajudar.

— É uma boa idéia, isso se eles nos responderem logo. Talvez possam sugerir alguma solução temporária. Ou alguém por perto que eles possam mandar para cá — seus olhos se iluminaram com a idéia. — Amanhã de manhã iremos até a estação de trem e enviaremos o telegrama.

Juntos, os dois revistaram a escrivaninha do minúsculo quarto de dormir das freiras e encontraram, sem nenhuma dificuldade, o endereço da sede em Lyon. Era a Ordem de São Miguel e eles tinham tanto o número do telefone quanto o endereço. Audrey ficou tentada a telefonar, mas Charles achou que seria muito mais fácil telegrafar, em vez de pelejar com conexões impossíveis, nas quais nada se escutava. Nessa noite, na cozinha, os dois compuseram juntos o telegrama, depois dormiram nas camas estreitas das duas freiras, lado a lado, tremendo de frio, enquanto Charles rezava por uma solução rápida do problema.

O telegrama que ele enviou na manhã seguinte, escrito em inglês e traduzido com esmero por Audrey e Ling Hwei, apesar de não ser tão elegante quanto a versão inglesa, explicava o essencial para as freiras da França.

LAMENTO INFORMAR FREIRAS DA SÃO MIGUEL ORFANATO DE HARBIN CHINA ASSASSINADAS POR BANDIDOS DA REGIÃO PON-

TO VINTE UM ÓRFÃOS PERMANECEM NO ORFANATO PRECISANDO ASSISTÊNCIA IMEDIATA PONTO POR FAVOR NOTÍCIA.

Charles assinou apenas Parker-Scott, sem maiores explicações sobre quem era e apenas o nome da agência dos correios de Harbin. Esperaram dois dias pela resposta das freiras de Lyon, enquanto Audrey cuidava das crianças e Charles andava de um lado para o outro na cozinha. Já estava ameaçando que recebessem ou não uma resposta ele partiria de Harbin com ela dentro de mais um dia, mesmo se precisasse arrastá-la até a estação.

Mas a resposta chegou, enfim — sem oferecer alívio algum. Charles retornou ao orfanato para mostrar o telegrama a Audrey, e seu rosto estava sombrio. Sabia o que o esperava pela frente e não se importaria com o que ela dissesse. Eles iriam embora.

NOUS REGRETTONS. AUCUNE POSSIBILITÉ DE SECOURS AVANT FIN NOVEMBRE; VOS SOEURS AU JAPON COMBATENT UNE ÉPIDÉMIE PARMI LEURS CHARGES. L'ORPHELINAT À LINQING FERMÉ DEPUIS SEPTEMBRE. NOUS VOUS ENVERRONS DE L'AIDE FIN NOVEMBRE. QUE DIEU VOUS BÉNISSE.

E estava assinado. *MÈRE ANDRÉ*

Quando leu o telegrama, Charles quase deu um soco na parede. Seus conhecimentos do francês deram para compreender tudo, que, nesse caso, ele não desejava. Dizia que as freiras no Japão estavam combatendo uma epidemia entre as pessoas sob seus cuidados e que o outro orfanato chinês da Ordem de São Miguel estava fechado desde setembro. Prometiam mandar ajuda no final de novembro, que continuava sendo um longo tempo. Incluíram na mensagem uma bênção, para a qual Charlie não deu a mínima. Só queria tirar Audrey de Harbin dentro dos próximos dois dias, e agora não sabia ao certo como fazer. Se mentisse para ela dizendo que a ajuda estaria a caminho em uma questão de dias, Audrey insistiria em ficar até que ela chegasse. E era inteligente demais para ser ludibriada. Audrey queria ver o telegrama e quando ele o mostrou ao meio-dia, os olhos dela ficaram sérios ao ler.

— O que vamos fazer agora, Charlie? — quando seus olhares se encontraram, Charles estava profundamente preocupado; a situação era bem espinhosa.

Charles suspirou antes de responder, pois sabia muito bem que haveria uma batalha.

— Penso que você terá que se resignar a fazer algo de que não gostaria.

Os olhos dele ficaram duros, mas ele já previa o que Audrey diria e estava preparado para contragolpear seus argumentos.

— O que significa isso?

— Significa que, queira você ou não, seremos obrigados a partir, Audrey. As crianças têm abrigo, têm comida suficiente para durar algum tempo e alguém vai ficar com pena delas. É apenas uma questão de um mês até as outras freiras chegarem.

— E se elas se atrasarem? Se não vierem? Se forem mortas no caminho como as outras?

— Isso não é provável.

O queixo de Audrey sobressaiu quando ela olhou para o homem que amava.

— Assim como não o é a minha partida.

Charles suspirou de novo. Os últimos dias tinham sido estafantes e muitíssimo desagradáveis para ele.

— Você terá que ser sensata, Aud. Nós *precisamos* voltar. Não podemos vagabundear aqui para sempre.

— Nós não estamos *vagabundeando*. Estamos tomando conta dessas crianças.

— Peço desculpa pela escolha infeliz de palavras — um músculo de seu pescoço ficou tenso. — O fato é que estamos indo embora.

— Não *nós*. *Você* está.

— O diabo que estou, Audrey Driscoll — levantou-se para encará-la e pairou sobre ela com um ar beligerante. — Você virá comigo.

— Eu *não* vou abandonar essas crianças.

— As mais velhas podem tomar conta das outras — disse com desespero, assustado com o que via no rosto de Audrey. Era uma obstinação que, sem dúvida, assustava-o. Ele não poderia deixá-la ali, na Manchúria ocupada pelos japoneses. Charles teve calafrios só de pensar no que tinha acontecido com as duas freiras francesas e, nesse momento, lembrou isso a Audrey em termos bem diretos.

— Eu posso tomar conta de mim.

— É mesmo? Desde quando?

— Desde sempre. Venho tomando conta de mim desde os onze anos, Charlie.

— Você ficou maluca? Você vivia em uma cidade americana civilizada e levava uma vida mimada na casa de seu avô. O que, meu Deus, a faz pensar que está preparada para sobreviver na Manchúria, com forças comunistas escondidas à sua volta, japoneses hostis, bandidos por toda parte e pessoas que não estão ligando a mínima se você está viva ou morta? — Charles sentiu-se ultrajado pelo fato de Audrey pensar que estava preparada para lidar com isso tudo. Nada, em absoluto, a preparara para essa situação e Charles sabia disso, nada a não ser o próprio espírito aventureiro dela e os malditos álbuns de fotos do pai. Mas aquilo ali era real. Aquelas freiras com as cabeças cortadas na capela deserta foram reais demais, e ele não deixaria que uma coisa dessas acontecesse com Audrey. Mas ela não estava pensando em si própria, pensava apenas nas crianças. Audrey olhou para elas e depois para Charles.

— O que o faz pensar que essas crianças estão preparadas para lidar com isso, se as abandonarmos? — Seus olhos encheram-se de lágrimas diante da idéia. A maioria delas era tão novinha e nos últimos dias Audrey se afeiçoara a elas, sendo que duas estavam sempre brigando para sentar em seu colo e uma outra se tinha agarrado a ela na cama durante toda a noite anterior, para desânimo de Charlie, e Ling Hwei e sua irmã Shin Yu eram dóceis e confiantes. Como poderia abandoná-las agora? Seus olhos voltaram para Charlie com uma expressão de angústia.

— Eu sei, querida... eu sei... é terrível ter que abandoná-las, mas nós precisamos. O país inteiro está cheio de dor, fome e crianças perdidas, mas você não pode remediar isso tudo e isso aí não é diferente.

Mas era diferente. Era diferente para Audrey. Agora ela conhecia aquelas crianças, mesmo não sabendo seus nomes. E não poderia abandoná-las, assim como não abandonou a irmã Annabelle, no Havaí, anos antes. Tinha colocado Annabelle debaixo de sua asa e tomado conta dela durante quinze anos, com exceção dos últimos seis meses.

— Não posso abandoná-las, Charles, eu simplesmente não posso. Mesmo que isto signifique permanecer aqui por mais um mês até a chegada das freiras.

Charles ficou de coração partido diante das palavras dela e ele sabia pela expressão de seu olhar que Audrey falava a sério. E ela não era nenhuma criança. Não era uma mocinha de dezoito anos que ele pudesse pressionar e dizer o que fazer. Audrey tinha opiniões próprias e era isso que o assustava agora. O que ele faria se ela se recusasse mesmo a deixar a China?

— E se elas não vierem no mês que vem, Aud? Isso também pode acontecer. A situação política daqui pode ficar tão desagradável que elas decidam abandonar o orfanato por completo e aí talvez você ficasse presa aqui durante anos — uma idéia assustadora mesmo para Audrey, mas ela estava decidida a não abandonar aqueles rostos minúsculos e as mãozinhas que não a largavam. Não as deixaria para enfrentarem o destino sozinhas.

— Imagino que vou ter que correr esse risco, não? — disse em tom de desafio para mascarar os próprios temores; mas Charles observou-a desanimado, sentindo que algo terrível ocorria entre eles.

— Audrey, por favor... — tomou-a nos braços e abraçou-a, sentindo-a tremer. Sabia que ela estava com medo de ficar sozinha ali, mas não estava disposto a permanecer por mais um mês, ou dois, ou dez, ou doze. Precisava voltar a Londres nas próximas semanas. Já estava nervoso com a demora. Nunca enfrentara um dilema tão embaraçoso como aquele. Não poderia simplesmente abandoná-la, fazê-lo seria terrível, mas tampouco poderia permanecer por um tempo indefinido. Assim como não queria deixá-la. Tentou explicar isso para Audrey, enquanto as crianças gritavam em volta de suas pernas; ela parecia compreender o que ele dizia. — Eu *tenho* que voltar, Audrey. Meu trabalho depende disso. E você não tem, de fato, o que fazer aqui. Você me falou isso o tempo todo. E quanto àquelas responsabilidades sobre as quais tanto falou?

— Talvez, neste exato momento, isso aqui seja mais importante — a maneira como Audrey falou feriu os sentimentos dele. Por que estava disposta a deixá-lo, mas não àquelas crianças?

— E quanto a nós? — olhou para ela, melancólico. — Não se preocupa conosco?

— Claro que me preocupo — Audrey ficou magoada com o que ele acabava de dizer. — Você sabe que eu o amo — sua voz estava roufenha e ela baixou os olhos ao falar; em seguida, levantou-os de novo em um lento movimento —, mas, também, devemos ser honestos para conosco. De qualquer modo, teríamos que nos separar em algum momento. E se você não pode permanecer aqui comigo, talvez o momento seja este. A única coisa que sei é que, neste exato momento, não posso abandonar essas crianças, assim como não pude abandonar Annabelle anos atrás, nem você a Sean.

A menção do irmãozinho a quem tanto amou foi como um soco. Audrey pôde vê-lo cerrando os punhos.

— Desculpe, eu não queria magoá-lo... eu só... — ela fitou-o, com os olhos cheios de dor. — Isso não muda nada entre nós. Só significa que eu ficarei aqui algum tempo, antes de voltar para casa — do mesmo modo como não esteve disposta a deixá-lo em Veneza ou em Istambul, Audrey sabia que tinha que deixá-lo agora. Estava quase achando que aquilo tinha sido posto em seu caminho como uma espécie de teste, assim como a sobrevivência à morte dos pais... e o estar presente para Annabelle... e o apoio ao avô...

— E se eu casar com você agora, Audrey?

Ela fitou-o, surpresa; e Charles pareceu arrasado ao pronunciar as palavras.

— Está falando sério? — Audrey ficou atordoada.

— Se isso fizer com que você saia daqui, estou.

Audrey falou com toda calma, comovida porém perturbada com o pedido.

— Isso não é nenhuma razão para se casar, Charles.

— Acontece que eu também te amo.

— Eu também, você sabe. Mas e depois de Harbin? Como fica? Não posso deixar meu avô por um tempo indefinido.

— Agorinha parecia que você não estava tendo nenhum problema com isso — magoou-se de novo e Audrey não conseguiu recordar-se de um momento pior do que esse em sua vida.

— Isso aqui é apenas durante algum tempo. Depois vou para casa. Que tal você mudar para San Francisco?

Charles suspirou olhando para as mãos; pensou durante alguns momentos antes de tornar a levantar os olhos para ela e dar uma resposta honesta.

— Você sabe que também não posso fazer isso. Não posso fixar-me em um lugar com o tipo de trabalho que faço. Eu viajo pelo mundo inteiro durante dez meses por ano. Você teria que vir comigo. Caso contrário, não haveria muita razão para estarmos casados, não é? — Mas a questão central era que os dois se amavam profundamente. Aquele era o primeiro obstáculo que encontravam e a ambos pareceu insuperável.

Audrey fez a próxima pergunta com voz trêmula.

— Algum dia você me perdoará se eu ficar aqui?

— A pergunta certa seria: algum dia eu me perdoaria? Não posso deixá-la sozinha aqui na Manchúria, Aud. Eu não *posso*! — deu um soco na própria mão com um ar de angústia. — Você não compreende isso? Eu a amo. Não vou abandoná-la aqui. Mas não posso ficar para sempre. Tenho um contrato e três prazos fatais. Para mim isso é um negócio sério.

— É um negócio sério para essas crianças, Charlie. É da vida delas que estamos falando. E se os bandidos aparecerem para matá-las?

— Bandidos não matam órfãos. — Mas ambos sabiam que isso nem sempre era verdade. Não na China.

— Os japoneses também podem feri-las. Aqui qualquer coisa é possível. E a realidade é que se você não pode ficar, é só ir embora. Mas, Charles, você não compreende que esta é uma opção que faço sozinha? Sou uma mulher adulta. Tenho o direito de tomar minhas próprias decisões... assim como decidi em Veneza quando embarquei no trem com você, ou em Istambul quando decidi vir a China. Esta também é uma opção minha... assim como voltar para a casa de meu avô, em um dado momento. Devo seguir meu próprio destino... — afastou-se dele por alguns momentos. — Eu só queria... — Começou a chorar. — Eu só queria que o meu destino fosse o mesmo que o seu. Mas acho que, nesse exato momento, não pode ser — dirigiu a ele olhos enormes e pesarosos. — Você terá que me deixar aqui, Charlie, por causa das crianças — e, em seguida, disse algo que chocou-o, de fato. — E se uma dessas crianças fosse nosso filho? E se alguém pudesse salvar nosso filho e não salvasse? — a idéia de ter um filho aproximou-os, mesmo naquele lugar.

— Se tivermos um filho, eu jamais tornarei a perder você de vista — Charles falou com tanta intensidade que Audrey sorriu; em seguida, de repente ele pareceu preocupado. — Há alguma chance de isso estar acontecendo neste exato momento?

Desde Istambul que ele quase não se preocupava com isso, ela se incumbira do cálculo de seu período fértil e vinha sendo segura em preveni-lo quando não deviam fazer amor. Nenhum dos dois queria um filho não planejado, mas, agora, isso ocorreu a Charles. A maneira como ela falou trouxe-lhe a possibilidade à mente, e não pela primeira vez.

— Não. — Audrey balançou a cabeça. — Acho que não. Mas pense nisso... pense nessas crianças como se fossem nossos filhos. Você seria capaz de me respeitar de novo se eu as abandonasse?

Charles sorriu do idealismo dela. Ela não entendia, em absoluto, o Oriente. E talvez fosse melhor que não entendesse.

— Isso aqui é a China, Audrey. A maioria dessas crianças foi abandonada, ou então foi vendida pelos pais em troca de uma bolsa de arroz. Eles prefeririam vendê-las logo ou deixar morrer do que alimentar — só pensar nisso enojou Audrey e balançou a cabeça, como que para negar a verdade do que ouvira.

— Não posso deixar que isso aconteça com elas.

— E eu não posso ficar. Agora, o que faremos?

— Você vai para casa, Charles, volta para Londres, como havíamos planejado antes disso acontecer. E eu ficarei algum tempo, até as freiras chegarem. Depois voltarei para casa via Xangai e Yokohama. E com sorte, no momento em que eu chegar em casa, você estará pronto para ir fazer uma visita a San Francisco.

— Você fala de um jeito que torna tudo muito simples. Pelo amor de Deus, e se acontecer alguma coisa com você? — ele não conseguia suportar essa idéia.

— Não vai acontecer nada. Vamos deixar nas mãos de Deus — foi a primeira observação religiosa de Audrey, e Charles ficou comovido, mas na última vez em que ele fez isso com alguém que amava foi com Sean, e...

— Não sei se sou tão confiante quanto você.

— Tem que ser — Audrey falou, com toda calma.

— E quanto à sua família? Você não acha que deve a eles voltar para casa agora? — Charles lançava mão de tudo que podia, mas esse argumento também não funcionou.

— Com alguma sorte, talvez eu chegue em casa no final do ano. Se as freiras aparecerem em novembro, posso estar em casa antes do Natal.

— Você é maluca, Audrey — estava com medo disso. — Não está sendo nem um pouco realista. Isso aqui é a China, não Nova York. Nada acontece no horário. Eu já lhe disse que essas freiras podem levar meses para chegar.

— Eu não posso impedir, Charles — de súbito, seus olhos tornaram a encher-se de lágrimas, estava cansada de discutir. — Não posso fazer de outra maneira.

E, então, enquanto ele a observava, Audrey sucumbiu diante de seus olhos e chorou nos braços que a amparavam.

— Audrey, por favor... querida... eu a amo... — e amava mesmo, mas não podia permanecer ali com ela. Devia voltar para seu trabalho e responsabilidades. Aquilo já fora longe demais e ele não tinha como apoiá-la. Mas estava aterrorizado com a possibilidade de deixá-la sozinha em Harbin. — Por favor, meu amor, seja sensata... venha comigo...

— Não posso — os olhos úmidos de Audrey encontraram os seus e Charles viu neles uma determinação que deixou-o pasmo.

— Está falando sério, não está? — ficou arrasado. Ela estava, não tinha mudado de idéia. Audrey ficaria ali.

Charles permaneceu mais uma semana inteira e fez o que pôde para convencê-la, mas agora Audrey estava entrincheirada. Tinha-se envolvido por completo nos cuidados com suas pequenas protegidas e tinha inclusive desenvolvido um método muito competente. Lig Hwei e Shin Yu eram inestimáveis para ela e Audrey pôs o próprio Charles para trabalhar bancando a babá de meia dúzia de órfãs, enquanto ela ordenhava a vaca, ou preparava uma refeição, ou então saía com as outras para tomar ar fresco, enquanto brincavam na neve com suas botinhas com forro de pele e gorros de pele de cabra. As freiras também tinham feito luvas de tricô.

Ao observá-la, Charles pensou que nunca a vira tão contente desde que se conheceram, e percebeu, então, que ela era uma mulher acostumada a tomar conta de outros e a não ter medo do peso das responsabilidades. Admirou essa faceta dela. Na verdade, ele amava tudo em Audrey e receava o dia em que a abandonaria.

Sua última noite juntos foi uma noite que nenhum dos dois jamais esqueceria. Audrey colocou calmamente uma cadeira contra a porta do quarto e eles fizeram amor até amanhecer, no ar gélido do minúsculo quarto; no final, se abraçaram e choraram. Charles não queria deixá-la e Audrey não queria ser abandonada, mas ambos estavam fazendo o que deviam fazer. Ele pensava que devia voltar para concluir seu trabalho, e ela tinha que ficar ali para cuidar das órfãs. Foi uma decisão que magoou os dois e ambos tiveram conflitos e arrependimentos, mas se aferraram com firmeza às suas decisões. Audrey estava mais triste do que assustada e deixou Ling Hwei tomando conta dos outros, quando, pela manhã, levou Charles até a estação. Ficou ao lado dele, com as roupas engraçadas que tinham comprado em Pequim; e Charles fitou-a com lágrimas nos olhos, quase sem conseguir falar, enquanto o trem entrava devagar na estação. Iria para o sul até Pequim e depois para Tsingtao, onde poderia tomar um navio de volta a Xangai e começar a longa viagem para oeste. Mas nenhum dos dois pensou nisso ao trocar um último beijo e Charles sentiu o hálito de Audrey em seu rosto, quando ela pronunciou seu nome e sorriu com o rosto banhado em lágrimas. Parecia incrível que, enfim, estivessem separando-se, e ela não conseguia imaginar um momento sem ele.

— Eu te amo, Charles. Sempre amarei — mal pôde falar de tanto que chorava. — Eu te verei em breve — mas, naquele momento, a frase pareceu uma promessa vazia, até mesmo para ela.

Charles sentia o coração martelar sob a jaqueta e teve saudades dela. Não podia deixá-la ali... simplesmente não podia... uma dupla de guardas japoneses armados patrulhava a estação e Charles tornou a baixar os olhos para Audrey.

— Quer vir comigo, Aud? Embarcarei no próximo trem se você quiser — mas ela apenas balançou a cabeça e fechou os olhos, sofrendo por vê-lo partir.

Audrey perguntou-se, de súbito, se algum dia tornaria a vê-lo. Então, sentiu-se como se, de fato, jamais fosse ver seu mundo outra vez, e Charles pensou o mesmo.

— Mande lembranças minhas para Violet e James.

Mas Charles não respondeu, o bolo em sua garganta era grande demais. Apenas agarrou-se a ela até que o chefe da estação gritou com sua voz monocórdia e ambos souberam o que aquilo significava. Por um momento, ambos foram possuídos pelo pânico, pelo arrependimento e por toda a ternura que compartilhavam durante meses. Audrey não suportava a idéia de vê-lo partir, mas era obrigada a isso. Sabia que não poderia abandonar aquelas crianças e, embora não contasse a ele, achava, em seu íntimo, que se elas tinham sido postas em seu caminho, era porque havia alguma razão. Nesse momento, ela não podia imaginar qual seria, mas não iria simplesmente levantar-se e ir embora. Elas eram muito pequeninas e desamparadas, mas Audrey estava renunciando a muitas coisas para ficar com elas. Renunciava ao homem que amava, e sentiu como se seu coração fosse partir quando ele afastou-se e correu na direção do trem. Teve que subir correndo os três degraus, pois o trem começava a andar, e ficou ali, com o braço esticado para ela. Ficaria feliz se pudesse puxá-la e levá-la consigo, sem nenhum dos pertences de Audrey, mas ela ficou parada no lugar, as lágrimas rolando por suas faces, acenando, enquanto ele se inclinava para fora fazendo um lento aceno, as lágrimas também rolando por suas faces, enquanto a abandonava.

Capítulo 15

O clima em Harbin ficava mais frio a cada dia que passava, até que chegou um momento em que já não podiam deixar leite ou água do lado de fora, pois congelava quase no mesmo instante e só podia ser usado depois de descongelado. As crianças quase não saíam da casa, e Audrey pensou que nunca sentiu tanto frio na vida, enquanto novembro dava passagem a dezembro, sem nenhum sinal das freiras prometidas. Charlie estava certo. Aquela não era a vida tranqüila a que se acostumara nos Estados Unidos. Nada jamais acontecia em tempo ou quando era esperado.

Os japoneses foram lá várias vezes para verificar seu passaporte e indagá-la sobre a duração de sua estada, e a cada vez Audrey dava a mesma explicação "até as freiras chegarem". Pareciam satisfeitos e deixavam-na em paz, apesar de um deles tender a parar o olho em cima de Ling Hwei, mas seu companheiro falou ríspido com ele em japonês, e depois disso não retornaram. Quando Audrey preveniu-a para tomar cuidado, Ling corou da cabeça aos pés. Desde a chegada de Audrey que ela usava roupas volumosas e informes, mas agora Audrey notou, de repente, que Ling estava começando a ficar redonda, e em dezembro ela confessou, os olhos cheios de lágrimas, a cabeça inclinada pela vergonha, e suplicou a Audrey para não contar à irmã, embora o segredo não pudesse continuar por muito tempo. Ela havia "deitado com um soldado japonês em junho", ela achava, ou talvez em maio, o que significava que o bebê nasceria em fevereiro ou março, e Audrey suspirou ao pensar. Esperava que até então as freiras já tivessem chegado e ela já houvesse ido embora muito tempo antes. Escrevera meia dúzia de cartas para Charles, nos dois meses desde a sua partida, e uma saga longa e enfadonha ao avô, na qual suplicava seu perdão por ter ficado fora tanto tempo e prometia nunca mais fazê-lo de novo, mas também expressava sua gratidão por ele ter permitido que ela partisse. Tinha certeza que essa viagem saciaria toda a fome que tinha na alma. Prometeu que nunca mais se afastaria de casa, mas, ao escrever, pensou em Charles e perguntou-se quando estariam juntos de novo. Sem dúvida, não da mesma maneira daqueles meses durante a travessia das regiões selvagens da Pérsia, do Tibet, da Turquia e da China. Momentos como aqueles jamais aconteceriam outra vez, Audrey tinha certeza, e era grata por tê-los vivido. De uma certa maneira, era chocante o que ela fez e ninguém nunca saberia, pois isso a marcaria para sempre, isto é, se os Browne não falassem. Mas nesse momento não estava preocupada com eles. Só conseguia pensar em Charles. Não se arrependia de nada do que fizeram. Sabia que ele era o único homem que ela amaria na vida e achava que, de qualquer forma, eles acabariam juntos, não importava de que forma o problema parecesse agora sem solução. Mas só ao lembrar de Charles seu coração cantava; e ao pensar nele, nesse momento, Audrey sorriu, no gélido inverno da Manchúria. Ainda usava no dedo o anel dele.

Foi um choque quando ela compreendeu, dois dias antes, que já era quase Natal, e na véspera do Natal Audrey cantou hinos para as crianças, que ficaram sentadas, concentradas. Apenas Lig Hwei e Shin Yu conheciam "Noite Feliz" e a maioria das músicas que sabiam era francesa, mas as pequenas ficaram encantadas enquanto as mais velhas cantavam e, nessa noite, Audrey cobriu todas elas na cama, com um beijo e um carinho de mãe. Três delas tossiam há semanas e ela estava preocupada, não tinha medicamentos e o calor era pouco. Nessa noite, um pouco mais tarde, Audrey levou duas delas para sua cama. Elas tossiram e tossiram, mas ela queria mantê-las aquecidas com o calor de seu corpo; pela manhã, uma delas estava melhor. A outra estava com os olhos avermelhados e uma expressão vazia e não respondeu quando Ling Hwei lhe dirigiu a palavra. Ela foi correndo contar para Audrey.

— Acho que Shih Hwa muito mal. Chamamos o médico?

— Sim... sim... — era muito grata pela ajuda de Ling Hwei,

mais criança que adolescente, mas parecia ter um amor ilimitado pela irmã e por aquelas crianças, e agora por Audrey. Deu a Audrey o único tesouro que possuía, como presente de Natal, um lenço de bordado delicado que tinha sido de sua mãe, comovendo Audrey até as lágrimas, ao segurar o lenço e abraçar Ling Hwei. Havia momentos em que se sentia contente por ter ficado, mas agora, em todo caso, não havia como voltar atrás. Lançou sua sorte junto com aquelas crianças e viveria ou morreria com elas, até chegar ajuda. Mas nesse momento não pensava em si própria, apenas em Shih Hwa, que estava pálida e respirava com dificuldade. Estava febril demais para ouvir quando ela chamou-a pelo nome. Audrey banhava-lhe a testa com toalhas recheadas de neve, enquanto esperava Shin Yu retornar com o médico; não quis que Ling Hwei fosse para que ela não caísse e se machucasse ou ao bebê.

Passaram-se horas até que Shin Yu retornou acompanhada de um homenzinho idoso com um chapéu engraçado e uma barba comprida. Ele falava um dialeto que Audrey nunca ouvira, e Shin Yu e Ling Hwei em nenhum momento levantavam os olhos para fitá-lo. Quando ele foi embora, as duas apenas assentiram e choraram, enquanto Audrey insistia para que contassem o que ele dissera.

— Ele disse que Shih Hwa morre antes de amanhã.

Isso Audrey podia ver com os próprios olhos, e ficou furiosa por ele ser considerado um "médico". Momentos depois, equipou-se de jaqueta e botas e saiu apressada na neve, disposta a encontrar o melhor médico russo da cidade. Mas quando chegou na casa dele, disseram que o médico estava fora. Era Natal, lembraram, e Audrey pediu à empregada que dissesse ao doutor para ir ao orfanato quando retornasse. Mas ele não foi. Nessa época, a morte de crianças chinesas não causava preocupação a ninguém, exceto a seus pais que, nesse caso, eram Ling Hwei, Shin Yu, Audrey e as crianças com idade suficiente para compreender. Shih Hwa morreu nos braços de Audrey nessa noite, e ela chorou por ela como teria chorado por um filho. Nas duas semanas seguintes morreram outras quatro crianças do que se suspeitava ser crupe. Era uma loucura o fato de não haver nada que Audrey pudesse fazer. Mas ela não podia sequer proporcionar-lhes o calor suficiente para aliviar o catarro que as sufocava.

Agora havia apenas dezesseis crianças, incluindo Shin Yu e Ling Hwei, o que na realidade significava quatorze, já que as duas crianças mais velhas eram mais ajudantes do que encargos. Todos ficaram com o coração partido após a morte das cinco menininhas. Nenhuma tinha mais de cinco anos e a mais nova mal tinha completado um ano de vida. Quando o bebê morreu em seus braços, Audrey pôs-se a imprecar contra um Deus impiedoso, e essa morte fez com que ela pensasse no bebê de Ling Hwei. O que iria fazer com um bebê que seria meio japonês ou com qualquer outro bebê, para dizer a verdade? Em geral, as crianças eram vendidas por algo no valor de bolsa de farinha. E a própria Ling Hwei quase não passava de uma criança e dificilmente parecia ter mais de nove ou dez anos. Era delicada e delgada, com quadris estreitos, mãos pequenas e graciosas e um sorriso fugaz, agora que conhecia Audrey melhor. Adorava pregar peças, fazer piadas e sempre fazia os outros rir, mesmo quando estavam tristes ou com fome, e se esforçava para aprender o máximo de inglês com Audrey. Seu talento para os idiomas era óbvio — aprendeu francês com as freiras, inglês agora, falava vários dialetos de sua língua e, Audrey percebeu quando foram visitados de novo pelos japoneses, também falava o idioma deles, embora ficasse embaraçada em admitir isso. Seria considerado uma traição, caso os outros soubessem. Ling aprendeu com o rapaz que gerou seu filho. Disse que o conheceu na primavera e que ele aparecia com freqüência para visitá-la no orfanato. Encontrava-se com ela na igreja e as freiras gostavam dele. Ele levava-lhes galinhas, e a cabra que ainda possuíam foi um presente dele. O rapaz tinha dezenove anos e Ling sabia que ele a amava. No entanto fora transferido em julho, quando ela ainda não sabia do bebê. Agora ela não tinha a menor idéia de onde ele estaria e não recebeu notícias dele, assim como Audrey não teve notícias de Charles desde que ele partiu, em outubro. Já se haviam passado vários meses e Audrey achava que já deveria ter recebido uma carta dele, embora não pudesse demorar tanto tempo para uma carta chegar até lá. Só teve notícias do avô, que estava furibundo com o que ela fizera e quase a proibiu de voltar para casa. Edward não ousou chegar até esse ponto, por medo de que Audrey o interpretasse ao pé da letra, mas ao ler a carta ela quase pôde ouvir a voz dele vibrar furiosa, e suas mãos tinham tremido segurando a caneta. Audrey teve certeza que tinha sido a raiva e não uma saúde abalada a responsável pela letra trêmula que leu, e o avô estava com tanta raiva que ela quase riu. Havia um certo sabor de lar só de ler os insultos e afrontas que Audrey viu na carta. Audrey escreveu em resposta uma longa e contrita carta, com a promessa de que voltaria para casa muito, muito breve, tão logo as freiras chegassem, o que Audrey tinha certeza que ocorreria a qualquer momento.

Enviou outro telegrama para a França após o Natal, no qual indagava sobre os progressos das freiras. Por enquanto, não tinha recebido resposta. Não havia dúvida que a deviam achar impaciente, ou então não tinham mais notícias das duas freiras, que deviam ter sido enviadas algum tempo antes. Mas era difícil atravessar a China durante o inverno, como Audrey muito bem sabia. Em toda sua vida, ela nunca suportou um clima tão gélido como nesse inverno, na Manchúria. Agora ela sequer permitia que Ling Hwei saísse de casa, por medo de que o frio intenso fizesse mal ao bebê. Agora já não era mais nenhum segredo, a enorme barriga contava sua própria história, e a irmã fez perguntas com os olhos arregalados. Ling Hwei contou para Shin Yu que o bebê era uma dádiva de Deus, como o pequeno Jesus sobre o qual as freiras falavam, e a irmã ficou muito impressionada. Em seguida, Ling perguntou a Audrey se ela cometera algum pecado ao contar aquilo, e Audrey sorriu.

— Talvez um dia ela não acredite nisso, Ling Hwei, mas imagino que por enquanto ela vai acreditar.

As duas trocaram um sorriso astuto e, de uma estranha maneira, Audrey sentiu inveja de Ling Hwei. Às vezes, ficava pesarosa por não ter um filho de Charles. Naquele lugar, sua vida estava tão distante e remota das restrições da sociedade em que vivia, que pareciam não ter mais aplicação; e sentia terríveis saudades dele. Noite após noite, deitada na cama da freira, ela pensava nas noites compartilhadas, e nos dias e risadas... a infinita viagem de trem, as descobertas em Pequim, os dias gloriosos do Expresso do Oriente, quando tudo começou... e o amor maravilhoso dos dois no Palácio Pera... agora tudo parecia tão distante e sem ele a solidão de Audrey era desesperadora.

Capítulo 16

A carta que Audrey escreveu para Charles na véspera de Natal, ele recebeu quatro semanas depois e leu-a tarde da noite, sentado em sua sala de estar, em Londres. A lareira estava acesa e Charles, com um copo de conhaque na mão, leu várias e várias vezes sobre a morte de Shih Hwa e sobre o bebê de Ling Hwei e, a seguir, as palavras de Audrey *"Como eu gostaria que esse bebê fosse nosso, meu querido... como sinto agora por termos sido tão cautelosos..."* E, de uma estranha maneira, ele sabia muito bem como ela estaria se sentindo. Charles censurou-se um milhão de vezes por tudo... por tê-la deixado em Harbin, sem forçá-la a voltar para casa com ele, por não se ter casado com ela... por tê-la deixado com os japoneses... tê-la deixado... tê-la deixado... não teve um momento de paz desde então. E por fim, desesperado, confessou tudo para James, que ficou muitíssimo chocado com a história.

— Sabe, é surpreendente... Violet tinha certeza de que havia algo sério entre vocês dois no verão passado, e eu disse que ela estava louca. Sabe, às vezes as mulheres me assombram — sorriu. — Quase sempre ela tem razão. No entanto, se eu fosse você, não contaria isso para ela... seria muito difícil para ela superar o choque.

Charles sorriu e desejou poder sentir-se divertido com a onisciência de *Lady* Vi.

— Fui um maldito estúpido por tê-la deixado. Sinto-me doente só de pensar no que pode acontecer com ela por lá. Eu já sabia disso no momento em que parti de Xangai. Eu estava louco.

— Charles, você tem a sua própria vida — James era sempre complacente e, em especial, agora, quando estavam sentados em um canto tranqüilo do clube, desfrutando de um copo de vinho do Porto. — Não se podia esperar que você passasse um ano inteiro na Manchúria, tomando conta de órfãos. Embora eu deva dizer que estou admirado com ela. Eu não a imaginava capaz de uma coisa dessas. Se você me dissesse que ela ficou lá para tirar fotos, eu acreditaria com mais facilidade, mas não isso... — sorriu amavelmente para o velho amigo. — Audrey é uma boa alma por estar cuidando dessas crianças, não é?

— Ela é uma tola maldita — disse Charles, em tom sombrio.

E Violet devolveu a expressão quando o marido lhe contou a história.

— Ele fez o *quê*? — Violet gritou as palavras, enquanto James a fitava, admirado. — Ele a *deixou* por lá? Na Manchúria ocupada? Ele ficou *maluco*?

— Querida, ela é uma mulher adulta, afinal de contas. Tem o direito de tomar suas próprias decisões e tomou essa.

— Nesse caso, por que ele a deixou? Para começo de conversa, foi ele que a levou para lá, que droga, poderia muito bem ter ficado ao lado dela até ela voltar para casa.

— Ao que parece, a idéia de ir para Harbin foi dela e Audrey se recusou terminantemente a abandonar as crianças.

— Era o que eu esperaria — Vi compreendeu muito bem e pensou em Audrey como uma santa por ter ficado.

— Ele não poderia também violar seu contrato e abandonar todas as suas responsabilidades — James desculparia Charles de qualquer coisa, muito mais do que o próprio Charlie estava disposto a se desculpar.

Charlie concordou, por completo, com *Lady* Vi e se achou o pior filho da puta da face da terra por ter deixado Audrey na China. Não se passava um dia, sem que ele se censurasse pelo abandono. Mas não havia nenhuma reprovação nas cartas dela para ele. Em especial, nessa que Audrey escreveu no Natal. Era suave, delicada e amável, era óbvio que ela estava ansiosa pela chegada das freiras. Já estava por lá há mais de dois meses e agora estava preocupada com a volta à casa.

Charles respondia com a freqüência que podia, mas parecia haver tão pouco a dizer para Audrey. Para o escritor que era, ele se via privado de palavras sempre que se encontrava diante de uma folha de papel, com o nome dela rabiscado na parte superior, *Minha querida Audrey...* E em seguida, o silêncio. O que poderia dizer a ela? O pesar desesperado que sentia? Que seu último livro fazia um tremendo sucesso? Que o convidaram para visitar a Índia na primavera e o Egito no outono?... que *Lady* Vi e James queriam-no de volta no próximo verão? Tudo parecia tão estúpido e inconseqüente, ele sentia saudades desesperadas dela. Para Charles era como se alguém tivesse arrancado um membro de seu corpo no dia em que a deixou. E ficava recordando-se várias e várias vezes do que ela disse antes de ele partir... "e se essas crianças fossem nossos filhos"... e depois do que ela disse sobre o bebê de Ling Hwei, que desejava ter um filho dele. E o que o torturava era que ele desejava o mesmo agora. Sabia que não havia razão para pedi-la em casamento de novo, nem para juntar-se a ele na Índia, ou no Egito. Audrey não poderia ir. Precisava voltar para a casa da família, que para ele se aproveitava demais dela. Começou a odiar em seu íntimo Annabelle por exigir tanto de Audrey, por esperar que Audrey criasse seus filhos, cuidasse de sua casa e fizesse tudo por ela. Quando Audrey teria oportunidade para conduzir sua própria vida? E quando ele a veria outra vez? Era isso que mais o atormentava e que o levava à garrafa de conhaque todas as noites, antes de ir para a cama. Não podia suportar o vazio de sua cama, ao lembrar-se de suas noites em Veneza, Nanquim e Xangai... e das infinitas horas naqueles trens minúsculos... nada mais fazia a não ser trabalhar e pensar nela. Já quase não saía e *Lady* Vi parou, enfim, de repreendê-lo por ter abandonado Audrey em Harbin, pois via o quanto ele sofria sem a ajuda dela. Perdeu peso e ostentava uma expressão melancólica nos olhos que preocupava James.

No final, a própria *Lady* Vi escreveu para Audrey, que ficou emocionada ao receber a carta e aliviada com o fato de a amiga saber de seu amor por Charles e, sempre que tinha um momento livre, Audrey escrevia para *Lady* Vi, depois de ter escrito para Charles, o que não ocorria com muita freqüência. Ou não com a freqüência suficiente. Sempre que recebia uma carta de Audrey, Violet telefonava para Charles.

— O que ela diz? — sua voz soou sombria, quando Violet telefonou em meados de fevereiro.

— As freiras ainda não tinham chegado, no momento em

que ela escreveu. Claro que a essa hora talvez já estejam lá. Não há dúvida que espero isso. Pobre moça. Ela é, de fato, a alma mais corajosa que conheço.

E Violet disse o mesmo em um jantar que deu e convidou Charles e seu ilustre editor, Henry Beardsley. Já lhe fora apresentado antes e gostou muito dele. Era um homem forte e turbulento, com mente brilhante e modos vulgares. Mas tinha uma excelente conversa em jantares e James pensou que seria divertido misturar algum "sangue novo"com seus amigos aristocráticos. Dessa vez, Beardsley surpreendeu os pedindo permissão para levar a filha, Charlotte. Era uma moça atraente, já perto da casa dos trinta anos, bem-arrumada ao extremo e vestida com a última moda, embora não fosse bonita em um sentido clássico. Mas era atraente e inteligente. Tinha feito a universidade na América, Vassar, tinha um mestrado em literatura americana, o que a tornava útil aos negócios do pai. Era óbvio que ele sentia muito orgulho dela e Vi ficou admirada ao saber que ela ainda vivia na casa do pai. Tinha vinte e nove anos, admitiu com ar cândido, e o pai era viúvo.

— Na verdade, eu teria preferido a faculdade de Direito — sorriu para Charles do outro lado da mesa, em resposta à pergunta de *Lady* Vi sobre Vassar. As universidades americanas sempre a fascinaram. — Mas meu pai fez objeções. Disse que não precisava de outro procurador na editora, mas que um dia necessitaria de um diretor executivo.

Pai e filha trocaram um sorriso esperto. Não era nenhum segredo no meio editorial que ele a estava preparando para o papel, e Charles já a encontrara antes. Mas a maior parte de suas negociações era com o pai e nunca ficou tão impressionado com Charlotte como nessa noite. Ela era de um brilhantismo extremo e também era muito agradável; era óbvio para Violet que ela nutria um intenso interesse por Charles.

— Oh, pelo amor de Deus, Vi... — James lançou-lhe um olhar de pouco-caso, quando se despiam no final da noite. — Você está sempre imaginando romances no ar.

— E não estou certa? Além disso, dessa vez eu não chamei de romance, chamei?

— O que isso deve significar? — ele fitou-a, interessado; gostava da companhia dela mais do que a de qualquer outra pessoa que conhecia. Além de serem marido e mulher, há anos eram amigos íntimos.

— Para dizer a verdade, querido, não sei ao certo. Se você quer saber de verdade o que penso, acho que ela é fria como gelo e gosta do que Charles é. Está com vinte e nove anos, é esperta como o diabo, nada em dinheiro e necessita de um marido adequado. Charles seria perfeito para ela.

— Deus do céu, não há dúvida que você não perde tempo. Espero que ela não seja tão analítica quanto você.

— Não tenha tanta certeza — Violet lançou-lhe um olhar de Mata Hari e ele riu, enquanto ela se arrastava para o banheiro envolta em uma nuvem de perfume francês e um penhoar de cetim cor-de-rosa.

Mas duas semanas depois, James perguntou-se se Violet não seria mais sensível do que ele imaginava, quando deparou com Charles almoçando com Charlotte Beardsley.

— Encantado por vê-la outra vez, Srta. Beardsley... Charles, meu velho, está se comportando? — conversaram durante alguns minutos, depois ele atravessou o salão em direção ao grupo com que almoçaria, mas notou que Charlie estava com um ar relaxado e parecia estar divertindo-se; no dia seguinte, quando perguntou sobre isso a Charles, este atribuiu tudo aos negócios.

— Ela é uma moça de boa aparência — James jogou verde para colher maduro e Charlie deu uma risada, enquanto os dois esticavam as pernas diante da lareira do clube.

— Não seja bobo e pode dizer a *Lady* Vi para tirar o cavalo da chuva. Charlotte quer começar a tratar dos meus contratos em lugar do pai. Ela disse que ele tem andado cansado e que meu trabalho é bem definido e direto. Não vejo nenhum mal em tratar com ela, que se dá com meu agente, com meus primos e tudo mais — Charlie não parecia suspeitar de nenhum motivo oculto e James insistiu que dessa vez *Lady* Vi estava equivocada. Mas Violet recusou-se a admitir isso.

— Não seja boba, Vi. Posso garantir, hoje em dia ele só pensa em Audrey. Alguma notícia dela hoje?

Já era março, então, e todos já começavam a perguntar-se se um dia ela conseguiria sair de Harbin.

Audrey perguntava-se o mesmo. Perguntava-se isso havia semanas, enquanto durava o frio e Ling Hwei se aproximava cada vez mais da data de o bebê nascer.

Capítulo 17

Era meados de março e Audrey estava deitada na cama, em Harbin, pensando em Charles e nas noites que dividiram quando ouviu um baque surdo e um pequeno estrondo na cozinha abaixo do seu quarto. Sentou-se na cama e ficou à espreita, a mente instantaneamente alerta, com medo de que os comunistas tivessem ido esconder-se ali, ou pior ainda, os bandidos, como na ocasião em que mataram as freiras. Todo o seu corpo enrijeceu-se e sua mão fechou-se sobre um revólver que Ling Hwei lhe entregou muitos meses antes. Audrey não soube ao certo onde a menina tinha conseguido a arma, mas não fez perguntas. Só ficou grata por ter o revólver.

Ouviu outro impacto abafado e, em seguida, um barulho, como se alguém estivesse arrastando algo muito pesado no andar de baixo. Agora não havia dúvida. Alguém estava na casa com eles, e quando saiu do quarto na ponta dos pés, usando a pesada camisola de algodão de uma das freiras que encontrara meses antes, viu Ling Hwei sair na pontinha dos pés do quarto que dividia com meia dúzia de crianças pequenas. Agora seu corpo estava desfigurado pelo bebê e com um olhar severo Audrey acenou para que ela voltasse ao quarto, em silêncio. Não queria que a menina se machucasse e voltou rápido à sua mente a lembrança das freiras decapitadas, enquanto se perguntava sobre quem estaria no andar de baixo. Desde que chegou ali, não ocorreu nenhum conflito importante com os comunistas na região, mas os japoneses apertaram as rédeas durante algum tempo. A única coisa que Audrey sabia era que havia um invasor na casa, e desceu a escada na ponta dos pés, com a pistola carregada e uma bala na agulha, pronta para atirar em quem encontrasse, todo o seu corpo tenso, os olhos dardejando para o cômodo às escuras abaixo, enquanto descia os degraus. Seu coração batia fazendo tanto barulho em seus ouvidos que ela perguntou-se se escutaria o invasor a tempo de se defender, mas, de súbito, pôde ouvir uma respiração pesada e viu a forma delineada ao lado da janela. Com o dedo no gatilho, hesitou durante apenas alguns momentos. Então, compreendeu que não podia vacilar, tinha que matá-lo, mas uma voz aguda chamou-a da escuridão. O invasor sabia que Audrey o descobrira e o que a assustou foi o fato de ele ter falado em francês, supondo que ela fosse uma das freiras.

Uma voz rosnada e ofegante dirigiu-se a ela, como se sentisse dor:

— *Je ne vous ferai pas mal* — não vou machucá-la. Ele tinha um sotaque estranho, que Audrey não havia escutado antes, mas falou com toda clareza, embora não houvesse como saber se tinha vindo em paz ou se estava mentindo.

— *Qui êtes-vous?* — ela sussurrou no escuro, enquanto seu coração batia como se fosse um tambor da selva. Perguntava quem era ele, sem ter nenhuma idéia do que ele responderia.

— *Le Général Chang* — dessa vez falou com voz clara, mas Audrey não baixou a pistola ainda apontada para ele.

— *Que faites-vous ici?* — perguntou o que ele fazia ali e esperou a resposta.

— *Je suis blessé* — então, houve um longo silêncio, depois que ele confessou estar ferido; Audrey desceu os últimos degraus, pegou uma vela e acendeu-a, sem jeito, com uma das mãos, ainda vigiando o vulto, a pistola apontada em sua direção.

Advertiu-o para não se mexer. Levantou a vela e tudo que pôde distinguir foi um homem troncudo e de estatura mediana, com o que parecia ser um traje mongol. Havia poças de neve derretida em volta do lugar onde ele se encontrava e, de repente, à fraca luz, Audrey viu o enorme ferimento, uma mancha de sangue em seu ombro. Estava envolto em farrapos ensangüentados que ele segurava de maneira desajeitada, enquanto olhava para ela. Uma enorme pistola estava enfiada em seu cinturão, nas costas pendia uma espada e havia uma correia de balas pendurada no ombro, mas ele não sacou nenhuma das armas para se defender dela. Apenas a fitou com olhos cautelosos e perguntou se ela era uma das freiras de São Miguel. Audrey não sabia ao certo se fingia ou não que era, depois decidiu dizer a verdade. Balançou a cabeça, ainda olhando-o aterrorizada; nesse momento, pôde ouvir Ling Hwei andando de um lado para o outro no andar de cima. Audrey estava aterrorizada com a possibilidade de ele ver Ling e a machucar, mas aquele homem não parecia propenso a machucar ninguém. Estava tão assustado quanto Audrey, que segurava a pistola e a vela.

— Posso passar a noite aqui? — ele perguntou em francês e Audrey teve a estranha sensação de que ele já conhecia o lugar. As próximas palavras dele confirmaram a suspeita de Audrey. — Posso esconder-me na despensa, como da outra vez — olhou súplice para ela, que pôde ver pontos do ornamento dourado em seu quepe de pele. Assim como a jaqueta dele era mais enfeitada do que a maioria das que ela já vira, embora com as manchas de sangue ele estivesse um tanto desalinhado. Nesse momento, Audrey lembrou-se das palavras dele e pensou o que devia indagar antes de concordar com a permanência dele. Não deixaria que ele fizesse as crianças correrem perigo.

— Você disse que era general?

— Sou general de minha província e leal ao Exército Nacionalista — então, era um dos seguidores de Chiang Kai-shek e era óbvio que combatera com os comunistas em algum lugar. Audrey perguntou-se a que província ele se referia, mas o outro explicou enquanto ela o vigiava. — Sou de Baruun Urta, do outro lado das montanhas Kyhingan. Viemos ao encontro de alguns homens do general Chiang Kai-shek, mas topamos com tropas japonesas. Há três homens à minha espera na igreja. Se você não me deixar ficar, eles me ajudarão. Não tenha medo — era de uma polidez estranha e seu francês era mais fluente do que o de Audrey, o que era estranho em se tratando de um general mongol. — As irmãs me deixaram ficar aqui antes. Parei aqui duas vezes, quando estivemos por estes lados, mas não desejo que você ou suas crianças corram perigo. Se quiser que eu vá embora, eu irei — tentou ficar ereto, mas Audrey o viu estremecer e ele pareceu cambalear por causa da dor no ombro.

— Alguém o viu entrar aqui? — Audrey tentava decidir o que fazer, enquanto Shin Yu descia a escada e postava-se bem atrás dela.

Audrey assustou-se ao perceber que não era Ling Hwei, e Shin Yu tentou dizer-lhe alguma coisa, mas Audrey fez um gesto para que subisse, enquanto tentava concentrar-se no que o general mongol dizia.

— Acredito que não fomos observados, *mademoiselle* — estava com um ar de franqueza e ela pôde ver que o ombro sangrava profusamente. — Não vamos criar problemas para vocês. Só precisamos de um lugar para descansar até o cair da noite. Estamos viajando a pé e precisamos voltar para o nosso povo — qualquer que tenha sido a missão deles, fora cumprida.

Mas Audrey estava com medo de permitir que ficassem. E se isso provocasse represálias dos japoneses? Até então, ninguém os incomodava e ela estava ansiosa por manter as coisas assim, por causa das crianças, mas era óbvio que o homem estava ferido e não chegaria muito longe se não tivesse abrigo e repouso.

— Tire as suas armas.

— *Pardon?* — ele falou assustado e agiu como se não tivesse compreendido, enquanto Shin Yu tornava a descer a escada e Audrey gesticulava para ela subir.

— Eu disse para tirar as suas armas: sua pistola, as balas e a espada. Caso contrário, não deixarei que fique aqui.

Ele pensou durante alguns momentos, com um olhar longo e duro para Audrey e uma expressão no rosto que não se pôde interpretar.

— E você se propõe me defender?

— Não sei quem é você. Não posso deixar que machuque essas crianças.

— Não faremos nenhum mal a elas. Meus homens se esconderão no barracão lá fora e eu ficarei aqui na despensa, se você me permitir. Sou o general de minha província, *mademoiselle*. Sou um homem de honra — falava com tamanha civilidade que Audrey ficou aturdida com a incongruência da situação, mas não podia relaxar a guarda. Tinha apenas a palavra dele em relação a quem ele era. Pelo que ela sabia, o homem também podia ser um bandido e talvez eles não tivessem nenhum escrúpulo em atacar a ela e às crianças. — Você tem a minha palavra. Você e as crianças estão a salvo. Preciso apenas de algumas horas para recuperar minhas forças — e então, ao olhar para ela, soube que não ganharia a batalha. Tirou a pistola do cinturão, a espada da bainha e, com mais dificuldade, fez deslizar a correia de balas para fora do ombro. Mas o que Audrey não sabia era que ele tinha uma outra pistola oculta sob a jaqueta e uma faca afiada como navalha escondida dentro da manga, embora não tivesse a menor intenção de usar essas armas contra ela. Nem seria tolo a ponto de ficar desarmado. Ele sabia o que fazia; e se Audrey tivesse pensado bem um segundo que fosse, suspeitaria que ele tinha outras armas.

— Como vou saber que você não vai machucar as crianças?

— Tem a minha palavra, *mademoiselle*. Nós não vamos machucá-las.

— E quanto a seus homens? — recordava-se das freiras decapitadas na igreja, na primeira vez em que ela e Charles tinham ido ali.

— Falarei com meus homens e eles se esconderão rápido. Ninguém os verá, eu prometo — e então, sorriu para Audrey. Tinha um rosto estranho e interessante, olhos apertados e maçãs do rosto proeminentes; era totalmente diferente dos chineses de Harbin e dos outros que ela vira em Nanquim, Pequim e Xangai. — Temos experiência disso — mas não muita experiência, pensou Audrey, caso contrário não teria sido ferido.

— Você precisa de ataduras limpas para o ferimento? — ela ainda estava parada, cautelosa, na escada e dissera a ele para afastar-se das armas. O homem moveu-se para o lado, ao longo da parede, até o outro lado da cozinha e, com a pistola apontada para ele, Audrey recolheu a pistola e a espada e, a seguir, retornou ao pé da escada ao ouvir Shin Yu chamá-la outra vez.

Era óbvio que a criança estava assustada com a agitação. Gritou para a menina ficar onde estava e voltou a atenção, outra vez, para o general mongol.

— Se você tiver alguns panos limpos... — ele começou a falar, hesitante —, mas acho que assim está bem... — e apontou para as tiras encharcadas de sangue que cobriam o ferimento, enquanto Audrey lhe dirigia o olhar, segurando a vela no alto. Viu então que ele era um homem atraente, mas não sabia ao certo se seria confiável. Havia, contudo, um quê de honestidade e franqueza em seu olhar. — Eu também tenho filhos. E como já lhe disse, *mademoiselle,* já estive aqui antes. As irmãs me conheciam bem. Fui educado em Grenoble, na juventude — era notável isso e o fato de, ainda assim, ter retornado para aquela parte do mundo, primitiva e desconfortável, mas alguma coisa dizia a Audrey que ele falava a verdade.

— Darei a você alguns panos limpos para o ferimento, e um pouco de comida. Mas você tem que sair hoje à noite — olhou para ele com firmeza, como se falasse a uma das crianças.

— Tem a minha palavra. Agora vou falar com meus homens.

E desapareceu antes que Audrey pudesse dizer qualquer outra palavra. Ela pôde ver apenas uma sombra disparando em direção ao barracão situado entre o orfanato e a capela. Aproveitou a oportunidade para cortar duas toalhas em tiras, encher uma tigela de água e cortar um pouco de queijo, pão e carne-seca. Quando ele retornou, ela apontou para a mesa da cozinha, onde estava o alimento. Ferveu um pouco de água para fazer chá verde e ele pareceu fraquejar ao sentar-se no banco e lançar um olhar de agradecimento para ela.

— Obrigado — e comeu apressado a carne e o queijo. Parecia cansado demais para trocar as ataduras, mas Audrey estava muito assustada para fazê-lo; até que ela o viu desatar as tiras, revelando em ferimento medonho. Era óbvio que ele foi atingido por uma lâmina, provocando um corte vermelho, em carne viva e inflamado. O homem levava no bolso uma latinha com polvilho, que espargiu nas tiras embebidas em água que Audrey lhe passou. Juntos limparam a ferida e ela colocou, calmamente, as ataduras enquanto ele a observava. — Você é uma mulher corajosa por confiar em mim. Se não é freira, como veio parar aqui?

Audrey contou sobre as freiras assassinadas e disse que estava visitando Harbin. Nada falou sobre a ida de Charles ao orfanato e manteve os olhos nas bandagens enquanto trabalhava. Estava consciente da rude beleza do homem e da virilidade que nunca percebeu antes em pessoa alguma. Era como se ele exalasse fluidos masculinos, e Audrey estava dividida entre o medo e a admiração. De uma certa maneira, era um homem assustador, notava-se que ele seria capaz de saltar como um tigre e matar com um rápido movimento e, no entanto, quando falava com Audrey, parecia muito manso. Tinha mãos poderosas e um rosto interessante, e ela observou-o dirigir-se rápido para a despensa. Disse a verdade, sabia muito bem onde a despensa ficava e como se chegava a ela. O homem lançou um último olhar para

Audrey, depois fechou a porta sem fazer qualquer barulho, descendo para a penumbra, enquanto ela ficava sozinha na cozinha, com a tigela de água manchada de sangue e os trapos, únicas lembranças de que ele esteve ali. Audrey foi logo jogar a água na neve do lado de fora da cozinha, cobriu a mancha vermelha com neve, enterrando os trapos com mais neve. Seria primavera quando alguém descobrisse as ataduras que ele usou e, então, ele já teria ido embora muito tempo antes. Retornou à casa, e Shin Yu estava à sua espera, agora frenética, com olhos arregalados e cheios de medo.

— É Ling Hwei — ela explicou. — Chegou a hora. O bebê de Deus está vindo... ela está muito mal... oh, muito mal mesmo, Srta. Audrey...

Audrey subiu a escada correndo, de camisola e ainda carregando sua arma e as do general. Jogou-as debaixo da cama, cobriu com um lençol, e a seguir correu para o quarto em que Ling Hwei dormia, encontrando as outras crianças ainda adormecidas e a menina apertando a coberta de tanta dor, os dentes cerrados e os olhos arregalados de agonia e terror. Audrey passou a mão em um movimento suave pela testa da menina, que não soltava nenhum som, mas se contorcia como se estivesse sentindo uma dor terrível; de repente, suas mãos agarraram as de Audrey.

— Está tudo bem... está tudo bem... vou levá-la para meu quarto.

Tomou a menina nos braços e foi rápido para seu quarto, depois de pedir a Shin Yu para ficar com as outras crianças. Shin Yu temia pela irmã e queria ir junto, mas Audrey sabia que era melhor que ela não assistisse ao que Ling Hwei iria passar. Durante meses observara aqueles quadris estreitos e receava que o parto não seria fácil. Tinha vontade de chamar um dos médicos russos para assistir a menina quando o momento chegasse, mas sabia, pela experiência anterior, que eles não se importariam com uma moça chinesa. Ela não era melhor do que ninguém, e os bebês nasciam em casa com a ajuda das mães, irmãs e primas. Mas essa menina só contava com Audrey para ajudá-la. Nunca assistira ao nascimento de um bebê e ficou sentada segurando a mão de Ling, enquanto esta se debatia com as contrações, em silêncio. Em nenhum momento Ling emitiu som algum e Audrey desejava que o fizesse. Quando as outras crianças começaram a acordar, Audrey pediu a Shin Yu que tomasse conta delas e preparasse o café da manhã. Rezou para que o general não saísse do esconderijo. Não tinha motivo algum para pensar assim, apenas isso a enervou durante toda a manhã. Mas não podia abandonar Ling Hwei, era óbvio que a menina sentia dores terríveis e agora, mesmo contra a própria vontade, ela soltava gemidos roufenhos e parecia delirar, rolando na cama e guinchando, enquanto segurava os braços de Audrey e suplicava por ajuda.

Afinal, já no fim da tarde, achando que o parto demorava um tempo estranhamente longo, Audrey forçou Ling Hwei a deixá-la ver se o bebê estava saindo. A menina chorava de modo patético, como um bebê, e, de súbito, Audrey recordou-se dos soluços de Shih Hwa antes de morrer, mas Ling Hwei não ia morrer, estava dando à luz um bebê que concebera com o jovem soldado japonês, no ano anterior. Audrey teve certeza de que ela se arrependia amargamente do que fez, ao passar por aquela agonia, mas agora era tarde demais e não havia o menor sinal da cabeça do bebê quando Audrey olhou, apesar de Ling Hwei já estar em trabalho de parto por mais de doze horas.

Nessa noite, a pedido de Audrey, Shin Yu pôs as crianças na cama, depois de tomar conta delas durante o dia inteiro. De vez em quando, ela aparecia para verificar Audrey, receber instruções e saber da irmã, mas Audrey não deixava que ela visse Ling. Ela própria não comeu nada o dia inteiro e Ling Hwei recusou até o chá. A única coisa que aceitava, em raros momentos, eram pequenos goles d'água, mas agora chorava de modo patético a maior parte do tempo. Audrey estava tão perturbada que sequer ouviu os passos atrás dela no quarto, quando à meia-noite o general entrou com pés silenciosos. Quando viu a sombra na parede, Audrey saltou com um grito abafado; mas já era tarde demais para pegar a pistola escondida debaixo da cama. Audrey pôs-se de pé e girou para encará-lo, mas o rosto dele estava sereno.

— Não tenha medo — seus olhos voltaram-se rápido para a menina que se debatia, depois para Audrey. — Uma das crianças?

Audrey assentiu, enquanto a menina chorava. Agora havia dezenove horas que aquilo acontecia e sem nenhum progresso.

— Foi estuprada pelos japoneses — não quis contar a verdade, que a menina dormiu com um deles por vontade própria, com medo de que o general a castigasse.

— Animais — ele murmurou no quarto abafado. Pairava no ar o suor de Ling Hwei e o parto difícil que durava um dia e uma noite e, então, ela olhou para ele com o olhar vazio. As dores não se abrandavam e na última hora Audrey chorou com ela. Nunca, em toda a sua vida, Audrey se sentia tão desamparada. Olhou rapidamente o general, que observou Ling Hwei durante alguns momentos. — Está tendo um parto difícil. — A expressão do general era de quem sabia do que se tratava, e Audrey virou-se para ele, hesitante. Ainda não sabia ao certo se podia confiar nele, embora ele mantivesse a palavra durante o dia, permanecendo em seu esconderijo na despensa. Audrey perguntava-se se ele seria tão honesto quanto parecia e se poderia ajudar a menina que se debatia com o bebê.

— Ela está em trabalho de parto desde ontem à noite, quando você chegou. Quase vinte e quatro horas — Audrey sentiu o desespero vibrar em sua voz. Tinha medo por Ling Hwei e não sabia o que fazer por ela, a não ser segurar-lhe a mão à espera de que o bebê nascesse. Mas não tinha a menor idéia de como aliviar a agonia da menina, ou se havia algum alívio.

— Dá para ver a cabeça do bebê? — Audrey balançou a cabeça e ele fez um gesto de cabeça. — Então, ela vai morrer — ele falou em um tom delicado, mas sem surpresa. Em seus quarenta anos, vira um bocado de vida, nascimento e morte, guerra, desespero e fome. Seu ombro já não doía tanto e parecia mais descansado do que na noite anterior, mas Audrey ficou angustiada com o que ele acabara de dizer.

— Como você sabe? — ela sussurrou.

— Está estampado no rosto dela. Meu primogênito levou três dias para nascer. Um menino — seus olhos e boca continuaram sérios. — Mas ela está perdendo as forças e é muito nova. Dá para eu ver — seus olhos estreitaram-se ao observá-la, depois, tornou a olhar para a americana.

— Devíamos chamar um médico.

Ele balançou a cabeça.

— Ele não virá. E não pode ajudá-la. Pode salvar o filho, mas ninguém quer um bastardo japonês.

— O que você quer dizer? — Audrey perguntou-se se ele a deixaria morrer, enquanto seus olhos iam do general Chang para Ling Hwei. — Alguma coisa pode ser feita? — Audrey não sabia nada sobre os procedimentos de um parto e lamentava não ter dado ouvidos às histórias da irmã. Mas Annabelle teve um parto fácil, ao que parecia, e havia recebido clorofórmio. Não houve nada como aquilo ali e, nesse momento, Audrey virou-se para o general mongol, pensando que ele era a imagem exata que ela teria de um chefe guerreiro. Ele parecia pensar sobre a situação, ponderando alguma coisa que Audrey não tinha como saber, até seus olhos encontrarem os dela.

— Ela pode ser cortada — Audrey achou terrível e não soube ao certo do que ele estava falando ao prosseguir: — Com uma espada limpa. Devia ser feito por uma mulher ou um homem santo, mas como você não sabe, eu posso cuidar disso.

— Você?

— Já vi fazerem. Cortaram minha mulher uma vez. No meu segundo filho.

— E ela sobreviveu? — era tudo que Audrey queria, salvar aquela menina e aliviá-la do bebê que lhe causava tanta dor. Shin Yu bateu de leve na porta e Audrey mandou-a embora com palavras abafadas. Não queria que visse nem o general nem a irmã angustiada.

— Sobreviveu — ele assentiu em resposta à pergunta de Audrey. — Sobreviveu, assim como a criança. Talvez a menina também sobreviva, se agirmos rápido. Primeiro, você deve pressionar a criança para baixo — sem cerimônia, mas com mãos delicadas, ele foi até Ling Hwei, disse apenas algumas poucas palavras para ela e, em seguida, olhou para o monte que era sua barriga. Apalpou para ver onde começava e, então, de repente, sem aviso, jogou todo seu peso em cima dela, enquanto Ling gritava, e pressionou a criança para que ela saísse. Ling opôs-se com violência, mas ele prosseguiu por mais duas vezes, enquanto ela debatia-se e Audrey temia que o general fosse matá-la com a pressão de seu corpo forte. Mas dessa vez, quando ele pediu a Audrey para olhar, ela viu um pedacinho da cabeça do bebê com um pouco de cabelo preto e arreganhou um sorriso de alívio para o general Chang.

— Dá para ver o bebê.

Ele não disse nada, mas pressionou mais duas vezes, e aumentou o círculo da cabeça da criança. Depois o general recuou e olhou para Audrey.

— Você vai precisar de toalhas limpas, lençóis e bandagens. — Audrey interpretou como se a frase significasse que o bebê estava saindo.

Quando retornou com os braços cheios, deu um pulo ao vê-lo fazer um único gesto para retirar uma faca de lâmina comprida da manga e passá-la várias vezes na chama da vela, e ela imaginou como estaria quente, mas aquilo esterilizaria a faca para que pudesse fazer a incisão. Audrey percebeu, então, que ele não lhe entregara todas as armas que carregava, mas nada disse. Ele fora fiel à própria palavra até ali e, se a ajudasse com Ling Hwei, teria uma dívida eterna para com ele. Nesse momento, o general ergueu a faca e Audrey ficou sem saber onde ele a usaria.

— Veja se aumentou a cabeça do bebê — porém o círculo não aumentara desde que ele parou de pressionar a barriga de Ling Hwei, e a menina chorava de um modo terrível, sentindo mais dores enquanto o bebê lutava para sair e não chegava a parte alguma. — Segure as pernas dela — o general falou com voz firme e áspera e, por um momento, Audrey sentiu medo.

Estava confiando naquele homem sem qualquer motivo, a não ser o fato de não ter escolha. Não havia ninguém mais para ajudar.

— O que você vai fazer com ela? — Audrey estava com medo, mas algo nos olhos dele tranqüilizou-a.

— Vou tentar fazer uma abertura que dê para a cabeça do bebê passar. Depressa, não podemos deixar a faca esfriar.

Audrey hesitou por apenas um instante e, em seguida, sentou-se ao lado de Ling Hwei, pronunciando palavras tranqüilizadoras, com as costas voltadas para a cabeça da menina, e segurou-lhe as pernas com toda a força. Mas Ling Hwei opôs pouca resistência. Não lhe sobrava forças para lutar e, enquanto Audrey observava, a mão do general moveu a faca com um gesto hábil. A princípio não saiu sangue, mas depois, de repente, uma golfada esguichou nas toalhas que ele pedira a Audrey para colocar ali. Então, com voz cansada, ele disse a Audrey para pressionar a barriga de Ling como ele o fez, e como foi delicada demais, o general gritou-lhe, pressionado pela urgência do momento. Só Deus saberia quantas pessoas aquele homem já teria matado e, no entanto, agora lutava por uma vida, ombro a ombro com Audrey. Audrey prendeu a respiração e pressionou o mais forte que pôde, enquanto ele tornava a esquentar a lâmina e cortava um pouco mais. Então, com terríveis gemidos de Ling Hwei, apareceu o topo da cabeça do bebê e, pouco a pouco, sua testa, duas minúsculas orelhas, o nariz, a boca, e a cabeça inteira estava livre, enquanto Audrey observava, admirada, e ele ordenava para continuar a pressão. Agora Ling Hwei estava em silêncio; perdeu uma grande quantidade de sangue e a dor tornou-se intensa demais. Quando sua filhinha veio ao mundo, Ling estava inconsciente; o general levantou a criança, vitorioso, como se ele a tivesse concebido, com um largo sorriso para Audrey. Enrolaram-na rápido em um lençol e limparam com uma das toalhas limpas, enquanto ela choramingava e, em seguida, começou a chorar. Audrey sentiu as lágrimas rolarem por suas faces. Estava surpresa por ver frestas de luz penetrando pela janela. Trabalhavam juntos desde a meia-noite, e o general Chang salvou Ling Hwei e o bebê. Mas agora, ao observar a menina, seus olhos estavam sérios, em seguida examinou o ferimento que fizera com a faca. Olhou para Audrey, mas não disse o que temia. Ling perdera muito sangue e ele duvidava que ela fosse sobreviver. Apenas o bebê sobreviveria, a menos que a menina tivesse muita, muita sorte.

— Você tem que costurá-la — ele disse, com toda calma.

Audrey procurou rápido a única agulha que possuía e linha branca grossa, passou a ponta da agulha na chama, como o vira fazer com a faca, antes de costurar a incisão. Foi a coisa mais difícil que Audrey já tinha feito, a cada ponto sua mão tremia, e ela rezava pela menina. Seria tão injusto se ela morresse. Isso não podia acontecer. As lágrimas arderam nos olhos de Audrey e o tempo para dar os pontos necessários pareceu infinito. Por fim Audrey limpou-a suavemente com água fria e um pano limpo. Limpou todo seu corpo, depois envolveu-a com lençóis, enquanto o general segurava o bebê que dormia, como se fosse um filho seu. Nenhum dos dois parecia recordar-se que a criança era metade japonesa, e nem se importavam. Era uma nova vida, a filha deles, uma vida que salvaram juntos, em uma noite de trabalho árduo.

— Você fez um bom trabalho — a voz dele foi amável, enquanto observava Audrey com a menina inconsciente. Ling Hwei estava muito pálida. Audrey virou os olhos, com perguntas amedrontadas, na direção do general.

— Ela está tão pálida.

— Ela perdeu muito sangue.

Ele também, no ferimento do ombro, mas era homem e já tivera hemorragias antes. Mulheres em trabalho de parto eram uma questão diferente. Seu irmão perdera duas esposas dessa maneira, mas tinha dois filhos. Então, ele olhou para o bebê, recordou-se do nascimento de seus filhos e da primeira vez que os segurou. Parecia ter sido muito tempo atrás, o mais velho tinha dezoito anos e estava nas montanhas com o exército de Chiang Kai-shek, mas a sensação ainda era a mesma, a sensação de pavor de que aquilo pudesse ocorrer, uma nova vida emergindo de uma antiga.

— Ela vai ficar boa? — a voz de Audrey foi macia; a vela crepitou e ela deixou que se apagasse. Bastava-lhes a luz do amanhecer para observar Ling.

— Não sei — e, então, ele olhou para o bebê. — Ela vai precisar de leite, caso não tenha a mãe.

Quando Shin Yu chegou à porta um pouco mais tarde, Audrey pediu que ela mandasse uma das crianças ordenhar as vacas, mas o general Chang achou que seria mais fácil ela tomar o leite da cabra e Audrey mandou que trouxessem os dois; depois olhou para ele, desanimada. Não tinham mamadeira para alimentá-la. Por milagre, encontraram uma luva de couro que uma das freiras usava. Audrey mandou que ela fosse fervida no fogão da cozinha, depois encheram a luva com o leite de cabra; o bebê mamou feliz, em seguida adormeceu de novo. Ling Hwei ainda não tinha acordado e, quando Audrey examinou-a, percebeu que ela não sobreviveria à provação por que passara com o parto do bebê. O general retornou à despensa para passar o dia. Era tarde demais para sair e apenas Shin Yu sabia que ele estava ali. Quando o general voltou, ao cair da noite, Audrey ainda se encontrava em seu posto, alimentando o bebê de poucas em poucas horas e servindo de enfermeira para Ling Hwei, que mal parecia respirar e ainda não recuperara os sentidos desde o parto. Nessa noite, Chang segurou o bebê e alimentou-o com a luva, enquanto Audrey segurava, em silêncio, Ling Hwei nos braços, assistindo-a até soltar um leve suspiro e morrer. Depois disso, Audrey segurou-a por um longo tempo, pensando na criança doce que ela fora e na dor da criança que agora não tinha mãe. Pensar nisso magoou-a até a alma, e Audrey pensou na própria mãe e na existência solitária que teria o bebê de Ling Hwei, que cresceria em um mundo sem ninguém para amá-lo, condenado pelos japoneses e chineses, em uma sociedade em que as meninas eram dadas em troca de arroz, feijão ou farinha. As lágrimas rolaram pelas faces de Audrey quando ela cobriu Ling Hwei e abraçou o minúsculo bebê. Chang foi ao andar de baixo e preparou chá para os dois.

Quando amanheceu, Audrey acordou Shin Yu e contou para ela. A menina chorou, escondeu o rosto e agarrou-se a Audrey, que ficou atormentada ao se lembrar de Annabelle quando da morte de seus pais. E o general Chang ficou observando-as. Agora, há duas noites que ele se encontrava ali e todas as vezes que planejava ir embora acontecia alguma coisa para detê-lo. Teve uma rápida conversa com Audrey, antes de desaparecer de novo para passar o dia escondido; dessa vez estava com uma expressão de urgência.

— Tenho que ir embora ao cair da noite. Meus homens devem estar impacientes.

Audrey levou comida para eles, no barracão próximo à igreja, mas não os viu em nenhum momento. Até ali, o general fora fiel à sua palavra e ela já não sentia medo dele. Não depois do que fizeram juntos. Existia um vínculo entre eles que nenhum dos dois jamais esqueceria e que criou algo de especial entre eles.

— Obrigada por sua ajuda — Audrey olhou no fundo dos olhos dele, expressando sua gratidão e algo mais.

— O que vai fazer com o bebê? — lançou um olhar estranho para Audrey, curioso em relação ao bebê. Ela era uma mulher incomum, de várias maneiras, e ele ainda não compreendera como Audrey fora parar lá. Tinha vindo de tão longe e levava a sério a sua responsabilidade para com as crianças. — Vai ficar com ele?

Foi uma pergunta estranha e Audrey sondou seus olhos.

— Acredito que ela vá ser uma das crianças daqui, no orfanato. Ela não é diferente das outras.

— E você? Não é diferente agora? Ela não é um pouco sua depois que você a viu nascer? — sondou os olhos de Audrey, que fez um lento aceno com a cabeça. Ele tinha razão. Ela sentia-se diferente desde o nascimento do bebê, como se parte dela tivesse sido preenchida. Mas ficara tão preocupada com Ling Hwei que não se alegrara como devia.

— Talvez um dia você a leve e dê a ela uma vida melhor — o general falou em um tom de quem esperava isso de Audrey, como se o bebê fosse algo que tinham compartilhado e ele não quisesse que Audrey deixasse o bebê para trás quando partisse da China.

Ela suspirou por saber da impossibilidade disso.

— Gostaria de levar todas comigo quando eu for embora. Mas não posso. Quando as freiras chegarem, devo partir — seus olhos suplicaram que ele compreendesse; no entanto, Audrey sentia-se como se traísse a ele às crianças.

— *Mademoiselle,* você a condenará a uma vida de fome e humilhação aqui? Ela será feliz se você a levar — seu olhar era tão intenso que Audrey sentiu uma estranha atração por ele, como se o outro fosse alguém que conhecesse há muito tempo, como se fizesse parte de um mundo conhecido. Não era um chefe guerreiro mongol. Ou seria este o único mundo que ela conhecia agora, perguntou-se, enquanto ele a fitava com olhos sábios. — Eu tive sorte de ser mandado para Grenoble — deu um sorriso triste para ela. — Gostaria de ver algo parecido acontecer com esse bebê — sabia muito bem a vida que a criança levaria se Audrey não a salvasse.

— Mas mesmo assim você voltou?

— Era a minha obrigação. Mas esse bebê não tem nenhuma obrigação aqui e ninguém vai querê-lo, sendo metade japonês — podia ver a diferença mesmo sendo um bebê. Não parecia uma chinesa pura, como não era. — Talvez um dia seja morta por isso. Salve-a, *mademoiselle.* Leve-a quando você for embora — Audrey ficou aborrecida por estar sendo pressionada. Não queria pensar nisso agora. Ling Hwei acabara de morrer e ela tinha todas as outras crianças em que pensar, e não apenas o bebê.

— E as outras?

— Você as deixará como encontrou, mas ela não estava aqui quando você chegou. Talvez ela seja sua agora.

Era como se ele estivesse lutando por aquela pequena vida, a vida que a princípio nem queria salvar, mas que agora pertencia aos dois. E ao segurá-la no colo o dia inteiro lembrava-se das palavras dele e se viu agarrando-se ao bebezinho. Precisavam informar às autoridades locais a morte de Ling Hwei, mas Audrey temia por Chang e seus homens. Em vez disso, envolveu-a em lençóis e colocou-a em um dos barracões. Informaria no dia seguinte, depois que eles se fossem. Enquanto isso, estaria atarefada com o sofrimento de Shin Yu, as outras crianças e agora o bebê. Isso distraiu-a e não pensou no general Chang o dia inteiro, o que foi muito bom, já que todos os seus pensamentos em relação a ele pareciam confundi-la. Nessa noite, depois que as crianças foram para a cama, Chang chegou à sua porta e bateu de leve. Recuperou a pistola e a espada e fitou-a durante um longo tempo. Respeitava aquela mulher e se perguntava se algum dia tornaria a vê-la. Era mais bonita do que as mulheres que ele conheceu em Grenoble e, naquele tempo, na juventude, ele sentia desejo por mulheres de sua raça. Mas agora, Audrey fê-lo lembrar-se de um longo tempo no passado e ele estendeu o braço e tocou-lhe a face com a mão. Nunca antes Audrey sentira um toque mais suave, nem visto olhos mais gentis, e então compreendeu, enfim, que não tinha nada a temer dele. Compreendeu, também, a atração que sentia, mas ambos sabiam que não daria em nada.

— *Au revoir, mademoiselle.* Talvez nos encontremos de novo um dia — não havia outra coisa que ele quisesse mais, mas tinha uma outra vida a que retornar, uma vida em que não existia nenhum espaço para ela, e jamais haveria.

— Aonde você vai agora? — a preocupação estava estampada nos olhos de Audrey, assim como a inquietação, a admiração e o afeto.

— Vou cruzar as montanhas para voltar a Baruun Urta. Algum dia viremos aqui, mas até lá você terá ido embora, estará em seu país — seus olhos se encontraram e se fitaram por um longo tempo; Audrey sentia um desejo por ele que quase a assustou de tão forte. Nunca antes conhecera alguém assim, e até a lembrança de Charles pareceu ofuscar-se, no mesmo instante.

— Cuide de seu ombro, general.

Ele sorriu e olhou o bebê nos braços dela. A menina dormia, contente e aquecida, como um anjinho.

— Tome conta de nosso bebê — ele sussurrou e tocou-lhe a face com a mão delicada, acariciando-a com os olhos, e alguns momentos depois foi embora.

Audrey ouviu apenas o leve triturar da neve e depois mais nada, enquanto se deitava na cama, com o bebê ao peito, aquecendo-o no ar congelado e recordando-se de tudo que ele disse... tome conta de nosso bebê... nosso bebê... e ao pensar nisso, sentiu um amor crescer em seu íntimo como nunca antes, um amor pela criança que dormia em seus braços e pela lembrança do general mongol, que a salvara. Audrey recostou-se nos travesseiros e adormeceu... teve sonhos confusos com o avô, o bebê, Charles... e o general.

Capítulo 18

Mai Li tinha dois meses de idade quando o carro que levara Audrey e Charles da estação estacionou diante do orfanato e duas freiras saltaram, usando pesados hábitos de cor azul-marinho, capotes quentes pretos e barretes engomados. Não chegavam da França, nem do Japão, tampouco da outra sede na China, mas sim da Bélgica; e levaram um longo tempo para chegar. No mês anterior, um telegrama prevenira Audrey de que as freiras estavam a caminho, mas só Deus saberia quando chegariam. Quando se instalaram, ficaram assombradas por encontrar Audrey ali e não as irmãs. Foi estranho explicar tudo e mostrar-lhes o local; e Audrey descobriu como se sentia possessiva em relação a cada uma das dezesseis crianças. Agora eram as "suas" crianças; em especial as mais novas que dependiam dela por completo e Shin Yu que a procurava como fazia com Ling Hwei — e Mai Li que agora sorria todas as vezes que Audrey ou outra pessoa pronunciava seu nome. Era um bebezinho feliz e gregário, estava bem alimentado e era amado por todas as outras crianças.

Audrey explicou para as freiras como foi parar ali e elas ficaram espantadas com sua decência, que a levou a permanecer com as crianças. Audrey explicou apenas que estava viajando com "amigos" e que estes retornaram para a Europa sete meses antes, enquanto ela ficava. Agora estava livre para ir embora, mas descobriu que a separação seria dolorosa demais. Não suportava a idéia de abandoná-las, e Shin Yu tinha começado a lhe ensinar o chinês. Contou para a menina, aos trancos e barrancos, que estava muito pesarosa porque iria embora e a linda mocinha fitou-a com uma expressão de melancolia. Tinha perdido todas as pessoas que amava, os pais, os irmãos, a irmã e agora Audrey, que se tornou uma espécie de anjo da guarda.

— Você vai ter Mai Li aqui, Shin Yu — mas Shin Yu balançou rápido a cabeça e seu rosto demonstrou uma expressão desagradável; agora estava com doze anos de idade e cresceu muito nos meses que Audrey passou lá.

— Mai Li bebê ruim... *bebê ruim.*

— Como pode dizer isso? — Audrey voltou ao francês, chocada com a reação de Shin Yu.

— Ela não é chinesa e não é bebê de Deus. Ela é japonesa. Foi por isso que Ling Hwei morreu, como punição pelo bebê japonês.

— Quem lhe disse isso? — Audrey ficou chocada com a interpretação, não havia ninguém que pudesse instigá-la a isso; mas, nesse momento, Shin Yu apontou para os olhos do bebê.

— Eu vejo. Mai Li não é igual a uma chinesa. Ela é japonesa. E eu me lembro do rapaz de que Ling Hwei gostava... — estava com um ar de tristeza, como se ela própria tivesse sido desgraçada. — Ling Hwei mentiu para mim. Não é um bebê de Deus.

— Todos os bebês são bebês de Deus. E sua irmã te amava muito, Shin Yu — Shin Yu não respondeu e Audrey flagrou-se pensando no que o general Chang lhe dissera que a criança seria rejeitada por não ser nem japonesa nem chinesa. Ficou de coração partido ao pensar que o bebê que já amava tanto jamais seria aceito por seu próprio povo, o que deixou Audrey mais pensativa à medida que arrumava suas malas e se preparava para ir embora.

Nessa tarde foi à agência dos telégrafos para passar dois telegramas. O primeiro foi para Charles, pois queria contar para ele que já estava livre e em breve retornaria a San Francisco. Sabia que ele ficaria aliviado ao saber e não queria que ele passasse pela agonia de esperar uma carta que poderia levar meses até chegar.

A mensagem que enviou foi simples e direta.

FREIRAS CHEGARAM ENFIM. DEIXO HARBIN BREVE, VOLTO SAN FRANCISCO VIA YOKOHAMA. TUDO BEM. TE AMO SEMPRE. AUDREY.

E o mesmo para o avô, assegurando que diria a data exata da chegada tão logo o soubesse.

Ficou espantada quando dois dias depois um garoto chegou correndo da agência segurando um telegrama para ela. Audrey deu-lhe uma moeda por ter levado a mensagem, e o menino foi embora com um sorriso encantado; abriu, com mãos trêmulas, a frágil tira de papel que tinham enviado. Aterrorizava-a pensar que pudesse ser algo sobre o avô, e a possibilidade de ter permanecido por tempo demasiado em Harbin deixou-a horrorizada. E então, de súbito, ao ler as palavras, seus olhos encheram-se de lágrimas e Audrey pôs-se de lado, enquanto as freiras observavam-na, afugentaram discretamente as crianças e uma das freiras voltou para lhe falar, amável.

— São notícias muito ruins, *mademoiselle*?

Audrey balançou a cabeça e sorriu com o rosto em lágrimas.

— Não... não... não é isso... A princípio tive medo que pudesse ser sobre meu avô, mas não é. É uma coisa bem diferente. Só que fiquei surpresa... — reprimiu novas lágrimas — e muito comovida.

O telegrama era de Charles e Audrey foi para o quarto a fim de ler sozinha; em seguida, saiu para fazer uma longa caminhada. Sabia que devia responder logo e que uma carta não chegaria a Charles com a rapidez necessária. Ele merecia uma resposta mais rápida do que uma carta. Audrey fora possuída de total perplexidade pela mensagem de seu telegrama.

GRAÇAS A DEUS. VOLTARÁ PARA CASA VIA LONDRES? TENHO SÉRIA PROPOSTA A DISCUTIR COM VOCÊ. CASA COMIGO? TE AMO. CHARLES.

Dizia tudo que ela desejava ouvir e, no entanto, Audrey não podia fazê-lo. Pelo menos não por enquanto. Ela lera nas entrelinhas das cartas do avô. Suas mãos pareciam tremer mais a cada dia e, de repente, ele parecia muito frágil. Sua depressão era clara e ele já não acreditava mais que Audrey voltaria para casa. Ela não poderia, em absoluto, voltar via Londres. Mas dizer isso em um telegrama seria tão áspero e indelicado, e difícil de explicar. Se ao menos ele a deixasse voltar rápido para casa e depois avaliar a situação ali... Audrey já sabia que Annabelle estava furiosa com ela por não ter ido para casa antes do nascimento de sua menininha, chamada Hannah em homenagem à mãe das duas. Mas Annabelle tinha o marido, empregados e até uma sogra para ajudá-la, se preciso fosse, embora a mãe de Harcourt não fosse, de fato, muito prestativa; e as crianças com que Audrey esteve não tinham ninguém, em absoluto. Mas não era provável que Annabelle fosse compreender isso.

Em todo caso, não era Annabelle que a preocupava. Era o avô, e Audrey tentou transmitir isso para Charles em um telegrama angustiante que enviou na manhã seguinte.

QUERIDO, ADORARIA VOLTAR PARA CASA VIA LONDRES, MAS NÃO POSSO, VOVÔ ME PRECISA LOGO. DEVO REGRESSAR RÁPIDO PARA SAN FRANCISCO. PODE ME PERDOAR? TELEFONO LOGO QUE CHEGAR EM CASA PARA DISCUTIR SUA PROPOSTA. PARECE MARAVILHOSA. PODE IR A SAN FRANCISCO ME VER? COM TODO MEU CORAÇÃO. AUDREY.

Não parecia ser uma resposta adequada e Audrey receou que ele ficasse magoado por ela não voltar via Londres, só que não havia outra saída... assim como ela também não conseguia ver um modo fácil de abandonar o avô em um futuro próximo para se casar. Para ser realista, ele esperava que Audrey ficasse em casa, pelo menos durante algum tempo. E embora ela não desejasse outra coisa senão casar com Charles, era doloroso ser obrigada a fazer opções tão angustiantes. E havia outras que eram quase tão dolorosas, ou talvez ainda mais.

Ecoavam em seus ouvidos as palavras do general Chang da conversa que tiveram sobre o bebê, que haviam partejado juntos... "Leve-a, *mademoiselle*". Mas agora Audrey não via como. Também pensava em levar Shin Yu, mas quando mencionou isso, Shin Yu pareceu assustar-se. Ela não queria sair da China, só conhecia Harbin e seus arredores. Queria ficar ali com sua própria gente. Agora até estava acostumada com o orfanato, assim como muitas das crianças. A vida não era ruim por lá. A única coisa que não tinham era mãe e pai. E Audrey foi maravilhosa com elas nos longos meses em que permaneceu por lá. As freiras asseguraram-lhe que seu lugar no paraíso estava garantido depois do que fizera pelas crianças.

Audrey telegrafou para Xangai, fazendo reserva no Hotel Xangai e em uma cabine no *President Coolidge,* que fazia a ligação com Yokohama. Agora não havia tempo a perder e duas semanas depois da chegada das freiras belgas, Audrey já havia empacotado todas as suas coisas e tinha apenas uma noite para passar com as crianças.

— Rezaremos por você, *mademoiselle* Driscoll.

Tiveram um jantar festivo nessa noite, e todas as crianças cantaram músicas. Gostavam da mais nova das freiras e não estavam muito seguras quanto à outra, que tinha tendência a ser um pouco mais severa com elas, e adoravam Audrey com quem se acostumaram de vez. No dia seguinte, haveria lágrimas na estação, mas todas prometeram acompanhá-la para vê-la partir.

Antes de ir para a cama nessa noite, Audrey preveniu as duas freiras sobre o general Chang, com receio de seu retorno, dizendo que não precisavam temê-lo. E pela primeira vez colocou o cesto da pequena Mai Li em um quarto com algumas das outras crianças. Se a menina acordasse no meio da noite, uma das freiras escutaria e poderia alimentá-la com o leite de cabra de que ela tanto gostava. Mas já era hora de Audrey se desacostumar dela. Teve que lutar a noite inteira para não responder aos gritos angustiados que ouviu, sabendo que o bebê chorava por ela. Durante dois meses segurava a criança no colo quase noite e dia, Audrey era a única mãe que ela conhecia e que agora iria perder. Audrey passou a noite acordada, de coração partido, com saudades da criança de cabelos pretos e sedosos, enormes olhos negros no rosto delicado, que se abria em largos sorrisos desdentados cada vez que via Audrey. No dia seguinte, precisou de toda coragem para ir na ponta dos pés até o quarto e olhar o cesto. Quando o fez, o bebê encarou-a com olhos arregalados e indagadores e Audrey não pôde mais suportar. Tirou o bebê do cesto e estreitou-o nos braços, sussurrando com voz suave, enquanto as lágrimas rolavam por suas faces. A única coisa em que pôde pensar foi na menina doce que deu a vida para dar à luz aquele bebê, e Audrey nunca amou outro ser humano como amava esse. Estava tão distraída embalando a criança que não ouviu a irmã entrar no quarto e postar-se em silêncio atrás dela. Observou Audrey chorar durante algum tempo e depois aproximou-se para abraçá-la.

— Leve-a com você, *mademoiselle*... leve-a... você não pode deixá-la.

— Eu sei — foram palavras angustiadas, e Audrey virou-se para ficar face a face com a mais velha das freiras, cujos olhos também estavam molhados ao olhar amavelmente para Audrey.

— Não deve abandonar alguém a quem tanto ama. E ela não poderá viver aqui. As pessoas a evitariam o tempo todo. Ela não é japonesa nem chinesa. Mas é sua, é sua em seu coração e isso é tudo que importa.

— E em San Francisco? — a pergunta foi mais para si mesma do que para a freira, mas a única coisa que ouviu nesse momento foram as palavras do general, "leve-a quando for embora... leve-a quando for embora...". — O que irão fazer com ela em San Francisco?

— Você estará presente para protegê-la.

E vovô? E Annabelle?... e Harcourt?... e Charles? Será que ele vai compreender? Mas Audrey só pensava no bebezinho a quem tanto amava. Tinha razão. Não podia abandoná-lo. Não podia. Nesse momento, olhou para a freira, enquanto as lágrimas rolavam por suas faces e abraçava Mai Li com força.

— O que farei? Como vou levá-la comigo?

A freira sorriu por entre as próprias lágrimas. Achava Audrey a mulher mais surpreendente que já conhecera, e Audrey era mesmo.

— Nós empacotamos as roupas e o cesto dela e você a leva, com um suprimento de leite de cabra e o seu amor.

— Não preciso de documentos para ela? De um passaporte? — Audrey partiria dentro de duas horas e não pensara em nada disso; de repente, teve vontade de levar Shin Yu também, assim como todas as outras, mas sabia que não podia. Mas com Mai Li era diferente. Mai Li tinha sido dela desde o início e se a deixasse ali ninguém jamais a amaria. Só de pensar nisso seu coração doeu enquanto a freira a observava.

— Nós lhe daremos um documento certificando que ela é órfã oriunda deste orfanato, e você vai apresentá-lo às autoridades em Xangai quando partir. Não a deterão. Não querem essa criança. E ela poderá entrar em seu país, se estiver sob sua proteção e você prometer adotá-la. Será mais fácil voltar para casa como você está fazendo do que atravessar tantas fronteiras como quando vieram para cá — tudo parecia simples e, de repente, as mãos de Audrey voaram para pôr suas coisas e as do bebê nas malas.

Em menos de uma hora todos estavam na estação, e não

havia um único olho seco. Audrey deu às freiras uma boa doação a ser sacada no Banco Americano de Harbin. Queria que o dinheiro fosse usado com as crianças, e explicou para Shin Yu que se ela mudasse de idéia e desejasse ir junto, ela poderia ir ou então Audrey mandaria alguém pegá-la quando ela desejasse. Mas Shin Yu sacudiu a cabeça enquanto chorava, agarrada à mão da freira mais nova. Desejava permanecer ali e se recusou a beijar Mai Li. Todas as outras crianças deram um beijo de despedida em Audrey, enquanto ela chorava, no final Shin Yu também o fez; quando o trem partiu, Audrey ainda chorava, com Mai Li apertada em seus braços.

Sabia que jamais retornaria, ou que não era provável que voltasse, e estava deixando a todos para trás... todas as crianças que amava e das quais cuidara durante oito meses, a lembrança de Ling Hwei... e do general Chang... ao pensar em todas essas pessoas, baixou os olhos para o bebê que dormia e fechou-os, enquanto começava, enfim, a longa viagem de volta, com Mai Li protegida em seus braços e o pensamento voltado para aqueles a quem deixava e os outros para os quais voltava, perguntando-se como construiria uma ponte entre os dois mundos durante seu tempo de vida.

Capítulo 19

Audrey passou uma noite em Xangai, no Hotel Xangai, antes de embarcar no *President Coolidge,* no dia seguinte. Foi de Harbin a Pequim e dali tomou um dos novos vagões-leitos direto para Xangai. Agora não precisava perder tempo e, após chegar a Xangai, só conseguiu pensar em Charles. Recordou-se do tempo que passaram ali e ficou pensando que não recebeu resposta ao telegrama que enviara dizendo que não poderia voltar para casa via Londres. Mas agora tinha outras coisas em que pensar. As freiras falaram a verdade e o documento que lhe deram em Harbin satisfez as autoridades locais quanto à origem de Mai Li. Não criaram, em absoluto, problema algum para a saída do bebê, tampouco os japoneses. Audrey ficou surpresa com a facilidade e, ao embarcar no *President Coolidge,* soltou um suspiro de alívio. Já era quase junho e Audrey saíra de casa há quase um ano. Telegrafara antes dizendo em que navio chegaria e tentaria telefonar quando a embarcação atracasse em Honolulu.

O navio ancorou primeiro em Kobe, dois dias depois de zarpar de Xangai, e dali partiu para Yokohama, de onde navegou direto para Honolulu. Audrey instalou-se na cabine com Mai Li, sentindo-se como se estivesse em casa. Conheceu poucas pessoas na viagem e passou a maior parte do tempo na cabine com o bebê. Caminhava no convés para tomar um pouco de ar fresco e no passeio conversava com poucas pessoas, as refeições eram tomadas na cabine para que Mai Li não ficasse sozinha e não queria que estranhos servissem de babá para o bebê. Assim, foi uma viagem tranqüila para ela, que passava a maior parte do tempo perdida com seus próprios pensamentos. Regozijou-se com a biblioteca bem suprida do navio e pegou muitos dos livros que tinha perdido no ano anterior, como *God's Little Acre* de Erkisne Caldwell, *Lost Horizon* de James Hilton e *Suave é a Noite* de F. Scott Fitzgerald; e chegaram ao Havaí em doze dias exatos. Pernoitaram a bordo e zarparam de novo no dia seguinte e pareceu uma miragem para Audrey quando o navio entrou na baía de San Francisco seis dias mais tarde e atracou no Embarcadero. Ao olhar para o cais, seu coração batia forte, enquanto Audrey perguntava-se se alguém estaria por lá Tentara telefonar para o avô, em Honolulu, mas não teve sucesso, de modo que em vez disso enviou um telegrama. Então, de súbito, as lágrimas brotaram em seus olhos ao vê-lo. Enquanto o navio atracava, a figura familiar com a bengala de cabo de prata encontrava-se no cais, sozinha, os olhos fixos na embarcação, e se Audrey estivesse mais perto teria visto as lágrimas rolarem incontroláveis por suas faces. Mas quando Audrey encontrou-o, os olhos do avô estavam secos.

Ela desceu devagar a prancha, de joelhos trêmulos, agarrando Mai Li com força como sempre fazia, a criança parecia um pacotinho redondo. Não dava mesmo para se ver o que era, e Audrey deteve-se e baixou os olhos para ele, enquanto as lágrimas corriam por seu rosto. O avô parecia mais frágil do que um ano antes, mas continuava distinto e ereto e ainda era o avô que Audrey tanto amou durante a vida inteira. Teve vontade de se jogar em seus braços, mas ao aproximar-se teve medo. Sabia que a mágoa dele devia ser imensa por ela ter ficado longe de casa durante tanto tempo, e perguntava-se se algum dia ele a perdoaria. No entanto, o avô fora ao seu encontro e estava ali, o que, sem dúvida, significava que a perdoava. Afinal de contas, Audrey voltou para ele, ao contrário do pai. Audrey tinha plena consciência disso, seu pai não voltou mais, mas ela sim. Achava que devia isso ao avô e queria recompensá-lo pela perda, embora a volta para casa custasse algo tão querido. Apenas começava a imaginar o que Charles havia pensado ao receber o telegrama em que ela se recusava a retornar a Londres. Primeiro Audrey insistiu em ficar em Harbin, depois em voltar para o avô sem passar por Londres. Mas ao ficar parada aos pés da prancha de desembarque olhando para o avô, Audrey soube que tinha feito a coisa certa; então, caminhou devagar na direção dele, com Mai Li estreitada com um suave aperto em seu peito, os olhos fixos nos dele, enquanto o avô lhe fazia uma carranca feroz. Quando Audrey aproximou-se dele, o avô não lhe disse nenhuma palavra; os dois ficaram olhando-se pelo que pareceu ser um tempo muito longo. Os lábios de Audrey tremiam quando ela envolveu-lhe o pescoço com o braço e, então, de súbito, as comportas se escancararam e não pôde refrear o choro, enquanto ele a abraçava devagar, com os olhos ostentando uma umidade inegável ao afastar-se de novo.

O avô mal conseguiu falar ao fitá-la com a dignidade de que tanto Audrey se recordava ao pensar nele nas noites solitárias de Harbin.

— Pensei que nunca mais fosse vê-la de novo, Audrey.

— Desculpe-me por ter demorado tanto tempo, vovô.

Ela assentiu, reprimindo-se para recuperar o autocontrole, mas Audrey notou que ele se apoiava pesadamente na bengala e observou seus olhos desviarem-se para o embrulho em seus braços. Era Mai Li, que ainda dormia um sono profundo em seu colo.

— O que é *isso*? — ele franziu a testa enquanto balançava a bengala na direção dela.

Audrey deu um sorriso hesitante e sentiu o coração martelar ao virar-se de modo que ele pudesse ver o rostinho delicado encostado em seu peito, quase escondido pelas faixas de seda que a prendiam a Audrey.

— É Mai Li, vovô.

Ele quase caiu de costas com as palavras e lançou um olhar de terror para Audrey.

— Você tinha razão em não voltar para casa — falou quase aos sussurros e por um instante Audrey teve medo de levar um soco bem ali no Embarcadero. — Você é uma desgraça para a família! Muriel Browne tinha razão... não acreditei quando ela me contou... todos esses absurdos sobre freiras assassinadas e órfãs abandonadas!

Audrey jamais tinha visto tanta fúria quanto a que viu nos olhos dele e sacudiu a cabeça, atônita com o que ouvia. Jamais lhe ocorrera que ele pudesse pensar que Mai Li fosse filha dela. Mas captou as palavras *Muriel Browne* e também não ficou contente.

— O que foi exatamente que a Sra. Browne lhe disse? — agora seus olhos também soltavam faíscas.

— Que você estava viajando com um homem — e fitou Audrey com visível raiva. — Eu disse que ela estava equivocada. Você não tem um pingo de vergonha e decência, Audrey, e voltar com *isso*... com esse bastardo... — disse apressado, sem conseguir pronunciar o resto das palavras, mas Audrey nunca o vira daquela forma. — Como se atreve?

— Como me atrevo a quê? A amar essa criança, vovô? Por acaso é um pecado? Não, não é minha. É uma das órfãs e, se eu a deixasse na China, é provável que alguém a matasse, ou a deixasse morrer de fome ou de alguma doença, ou talvez fosse vendida como concubina, caso chegasse a ter idade para isso. Ela é metade japonesa e metade chinesa e eu a trouxe comigo porque a amo — chorava de novo e afastou-se dele chocada com o que o avô dissera.

— Eu não sabia... pensei... — aos poucos, as lágrimas também brotaram em seus olhos, quando ele viu algo no rosto de Audrey que nunca percebera, um amor cego, uma paixão furiosa, um amor pela criança que o lembrou do que sentira por ela quando Audrey chegou do Havaí para ir morar com ele. — Eu... — afastou-se devagar, sentindo o sofrimento e o alívio encherem sua alma. Era tão bom vê-la de novo. Pensou que ela estava perdida para sempre e agora Audrey voltava com aquela criança e ele pensara... Virou-se para fitá-la outra vez. Audrey estava tão jovial e orgulhosa, com o bebê nos braços, que seu coração se abriu para ela, como sempre. — Estou contente por você ter voltado para casa, Audrey.

Ela sorriu por entre as lágrimas e caminhou a passos lentos na direção dele.

— Eu também, vovô... eu também... — ele colocou um braço no ombro dela e levou-a até o carro.

Audrey entrou primeiro, com o bebê estreitado contra seu corpo, e o avô entrou depois. O Rolls seguira até o píer e o chofer incumbiu-se da bagagem. Ela já havia passado pela alfândega a bordo do navio e agora cabia a ele pegar suas coisas. Não houve nenhum problema com a Imigração para justificar Mai Li e Audrey suspirou ao recostar-se no assento de couro e fitar o avô. Era como se tivesse passado uma eternidade desde a última vez em que esteve ali, e agora via o avô observá-la, quase como se estivesse com medo de acreditar que Audrey sentava-se ao seu lado.

— Ela está bem? — olhou para o bebê adormecido, tentando vislumbrar-lhe o rosto e Audrey ficou comovida com a preocupação dele.

— Está ótima — sorriu para o avô, depois reclinou-se para beijar-lhe o rosto, sentindo o cheiro da loção de barba, que sempre a lembrava dele, enquanto ele sentia a delicada seda da pele de Audrey encostada na sua e quase fechou os olhos de alívio.

— O que deu em você para trazer um bebê para casa?

— O que já lhe disse, vovô. Eu não podia deixá-la. Eles a teriam matado na China — o choque das palavras silenciou-a, enquanto o bebê se mexia e soltava um som abafado. Audrey virou-o com um movimento delicado, de modo que o avô pudesse vê-la. Tinha as feições lindas e delicadas e Edward Driscoll fitou-a fascinado, depois olhou para a neta.

— Tem certeza que o bebê não é seu filho, Audrey? — ela esteve fora tempo suficiente para ter o bebê e Muriel Browne dissera que ela...

Audrey sorriu.

— Não tenho a menor dúvida. Gostaria que fosse — o avô ficou chocado e Audrey deu uma risada. — Só para dar à Sra. Browne um motivo para falar.

Ele não respondeu a princípio, depois suspirou e olhou pela janela para o navio que a trouxera para casa; em seguida fitou-a.

— Durante algum tempo pensei que ela estivesse certa. Ela disse que ele é um escritor muito famoso — os olhos do avô sondaram os de Audrey e viu uma certa expressão neles, que o fez pensar.

— Ela estava referindo-se a um amigo dos meus amigos ingleses, Charles Parker-Scott — seu coração deu uma cambalhota quando ela pronunciou o nome dele e o avô observou seus olhos, mas Audrey não revelou coisa alguma. Não por enquanto; em seguida, suspirou e tornou a reclinar-se no assento e o avô olhou de novo para o bebê.

— Como foi que você disse que era o nome dela? — estava fascinado com a criança, muito mais do que havia ficado com o bebê de Annabelle, que tinha quase a mesma idade, mas que se parecia muito com Harcourt e vivia chorando.

Audrey sorriu para ele.

— O nome dela é Mai Li, vovô — era tão surpreendente

estar sentada de novo ao lado dele, e mais ainda por estar com o bebê de Ling Hwei.

— Molly? — ele olhou zangado para Audrey. — Molly?

— Está bem assim.

Os dois trocaram um longo olhar e, de súbito, ele estendeu o braço e tomou a mão de Audrey com sua frágil mão. Agora estava com oitenta e dois anos.

— Nunca mais me deixe outra vez, Audrey — tinha desejado dizer com força, até com raiva, mas as palavras saíram como uma súplica de coração, e os olhos de Audrey se encheram de lágrimas quando ela beijou-o no rosto.

— Eu prometo, vovô... eu prometo... — e forçou-se a não pensar em Charles ao prometer.

Capítulo 20

— Ela fez o quê? — em Londres, *Lady* Vi olhou para James chocada.

James acabava de contar a ela algo que não devia, mas sentia tanta pena de Charles, que foi obrigado a compartilhar com Violet.

— Ela rejeitou-o. Charles enviou um telegrama pedindo-a em casamento e que ela voltasse para casa via Londres, e ela telegrafou respondendo que não poderia.

— Não poderia voltar para casa via Londres, ou não poderia casar com ele?

— Imagino que ambas as coisas. Não fiz essa pergunta precisamente. Além do que, Charles estava bem bêbado quando me contou, pobre amigo. Está em um estado deplorável. Acho que ele estava aferrando-se à esperança de que quando as freiras chegassem ela viria ao seu encontro. E receio que isso tenha liquidado o assunto.

— Mas você sabe que ela tem um avô. Talvez tenha ido para casa primeiro a fim de vê-lo. Pode ser isso. — *Lady* Vi, com muita sensibilidade, acertara em cheio, mas James sacudiu a cabeça, pois na noite anterior escutou a interpretação muito inebriada de Charles. Ao que parecia, segundo amigos comuns, Charles estava bêbado há várias semanas e James foi visitá-lo em seu apartamento, enquanto *Lady* Vi jantava sozinha com a mãe.

— Acho que Charles não vê dessa maneira. Ele vê como uma recusa. Na verdade, acho que ele vê a coisa como sendo mais do que isso. Segundo ele, o romance acabou.

— Oh, meu Deus. — Violet pôde imaginar, com toda facilidade, o que isso causaria a Audrey. — Ele irá vê-la na América?

— Acho que não. Na verdade, eu duvido. Charles tem o tal contrato para o livro sobre a Índia e deve partir em breve.

— E posso imaginar quem irá segui-lo por toda parte... — lançou um olhar de desaprovação para James, que balançou um dedo para ela.

— Olha, Vi, talvez Charlotte não seja o seu tipo, mas é uma mulher interessante e brilhante e nesse exato momento talvez faça algum bem a Charles — era o que a própria Charlotte esperava, embora Violet não compartilhasse dessa opinião.

Charlotte tinha, enfim, decidido encarar o problema de frente. Passou no apartamento de Charlie com caixas de massas para o desjejum, um enorme cesto de frutas e preparou um suco de laranja fresco, ovos fritos, bolinhos e xícaras de café forte e fumegante, e deixou que ele abrisse o coração com ela. Estavam tornando-se amigos através dos livros dele, e Charles a via quase como sendo um homem. Charlotte era inteligente, dotada de bom senso, uma extraordinária mulher de negócios e uma pessoa muito sensível para se conversar. Não era, em absoluto, nem um pouco parecida com Audrey.

— Com ela tudo vem em primeiro lugar...vinha em primeiro lugar... — pela primeira vez, Charles forçou-se a falar dela usando o tempo passado. Não via Audrey há nove meses, e já era hora de parar de se enganar, pensando que a veria outra vez. Não, a menos que fosse até San Francisco, e ele se recusava a fazer isso. Ademais, não tinha tempo agora. Charlotte e o pai achavam que ele partiria para a Índia quando terminasse a pesquisa para o livro, a fim de entrar no estado de ânimo certo para escrever o livro; e Charlotte pensava que ele devia partir de uma vez. Além disso, Charles tinha que acabar o livro antes de ir para o Egito, no outono. Charlotte tinha uma grande quantidade de planos para ele, mas nenhum deles incluía uma viagem para visitar Audrey.

— Você vai se sentir melhor quando partir — Charlotte falou com naturalidade, enquanto servia outra xícara de café fumegante. Charles fitou-a agradecido. Ela era tudo de que ele precisava nesse momento, uma mente perspicaz, suave e carinhosa. Estava disposta a organizar tudo para ele e parecia compreender muito bem quais as necessidades de um escritor. Não esperava que ele fizesse outra coisa exceto escrever, e estava preparada para ajudá-lo a ter a paz e a tranqüilidade necessárias para isso. Chegara a oferecer-lhe sua casa de campo, caso ele precisasse de algum tempo para ficar sozinho e tranqüilo, e nesse momento tornou a lembrá-lo disso. — Sabe, talvez faça algum bem a você, Charles. Uma mudança de ambiente, respirar um ar puro... — sorriu para ele, que suspirou e se reclinou na cadeira.

— O que fiz para merecer isso tudo? — a oferta contrastava tão claramente com o que ele via como sendo a deserção de Audrey.

— Você é um dos escritores mais importantes que temos e cabe a nós tomar conta de você, não cabe?

Charlotte chegou ao ponto de mandar o carro dos Beardsley para levá-lo até a cabana de caça que emprestou a Charles. Ele insistiu que podia dirigir, mas ela achou que ele não devia preocupar-se com coisa alguma. Quando Charles sentou-se no assento traseiro do Rolls e se serviu um drinque, foi obrigado a admitir que estava gostando. Mas, assim que chegou, as lembranças de Audrey inundaram sua mente de novo e Charles foi fazer uma longa e solitária caminhada ao pôr-do-sol, desejando não ter ido para lá. A única coisa de que se lembrava agora eram aqueles dias em Harbin, com vontade de ter permanecido por lá e de que ela ainda estivesse ao seu lado.

Quando escureceu, ele caminhou devagar de volta à casa, pesaroso por ter viajado para lá. De repente, tudo que queria era voltar para casa. Apreciava o que Charlotte tinha feito, mas seu lugar não era ali. Queria voltar para seu apartamento. Parecia uma estupidez ficar sozinho ali durante dois dias, supostamente relaxado. Pensou em telefonar para Vi e James a fim de convidá-los a passar o dia seguinte com ele, mas, ao abrir a porta da casa, ouviu o crepitar de fogo na lareira e, de súbito, perguntou-se quem o teria aceso. Andou com ar intrigado até a sala de estar e deu um pulo ao ouvir uma voz bem às suas costas.

— Olá, Charles — virou-se e viu Charlotte parada, com um vestido colante de seda cinza, estendendo-lhe uma taça de champanhe. A cena foi muito parecida com algo que ele vira em um filme pouco tempo antes, e Charles sorriu ao caminhar na direção de Charlotte. Era uma mulher muito atraente e, de repente, ele passou a vê-la de um modo diferente, enquanto ela falava com voz rouca.

— Não tinha compreendido que isso era parte do combinado, Charlotte — aceitou a taça e parou bem próximo a ela, olhando-a nos olhos. Charlotte era loura, com enormes olhos castanhos-escuros. Mas estes eram olhos de uma mulher muito astuta.

— Na verdade, não era — sua voz era sedosa e Charles notou que ela colocara um disco no gramofone, enquanto ele caminhava lá fora. — Só pensei em dar uma passada para ver como você estava — ambos sabiam que não era só isso, mas, agora, não importava mais. Estava solitário há muito tempo e cansado de sofrer por Audrey.

Charles sentou-se ao lado dela no sofá e, na metade da garrafa de champanhe, mudaram-se para o enorme e confortável quarto de dormir. Foi Charlotte que despiu as roupas dele, que deslizou as mãos hábeis pelo corpo de Charles, que usou seus lábios de um modo que o deixou louco e deu mordidinhas nas coxas dele; quando Charles penetrou-a foi Charlotte que gritou de prazer, depois puxou-o para cima de seu corpo várias e várias vezes, enquanto a noite avançava. Ela era infatigável ao devorar-lhe a carne, mas de uma certa maneira era exatamente disso que ele precisava. Charlotte queria apenas uma coisa: agradá-lo de todas as maneiras que conhecia. E conseguiu. O corpo de Charles jamais passara por tais sensações, a não ser... mas ele não se permitiu pensar nisso outra vez. Para ele, estava acabado.

Capítulo 21

O encontro de Audrey com Annabelle não foi bem o que ela esperava. Sabia que a irmã estava furiosa por ela não ter voltado para casa, mas não imaginava a extensão de sua fúria. As coisas mudaram, durante aquele ano. Muito mais do que Audrey esperava. Fora descoberto o casinho de Harcourt em Palo Alto, assim como os dois casos seguintes com amigas íntimas de Annabelle. Agora as hostilidades entre os dois eram abertas. Ela própria teve um caso, como contou com naturalidade para Audrey, enquanto bebia um drinque na sala de estar do avô. Tinha acabado a Lei Seca e agora todos bebiam em público. Annabelle gostava de ir aos restaurantes com as amigas e pedir aperitivos antes do almoço, às vezes tomava até quatro drinques e Audrey ficou chocada ao vê-la. Andava de um lado para o outro como um gato nervoso, segurando o copo e conversando sobre o homem com quem tinha dormido.

— O que aconteceu com você, Annie? Não estive fora tanto tempo assim. Harcourt a faz infeliz desse jeito? — era de partir o coração. A própria Audrey nunca se importou com ele, mas Harcourt foi a escolha de Annabelle e afinal de contas eles tinham dois filhos. — Você acha que as coisas se ajeitarão?

A irmã mais nova deu de ombros com desinteresse.

— Talvez — usava um vestido da moda e Audrey notou que suas roupas eram muito caras. Uma de suas vinganças contra Harcourt era gastar o máximo possível o dinheiro dele, e era muito bem-sucedida nisso, pelo que Audrey pôde ver nesse momento.

— Como está o bebê?

— Ela chora o tempo todo — os olhos de Annabelle encontraram os de Audrey e neles havia algo de que Audrey não gostou, mas por enquanto não podia pôr o dedo nessa ferida. Era como se Annabelle tivesse passado por uma mudança radical no último ano, transformando-se em alguém mimado e sórdido. Parecia ter desaparecido toda a suavidade de sua juventude e isso partiu o coração de Audrey.

— Sinto por não ter voltado para casa a tempo de ajudá-la, Annie — sua voz era amável e sincera, mas Annabelle não acreditou.

— Aposto como sente — deu um sorriso torpe para a irmã mais velha. — Ouvi dizer que você se divertiu bastante o tempo que passou por lá.

— O que quer dizer? — Audrey ainda estava chocada com a hostilidade da voz de Annie.

— Muriel Browne disse que você era amante de um sujeito de Xangai.

— Quanta gentileza dela dizer isso — Audrey começou a zangar-se.

— É verdade? — os olhos de Annabelle brilharam com malícia quando ela fez a pergunta. Audrey sacudiu a cabeça. Em todo caso, não era verdade da maneira como descreviam. Não era amante de um sujeito, ela estava com o homem que amava.

— Não, não é verdade.

— Você devia estar fazendo alguma coisa por lá e eu não compro esse peixe podre sobre as órfãs.

— É uma pena, Annabelle, porque foi exatamente o que fiz.

— Foi? — seus olhos estreitaram-se quando fitou a irmã. — Acho que talvez você não quisesse aborrecer-se com suas responsabilidades aqui, e se descartou de todos nós. É provável que você esperasse que vovô caísse morto e você fosse embolsar uma bolada na volta. É muito azar, ele ainda está por aí, assim como eu. E se pensa que vou tomar conta dele em seu lugar, você está maluca.

Audrey pôs-se de pé, horrorizada com o que ouvia.

— O que há de errado com você? O que aconteceu nesse último ano? O que aconteceu com a Annabelle que eu conhecia? — andou até Annabelle e teve que se conter para não arregalar os olhos.

— Eu cresci — Annabelle olhou com indiferença para a irmã, que achava que a tinha abandonado. Depois de lhe dar quatorze anos de sua vida, Annabelle queria mais, e Audrey não podia fazer nada mais. Já era tempo de Annie se arranjar sozinha, mas Audrey assustou-se com a maneira como Annie se arranjava. A irmã estava se transformando em uma puta de luxo, uma péssima esposa, uma mãe desnaturada e ingrata.

— Eu não chamo isso de crescer. Chamo isso de odioso. É melhor pensar duas vezes sobre o rumo que você está tomando, Annabelle. Está prestes a arruinar seu casamento e é provável que, ao mesmo tempo, destrua a vida de seus filhos.

— Mas que droga você sabe sobre isso, Srta. Virgem Eterna? — Audrey teve vontade de agarrar-lhe o pescoço e estrangulá-la, mas Annabelle foi salva pela entrada do avô e Audrey se conteve.

Ele sentiu que havia um clima pesado no ar e para aliviar perguntou a Annabelle se vira Molly.

— Quem é? — olhou confusa para Audrey, que fitou-a com uma fúria mal dissimulada nos olhos ao se levantar.

— Minha filha.

— O quê? — foi como um guincho, que pôde ser ouvido na casa inteira e o avô mal conseguiu esconder um sorriso.

— Eu não diria exatamente isso, Audrey.

— Mas ela é mesmo — havia um quê de intransigência em sua voz e em seu rosto, enquanto Audrey olhava para o avô e depois a irmã.

— Onde está ela? — Annabelle não pôde acreditar nos próprios ouvidos e voou escada acima para encontrar no quarto de Audrey a trouxinha com olhos de amêndoa, dormindo no cesto que Audrey instalara ao lado de sua cama. No momento seguinte, Annabelle voltou para o primeiro andar. — Bem, raios me partam. Muriel Browne tinha razão... e ainda por cima ele era chinês! — Annabelle parecia exultar de malícia em relação à irmã, enquanto Audrey a fitava com olhos vazios.

— Muriel Browne não tinha razão nenhuma, Annabelle. Mai Li era uma das órfãs de quem tomei conta.

— Aposto que era — deu uma risada sórdida do que pensou ser a desgraça da irmã e Audrey observou-a, enquanto Annabelle ajeitava o chapéu diante do espelho.

— Por que me odeia tanto assim agora, Annabelle? O que eu lhe fiz? — ao fazer a pergunta, a mágoa aparecia em sua voz;

a irmã mais nova girou devagar no salto do sapato e fitou Audrey.

— Você me abandonou, foi isso que você fez. Jogou tudo em cima de mim, a casa, os garotos, os empregados, você arruinou minhas férias, a minha vida... que droga, arruinou até meu casamento... — era óbvio que Annabelle acreditava nisso.

— E como foi que eu fiz isso?

— Você jogou tudo nas minhas costas e depois foi embora, pimba, durante um ano inteiro. Não ligou a mínima para o fato de eu estar grávida e precisar de você e... — Annabelle deu de ombros. — Que diferença isso faz?

— Faz uma grande diferença para mim, Annie — Audrey falou com tristeza, enquanto o avô observava as duas. — Quando saí daqui, tinha uma irmã. Agora, pelo que posso ver, não tenho. Pensei que éramos amigas a ponto de você compreender que eu precisava ir embora. Essas responsabilidades de que você fala não são minhas. São suas.

Mas Annabelle não via a coisa dessa maneira.

— Antes não era assim.

— Aí está o problema. Já era hora de você aprender a tomar conta da própria vida... Harcourt queria que você o fizesse...

— Harcourt que vá para o inferno — engoliu a bebida às pressas e caminhou até a porta, olhando por cima do ombro para Audrey. — Por falar nisso, você que vá para o inferno também. Você não ligou a mínima para mim quando estava fora, e agora eu não dou a menor bola para você — e quando a porta bateu atrás dela, Audrey perguntou-se se algum dia a irmã ligara para ela de alguma forma, e voltou a passos lentos para o andar de cima, enquanto o avô a observava.

Capítulo 22

Nos primeiros dias após seu retorno, houve momentos em que Audrey se sentiu uma perfeita estranha. Duas das empregadas que contratou para o avô antes de partir pediram as contas quando ela estava fora, e o velho mordomo tinha, enfim, se aposentado. Mas o que a chocou tanto não foram as mudanças na criadagem, mas sim as transformações no mundo. Audrey sentia-se como se tivesse estado em um outro planeta no último ano, e agora tudo movia-se com maior velocidade. Nada a não ser os relatos mais incompletos sobre os acontecimentos do mundo tinham chegado até ela, em Harbin, e estes não lhe diziam coisa alguma sobre o que estava acontecendo na América.

A economia tinha melhorado, enfim; e quando Audrey retornou, San Francisco parecia estar muito animada. O avô ainda se queixava de Roosevelt, claro, e achava absurdas suas "conversas ao pé da lareira", mas quando Audrey argumentava que o país estava mais próspero, ele apenas resmungava dizendo para ela "esperar!" Para ele era evidente que FDR iria causar problemas, se bem que de natureza não especificada.

Apenas alguns dias após a sua chegada, tiveram notícias sobre um Banho de Sangue cometido pelos nazistas, que eliminou todos aqueles que supostamente eram culpados de um complô contra Hitler. Eram quase cem pessoas e essa execução sumária chocou o mundo. A 16 de julho foi convocada uma greve geral nos Estados Unidos, que começou por solidariedade com os estivadores internacionais. Nove dias depois foi assassinado o chanceler Dolfuss da Áustria, e Berlim negou qualquer envolvimento.

O presidente da Alemanha, Hindenburg, morreu no dia 2 de agosto e em menos de duas semanas Adolf Hitler foi eleito chanceler, embora conservando o título anterior de *Der Führer.* A Air France foi fundada e nos EUA apareceram a American e a Continental Air Lines. Foram produzidos vários novos trens, embora nenhum deles tivesse a elegância do Expresso do Oriente. E ao considerar tudo isso, Audrey ficava zonza só de tentar acompanhar o noticiário e se pôr a par do que perdera durante a longa ausência.

Porém, mais do que qualquer outra coisa, ela própria parecia mudada. Sentia-se menos envolvida com a vida de San Francisco, que, de repente passou a ser de uma limitação e provincianismo terríveis. As pessoas fofocavam o tempo todo sobre o guarda-roupa, o marido e os jantares das outras e de alguma forma Audrey não conseguia mais envolver-se com isso. Nem sequer conseguia fingir. Charles era a única coisa em que pensava, mas ele não respondeu as suas duas últimas cartas.

E enquanto antes Audrey freqüentava os cinemas e fazia visitas sociais de tempos em tempos, agora só desejava ficar com o avô e o bebê. Ele também notou isso. A princípio, pensou que ela estava cansada da viagem, mas começou a observá-la com mais atenção à medida que julho se aproximava do fim. Então, fazia mais de um mês que Audrey voltara e ainda não visitara nenhuma das velhas amigas. Edward Driscoll perguntava-se se ela se apaixonara por alguém durante a viagem, e rezava para que não fosse um oriental. Às vezes, ainda se preocupava com o bebê, que não parecia ser eurasiano, pois tinha acentuados traços orientais; e era obrigado a admitir que a criança era de uma tremenda atração. Era uma coisinha feliz e sorridente, Audrey nunca a perdia de vista. O avô insistia em chamá-la de Molly.

Audrey ficou surpresa ao perceber o número de pessoas que suspeitavam que o bebê fosse seu — não que se importasse com isso. As pessoas de mente obtusa achavam que Audrey tinha ficado longe para dar à luz uma criança chinesa ilegítima. Ficava surpresa ao pensar que os outros pudessem achar isso. Nem ao menos cogitou disso antes de voltar para casa com a criança.

Annabelle não voltou à casa enquanto Audrey estava lá, embora Audrey tivesse lido nos jornais que a irmã estava para Carmel com alguns amigos. E o avô não fazia perguntas a nenhuma das duas, embora soubesse do rompimento entre elas. Audrey nunca se queixava e estava ocupada demais fazendo a mudança de todos para a casa do lago. Nesse ano, ele só queria passar algumas semanas por lá. Agora se cansava com mais facilidade e tinha medo de não se sentir bem naquela altitude. Estava com oitenta e dois anos e se sentia um bocado mais lento no último ano, embora continuasse com as opiniões firmes. Uma manhã, quando tiveram a primeira discussão violenta, durante o chá do desjejum, Audrey reclinou-se na cadeira e deu uma risada, com uma expressão de felicidade que não exibira nas últimas semanas.

— É igualzinho aos velhos tempos, não é, vovô? — ela lembrou-se de suas batalhas sobre Roosevelt pouco antes de sua partida e fitou-o com ar benevolente, enquanto o avô dissimulava um sorriso.

— Você não está nem um pouco mais inteligente do que há um ano. Mas esse negócio de correr pelo mundo como um maluco também nunca fez bem a Roland. Ele pelo menos foi esperto o suficiente para não voltar para casa trazendo o pirralho de outra pessoa — mas não havia nenhuma maldade no que ele dizia e Audrey não se encrespou como teria feito semanas atrás.

Ela o observou a brincar com o bebê, em um momento em que pensou que não tinha ninguém por perto, e o avô ficou encantado com os arrulhos do bebê e insistiu que ele já dizia seu nome. "Ela disse vovô, Audrey! Eu sei que disse... coisinha inteligente..." No entanto, para ele, Audrey assumiu um grande fardo ao levá-la para casa. E quando a neta tentou explicar o destino que a criança teria caso ela a abandonasse, ele sentiu pena de ambas. De Audrey pelo que ela teve que fazer e do bebê porque ele jamais seria aceito nos Estados Unidos, ou pelo menos era o que ela pensava.

— Ela vai crescer como se fosse minha filha, vovô — mas era justamente isso que ele temia.

O avô sacudiu a cabeça com um lento movimento, ao conversar sobre isso, uma noite, na casa do lago.

— A coisa não funciona desse jeito. E mesmo se funcionasse, agora nenhum homem vai casar com você. Todos suspeitarão que ela é sua.

— E se ela fosse, isso me deixaria tão mal assim? — nesse momento, sua voz soou cansada. Tinha-se que lutar contra tantas coisas; preconceito, egoísmo e o que todo mundo dizia na cidade inteira. Na China tinha sido muito mais fácil, com a preocupação voltada para os bandidos, as enchentes, a escassez de comida ou de água potável. A vida parecia muito mais complicada na América. Audrey já havia começado a esquecer todas as dificuldades da vida em Harbin, os horrores e a agonia do desamparo e perda quando Shih Hwa e as outras morreram... o sofrimento de Ling Hwei... a única coisa de que se lembrava agora eram os rostinhos que tanto amava... os pequenos... e Shin Yu. Perguntava-se com freqüência sobre como elas estariam. Assim que chegou, Audrey mandou outra ordem de pagamento para o Banco Americano em Harbin, a fim de proporcionar tudo que elas necessitassem, mas isso lhe parecia tão pouco. — Por que as pessoas iriam recusar uma vida decente para Mai Li aqui, vovô?

— Porque ela é diferente, Audrey — nesse momento, ele falou tranqüilo. — Isso assusta um bocado a algumas pessoas. Nem todos têm a mente aberta como você.

— Estarei aqui para protegê-la, vovô — assim como esteve presente para proteger Annabelle, durante um longo tempo; o avô deu um tapinha em sua mão.

— Sei que estará, menina. Como está por minha causa, por Annie e por todos. Você é boa demais para nós — foi a primeira vez que ele disse tal coisa, e Audrey ficou comovida. — Seu coração é grande demais. Devia começar a pensar em si mesma agora, Audrey.

Ela deu uma risada suave ao ar puro da montanha, enquanto os dois estavam acomodados em cadeiras de balanço, vendo as estrelas.

— Não me venha dizer que também está preocupado por eu ser uma solteirona.

Ele sorriu. Não faria nenhum bem se estivesse. O avô a conhecia muito bem e Audrey faria da própria vida exatamente o que bem entendesse, em especial depois que ele se fosse. E não havia muitos homens que fossem grandes o suficiente para ela, grandes de mente, coração e espírito. Olhou para ela de soslaio, enquanto se balançavam, e viu a beleza que se acentuara no último ano. Agora, Audrey era mais do que apenas bela, algo que brilhava em seu íntimo. Ela era admirável e muito, muito adorável.

-- Você é uma moça bonita, Audrey. Um dia deve encontrar o homem certo.

Então, Audrey esteve a ponto de contar ao avô sobre Charles, mas não quis preocupá-lo. Afinal de contas, ele estava ficando tão velho e frágil. Não desejava que ele pensasse que a estava impedindo de se casar. Audrey devia isso a ele.

— Vamos entrar, vovô

— Acho que sim, minha querida — olhou para ela com ternura, sabendo muito bem o quanto Audrey era boa para com ele.

Tahoe era a mesma coisa que fora todas as vezes que Audrey foi com o avô para lá. Os Dollar davam as mesmas recepções de sempre. Os Drum estavam por lá, assim como os Allen. Mas raras vezes Audrey saía e nunca os via. Ficava em casa com o avô e Mai Li, que agora se tornava "Molly" para todos, até mesmo para ela. O bebê estava com seis meses e ria a maior parte do tempo. Mai Li começou a engatinhar no dia em que eles voltaram para casa, no mesmo dia em que o vapor *Morro Castle* pegou fogo nas costas de Nova Jersey e foi a pique Foi uma tragédia horrível e que custou centenas de vidas. Audrey ouviu no rádio as notícias sobre a desgraça; e os jornais estamparam fotos terríveis sobre o desastre. Mas o país abalou-se mais ainda menos de duas semanas depois, quando Bruno Richard Hauptmann foi preso por posse do dinheiro do resgate pago pelo seqüestro de Lindbergh, dois anos antes. O filho de Lindbergh fora assassinado, claro, e o drama causou uma tristeza incalculável; não havia como saber se a culpa de Hauptmann era verdadeira ou não, mas as autoridades pareciam pensar que sim. Audrey e o avô tiveram longas discussões sobre o caso e, uma tarde em que brincava com Mai Li e pensava no seqüestro, o mordomo entrou para avisá-la de uma chamada telefônica para ela. Ele não podia informar quem seria o cavalheiro, disse-lhe com um ar de desaprovação, e Audrey seguiu-o até o telefone, depois de deixar Mai Li aos cuidados de uma das empregadas.

— Alô? — ao atender o telefone com a testa franzida em uma expressão de perplexidade, Audrey ainda pensava no caso de Lindbergh.

Houve uma breve pausa e, em seguida, seu coração parou de bater quando a pessoa falou. Era Charles.

Capítulo 23

— Audrey?

O sangue martelou em seus ouvidos ao som da voz de Charles, e sua boca estava tão seca que ela quase não conseguia falar.

— Sim — a voz dele soara como se ele estivesse bem perto.

— Onde você está? — não houve necessidade de perguntar quem era; Audrey reconheceria aquela voz em qualquer lugar. Ela a ouvia todas as noites, em seus sonhos, e ouvia agora, tão alta quanto o martelar do coração ao ouvir Charles.

— Estou na Califórnia. Em Los Angeles, para dizer a verdade — sua voz soava mais britânica do que antes e as lembranças derramaram-se sobre Audrey em ondas. — Há quanto tempo você voltou? — ele não se correspondeu com Audrey desde que recebeu o segundo telegrama de Harbin. Nada restou a dizer, no que dizia respeito a ele, após Audrey rejeitar sua proposta de casamento. E Charles tinha pensado muito antes de chamá-la agora. Levou dois dias para tomar a decisão. Dois dias angustiantes tentando forçar-se a não telefonar. Mas, em um algum momento, não conseguiu resistir. Voltou correndo para o quarto, tirou o fone do gancho e pediu à telefonista para fazer a ligação, enquanto segurava o telefone com mãos trêmulas e agora lá estava, com a voz do jeito que Audrey se recordava.

— Voltei em junho.

— Seu avô está bem?

— Mais ou menos. Ficou muito debilitado nesse ano que passou — Audrey suspirou: — Ele ficou feliz por eu ter voltado.

Por um momento, Charles apenas assentiu... pensava em

todas as conversas que tiveram sobre o avô, a irmã dela e suas obrigações em San Francisco.

— E sua irmã?

Audrey soltou outro suspiro.

— Não foi fácil para ela. Na verdade... — tentou achar as palavras certas —, ela mudou... Acho que a vida dela não tem sido boa — o que não surpreendeu Charles, que sempre achou-a uma fedelha mimada; talvez agora, com o afastamento, Audrey visse isso com mais clareza. — E você? Quanto tempo ficará por aqui?

— Só alguns dias. Fui de avião até Nova York, depois vim para cá. Estão falando em filmar com base em um de meus livros. Na verdade, isso é bem lisonjeiro.

Audrey fechou os olhos e sorriu, imaginando o rosto bonito e bem-feito à sua frente.

— Você vai estar nele, Charlie?

— Meu Deus, não! Que idéia!

— Você ficaria maravilhoso — a voz de Audrey estava tão suave e sedosa que doeu o coração de Charles. Estava com uma vontade desesperada de vê-la.

— E você? O que está fazendo de sua vida agora? — parecia estranho conversar dessa maneira. Um dia, não havia muito tempo, os dois foram mais ligados do que a qualquer outro ser humano na face da terra. Mas agora fazia onze meses que ele não a via.

— Estou fazendo o que sempre fiz. Tomando conta de vovô e... — esteve a ponto de dizer Mai Li, então compreendeu que ele nada sabia sobre ela e pareceu-lhe difícil explicar pelo telefone. Alguma coisa a impediu de contar para Charles.

— E de sua irmã?

— Mais ou menos — era tão difícil explicar; houve um súbito silêncio, enquanto ele pensava se devia perguntar ou não, até que decidiu jogar a cautela para o alto. Tinha chegado até aquele ponto e também podia...

— Audrey?

— Sim? — ela esperou.

— Quer que eu apareça aí?

Ao concordar, Audrey sentiu como se alguém apertasse seu coração. Não teve forças para dizer não. Desejava vê-lo, mesmo que fosse apenas por alguns momentos, não importava o quão desesperado fosse o encontro, ou o quanto afundasse na lama de San Francisco.

— Sim... quero... mais do que qualquer outra coisa — não teve medo de mostrar o quanto ainda o amava. — Você pode vir?

— Acho que sim. Amanhã eu termino meus negócios aqui. Poderia voar amanhã de noite. Você estará livre?

Audrey riu da pergunta. Estava livre pelo resto da vida, em especial para Charlie.

— Acho que posso dar um jeito — falou como sempre, uma pontinha de humor mesclada com a sensualidade de sua voz. Não tinha a sensualidade crua de Charlotte, pois as duas eram mulheres bem diferentes. Charlotte era uma pessoa para se brincar, conversar e trabalhar... mas Audrey... Audrey era um pedaço de sua alma, uma parte de sua carne, a parte mais importante de seu ser. — Posso pegá-lo no aeroporto?

— Você quer?

— Eu adoraria.

— Mandarei avisá-la a que horas chego.

— Estarei lá... e Charlie?

— Sim?

— Obrigada.

O coração de Charles abriu-se para ela e ele desligou sentindo-se um garoto de novo, com uma felicidade desesperada por ter telefonado para ela. O dia seguinte arrastou-se de maneira interminável para ambos. Audrey foi ao centro da cidade com o avô e levou Mai Li para tomar uma vacina. Pensou em ir ao cabeleireiro antes de pegá-lo, mas isso pareceu ser algo típico de sua irmã e a faria sentir-se uma estranha ao encontrar-se com ele. Em vez disso, usou um vestido novo de algodão cinza, pérolas e penteou os cabelos cor de cobre em ondas que caíam nos ombros, como ele gostava mais. Audrey trazia no braço uma jaqueta de pele de raposa, ao estacionar o carro e entrar no aeroporto. Em um gesto inconsciente, apalpou o anel do sinete, que ainda usava no dedo. O avô também o notou, mas nunca perguntou por sua origem. Tinha dez minutos antes da aterrissagem do avião e a única coisa que podia fazer era andar de um lado para o outro, pensando na última vez em que se viram. Recordou-se do rosto de Charles quando o trem partiu de Harbin, as lágrimas no rosto dele, a expressão de seus olhos... e então, de súbito, anunciaram o vôo e Audrey sentiu uma corrente elétrica percorrer seu corpo.

Ficou parada, observando a saída das pessoas, que caminharam do avião até o portão, e quase prendeu a respiração quando um punhado de homens passou por ela... e então, de repente, lá estava ele, os cabelos pretos como azeviche, os olhos profundos... a boca que a beijara tantas vezes e em lugares tão delicados. Observou-o com a respiração presa e, então, antes de compreender o que ele fazia, Charles tomou-a nos braços e beijou-a. Abraçou-a com tanta força como um ano atrás e os dois ficaram parados um longo tempo, sem conseguir falar e recordando-se do que compartilharam em um outro período de vida.

— Olá — ele fitou-a com um sorrisinho infantil, enquanto as pessoas andavam aos redemoinhos em volta deles; e Audrey riu da expressão em seus olhos.

— Olá, Charlie. Bem-vindo de volta... — mas de volta a quê? À vida dela? E quanto tempo ele ficaria? Um dia? Dois? Três? Tão logo se encontraram, Audrey soube que em um momento se separariam outra vez, o que tornava tudo agridoce; enquanto Charles a observava e seguia até o carro estacionado lá fora. Carregava apenas sua capa de chuva, uma pequena bolsa para pernoite e sua pasta. — Como é o filme?

— Não sei ao certo. Assinamos um contrato, mas aquelas pessoas são tão malucas que foi difícil acreditar que estávamos fazendo um negócio. — Audrey riu da idéia. Era gostoso saber que ele estava fazendo sucesso. Era um lado dele que ela admirava, embora nele houvesse outras coisas que ela amava mais.

— Está excitado? — Audrey abriu a porta do carro, deslizou para trás do volante, abriu a porta para ele, que empilhou suas coisas no assento traseiro e entrou no carro ao seu lado.

— Sim, estou — mas vê-la é que o excitava. Charles até se acusou, em seu íntimo, de ter concordado com o negócio do filme só para poder ir a Califórnia, não que fosse admitir isso para Charlotte. Ela parecia ser capaz de tolerar qualquer uma das fraquezas dele, exceto ouvi-lo falar de Audrey. Charlotte nunca deixava de lembrá-lo que Audrey não tinha ido ao seu encontro quando ele pediu. Aos olhos dela, era um pecado imperdoável. Nesse momento, Charles flagrou-se pensando de novo em como elas eram diferentes, enquanto Audrey saía de ré do estacionamento e partia para a cidade. Ao olhar para Charles com o canto dos olhos, viu que ele a observava; e os dois ficaram em silêncio enquanto ela dirigia.

— Não sei direito o que dizer, Charlie.

— Sobre o quê? — mas ele sabia; Audrey sempre foi direta com ele e Charles sentiu que ela seria de novo.

— Sobre o que aconteceu... os telegramas...

— O que há para se dizer? Sua resposta foi muito clara.

— Mas as minhas razões foram? — Audrey sempre achou que ele não a compreendeu, e de certa maneira ele não, mesmo. — Sabe que eu teria dado o braço direito e o coração para largar tudo e me casar com você no ano passado? Mas não podia correr para Londres e abandonar vovô outra vez. Eu estava fora havia um ano... e ele é tão velho, Charlie, e está tão frágil...

— Não compreendo os sacrifícios que você faz — olhou pela janela, recordando-se outra vez do sofrimento da recusa de Audrey. — Foi a segunda vez que você me rejeitou.

Mas Audrey discordou.

— Da primeira vez não foi uma proposta séria. Você só estava desesperado para me tirar de Harbin e até se casaria comigo para conseguir isso — Audrey sorriu para ele, que não negou.

Ela o conhecia muito bem. Melhor até do que Charlotte. Conhecia um lado diferente dele, que Charlotte não conhecia, um lado mais suave. Charles gostava do modo como Audrey o fazia sentir-se, a suavidade em sua alma, a integridade, a bondade. E, então, virou-se para ela com um sorriso.

— Sabe, Audrey Driscoll, você é a mulher mais cabeça-dura que já conheci.

Ela abriu um sorriso largo e fitou-o para depois tornar a voltar os olhos para a estrada.

— Isso é um elogio ou uma declaração?

Charles riu e sacudiu a cabeça.

— Nenhum dos dois. É uma acusação — e, então, ele deu uma súbita risada. — Você é uma puta, droga... uma puta! — agarrou um punhado de cabelos de Audrey e puxou-lhe a cabeça para trás, o suficiente para atrair-lhe a atenção enquanto a beijava no pescoço. — Sabe que fiquei bêbado durante um mês após aquele seu maldito telegrama? Um mês! — não contou que Charlotte apareceu para salvá-lo, nem de que maneira. Ela não tinha nada a ver com o que ele sentia por Audrey.

O rosto dela ficou sério quando ele soltou-lhe a cabeleira. Já estavam perto da cidade.

— Não foi fácil para mim, Charlie. Foi a coisa mais dura

que já fiz na minha vida... isso e ter ficado para trás em Harbin.

— Não foi tão duro assim. Você foi tão veemente sobre o que acreditava que tinha que fazer, que achei que você nunca se arrependeu.

— Está falando sério? Você acha que não tive nenhum arrependimento, após oito meses ali? Você é louco. Mas achei que fiz a coisa certa. No entanto, paguei um preço bem caro, não paguei? — Audrey olhou dentro dos olhos dele quando pararam em um sinal vermelho. E ela também recebeu uma bela recompensa... Mai Li... Audrey fitou-o, pensativa. — A propósito, onde você vai ficar hospedado?

— O estúdio fez uma reserva para mim no Saint Francis. Ele é bom?

— É excelente — e no mesmo instante os dois pensaram, em uníssono, no Gritti e no Palácio Pera, mas não disseram uma palavra; em vez disso, Charles lançou-lhe um olhar pensativo.

— Vai jantar comigo hoje, Aud?

Ela assentiu. Era estranho marcar encontros com ele, após todos aqueles meses em que viajaram juntos. Era como se estar casado e agora dar um passo atrás, voltavam aos dias em Antibes quando se conheceram e não sabiam o que o outro pensava. Embora Charles tivesse notado que o anel continuava no dedo dela.

— Quer ir conhecer meu avô primeiro?

— Eu gostaria.

Ele falou devagar. Desejava conhecer o homem para quem perdera Audrey. Quando ela deixou-o no hotel, Charles deu-lhe um suave beijo nos lábios e o coração dela bateu rápido, apesar de todas as coisas sensatas que disse para si própria a caminho de casa. Não queria deixar-se apaixonar por ele de novo... Charles ficaria apenas por alguns dias... não havia razão... mas não tinha como represar os sentimentos que sentia, e vinha sentindo desde o primeiro dia que o conheceu.

O avô a viu entrar e, com a testa franzida, levantou os olhos do jornal vespertino que lia.

— Onde estava, Audrey?

Por alguns momentos ela não soube o que dizer, depois decidiu contar a verdade, ou pelo menos parte dela.

— Fui pegar um amigo no aeroporto.

— Oh? — a carranca acentuou-se.

— Uma pessoa que conheci na Europa. Meu amigo veio passar aqui só um ou dois dias.

— Amigo?... Eu o conheço?

— Não — ela sorriu. — Mas vai conhecer daqui a pouco. Virá aqui dentro de uma hora para tomar um drinque. Disse que queria conhecê-lo.

— É óbvio que se trata de um tolo — fingiu ter ficado aborrecido e Audrey recusou-se a ser enganada. Sabia que ele gostava de encontrar seus amigos de tempos em tempos e o avô a repreendia, com freqüência, por não sair mais, mas não havia ninguém por quem ela tivesse interesse. Ninguém jamais chegou aos pés de Charles. Os homens que ela conhecia perdiam a cor em comparação com ele. E agora ele estava ali... Audrey deu uma olhada no relógio e decidiu correr ao andar de cima para ver Mai Li antes de trocar de roupa para o jantar.

Como se lesse seus pensamentos, o avô falou através do jornal.

— Nasceu um dente novo hoje.

— No bebê?

— Não, na empregada do segundo andar.

Audrey deu uma risada.

— Para um bebê de seis meses, ela já tem um bocado de dentes.

— Está bem avançada. A Sra. Williams — a governanta — me disse isso. Ela disse que o neto dela não tem dente nem cabelo, e olha que já está com quase um ano. Você vai ver, ela vai andar antes de completar o primeiro aniversário.

Audrey ficou comovida com o orgulho que o avô sentia pelo bebê que ele adotara. Ele estava muito mais interessado em Mai Li do que na prole de Annabelle, e nem parecia importar-se mais com o fato de ela ser chinesa. De tempos em tempos, o avô saía para passear com Audrey e a ajudava a empurrar o carrinho.

— Desço daqui a pouquinho, vovô.

E quando desceu, Audrey usava um vestido de festa que comprara na Ransohoff's e nunca vestira. Era um vestido colante de seda preta com ombreiras e um decote em forma de diamante nas costas. Tinha um lindo corte e ficava perfeito nela. O avô notou que ela estava bem-vestida e com um penteado bem-feito e suspeitou, com acerto, que o convidado era alguém importante... para Audrey.

— Quem foi mesmo que você disse que era? — ele perguntou pouco antes de a campainha tocar.

— Charles Parker-Scott. É um escritor.

— Por acaso já não escutei esse nome antes? — franziu a testa ao pensar, no exato momento em que a campainha da porta tocou e Audrey foi ao *hall*, enquanto o mordomo abria a porta e Charles entrava. Seus olhos se encontraram, de imediato, e foi óbvio que ele ficou impressionado com sua aparência adorável. Lembrou-se de milhares de outros momentos que os dois compartilharam, mas não teve certeza de se algum dia Audrey esteve tão linda como nessa noite.

— Olá, Audrey — Charles sentiu-se como um garotinho quando ela sorriu, beijou-o no rosto e conduziu-o até a sala de estar para conhecer seu avô.

— Charles Parker-Scott, este é meu avô, Edward Driscoll — os dois homens trocaram um aperto de mão e se examinaram. Ambos tiveram uma impressão favorável, embora esperassem uma decepção. Em especial Charles que desejava não gostar, no ato, do homem que a impedira de fugir para Londres.

— Boa noite, senhor. Como vai?

— Muito bem. Por que eu conheço seu nome? — o avô perguntou-se se Audrey o mencionara antes, ou se aquele homem era muito conhecido. Não conseguiu lembrar-se. Na verdade, se tratava das duas coisas, mas Charles era modesto demais para dizer isso.

— Charles é escritor, vovô. Ele escreve maravilhosos livros de viagens.

O velho franziu a testa e, em seguida, fez um leve aceno. Então, tocou em seu cérebro um outro alarme, mas ele não atinou com que era e Audrey ficou aliviada por ele não conseguir lembrar-se. Audrey tinha certeza de que Muriel Browne mencionara o nome dele depois do encontro em Xangai, e não queria lembrar o avô disso agora, pois ele poderia imaginar a importância de Charles. Seu avô não era bobo, e Audrey sabia que ele suspeitava que ela teve um envolvimento com um homem durante a estada no exterior, embora já não fizesse mais indagações.

— Aliás, ele acabou de vender os direitos de filmagem de um dos livros, motivo pelo qual está na Califórnia.

O mordomo levou bebidas para todos e Charles teve uma conversa fácil com o cavalheiro mais idoso, observando-lhe os olhos penetrantes e mãos elegantes que tremiam de leve ao segurar a bebida; porém, quando Edward Driscoll levantou-se para ir mostrar sua biblioteca a Charles, não pareceu tão frágil quanto Audrey afirmava e, de súbito, Charles perguntou-se se ela o usara como desculpa. Talvez ela simplesmente não quisesse casar. Mas ele a conhecia muito bem para pensar isso. E acompanhou o Sr. Driscoll até as prateleiras de livros antigos, primeiras edições e lindos volumes com encardenação em couro, que ele reunira durante toda a vida. Charles ficou muitíssimo impressionado com a qualidade da coleção. De fato, a casa inteira era encantadora e cheia de belíssimas antiguidades e tesouros, muitos dos quais obtidos pelo pai de Audrey em suas viagens e outros conseguidos aqui e ali pelo avô e sua mulher, ou por seus pais. Na verdade, Charles jamais suspeitou que Audrey procedesse de uma casa tão rica como aquela, ela era tão tranqüila, bem-educada e despretensiosa...

— Tem uma linda coleção, senhor — tornaram a sentarse, e Charles sorriu. Gostou do velho contra a própria vontade; e o Sr. Driscoll sorriu.

O avô sentia pena de Audrey por não ter mais homens visitando-a de tempos em tempos. Era gostoso ver um homem de vez em quando, isso lembrava Roland na juventude... há tanto tempo... na verdade, decidiu ao olhar para Charles, esse jovem é de uma semelhança surpreendente com Roland; e disse isso.

— Sabe, você é muito parecido com meu filho. Por acaso Audrey lhe disse isso?

— Não exatamente... só disse que nós dois adoramos viajar.

— Tolo maldito... — a testa de Edward Driscoll ficou carregada e Charles receou ter dito algo muito doloroso; então, o velho levantou os olhos e fitou Audrey, aliviado. — Ela pelo menos teve juízo. Você sabia que ela foi até a China? — Charles reprimiu um sorriso e fez um solene aceno de cabeça para a história. — Passou quase um ano na Manchúria, em um lugar chamado Harbin... e inclusive voltou com um bebê — nesse ponto, Audrey pensou que Charles fosse cair da cadeira. Ele ficou tão pálido que Audrey sentiu uma vontade desesperada de explicar, mas o avô não deixou. — Uma coisinha linda. Nós a chamamos de Molly.

— Compreendo — nesse momento, até os lábios de Charles estavam brancos e Audrey desejou estender o braço para tocá-lo, mas a única coisa que pôde fazer foi tentar explicar, embora muito pouca coisa dependesse da explicação.

— Ela era uma das órfãs do lugar onde eu estava... na verdade, era filha de uma das órfãs... uma mais velha... deu à luz... mas morreu no parto...

— Audrey! — o avô ficou chocado. — Não precisa aborrecer nosso hóspede com detalhes.

E então, por falta de algo melhor para dizer, Audrey olhou para Charles em desespero.

— Quer vê-la? — pôde ver que ele estava a ponto de recusar o convite, mas seus olhos suplicaram para ele não negar e Charles se levantou desajeitado.

— Está bem — acompanhou-a, em silêncio, até a escadaria e só quando chegaram no segundo andar, foi que ele sussurrou para Audrey. — Quer dizer que foi isso... por que diabo não me contou, em vez de deixar que eu me iludisse? O que ela é? Metade chinesa?

— Sim.

— Ele tem razão — Charles falava com ela de dentes trincados e agarrou-lhe o braço quando chegaram na porta do quarto. — Você é uma tola maldita. Como pôde fazer uma coisa dessas? Por que não se livrou dela antes de voltar para casa?

Os olhos de Audrey encheram-se de lágrimas. Sabia o que ele estava pensando e não queria ser obrigada a se defender.

— O que você sugeriria? Que eu a matasse? Eu a trouxe para casa porque a amo, e não sou uma tola maldita... é você que é.

Atravessou o quarto com passos largos e pegou o bebê, enquanto a jovem empregada que a ajudava com Mai Li saía discretamente do quarto. Audrey pôs o bebê no colo e no mesmo instante foi recebida por um sorriso largo e um arrulho. Tinha um lindo rostinho oriental e era difícil dizer se era chinesa ou japonesa ou apenas muito, muito linda. Charles ficou intrigado ao olhar para o rosto de Audrey e depois o do bebê.

— Ela não é... — de repente, sentiu-se ridículo e muito envergonhado pela suposição que fez... mas que tornaria mais fácil de engolir a recusa de Audrey de ir para Londres. Ele preferia acreditar em qualquer coisa, menos que ela renunciaria a ele por uma obrigação. — Audrey... desculpe-me... ela não é sua filha, não? Quero dizer, não da maneira que pensei...

Audrey sacudiu a cabeça, melancólica, ainda desejando, como muitas vezes desejava, que Mai Li fosse sua filha.

— É a filha de Ling Hwei, que morreu no parto dela antes de minha partida. O pai era um japonês... um soldado... e eu não podia partir e deixá-la por lá, sem mais nem menos. Você sabe o que aconteceria.

Charles assentiu. Sabia muito bem.

— Agora eu compreendo. Por que você não me contou?

— Eu teria contado, mas depois do telegrama você jamais respondeu minha carta e eu fiquei sem saber como encararia isso.

Ele sorriu para a criança — cuja felicidade era óbvia — aninhada nos braços de Audrey.

— Ela é tão doce. Que idade tem?

— Seis meses. Vovô a chama de Molly — ambos sorriram. A criança era como uma dádiva que os lembrava do tempo que compartilharam na China. Charles passou o dedo suavemente no rostinho gordo de Mai Li, que tentou enfiá-lo na boca para esfregá-lo nos novos dentes; ele deu uma risada e fez cócegas nela, que deu uma risadinha. — Quer segurá-la? — a princípio, ele pareceu hesitar, mas Audrey passou o bebê para ele e Molly deu um gritinho de prazer, depois arrulhou quando ele encostou o rosto no rostinho sedoso dela e deu-lhe um suave beijo. Mai Li cheirava a sabonete e talco e tudo em torno dela parecia limpo, bonito e encantador; nesse momento, Charles compreendeu o que Audrey fazia desde o retorno. Ao dar uma olhada pelo quarto do bebê, viu dúzias de fotos que, como era óbvio, ela tirara com a Leica. — Ela não é maravilhosa, Charles? — de repente, os dois eram amigos de novo, enquanto ele depositava o bebê na cama e ambos se sentavam para observar a criança rolar e agarrar os dedos do pé com gorgolejos de felicidade. Riram e trocaram um olhar com a mesma ternura que um dia dividiram. Audrey ousou dizer para ele o que ainda sentia, mais do que nunca: — Eu ainda gostaria que ela fosse a nossa filha, Charlie.

— Eu também.

Seus olhos se encontraram e ele ainda a amava tanto quanto antes, talvez mais ainda, e vê-la com o bebê provocou alguma coisa nele. Charles a desejava ainda mais e eles forçaram-se a se separar a fim de juntar-se ao avô. Deram a Charles um relato completo das brincadeiras de Molly e de tudo que ela fazia, o avô sorriu com prazer e vangloriou-se com Charlie das façanhas dela. Quando ela chegou teriam suspeitado que ele estivesse chocado. Ao ouvi-lo, as pessoas pensariam que o bebê era fruto de sua própria linhagem.

— É a melhor menininha do mundo — e, então, o avô sorriu para Audrey. — Essa aqui também não era má, mas foi durante algum tempo... — fitou-a com olhos afetuosos e, por fim, levantaram-se e Charles disse que gostara muito de conhecê-lo.

Fizera reservas para jantar no Blue Fox, mas nenhum dos dois parecia estar interessado pelo local onde comiam. De repente Audrey passou a pôr Charles a par de tudo, seus últimos momentos em Harbin, o nascimento de Molly e até o aparecimento do general mongol.

— Deus do céu, você podia ter sido estuprada — ou assassinada, mas isso Charles não disse.

— Ao lembrar daqueles oito meses, imagino que poderia ter sido um bocado de coisas... mas não sei não, Charlie... na ocasião pareceu ser a coisa certa a fazer. E acabei ficando com Molly.

Ele sorriu. Comoveu-se ao vê-la com a criança e desejou-a por tudo que tinha sonhado com ela, um dia.

— E agora, Aud? O que vai fazer com o resto de sua vida?

— Não sei. Ficar aqui. Pelo menos enquanto vovô viver.

— Ele é um homem maravilhoso — Charles disse quase em tom de pesar e Audrey sorriu.

— Eu sei... foi por isso que voltei para ficar com ele. Eu devo tudo a ele.

— Inclusive o seu futuro, Audrey? De uma certa forma isso não me parece direito.

— O meu presente, em todo caso.

— E Annabelle? O que ela acha que deve a ele?

— Imagino que ela não pensa assim.

Charles sorriu tristonho.

— Meu destino me fez ficar apaixonado pela cumpridora dos deveres — depois, durante a sobremesa, ele tomou coragem com todas as forças. — Posso separar você por algum tempo, Aud?

— Por quanto tempo? Um fim de semana em Carmel, ou um ano no Extremo Oriente?

Os dois sorriram. Havia um nítido contraste entre eles. Audrey teria preferido acompanhá-lo ao fim do mundo, mas isso era impossível. Ela não poderia afastar-se mais do que uns poucos dias.

— Acabo de voltar da Índia, onde fiz pesquisas para o próximo livro.

— Parece interessante — mas Audrey sabia que isso não era tudo.

— ... e em seguida vou para o Egito — Charles fez uma pausa e esticou o braço para segurar a mão dela. — Quer vir comigo?

O coração de Audrey parou só de ouvi-lo falar. Desejava fazer isso mais do que qualquer outra coisa. Iria a qualquer lugar com ele. Mas o Egito seria fabuloso.

— Quando você parte?

— No final do ano, ou talvez na primavera. Faz alguma diferença o momento de minha partida?

Ela suspirou.

— É provável que não. Não consigo imaginar deixar vovô para fazer outra viagem, especialmente depois do que aconteceu da última vez, com o prolongamento de oito meses em Harbin — de repente, ele ficou aborrecido outra vez por Audrey ter feito isso, caso isso significasse que ela não poderia acompanhá-lo. — Não sei, Charles... Não vejo como fazer... e agora tenho que pensar em Molly.

— Leve-a — falou como se fosse a sério e Audrey sorriu e beijou-lhe o rosto.

— Eu sempre o amarei, Charles. Você sabe disso?

— Às vezes é difícil de acreditar — Charles reclinou-se na cadeira e fitou-a. — E não quero que você me dê uma resposta hoje à noite. Mas pense nisso... pense no Egito, na primavera. Pode imaginar algo mais romântico do que isso?

Audrey sacudiu a cabeça e sorriu.

— Não precisa me persuadir, Charles. Não tem nada a ver. Com você, eu seria feliz até em um pasto em Oklahoma.

— Agora, um intervalo — ele riu e, de repente, o estado de espírito dos dois se desanuviou e Charles sugeriu que fossem dançar no hotel em que se hospedava.

No momento em que seus corpos se encontraram, Audrey sentiu acontecer de novo toda a magia. Seus lábios se encontraram, os corpos se tocaram e Audrey desejou-o com a mesma intensidade que desejara no ano anterior. Estar tão próximo dele era mais do que Audrey podia suportar e quando Charles fitou-a, ela sorriu.

— Acho que nunca conseguirei resistir a você, Charles. Vai ser muito embaraçoso se algum dia você se casar com outra pessoa.

— Há maneiras de se impedir isso — falou com voz séria ao ouvido de Audrey; depois tirou-a silenciosamente do salão. Conversaram durante algum tempo no corredor. Charles não queria cometer nenhuma insensatez com ela e, no entanto, seus corações pareciam estar sempre em harmonia. Mas quando Audrey assentiu, ele passou a chave do quarto para a mão dela; em seguida foi até a recepção e pediu uma cópia, enquanto Audrey subia de elevador, com uma expressão de completa serenidade e beleza e o ascensorista admirou-a. Jamais teria ocorrido a ele que Audrey não era a esposa de algum hóspede. Audrey agradeceu e saiu, com o coração martelando de novo, entrou no quarto de Charles no exato momento em que ele chegava ao andar e a seguia. Abriu a porta e encontrou-a ali, com o elegante vestido preto e um sorriso acanhado.

— Imagine se alguém me visse fazendo isso! Eu seria apedrejada e expulsa da cidade!

— Sabe, suspeito que você não seja a primeira. Mas como eu disse antes, há maneiras de você impedir isso... — e Charles tinha em mente uma maneira específica, mas ambos esqueceram-se de tudo quando ele tomou-a nos braços e, momentos depois, suas roupas estavam empilhadas no chão, com Audrey abraçada a ele. Desde a última vez que se encontraram uma eternidade se passara, um ano e vários oceanos e continentes e, de súbito, Audrey não conseguiu lembrar como conseguiu viver sem ele durante todo esse tempo. E Charles sabia muito bem como sua vida era vazia sem ela. Eram quatro horas quando ela conseguiu afastar-se dele e, ao olhar para o relógio em cima da mesinha-de-cabeceira, Audrey murmurou com tristeza:

— Droga... tenho que voltar para casa...

Não era igual à vida dos dois na China, onde viveram como marido e mulher durante meses. Agora era fingimento, aparência e boas maneiras, o que lhes parecia muito estranho. Mas Charles observou-a vestir-se enquanto fumava um cigarro; em seguida, ele vestiu-se apressado para levá-la para casa de táxi. Quando chegaram, ele beijou-a dentro do táxi e depois observou-a entrar na casa usando a própria chave. Observou a luz ser acesa no quarto de Audrey, que abriu a cortina de renda para acenar. Ao voltar para o hotel, Charles sentiu uma solidão desesperadora por não tê-la ao seu lado.

A cama ainda exalava o cheiro do perfume dela e de suas carnes e Charles encontrou um longo fio de cabelo ruivo em cima do travesseiro, como se fosse um presente dela. Teve vontade de telefonar para ela, de trazê-la de volta, de deitar outra vez ao lado dela, mas isso só aconteceu na tarde seguinte, quando se encontraram de novo e voltaram ao quarto do hotel do modo mais discreto possível. Ficaram na cama até as dez horas dessa noite, quando pediram o serviço de quarto, enquanto Audrey sentava-se com o roupão dele e os dois dividiam um cigarro. Só o fato de estar com Charles já era gostoso, mas nessa noite os olhos dele tinham uma expressão séria e quando ele virou-se para Audrey depois que o garçom saiu, ela percebeu que alguma coisa estava errada. Audrey o conhecia muito bem para ser enganada muito tempo.

— Qual é o problema, Charles? — falou com a voz suave, como sempre.

— Há uma coisa que eu preciso contar para você.

— Não pode ser tão ruim assim — Audrey estendeu a mão à procura da de Charles, que estava nervoso demais para deixá-la pegar sua mão. De repente, ele levantou-se e começou a andar de um lado para o outro no quarto, olhando para ela até que, afinal, sentou-se e olhou dentro dos olhos azuis que durante tanto tempo o perseguiram.

— Devo ir para Nova York amanhã de tarde — as palavras cortaram-na como uma faca.

— Entendo.

— Tenho que comparecer a algumas reuniões com um editor americano, que já as adiou por uma semana — Audrey perguntou-se se ele iria pedir-lhe para acompanhá-lo, mas era muito pior do que isso. — E acho que ambos devemos saber em que pé estamos quando eu partir. Não podemos continuar assim, Aud... O último ano, sem você, foi o ano mais difícil de minha vida, fora o que passei após a morte de Sean — estava sendo honesto com ela. — E não vai ser fácil agora deixá-la outra vez. Não podemos continuar fazendo isso — Audrey teve vontade de perguntar por que não, por que não podiam apenas deixar que as coisas continuassem desse modo durante algum tempo, até ela achar que podia deixar o avô... até... até o quê?, perguntou para si própria. Não havia uma resposta fácil para o problema. — Quero casar com você. Quero que você volte para a Inglaterra comigo. Compreendo que isso levaria algum tempo... um mês, talvez dois. Eu sobreviveria a isso. Mas quero casar com você, Aud. Eu a amo de todo o meu coração.

Isso era tudo com que Audrey sempre sonhou e ela sabia que Charles era o único homem que amaria na vida. Mas não podia fazer o que ele pedia... não podia... por que ele não conseguia entender e deixar as coisas assim durante algum tempo?

Os olhos de Audrey logo encheram-se de lágrimas, enquanto ela sacudia a cabeleira cor de cobre e tocava suavemente o rosto de Charles com a ponta dos dedos.

— Charles, você não sabe o quanto eu te amo?... o desespero com que quero a mesma coisa que você?... mas não posso... *não posso*! — Audrey levantou-se, atravessou o quarto e olhou, sem nada ver, pela janela para o Union Square lá embaixo. — Não posso abandonar meu avô, você não compreende?

— Você acha mesmo que ele espera isso de você? Ele não é tão insensato assim, Aud. Você não pode renunciar à sua vida por causa dele.

— Isso partiria o coração dele.

— E o meu? — Charles falou com voz suave, os olhos brilhando com lágrimas não derramadas. Audrey não conseguiu responder.

— Eu te amo — quando os lábios de Audrey pronunciaram as palavras, seus olhos suplicavam para que ele compreendesse, mas Charles apenas sacudiu a cabeça.

— Isso não basta. Vai matar a nós dois. Quer casar comigo? — não havia como esquivar-se e Audrey não podia dar a resposta que ele queria. Era um sacrifício que ela devia fazer... como o de permanecer em Harbin durante oito meses, só que muito, muito pior... — Audrey, responda — Charles olhava para ela com uma expressão de terror no rosto. Era uma expressão que significava que ele falava sério ao pedi-la em casamento, que não haveria uma outra oportunidade... — Audrey?

Agora cada um estava em um lado do quarto, com um universo separando-os, ou quase isso.

— Charlie, não posso... não nesse exato momento...

— Então, quando? No mês que vem? No ano que vem? Eu nunca quis casar com ninguém... só com você... e agora eu lhe ofereço tudo que tenho... minha vida... meu lar... meu coração... a fortuna que tenho... meus direitos autorais... tudo que tenho para dar é seu... mas não vou esperar mais de dez anos... Não vou desperdiçar minha vida nem a sua à espera da morte daquele homem. De qualquer modo, eu acredito que ele queira algo melhor para você do que isso. Quer que eu próprio pergunte? Eu ficaria contente em perguntar.

Mas Audrey sacudiu a cabeça.

— Não posso fazer isso com ele, Charles. Ele diria para eu ir. Depois morreria. Sou tudo que ele tem.

— Você é tudo que eu tenho.

— E você é o único homem que amarei na vida.

— Então case comigo.

Audrey ficou observando-o durante um tempo interminável, mas balançou a cabeça e, em seguida, sentou-se quieta e começou a chorar.

— Charlie, não posso.

Ele afastou-se e foi à janela para olhar o Union Square.

— Então, quando eu partir, tudo estará acabado entre nós. Nunca mais quero vê-la de novo. Não vou ficar nessa brincadeira com você.

— Não é uma brincadeira, Charles. É a minha vida... e a sua... pense nisso antes de me excluir assim — Audrey parou às suas costas, e ele apenas sacudiu a cabeça até virar-se para fitá-la outra vez; e o sofrimento estava estampado em seus olhos.

— Deixá-la em minha vida, em um canto, escarnecendo de mim, só servirá para nos torturar a ambos, e o que teremos? O vazio... promessas... mentiras... você disse que desejava que Molly fosse minha filha, bem, eu também... e um dia vou querer ter filhos e você também... desse jeito nós não teremos, pelo menos não deveríamos ter. Quero uma vida real, como uma mulher de verdade e filhos quando for a hora certa... como James e Vi.

Tudo fez um sentido perfeito para ela.

— Então, venha viver em San Francisco comigo.

— E fazer o quê? Trabalhar no jornal da cidade? Vender sapatos? Eu escrevo sobre viagens, Audrey. Você sabe como a minha vida é. Aqui, eu não posso fazer o que faço hoje. Um de nós terá que fazer um sacrifício e dessa vez tem que ser você. Você deve vir comigo.

— Charlie, eu não posso — Audrey mal conseguia falar de tanto que chorava.

— Pense nisso. Estarei aqui até as quatro horas. Meu avião parte às seis — seriam menos de vinte e quatro horas e nenhuma mudança drástica ocorreria em vinte e quatro horas.

— Nada vai mudar. Você está sendo insensato.

— Estou fazendo o que é melhor para nós dois. Você tem que tomar uma decisão.

— Você age como se eu tivesse uma opção, mas eu não tenho... como se eu estivesse sendo caprichosa ou excêntrica... quando a única coisa que estou fazendo é encarar as responsabilidades que tenho aqui.

— E quanto às suas responsabilidades em relação a mim?... em relação a si própria... e até para com aquela criança? Por acaso você não deve um pouco mais a cada um de nós, a coragem de ir embora atrás do que você quer... se é isso mesmo que você quer.

— Você sabe que é.

— Então, venha comigo. Ou pelo menos prometa que irá em breve.

— Não posso prometer isso — Audrey cobriu o rosto com as mãos, pensando no dilema em que estava metida. — Não posso prometer coisa alguma a você.

Ele assentiu. Quando viajou até ali, compreendia o risco. Mas pelo menos acabaria agora. Ou ela concordava em casar com ele, ou Charles fecharia a porta a tudo que sentia por ela. Não ficaria mais de brincadeira com ela, nem consigo próprio. Ele se devia isso.

Quando levou-a para casa, reinou o silêncio no táxi, e Charles tocou-lhe o rosto em um gesto muito delicado, antes de dar o beijo de boa noite.

— Não estou fazendo isso para ser cruel... mas devemos ter um rompimento completo, se é assim que tem que ser... por causa de nós dois.

— Por quê? — Audrey não compreendia. — Por que agora? Existe alguma outra mulher? — essa possibilidade jamais ocorrera a Audrey até esse momento, mas Charles sacudiu a cabeça.

— Estou fazendo isso porque não posso viver sem você e se sou obrigado a viver sem você, então é melhor que eu me acostume. A começar de agora.

— Você está sendo injusto — mas Audrey pensara isso quando ele recusou-se a escrever-lhe na ocasião em que rejeitou o pedido de casamento, que chegou a Harbin por telegrama. — Veja as responsabilidades que tenho.

— Sempre haverá alguma coisa, Aud. Você tem que fazer uma escolha.

Audrey balançou a cabeça com uma expressão agoniada, Charles seguiu-a para fora do táxi e beijou-a nos degraus da entrada.

— Eu te amo.

— Eu também te amo — mas não havia nada que ela pudesse fazer.

E quando foi para o quarto, Audrey pegou nos braços o bebê adormecido, sentindo seu calor e ouvindo o ronronar de sua respiração. Pensava em tudo que Charles dissera sobre a vontade de casar com ela... os filhos que queria ter... era apenas má sorte ele querer tudo agora. Na manhã seguinte, ela sentou-se à mesa do café e olhou sem jeito para o prato, quase não tendo dormido durante a noite, enquanto o avô a fitava com a testa franzida em sua expressão de ferocidade para dissimular a própria preocupação. Ele sentia que Audrey estava muito infeliz.

— Você bebeu demais ontem à noite? — balançou a cabeça e tentou sorrir para ele. — Está com uma aparência terrível. Está doente?

— Só cansada.

Então, de súbito, surgiu um tom estranho na voz dele, como se ele estivesse com medo, e Audrey sentiu pena.

— Você gosta muito dele?

— Somos bons amigos.

— E o que significa isso?

— Na verdade — ela sorriu com indiferença, tentando tirá-lo da pista —, eu prefiro não conversar sobre isso.

— Por que não?

Porque dói demais, mas essas palavras Audrey não disse.

— Somos apenas amigos, vovô.

— Acho que não é só isso, em todo caso, da parte dele. E raios me partam se não for da sua parte, também.

— O que o leva a dizer isso?

— Isso de correr o mundo inteiro com um homem como esse, caçando camelos e elefantes, não é vida para uma moça decente... pense no fedor! — o avô estava com um ar de terror e Audrey riu da idéia.

— Nunca antes pensei nisso desse jeito.

— Além do que, não seria bom para o bebê...

Nem para ele. Audrey sabia que o avô também pensava em si próprio. E, afinal de contas, tinha esse direito. Agora estava com quase oitenta e três anos e precisava dela. Audrey também sabia muito bem disso.

— Não é nada sério, vovô. Não se preocupe.

Mas, de qualquer modo, ele se preocupou. Audrey pôde ver em seus olhos. Ao meio-dia, quando ela telefonou para Charles, sentiu o coração pesar como chumbo. Prometera encontrar-se com ele para almoçar no centro da cidade. Quando se encontraram, ambos descobriram que estavam com o rosto sombrio; ambos tinham um bocado de coisas em mente. Conversaram sobre assuntos sem importância durante algum tempo, depois Charles encarou-a. Ainda não tinham pedido o almoço.

— E então?

Audrey olhou para ele, com vontade de protelar, mas não havia escapatória.

— Você sabe a resposta, Charles. Eu te amo. Mas não posso casar com você. Não agora.

Ele assentiu, sem fala, e seus olhos estavam secos ao fitá-la.

— Eu tinha a sensação que você tomaria essa decisão. Por causa de seu avô? — Audrey concordou, em silêncio. — Sinto muito, Aud — estendeu a mão para tocar a de Audrey, em seguida levantou-se. — Acho que não devemos almoçar, você também não acha? Tem um vôo mais cedo, que posso pegar se estiver com pressa.

Agora tudo se movia rápido demais para Audrey e ela pôde ver nos olhos de Charles a raiva não expressada em palavras, a fúria, a mágoa e a vingança, e, ao segui-lo para fora do restaurante, sentia-se como se estivesse ricocheteando nas paredes. De repente, ela estava dentro de um táxi e tudo acontecia muito rápido. Estava parada do lado de fora da casa, com Charles do lado de fora do táxi. Ele a fitava com uma mágoa enfurecida nos olhos e ela moveu-se para dar um beijo de despedida. Mas Charles deu um passo para trás e ergueu a mão como que para repeli-la, balançou a cabeça e depois tornou a desaparecer dentro do táxi, apenas com um adeus murmurado. Enquanto Audrey observava, o chofer engrenou a marcha e, de repente, depois de todo aquele tempo, de todos os momentos, de todas os quilômetros e de tanto amor... ele desapareceu. Para sempre.

Capítulo 24

Quando Audrey entrou no *hall* da frente da casa do avô e o mordomo fechou a porta em silêncio, ela percebeu um tumulto no salão do segundo andar e notou uma pilha de caixas e baús aos pés da escadaria. Percebeu, de repente, que a irmã observava-a do vão da porta da biblioteca. Era a primeira vez que se viam desde o desagradável encontro que tiveram logo após a chegada de Audrey. Nesse momento, Audrey fitou-a, com cautela, perguntando-se o que a irmã fazia ali e se esteve partindo de viagem com aquela imensa pilha de sacolas e, então, com o coração apertado, soube o que tinha acontecido.

— Algo errado?

— Harcourt me abandonou.

Audrey assentiu, já não mais admirada com coisa alguma, mas apenas intrigada com o que Annabelle estaria fazendo ali. Ainda estava muito desapontada com a irmã.

— Então por que está aqui? — seu tom de voz tinha uma ponta de pesar, que Annabelle não compreendeu e com o qual, em todo caso, não se teria importado. Ademais, ela estava concentrada demais em seus próprios problemas.

— Eu não quis ficar em Burlingame. Odeio aquele lugar.

— Você tentou os hotéis? — Audrey soou amargurada ao falar e Annabelle ficou assustada.

— Essa aqui também é minha casa, tanto quanto sua.

— Você perguntou ao vovô se pode ficar aqui?

— Não — a voz dele chegou até as duas; nenhuma das duas tinha percebido que ele estava em casa. — Ela não perguntou.

Poderia se dar ao trabalho de me explicar isso, Annabelle?

De repente, as duas se sentiram como quando eram crianças e ele as flagrava fazendo algo que não deviam. Audrey perguntou-se se havia sido ríspida sem razão e Annabelle percebeu que devia ter telefonado antes de simplesmente desembarcar por lá.

— Eu... eu tentei entrar em contato com você hoje de manhã, vovô, mas...

— É mentira — ele encarou-a com um aborrecimento severo. — Pelo menos tenha os bons modos de falar a verdade. Onde está o seu marido?

— Não sei. Acho que foi para o lago com amigos.

— E você optou por abandoná-lo?

— Eu... — era complicado explicar tudo para ele no salão, mas o avô não demonstrava a menor inclinação para pedir que Annie se sentasse. — Ele disse que queria o divórcio.

— E você foi muito obediente e concedeu-o a ele. Percebe que não tem essa obrigação?

Annabelle assentiu.

— Mas eu...

— Você queria pular fora? — ele pôs as palavras adequadas na boca de Annie, que concordou. — Compreendo. Que conveniente. E agora vem para mim e sua irmã, é isso, Annabelle? — ela corou de leve e tornou a concordar. — Por alguma razão particular? Talvez o endereço?... a excelência de meus empregados?... as vantagens de uma casa na cidade... ou talvez porque sua irmã cuida tão bem de seus filhos? — o avô a conhecia bem e Audrey quase riu do evidente desconforto de Annie.

— Eu... eu só pensei... talvez por um tempinho...

— Quanto tempo, Annabelle? Uma semana? Duas? Menos, talvez? — o avô saboreava o efeito que causou, e Audrey quase sentiu pena da irmã. Quase. Mas não sentiu. Annie já não merecia mais muita piedade. Era indelicada e mimada demais, bebia em demasia e com freqüência era malvada. — Quanto tempo você tenciona passar aqui?

— Até eu achar uma casa?

— Não me pergunte, diga... então, muito bem. Até você achar uma casa. Concordo com sua estada aqui, mas trate de achar uma casa — olhou para Audrey assim que pronunciou as palavras e viu o ar de triunfo no rosto de Annabelle. — E trate de não se impôr indevidamente à sua irmã — foram palavras sábias. O único problema foi que Audrey e Annabelle não compartilhavam da mesma interpretação de "indevidamente".

Nas duas horas seguintes, Annie conseguiu estacionar os dois filhos no quarto de Audrey. O pequeno Winston tentou destruir todos os livros dela, Hannah foi emborcada no berço de Molly e a anfitriã mordeu um dedo do pé da hóspede, tirando sangue, para o horror de Annabelle.

— Sua chinesa da sarjeta! — ela gritou e, sem fazer nenhum alvoroço, Audrey esbofeteou-a.

Foi uma boa e forte bofetada no rosto, que era mesmo do que ela precisava. Depois disso, Annie ficou um pouco mais submissa, mas já eram cinco horas quando Audrey pôde fechar a porta do quarto para descansar um pouco e pensar no que ocorrera com Charles. Era difícil acreditar que o vira poucas horas atrás e, enquanto as lágrimas caíam no travesseiro, Audrey perguntava-se se algum dia tornaria a vê-lo. Parecia ser muito improvável. E de súbito, ao perceber o que isso significava e vendo que agora estava presa a uma vida com o avô e Annabelle, Audrey começou a soluçar, pensando no homem que perdera e sabendo que ele tinha ido embora para sempre. Nessa noite, quando desceu para jantar, seus olhos ainda estavam vermelhos, mas ninguém notou. O avô estava perdido em seus próprios pensamentos e Annabelle regalou a todos com as medonhas histórias das infidelidades de Harcourt, e, no momento em que a sobremesa foi servida, Audrey sentia-se, de fato, indisposta. Os meses seguintes foram um pesadelo. Nenhuma das babás que Annabelle contratava continuava no emprego. Detestavam Annabelle, e as crianças mal eram benquistas. Os outros empregados ficaram ressentidos com os recém-chegados e o trabalho extra que significavam. Annabelle saía com constância e sempre deixava Audrey encarregada de seus filhos.

O avô também parecia achar tudo fatigante e cada vez se interessava menos pela pequena Molly, que lhe proporcionara tanta alegria alguns meses antes. Mas agora quase nada parecia deixá-lo contente. Audrey sentia-se incapaz para consolá-lo, seu próprio coração estava pressionado a cada dia e apenas Molly lhe dava algum conforto. A única coisa em que pensava era em Charles. Tentara escrever meia dúzia de cartas para ele, mas todas foram jogadas fora. O que diria a ele? Nada havia mudado.

Nada jamais seria diferente. E agora, para aumentar suas misérias, Audrey receava que o avô estivesse definhando. Ele já não prestava mais atenção na política, eram raras as vezes em que lia o jornal e nunca ia almoçar no clube. Audrey mencionou isso várias vezes para Annabelle, mas a irmã pareceu não notar. Estava ocupada demais com as saídas com os amigos e com todos os solteiros da cidade. Tinha ido à Ópera várias vezes, a todos os restaurantes elegantes, a vários bailes e não queria ouvir falar do avô, nem da irmã, nem dos filhos.

— Mas que droga, olhe — Audrey perdeu a paciência com ela na véspera do Natal, quando Annie anunciou que ia sair com amigos e não tinha tempo para jantar com o avô e Audrey. — Você podia passar pelo menos uma hora com ele, Annie. Não se esqueça — seu tom de voz ostentou um gelo que nunca ostentara antes —, é ele que sustenta você.

— E daí? Ele não tem nenhuma outra pessoa para sustentar, tem? E sustenta você também. Passe você o tempo com ele. Você não tem mais nada a fazer.

Ela só sentia desprezo pela irmã mais velha. Audrey esteve presente tomando conta dela a vida inteira, e Annie não via por que as coisas deviam ser diferentes agora. Em todo caso, era uma solteirona, não era? E agora nenhum homem iria querê-la, agora que estava encarregada daquele estúpido bebê chinês. Annie não se continha com os amigos, mais de uma vez insinuara que talvez o bebê fosse de Audrey. Mas Audrey não se importava. Amava Mai Li como se fosse sua própria filha, e não ligava a mínima para as fofocas da cidade. Só ficava triste por ver Annabelle arruinar a própria vida, se pervertendo com todo mundo e imune às repreensões e súplicas. Estava decidida a dissipar a vida com homens fracos e bebidas fortes, e Audrey desistira de tentar mudá-la. Annie era uma moça mimada e desagradável e agora Audrey tinha Mai Li com quem se agarrar. Doía-lhe ver a maneira como Annabelle vivia, mas percebeu que não havia coisa alguma que pudesse fazer e já admitia que Annabelle sempre fora mimada. Só que a bebida e os recentes excessos a tinham piorado. Mas deprimia-se ao ver isso. O divórcio foi amargo, e Harcourt aparecera na casa mais de uma vez, enfurecido com Annabelle e seus advogados. O avô deu ordens ao mordomo para não deixá-lo entrar mais. Em todo caso, quando Harcourt aparecia, em geral, estava bêbado e incitava cenas medonhas entre ele e Annabelle, nas quais nenhum dos dois fazia muito sentido; mas como o avô disse a Audrey, uma coisa que não toleraria mais era que se atirassem abajures e peças de jade.

— Sinto por você ter que enfrentar tudo isso, vovô.

— Imagino que eu deveria comprar uma casa para ela em algum lugar — ele suspirou —, mas agora estou velho demais para me preocupar com isso. Em todo caso, eu me vou em breve. Quando eu morrer, vocês duas serão donas desta casa e não há dúvida que ela é grande o bastante para as duas e a população colorida de crianças — e sorriu.

Também deixava para as duas a posse compartilhada da casa em Tahoe, embora Audrey não tivesse muita certeza se isso era sabedoria. Ela preferiria viver sozinha em alguma outra parte, sem dividir nada com Annabelle, com quem, sem dúvida, não era agradável viver. Mas Audrey não disse nada disso ao avô, só repreendeu-o por dizer que morreria em pouco tempo; mas receava que talvez ele estivesse certo. Ele tinha perdido muito peso nos últimos meses e começava a dormir o tempo inteiro. Agora, Audrey precisava acordá-lo para a caminhada diária e a maioria das vezes em que ela e Mai Li iam vê-lo antes do jantar, ou no início da tarde, o avô estava dormindo. Agora Mai Li já andava e cambaleava na ponta dos pés correndo inclinada pelo quarto, os cabelos em pé e os olhos arregalados de prazer. Na véspera de Natal, Audrey vestiu-a de veludo vermelho, com um minúscuulo laço de cetim vermelho nos sedosos cabelos negros, meias brancas e sapatinhos pretos de verniz. Tinha sido um longo caminho desde Harbin, onde ela nasceu. Audrey olhou-a orgulhosa e entregou-a ao avô. A pequena Hannah já dormia e Winston fora levado, em desgraça, para o andar de cima pela empregada, depois de quebrar um vaso de cristal e a calma do avô. As outras duas crianças ainda não tinham babá e Audrey cuidava delas a maior parte do tempo, já que Annabelle nunca estava em casa. Nesse momento, o avô olhou para Audrey, com Molly, como todos a chamavam, nos joelhos.

— Audrey, onde está sua irmã hoje?

— Acho que foi a um jantar na casa dos Stanton.

— São raras as saídas dela — ele disse, sarcástico, e franziu as sobrancelhas ao olhar para Audrey. — Você devia fazer mais coisas de sua vida que não bancar a babá dos fedelhos dela o tempo todo, Audrey.

— Vai chegar a hora em que ela dará um jeito nas coisas, vovô.

Mas a própria Audrey já não acreditava mais nisso. Ia ter que agir com firmeza, mas não queria criar problemas na casa. O avô ficava nervoso sempre que isso ocorria. Nessa época, a maioria das coisas o deixava nervoso, a campainha da porta, o telefone, o barulho dos carros lá fora. Queixava-se de que tudo movia-se rápido demais e que tudo era muito barulhento, apesar do fato de aos poucos estar perdendo a audição. Mas recordava-se de um mundo muito mais tranqüilo e, de repente, todas as mudanças em volta perturbavam-no. Audrey tranqüilizava-o o máximo possível, e andava ocupada em mantê-lo feliz e bem-cuidado. Agora era mais difícil encontrar pessoas para trabalhar na casa, já não estavam tão desesperadas como alguns anos atrás e preferiam trabalhar nas fábricas ou lojas. Não queriam as restrições do trabalho doméstico. E mais de uma vez Audrey viu-se esfregando uma parede, ou batendo um tapete, ou usando o aspirador de pó nos aposentos em que vivia. Mas nesse momento não havia o menor sinal disso, quando sentou-se com o vestido de noite de seda azul-escura, ao lado da lareira, na véspera do Natal, enquanto Edward Driscoll tirava um cochilo. Audrey mandou as crianças para a cama, no andar de cima, e os dois ficaram sentados durante um longo tempo; Audrey bebia um copo de xerez e pensava no ano anterior, em que se encontrava na China cantando músicas de Natal com as crianças do orfanato. Ao pensar nelas, Charlie voltou à sua mente e ela perguntou-se se ele já estaria no Egito. O coração ficou pesado só de pensar nele, mas agora Audrey sabia que estava tudo acabado. Alguns meses antes tirara o anel do dedo e guardara, com todo cuidado, em uma caixa de jóias. Tinha recebido um cartão de Natal de James e Vi, que não o mencionaram. Disseram apenas que esperavam rever Audrey em 1935 e instaram-na a visitá-los em Antibes no verão seguinte. Não havia nada que ela quisesse mais, mas com o declínio do avô ela nem podia imaginar deixá-lo nesse verão.

Nos idos de março, Mai Li completou um ano de idade e dois dias depois Edward Driscoll teve um ataque que deixou-o sem fala e paralisado do lado esquerdo. Seus olhos angustiados seguiam Audrey, enquanto ela se movia tranqüila pelo quarto dando instruções para as enfermeiras e esperando as visitas matinais e vespertinas do médico.

Levou dois dias para encontrar Annabelle a fim de dar a

notícia. A irmã estivera em Los Angeles, aonde fora assistir às corridas com amigos; e não dormia em seu quarto de hotel à noite, nem se dava ao trabalho de responder os recados que Audrey deixava. Audrey estava lívida quando finalmente encontrou-a.

— E se acontecer alguma coisa com um de seus filhos?

— Você está aí, não está?

A fiel Audrey que nunca ia a parte alguma e com quem sempre se podia contar. De repente, sentiu a raiva ferver dentro de si e se Annabelle estivesse presente talvez a esbofeteasse. Estava fazendo escândalos em todo o estado, tanto com homens solteiros como com casados, e era tão ultrajante quanto Harcourt, que estava tendo um caso notório com a mulher de um de seus melhores amigos e aparecia nas colunas de mexericos quase todos os dias. Um dia o avô comentou que era uma pena que não continuassem casados, que um merecia o outro. Mas agora não era em Harcourt que Audrey pensava, quando Annabelle respondeu, enfim, ao seu telefonema, com um ar de tédio.

— Vovô teve um ataque há dois dias, Annie. Seria melhor você voltar para casa agora.

— Por quê?

Audrey pôde sentir todo o seu corpo enrijecer ao escutar a voz da irmã.

— *Por quê?* Porque ele é um velho muito doente e pode morrer, por isso. E porque tomou conta de você a vida inteira. Você deve a ele alguma coisa por isso, ou não pensou nisso antes?

Annabelle era o ser humano mais egoísta que Audrey conhecia, e aos poucos estava começando a odiá-la.

— Não há nada que eu possa fazer por ele, Aud. E detesto ficar em quarto de doente.

Audrey havia descoberto que quando o pequeno Winston teve catapora e passou para Hannah e Molly, Annabelle foi passar três semanas de férias em Santa Barbara, deixando os três aos cuidados de Audrey. Annie nem ao menos telefonou uma vez para saber como eles passavam.

— Você faz parte desta casa — nesse momento, a voz de Audrey era como gelo. — E não bancando a puta em toda Los Angeles. Portanto, trate de botar essa sua bunda aqui hoje à noite. Fui clara?

— Não fale comigo desse jeito, sua puta ciumenta! — Audrey ficou chocada com o veneno da voz da irmã. Entre as duas já não havia mais o menor vestígio de ternura. — Voltarei para casa quando me der na telha.

Para quê? Pela herança? Quando Audrey pesou as palavras, compreendeu algo que já sabia antes. Jamais poderia viver naquela casa sozinha com a irmã. Depois que seu avô morresse, ela também iria embora. Não havia nada para prendê-la ali, nem mesmo em San Francisco. Ela nada devia a Annabelle. Dera a ela a metade de sua vida e nada mais restava. Era hora de Annabelle assumir as próprias responsabilidades e as dos filhos.

Audrey pensou por apenas um momento, depois fez um aceno de cabeça. Nesse exato momento, acabava alguma coisa para ela. Era o fim de uma era.

— Ótimo, Annabelle, volte para casa quando quiser.

Quando desligou, sentia-se como se tivesse conversando com um estranho.

Capítulo 25

O avô resistiu à doença até o início de junho e, então, finalmente, deu o último suspiro, enquanto Audrey segurava sua mão e dava um delicado beijo em seus dedos. De olhos fechados e sentindo as lágrimas rolarem por suas faces, ela soube que aquela morte era um ato de misericórdia. Para um homem tão poderoso no passado, tão forte e orgulhoso, viver preso a um corpo inútil, ter sua mente decrépita e uma boca que já não podia mais falar era o pior tipo de prisão que se poderia imaginar. Já era hora de ele se libertar. O avô tinha oitenta e três anos e já estava muito, muito cansado de viver.

Audrey cuidou de todos os preparativos com o coração pesado. Nunca tinha compreendido a quantidade de detalhes terríveis, tudo, desde a escolha do caixão até a música para a missa fúnebre. Um pastor conhecido de todos leu o elogio nas pompas fúnebres. Audrey estava sentada na fila da frente, de chapéu e véu negros, usando uma austera roupa preta, assim como suas meias e sapatos. Nesse dia, até mesmo Annabelle estava com ar sério, embora na leitura do testamento parecesse mais descontraída: ela sorriu contente para Audrey, ao cruzar as pernas e acender um cigarro. O avô deixara uma fortuna muito maior do que as duas esperavam. Além das casas em San Francisco, na baía Meeks e no lago Tahoe, tinham uma sólida quantidade de ações com a qual viveriam bem o resto da vida caso fossem cautelosas. Audrey comoveu-se, em especial, por ele ter deixado uma pequena herança específica para Mai Li, referindo-se a ela como a "minha bisneta Molly Driscoll". Ao ouvir isso, as lágrimas encheram os olhos de Audrey, mas Annabelle não pareceu tão comovida. Uma cláusula rezava que uma poderia comprar as quotas das casas das outras, ou, caso contrário, poderiam morar juntas. Audrey tinha certeza de que não faria isso.

Nas semanas seguintes, ela empacotou suas coisas, com toda calma, colocando-as em caixas no andar de baixo. Havia caixas de embalagem e baús de navio, assim como uma caixa das roupas que tinham ficado pequenas para Mai Li. Os álbuns do pai foram embalados com cuidado em papel-tela, depois embrulhados em linho e guardados. Audrey levaria apenas alguns baús e seu plano para ir passar alguns meses na Europa, depois decidiria o que fazer a partir dali. Desejava ver Violet e James e, mais importante ainda, queria ver Charles. Queria vê-lo mais do que qualquer outra coisa. Estava livre agora, não tinha nenhum dos estorvos de antes, exceto Mai Li. Não tivera notícias dele desde o dia em que partiu de San Francisco, em setembro. Seu coração ainda doía quando pensava na proposta de casamento que fora obrigada a recusar, e perguntava-se se ele estaria disposto sequer a vê-la. Audrey esperava que sim. Charles era a principal razão de sua ida à Europa.

Era final de julho quando Audrey deu por encerradas todas as pequenas tarefas que dependiam de seus cuidados. Tudo estava embalado e guardado. Seus negócios estavam em ordem, o que devia fazer pelo espólio do avô estava concluído, e, então, um dia, ela se sentou, enfim, com Annabelle. Annabelle se vestia para sair e Audrey achou que a irmã usava muito ruge. Uma calça comprida estava jogada em cima da cama junto com uma blusa de seda, e Annabelle penteava os cabelos para cima. Nessa época, ela copiava um bocado o estilo de Marlene Dietrich e causava em San Francisco quase tanta sensação quanto Dietrich causava na Europa.

— Está bonita demais para usar calças — Audrey sorriu para a irmã mais nova e sentou-se, enquanto Annabelle a olhava, cheia de suspeitas.

As duas pouco conversaram desde a morte do avô, e no dia anterior saíra uma matéria no jornal, dizendo que ela tinha um caso com o marido de alguém, e Annabelle perguntou-se se Audrey iria lhe dar uma lição de moral.

— Estou com pressa, Aud — falou, nervosa, evitando os olhos de Audrey.

Um cigarro queimava em um cinzeiro cor-de-rosa em cima da penteadeira espelhada e, no quarto contíguo, podiam-se ouvir Winston, Hannah e Molly brincando e brigando por seus brinquedos. Os dois formavam uma turminha bem brava, mas eram uma boa companhia para Molly e Audrey sabia que sentiria falta deles.

— Não vou tomar muito o seu tempo, Annie — estava usando um vestido simples de seda negra e parecia mais velha do que era ao olhar para a irmã mais nova. Vestia preto por estar de luto pelo avô recém-perdido, mas Annabelle não parecia lembrar-se disso. — Parto para a Europa dentro de alguns dias. Achei que você devia saber.

— Você vai fazer o *quê*? — Annie ficou com um ar horrorizado, que pareceu surpreender Audrey. As duas quase não se viam mais e quando se viam, não era agradável. — Quando foi que você tomou essa decisão? — girou no assento da penteadeira e olhou fixo para a irmã, com uma sobrancelha pintada e a outra sem maquilagem. Audrey sorriu para ela.

— Tomei essa decisão há algumas semanas. Não há espaço suficiente para nós duas nesta casa, Annie. E já não há mais nenhuma razão para eu permanecer aqui. Eu ficava por causa do nosso avô, mas agora ele está morto.

— E quanto a mim? — Audrey fitou-a desanimada; sem dúvida Annie não podia esperar que Audrey ficasse para tomar conta dela. — E quanto aos meus filhos? Quem vai administrar esta casa? — Então, era isto. Audrey quase riu do horror estampado no rosto da irmã.

— Acho que agora tudo isso compete a você, Annie. É a sua vez. Fiz isso durante dezoito anos — estava com vinte e nove anos agora e administrou a casa do avô desde os onze anos de idade. Mais do que isso, tinha cuidado dos filhos de Annabelle desde que esta se mudara para lá dez meses antes; e já era mais do que hora de Annabelle cuidar de si própria. — Agora é tudo seu — Audrey levantou-se com um sorrisinho sombrio. Ainda sentia o vazio da perda do avô e cada vez que descia ao saguão lembrava-se dele. Já nem conseguia mais descer para tomar o café da manhã. Ficava chocada ao olhar para o lugar vazio que fora dele, esperando que ele chegasse para discutir com ela os assuntos do dia no jornal.

— Para onde você vai? — a expressão de Annabelle era de um pânico sincero.

— Para a Inglaterra. Depois para o sul da França, depois verei.

— Quando voltará para casa?

— Ainda não tomei essa decisão. É provável que não volte por alguns meses. Agora não tenho mais nenhuma razão para apressar a volta.

— Uma droga que não tem — jogou a escova de cabelo em cima da mesa e se levantou. — Você não pode me abandonar desse jeito.

Audrey levantou-se e baixou os olhos para a irmã bem mais baixa; era mais baixa tanto em altura como em espírito.

— Acho realmente que você não notou.

— O que significa isso?

— Que já não somos íntimas, Annie, somos? — sua voz saiu suave e seus olhos estavam tristes. Não era para ter terminado dessa maneira, mas terminou. Já não havia mais nada entre as duas, nada, exceto dissabor, ressentimentos e mútua desaprovação.

— Por que está fazendo isso comigo? — Annabelle começou a chorar e a maquilagem desceu em rios negros por suas faces. Estava com uma expressão terrível quando sentou-se de novo e olhou fixo para Audrey. — Você me odeia, não odeia?

— Não, não odeio.

— Tem inveja de mim porque nunca teve marido.

De repente, Audrey deu uma risada no quarto de vestir impregnado de perfume e fumaça de cigarro. Jamais desejara um marido como Harcourt e o único homem que amara foi Charles.

— Espero que você não acredite nisso, Annie. Não tenho a menor inveja do que você teve e espero que um dia você se case outra vez, talvez com um pouco mais de sabedoria dessa vez — embora isso parecesse improvável devido ao gosto e comportamento frenético de Annie. — Já é hora de eu ir embora. Acho que sou como papai. Tenho necessidade de me mudar sem parar.— Nada disse sobre Charles.

— O que farei com as crianças? — choramingou Annabelle.

— Consiga uma babá para elas.

— Nenhuma continua, nunca.

Audrey sentiu pena, mas tampouco estava disposta a permanecer e talvez fosse bom para Annabelle ter que tomar conta dos filhos, para variar. Audrey exultava com a perspectiva de ficar sozinha com Molly, que agora começava a falar e cada momento que Audrey passava com ela era um prazer.

Audrey ficou parada um longo tempo, olhando para a irmã.

— Sinto muito, Annie.

— Saia de meu quarto! — Annabelle gritou e atirou a escova de cabelo na porta. — Saia de minha casa!

Ao sair, Audrey fechou a porta com um movimento suave e, pouco depois, escutou o barulho de vidro sendo quebrado.

Quatro dias mais tarde, fechou a última de suas bolsas e deu uma olhada em volta do quarto. Não tinha o menor arrependimento. Mal podia esperar a hora de partir, embora Annabelle a tivesse procurado aos soluços na noite anterior para suplicar que não fosse embora. Duas das empregadas pediram as contas tão logo souberam que Audrey ia embora, e tanto a cozinheira como o mordomo se aposentaram um mês antes, logo depois da morte do avô. Era hora de começarem de novo, tanto Audrey quanto Annabelle, que pela primeira vez na vida era forçada a se sustentar sozinha. Quando colocou a bolsa no *hall*, com um suspiro Andrey perguntou-se como a irmã conseguiria. E ao olhar o *hall*, pensou se algum dia tornaria a ver aquela casa, que sem dúvida já não seria a mesma. Uma vez que Annabelle se acostumasse a ficar sozinha, com toda probabilidade se enfureceria e venderia todas as coisas da casa, ou jogaria tudo fora e redecoraria; e era improvável que ela fosse ter a decência de pedir a permissão de Audrey.

Annabelle não se levantou para ir despedir-se antes da partida de Audrey, e as crianças ainda dormiam. Audrey vestiu Mai Li tranqüilamente, e as duas tomaram o café da manhã na cozinha. O motorista levou-as ao aeroporto, junto com todas as suas coisas. Audrey decidira ir de avião e não de trem para Nova York a fim de economizar tempo; em seguida elas embarcariam no *Normandie*, o navio francês mais novo e maravilhoso da linha, e seu plano era desembarcar em Southampton. Também estava com a esperança de ver Charles e planejara telefonar para ele assim que chegasse a Londres. Talvez ele estivesse furioso demais e o dano não pudesse ser reparado. Mas Audrey tinha que tentar. Ela devia isso a si mesma. Charles era o único homem que ela amara na vida e valia a pena tentar vê-lo mais uma vez.

Apertou as mãos de todos os empregados antes de partir, pôs Molly nos braços, desceu os degraus da frente da casa com a criança em um braço e a valise no outro. Era a mesma valise que usara na China e agora ela sorriu ao recordar a infindável viagem de trem, com aquele objeto inútil no colo, enquanto Charles ameaçava jogá-lo fora ou trocar por um par de galinhas gordas. Agora mal podia esperar a hora de vê-lo. E o longo vôo até Nova York pareceu passar em minutos, enquanto Audrey pensava e repensava no destino final. Não tinha o menor arrependimento por deixar San Francisco e pôde sentir o coração acelerar quando o avião decolou. Havia um quê de hilariante em partir... em viajar para qualquer lugar... teve a mesma sensação quando embarcaram no navio, em Nova York, e Audrey recordou-se ter conhecido Violet e James apenas dois anos antes a bordo do *Mauretania.* Mas dessa vez não havia ninguém que ela desejasse conhecer na travessia e embora o *Normandie* fosse extraordinário em todos os aspectos, Audrey passava a maior parte do tempo com Mai Li, ou então lendo em uma espreguiçadeira enquanto Mai Li brincava por perto; e a maioria das refeições era servida na cabine. Não queria deixar a criança com uma criada desconhecida para ir jantar e estava satisfeita em levar uma vida solitária. A maior parte do tempo, ela ainda usava preto e ficava imersa em seus pensamentos, ansiosa para ver Charles. Não o vira desde que ele a deixara na calçada e fora embora de carro, depois que Audrey recusara a proposta de casamento. Só de pensar nisso, Audrey ficou de coração partido e sentiu a mesma dor surda que sentia todas as vezes que pensava nele. Mas foi divertido ancorar em Southampton. Agora estava a apenas algumas horas de distância dele, e a viagem até Londres passou voando. Pouco tempo depois, Audrey hospedou-se no Claridge's e pediu à telefonista para ligar para o número dele. Charles não estava, mas ainda era o meio da tarde. Era provável que tivesse saído para passar fora a tarde inteira ou até mesmo alguns dias. Se não o encontrasse no dia seguinte, poderia mandar um bilhete para o apartamento dele, ou então perguntar a Violet e James se sabiam onde encontrá-lo, quando telefonasse para eles em Antibes, o que finalmente fez no fim do dia seguinte. *Lady* Vi atendeu a ligação, que estava péssima.

— Violet?... Está me ouvindo?... Sou eu, Audrey... Audrey Driscoll... O quê?... O que você disse...

— Eu disse... onde... você... está? — a voz ia e voltava; Audrey mal pôde escutá-la.

— Estou em Londres.
— Onde está hospedada?
— No Claridge's.
— Onde?... não... importa... Quando você... virá... para cá? — Estavam em Antibes desde junho e Audrey imaginou a cidade sempre em festa.
— Talvez no final da semana.
— O quê?
— No fim de semana.
— Fantástico. Como você está?
— Muito bem — teve vontade de contar sobre Molly, mas, como não falara antes, isso teria que esperar. Era um assunto impossível de ser abordado em uma péssima ligação telefônica para o sul da França. — Como estão vocês e as crianças?
— Estamos muito bem... — então, a ligação sumiu por completo, a única coisa que Audrey conseguiu escutar foi algo que soou como "mento".
— O que você disse?... a ligação... está péssima.
— Sim... isso... eu disse... que acabamos de voltar... do... mento — a ligação sumiu outra vez e Audrey quase gemeu de desespero.
— De *onde*?
De repente, a ligação melhorou como nuvens se abrindo para revelar o sol, e Audrey quase desmaiou ao ouvir as palavras com clareza.
— Casamento de Charles.
— O quê? — ficou rígida na cama, como se tivesse levado uma bofetada.
— Eu disse... acabamos de voltar... do casamento... de Charlie... foi adorável...
Oh, Deus... oh, não... não... por favor Deus... Charlie não...
— Eu... oh... — foi quase que como um soco de verdade e as palavras desapareceram da boca de Audrey.
— Você ainda está aí?... Audrey, está me ouvindo?....
— Estou, mal... Com quem ele casou?... — não que isso tivesse alguma importância.
— Com Charlotte Beardsley... a filha do editor dele... — não havia razão para tentar explicar que a moça o caçara durante dois anos, que o seguira ao Egito e que acampara literalmente aos pés de Charles. James dizia que aquilo não duraria,

que era apenas uma obsessão da qual ela se cansaria logo, quando o conhecesse melhor, e acabou não conseguindo imaginar por que Charles cedeu; mas Vi suspeitava que de alguma forma havia uma razão. — Eles se casaram em Hampshire... Acabamos de voltar.

Audrey ainda estava na linha, com um silêncio doído, lutando para reprimir as lágrimas que a sufocavam.

— Isso é lindo... — sua voz saiu débil demais para Violet conseguir escutar e dessa vez isso não teve nada a ver com a ligação.

— Quando você virá para cá?

— Não sei... eu... — de repente, Audrey lembrou-se do motivo pelo qual tinha ido a Londres e agora não havia nenhuma razão para ficar. Foi por isso que ele não atendia o telefone. Audrey estremeceu ao pensar em como teria sido se Charlotte atendesse, agora Charlotte Parker-Scott. De repente, tudo que Audrey queria era sair de Londres. — Que tal amanhã? É muito cedo? — olhou para Mai Li que brincava no chão e decidiu que seria melhor dizer algo.

— Será adorável, Audrey! Você virá de avião?

Agora não tinha pressa.

— Vou de trem. E Violet... estou levando a minha filha.

— Sua o quê? — recomeçaram os estalidos na ligação.

— A minha filha — Audrey gritou.

— Conte-me quando chegar. O que você trouxer está bem. Temos um monte de quartos para você.

— Obrigada... — seus lábios tremiam quando ela disse adeus. — Eu a vejo amanhã.

— *Au revoir.* Vamos ao seu encontro no trem.

— Ótimo.

As duas desligaram e Audrey ficou sentada olhando para o infinito durante um longo, longo tempo, pensando no que ouvira da velha amiga. De uma certa forma, a coisa parecia ser inacreditável. Charlie, a quem ela tanto amou, por quem tinha viajado, estava casado agora com uma mulher chamada Charlotte.

Capítulo 26

Na manhã seguinte, o trem chegou à estação de Antibes exatamente às 8h43min. Audrey estava sentada à janela, com um vestido de linho azul-claro e com as alpargatas que comprara quando esteve em Antibes dois anos atrás. Mai Li usava um vestido de algodão cor-de-rosa, um aventalzinho branco e um laço rosa nos cabelos, parecia um anjinho chinês. Ficou sentada no colo de Audrey quando o trem entrou na estação, com uma expressão fascinada pela atividade lá fora. Audrey olhou pela janela, com a esperança de ver Violet e James, mas não conseguiu, e partiu em busca de um carregador para retirar as malas. Já estava na plataforma com Molly quando viu os dois. O casal não mudara nem um pouco. E Violet estava extraordinária em um diáfano vestido branco, com um enorme chapéu branco e uma estola cor-de-rosa em volta do pescoço, que mal ocultava um colar de pérolas do tamanho de bolinhas de naftalina. James vestia uma camisa branca e azul-marinho, calças largas brancas e alpargatas azuis, mais parecendo francês do que inglês. Violet foi a primeira a correr na direção de Audrey e parou, de estalo, ao ver Molly nos braços da amiga, com os olhos arregalados de fascínio ao fitar a linda menina.

— Que chapéu! — disse Audrey, e as duas riram, enquanto Violet voltava os olhos indagadores para Audrey.

— E quem é essa? — não estava com um ar de acusação, estava apenas curiosa, enquanto James dizia ao carregador aonde levar as malas.

Audrey deu uma risada.

— Tentei contar para você pelo telefone, ontem, mas a ligação estava tão medonha. É a minha filha, Molly.

— Ora, ora... — Violet lançou um olhar malicioso para Audrey, balançando um dedo. — Então foi isso que você estava fazendo por lá. Devo dizer... ela é muito bonita... — Violet reclinou-se para a frente ao acariciar os sedosos cabelos negros. — Querida, quem é o pai dela?

— Para dizer a verdade, não sei direito — os olhos de Violet se arregalaram mais ainda, admirada com a resposta de Audrey. — Acho que é um soldado japonês.

Violet franziu os lábios.

— Não deve dizer isso para qualquer um. Finja que o pai é um filósofo muito conhecido. Ou alguém do governo, alguém de uma importância terrível.

— Ora, quem é essa? — James aproximou-se e deu um afetuoso abraço e um beijo no rosto de Audrey, enquanto olhava para o bebê.

Violet respondeu por ela.

— Olha, querido, Audrey tem um bebezinho chinês.

Audrey riu da descrição e decidiu salvar sua reputação antes que a brincadeira fosse longe demais, embora nem Violet nem James parecessem perturbados ao pensar que ela tinha uma filha chinesa ilegítima. Era surpreendente a liberalidade dos dois, e Audrey flagrou-se pensando se alguma coisa os chocaria.

— Na verdade, a mãe dela morreu no orfanato quando eu estava lá, eu levei Mai Li para casa e a adotei.

James sorriu para a velha amiga ao conduzi-la até o carro, e Violet brincou com Molly fazendo-lhe cócegas enquanto a menina dava risadinhas.

— Seu avô deve ter ficado contente.

Audrey riu ao lembrar da reação inicial, mas no final das contas ele foi bom com Molly... inclusive lembrou-se dela no testamento como sendo "a minha bisneta Molly Driscoll"... Audrey ficara tão comovida...

— No final ele acostumou-se. Gostava muito dela.

Então, quando se instalaram no enorme Mercedes, Violet franziu a testa.

— Charles não nos contou nada sobre ela, depois da viagem que fez para vê-la, em setembro passado. Bem típico dele.

Olhou para James e ambos riram, enquanto Audrey lutava

para não deixar transparecer no rosto a dor que sentia. Ela ficou rígida, no ato, só de ouvir o nome dele, e esperava que os dois não falassem sobre o casamento. No entanto, em algum momento Audrey tinha que saber, precisaria saber, pelo menos, com quem ele tinha casado e por quê. Devia haver alguma explicação mais profunda. Não lhe parecia possível que ele se tivesse apaixonado no último ano e corresse para se casar. Não era desse tipo, pelo menos... Audrey lutou com bravura para afastá-lo da mente e voltar seus pensamentos para James e Violet. Os três conversaram no carro até a mansão. Audrey ficou encantada ao descobrir que muito pouco mudara por lá. O quarto que lhe deram era o mesmo em que se hospedara antes, com uma tranqüila vista para o Mediterrâneo; abriram a porta que dava para o quarto de hóspedes contíguo e Mai Li também recebeu um aposento, embora eles não a esperassem. Mas depois que chegaram do casamento de Charles, os dois desfrutavam de uma calmaria entre a chegada de hóspedes. No final do dia, quando assistiam ao pôr-do-sol no terraço, Audrey perguntou a Violet sobre a moça com quem Charles casara. Precisava saber alguma coisa sobre ela... era necessário... e James estava dentro de casa abrindo vinhos para o jantar, de modo que elas podiam "respirar" antes que ele as servisse. James gostava, em especial, do Haut-Brion que eles chamavam rindo de O'Brien, no primeiro verão que Audrey passou lá, e do Mouton Rothschild, do qual gostava ainda mais. Comia-se e bebia-se muitíssimo bem no sul da França, mas não era nisso que Audrey pensava.

— Quando Charles se encontrou comigo em San Francisco, em nenhum momento ele mencionou uma mulher para mim — ela disse, hesitante, embaraçada por admitir o quanto isso significava para ela, e até mesmo para *Lady* Violet.

— Faz dois anos que Charlotte o persegue — Violet foi cautelosa a princípio, sondou os olhos de Audrey, que pareciam estar cobertos por um véu; Audrey desviou o olhar para as águas lá fora. Violet pousou a mão sobre a dela em um gesto delicado. — Você não está ainda apaixonada por ele, está, Audrey? — não havia razão para fingir, de qualquer modo Violet suspeitaria, e Audrey virou-se para a amiga com os olhos cheios de dor e lágrimas transbordando nos cílios. — Oh, minha querida... oh, Audrey, sinto muito... e eu lhe contei de um modo tão áspero pelo telefone. Eu supunha, de alguma forma, que estava tudo acabado entre vocês dois. Quando voltou de San Francisco, Charles foi tão definitivo quanto a isso...

Audrey estava com uma expressão de extrema preocupação ao olhar para a amiga.

— Que foi que ele disse?

— Não muito, na verdade, só que vocês terminaram. Que você estava instalada lá e ele precisava levar sua própria vida. E devo dizer que ele fez isso por vingança.

Audrey assentiu, compreendendo muito bem o motivo.

— Ele me pediu de novo em casamento... — voltou os olhos angustiados para *Lady* Vi. — Mas Violet... eu não podia. Como poderia abandonar meu avô naquela época? Não seria correto... eu simplesmente não podia. Sugeri que ele morasse algum tempo em San Francisco. Mas claro que isso ele também não podia fazer... ambos estávamos presos às nossas obrigações.

— E imagino que ele partiu furioso. — Violet o conhecia bem, e Audrey assentiu.

— Estava furioso. Claro que sentia tanto mágoa como raiva, mas recusou-se a compreender o que me prendia lá.

— Audrey, você tem que perceber que esse homem não tem responsabilidades... nunca teve... exceto, claro, o irmão. Mas na época ele era quase uma criança e ainda não tinha o gosto pelas viagens. Depois que se pega essa mania, nunca mais se fica parado em um lugar. Para dizer a verdade, não tenho certeza se um dia ele se fixará. Pelo menos não no sentido convencional. O surpreendente é que você gosta tanto quanto ele dessa loucura de perambular pelo mundo.

Audrey sorriu e enxugou os olhos com um lenço que levava no bolso. James as observava da sala de jantar, pensando no quadro encantador que as duas formavam. Bebia um *kir*, pois notou que as duas trocavam confidências e não queria interromper.

— A estupidez da coisa — *Lady* Vi prosseguiu; não iria esconder seus sentimentos de Audrey. Desde o início não fizera segredo do que pensava. Um dia, inclusive, fora franca para com Charles, mas ele recusou-se a acreditar nela. — A estupidez da coisa é que acho que essa mulher não o ama. Ela o queria... oh, Deus, sim... ela o queria com desespero, como um objeto que a gente tem que possuir, ou um fabuloso pedacinho de terra querido... talvez um castelo... ou o cume de uma montanha que a pessoa tem que escalar. Acho que ela vê o casamento com Charles como sendo uma façanha.

Audrey ficou intrigada ao ouvir a amiga.

— Mas pelo visto ele deve amá-la — tornou a assoar o nariz e esfregou, de leve, os olhos que se recusavam a parar de chorar. Mas era gostoso ser franca com a amiga e Audrey precisava conversar com alguém sobre Charles.

— Sabe — *Lady* Vi piscou para o sol ao afundar na cadeira com um ar pensativo. — Nunca tive muita certeza de que ele a amava. Acho que ele se convenceu disso. E é claro que ela facilita a vida para ele. Meu Deus, ela faz tudo por Charles, menos calçar os sapatos nos pés dele. É de fato bem odioso.

— E em contraste a isso, eu me recusei a ceder um milímetro ao ficar ao lado de meu avô até o final.

— Ninguém a condenaria por isso.

Lady Vi ainda estava furiosa por Charles ter casado com Charlotte Beardsley. Chorou copiosamente no casamento, mas não por achar a cerimônia emocionante. James a prevenira para não demonstrar seus sentimentos, caso contrário perderiam a amizade de Charles, que parecia disposto a defender a moça, sem se importar com o resto. Talvez por saber que ninguém mais defenderia.

— Ela é muito linda? — ao fazer a pergunta, Audrey estava com cara de criança magoada, e *Lady* Vi sacudiu a cabeça.

— Não, não é... bonita, talvez... ou talvez atraente seja uma palavra melhor. E se arruma com roupas muito caras. Tudo da última moda e tudo com um preço terrível. Acho que o pai dela a mimou demais. É claro que eles têm uma bela fortuna. — *Lady* Vi pronunciou isso como sendo a condenação suprema, mas, claro, o que quis dizer era que eles tinham dinheiro mas não classe, embora jamais fosse expressar-se de um modo tão grosseiro para Audrey. — E Charles diz que ela tem uma cabeça excelente para os negócios. Ela assumiu as negociações dos livros dele e está fazendo um belo trabalho. Inclusive já vendeu os direitos de filmagem de dois romances de Charles, coisa que ele jamais pensaria em fazer.

— Você fala como se ela fosse boa para ele — e, então, Audrey fez a pergunta que realmente queria fazer. — Ele é feliz?

Lady Violet pensou durante algum tempo, depois olhou dentro dos olhos da amiga.

— Não, não é. Ele diz que é, mas, para ser honesta com você, não acredito nele. James me matará por eu dizer isso a você, mas é o que penso. Acho que ele está se enganando em relação ao que sente por ela. Penso que ele tomou a decisão de se casar e ela estava ali, rebolando e gritando por ele, então ele disse que estava tudo bem. Mas não havia nenhuma alegria, nenhuma centelha, nenhuma excitação... não foi o mesmo que vocês compartilharam, por tudo que soube. Quando Charles falava de você, ficava com cara de quem estava no céu ou no inferno, e na maioria das vezes estava — ambas recordaram-se de quando Audrey recusou-se a sair de Harbin —, mas agora não há nada disso. Ele só parece estar meio vivo. Para dizer a verdade, está entorpecido. Embora ele afirme que está se divertindo muito. Mas mesmo que esteja, não se divertirá por muito tempo. Acho que por trás daquela máscara Charlotte Beardsley é uma mulher muito complicada. Penso que existem motivos pelos quais ela ainda não tinha casado até agora. Acho que foi atrás do que queria na vida. Ela queria uma carreira, e tem uma carreira, aliás sensacional, depois decidiu que queria um marido e conseguiu um. Mas está além de minha capacidade o que ela fará com ele agora. No final, Charlotte vai tê-lo como uma marionete na cordinha, e Charles vai odiar cada minuto disso. Ela vai transformá-lo em uma fábrica de livros e filmes, e vai ganhar rios de dinheiro. É a única coisa da qual ela entende de verdade... Charlotte não compreende o que faz funcionar pessoas como você e Charles, essa maravilhosa vontade de perambular pelo mundo inteiro, sentindo aromas estranhos e tirando fotos de pessoas estranhas.

— Tirando fotos de quê? — James juntou-se a elas, enfim, e lançou um olhar de suspeita para a mulher. Fizera questão de dizer para Violet que ela não devia conversar com Audrey sobre Charles. Não havia razão para se enfiar o dedo em velhas feridas. Sabia que Charles ainda era sensível a esse assunto, e Audrey também podia ser. Era óbvio que um caso como o deles tinha significado muito para ambos. E a única coisa que ele lastimava por eles era que os dois não tivessem conseguido fazer a coisa funcionar. Os dois eram tão parecidos e Charlotte tão diferente.

As duas mulheres não voltaram a conversar sobre esse assunto, mas tudo que Vi disse ficou gravado na mente de Audrey, enquanto ela tentava dizer a si própria várias e várias vezes que estava acabado, que não podia amá-lo mais... que ele estava casado.

Mas ainda parecia difícil de acreditar. Tudo que Audrey conseguia recordar eram as infindáveis horas de sexo no Expresso do Oriente, ou a maravilha que era assistir o sol nascer no topo de uma montanha no Tibet, dentro de um minúsculo e desconfortável trem. Sentia-se tão gratificada por ter feito tudo isso. Sem isso, ela não contaria com nenhuma lembrança. Pensou muito no que Vi dissera sobre o fato de Charlotte facilitar a vida para ele... "Ela estava rebolando e gritando por ele"... No entanto, esta ainda não parecia ser uma razão adequada para se casar. Charles era diferente, Audrey sabia, e isso não seria razão suficiente, a menos que ela mesma o tivesse levado a isso ao rejeitá-lo pela segunda vez e então ele se casou de raiva. Mas ele também era muito sensato para fazer isso. E à noite Audrey, deitada, pensou nele, dizendo a si própria que não importava o motivo pelo qual tinha casado com Charlotte. Ele casou. E agora Audrey tinha que esquecê-lo.

Tentando, sem sucesso, afastá-lo da mente durante as agradáveis semanas em Antibes, Audrey ficou muito intrigada quando eles tiveram um rápido encontro com Wally Simpson e Edward, o Príncipe de Gales. No encontro, o príncipe trocou algumas palavras com James e Audrey foi apresentada aos dois. James pareceu pensar que ela teria algo em comum com a Sra. Simpson, posto que ambas eram americanas, embora a Sra. Simpson nada mais tenha feito a não ser apertar a mão de Audrey. Audrey ficou espantada com a elegância com que ela se vestia, mesmo em Antibes. Era como se ela acabasse de sair de uma capa da *Vogue,* com um vestido de linho e os cabelos penteados à perfeição, um pequeno e elegante chapéu de palha e sapatos sem dúvida feitos sob medida; e ficou aturdida com a beleza das pérolas e com a adoração com que o príncipe olhava-a quando foram embora. Ele era um homem de extrema beleza e Audrey ficou excitada por tê-los conhecido. Conversou com Vi sobre eles durante um longo tempo, e as duas discutiram sobre a extensão do escândalo. A Sra. Simpson era, claro, divorciada e todo mundo estava chocado com o envolvimento do príncipe com ela. Audrey também esperara ver os Murphy outra vez, mas nesse ano a tragédia abatera-se sobre eles, e ela não os encontrou. Tinham perdido o filho, Baoth, de meningite, em março desse ano, e o filho mais velho, Patrick, teve uma recaída da tuberculose. A vida dourada perdera, de repente, seu brilho.

Mas um outro casal chegou à mansão para distraí-los. Eram bons amigos de Violet e James, pelo menos a mulher. Era a baronesa Ursula von Mann, e ela e Vi freqüentaram a mesma escola na juventude. Casara pouco tempo antes com um economista chamado Karl Rosen e agora era "apenas" Ursula Rosen, ou Ushi, como era chamada. Tinha cabelos louros e cacheados, enormes olhos verdes, sardas, covinhas nas faces, uma risada maravilhosa e contava histórias chocantes sobre os amigos e a família de Munique. Os dois tinham um imenso castelo e ela ia ao sul da França todos os anos, Ursula explicou com seu sotaque alemão, e agora estavam em lua-de-mel. Passaram por Viena e Paris, e agora estavam ali; em setembro partiriam para Veneza e Roma e, em seguida, voltariam para Berlim, onde Karl morava. O pai dela insistira em comprar uma enorme casa para eles e, ao que parecia, estava preocupado porém não perturbado em excesso com o fato de Karl ser judeu. Ursula explicou que, naquele momento, havia, de fato, alguma falação sobre os judeus na Alemanha, e o pai a prevenira para não irritar nenhum nazista importante que eles encontrassem. Ursula tinha firmes opiniões antinazistas, que só podia externar ali, no sul da França, mas nenhum dos dois achava que Hitler iria incomodar judeus de qualquer tipo. Afinal de contas, Karl tinha um doutorado, escrevera vários livros, ensinava na Universidade de Berlim e era uma pessoa importante na Alemanha. Também era um homem muito divertido quando bebia uma boa quantidade de champanhe, e os dois tiveram uma vida muito divertida na mansão. Audrey estava relaxada, feliz e bronzeada de sol, na última semana de agosto, enquanto tentava decidir o que fazer em seguida. Planejara passar vários meses em Londres, com Charles, e agora isso não iria acontecer.

— Venha a Veneza conosco — Ushi sugeriu, quando se encontravam no terraço, encharcando-se de sol. Estava usando o chapéu de palha de Karl sobre os cachos dourados e era de uma beleza extrema.

Mas Audrey riu da sugestão.

— Na lua-de-mel de vocês? Mas que bela idéia. Tenho certeza que Karl ficaria emocionado.

— *Ja,* tenho certeza que ficaria — sua voz estrondou desde o vão da porta e ele se aproximou para aboletar-se na cadeira de Ushi. — Por que não vem conosco, Audrey?

— Não posso fazer isso, Karl.

— Por que não?

— Vocês dois devem ficar a sós. Pelo amor de Deus, é a lua-de-mel de vocês — ela inclinou-se para sussurrar em um tom que todos ouvissem. — Poderíamos fazer um *ménage à trois, ja?*

— *Nein* — Ushi deu uma risada e virou-se para observar a chegada de um carro e duas pessoas radiantes. O homem tinha as costas encurvadas e a mulher era alta e delgada, com um imenso chapéu de abas largas e um vestido branco de corte perfeito, com ombros largos. Ouviu o som do acento inglês quando Vi cumprimentou-os no jardim, depois entraram na casa, enquanto um empregado carregava a bagagem. Vi não avisara que chegariam mais hóspedes e Audrey se perguntou se devia oferecer o quarto de Molly. Vi era tão boa esportista em relação aos hóspedes inesperados, que Audrey perguntou-se se, de fato, aqueles recém-chegados eram esperados.

— Você sabe quem eles são? — Ushi perguntou com um jeito preguiçoso para Audrey, que sacudiu a cabeça. — Nem eu — em seguida, sorriu para a nova amiga. — Estou tão contente por tê-la conhecido, Audrey... e à pequena Molly.

Ushi pretendia ter um filho e já tentava engravidar. Os dois concordaram em ter seis filhos, e desejavam começar o quanto antes. Afinal de contas, Ushi tinha trinta e um anos e Karl, trinta e cinco. A mesma idade de James e Vi. Com vinte e nove anos, Audrey era a mascote do grupo e de vez em quando brincavam com ela por isso. De repente, enquanto as duas conversavam, Violet saiu da casa com um enorme jarro de limonada e um olhar nervoso na direção de Audrey. Ushi percebeu de imediato, mas Audrey não pareceu ter notado ao servir a limonada nos copos para todos, entretida em uma conversa amigável com Karl. Os recém-chegados apareceram na varanda e o homem que caminhava atrás da inglesa bem-vestida ficou visivelmente chocado ao ver Audrey. Os outros tiveram consciência disso antes de Audrey virar-se e, quando o fez, ficou rígida, deixando cair o copo, que se espatifou no chão, cortando fundo seu pé. Todos correram para ajudá-la e Karl apresentou um guardanapo de damasco branco para estancar o sangue, mas Audrey insistiu para que alguém fosse pegar uma toalha, não queria estragar os guardanapos de Violet.

— Oh, pelo amor de Deus, Audrey, não seja boba — a própria Violet aplicou o guardanapo no ferimento e, de repente, reinou a confusão e o alvoroço por toda parte quando, enfim, seus olhos se encontraram. De qualquer modo, não havia como evitar para sempre; e Violet notou a dor de Audrey ao apresentar a mão a Charles.

— Olá, Charles. Desculpe pelo drama quando você entrou. Nem sempre sou tão desajeitada assim — Audrey sorriu, sentindo todo o seu corpo tremer ao olhar para ele e depois para sua mulher. Ninguém fez qualquer movimento para apresentá-las; a eletricidade no ar era quase dolorosa. — Como vai? Eu sou Audrey Driscoll — ela estendeu a mão e a mulher alta, jovem e atraente examinou-a depois apertou-lhe a mão. Quando olhou para Audrey, não havia nenhum afeto em seus olhos.

— Eu sou Charlotte Parker-Scott. Como vai?

— Ei, todo mundo, vamos entrar na casa enquanto eles limpam as coisas? — havia vidro espalhado por todo o terraço e Violet estava com os nervos em frangalhos. — Todos calcem os sapatos, por favor — enxotou-os para dentro de casa e Audrey pediu mil desculpas pelo caos que provocou. As duas sabiam o motivo e Ushi também sentiu que a chegada daquele homem provocara uma grande dor em Audrey, mas seu rosto não estampava nenhuma emoção ao entrar mancando na casa, com a ajuda de Karl. Ele se ofereceu para carregá-la nos braços, mas Audrey recusou e foi refugiar-se em seu quarto para limpar a ferida e pôr uma atadura. Momentos depois, Vi foi ao seu encontro, com uma expressão de angústia no rosto, enquanto contorcia as mãos.
— Audrey, eu não tinha a menor idéia... você tem que acreditar em mim... é bem típico de Charles aparecer desse jeito... nós não os esperávamos...

— Não importa. Isso aconteceria mais cedo ou mais tarde.

— Mas não aqui. Pelo amor de Deus, você veio para cá a fim de esquecê-lo, pelo menos é o que suponho.

— Talvez esta seja a melhor cura. Uma vacina de Charles Parker-Scott — em seguida, ao colocar um pano úmido no corte do pé, olhou para a amiga com um ar de tristeza. — Ela é uma mulher bem bonita, Vi. Imagino que isso explique tudo.

Violet fez um frenético aceno com a mão.

— Não seja ridícula. Ela tem um décimo da sua beleza. E é fria como um *iceberg* — mesmo nos poucos momentos em que a viu, Audrey também sentiu isso. A outra era metódica, fria e muito controlada. — Só vão passar essa noite. Eu disse a Charles que eles não podem ficar. Não posso deixar que você fique desconfortável desse jeito.

— Não seja ridícula, Vi. Além do que, em todo caso, eu também quero viajar um pouco. E Ushi e Karl sugeriram que eu fosse à Itália com eles.

Audrey não queria acompanhá-los, achava que não era justo para com eles, mas agora isso era melhor do que permanecer ali e ela poderia usá-los como desculpa para ir embora e, sem seguida, separar-se deles após um ou dois dias. Mas não queria permanecer ali junto a Charlie e sua nova mulher, disso Audrey tinha certeza.

— Por favor, Audrey, por favor... eles partirão amanhã... — Violet lastimava muito a dor da amiga, a ponto de ela deixar o copo cair e cortar o pé. O pior de tudo, porém, foi a expressão em seu rosto assim que viu Charles. A angústia e desespero eram tão claros que todos prenderam a respiração. A magnitude de sua perda estampou-se em todo o seu rosto e era impossível a Charlie não perceber. Infelizmente, Charlotte também viu e, nesse momento, ela discutia com Charles em voz baixa, no terraço.

— Você não me disse que ela estaria aqui — Charlotte sabia muito bem quem era Audrey e suspeitava o quanto ela significara para Charles no passado. Reconhecera todos os sinais quando ele retornou de San Francisco no ano anterior, e aproveitara como pôde a determinação dele de tirá-la da mente. Charlotte não queria que as lembranças renascessem agora. Ela o conquistara, e iria ficar com ele.

— Eu não tinha a menor idéia — ele estava com uma calma dolorosa e seus olhos se encontraram. — Em nenhum momento me ocorreu que ela estaria aqui — ele próprio se perguntou como Audrey conseguira abandonar o avô em San Francisco.

— Acho que devemos ir para um hotel.

Mas a expressão em seu rosto não agradou Charlotte.

— Eu não vou fugir dela, Charlotte.

— E eu não vou ficar sob o mesmo teto que ela — os olhos de Charlotte pareciam pedras negras, seu maxilar estava tenso, e ela falava de dentes trincados. — Além disso, não me faz bem ficar nervosa.

Charles fitou-a e suspirou. Seriam longos seis meses e meio. Sempre que ela o lembrava de seu estado, conseguia fazer as coisas à sua maneira, e Charlie não se arriscaria a perturbá-la agora.

— Vamos tentar só por essa noite. Se for muito difícil, amanhã nós vamos para um hotel. Eu prometo. Mas se formos embora agora, será óbvio para todo mundo, e Vi e James ficarão perturbados.

Charlotte era esperta demais para pressioná-lo e apenas observou Charles com olhos penetrantes, em especial quando Audrey saiu do quarto alguns minutos depois, com um terninho de linho *à la* Dietrich. A roupa branca como a neve acentuava-lhe o bronzeado e os cabelos cor de cobre, e Charles pensou que nunca a vira tão encantadora. Voltou-se e entrou na casa para servir-se de um outro drinque. Charlotte tinha razão. Não ia ser fácil.

Audrey passou fora o resto da tarde, fazendo compras com Ushi e Karl; quando retornou, levou Molly à cozinha para alimentá-la. Todas as criadas de Vi estavam apaixonadas pela menininha, de modo que alguém sempre se oferecia para servir de babá, mas Audrey não gostava de deixá-la só com muita freqüência. Foi reconfortante voltar à rotina, cortando pedacinhos de galinha assada para Molly e sorrindo quando ela dava risadas na brincadeira de esconde-esconde com o guardanapo. Molly era o único raio de sol na vida de Audrey, e, agora ela compreendia, o seria para sempre. Era atormentador estar ali com Charles e, nessa noite, Audrey precisou de toda a sua coragem para descer e jantar. Tomou o cuidado especial de parecer o mais bonita possível. Apesar do que *Lady* Vi disse, ela achava Charlotte uma competidora formidável. Usava roupas refinadas, tinha um gosto impecável, e Audrey se sentia fora de moda ao lado dela. Charlotte era uma dessas mulheres que só cheiravam a dinheiro e poder; e se não fosse por sua mente brilhante, Audrey teria ficado chocada por Charles ter casado com uma mulher assim. Mas ela era o tipo da mulher com que os homens adoravam conversar.

— Você está encantadora hoje à noite, minha querida.

James elogiou Audrey, quando ela entrou na sala com um vestido de seda azul, que revelava seus ombros cor de mel e combinava com seus olhos. Ele sabia que ela precisava de um braço forte em que se apoiar e ofereceu o próprio quando, alguns momentos depois, foram para a sala de jantar. Violet a colocara o mais distante possível de Charles, chegando ao ponto de convidar mais alguns amigos para a noite. Desejou aumentar o grupo o máximo possível, de modo que Audrey e Charles não fossem forçados a ficar juntos. E a noite transcorreu surpreendentemente bem. Apenas Audrey e seus anfitriões sabiam o quão difícil era para ela. Nenhum outro suspeitou. Exceto Charlotte, que manteve o olho penetrante em cima de Charles e que foi de um charme e um humor especiais durante toda a noite, tanto para mostrar a Audrey com quem Charles se casou, em vez dela, como para deixar claro que, de qualquer modo, ela jamais estaria à altura.

— E o que você faz? — ela perguntou para Audrey, de propósito, durante um momento tranqüilo do jantar.

Audrey fitou-a, sorriu e falou com toda calma, e ninguém notou que suas mãos tremiam ao responder.

— Eu cuido de minha filha.

— Que interessante — Charlotte sorriu. Todos sabiam que ela era a futura diretora-gerente da Beardsley's.

— Não seja tão modesta em relação às suas fotos, Audrey — Violet disse com voz cantada, na outra extremidade da mesa. — Ela é muito, muito boa nisso — e olhou para Charlotte com uma raiva mal disfarçada, enquanto Charles olhava fixo para o prato.

Tanto Charles quanto Audrey estavam pensando no retrato de madame Sun Yat-sen, que aparecera no *Times* de Londres junto com o artigo dele e que dera tanto prazer a Audrey.

A seguir, a conversa derramou-se sobre eles de novo, qual um rio que corre sobre rochas, e não houve nenhum outro confronto direto. Audrey achava que aquela era a noite mais exaustiva que já passara e saiu ao terraço para tomar ar puro, enquanto outros jogavam charada dentro de casa. James e Vi adoravam jogar com os convidados, Charlotte também juntou-se ao grupo e passou a ser o centro das atenções. Todos queriam jogar com ela, pois ela era muito boa em adivinhar palavras. Era esperta como o diabo, era uma pena que não fosse afetuosa.

Audrey sentou-se em uma das cadeiras de vime, dando um suspiro e fechando os olhos, enquanto recostava a cabeça ao luar. E quase deu um pulo ao ouvir ao seu lado a voz dele, que mal passou de um sussurro.

— Não é fácil, não é, Aud?

Audrey abriu os olhos e a princípio não disse nada, depois

suspirou e assentiu, oferecendo-lhe um sorrisinho tristonho.

— Suponho que eu não devia ter vindo. Eles são seus amigos — era a primeira vez que falava diretamente com ele e os olhos de ambos contaram uma longa e triste história. Nenhum dos dois fingia não sentir nada. Era óbvio para todos que os dois sofriam.

— Você faz parte daqui tanto quanto eu — Charles temia que Charlotte o visse ali fora, conversando com ela, e depois fizesse uma cena. Ela o deixaria fazer qualquer coisa que quisesse, menos conversar com Audrey, pois era bem consciente do perigo. — Eu devia ter telefonado para Violet antes de vir... nunca pensei... — seus olhos sondaram os de Audrey, desejando sentir a mesma raiva que sentira dela um ano atrás, mas ela desapareceu de repente e a única coisa que ele sentia agora era tristeza.

— Vovô morreu em junho.

— Sinto muito — e sentia, de fato. Charles sabia o quanto ela o amava. Sabia mais do que todos os outros. Mas Audrey apenas assentiu. Em seguida, ele fez a pergunta que ela mais receava. — Por que veio aqui?

Ela prendeu a respiração e respondeu.

— Para ver... James e Vi — a hesitação durou apenas uma fração de segundo.

Charles virou o rosto para olhar a água banhada de prata ao luar.

— Eu estava quase louco quando voltei da América, no ano passado...

Audrey sacudiu a cabeça, não querendo ouvir o que ele diria. Era tarde demais. Já não importava mais. Era muito, muito tarde.

— Não? — Charles estava um pouco bêbado, mas não o bastante para confundir o que sentia, não o bastante para achá-la menos linda do que era... não o bastante para deixá-lo entorpecido e não sentir o mesmo solavanco ao olhar naqueles olhos azuis... — Talvez eu precise falar. Quando voltei, não queria vê-la nunca mais. Acho que até a odiei durante algum tempo. E Charlotte foi muito atenciosa comigo. Pôs bálsamo nas feridas... ajudou no meu trabalho, me curava quando eu ficava bêbado... estava ao meu lado... constantemente... da maneira que você se recusou a estar... foi à Índia comigo... depois foi ao Egito. Fiquei seis meses por lá, trabalhando para meu livro seguinte —

Audrey achou que havia lágrimas nos olhos dele, mas não teve certeza ao luar. — Ela foi maravilhosa... — ele falava como se pedisse desculpas, mas Audrey não saberia dizer se se desculpava ou a Charlotte. — E eu gostei dela. Na verdade, eu gosto muito dela — então virou-se para encará-la e Audrey pôde ver que ele estava mais do que apenas um pouco bêbado; mas isso não tinha importância. — Audrey, o problema é que eu não a amo — Audrey ficou chocada com essas palavras e enrijeceu-se na cadeira. Não queria ouvir o que ele iria dizer... Charles não tinha o menor direito de ficar com as duas... mas antes que pudesse dizer algo para detê-lo, ele prosseguiu. — Eu disse isso para ela antes de casar. Não sou corrupto o suficiente para fingir para uma outra pessoa que a amo... — sua voz suavizou-se e Audrey sentiu um bolo na garganta — ...ou corajoso o bastante para fingir que não amo... ela disse que isso não tinha importância. Não esperava uma grande paixão e muito romance, queria apenas lealdade e amizade. E nós somos amigos. Bons amigos. Eu gosto dela... — ele estava repetindo-se e Audrey ficou chocada com o que ele dizia... com o que tinha feito... era uma loucura. Por que tinha casado com ela? Mas, após a pausa, Charles respondeu a pergunta. — Sabe, eu não teria casado com ela. Isso não bastava, não importa o que ela pense. Eu e você sabemos muito bem, não sabemos? — soou amargurado durante alguns momentos, e Audrey levantou-se. Não queria ficar sentada ali, ouvindo Charles dizer que não amava a esposa, isso tornaria muito mais cruel o fato de ter casado. — A porra é que ela ficou grávida quando estávamos no Egito. Deve ter sido bem no final — olhou para Audrey com um ar pesaroso, enquanto ela se perguntava se seu coração se partiria, de fato, ou se apenas doeria pelo resto da vida. — Agora ela está com apenas dois meses e meio de gravidez... ainda não aparece... ninguém sabe... ela se recusou a fazer um aborto — seus olhos estavam tão cheios de sofrimento ao olhar para a mulher que ele amava, que Audrey não conseguiu mais conter as lágrimas. — Portanto, teremos um filho. E seremos amigos. E seremos muitos fiéis — quando se virou de lado, Charles pareceu vazio e desanimado. — E ela vai fazer com que meus livros tenham um grande sucesso, não que eu ligue a mínima... — a seguir, sua voz sumiu outra vez. — Imagino que vai ser bom ter um filho... — Charles estava pensando em Sean e, então, de súbito, ele virou-se, deu dois passos na direção de Audrey e tocou-lhe o ombro com a ponta dos dedos, enquanto todo seu corpo tremia. — Eu queria que você soubesse o motivo. Não importa a raiva que senti, Audrey, eu queria que você soubesse que eu a amava. Muito, muito...

As lágrimas rolaram por suas faces, Charles reclinou-se e beijou-a; depois, sem dizer outra palavra, voltou para a festa.

Capítulo 27

Nos dias seguintes, a casa de Cap d'Antibes parecia encolher a cada momento que passava. Charles e a mulher não fizeram nenhum movimento para ir embora no dia seguinte ao da chegada e apesar das evidentes insinuações de Violet para Charlie, ele não foi a parte alguma. Em vez disso, seguia Audrey com os olhos por toda parte, enquanto Charlotte o vigiava observando Audrey. Isso era desconfortável para todos os outros e Audrey tentava fingir, com toda a coragem, que não notava nada. Ia à praia com Molly sempre que podia e passeava de carro com Karl e Ushi ao longo da costa. Fazia compras com Vi no centro da cidade e passava o resto do tempo em seu quarto, afirmando que estava cansada. Mas sabia que não poderia ficar mais tempo, e ansiava ir embora quase a partir do momento em que eles chegaram. Só não queria ferir os sentimentos de Violet.

Conseguiu evitar Charles o máximo possível, e ele não tor nou a abordá-la depois da primeira noite. Ambos estavam curando suas feridas. Audrey afinal concordou em acompanhar Ushi e Karl e apenas esperava que eles partissem de Cap d'Antibes. Mal podia esperar a hora de ir embora, e qualquer outro lugar seria um alívio após a pressão de se encontrar sob o mesmo teto que Charlie e Charlotte. Ao longo dos dias, Audrey tentou absorver o fato de Charlotte estar grávida... iria ter um filho dele... o filho que ele nunca teve. Agora, sabia que seu único filho sempre seria Molly.

— Fiquei sabendo que você a trouxe da China.

Audrey assustou-se ao descobrir que Charlotte estava ali,

logo atrás dela, enquanto observava Molly fazer bolos de areia com James. Virou-se para ela e lhe foi quase difícil respirar com a mulher tão próxima a ela. Charlotte tinha os traços perfeitos e equilibrados, além de perfeitamente maquilada. O vestido era de Patou, combinado com um lindo chapéu. Tudo nela deixava Audrey acabrunhada. A outra era quase perfeita demais. E se casara com Charlie.

— Sim... eu trouxe... — tentou lembrar a pergunta que Charlotte fizera. Era a primeira vez que as duas conversavam diretamente. — Trouxe Mai Li de Harbin... morei lá durante oito meses.

— Eu sei — o tom de sua voz dizia que ela sabia mais do que isso, enquanto Audrey silenciava. E então Charlotte apunhalou-a com um golpe rápido. — Você ainda o ama, não?

— Eu... — ficou tão chocada que não soube o que responder. — Eu... acho que vamos ser amigos para sempre. É difícil esquecer coisas como essas, mas o tempo muda tudo — foi tudo que conseguiu pensar para dizer da maneira mais diplomática possível.

— Sim, é isso mesmo, o tempo muda tudo. Fico contente por você compreender isso — Charlotte disse de propósito. — Charles tem uma fabulosa carreira pela frente. Ele ainda não entende isso. Um dia será o escritor de não-ficção mais importante do mundo — o problema era que isso não significava coisa alguma para ele, como Audrey muito bem sabia. Charles sempre tratara o próprio sucesso como uma surpresa agradável, mas eram suas descobertas que ele desfrutava mais, as viagens, a aventura, o espírito disso tudo. Mas Charlotte não sabia nada disso. — Ele precisa de uma mulher que possa ajudá-lo.

Audrey assentiu, reprimindo as lágrimas, em seguida fitou a mulher que o conquistara.

— O bebê vai significar mais para ele do que a carreira.

Por um momento, Charlotte pareceu espantada.

— Ele lhe contou sobre o bebê, não contou? — não demonstrou satisfação, e Audrey concordou com olhos vagos.

— Só mencionou... ele está muito feliz — Audrey mentiu. — Tenho certeza que vocês dois serão muito felizes — as lágrimas sobressaíram em seus olhos quando ela olhou para Charlotte, que concordou.

Charlotte ainda parecia estar perturbada por Charlie ter contado sobre o bebê, embora talvez tenha sido bom. Nesse momento, ela sorriu para sua oponente.

— Em todo caso, você jamais seria a pessoa certa para ele.

Audrey achou essa afirmação uma enorme presunção. O que ela sabia sobre quem era a pessoa certa para Charles? Ela nem sequer conhecia aquele homem. Forçara-o a casar com ela ao recusar fazer um aborto. E Audrey suspeitava que ela não tinha feito isso nem por amor nem pelo bebê. Sequer conseguia imaginar aquela mulher com um filho; nesse momento, James retornou para estatelar em seus braços uma Molly gorducha, molhada e cheia de areia, enquanto a menininha soltava um grito de prazer, espalhando areia e beijos molhados da mãe.

Nessa tarde, Audrey saiu de carro com Karl e Ushi, que sorriu para Audrey, enquanto as duas seguravam os chapéus e cabelos esvoaçantes, no conversível.

— Achamos que partiremos amanhã. Você vem junto? — Audrey hesitara em acompanhá-los, mas agora estava desesperada para partir de Antibes e achava que precisava de uma desculpa para uma saída elegante. — Iremos apenas até San Remo.

Não era longe, mas a atmosfera era muito diferente, muito italiana e menos chique, porém mais bonita.

Então, Karl olhou para ela.

— Você vem?

Audrey sorriu. Era sua melhor saída e ela estava doida por Ushi e Karl.

— Adorarei. Ficarei apenas alguns dias, depois deixarei vocês dois continuarem. Talvez eu vá passar uma ou duas semanas em Roma, antes de regressar a Londres — e ainda não tinha a menor idéia sobre aonde iria depois. Todos os seus planos deram errado e ela não tinha nenhuma pressa de voltar a San Francisco.

— Por que não vai a Veneza conosco? — era o lugar mais romântico do mundo e, no mesmo instante, saltou em sua mente a lembrança dos dois dias que passara em Veneza com Charles.

— Acho que não — não suportaria a dor de ver a cidade outra vez. — É um lugar para quem está em lua-de-mel e não para solteironas.

Eles vaiaram e gritaram ao som de suas palavras, Audrey riu e insistiu que era uma solteirona.

— Você é a solteirona mais bonita que já vi! — Karl

examinou-a com os olhos e Audrey riu e censurou-o, mas Ushi não ligou. Os dois eram felizes e se davam bem. — Conversaremos sobre Veneza quando chegarmos a San Remo.

— Não importa.

Ela concordara em acompanhá-los, pelo menos, até San Remo e isso facilitaria sua saída no dia seguinte. Ao voltar do passeio, contou para Violet, que ficou triste por ver todos irem embora e furiosa com Charlie. Nessa noite, Violet queixou-se a James, amargurada, dizendo que Charlie expulsara a todos e arruinara sua festa.

— Ele não expulsou ninguém, querida, apenas a Audrey. Karl e Ushi iriam embora de qualquer modo e para ela será divertido ir com eles. Ela também devia visitá-los em Berlim, um dia desses. Ushi está sempre dando festas maravilhosas — deu um sorriso benevolente para a mulher, beijou-a nos lábios com ternura e Violet sentiu-se muito consolada com a sugestão dele. Uma viagem a Berlim era uma idéia maravilhosa, talvez todos pudessem ir. No dia seguinte, abordou esse assunto no café da manhã, quando todos estavam em volta da mesa, exceto Charlotte e Molly. Charlotte ainda estava na cama e Molly ficava com James e a babá de Alexandra, enquanto Audrey tomava o desjejum. A menina estava muito feliz brincando com eles, que a tratavam como uma bonequinha, em especial Alexandra, que a adorava.

— Foi idéia de James — Violet deu uma gargalhada divertida —, não seria divertido se todos fôssemos a Berlim depois que os pombinhos se instalarem? Podíamos hospedar-nos no Bayerischer Hotel e ir à ópera — Vi adorava ir à ópera em Berlim. Adorava ir à ópera em qualquer parte e, mais do que isso, adorava uma festa. Ushi também ficou encantada com a idéia.

— Poderíamos dar nosso primeiro baile, Karl — seus olhos giravam enquanto a mente voava. Depois olhou para Violet. — E você não ficará no hotel. Ficará conosco. E você também — olhou para Audrey e, sem pensar, seu olhar abrangeu Charlie.

De repente, estavam todos animados, discutindo os planos da ida a Berlim, todo mundo conversava e ria, enquanto Charlie começava a provocá-los e a contar histórias engraçadas sobre a última vez que estivera em Berlim. Quando Audrey riu, ele também zombou dela e presenteou os outros com uma história sobre ela no trem, na China, e todos gargalharam, em especial Audrey. Não era nenhum segredo para todos do grupo que os dois foram amantes, e a risada soou como uma nota alegre para finalizar as férias que passaram juntos. Ninguém notou que Charlotte entrara na sala.

Ela não levantou a voz em nenhum momento, mas, quando falou, uma corrente elétrica percorreu a coluna de Audrey, e Charlie calou-se no mesmo instante.

— Que idéia é essa de viajar a Berlim? — era óbvio que ela não aprovava, nesse momento, sorriu para Charles. — Aliás eu quero que você conheça um editor alemão em Berlim. — Charlotte queria que os livros dele fossem traduzidos em sete idiomas antes do final do ano. Isso era parte do que ela se referia como sendo seu "plano de mestre". Era apenas quando discutia coisas como essa que Charlotte se animava. — Poderíamos combinar negócios com prazer — mas o prazer parecia ter morrido com sua chegada.

Para preencher o silêncio desconfortável, Violet conversou com Karl sobre seus planos de viagem para a semana seguinte. Ele mencionou Veneza e os olhos de Charlie voltaram-se, no mesmo instante, para Audrey, que desviou o olhar e ocupou-se dobrando o guardanapo. Iriam passar a última semana de lua-de-mel em Veneza e, depois disso, Karl precisava estar em Berlim no final de setembro. Então, voltaria a lecionar na universidade e Ushi estava ansiosa pelo começo da temporada das reuniões sociais. James deu várias sugestões sobre bons restaurantes e alguns passeios que gostava de fazer. Um pouco mais tarde, os três viajantes desceram ao andar de baixo, Audrey com Molly nos braços. Para uma mulher que nunca tivera um filho, ela se tornara perita em levá-la a toda parte, e Molly ficava feliz e bem-humorada aonde quer que fosse. Parecia estar achando que tudo seria uma aventura excitante.

— Cuide-se, Audrey — Violet exortou. — E telefone avisando quando vai voltar para Londres. Nós devemos retornar dentro de pouco tempo e você se hospedará conosco assim que chegarmos em casa, ou mesmo antes, se quiser.

Violet tinha sempre uma governanta na casa. Então, deu um abraço apertado em Audrey e depois outro. Sentiria saudades dela. James também beijou-a, todos disseram adeus a Karl e Ushi e, de repente, Charles estava olhando dentro dos olhos de Audrey, com uma melancolia tão profunda, que Violet teve que desviar-se ao observar os dois. Sabia que Audrey não queria encontrá-lo no momento de ir embora, mas Charlie saiu do quarto para despedir-se e olhou para ela com tamanha ternura que Audrey pensou que seu coração se partiria.

— Adeus, Charles — agora ela sabia, pelo menos, que estava tudo acabado. Não havia mais ilusões de que um dia eles poderiam ficar juntos. Ambos sabiam disso.

— Diga olá a Veneza por mim — suas palavras disseram tudo... que ele ainda a amava e se recordava, mas Audrey apenas balançou a cabeça, abraçada a Molly.

— Eu não irei. Veneza é para Ushi e Karl.

Charles assentiu. Compreendia perfeitamente. Ele também jamais desejaria voltar lá. Seria doloroso demais.

— Talvez eu a veja algum dia, em Londres.

Audrey não respondeu, apenas fitou-o, em seguida virou-se e alguns momentos depois entrou no carro, após beijar Vi e James outra vez, e partiu de carro com os Rosen.

Capítulo 28

— Está se sentindo bem, Charlotte? — olhou solícito para a esposa após a partida de Audrey, tentando sentir o mesmo por ela, sentimentos que não existiam. Charles tinha que se lembrar que era seu o bebê que ela levava, mas mesmo isso não parecia real. Ainda não aparecia e ela era tão corajosa em relação ao bebê que poucas vezes o mencionava. Era como se ambos às vezes se esquecessem, mas nesse momento ele sorriu para ela, ansioso para ser gentil com a mulher, como que para lembrar-se que era ela a sua mulher, não Audrey.

Mas a casa em Antibes ficou igual a uma tumba sem os Rosen e Audrey. Ele e James fizeram uma longa caminhada pela praia, mas não compartilhavam de nada do que tinham em mente. *Lady* Vi fez um esforço para conhecer Charlotte melhor, mas descobriu que não gostava dela agora tanto quanto a princípio. Aquela mulher não tinha nada de afetuoso, nada de meigo, nada de suave, e *Lady* Vi perguntou-se como Charles a agüentava. Não bastava o fato de ser inteligente.

— Pelo amor de Deus, é o mesmo que ele estar casado com um homem — queixou-se com James, na privacidade de seu quarto, no final dessa noite. — Como, diabo, ele pôde casar com ela?

Charles enfim contara para James.

— Ela está grávida.

— Oh, meu Deus — Violet encarou-o, chocada, depois balançou a cabeça. — Que coisa terrível para Charles. Foi por esse motivo que ele casou com ela?

— Acho que sim, embora ele não tenha se expressado de

forma tão rude. E eu não sou tão perito quanto você em fazer perguntas rudes e intencionais — sorriu para a mulher, agradecido por sua vida ser mais simples que a de Charles. — Acho que ele teria preferido que ela fizesse um aborto. Mas, ao que parece, ela é católica.

— É mesmo? — *Lady* Vi estava surpresa. — Pensei que não fosse. E ela não foi à igreja no domingo.

Eles eram da Igreja Anglicana e entre seus amigos eram raros os da Igreja Apostólica Romana.

— Talvez não se sentisse bem. Em todo caso, aí está, nosso Charles vai ser papai.

— Ele está contente?

— Não sei direito. Para ser franco, acho que ele ainda está um pouco entorpecido. Sabe, na verdade acho que ele gosta dela. Faz um bom tempo que os dois têm um caso e quando Charles estava no Cairo ela viajou para ficar ao lado dele... Só que acho que ele não via a coisa como algo permanente. Em todo caso, penso que ele preferiria Audrey.

— Graças a Deus por isso... pobre Charlie... e pobre Audrey. Que confusão terrível — então, Violet franziu as sobrancelhas e olhou para o marido. — Sabe, aposto como ela fez isso de propósito.

James riu da natureza desconfiada dela.

— É, isso já aconteceu antes, embora eu não ache que ela seja desse tipo. Ela tem a cabeça muito voltada para os negócios para lançar mão das astúcias femininas.

— Não tenha tanta certeza. Acho que ela está excitada com a idéia de construir a carreira de Charlie e tê-lo como uma marionete na cordinha. Além disso, Charles é muito bonito e acho que ela decidiu pegar o que queria. De outra maneira, ela jamais o pegaria.

— Pelo amor de Deus, você tem uma mente maldosa. Foi assim que você me pegou? Com intrigas e planos?

— É claro — ela deu um sorriso radiante de felicidade —, mas pelo menos não usei um truque barato como esse de ficar grávida.

Ele revirou os olhos ao recordar-se.

— Eu gostaria que você tivesse ficado... você me deixou louco por quase dois anos... uma tremenda virgem fanática...

Violet corou com a lembrança, ele enfiou a mão por entre suas coxas, acariciou-a e momentos depois ambos esqueceram Audrey e Charlie.

Capítulo 29

Os dias que Audrey e os Rosen passaram em San Remo foram tranqüilos e divertidos, Audrey se sentiu mais relaxada do que durante os últimos dias em Antibes, com Charlie e sua mulher por perto. Foi uma pressão terrível tentar não provocar uma cena e, ao mesmo tempo, lidar com os próprios sentimentos. Sentia saudades de Violet e James, mas estava feliz por ter partido e San Remo sempre era divertida, mesmo agora, no final do verão.

Audrey tencionara deixar Karl e Ushi ali e continuar viajando pela Itália de trem, mas os dois insistiram tanto para que ela fosse pelo menos até Milão com eles que no final ela cedeu. Planejava ir a Roma depois, enquanto eles iam para Veneza e, nesse meio-tempo, divertiram-se muitíssimo em Milão, hospedados com amigos de Karl em um palácio como Audrey nunca vira igual. Afrescos nas paredes, tapeçarias incríveis, que deviam estar em museus, e pinturas de todo mundo, desde um Renoir e um Goya até um da Vinci e uma enorme coleção de della Robbia. Era um lugar extraordinário e umas férias maravilhosas. O anfitrião era um *Principe,* um príncipe, e a mulher uma *Principessa*; Audrey divertiu-se muito, e ficava acordada com eles até amanhecer, todas as noites. Todos bebiam muito vinho e iam a todas as festas da cidade. Deram, inclusive, um "pequeno baile", que na verdade foi um improviso para trezentos convidados em homenagem a Karl e Ushi. Audrey escolheu um dos vestidos de noite que comprara para usar no navio, mas na verdade sentiu-se muito modesta em comparação com as italianas, vestidas de maneira extravagante, com seus pesados colares de esmeralda, rubi, safira e tiaras de diamantes.

Quando chegou a hora, todos odiaram ir embora, Audrey mais ainda. E agora, ao tomar o café da manhã com Molly, numa manhã, a tencionada viagem a Roma parecia ser de uma insipidez terrível. Estava pensando em voltar a Londres mais cedo que o planejado, em seu íntimo, deplorava o fato de não ter nada para fazer agora. Talvez Violet a acompanhasse em uma rápida viagem a Paris. Mas nessa manhã, Ushi e Karl tornaram a abordar o assunto da viagem a Veneza e foram de uma insistência total para que ela os acompanhasse. Os dois tinham certeza que não queriam tempo para ficar a sós e prometeram que a avisariam, caso quisessem.

— Vai ser solitário sem você agora, Audrey — e era por Molly que eles nutriam uma adoração especial. Ushi tomou-a nos braços e lamentou o fato de que jamais teria um bebê que parecesse com Molly, enquanto Karl e Audrey riam.

— Receio que não, querida — ele provocou-a. Infelizmente, naquele momento, ainda não tinham razão para suspeitar que ela estivesse grávida, mas se divertiam tentando. — Você tem que vir conosco. E basta! — Karl tentou parecer bem prussiano ao falar, mas só conseguiu parecer uma criança petulante. Era um homem muito bonito, embora diferente de Charlie e James. Tinha as feições morenas e exóticas de uma maneira bem semítica e Audrey podia entender, com facilidade, o motivo pelo qual Ushi o achava bonito. Então, Audrey perguntou-se se algum dia encontraria alguém. Todos pareciam ter encontrado o par perfeito: Violet e James, Ushi e Karl, e até seus anfitriões em Milão davam a impressão de se ajustar à perfeição. Audrey começava a sentir a dor de estar sozinha o tempo inteiro e agora não podia imaginar o que fizera da vida antes de Molly. — Quer dizer que você virá? — eles a olhavam esperançosos e ela já não conseguia mais imaginar uma desculpa para não acompanhá-los.

— Sabem, se eu for, falo com vocês. Veneza é o lugar mais romântico do mundo e eu não quero estragar.

Ushi deu uma risada travessa e piscou para Karl, que riu e olhou para Audrey, levando um dedo à boca, como se estivesse prestes a revelar um profundo e obscuro segredo.

— Já estivemos lá no ano passado...

Ushi deu uma risada mansa e maliciosa e os três riram. Afinal de contas, estavam em 1935 e não em 1912, e todos já haviam tido suas pequenas farras. Fora em Veneza que começara seu caso de amor com Charlie, e Audrey estava com medo de acompanhá-los até lá. Receava que as lembranças fossem dolorosas demais.

— Você virá? — Ushi fitou-a qual menina esperançosa. Audrey riu e jogou as mãos para o alto. Era impossível resistir aos dois, ela se divertira muito com eles e quase já não se sentia mais culpada por intrometer-se na lua-de-mel deles, embora soubesse que devia sentir-se culpada.

— Está bem. Eu vou.

O grupo deu um grito de júbilo e, no dia seguinte, eles se puseram a caminho, bem-humorados. Deixaram o carro na estação e embarcaram em uma gôndola com turistas felizes, enquanto o *gondoliere* cantava para eles durante todo o trajeto até o Palácio Gritti. Lá, perguntou se eles já haviam estado antes em Veneza e os três assentiram; e quando conduziu-os por baixo da Ponte dos Suspiros, disse para fecharem os olhos e prenderem a respiração, que seus desejos se tornariam realidade. Ushi e Karl deram-se as mãos ao fazê-lo. Audrey apenas sorriu para Molly, que estava em seus braços; nada mais lhe restava a desejar e ela lutava com desespero contra a lembrança de Charlie.

Só o fato de estar ali já era difícil, e estar tão próxima ao amor que Ushi e Karl compartilhavam tornava tudo pior. Mas, por outro lado, Audrey sabia que se sobrevivesse ao retorno a Veneza, poderia sobreviver a tudo; os dois eram bons amigos e levavam-na a toda parte. Em um certo momento, Audrey contou seu segredo para Ushi. Precisava compartilhar de seus sentimentos com alguém. Era doloroso demais estar ali, recordar-se de tudo e saber que terminara para sempre. Contou a Ushi sobre a viagem à China... sobre sua estada em Harbin... a volta de San Francisco... e sua recusa de abandonar tudo para casar com ele... e depois o casamento dele com Charlotte.

— Deve ter sido terrível para você encontrá-lo em Antibes — agora ela compreendia muito bem o quão doloroso fora para Audrey e lamentou por a terem instigado a ir a Veneza. Agora que Ushi conhecia os detalhes, pareceu-lhe uma terrível indelicadeza ter feito isso. — Sabe, eu disse a Karl que acho quc ele não a ama — ela se referia a Charlotte. — Ela é uma mulher muito esperta e Karl disse que gostava dela. Mas ela não é uma mulher que tem coração... sabe, Audrey?

Audrey riu do inglês dela.

— Em todo caso, ele está casado com ela, Ushi.

— Deve ser muito duro para ele também — Audrey assentiu, mas isso não mudava nada. Agora ela tinha que esquecê-lo. — Você precisa conhecer outro homem — estava pensando em um amigo de Karl, um professor da universidade, de quarenta anos, viúvo e com dois filhos adolescentes. Ushi gostava muito dele, tanto quanto Vi gostava de Charles. — Você irá visitar-nos — e nada mais disse, com medo que Audrey resistisse.

Durante o resto da temporada, fizeram todas as coisas apropriadas, visitaram museus, igrejas, a fábrica de vidro e, em um dado momento, Audrey parou de imaginar que via Charles em cada esquina. O fato de ter aberto a alma com Ushi ajudou. E na noite anterior à partida, Karl virou-se para ela com um sorriso amável. Estimava a moça americana, e os dois eram doidos por Molly.

— Por que não vem à Alemanha conosco?

Audrey deu uma risada.

— Você já não me viu o bastante, Karl? A coisa está virando mesmo um *ménage à trois* — sorriu para a mulher dele. — Eu pensava que vocês ficariam contentes por se livrar de mim — no dia seguinte, ela embarcaria no trem para Londres e os dois voltariam para Berlim, para a casa nova que Ushi estava ansiosa para decorar. Karl precisava voltar para a universidade.

— Isso deixaria Ushi feliz enquanto eu estiver trabalhando. Em todo caso, James e Violet ainda não estarão em Londres — Karl sabia que Audrey ficaria hospedada na casa deles. — Você ficará sozinha demais lá, sem eles — preocupava-se com ela e ambos foram maravilhosos durante toda a viagem. Audrey teve que admitir que estava tentada a ir com eles.

— Eu realmente não gostaria de me aproveitar... — Audrey hesitava, com sinceridade, não por timidez, mas eles insistiram tanto para que ela os acompanhasse até Berlim por uma ou duas semanas que Audrey cedeu. Quando partiram, na manhã seguinte, estavam todos bem-humorados. Veneza estivera linda, mas Audrey estava feliz por ir embora.

O trem que tomaram seguiu a mesma rota do trem que Audrey tomara com Charles anos atrás para fazer a conexão com o Expresso do Oriente, entretanto, dessa vez, quando chegaram a Salzburg, em lugar de ir para o leste, eles se dirigiram para Munique, com uma parada do outro lado da fronteira, em Rosenheim.

Ushi lastimou não ter tido tempo de avisar à família que eles ficariam parados em Munique por uma hora. Não era tempo suficiente para ir até a casa dos pais, mas Ushi pensou que pelo menos daria um telefonema caso fosse em um horário decente, ou talvez pudesse avisá-los de Rosenheim, caso conseguisse fazer uma ligação da agência dos telégrafos da cidade. Os três riram, enquanto Molly dormia em um dos bancos de veludo, quando, enfim, saíram da Itália, atravessaram a Áustria e se aproximaram da Alemanha. Sentiram o trem diminuir a velocidade quando pediram outra garrafa de champanhe e uma porção de caviar, e todos notaram soldados e oficiais uniformizados na plataforma lá fora, deliberando com o condutor e vários funcionários do trem. No final, o condutor deu de ombros e acenou para que entrassem. Ushi franziu a testa e olhou para Karl.

— O que você imagina que seja essa coisa toda?

— Alguns dos homens do *Führer* — disse em tom zombeteiro, mas em voz baixa. Desde o início não tinha muita consideração por Hitler e não gostava de seus discursos estridentes sobre os arianos, mas sabia muito bem que devia guardar para si próprio as suas opiniões políticas. Já no ano anterior tiveram problemas na universidade, os nazistas eram rápidos em rotular os intelectuais de comunistas, caso estes não compartilhassem de suas idéias. De modo que, em geral, ele calava a boca, exceto, claro, com Ushi. E Karl fora bastante sincero com Charlie e James no sul da França. Mas agora ele parecia bem relaxado em relação a isso, quando o cabineiro chegou com o caviar, tendo logo atrás dele um soldado.

— Passaportes, por favor — disse o soldado, com um olhar de desaprovação para a sala de estar com mobiliário luxuoso do compartimento em que eles se encontravam. Karl entregou-os e o soldado examinou primeiro o americano. — *Amerikanerin?*

— Sim — Audrey ficou embaraçada por ter sido flagrada passando caviar em uma torrada quando ele fez a pergunta, ou por acaso todos os americanos faziam isso? Ela sorriu para ele e o soldado olhou para a criança que dormia.

— De quem é a menina?

— É a minha filha — Audrey falou rápido. Ela sempre carregava consigo cópias do documento de adoção, mas não parecia haver problema quanto a isso.

O soldado devolveu-lhe o passaporte com um leve aceno de cabeça, logo em seguida voltou-se para os passaportes que os Rosen lhe deram.

— Vocês não têm o mesmo nome. São amigos? — seus olhos brilhavam excitados e Karl explicou rápido.

— Estamos voltando de nossa viagem de lua-de-mel. Não tivemos tempo de trocar os passaportes antes da partida.

O soldado sorriu com um ar de satisfação, mas Audrey não gostou da maneira como ele olhou para Karl, fitando-o nos olhos:

— Você é judeu, não é?

Audrey ficou chocada com as palavras rudes e observou o amigo. O rosto de Karl endureceu, mas seus olhos nada revelaram.

— Sou — não hesitou um instante sequer.

— E sua esposa não é judia, certo? — percebera o *von* do nome de solteira de Ushi e sabia que ela não o era. Pegou os passaportes e saiu rapidamente do compartimento sem dizer nenhuma palavra mais.

Audrey quis perguntar por que ele não devolvera os passaportes, mas ficou com medo de dizer alguma coisa.

— Pelo visto, eles ficaram mais charmosos ainda nos últimos dois meses — Karl estava com uma expressão de aborrecimento e Ushi tocou-lhe a mão com um movimento rápido.

— Não diga nada, *Schatz*. Eles gostam de se sentir importantes. É provável que ele tenha ficado chateado com o caviar e o champanhe.

Karl apenas deu de ombros com um sorriso.

— Camponeses invejosos, eles que vão para o inferno.

Os três riram e, nesse momento, o soldado retornou acompanhado de dois oficiais. Não pronunciaram uma palavra, mas foram direto ao lugar onde Karl estava sentado ao lado de Ushi.

— Você tem conhecimento das Leis de Nuremberg? — o oficial mais alto dirigiu-se a Karl; Audrey notou que ele tinha uma cicatriz fina como uma lâmina ao longo da face e se perguntou se ele teria sido ferido em um duelo. Usava nas lapelas a insígnia das SS e, quando olhou para eles, seus olhos eram frios como aço.

Karl deu a impressão de continuar tranqüilo.

— Não, eu não tenho conhecimento das Leis de Nuremberg — seu ar era respeitoso porém natural e segurava a mão de Ushi com ternura. A palma de sua mão estava molhada de suor e ele tremia um pouco.

— Houve um congresso em Nuremberg há uma semana e foi decretada a lei de 15 de setembro, que pune com a sentença à morte os judeus que mantiverem relações sexuais com arianos — olhou rapidamente para Ushi, depois voltou a Karl, e os três calaram-se atordoados; Karl dava a impressão de estar em choque.

— Você não pode estar falando sério.

O oficial encarava-o.

— O *Führer* sempre fala sério, senhor. Trata-se de uma violação extremamente grave.

O rosto de Karl ficou pálido.

— Essa mulher é a minha esposa.

— Isso não altera o crime — bateu os saltos das botas sem deixar de fitá-lo. — Agora, acompanhe-nos. Você está preso, *Herr* Rosen — e omitiu de propósito o título de *Doktor*.

Por um instante, ficaram sentados sem se mexer, chocados ao extremo, e então, quando dois soldados apareceram e agarraram Karl pelos braços, Ushi soltou um grito terrível e agarrou-se a ele. Karl disse-lhe que se acalmasse, mas estava desesperado, e voltou-se depois para Audrey, suplicando-lhe com os olhos que tomasse conta de Ushi. Não havia coisa alguma que ele pudesse fazer. Tinha que ir com os soldados. Quando levaram Karl embora, Audrey segurou firme a mão de Ushi e as duas mulheres olharam horrorizadas para ele. Em seguida, como que recuperando rápido o juízo, Audrey mandou o cabineiro desembarcar as malas. Precisavam sair logo e descobrir para onde Karl fora levado.

Ushi estava histérica, mas Audrey tentava aparentar calma e, com um alemão capenga, mandou o cabineiro conseguir um táxi que as levasse à cidade. Aquilo era uma loucura total. Instou Ushi a sentar-se em cima de uma das malas e tentava ficar de olho na amiga, enquanto sua mente disparava e Ushi soluçava. Nesse momento, Mai Li também estava chorando, assustada com o tumulto à sua volta. O coração de Audrey martelava de uma maneira terrível quando o trem partiu e elas ficaram sozinhas na estação. Viram Karl ser levado em um agourento veículo preto e agora Ushi se lamentava com Audrey, soluçando de maneira incontrolável.

— Para onde o levaram?... oh, Deus... para onde o levaram?

— Nós vamos descobrir — era impossível. Tudo aquilo não passava de um pesadelo... "relações sexuais com um ariano", punido com a pena de morte?... eles estavam loucos. Audrey falou com o chefe da estação da melhor maneira possível e chegou um carro para levá-las a um hotel, onde Audrey jogou as malas no chão, pediu um quarto, qualquer quarto, e também uma ligação telefônica para o pai de Ushi. Ushi ficou um pouco mais calma por ter que passar pela emoção de falar com ele, mas assim que o pai atendeu, ficou histérica de novo e Audrey foi obrigada a explicar-lhe o que ocorrera. Era um pesadelo.

— Meu Deus... eles fizeram o quê... oh, meu Deus, onde ele está?

— Nós não sabemos. Eu ia contatar a polícia depois de telefonar para você.

— Não faça coisa alguma! — falou assustado, prometendo fazer algumas ligações e depois telefonar para ela.

Enquanto esperavam, Audrey instou Ushi a deitar-se na estreita cama do quarto. Ushi soluçava e Audrey levou-lhe um copo de água, que ela bebeu agradecida, olhando-a com olhos arregalados e angustiados, enquanto Audrey tentava tranqüilizar tanto Mai Li como Ushi.

— Oh, meu Deus... e se eles o mataram?... oh, meu Deus.. — Ushi agarrou-se a ela como uma criança assustada e o pai dava a impressão de estar demorando uma eternidade para ligar de novo.

Mas por fim o telefone tocou e a telefonista anunciou uma chamada de Munique. Era com Audrey que Manfred von Mann desejava falar, não com Ushi. Disse a Audrey o que receava dizer à filha.

— Na semana passada, eles mataram doze pessoas em Munique pelo mesmíssimo crime. Nós estávamos pensando em telefonar para eles e dizer que não voltassem para casa. Mas os outros eram operários, comerciantes, alguns indigentes sobre os quais os comunistas fizeram o maior alvoroço. Nenhum deles tinha o *status* de Karl, claro. Não achávamos que isso fosse acontecer com ele — mas aconteceu e agora Audrey estava aterrorizada com a possibilidade de não conseguirem libertar Karl. Era difícil de acreditar naquilo que o pai de Ushi dizia.

— Eles lhe disseram onde ele está?

— Ainda não. Mas uma pessoa que conheço no Alto Comando vai ligar para mim. Como está Ushi? — sua voz era de uma pessoa agradável e Audrey olhou para a amiga por cima do ombro. Ushi tremia na cama, com os olhos vidrados, em estado de choque, e Audrey preocupava-se.

— Receio que não muito bem — era a única resposta que podia dar.

— Eu estou indo para Rosenheim.

— Acho que é uma boa idéia.

Mas quando ele chegou, Ushi estava histérica porque não receberam nenhuma notícia o dia inteiro. Ushi insistira para telefonar à polícia local e depois ir até lá, mas eles recusaram-se a deixá-la ver Karl, apesar de todas as suas súplicas e dos nomes que ela relacionou para apoiá-lo. Não aceitaram nada e disseram que ele era um homem condenado, com quem não se podia falar. Cometera um crime contra o *Reich*; e disseram que agora ela devia ao seu povo casar com um ariano e fazer um filho para o *Reich*. Enquanto conversava, Ushi tornava-se cada vez mais histérica e quase deu um soco em um deles, e teria dado mesmo, se Audrey não a tivesse puxado e forçado a voltar para o hotel.

Audrey estava consternada com o que acontecia e, quando o barão von Mann chegou, pediu um momento para conversar a sós com ele e perguntou o que ele achava que aconteceria com Karl. Ele respondeu com um ar sombrio, pensando nos homens mortos pela mesma razão na semana anterior.

— Não sei. Talvez o mandem para um campo de concentração. Agora estão mandando muita gente embora. Judeus como Karl. Eu o preveni sobre isso — estava angustiado com o próprio desamparo. — Eles são capazes de tudo.

E eram mesmo. Os generais que o barão von Mann conhecia insistiram que não podiam fazer coisa alguma para ajudar. Segundo a Lei de Nuremberg de 15 de setembro desse ano, Karl Rosen era culpado de um crime punido com a pena de morte. Audrey passou a odiar aquelas palavras que ela ouvia várias e várias vezes e, à meia-noite, quando o barão retornou para as duas mulheres que aguardavam, não tinha boas notícias.

— Vão levá-lo para algum outro lugar hoje à noite. Não sei ao certo onde é, mas o oficial encarregado prometeu nos dizer amanhã. A primeira coisa que farei vai ser dar um pulo lá.

— Vão levá-lo para um outro lugar? — os olhos de Ushi estavam selvagens, desaparecera a moça sorridente de algumas horas atrás. Agora estava quase irreconhecível, cabelos despenteados, maquilagem borrada, o rosto marcado pelas lágrimas e seu vestido também estava manchado de rímel pelas lágrimas que nele caíram, mas ela não se importava com nada disso, apenas com Karl. — Para onde o estão levando?

— Eu te prometo, querida. Vamos descobrir assim que pudermos.

Ela chorou nos braços do pai, que chorou por seu próprio desamparo e pelo terror do destino de seu genro. Agora arrependia-se, inclusive, por tê-la deixado casar com ele, se aquele era o tipo de sofrimento que ela tinha que suportar. Mas não nutria nenhum mau sentimento por Karl e, no dia seguinte, foi direto ao posto policial. Lá, lhe disseram que Karl fora conduzido para uma instalação em Unterhaching. Foi uma longa e silenciosa viagem de carro e, no trajeto, a única coisa que ouviram foram os soluços de Ushi. Até a pequena Molly ficou em silêncio nos braços de Audrey. Quando chegaram, nem ao menos detiveram-se em um hotel, foram direto ao posto policial, temendo pela vida de Karl, e por um milagre viram-no sendo embarcado algemado em um caminhão, no exato momento em que chegavam. Ushi soltou um grito comovente e disparou na direção dele, enquanto Molly começava a chorar. Por reflexo, Audrey abraçou-a e fechou-lhe os olhos; e o barão von Mann postou-se entre elas e os soldados de prontidão. Ushi quase alcançava Karl quando o pai agarrou-a e puxou-a para trás. Ela debateu-se com ferocidade enquanto os soldados que levavam Karl empurraram-no, por maldade, com os cassetetes. Karl gritou para ela enquanto era empurrado para dentro do caminhão.

— Eu estou bem... estou bem... *Ich bin...*

Bateram a porta e Ushi ficou com os olhos arregalados e horrorizados. Ele mal parecia ser o mesmo homem. Suas roupas estavam rasgadas e seu rosto e sua cabeça apresentavam sangue coagulado. Ushi soluçava dolorosamente nos braços do pai. Momentos depois o caminhão partiu e a única resposta às suas indagações foi que o problema tinha sido "resolvido".

Então, o barão insistiu que a única coisa que lhes restava fazer era ir para casa, em Munique. Lá ele poderia obter mais informações, não havia mais razão para se permanecer em Unterhaching, de modo que todos retornaram ao carro e partiram para Munique, sem parar até chegar ao castelo. O barão entregou a filha aos braços da mãe; Audrey alimentou Molly e a pôs na cama após um banho quente, esperando, sozinha no quarto, notícias de Karl. Estavam todos chocados. Era como um pesadelo para todos eles e parecia não haver nada que pudessem fazer para salvá-lo. Mais tarde, nessa noite, ao notar a luz acesa por baixo da porta, o barão convidou-a a dividir um *Schnapps* com ele na biblioteca. Conversaram sobre a loucura das novas leis, mas mesmo ali o barão não se sentia inteiramente livre. Conversaram aos sussurros, ao lado de uma lareira crepitante e por trás de portas fechadas. Ninguém confiava mais em ninguém na Alemanha, nem mesmo dentro de casa. Nessa noite, ele tornou a dar vários telefonemas, mas em vão. E se passaram mais dois dias até que, enfim, a notícia chegou. Com muito pesar, ele telefonou para os pais de Karl a fim de informá-los e eles ficaram gratos por tudo que ele tentara fazer. Mas, no final, nada adiantou. O barão desligou o telefone e chorou em silêncio, com o rosto escondido nas mãos, antes de ir ao andar de cima para contar à sua mulher e à filha. Contou primeiro para a mulher e juntos foram ver Ursula, que se encontrava trancada no quarto, já quase enlouquecida. Quando entraram, ela fitou-os e, no mesmo instante, sentiu o que iriam dizer. Audrey escutou seu grito dolorido, em seu quarto, e correu ao corredor, onde esperou quieta, como se alguma coisa fosse mudar, ou alguém chegar... mas acabara para Karl. Ele estava morto, fuzilado pelos homens de Hitler; e ali, no longo corredor com correntes de ar, Audrey recordou-se do som da risada dele, da ternura de seu olhar, e pela primeira vez em sua vida compreendeu que o amor era um dom raro... muito efêmero... que desaparece rápido... de repente, Ushi não era mais uma mulher recém-casada... mas sim uma viúva... Karl tinha morrido... e isso podia ter acontecido com qualquer um. De súbito, percebeu o quão felizes ela e Charles tinham sido e o quanto ele era estúpido por desperdiçar sua vida agora, com uma mulher que não amava e que o prendera em uma armadilha.

Passaram-se horas até que Audrey sentiu-se capaz de ver Ushi nessa noite e quando, enfim, o fez, não havia nada que pudesse dizer à amiga. Audrey apenas estreitou-a nos braços e deixou a moça chorar. Era como se seu coração fosse partir-se ao meio e, quando Audrey tornou a olhá-la nos olhos, soube que Ursula von Mann Rosen jamais seria a mesma mulher de novo.

Capítulo 30

Na manhã seguinte, o telefone tocou em Antibes pouco depois das 6h, James foi o primeiro a ouvir e apalpou por cima da cabeça de Violet para pegar o aparelho.

— Que horas são? — ela murmurou para ele, piscando em direção ao relógio que não podia ver.

O sol mal nascera, mas estavam na cama há apenas duas horas e tinham bebido muito champanhe. Charlie e Charlotte ainda estavam lá e Violet gostava dela tão pouco quanto antes e já não ligava a mínima. Violet não conseguia imaginar quem estaria telefonando àquela hora, enquanto James sentava-se bem ereto ao seu lado na cama.

— Alô?... sim — uma longa pausa, a testa franzida, e depois. — Audrey? Qual é o problema? — Ouvia-a chorar do outro lado da linha e, de repente, suspeitou que algo de terrível acontecera. — Você sofreu algum acidente? — o coração de Violet parou de bater ao pensar na menininha e, por instinto, apertou o braço de James. — Oh, meu Deus... oh, não... — James virou os olhos para os de Vi, que estava em pânico.

— O que foi, James?... o que aconteceu com ela?

Ele fez um gesto para ela se calar e prosseguiu. A ligação estava longe de ser excelente e Audrey estava perturbada demais para ele pedir que parasse. Audrey tinha que conversar com alguém e Vi e James eram as únicas pessoas a quem podia telefonar.

— Meu Deus, que terrível... oh, pobre moça. Como ela está agora?

— Oh, James... — Violet começou a chorar, certa de que

Molly sofrera algum terrível acidente, e James segurou-lhe a mão para tranqüilizá-la, sacudiu a cabeça e depois sussurrou-lhe:

— ...não... foi... com... a criança...

— Não foi? — ficou assustada. Então, com quem foi?

— Onde você está agora? Quer voltar? Iremos para casa dentro de alguns dias. Talvez lhe faça bem voltar para cá, Aud... está bem... mas pelo amor de Deus, saia. Vá nos esperar em Londres, lá em casa. E me dê o número de seu telefone aí. Tente dormir um pouco. Eu e Vi ligaremos daqui a algumas horas. Quer falar com ela agora? — voltou-se para a esposa, esperançoso, preparado para passar o telefone a ela. — Está bem... eu direi isso a ela... e Audrey... — seus olhos encheram-se de lágrimas e sua voz ficou roufenha. — Diga a ela que sentimos muito — desligaram e James encarou, calado, a mulher. Não sabia como encontrar as palavras e, então, suspirou e tentou permanecer calmo. — Mataram Karl — foi rude, mas transmitiu o que ela precisava saber.

Violet fitou-o, horrorizada.

— Oh, meu Deus... James! Quem matou Karl? E como está Ushi?... Oh, não! — Violet começou a chorar, fitando-o com olhos frenéticos, e ele envolveu-a com o braço e puxou-a para perto de seu corpo.

— Foram os nazistas. Tiraram-no direto do trem, levaram para a cadeia e o fuzilaram. Ao que parece, eles decretaram uma lei totalmente insana, que pune com a pena de morte um judeu que tenha relações sexuais com uma ariana, sejam casados ou não. Você já ouviu uma coisa dessas? Eles são loucos — mas pior do que isso, fuzilaram Karl Rosen.

— Oh, meu Deus.

Foi a única coisa que ela conseguiu dizer. Violet chorou nos braços do marido e, em seguida, desceram ao andar de baixo de mãos dadas para tomar uma xícara de café. Ainda estavam sentados ali às 8h, quando Charlie desceu. Estava sério e com uma certa ressaca, mas assim que olhou para os dois, soube que acontecera algo terrível.

— Foi o telefone que ouvi tocar por volta das seis horas? — James assentiu e Vi começou a chorar de novo. — Oh, meu Deus... o que foi, Vi? — sentou-se ao lado dela e James contou o que acontecera com Karl, enquanto Charlie os encarava sem desviar os olhos. — Não pode ser... eles não podem fazer uma coisa dessas! — de súbito, sua voz soou alta no aposento silencioso... eles eram tão felizes... tão despreocupados... tão divertidos... e estavam tão apaixonados. — Eles são malucos.

— Sim, são mesmo.

— Ushi está bem? — ele perguntou a James.

— Imagino que não esteja. De qualquer modo, eles não tocaram nela, pelo menos. Estavam voltando para Berlim, mas agora estão na casa dos pais dela em Munique. Audrey está lá com ela.

— O que ela está fazendo lá? — Charles mostrou-se preocupado com isso. Não gostou de pensar que ela estivesse perto de um terror como aquele e sofreu ao pensar que ela vira tudo acontecer.

— Não perguntei, mas imagino que ainda estivesse viajando com eles.

— Ela está bem?

— Estava muito perturbada, como é de se compreender, e eu lhe disse que telefonaríamos dentro de algumas horas.

Charles fez um aceno de cabeça e pôs uma dose de uísque na xícara de café, oferecendo o mesmo a James. Era um pouco cedo para isso, mas ambos precisavam e Vi também serviu-se de um pouco de uísque, enquanto Charlotte entrava na sala usando um lindo robe de cetim branco.

— Mas o que é isso? Estamos todos acordados antes de amanhecer — ela sorriu com aquele seu jeito frio de mulher de negócios, que sempre fazia os outros acharem que devia haver uma escrivaninha diante dela, mas dessa vez ninguém correspondeu ao sorriso.

Charlie lançou-lhe um olhar sombrio e sorveu a forte mistura de sua xícara.

— Os nazistas mataram Karl Rosen.

— Que coisa terrível! — olhou horrorizada para todos os quatro e depois conversou sobre isso durante as duas horas seguintes, sem parar. Tinha opiniões bem claras sobre a política alemã e para ela Hitler era muito mais perigoso do que a maioria das pessoas achava. Os homens ficaram gratos pelas idéias que ela compartilhava com eles, mas no final nada disso importava mais. Karl estava morto e nunca mais voltaria.

James e Vi telefonaram para Audrey nessa tarde, e ela disse que retornaria a Londres naquela noite. Os nazistas recusaram-se a entregar os restos mortais para o sepultamento religioso, de modo que não haveria funeral. Ushi estava em um estado tal que Audrey achava que devia deixar a família sozinha. Nada restava que ela pudesse fazer por eles e seria mais delicado desaparecer em silêncio. Prometeu ligar para Vi e James no dia seguinte, quando chegasse na casa deles; Audrey falava de modo tão chocado e entorpecido como todos se sentiam em Antibes. Esse foi um dia triste e silencioso para todos; Vi e James foram fazer uma longa caminhada na praia, Charles ficou sentado na varanda e Charlotte foi tirar um cochilo no quarto. Quando todos se reencontraram, já era hora do jantar e, nesse momento, Vi notou que Charlotte não estava bem. Seu rosto tinha um tom esverdeado.

— Você está bem? — Vi sabia o quão desagradável podia ser o início da gravidez e, mesmo contra a própria vontade, sentiu pena da outra. Estava com uma aparência terrível. Charlotte deu de ombros com um sorrisinho desajeitado, que mal dissimulou o mal-estar que sentira o dia inteiro.

— Estou bem. Acho que comi alguma coisa que não me fez bem — vomitara a tarde inteira e Charlie sentiu uma verdadeira pena dela, ao ir buscar qualquer coisa no quarto e encontrá-la ajoelhada diante da privada. Preparou uma xícara de chá fraco para ela, mas mesmo assim ela vomitou e Charlie esperou que Charlotte não fosse sentir-se assim durante toda a gravidez. Foi a primeira vez que ela passou mal desde que contou que estava grávida.

Violet deu um sorriso de simpatia para ela.

— Não acho que tenha sido algo que você comeu, querida Charlotte. Isso sempre me aconteceu nos primeiros três ou quatro meses. Torradas puras e chá são o único remédio e ainda assim nem sempre ajudam.

— Não acho isso — ficou embaraçada com o fato de Violet saber de sua gravidez. Mas Vi apenas fitou-a com um ar astuto e sorriu.

Charlotte comeu muito pouco nessa noite e foi para a cama, de imediato. Violet conversou com James sobre o retorno a Londres para encontrar Audrey o mais breve possível, embora tivessem convidado os Parker-Scott para hospedar-se na casa o tempo que desejassem.

— Nós realmente devíamos voltar, também. Charlotte precisa retornar e eu tenho que escrever um livro.

Eles planejaram um safári na África como um prolongamento da lua-de-mel, mas isto não se ajustou à agenda de trabalho dos dois, de forma que se instalaram no sul da França para passar algumas semanas, mas agora ambos tinham um trabalho sério a fazer. E a morte de Karl marcava o fim de sua festança de verão, já era hora de todos voltarem para casa. A única coisa que preocupava Charles era o fato de, de repente, Charlotte sentir-se tão mal. Nessa noite, depois de tomar o último drinque com James e conversar sobre Karl, Charlie foi para o quarto e encontrou Charlotte gemendo no chão do banheiro, com a cabeça repousada na privada.

— Charlie... — nesse momento, ela estava tão ofegante que mal conseguia falar. — Estou com... uma dor... terrível... — no mesmo instante, ele achou que era um aborto e estava prestes a sair correndo para buscar Violet, quando ela acenou para ele aproximar-se e apontou para o lado direito da barriga. — Aqui.

— Devo chamar um médico? — ele ficou aterrorizado. Alguma coisa terrível ocorria com ela e, sem esperar pela resposta de Charlotte, Charles disparou do quarto e foi bater na porta de James e Violet.

— Sim? — Vi mandou que ele entrasse; Charles adentrou o quarto com um ar desvairado e preocupado e encontrou-os conversando calmamente. Estavam falando de novo sobre Ushi e Karl, o pesadelo que perseguia a todos. — Charles, há alguma coisa errada?

— Charlotte geme sem parar e disse que está com uma dor terrível... — olhou desamparado para Violet. — Acho que não sei coisa alguma sobre isso, mas um médico devia vê-la agora mesmo. Penso que devíamos levá-la para um hospital — sem dizer nenhuma palavra, Vi desceu em disparada o corredor, enfiando-se no robe durante o trajeto; e Charles voltou-se para o velho amigo. — Talvez não devêssemos ter conversado. Às vezes esqueço que ela está grávida... — passou a mão nervosa pelos cabelos e ficou à espera do retorno de Violet, que quando voltou olhou preocupada para James.

— Acho que é melhor ligar para o *docteur* Perrault.

— Ela está abortando? — Charles estava horrorizado e consumido pela culpa. Jamais deveriam ter conversado sobre tais coisas perturbadoras na frente dela; só que ela parecia tão forte o tempo todo. — Ela está com muita dor?

Vi voltou-se para ele, preocupada com o amigo.

— Ela está bem, Charles. Aconteça o que acontecer, ela vai ficar bem. Às vezes os problemas das mulheres parecem mais assustadores do que são de fato. Vamos levá-la para o hospital e amanhã ela estará bem.

Mas Charles achou difícil de acreditar nisso ao carregá-la para o carro, pois Charlotte vomitava sem parar, envolta em um lençol e no robe agora arruinado. James dirigia, enquanto Violet segurava a mão dela e Charles olhava fixo para ela no assento traseiro. Ela parecia estar morrendo ali atrás e Charles se sentiu mais culpado ainda pelos sentimentos que não nutria por ela. Era o mesmo que se observar uma pessoa desconhecida.

James fazia em disparada as curvas da estrada, com a máxima velocidade que ousava, e Charlie apressava-o; no momento em que chegaram ao hospital de Cannes, Charlie entrou correndo e retornou com dois enfermeiros que, com movimentos sumários, colocaram Charlotte em uma maca e desapareceram com ela. Os três os seguiram rápido e o Dr. Perrault já se encontrava ali, à espera deles. Deu uma olhada nela, enquanto enfermeiras tomavam-lhe o pulso e a pressão sanguínea. Charles andava de um lado para o outro. O médico precisou de menos de dois minutos para avaliar o estado de *madame*, e voltou-se para Charles com a testa franzida de preocupação.

— É o apêndice dela, *monsieur*. Acredito que tenha perfurado, ou que esteja prestes a perfurar. Precisamos operá-la agora mesmo. — Charles assentiu, um pouco aliviado, mas ainda preocupado com ela.

— Ela vai perder o bebê?

O médico ficou com um ar aflito e preocupado.

— Ela também está grávida? — Charlie assentiu. — Entendo... vamos ver o que podemos fazer, mas há poucas chances de ela não perder a criança — as lágrimas ardiam nos olhos de Charlie ao assentir. — Vamos fazer o que for possível.

Quase no mesmo instante em que terminou a frase, Charlotte foi transportada às pressas e Charlie levado para a sala de espera, com James e Vi.

Os minutos se arrastavam de maneira interminável e passaram-se três horas até Charles voltar a ver o médico. Ele entrou e retirou o gorro cirúrgico, com uma expressão sombria que assustou a todos. Por um instante, Charles pensou que ela pudesse estar morta.

— Sua mulher está passando bem, *monsieur* — olhou dentro dos olhos de Charlie. — O apêndice estava perfurado, de fato, mas acho que limpamos tudo a tempo. Ela ficará aqui três ou quatro semanas e vai se recuperar por completo.

Charles ficou aliviado por ela, mas o médico não falara do que ele queria realmente saber. Respirou fundo e olhou para o outro.

— E a criança?

O médico fitou-o fixamente, não desejando dizer mais nada na frente de James e Vi.

— Posso falar a sós com você, *monsieur*?

— Claro.

Mas Charles imaginou que isso significava o pior para o bebê que ela carregava e ficou chocado ao perceber o quanto a criança significava para ele. Era quase como se fosse a única coisa que lhe restava. Seguiu o médico para fora da sala, deixando James e Vi à sua espera, e o outro conduziu-o a uma salinha de estar na outra extremidade do corredor. Puxou duas cadeiras e fez um gesto para que Charles se sentasse, coisa que ele fez.

— Posso fazer-lhe algumas perguntas bem pessoais, senhor?

— Sem dúvida.

Entretanto o médico ainda não dissera coisa alguma sobre a criança e Charles receava pressioná-lo. Talvez houvesse complicações... ou, afinal de contas, quem sabe o bebê ainda não estivesse perdido. Todas as possibilidades passaram por sua mente, enquanto esperava que o médico falasse.

— Há quanto tempo está casado com *madame*?

Charles não tinha nenhum receio moral para não ser honesto, inclusive pelo bem-estar da criança. O bebê significava tanto para ele. Tinha sacrificado tudo pelo bebê.

— Há quase quatro semanas. Mas ela ficou grávida três meses atrás, no Egito... — como se isso importasse para alguém. Mas o médico estava balançando a cabeça. — Ela está grávida há mais tempo? — pois era isso que o preocupava, mas o médico o fitava com simpatia. Com tanta simpatia que doía.

— Acho que há um mal-entendido aqui e não desejo intrometer-me em sua vida pessoal, *monsieur*. *Madame* não está grávida. Ela passou por uma histerectomia há cinco anos, pelo que ela disse. Eu verifiquei tudo, todas as partes, por causa daquilo que você me disse. Não há bebê nenhum, *monsieur*. Não existe gravidez alguma. Ela não tem útero. Jamais poderá engravidar. Sinto muitíssimo por ser obrigado a lhe contar isso — olhou para Charles, que se sentiu como se tivesse levado um soco.

— Tem certeza? — sua voz foi um gemido doloroso.

— Completa. Estou certo que a própria *madame* vai contar para você, assim como contou para mim. Talvez ela tivesse medo de admitir que jamais poderá ter filhos, mas estou seguro de que, com o decorrer dos anos, você se ajustará a esse fato. Existe a adoção, claro... — estendeu a mão para tocar o braço de Charles. — Sinto muito, *monsieur*.

Charles apenas fez um aceno de cabeça, sem conseguir falar ao se levantar.

— Obrigado... obrigado por me contar... — foi tudo que ele pôde dizer no final, ao sair da sala... Charlotte mentira para ele... mentira para ele... tudo não passava disso: uma mentira... em relação ao bebê que ela teria concebido no Cairo, e Charles se sentira tão culpado com isso, pois queria fazer amor com ela o tempo todo e Charlotte não tinha tomado as precauções necessárias... e o aborto que ela não quis fazer.... como ele a respeitou por isso... muito embora isso significasse que teria que se casar com ela... e o bebê que seria como Sean... o bebê que jamais nasceria... que nunca existiu... ela tinha *mentido* para ele... ao entrar na sala de espera, Charles estava possuído por uma raiva cega e mal conseguiu falar com Violet e James.

— Quer ver sua esposa, *monsieur*? — uma jovem enfermeira sorriu amavelmente para ele, e a única coisa que Charles conseguiu foi fazer um aceno com a cabeça. — Ela está acordada agora... você só poderá vê-la por *une petite minute* — mas em vez disso, Charles passou pela enfermeira, saiu porta afora e ficou à espera de James e Violet do lado de fora do hospital. Necessitava respirar profundamente o ar puro e Violet pôde ver, pelo seu rosto, que algo de terrível acontecera com ele, e teve certeza que Charlotte perdera o bebê.

— Charles?

— Não fale comigo... por favor.

— ...Charlie...

Nesse momento, ele virou-se para ela e agarrou-a pelo braço.

— Vi... não... por *favor*!

Então, ela pôde ver que Charles chorava, mas não compreendeu que aquelas não eram lágrimas de sofrimento, mas sim de raiva.

— Sabe o que ela fez comigo? — ele gritou para os dois, sem conseguir controlar-se. — Ela mentiu para mim! Não existe bebê nenhum! Nunca existiu... ela fez uma histerectomia há cinco anos.

James olhou fixo para ele e Violet prendeu a respiração.

— Você não está falando sério! — Vi ficou horrorizada. Coitada da Audrey...

— Estou.

— Mas isso é uma coisa medonha — James trincou os dentes, enquanto entrava no carro e acenava para os dois sentarem a seu lado.

— Vamos, você precisa de um drinque — deram-lhe mais de um quando chegaram em casa.

Charles só acordou ao meio-dia seguinte e depois que saiu da cama, tomou um banho, fez a barba e foi direto ao hospital, onde entrou no quarto de Charlotte e lançou-lhe um severo olhar. Ela sabia o motivo pelo qual Charles estava ali e o que significava aquela expressão em seu rosto. Assumira um risco supondo que poderia ocultá-lo dele, mas perdera o jogo. Era esperta o bastante para saber quando era hora de mostrar as cartas.

— Sinto muito, Charles. Achei que seria a única maneira de você casar comigo — ela estava certa, claro, mas isso não melhorava a coisa, para nenhum dos dois. — Eu desejava fazer algo de especial pela sua carreira e tomar conta de você...

— Eu estou pouco ligando para a minha carreira. Você ainda não sabe disso?

— Na época, eu não sabia. Agora eu compreendo melhor. Mas você está errado, sabe? Você poderia ser o mais famoso escritor do mundo, uma pessoa de importância internacional... — Charlotte pronunciou a frase como se estivesse oferecendo-se para torná-lo rei, os olhos de Charles fixos nela.

— E isso a tornaria o quê? A minha editora? Isso tem tanta importância para você?

Ela o queria como uma marionete na cordinha.

— Homens como você têm que ser cuidados como as flores raras — Charlotte tentou sorrir, mas era óbvio que ainda sentia-se desconfortável pela cirurgia, apesar de estar totalmente alerta. Seus sentidos não estavam entorpecidos e seus olhos enfocavam Charlie com perfeição.

— Você não achava que eu iria descobrir?

— Filhos são uma coisa tão importante para você, Charles? — mas ela já conhecia a resposta a esta pergunta; descobrira ao vê-lo brincar com Molly, Alexandra e o pequeno James. — Você não precisa de filhos para se realizar, sabe? Você tem o seu trabalho. E nós temos um ao outro.

— Que vida mais vazia essa — olhou tristonho para ela. O quão pouco ela conhecia a vida, ou a ele. — Imagino que devesse esperar uma ou duas semanas para lhe dizer isso... até você estar de pé de novo — Charlotte suspeitou o que viria em seguida e fitou-o triste. Ela o desejara durante um longo tempo, como a um diamante muito raro que quisesse possuir. — Mas não quero embromá-la com mentiras. Vou deixar você. Agora acabou a brincadeira. Podemos retornar às nossas vidas. Você tem o seu apartamento, eu o meu e tudo voltará a ser como antes, só que não quero vê-la mais. Uma outra pessoa qualquer poderá assumir o meu trabalho, talvez seu pai queira fazer isso de novo, mas este é o último dos nossos problemas. Quando eu voltar à cidade, telefonarei para o meu advogado.

— Por quê?... por que está fazendo isso? — Charlotte esforçou-se para alcançar sua mão, mas ele evitou-a e ela quase não conseguia mexer-se depois da cirurgia da noite anterior. — Que diferença faz se não existe uma criança?

— Você pode viver com isso... mas eu não consigo viver com mentiras. Você me armou uma armadilha para eu casar com você. Queria ser a minha dona, como se eu fosse um pedaço de terra. E eu não posso ser comprado, preso ou engaiolado, nem ser transformado em alguém que escreva recebendo deixas como um cachorro de circo. Essa criança era a única esperança que tínhamos de que surgisse algo decente entre nós. E essa criança era uma mentira. Telefonei para seu pai e contei o que lhe aconteceu. Nesse momento ele já partiu de Londres. Esperarei a chegada dele e depois retornarei com Vi e James. Violet disse que você pode ficar hospedada na casa o tempo que quiser, quando sair do hospital. E se você quiser deixarei que você explique para seu pai. Não quero deixá-la embaraçada. Mas tampouco quero continuar casado com você. Tenho certeza que um dia você me agradecerá — e com isto, ele girou e saiu do quarto.

Parou na rua e olhou para o céu. Era como se Charlotte jamais tivesse entrado em sua vida e, de repente, a única coisa de que se lembrava era Ushi e Karl e o amor que compartilhavam, o amor que era tão parecido ao que ele conhecera antes com Audrey. De súbito, seu único desejo foi voltar para ela. Quando retornou a Antibes e invadiu a casa, dava a impressão de ser um novo homem.

— A que horas partimos? — perguntou a Vi, que fixou os olhos nele.

— Pensei que você quisesse aguardar a chegada do pai de Charlotte.

— Ele estará aqui hoje à noite e, de qualquer modo, ficará no Carlton de Cannes.

— Imagino que o trem das quatro horas de amanhã esteja bem. Vou perguntar a James. — E, então, com cuidado: — A propósito, Audrey telefonou de novo. Está de volta a Londres — ele assentiu e seus olhos encontraram os de Violet. — Disse para transmitir o cumprimento dela a você — Charles tornou a assentir e em seguida saiu do quarto com a testa enrugada de preocupação.

Não voltou a ver Charlotte e conversou pelo telefone com o pai dela, hospedado no Carlton. A conversa foi breve e o outro parecia ter a impressão de que Charlotte abortara devido à apendicite, mas Charles recusou-se a explicar. Era problema dela. Ela inventara as mentiras, ela que se explicasse com o pai.

O único problema de Charles era rever Audrey e convencê-la de que não era um estúpido completo. Sempre existia a possibilidade de ela não querer mais nada com ele. E era isso que ele precisava descobrir agora.

Capítulo 31

Charles voltou para Londres, no trem noturno, acompanhado de Vi, James, as crianças e a babá, em três cabines privadas. Vi deixou a maioria dos empregados em Antibes. Grande parte deles era composta de franceses e, todos os anos, ela levava de Londres apenas o mordomo e a governanta para supervisionar as coisas. Estes embarcaram no trem da manhã, de modo a estar em Londres quando Vi e James chegassem. E como sempre, quando chegaram, tudo estava na mais perfeita ordem.

— Quer entrar um pouco, Charles? — *Lady* Vi segurava a mão de Alexandra, e James ajudava a arrumar a bagagem, determinando de quem era o quê e que mala ia para que quarto. A maior parte pertencia a Vi e *Lady* Alexandra vinha em segundo lugar, sendo que grande parte de suas roupas Violet comprava em Paris todos os anos.

Charlie pareceu hesitar durante alguns momentos e ela sorriu. De repente, ele pareceu jovem demais e ela sentiu pena. Charles passara por um choque terrível nos últimos dois dias, e Violet sabia que fora muito duro para ele. Os dois conversaram sobre isso, com calma, no trem, enquanto James dormia, e Charles admitiu para *Lady* Vi que desejara muito o bebê. De certa forma, isso surpreendeu-a. Charles sempre deu a impressão de ser uma pessoa livre e tranqüila e agora ela não podia imaginá-lo preso a uma família. Esse era o único consolo por ele se ter casado com Charlotte.

— Ela vai concordar com o divórcio, não vai? — Violet supunha que Charlotte seria sensata, agora que Charles sabia da verdade sobre o bebê, mas sacudiu a cabeça com um ar carrancudo ao fitá-la.

— Ela é católica.

Violet ficou chocada.

— Essa foi a desculpa que ela deu para o aborto... não pode estar sendo séria ao negar sua liberdade agora. Ela se casou com você através de uma fraude, pelo amor de Deus.

— Eu sei. Mas ela disse que não vai concordar. Ela continua falando das grandes coisas que pode fazer pela minha carreira. — Charles suspirou e a conversa não chegou a lugar nenhum.

Charlotte queria que ele tivesse algum tempo para pensar em tudo, enquanto ela se recuperava, e esperava vê-lo quando retornasse a Londres dentro de poucas semanas.

Mas a mente de Charles estava longe de Charlotte, no momento em que entrou hesitante no *hall* da casa de Vi e James. Olhou em volta como se esperasse que Audrey saísse de um vão de porta e saltasse em cima dele.

— Talvez ela tenha saído — Vi sussurrou, sabendo em que ele pensava, e Charles virou-se sorrindo, mas momentos depois ouviu a voz de Audrey e voltou-se para vê-la descendo a escadaria devagar.

Audrey estava abatida, apesar do bronzeado de sol e seus olhos estavam cheios de sofrimento. Desde que chegara em casa, não fez nada além de pensar em Ushi e Karl e era fácil ver o quanto o que aconteceu no trem a deixara arrasada.

Ao ver Charles, Audrey estacou na escadaria apenas por alguns instantes, depois aproximou-se para cumprimentar Vi, James e as crianças. Olhou para Charles com um ar de tristeza.

— Olá, Charles. Como foi a viagem?

— Ótima — ele se sentia um adolescente. — Você está bem?

Quando ela assentiu, ele deu um passo na direção dela e, por um momento, Violet pensou que ele fosse beijá-la. Audrey recuou como se tivesse pensado o mesmo e, durante alguns instantes, eles ficaram desajeitados no *hall*, enquanto Vi tirava o chapéu e espantava as crianças para o andar de cima com a babá. Em seguida, sugeriu que todos tomassem uma xícara de chá. Aquela tinha sido uma semana de emoções para todos, embora Audrey ainda não soubesse o que acontecera com Charlotte.

Foram todos instalar-se na biblioteca e Violet desapareceu

para ir falar com a cozinheira; momentos depois, James foi discutir algo com o mordomo e, de repente, Audrey viu-se a sós com Charles. O momento foi muito embaraçoso. Audrey imaginava que Charlotte fora diretamente para o escritório, ou para o apartamento deles, e em um dado momento perguntou-se se foi inteligente hospedar-se na casa de James e Vi, se isso significaria ver Charlie o tempo todo. Em Antibes já tinha sido bem doloroso e não precisava repetir-se agora. Buscou refúgio falando de Karl e foi obrigada a parar várias vezes, enquanto tentava explicar para Charles como tudo se passara.

— Foi... a... coisa... mais terrível que já vi... — não conseguia apagar a lembrança do momento em que tiraram Karl do trem e Ushi começou a gritar... e, mais tarde, ao vê-lo com sangue coagulado na cabeça e acorrentado. — Oh, Charlie — quando disse seu nome, Charles sentiu-se como nos velhos tempos. — O que vai ser dela agora? — Audrey suspirou e fechou os olhos por alguns momentos, tentando recuperar a compostura e, então, sentiu-o tocar sua mão.

— Você precisa tentar esquecer isso — sua voz foi amável, mas Audrey arregalou os olhos.

— Esquecer? Como será possível esquecer isso um dia?

— Você pode não esquecer. Mas não há nada que possa fazer agora. E torturar-se não ajudará em nada. Com o tempo a lembrança se ofuscará — fitou-a com intensidade. — A maioria das coisas se ofuscam — Audrey estava inclinada a discordar e foi como se ele lesse sua mente e soubesse exatamente o que ela pensava. — Mas nem todas — as palavras saíram em um sussurro enquanto seus olhos se encontravam. — Sei que não é o momento certo para lhe contar, mas... — respirou fundo e prosseguiu — ...deixei Charlotte em Antibes.

Audrey não tinha certeza se compreendia, mas Charles pronunciou a frase com tanta seriedade.

— Ela voltará logo?

Ele balançou a cabeça.

— Estou querendo dizer que a deixei. Quero o divórcio.

— Deus do céu, Charlie! O que aconteceu? — pareceu atordoada, quase tanto quanto ele ainda estava.

— Ela mentiu sobre o bebê.

Audrey estava chocada.

— Você quer dizer que o filho não é seu?

— Não, quero dizer que não é de ninguém. Ela não estava grávida.

— Você tem certeza? — Audrey não podia imaginar-se contando uma mentira dessas. — Talvez ela tenha perdido o bebê.

Mas Charles tornou a balançar a cabeça.

— Ela estava com apendicite e fomos obrigados a levá-la ao hospital. Eles a operaram e eu preveni o médico de que ela estava grávida — deu um sorriso amargurado e se reclinou na cadeira, ao lembrar do momento em que o médico contou a verdade. — De qualquer modo, ele deve me ter achado um idiota completo. O médico disse que ela fez uma histerectomia há alguns anos — suspirou e tentou sorrir para a mulher que ainda amava. — No dia seguinte, ela admitiu isso para mim. Acho que ela pensava que os fins justificam os meios. Mas receio não concordar. A única coisa que eu queria nesse casamento era o bebê.

Audrey não ficou surpresa, mas o resto da história chocou-a profundamente.

— Ela concorda em se divorciar?

— Ainda não. Mas concordará. Não terá outra saída. Não ficarei com ela agora. Quando nos casamos, eu disse que não a amava e nós concordamos que era só por causa do bebê.

Audrey olhava para ele com uma expressão estranha e o choque da morte de Karl veio, no mesmo instante, à sua mente. Lembrou-se do quanto Ushi o amava. E se ela soubesse que ele morreria apenas algumas semanas depois? Teria feito algo diferente, neste caso? De repente, isso lançou uma luz diferente sobre aquilo e Audrey não teve coragem de sentir raiva de Charles.

— Sinto muito, Charlie — olhou dentro dos olhos dele e ele viu a mesma ternura e compaixão que sempre encontrou ali e, pela primeira vez em dois dias, ele sorriu.

— Não sei ao certo se sinto... — e, então, sem nenhum alvoroço adicional, ele estendeu o braço à procura da mão de Audrey e levou-a para perto do coração. — Será que algum dia você poderá me perdoar? — Levou a ponta dos dedos de Audrey à boca e ela sorriu para ele. Dessa vez ela não puxou a mão, apenas fitou-o, tentando absorver tudo que tinha acontecido com os dois em tão poucos dias.

— Não há nada a ser perdoado, Charles. Eu não pude vir quando você precisou de mim.

— Agora eu compreendo isso melhor. Mas senti tanta raiva na época. Eu queria desesperadamente que você me acompanhasse — agora, a permanência de Audrey em San Francisco não parecia algo tão insensato para Charles, mas na ocasião isso o deixara louco. — Quis voltar e esquecê-la... e tentei — deu um sorriso tímido e os olhos de Audrey sorriram em resposta. — E não há dúvida que Charlotte ajudou — ao pronunciar o nome dela, seus olhos cobriram-se de sombras. — Em nenhum momento eu percebi o quanto ela estava decidida a conseguir o que queria. É assustador, de fato.

Audrey assentiu, suspeitando também que ela não renunciaria a ele com tanta facilidade como Charles achava.

— O que você disse a ela ao ir embora?

— Que estava acabado. Para sempre. Não queria que restasse a menor dúvida na cabeça dela — nesse momento, fitou Audrey e falou diretamente a ela. — Nem na sua... se é que isso lhe interessa.

Audrey esboçou um sorriso para ele e, de repente, pareceu uma mocinha.

— Talvez — e, então, surgiu um brilho novo nos olhos dela. A vida era curta demais para não aproveitar um momento sequer com uma pessoa que se amava demais, como ela amava Charlie —, ...se você jogar suas cartas direito...

— Ah! Então é isso... você vai me botar para rebolar, não vai?

Nesse momento, ele também ria com o coração mais leve do que durante todo o último ano... de fato, desde que a deixara na China.

— Talvez eu o faça rebolar, Charles Parker-Scott. Afinal de contas, você merece... pois fugiu e se casou com uma outra — fitou-o fingindo estar ultrajada e pôs a mão no quadril. — Que coisa mais rude!

Ele riu e puxou-a em sua direção para beijá-la e foi nesse exato momento que Vi retornou à sala.

— Epa... desculpe... — girou nos calcanhares com um sorriso de satisfação e estava prestes a sair, quando Audrey chamou-a de volta. — Não quero interromper nada importante.

— Certíssimo — Charlie arreganhou um sorriso. — Audrey só estava esboçando um curso de tortura para mim... para fazer eu pagar o que devo, por assim dizer — por um momento, seus olhos ficaram sombrios. — Não que eu a culpe.

— Está certo — *Lady* Vi concordou. — Você merece ser chicoteado, Charles, depois de tudo que fez a pobre moça passar.

— A pobre moça! A pobre moça! Pense em mim! Posso lhe assegurar que também não me diverti muito com essa solteirona!

Lady Vi lançou-lhe um olhar de desaprovação e Audrey sorriu. Era estranho como de repente tudo parecia tão divertido, quando apenas algumas horas antes Audrey sentia um peso em seu coração, do qual ela duvidava que fosse recuperar-se um dia. Audrey encarou-o séria durante alguns momentos.

— Você tem certeza que está tudo acabado, Charles?

— Jamais devia ter começado. Eu fui de uma estupidez terrível, terrível.

— E agora?

— Espero estar sendo bem mais inteligente. Se for preciso, desisto dos Beardsley para editar meus livros.

— Acho que o Sr. Beardsley não vai ser burro o bastante para deixá-lo fazer isso, Charles — era James, ao entrar na sala portando uma garrafa de licor. — Todos aceitam um pouco de xerez?

As mulheres aceitaram e Charles sugeriu algo um pouquinho mais forte. Nesse momento, ele queria comemorar. Ainda não sabia o que aconteceria, mas se sentia mais livre do que se sentira durante um longo, longo tempo e, de súbito, todos ficaram felizes por estar vivos. E de uma estranha maneira, o que sentiram foi como que um presente de Karl e Ushi Rosen.

Nessa noite, tentaram telefonar para Ushi a fim de consolá-la, mas o pai disse que ela não estava falando com ninguém e, pela voz dele, souberam que os Rosen ainda estavam perturbados com o acontecido.

— É difícil de acreditar, não é, Aud? — Charles a envolvia com o braço, quando eles estavam sentados diante da lareira da biblioteca às escuras. James e Vi já estavam na cama, e os dois conversavam, há horas sobre o ano passado, sobre Ushi e Karl, sobre o avô de Audrey... e até mesmo sobre Charlotte. — A vida é tão curta... você nunca sabe a grande dádiva que tem, até perdê-la.

— Acho que o segredo de uma vida bem-sucedida é aproveitar cada momento. No entanto, é impossível acreditar que Karl tenha morrido... — olhou pensativa para o fogo e sentiu Charlie puxá-la para mais perto.

— Audrey... — ela pôde sentir que Charles a olhava, e encarou-o:

— Sim?

— Você se casará comigo depois que eu tiver ajeitado essa história com Charlotte?

Charles pensava nisso o dia inteiro; quando perguntar a ela, qual a forma adequada, quanto tempo ele esperaria e, no final, decidiu jogar a cautela para o alto e fazer a pergunta de uma vez. Audrey o fitava com um sorriso calmo. Estar com Charlie era tudo que ela queria.

— Eu devia ter feito isso há muito tempo. Teria poupado a nós dois muitos problemas.

Mas Charles balançou a cabeça. Agora ele compreendia melhor.

— Na época, você não podia. Levei muito tempo, mas agora eu compreendo isso — e então fitou-a com um ar muito sério. — Você não respondeu à minha pergunta. Você se casará?

— Sim.

Foi uma palavra forte, tranqüila, e tão logo Audrey pronunciou-a, ele a beijou.

Capítulo 32

A questão com Charlotte não foi resolvida com a facilidade que Charlie esperava. Ela retornou a Londres no início de outubro e tão logo Charles soube que ela estava de volta, mandou seu advogado telefonar para ela. Mas quando ele ligou, deu de cara com uma muralha. Charlotte Parker-Scott, como ela insistia em se chamar agora, não concordaria com o divórcio, nesse momento ou no futuro previsível, o mais longínquo possível, no que lhe dizia respeito. Atribuiu a negativa a razões religiosas, mas Charlie não aceitou essa explicação. Durante tudo o tempo em que estiveram juntos, ela nunca foi à igreja, a não ser no dia do casamento.

— Nesse caso, o que você supõe que ela quer? — o advogado estava intrigado. — Ela tem todo o dinheiro que deseja e não parece ser o tipo de mulher que dependa de um homem.

Charlotte lidara com ele como homem. Na verdade, fora bastante brutal.

Charlie não conseguia imaginar, mas Audrey, James e Vi concordavam. Todos eles pensavam que ela desejava ser conhecida como a esposa de Charlie. Um nome aristocrático e antigo daria a ela a dignidade que lhe faltava, e mais o distintivo de ser casada com um dos maiores autores da Inglaterra. Charlotte queria impressionar os amigos.

— Mas ela não pode impressionar se eu não estiver presente, pode? — Charlie ainda não podia entender esse raciocínio; mas os outros insistiram.

— Claro que pode. A única coisa de que ela precisa é o seu

nome e dar às pessoas a impressão que você está casado.

— Genial. Então, deixo que ela fique com o nome.

Charles disse o mesmo para o advogado e mandou que telefonasse para ela, oferecendo-lhe conservar o nome, desde que ela concordasse em se divorciar, mas mais uma vez Charlotte declinou a oferta. Ele chegou a oferecer a ela os direitos dos dois filmes, já que ela ficara muito excitada com eles. Porém, Charlotte recusou outra vez e, no final, Charles foi procurar o pai dela, em desespero. Achou-o tão irredutível quanto a filha, talvez até mais.

— Mas por quê? Por que ela quer um casamento apenas nominal?

— Talvez ela pense que você voltará. E talvez você... — o homem examinou-o com os olhos. — Ela é boa para a sua carreira, Charles. Charlotte o tornará alguém, o que você jamais será sem ela — mas isso tinha importância apenas para ele, não para Charles.

— Estou muito contente do jeito que as coisas estão. Quero dizer, do ponto de vista profissional. E não há a menor dúvida de que ela não quer um marido prisioneiro.

O pai de Charlotte sorriu, mas seus olhos permaneceram frios. Quase tão frios quanto os dela.

— Talvez isso esteja bem. Eu próprio sugeri a ela que pensasse direito, mas ela está satisfeita em agarrar-se a você. E espero que isso não mude nossos acordos comerciais.

Charles tinha um contrato de mais cinco anos com ele e como dissera a Audrey no dia anterior, a coisa poderia ficar muito embaraçosa.

— Suponho que você tenha o bom gosto de não esperar que eu trabalhe com ela.

— Se você insiste — mas era óbvio que o pai teria preferido o contrário; então, ao olhar para Charles, estreitou os olhos. — Sabe, ela não me contou o motivo pelo qual você a deixou, mas eu suspeito que seja por causa daquela mulher por quem você estava apaixonado ao conhecê-la.

— Não teve coisa alguma a ver com isso, posso lhe assegurar. Teve a ver com um mal-entendido entre mim e Charlotte — um mal-entendido. Outra palavra para uma mentira. Fraude. Engano. Quando pensava na coisa, Charles ainda sentia vontade de matá-la. — Se ela quiser, poderá explicar para você. Eu não explicarei.

— Nem ela. Charlotte é uma verdadeira dama.

Como a maioria dos pais, ele estava cego para os defeitos da filha e Charles sentiu-se meio tentado e aliviá-lo de suas ilusões em favor de Charlotte, mas jamais faria isso.

— Então, como isso o deixa, meu amor? — Audrey perguntou-lhe durante o jantar dessa noite. Os dois se viam quase todas as noites e, com freqüência, durante o dia, no mês transcorrido após a volta a Londres. Ela ainda se hospedava com Vi e James, mas falava em alugar um apartamento por algum tempo. Não queria se aproveitar mais do que já o fizera, embora fosse maravilhoso para Molly estar com as outras crianças, em especial com Alexandra, que a tratava como a uma boneca, adorava penteá-la e vesti-la. — Você imagina que ela vá mudar de opinião? — Audrey ainda fazia perguntas sobre Charlotte.

— Em um dado momento vai aparecer um outro, alguém muito mais importante, e ela ficará ansiosa para se livrar de mim. O mais rápido possível, espero.

— Talvez pudéssemos apresentá-la para alguém — olhou calma para Charles, que riu, puxou-a para seus braços e beijou-a. Em seguida, ela contou o que fizera durante a tarde, mas Charles não ficou tão excitado quanto ela esperava. Audrey passou a tarde procurando apartamentos que fossem do tamanho suficiente para ela, Molly e uma empregada. — Você não parece estar contente — havia desapontamento nos olhos dela e Charles deu de ombros.

— Acho que não estou contente. Quero que você fique aqui em Londres, claro — estava feliz por Audrey não ter nada que a apressasse em voltar para casa, mas esperava já ter-se livrado de Charlotte, tanto do ponto de vista físico quanto do legal. E no momento não havia alívio à vista. — Tenho uma idéia melhor — mas perguntou-se o que ela acharia da coisa. Quase receava fazer a pergunta. — Eu nunca uso meu quarto de hóspedes. Por sorte, ninguém é estúpido o bastante para querer hospedar-se na minha casa.

Audrey deu uma risada.

— E você vai alugar um quarto para mim?

Ele sorriu, mas balançou a cabeça. Era a segunda melhor alternativa para o que eles desejavam, mas estaria bem durante algum tempo, em todo caso; e Charles estava cansado de visitá-la na casa de Vi e James. Ele queria o que no passado viveram na China, acordar lado a lado todas as manhãs, adormecer um nos braços do outro, sentir os sedosos cabelos de Audrey em seus braços, assim como sentia a suave respiração dela em seu peito.

— Eu gostaria que você se mudasse para a minha casa, Audrey. Molly poderia ficar com o quarto de hóspedes e a babá no quarto de vestir. E, se não der certo, podemos alugar um outro apartamento. Eu não me importaria em fazer isso já... — seu rosto iluminou-se ao fitá-la e, meia hora depois, eles conversavam animados sobre alugar uma casa nas proximidades de Vi e James. De repente, ele parou e olhou para ela. — Você sabe que continuo querendo casar com você, não sabe? Isso é só até eu conseguir o divórcio, leve o tempo que levar. Você compreende isso?

— Sim, meu querido.

Audrey sorriu para ele e dissolveu-se em seus braços. Nunca tinha sido tão feliz em sua vida, casada ou não. E mal podia esperar a hora de se mudarem para viver juntos.

Capítulo 33

Os dois iam juntos a todas as reuniões sociais. Charles apresentou Audrey a todos os seus amigos e ela era recebida de braços abertos por todos, que ficaram aliviados ao ver que ele se separara de Charlotte Beardsley. Iam às festas, óperas, aos bailes e Audrey acompanhava Charles a todos os lugares, inclusive um baile à fantasia, no qual deram de cara com Charlotte vestida de *Der Rosenkavalier,* com pantalonas de cetim, compondo um homem muito bonito, como *Lady* Vi observou com malícia. Quando passaram por ela, seus olhos e os de Charles encontraram-se por um breve momento; logo em seguida ela afastou-se. Começava a aborrecer-se com o fato de ela aferrar-se com tanta firmeza ao seu nome. Charles lia sobre Charlotte Parker-Scott em todas as colunas de negócios; e ele preferiria dividir seu nome com Audrey. Mas, até ali, Charlotte não concordara com o divórcio. No Natal, Audrey e Charles instalaram-se em uma nova casa a apenas cinco quarteirões de Vi e James. Deram uma festa de inauguração da casa no Ano-Novo e o último convidado só foi para casa às oito horas da manhã seguinte.

Três semanas depois morreu o rei George, sucedido por Eduardo VIII, um bonito homem de quarenta e um anos. E Audrey ficou maravilhada ao perceber que aquele que conhecera na Riviera alguns meses antes agora era o rei da Inglaterra. Audrey perguntou-se sobre o que aconteceria com o romance dele e Wally Simpson, a americana divorciada, com quem se envolvera de modo tão espalhafatoso. O que era tolerado em um príncipe seria proibido a um rei, e ela suspeitava que as coisas não seriam fáceis para os dois. Os ingleses opunham violenta oposição ao seu envolvimento com uma mulher divorciada.

Mas o centro de atenção do país desviou-se deles quando Hitler marchou para Rhineland na primavera. Isso desviou de novo os pensamentos de Charlie e Audrey para a Europa e depois de enviar uma dúzia de cartas a Ushi sem receber resposta, Audrey acabou telefonando para os pais dela e ficou chocada com a explicação que recebeu pelo silêncio da amiga.

— Ela entrou para um convento da Áustria, minha querida — o pai pareceu velho e cansado ao telefone.

A Alemanha já não era um lugar agradável para se viver. E quando Audrey perguntou pelo endereço dela, o barão explicou que seria inútil. Ushi entrara para uma ordem de clausura e não podia receber correspondência de ninguém, nem mesmo dos pais. Eles tampouco tinham permissão para contatá-la. Ela renunciara ao mundo e a tudo mais. Audrey ficou profundamente chocada. Nessa tarde, quando levou Molly para o parque, não conseguiu afastar as lembranças de sua mente. Recordou-se do desespero com que Ushi quisera engravidar. Os dois falaram em ter seis filhos... e agora Ushi era freira... uma freira enclausurada... nunca mais teriam notícias dela. Esse pensamento levou lágrimas aos olhos de Audrey e, nessa tarde, deu uma passada para ver Vi, que sentiu o mesmo choque. Para as duas, aquilo parecia ser uma coisa terrível e um tremendo desperdício da juventude, charme e beleza de Ushi. E voltou à vida para Andrey a maneira profunda como Ushi amara Karl e o quão sem sentido sua vida tornou-se sem ele. Isso lembrou-a, de certo modo, do que sentia por Charlie. Agora Charles e Molly eram tudo o que possuía. Às vezes, era assustador perceber o quanto ela amava os dois e que eles eram toda a sua vida. Significavam mais para ela do que qualquer coisa. Em certos momentos, era difícil lembrar que Charlie estava casado, do ponto de vista legal, com uma outra pessoa. Era como se ela e Charlie tivessem estado juntos a vida inteira. Agora era difícil recordar que uma outra pessoa encontrava-se entre os dois, mesmo que por um breve espaço de tempo, e que essa pessoa não tinha a menor importância para eles.

— Isso a aborrece, Aud? — Violet perguntou um dia, e Audrey disse, com franqueza, que não.

— Imagino que devesse, um pouco mais, pelo menos. É chocante, claro, mas nenhuma pessoa que conhecemos parece ligar, e nós não damos a mínima. A única coisa difícil é que não podemos ter filhos. Mas, por enquanto, Molly nos mantém ocupados.

Vi sorriu dessas palavras. Molly era a mais doce das crianças e ela a amava quase tanto como aos próprios filhos.

Audrey tirava centenas de fotos dela, assim como de Alexandra e do pequeno James. Adorava fotografar as crianças. E agora Charles estava trabalhando em um livro novo. Recusou-se a voltar à América para negociar um outro filme, com a esperança de desencorajar o interesse de Charlotte, mas, de qualquer modo, ela fechou o negócio por ele, fazendo-o ganhar uma pequena fortuna, esperando que talvez ele se impressionasse e ela o cortejasse de novo. Mas se a intenção foi essa, não funcionou. Charles foi de uma indiferença total. Amava apenas Audrey e à pequena Molly, que agora o chamava de papai, o que era uma música para seus ouvidos.

O ano passou por eles voando a toda velocidade, com Charlotte não se apiedando em nenhum momento, e Audrey e Charles ocupados com sua própria vida. Ela planejava fazer as fotos do novo livro de Charles e os acontecimentos no mundo preocupavam a ambos. Esse foi um ano cheio de acontecimentos políticos agourentos, enquanto Hitler continuava estendendo dedos famintos. No outono, Roma e Berlim firmaram um acordo e, em novembro, Hitler fechou um acordo com o Japão, também, no qual pactuaram juntar forças contra a Rússia, se necessário fosse.

Mas foi em dezembro que eles receberam a notícia mais chocante de todas. Suas implicações eram muito menos importantes do que as intrigas de Adolf Hitler; no entanto, Audrey teve um profundo choque, assim como o resto do país, a 10 de dezembro, ao ouvir o discurso do rei Eduardo, no rádio da cozinha, enquanto observava Molly brincar com sua boneca favorita.

Audrey ficou plantada no chão ao ouvi-lo falar, a ele, o homem que conhecera em Antibes ao lado de Wally Simpson, e lágrimas silenciosas rolaram por suas faces, enquanto escutavam as palavras que estremeceriam a nação inteira e depois o mundo. "Descobri ser impossível cumprir meus deveres de rei... sem a ajuda e o apoio da mulher que amo..." A renúncia a um reinado — que mais se poderia pedir a um homem? Audrey pensou durante alguns momentos sobre a sorte deles por se amarem tanto e viu-se rememorando a lembrança da mulher que conhecera, perguntando-se o que nela teria inspirado um amor tão grande. O pobre homem parecia estar angustiado ao falar e, depois de menos de um ano no trono, ele abdicava para casar com a americana, divorciada duas vezes.

E embora ele não fosse seu rei, Audrey ficou de coração partido por ele, pela agonia que devia ter existido antes da decisão... e de uma maneira estranha e remota, aquilo lembrou-a da situação deles com Charlotte... diante de todas as dificuldades, eles optaram por ficar juntos, de maneira legítima ou não... mas, sem dúvida, a vida deles era mais simples que a do rei Eduardo e a da Sra. Simpson.

Permaneceu na cozinha muito tempo após desligar o rádio, observando sua filha e pensando no que ele fizera... renunciar ao reino pela mulher que amava... Audrey sabia que jamais esqueceria isso e sorriu por entre as lágrimas ao pensar no quanto o rei devia amá-la.

Capítulo 34

A Inglaterra inteira chorou com a abdicação do rei Eduardo VIII, sucedido pelo irmão George VI mais novo um ano apenas, mas que de alguma forma não apresentava a mesma figura elegante e romântica de Eduardo, que renunciara a tudo pela mulher que amava. Audrey sempre o defendeu diante dos amigos, chocados com a abdicação, e Charlie provocava-a dizendo que ela só gostava de Molly porque era americana. Mas havia algo de profundamente comovente no que o rei fizera, que sensibilizou a ambos. O rei estava disposto a renunciar a tudo por amor, e isso significava muito para Charlie e Audrey.

Charlotte continuava não facilitando a vida deles, mas depois de um ano e meio eles já não se importavam. Começavam a aceitar suas limitações como sendo um aspecto factual da vida e, de qualquer modo, Audrey andava por demais ocupada com suas fotos para se preocupar com a coisa. Charlie sempre a encorajava e ela chegou a expor em uma galeria, com algumas das fotos em preto-e-branco que tirara no decorrer dos anos, algumas abstratas, alguns retratos e inclusive o de madame Sun Yatsen, assim como uma série de instantâneos maravilhosos de Molly.

Charlie sentia um tremendo orgulho dela e o trabalho dos dois parecia combinar à perfeição. Charlotte ficou, de fato, furiosa quando ele insistiu que Audrey seria a única fotógrafa com quem ele trabalharia a partir de então. E não havia nada que pudessem fazer para detê-lo. Seu contrato especificava que ele tinha o direito de escolher seu próprio fotógrafo, e agora a escolha era óbvia.

— Ainda agarrado nela, hem, Charles? — Charlotte falou amargurada, um dia, quando conversavam no escritório; Charles procurara o pai, mas Charlotte monopolizou-o.

— Pode-se dizer que da mesma maneira que você ainda está pendurada em mim — agora, sempre que ele a via, a fúria surgia em seus olhos. Charles ressentia-se mais que Audrey com o fato de Charlotte não concordar com o divórcio. Audrey estava relativamente satisfeita com a maneira como as coisas estavam, mas Charlie ansiava ter um filho e se recusava a pensar nisso até poder casar com Audrey. — Você ainda não está preparada para ser sensata quanto a isso, Charlotte? — era uma discussão que se repetia interminavelmente, e ele não podia compreender por que ela ainda se aferrava a ele. Mas não fazia o menor sentido e Charles sempre se atormentava tentando imaginar o que estaria por trás daquilo. As explicações ou suposições dos outros não o satisfaziam e só aquela mulher tinha a resposta.

— Jamais concordarei com o divórcio, Charles — fitou-o com olhos frios e atravessou a sala até a porta. — Você está perdendo seu tempo com ela.

— É você quem está perdendo tempo — Charles levantou-se como se fosse partir para cima dela e sacudi-la para que recuperasse o juízo, mas apenas deu de ombros e fechou a porta com força atrás dela.

Ficava enfurecido todas as vezes que pensava nessa história, e mais ainda quando Annabelle, a irmã de Audrey, escreveu para contar que ia casar.

Annie casou-se em Reno, durante a Páscoa, e o homem com quem casou era um jogador profissional. "Um jogador de bridge", como ela assinalou de modo mais distinto. Mas ele pareceu ser do tipo desprezível para Charles, que ficou aborrecido ao pensar que ela era livre para casar com quem escolhesse, ao passo que ele e Audrey eram impedidos por Charlotte.

Annabelle e o marido foram a Londres nesse verão e Charles ficou chocado ao conhecê-la. Não teria sido capaz de imaginar uma mulher mais diferente de Audrey. Tornara-se mais mimada desde a partida de Audrey. Parecia estar sempre choramingando, usava vestidos e grandes jóias muitíssimo caros, sendo que Charles suspeitava que a maioria das jóias era falsa, embora não fosse dizer isso para Audrey. Audrey ficou muito pouco à vontade com a irmã e Charles a viu fitar Annie mais de uma vez como se estivesse tentando imaginar quem era ela. As duas davam mais a impressão de ser estranhas do que irmãs. Foi um alívio quando ela foi embora, apesar de Annie ter conseguido enfiar algumas farpas pontudas na carne de Audrey antes de partir. Ela perguntou se Audrey planejava viver com Charles para sempre, ou se aquilo era apenas um capricho passageiro.

— Ele está esperando seu divórcio — os olhos de Audrey estavam tranqüilos, mas mostraram a dor que ela sentiu pela maneira como lhe falara a irmã.

— Você já não ouviu isso antes? — Annie soltou anéis de fumaça, com um jeito indolente, e olhou para Audrey como se esta fosse uma puta de rua e ela uma grande dama.

— Nesse caso, é a pura verdade.

— Bem, não espere sentada muito tempo, queridinha. Você não está ficando nem um pouco mais jovem.

Audrey fitou-a com olhos cansados. Estava triste por ver no que Annabelle se tornara. Agora, ela ostentava um quê de vulgaridade, como se tivesse passado um tempo demasiado longo com as pessoas erradas, e estava na cara que Annie bebia demais. Estava sempre tonta e dava risadas altas — isso quando não se estava queixando.

Foi um alívio quando ela partiu, embora Charlie tenha notado que a princípio Audrey ficou deprimida. Não que sentisse saudades da irmã, mas sim por deplorar o que Annie se tornou.

— É como se ela fosse alguém que eu nunca conheci... uma completa estranha... — fitou Charles com o sofrimento estampado nos olhos. — Fui eu que a eduquei, e olhe para ela — Annie parecia uma prostituta barata e ambos sabiam disso; e o engraçado é que ela insinuara que Audrey era uma puta por estar vivendo com Charlie. — Imagino que esse casamento não vai durar — ambos acharam o marido horrível. Audrey nem apresentou-os a Vi e James; tinha vergonha. — Acho que não tenho mais nenhum vínculo com San Francisco.

Charlie não soube ao certo se ela se importava com isso, e Audrey sabia que não. Não obstante, sentia-se mal ao pensar que eles estavam vivendo na casa do avô. Aquele homem, com seus charutos grossos e fedorentos e o medonho anel de diamante rosado. O avô teria uma apoplexia se os visse. Só de pensar nisso, Audrey deu uma risada, e seus olhos encheram-se de lágrimas ao mesmo tempo, pensando no que o avô diria. Ficou consolada só de pensar.

Também pensou no avô quando Franklin Roosevelt derrotou Alfred Landon e voltou ao poder. Seu coração aquecia-se ao pensar nas discussões que os dois tiveram. A política foi o grande amor que compartilharam. E agora ela gostava de discutir as mesmas coisas com Charlie. Os dois tiveram amplas discussões quando o Japão atacou a China nesse verão, dessa vez ocupando a maior parte do país, com batalhas que se prolongaram até o final do ano e custaram milhares de vidas de civis. Pequim e Tientsin caíram em mãos japonesas e, quando estes tomaram Nanquim, duzentos mil civis foram assassinados. Audrey recordou-se, de imediato, dos dias pacíficos que passou com Charles nessa cidade. Partia o coração pensar que agora a cidade inteira estava destruída. Os comunistas e nacionalistas juntaram forças para combater os japoneses e, de repente, Audrey sentiu-se aliviada outra vez por ter levado Mai Li para casa. Era de se supor que o tumulto em Harbin não fosse maior do que antes, mas o resto do país estava sendo devastado pelos japoneses, e Audrey não conseguia imaginar que a vida tivesse sido fácil para Molly. Esperava que Shin Yu e as outras crianças estivessem bem e perguntava-se se as freiras as teriam levado para a França, mas, por alguma razão, duvidava disso. Era uma turma leal e o mais provável era que tivesse permanecido, como antes.

Além disso, nesse verão, em julho de 1937, os alemães abriram um campo chamado Buchenwald, uma espécie de campo de trabalhos forçados para prisioneiros e "indesejáveis". Ao mesmo tempo, os judeus foram eliminados do comércio e da indústria. Agora eles estavam proibidos de ir a parques, de comparecer a eventos públicos e a lugares de diversão como teatros, museus e bibliotecas. Então, todas as instituições públicas foram proibidas a eles, inclusive as estações hidroterápicas. E a partir de 16 de julho, todos os judeus estavam obrigados a costurar estrelas amarelas nas roupas, de modo a poder ser identificados à primeira vista. Isso fez com que ambos voltassem a pensar em Ushi e Karl, e Audrey sempre se perguntava como estaria ela e se se sentia pelo menos um pouco contente em seu convento. Na ocasião, a morte de Karl aproximou Audrey e Charlie, passando a significar algo especial para os dois. Nunca mais ouviriam de novo a palavra *judeu* da mesma maneira. Os dois sempre pensavam em Karl e todo novo decreto alemão do qual tinham notícia, parecia estar voltado para a memória deles e, de um modo indireto, para eles. Era difícil acreditar que há dois anos Karl estava morto. O tempo passara tão rápido e o mundo sentia as dores do parto de uma época dura, que só dava a impressão de piorar, e ninguém sabia mais o que isso significava. Em dezembro, italianos e alemães retiraram-se da Liga das Nações, coisa que também pareceu de mau agouro.

Audrey e Charlie ficaram mais chocados ainda quando Hitler ocupou a Áustria, em março de 1938, afirmando que os alemães que ali viviam desejavam a anexação. O que, outra vez, trouxe Ushi à mente, e Audrey preocupou-se com o que poderia acontecer com as freiras do convento. Não conseguia deixar de pensar nas freiras mortas em Harbin, e já sabia que os germânicos eram implacáveis. Naqueles dias era como se tudo fosse um tumulto só, e a única estabilidade que sentiam eram eles próprios.

Foi surpreendente perceber que no final desse ano fazia três anos que viviam juntos. Vi e James deram um jantar para comemorar o aniversário não-oficial deles; em seguida, todos dançaram o samba e a conga, assim como também ouviram os discos de Benny Goodman. Quando foram para casa nessa noite, Audrey disse que não havia, em absoluto, mais nada que desejasse. Estava com trinta e um anos e nunca antes esteve tão apaixonada por Charlie.

A única coisa que faltava era um filho deles próprios, o que continuava sendo impossível graças a Charlotte, e os dois entregavam todo seu amor à pequena Molly.

Mas foi o ano seguinte que assustou a todos. Depois do Tratado de Munique, todos se disseram que nada poderia dar errado e a Europa inteira fingia não estar preocupada. De repente, todos que podiam investiam em luxos incontáveis, carros extravagantes, davam bailes de gala e usavam jóias e peles incomparáveis, como se agora nada pudesse dar errado e como se a alegria forçada pudesse garantir isso. Mas o medo ainda estava presente, enterrado porém vivo, e o horror parecia continuar acontecendo, qual um monstro que ninguém pudesse deter. E, de fato, ninguém poderia. Hitler continuava a avançar com sua marcha da vingança. A Guerra Civil Espanhola terminou com inúmeras perdas de vidas humanas, mais de um milhão de mortos, o que deixava o país mutilado e sem conserto. Se se prestasse atenção, podiam-se ouvir os tambores de guerra advertindo como pano de fundo.

A Alemanha ocupou a Boêmia e a Morávia, e assinou um tratado de não-agressão mútua com a Rússia, o que tornou a Alemanha e a Rússia uma força duplamente assustadora. E a 1º de setembro as tropas de Hitler atacaram a Polônia, deixando o mundo estupefato e aturdido.

Dois dias depois, a 3 de setembro, a Inglaterra declarou guerra à Alemanha, e Churchill tornou-se Ministro da Marinha. Era a ele que todos se voltariam quando as batalhas atingissem extrema intensidade. E o começo já se mostrava terrível. Em duas semanas, submarinos alemães afundaram o *Athenia* e o *Courageous*. Audrey e Charles sentaram-se atordoados na cozinha para ler as notícias. Era o mesmo que ver o mundo enlouquecer à sua volta. E Charlie perguntava-se se Audrey não deveria voltar a seu país. A Europa já não parecia ser um lugar seguro para se morar e a maioria dos americanos voltava para casa o mais rápido que podia. O embaixador americano tentava marcar passagens para todos, e Charlie perguntou a Audrey se ela queria acompanhá-los.

Ela sorriu e serviu-lhe outra xícara de chá antes de responder, então fitou-o com a força tranqüila que ele já vira antes nos olhos dela.

— Eu *estou* em casa, Charlie.

— Estou falando sério. Se você quiser, posso mandá-la de volta. Molly e você. Nesse momento, estão reservando passagens para todos os americanos e talvez seja uma boa hora para ir embora. Só Deus sabe o que acontecerá a seguir com esse maluco em liberdade — Charlie referia-se, claro, a Hitler.

— Vou permanecer aqui. Com você — Audrey disse com toda calma e ele esticou o braço e segurou a mão dela.

Fazia já seis anos que os dois se amavam... passaram-se quase seis anos desde que eles atravessaram a Ásia de trem. E tinham percorrido, lado a lado, um longo, longo caminho. Audrey já nem se importava mais se ele casaria com ela ou não, ou se teriam filhos. Estava contente com Molly e com o homem que amava. Eram aceitos por toda a sociedade londrina e conhecidos por todos como a "Sra. Driscoll" e o Sr. Parker-Scott. Não havia nenhuma simulação de ser outra coisa do que de fato eram, e aquilo parecia ser bom para todos. Audrey não o abandonaria agora por causa de uma guerra, não depois de seis anos. E se Londres sucumbisse em chamas nas mãos de Hitler, então ela ficaria ao lado de Charles até o amargo fim. Nesse momento, Audrey disse isso a ele, em um discurso apaixonado, que pegou-o de surpresa, enquanto a observava. Havia naquela mulher uma profundidade e um fogo que às vezes ele esquecia, já que ficavam bloqueados por seu exterior competente e tranqüilo.

— Imagino que o assunto está liquidado, não?

Mas ele ficou contente por ela querer permanecer ao seu lado, embora Charlie já tivesse assinado uma lista de voluntários, assim como James. James desejava, com todo desespero, ser piloto, embora Charles estivesse mais interessado na Inteligência, já tendo avisado disso o Ministério do Interior. Na condição de jornalista, sua fachada era perfeita; e o pessoal do ministério avisou-o que manteriam contato com ele. Charles imaginou que estivessem fazendo uma investigação completa a seu respeito e que, no final, teria notícias, o que de fato aconteceu. No dia da queda de Varsóvia. Foi uma tragédia que comoveu a todos e os ânimos se nublaram em toda a Europa.

Dois dias depois a Polônia foi dividida entre a Rússia e a Alemanha, como se fosse uma carcaça sendo dilacerada membro a membro por dois lobos. Era o que Audrey pensava todas as vezes que ouvia trechos do noticiário da rádio e histórias terríveis sobre aqueles que morreram no gueto. Audrey teve infindáveis conversas com Charles sobre isso, até que, aliviado, ele recebeu notícias do Ministério do Interior. Agora, enfim, poderia fazer alguma coisa, pelo menos era o que pensava. Prometeram contatá-lo em breve. Mas, antes do contato, a Inglaterra enviou 158 mil homens para defender seus aliados na França. Charlie ansiava ser um deles. Entretanto, passaram-se mais dois meses até Charlie ter notícias do Ministério do Interior, tendo sido designado oficial correspondente de guerra e tendo a liberdade de entrar em qualquer teatro de guerra, à espera de uma missão.

Charles sentiu uma inveja desesperada de James, já designado para a RAF, e Violet se apresentara como voluntária para ser motorista de ambulância da Cruz Vermelha. Ela dava a impressão de gostar e sempre que Audrey a encontrava Vi parecia estar muitíssimo ocupada e preocupada. Já não era mais a *Lady* Vi de antes que saía para fazer compras com as amigas, brincava com as crianças e servia chá forte na biblioteca. Às vezes, Audrey sentia-se solitára, mas se mantinha ocupada com suas fotos. Agora havia muito mais coisas para se fazer e Charlie estava ansioso para partir. Só no julho seguinte ele recebeu um telefonema do Ministério do Interior. A Dinamarca e a Noruega caíram três meses antes, os Países Baixos, um mês, assim como a Bélgica. E Paris caiu apenas duas semanas antes de o Ministério do Interior telefonar para Charlie.

Até essa ocasião, ele fizera apenas a cobertura da guerra para a imprensa, em Londres, em incursões ocasionais aos Países Baixos e à Bélgica, assim como em Paris, mas tudo isso antes da queda desses países. Mas foram viagens curtas, e ele estava ansioso para fazer algo mais excitante. Queixou-se sobre isso com Audrey mais de uma vez, e ela lhe dizia para ser mais paciente. Charles escrevia para importantes jornais espalhados no mundo inteiro, alimentando-os com as informações que os britânicos desejavam compartilhar. Encontrou-se mais de uma vez com Churchill e nutria admiração pela mente brilhante do outro homem; Audrey assegurava a Charles que ele vinha fazendo um trabalho esplêndido, no lugar em que se encontrava, mas sabia que ele não se contentaria em ficar ali para sempre, em especial estando James na RAF.

Quando Audrey viu o rosto de Charlie na noite em que ele recebeu o telefonema, soube que alguma coisa acontecera.

— O que foi, amor? — encarou-o, desconfiada, quando ele entrou pela porta da frente.

— Nada. Como foi seu dia?

— Tudo bem — mostrou as fotos que revelara durante a tarde, enquanto Molly brincava fora da casa com o filho do vizinho. Depois conversaram sobre trivialidades durante algum tempo. No final, ela fitou-o com um sorrisinho triste e astuto. — Quando vai me contar a notícia de que não vou gostar, Charles?

— O que a leva a pensar isso, Aud?

Mas, quando Audrey fez a pergunta, ele ficou com cara de culpado. O problema era que ela o conhecia muito bem. Ela vira o ar de preocupação nos olhos dele. Por um lado, ele estava excitado com o que lhe tinham oferecido, por outro odiava deixá-la para trás agora.

— O que foi, Charlie? — sua voz estava suave e os olhos tão assombrados ao fitá-lo, que ele não poderia mais esconder a coisa.

— Você escutou o noticiário hoje?

Audrey balançou a cabeça com um lento movimento. Dessa vez, não tinha ligado o rádio na câmara escura enquanto trabalhava, talvez por estar cansada de todas as coisas terríveis que sempre ouvia. E agora perdera outra dessas notícias.

— O que aconteceu? — a cada dia que passava, tudo ficava mais deprimente, e mais ainda, para ela, era o fato de os Estados Unidos se recusarem a entrar na guerra, como se a guerra na Europa ainda pudesse ser ignorada. Os EUA agiam como o avestruz e Audrey ficava enfurecida sempre que pensava nisso. Agora, ela sentia vergonha de dizer que era americana. Desejava que os EUA arregaçassem as mangas e viessem ajudar aqueles que tinham uma necessidade desesperada dessa ajuda. Mas Audrey só fitou Charles, com medo nos olhos. — O que aconteceu agora, Charles?

— Hoje afundamos a frota francesa em Oran.

— Isso fica na Argélia, não fica? — ele concordou. — Por quê?

— Por que a França já não é mais nossa aliada. Eles estão nas mãos dos alemães, Aud, e não queríamos que os alemães pusessem as mãos em seus navios. Foi um terrível desperdício. Claro que não admitimos isso. A notícia disse apenas que os navios foram afundados. Mas, na realidade, não tínhamos outra escolha.

— Morreram muitos homens? — Audrey estava tão cansada de ouvir esse tipo de coisas, milhares aqui e milhares acolá... e pessoas como Karl... e aqueles que morreram em Varsóvia em 1939.

— Mais ou menos mil — os olhos de Charles encontraram os dela, durante o que pareceu ser um longo tempo. — Eles querem que eu vá para lá, Aud.

— Para a Argélia? — Audrey sentiu alguma coisa revirar-se no estômago.

— Para relatar o afundamento da frota em Oran e depois ir passar algum tempo no Cairo, agora que as coisas estão começando a acontecer por lá — na verdade, ainda não estavam, mas seis dias antes Mussolini ameaçara invadir o Egito, e os britânicos queriam mais correspondentes naquele país, ou, em todo caso, o queriam por lá, mas de repente Charles sentiu-se mal ao olhar o rosto de Audrey. — Não fique desse jeito, Aud.

Os olhos dela encheram-se de lágrimas e ela virou-se de costas para ele. Então era isso que significava envolver-se em uma guerra, ela pensou com seus botões. Afinal de contas, talvez os Estados Unidos estivessem certos ao não meter seus homens naquilo. Mas Audrey pôde senti-lo bem às suas costas, com as mãos em seus braços. Ele girou-a devagar para encará-lo outra vez e tomou-lhe o rosto em suas mãos.

— Não ficarei fora muito tempo.

— Era isso que você queria, não? — ele estava irritado por não fazer alguma coisa desse estilo durante os últimos dez meses, desde que a guerra fora declarada, mas agora, de súbito, tudo ficava diferente para Audrey... agora era em Charles... ela sentiu um mal-estar quase físico ao pensar no perigo que ele correria. — Quando você voltará?

— Ainda não sei. Vai depender do que acontecer quando eu estiver por lá. Mas, afinal de contas, ser correspondente de guerra não é o mesmo que ser soldado da infantaria, a gente entra e sai e realmente não é perigoso...

Ela interrompeu-o rápido, os olhos cheios de sofrimento.

— Você pode ser morto como qualquer outro. Droga, por que você não pode fazer alguma coisa sensata aqui?

— Como o quê? — contra a própria vontade, Charles aumentou o tom de voz para ela. — Tricô? Droga, Audrey, eu preciso ir lá e fazer a coisa. Olhe para James, pelo amor de Deus, nos últimos seis meses ele tem jogado bombas como o diabo em cima dos alemães.

— Bem, bom para ele. Mas se morrer lá fora, se exibindo, não vai fazer nenhum bem para Vi e as crianças, vai? — agora ela chorava e Charles puxou-a contra seu corpo. Ela possuía razões para se sentir dessa maneira, mas Audrey não podia contar. Não seria justo para com ele. Há dois dias somente ela descobrira que estava grávida, e apenas esperava a hora certa para dar a notícia.

— Eu voltarei, Audrey, eu prometo... Estarei são e salvo no Cairo...

Então, de repente, Audrey riu por entre as lágrimas e se aproximou para encará-lo.

— Aquele lugar estúpido. Olhe o que aconteceu na última vez que você foi lá:

Charles também riu, sabendo o que ela queria dizer.

— Prometo que não vou casar de novo. Dou a minha palavra — levantou a mão em um gesto de juramento e Audrey encostou a palma da mão na dele.

— Eu o amo tanto, jure para mim que vai tomar cuidado, não importa o que aconteça, se não eu mesma vou lá para tomar conta de você.

— Acredito mesmo que você seja capaz — Charles estava com um ar divertido, mas ela não, pois tinha um fardo pesado a carregar sem ele.

— Não tenho medo de correr atrás de você. Portanto, não se esqueça disso, garoto — e a expressão de seus olhos dizia que ela falava a sério.

— Terei isso em mente.

Mas, nessa noite, nenhum dos dois pensou em outra coisa, a não ser em seus corpos, ao fazer amor pela última vez. Charles partiria no dia seguinte. Não o informaram de muita coisa, mas ele achava que assim estava bem. Ao partir, Charles disse a Audrey que achava que não ficaria fora mais de um mês ou dois, no máximo. E ela prometeu cuidar de si, de Molly e escrever para ele todos os dias. Ele ficaria hospedado no Shepheard's Hotel e já sabia que esse hotel oferecia todos os luxos possíveis, mas não disse isso para ela ao acenar pela última vez e desaparecer no jipe que foi apanhá-lo às primeiras luzes da manhã. Precisava embarcar em um avião militar dentro de pouco mais de uma hora e, quando era levado embora, rezou para que Audrey e Molly ficassem bem. Eles já haviam passado mais de uma noite no abrigo contra bombas mais próximo de sua casa e agora todos pareciam estar bem acostumados com isso; mas era uma maneira desagradável de se viver e Charles se preocupava com isso sempre que estava fora. Agora ficaria mais preocupado ainda, mas pelo menos estaria ocupado em Oran e, em seguida, no Cairo. Após sua partida, Audrey perdeu-se em seus pensamentos, na sala de estar, com o olhar vazio, enquanto meditava sobre o bebê.

Audrey perguntava-se se deveria ter contado antes de Charles partir, mas não teria sido justo para com ele. Pensou na ironia da mentira de Charlotte para obrigá-lo a casar com ela... e agora, quando era verdade, Audrey nada dissera. E então, nesse momento, sua alma encheu-se de pânico. E se ele morresse... e se... sentiu o terror subir por sua garganta, quase estrangulando-a. Levou várias horas para se acalmar e ainda se sentia trêmula e desolada quando foi jantar na casa de Violet, nessa noite. Levou Molly consigo, pois não confiava em ninguém para levá-la ao abrigo a tempo, caso fosse necessário. As crianças brincavam no andar de cima, quando Audrey fitou *Lady* Vi.

— Como você suporta isso? — os olhos de Audrey estavam diferentes de antes. Mais sonolentos e preocupados, agora. A gravidez ainda não estava muito avançada e, quando tomou conhecimento dela, ficou muito excitada e teve vontade de correr para casa a fim de contar para Charles, mas depois esperou o momento certo. Não queria preocupá-lo. E agora...

— Suporta o quê? — *Lady* Vi sorriu para ela. — Os ataques aéreos? Acho que a gente se acostuma. — Sem dúvida que as crianças se acostumaram. Apesar das bombas, elas começavam logo a brincar no abrigo, como se já estivessem habituadas. Audrey sempre se enervava ao observá-las. Aquela parecia ser uma maneira tão terrível de se crescer, pior ainda porque todas estavam acostumadas. Mas Audrey balançou a cabeça para Vi.

— Não falo dos ataques aéreos... a preocupação... você não enlouquece de preocupação por ele?

Dessa vez, *Lady* Vi não sorriu.

— O tempo inteiro. Não existe um minuto que eu não pense nisso, acho. Mas não temos muita escolha, temos, minha querida?

Os olhos das duas se encontraram a os de Audrey estavam cheios de lágrimas e, em um dado momento, passou a não agüentar mais. Precisava contar para alguém e, quando Vi se aproximou e envolveu-as com os braços, Audrey olhou triste para a amiga.

— Oh, Vi... vou ter um bebê... e Charles não sabe... eu ia contar antes da partida dele, mas não quis deixá-lo preocupado... — soluçava agora. — E se...

— Pare com isso! — Violet apertou-lhe o ombro com força, sentindo-se meio feliz por ela, meio infeliz. Era uma época terrível para se engravidar, e ainda por cima sozinha. Mas sabia o quanto Charlie desejava um filho, e sorriu para Audrey. —

É uma notícia maravilhosa, Aud. Agora, você vai ter que se cuidar muito, como for possível, apesar do racionamento, e descance bastante! — ambas pensaram nos ataques aéreos de todas as noites e Audrey sorriu.

— Você acha que eu devia ter contado antes de ele ir embora?

Lady Vi balançou a cabeça.

— Você fez a coisa certa. A preocupação com você o deixaria louco e ele não prestaria atenção ao que estivesse fazendo. Eu faço o mesmo com James. Só conto para ele que está tudo bem conosco, de modo que quando está lá em cima no avião ele pode se concentrar no que faz para voltar para casa o mais rápido possível. Nesse exato momento, eles não podem se dar ao luxo de ter distrações.

Isso custaria a vida deles, mas Violet não o disse para a amiga. As duas conversaram durante um longo tempo e Audrey sentiu-se aliviada por ter contado o segredo para Vi. Violet não ficou surpresa com a gravidez, só por ela não ter acontecido muito tempo antes. Perguntou-se se Charles voltaria a pressionar Charlotte. Violet não tivera oportunidade de dizer coisa alguma para ele antes da partida, mas tinha escutado uns boatos estranhos sobre ela. Mas, nesse momento, não quis perturbar Audrey.

Estavam se desejando boa-noite, com Molly adormecida nos braços de Audrey, quando as sirenes começaram a tocar e Violet teve que correr para pegar Alexandra e James, arrebanhar os empregados e todos correram para o abrigo. Violet segurava o braço de Audrey, com medo que ela caísse nos paralelepípedos soltos. Agora, isso era importante. De repente, o bebê passou a significar vida para ambas e era importante proteger a criança ainda por nascer, sobre a qual só as duas sabiam.

Quando chegaram ao abrigo, Audrey sorriu para ela.

— Estou tão contente por ter contado para você, Vi.

— Eu também.

Violet sorriu e as duas mulheres ficaram de mãos dadas, enquanto as bombas caíam em volta.

Capítulo 35

Passou-se quase uma semana até Audrey e Molly verem Violet outra vez; dessa vez, Vi estava com um ar preocupado. Enquanto as crianças brincavam, ela confessou para Audrey que a RAF fora incumbida de fazer bombardeios noturnos na Alemanha. Não era nenhum segredo que, nesse dia, ela estava duplamente preocupada com James. Ele passava quase o tempo todo voando e embora tivesse abatido um número espantoso de aviões, Violet estava morta de preocupação por ele. Ao notar o quanto Violet emagrecera nos últimos tempos, Audrey tentou confortá-la. Aliás, todos perderam peso, mas Violet parecia ainda mais magra do que a maioria. Ela sempre tivera uma vida fácil e indolente e agora, de repente, batalhava, todos os dias, contra a realidade e o medo, com uma sensação de desamparo quanto a tudo. Não havia nada que pudesse fazer para manter James a salvo, a não ser rezar, e isso a estava consumindo.

— Ele vai estar bem, Vi — Audrey assegurou à amiga, esperando estar certa e que ele tivesse sorte. — James é o melhor que existe.

Seus olhos encontraram-se e os de Violet encheram-se de lágrimas. Dessa vez foi ela que precisou de Audrey para consolá-la.

— Eu não poderia viver sem ele, Aud — Audrey envolveu-a com os braços e as duas se abraçaram durante um longo tempo, recebendo o conforto que puderam; depois, Violet sorriu para ela.

— Como você se sente?

— Muito bem.

Audrey sentia náuseas a maior parte do tempo, era, porém, por uma boa causa, e não se queixava. Agora estava excitada com o bebê e ansiosa para contar a Charlie quando ele voltasse. A criança era esperada para março e ela só estava com dois meses de gravidez. Ainda não aparecia em sua barriga, claro, mas Audrey a achava mais redonda do que antes. E sentia-se cansada a maior parte do tempo, embora fosse difícil dizer se isso ocorria pela gravidez ou apenas pela falta de sono. Elas iam para o abrigo quase todas as noites e era como se as bombas caíssem em suas vizinhanças, sem parar. Várias casas tinham sido destruídas e quando as bombas explodiam, os objetos caíam das prateleiras e se espatifavam no chão. Isso era duro para os nervos de todos, mas agora Audrey parecia ressentir-se mais e Violet não estava gostando do jeito dos círculos sob seus olhos.

— É melhor você se cuidar. Charlie ficaria terrivelmente preocupado se a visse.

— Estou com a aparência tão má assim? — sorriu; as náuseas tinham sido muito piores nos últimos dias e a falta de sono tampouco ajudava.

— Está abatida — Violet achou-a de uma palidez incomum, mas não disse coisa alguma. — Tem descansado pelas tardes?

— Quando posso — mas Molly era uma criança ativa e Audrey gostava de trabalhar em sua câmara escura sempre que podia. Ainda não contara a Molly sobre o bebê, mas planejava fazê-lo assim que a barriga começasse a crescer. Estava adorando essa idéia e quando deitava na cama à noite, colocava a mão sobre a pequena saliência que sentia ali e sorria sozinha, como se tivesse o segredo mais doce do mundo. Nesse momento, ela sorriu para *Lady* Vi, com o pensamento voltado para março, que parecia estar a uma eternidade de distância. Audrey vivia pensando em como seria a coisa. — É tão ruim como dizem?... quero dizer, ter um bebê?

Lady Vi deu de ombros com naturalidade. Não queria assustar a outra, mas para ela fora horrível, e Alexandra nascera através de uma cesariana, motivo pelo qual os dois não mais teriam filhos. Mas estavam satisfeitos com os dois que tinham e, com toda a honestidade, Violet não desejaria, em todo caso, passar por aquilo outra vez.

— Não é tão ruim assim. Claro que as pessoas fazem o maior alvoroço, mas, na verdade, você esquece — Audrey vigiava os olhos da amiga e viu neles algo que a assustou, mas era cedo demais para se preocupar. E mesmo que fosse terrível, valia a pena para ter o bebê. Então, contra a própria vontade, pensou em Ling Hwei, em Harbin; mas forçou a memória a afastá-la da mente. Agora elas tinham outras coisas em que pensar e ainda faltavam seis meses para o parto.

— Às vezes, quando penso nisso, fico assustada.

— Pois não fique — Vi deu um sorriso delicado para ela. — Vai acontecer tão rápido, acabará antes de você se dar conta e, então, você terá um lindo e gordo bebê nos braços — as duas mulheres trocaram um sorriso, compartilhando algo muito afetuoso, o segredo de se dar à luz.

Audrey estava com um humor melhor quando foi para casa, mas nessa noite ocorreu o pior ataque aéreo da guerra. Todos ficaram amontoados no abrigo até o amanhecer e, no dia seguinte, Violet foi conversar com ela.

— Acho que devíamos mandar as crianças embora, Aud. O que você pensa?

Agora era quase que como se as duas fossem casadas. Não tinham outra pessoa com quem tomar as decisões e elas se consultavam sobre mais coisas do que antes da guerra. Já haviam conversado sobre isso antes, mas Audrey não sabia ao certo o que fazer.

— Você acha que vai ficar muito pior?

— Não vejo como poderia piorar. Mas... — odiava pronunciar aquelas palavras, mas elas estavam em sua mente. — Nós jamais nos perdoaríamos se acontecesse alguma coisa com elas.

Muitas casas desabavam e as pessoas eram feridas. Um grande número de pessoas em seu bairro morrera. Audrey tentava pensar no que Charles teria desejado.

Olhou para Violet, com um ar de decisão triste.

— Imagino que devíamos fazer isso agora.

Violet assentiu. Odiava mandar as crianças embora, mas queria que elas estivessem a salvo, e já conversara a esse respeito com o sogro e com James, na última vez que ele esteve em casa. James queria que ela também fosse embora e Audrey sabia disso.

— Por enquanto, eu não desejo, de fato, ficar por lá. Tenho tanta coisa a fazer aqui — parte de seu trabalho voluntário para a Cruz Vermelha consistia em dirigir um jipe para vários generais, sempre que podia. Audrey também tinha planos para se apresentar como voluntária, mas com a gravidez ela achava que devia esperar até se sentir melhor. E estava muito ocupada em tirar fotos das ruínas que se viam por toda parte e dos rostos marcados de preocupação com a guerra. Um dia, essas fotos formariam uma coleção notável, mas Audrey tampouco cogitava das fotos. Pensava em Molly e em mandá-la para o campo, junto com Alexandra e James. — O que você diz, Aud?

— Vamos levá-los embora nesta semana.

— E também ficamos por lá? — o sogro vigiaria as crianças e, claro, Vi mandaria a babá com elas.

— Por enquanto não. Quero terminar um trabalho que comecei — Audrey franziu a testa. Desejava fotografar tanta coisa ainda e, na câmara escura, havia centenas de fotos que ela havia tirado.

— Telefonarei para meu sogro. Podemos levá-los de carro no sábado. Está bem para você?

— Ótimo.

Violet assentiu enquanto se preparava para ir embora e franziu a testa ao olhar de novo para Audrey, que perdia peso em vez de engordar, e ainda parecia muito cansada.

— Tente descansar antes da viagem.

— Sim, *madame.*

Trocaram um sorriso e *Lady* Vi foi embora. No sábado, elas partiram no carro de passeio da família. Por sorte, antes da guerra, James comprara uma enorme camionete Chevrolet, e Audrey e Violet ajudaram as crianças e a babá a se instalar no assento traseiro e dissera a Molly para ir junto com elas na frente; colocaram toda a bagagem na traseira e, quatro horas depois rodavam pelo campo, onde era difícil acreditar que havia uma guerra. Ali tudo era tão lindo e pacífico e, quando chegaram à casa de *Lord* Hawthorne, Audrey sentiu um imenso alívio por terem tomado a decisão de levar as crianças para lá, em vez de esperar mais tempo. Ali elas estariam a salvo e seriam felizes; ele ficou contente por receber os três e ansioso pelo momento em que as duas jovens voltassem para ficar.

A caminho de casa, Audrey disse a Violet que queria voltar para passar o mês de novembro. Imaginava que, então, estaria gorda demais para ficar em Londres. Seria muito difícil correr para o abrigo todas as noites, e Violet concordou.

— Talvez você deva pensar em vir antes disso.

— Vamos ver — em todo caso, elas tinham planos para retornar dentro de duas semanas para passar alguns dias com as crianças e relaxar. Mas já era um alívio para ambas não ter que se preocupar mais com a segurança das crianças em Londres. — Eu me sinto melhor, e você, Vi?

Lady Vi sorriu e concordou, enquanto dirigia de volta para Londres, no fim da tarde. Tudo correu bem, até que furou um pneu e as duas mulheres tiveram que lutar para trocá-lo. Vi não quis que Audrey se cansasse, com medo que isso lhe causasse algum dano, de modo que levaram várias horas até voltar para a estrada. Pouco depois de chegar em Londres, soaram as sirenes do ataque aéreo e as duas foram obrigadas a abandonar o carro e entrar no abrigo mais próximo. As bombas pareciam cair em todas as partes e uma viga em chamas por pouco não as atingiu quando atravessaram a rua correndo, e Audrey ouviu alguém gritar. Essa foi uma noite angustiante. Era meia-noite quando puderam sair e Audrey e Vi foram apressadas para casa, tentando evitar os escombros nas ruas, a fim de não furar outro pneu. Ao chegar em casa, Audrey estava exausta e meia hora depois as sirenes guincharam outra vez, e ela foi obrigada a voltar ao abrigo. Procurou por Vi como ambas faziam com freqüência e não a viu durante longo tempo. Eram quatro da manhã quando percebeu que a amiga também estava lá, dormindo exausta em um canto, com um cachecol na cabeça e um velho casaco de James, que foi a primeira coisa que conseguiu pegar no armário às escuras. Audrey sentou-se quieta ao seu lado e assustou-se ao sentir uma súbita dor aguda nas costas. Pensou se não teria feito muito esforço ao ajudar a trocar o pneu à tarde, embora não houvesse dúvida que Vi não a deixara fazer muita coisa. Mas a dor repetiu-se e, na hora em que saíram do abrigo, pouco depois do amanhecer, sentiu a mesma dor percorrer suas pernas e mencionou-a para Vi, enquanto caminhavam para casa por entre os escombros.

— Acho que fiz alguma coisa com as minhas costas — estava muito cansada, quase não conseguia mexer-se e precisou de toda a sua energia só para andar até a casa de Violet. Violet fitou-a com a testa franzida.

— Quando foi isso?

— Só Deus sabe. Entre a viagem e a correria noturna de um abrigo para o outro. É provável que eu só esteja cansada —

sua aparência era deplorável, mas Violet nada disse sobre isso.

— Por que não entra um minutinho antes de ir para casa? Vou preparar uma xícara de chá para você — Audrey sorriu para ela; era a solução britânica para tudo. Uma noite cheia de bombas seguida de uma xícara de chá, mas Audrey estava cansada demais para andar até a sua casa. Então, entrou agradecida e sentou-se em uma das confortáveis cadeiras da biblioteca de Violet. Vi retornou poucos momentos depois com uma xícara de chá e alguns bolinhos. Sempre dava a Audrey toda a comida que podia. Sabia o quanto ela precisava comer e ainda a achava magra demais. — Como estão suas costas?

— Bem.

Mas mentia para Vi. Ainda sentia a dor e agora havia uma estranha dorzinha corrosiva bem abaixo da barriga. Violet viu um quê de preocupação em seus olhos, mas não percebeu ao certo o que seria. Sentou-se e acendeu um cigarro, enquanto Audrey bebia o chá em silêncio.

— Talvez você devesse ir ao médico hoje. Quando você o verá de novo?

— Só daqui a uma semana — então, estaria com três meses completos de gravidez, e mal conseguiria fechar o zíper das saias. Mas não se importava. Sentia orgulho da pequena protuberância e excitava-a pensar em quando apareceria claramente. Mal conseguia esperar a hora de contar para Charlie. Talvez ele notasse ao voltar da África do Norte.— Estou bem, Vi. Honestamente.

— Tem certeza?

— Completa — mas ao ir ao banheiro antes de voltar para casa já não se sentia assim. Havia uma mancha de sangue em sua calcinha, o que lhe provocou um choque; e mais chocada ficou ao entrar no banheiro. Não era muita coisa, mas era o suficiente para assustá-la; e mencionou o fato para Vi ao sair. — Alguma vez isso aconteceu com você?

Vi balançou a cabeça, com toda honestidade, mas já ouvira falar disso em gravidezes que tinham continuado até produzir crianças saudáveis, mais tarde.

— Não é a primeira vez que soube de coisas assim. Talvez não seja nada. Mas acho que você devia ser examinada — telefonaram para o médico no mesmo instante e ele mandou que Audrey fosse vê-lo, de imediato, caso pudesse.

Violet levou-a de carro até o hospital, aonde, de qualquer modo, teria que ir. O médico não pareceu contente ao examiná-la. Perguntou se os seios ainda estavam sensíveis e se Audrey sentia acontecer alguma coisa estranha.

— Teve cólicas?

— Não — ela balançou a cabeça. Estava de uma palidez mortal e, então, lembrou-se da dor nas costas e contou para o médico.

— Quero que repouse, Sra. Driscoll — ele não sabia que ela e Charles não eram casados. Na verdade, nem conhecia Charles. — Vou mandá-la para casa com sua amiga e você *tem* que ficar na cama com os pés para cima, a não ser que haja um ataque aéreo, claro.

Audrey prometeu que o faria e, em vez de ir para sua casa, foi para a de Violet. Era confortador não estar sozinha e as duas tiveram uma conversa infindável sobre o que aquilo tudo significava, sobre quem conheciam que havia tido o que e no final acabou bem, mas o sangramento não parou, mesmo enquanto Audrey esteve de cama e aumentou durante a noite. Audrey rezou para não ser obrigada a se levantar por causa de um ataque aéreo e, quando as sirenes começaram, suplicou aos prantos que Violet a deixasse por lá.

— Não vai acontecer nada, Vi, e se eu levantar o sangramento será pior.

— Se não se levantar, talvez esteja morta dentro de uma hora.

Violet foi dura com ela e ajudou-a a sair da cama, colocando seu casaco de pele por cima do robe de Audrey. Muitas pessoas iam para os abrigos vestidas assim. Agora todos já estavam acostumados com isso e a única coisa de que necessitavam eram sapatos resistentes. Violet tratou de fazer com que Audrey os calçasse.

Correram para a segurança do abrigo e Vi pairou sobre ela qual uma galinha com os pintinhos até voltarem para casa. O sangramento não se agravara muito. Na verdade, diminuiu durante os dois dias seguintes, apesar das viagens noturnas até o abrigo; mas no terceiro dia Audrey começou, de repente, a sentir dores. À tarde, ela foi acordada de seu repouso pelas dores; Audrey sentiu uma pontada forte, que lhe percorreu as entranhas e despertou com um "oh", agudo, enquanto Violeta vigiava.

— Você está bem? — falou com voz suave no quarto escuro.

— Não sei... eu tive uma... — mal conseguiu pronunciar as palavras, quando a dor percorreu-a outra vez. Agarrou os lençóis e tentou prender a respiração, com os olhos fixos em Vi, mas sem nada ver. De repente, Violet teve medo por ela. — Oh, Deus... Vi... telefone... para o médico...

— Você está sangrando muito? — sabia que o médico iria fazer esta pergunta; as duas retiraram depressa as cobertas e viram uma poça de sangue nos lençóis em volta de Audrey.

— Oh, meu Deus...

— Não importa... talvez ainda esteja tudo bem... fique deitada quieta... eu voltarei.

Mas pôde ouvir os gemidos de Audrey ao correr em direção ao telefone. O médico mandou Violet levá-la na mesma hora, mesmo que precisasse carregá-la no colo, o que não seria fácil. Mas Vi correu de volta para envolvê-la com lençóis, enquanto Audrey chorava, e tocou a campainha chamando o mordono para carregá-la até o carro. Ele carregou-a com toda delicadeza e Audrey mordeu os lábios para não gritar. Era a pior dor que já sentira e ela pensava em Ling Hwei, na noite em que Molly nasceu. Agora sabia a agonia pela qual a menina devia ter passado, só que deve ter sido muito pior, já que o bebê estava completo. Audrey nem conseguia imaginar. Pontadas de dor cortavam seu coração, e ela se sentia como se um trem de carga a atropelasse, cortando tudo em seu caminho. Quando chegaram ao hospital, Audrey estava quase fora de si. Um enfermeiro e uma enfermeira colocaram-na em uma maca e correram para dentro do hospital.

Violet ficou por perto, enquanto o médico a examinava e Audrey soltava gritos terríveis. Era horrível vê-la contorcer-se de dor e, assim como os homens faziam há tantas gerações, Violet viu-se perguntando-se se aquilo valia a pena. Era muito pior assistir uma outra pessoa sofrer a dor.

O médico falou calmo com *Lady* Vi, antes de Audrey ser levada embora. Ela ofegava de dor, enquanto uma enfermeira segurava-lhe as mãos.

— Ela vai perder a criança, *Lady* Hawthorne. E pode ser agora mesmo.

— O senhor não pode facilitar a coisa para ela? — esta foi exatamente a mesma pergunta que James fizera quando Alexandra nasceu. Mas o médico apenas balançou a cabeça.

— Receio que não. Mas não vai demorar muito.

Parecia uma eternidade para Violet, que segurava as mãos da amiga. Passaram-se outras cinco horas de uma dor inimaginável, até que, enfim, saiu o feto, que já tinha a forma de um bebê. Violet ficou de coração partido ao ver o natimorto, enquanto era enrolado e levado embora; e Vi ouvia Audrey soluçar em seus braços. As duas mulheres choraram e Violet não abandonou-a durante dois dias. Audrey teve febre e ainda sentia dor. Passaram-se dias até encarar Violet, com olhos calmos e vazios.

— Obrigada, Vi... se não fosse você, eu teria morrido...

— Você ficará boa... e foi de uma coragem tão maravilhosa — os olhos de Violet encheram-se de lágrimas enquanto apertava as mãos de Audrey. — Sinto muito... sei o quanto você queria o bebê — Audrey apenas assentiu e virou a cabeça de lado. Sua aparência era a de quem vira a morte de perto. Foi a experiência mais assustadora pela qual Violet já passara. Pensou no que diria a Charles se algo ocorresse com Audrey, e só de pensar ficou horrorizada. Na hora em que tudo acabou, ela estava suplicando, em silêncio, para que Audrey não morresse, e agora sentia-se profundamente gratificada. Mas era tão difícil achar palavras para confortá-la. Só conseguia imaginar como Audrey devia estar se sentindo. — Você terá outro. Talvez até dez filhos — Violet chorou por entre as próprias lágrimas, mas era óbvio que Audrey não acreditava em nada.

— Foi tão terrível, Vi...

Por instinto, Audrey erguera a cabeça devido à dor, bem a tempo de ver o bebê deslizar para fora de seu corpo. Jamais esqueceria aquela cena medonha. E tinha desejado o bebê com tanto desespero. Agora a única coisa que queria era sentir os braços de Charlie em torno de seu corpo e chorar em seu ombro, mas estava agradecida a Violet. Vi permaneceu ao seu lado o tempo todo, até ela conseguir voltar para casa e, então, protegeu-a como a uma criança, mantendo-a em sua cama até que, no final, Audrey pareceu estar recuperada. Audrey ficou surpresa com o tempo que levou para recuperar as forças; levou um mês inteiro para se levantar, vestir e dar uma olhada no espelho; agora havia alguma coisa diferente nela, um certo ar de preocupação e tristeza. Pensava em Charlie o tempo todo e nas saudades desesperadas que sentia dele. Charles escreveu várias vezes para ela, mas suas cartas eram zombeteiras e leves. Não tinha a menor idéia do que Audrey passou. No final, quando Violet viu James, contou para ele toda a terrível história. James sentiu pena das duas, da mulher que havia sofrido tanto e de sua esposa que permanecera a seu lado com tamanha fidelidade, na ausência de Charlie.

— Você é maravilhosa, Vi — James estava orgulhoso, os dois passavam um fim de semana juntos antes de ele voltar para os bombardeios. — Pobre Charles... que golpe... — em nenhum momento Vi pensou em contar que, quando partiu, Charlie não sabia que Audrey estava grávida. — Ele sempre quis ter um filho. Foi por isso que ele se casou com aquela moça medonha.

— A propósito — algo bem diferente veio à sua mente. Violet ainda não contara a Audrey e, de certa forma, não parecia apropriado naquele exato momento —, ouvi uma coisa muito estranha a respeito dela, James.

— Charlotte? — Violet assentiu. — Ela vai divorciar-se dele de uma vez? É de um total absurdo a maneira como ela se agarra a esse casamento que todos sabem que é uma farsa. Qualquer um pensaria que essa maldita estúpida desistiria — sempre enfurecia-o saber que era aquela mulher que impedia Audrey de casar com Charles, agora que perdera o bebê.

— Acho que agora eu entendo. Penso que ela queria continuar casada com Charles para encobrir uma outra coisa — *Lady* Vi falou, hesitante, e James ficou intrigado.

— Oh? Qual é a sujeira? — ele sorriu.

— Escutei dizer... — ela odiava pronunciar aquela palavra, mas queria que ele soubesse. — Me contaram que ela é lésbica.

— Charlotte? — por alguns momentos, ele pareceu divertido e, em seguida, fitou-a pensativo. — Quem lhe contou?

— Elizabeth Williams-Strong — que era a maior fofoqueira da cidade, mas que, em geral, descobria as coisas mais surpreendentes. — E, sabe, a princípio não fiquei inclinada a acreditar nela, mas... a coisa mais estranha, eu estava dirigindo o jipe para o general Kildare algumas semanas atrás, antes de Audrey adoecer, quando a vi andando na rua com um jovem muito atraente... na verdade, ela mais parecia ser um garoto — Violet corou — e por alguma razão qualquer fiquei observando-os. Eu estava sentada no jipe, esperando que o general saísse de uma loja. Sabe... não era um garoto. Era uma moça. Tenho certeza que era — ficou vermelha como uma beterraba — e elas se beijaram... Não me refiro a um beijo no rosto... foi um beijo longo e apaixonado...

De repente, James deu uma risada e saltou em cima da mulher. Há muito tempo a desejava.

— Você quer dizer assim? — beijou-a com toda paixão, fingindo querer violentá-la, enquanto Vi se afastava rindo.

— Estou falando sério, James.

— Eu também. Há seis malditas semanas que não a vejo!

Depois disso, os dois fizeram amor, mas, no tranqüilo prelúdio que se seguiu, enquanto ele fumava um cigarro, Vi tornou a pensar em Charlotte.

— O que você acha disso?

— Acho que isso explica tudo — e James teve outra idéia. — Sabe, se Charles souber disso talvez consiga chantageá-la um pouco para ficar livre. Sem dúvida. Eu mesmo contarei para ele quando encontrá-lo semana que vem. Você se importa?

— Está falando sério? Claro que não! Seria maravilhoso se ele pudesse livrar-se dela — e, então, ficou intrigada com o que ouviu. — Onde você o encontrará? Ele virá realmente para casa?

Charlie não contara sobre isso na carta que Audrey recebera na véspera.

— Vão me mandar para passar duas semanas no Cairo.

— Será perigoso? — Violet prendeu a respiração ao sondar seus olhos. Era assim que descobria o que era ou não verdade, mas James sacudiu a cabeça e ela pôde ver que ele estava aliviado.

— Não, não vai ser perigoso. E para lhe dizer a verdade, vai ser um alívio parar de bombardear os garotos de Hitler. Estou ficando cheio disso — e ela também.

— Perguntarei a Audrey se ela tem algum recado.

— Apenas transmita o meu amor para ele — foi a única coisa que Audrey conseguiu dizer. Mas depois que James partiu ela confessou a *Lady* Vi: — Como eu o invejo por estar com Charles.

Agora Audrey ansiava por ele. Ainda lutava contra a depressão que sentia desde a perda do bebê. Sentia-se vazia como se tivesse falhado de uma maneira qualquer, e a perda parecia-lhe esmagadora. Ficava embaraçada em admiti-lo, até mesmo para Vi, quando tanta gente perdia pessoas que amava; era chocante prantear um bebê que nem ao menos conhecera, mas de nada adiantava racionalizar. Em seu coração, perdera um ser amado e nada mitigava a dor, nem mesmo uma visita a Molly no calmo interior, embora ajudasse um pouco. E Audrey sentou-se com a criança no colo, olhando para os morros verdes e salpicados de vacas. Estava contente por Molly estar ali e não em Londres.

— Papai vai voltar logo?

— Espero que sim, minha querida. Tio James vai encontrá-lo nessa semana e eu pedi-lhe que desse um enorme beijo de sua parte.

Molly ficou satisfeita, pulou para fora do colo da mãe e correu para voltar a brincar com Alexandra e James, mas nesse exato momento James não estava transmitindo o beijo para Charles, mas sim uma notícia que abalou-o até o âmago.

— Meu Deus, meu amigo... Eu sinto muito... Em nenhum momento elas me disseram que você não sabia.

Lágrimas correram dos olhos de Charles e James seria capaz de comer a própria língua. Acabara de contar que Audrey perdera o bebê, pensando que era melhor que ele soubesse logo, melhor do que iludir-se com a gravidez. Em nenhum momento lhe ocorreu que Audrey não contou que estava grávida, antes de ele partir.

— Por que ela não me contou? — seus olhos tinham um brilho selvagem, e James nunca se sentiu tão mal.

— É bem provável que ela não quisesse preocupá-lo. Mas Audrey está bem... — disse o mesmo que Vi. — E vai ter um outro bebê...

Charles concordou, mas sentindo-se como se alguém acendesse uma fogueira em seu coração.

— Foi muito ruim? — encarou James nos olhos, e ele não sabia o que dizer. Não sabia se devia mentir ou não, mas já era tarde para isso.

James fez um aceno de cabeça, com um ar de tristeza.

— Violet disse que foi terrível, mas Audrey resistiu de maneira admirável. No entanto, agora ela está bem. Eu a vi na semana passada. Um pouco pálida e ligeiramente magra, mas linda como sempre.

James tentou sorrir, mas Charlie estava com um ar de preocupação desesperada. Charles suspirou e, ao fim de uma hora, bebeu sete drinques no bar do Shepheard. James não culpou-o e, no final da noite, ajudou-o a ir para o quarto. Ainda não havia tido tempo para contar o que ouviu de Vi sobre Charlotte. Mas teria tempo para isso. James ficaria duas semanas no Cairo e os dois teriam tempo de sobra para as fofocas de Londres.

Capítulo 36

James retornou do Cairo levando para Audrey uma profusão de mensagens de amor. Ele e Charles decidiram não contar que ele sabia do bebê que Audrey perdera. Seria melhor deixar que ela própria contasse, quando achasse que fosse o momento certo. Mas James contou para Charles que Charlotte era lésbica, e ele mal podia esperar a hora de voltar para encostá-la contra a parede. Já era hora de Charlotte parar de torturá-lo e, se ela não concordasse com o divórcio dessa vez, ele ameaçaria contar para seu pai. Isso pelo menos serviu de consolo. Já era tempo de aquela puta tirar as patas de cima dele, foi o que Charlie disse a James, espumando de raiva.

James recebeu a missão de voltar a bombardear a Alemanha e *Lady* Vi tornou a ficar sozinha. Ela e Audrey fizeram várias visitas às crianças, mas ao voltar, em certa ocasião, Audrey assustou-a. Entregou um grosso envelope pardo quando chegaram à cidade, e *Lady* Vi olhou surpresa para o pacote.

— Mais fotos?

Audrey tinha tirado algumas fotos maravilhosas das crianças com James e Violet adorou-as. Mas, dessa vez, Audrey estava balançando a cabeça.

— Não. É o meu testamento — olhou no fundo do olho da amiga. — Quero que você me prometa que, se alguma coisa acontecer comigo, você ficará com Molly, pelo menos até Charlie voltar para casa. E se alguma coisa acontecer com nós dois... — Violet encarou Audrey, que sustentou o olhar. Era óbvio que toda essa morbidez devia-se à perda do bebê, e Violet sentiu pena da amiga.

— Por que aconteceria alguma coisa com você?

— Nunca se sabe — e, então, decidiu contar de uma vez. — Eu me inscrevi no Ministério do Interior como repórter fotográfica. Na verdade, já foi há algum tempo, assim que eu perdi... não importa. Parece que eles acham que podem me usar como fotógrafa e parto amanhã de noite, Vi. — Agora ela estava quase pesarosa. Odiava deixar a amiga para trás. Mas isso significava estar ao lado de Charles outra vez e não podia renunciar a isso. Por ninguém. — Estou sendo mandada para o Cairo. Eu pedi que fosse na África do Norte.

— Charles sabe disso?

Violet ficou horrorizada quando Audrey tornou a balançar a cabeça com um sorriso.

— Ainda não. Mas saberá. Espero me unir a ele e trabalhar em missões regulares com Charlie. O funcionário do Ministério do Interior sabe que já trabalhamos juntos antes. Deu a impressão de achar que era uma boa idéia.

— Ele ficou maluco? Você é mulher. Meu Deus, isso é perigoso!

Audrey suspirou.

— Não mais do que ficar por aqui em meio às bombas, todas as noites. — James queria que agora Violet fosse passar algum tempo no campo e, sem Audrey, era provável que ela aceitasse. — Sinto muito, Vi. — Audrey sentia-se como se estivesse abandonado a amiga. — Eu preciso ficar com ele — seus enormes olhos azuis encheram-se de lágrimas e Violet abriu os braços para ela.

— Você é uma garota muito maluca, sabe, Aud — mas Vi sabia que, antes de mais nada, Audrey era louca por ele. Audrey desejava estar ao lado de Charles todas as horas de sua vida e, de uma certa maneira, Violet não conseguiu ver, de fato, nenhum pecado nisso. Também amava James, mas Audrey e Charles davam a impressão de compartilhar de algo ainda mais intenso. Era como se os dois respirassem o mesmo ar com uma só boca e Vi sabia das saudades desesperadas que Audrey sentia dele. — Posso ir me despedir de você?

Audrey balançou a cabeça.

— Vão me colocar em um avião militar e você sabe como é.

— Sim, eu sei — Violet sorriu.

De repente, tudo mudava. A guerra afetara a vida de todos

e Vi não pôde deixar de perguntar-se se algum dia tudo voltaria a ser como antes.

Na tarde seguinte, as duas trocaram beijos de despedida e Audrey acabou de fazer as malas. Deixaria a casa como estava, vazia, trancada a chave, como tantas outras casas em Londres.

Nessa noite, quando partiu para o aeroporto, Audrey sentiu uma excitação que não sentia havia anos... não depois do Expresso do Oriente e dos trens que subiam as montanhas do Tibet... ou das ruas de Xangai... ou das maravilhas de Pequim... Estava com o pé na estrada outra vez, indo para um lugar com que sempre sonhou, para ficar com o homem que amava. E sorriu, satisfeita consigo mesma, quando o avião decolou para o Cairo.

Capítulo 37

O Douglas DC-3 aterrissou no aeroporto do Cairo às 6 horas da manhã seguinte. Foram três escalas, no caminho, para embarcar soldados, correio e suprimentos e para reabastecer. Audrey ainda estava admirada com a gentileza com que o Ministério do Interior a tratara.

Teve a sensação de que eles possuíam um arquivo a seu respeito e já sabiam quem ela era, como quando fizeram a investigação sobre Charlie antes de permitir que ele se tornasse correspondente de guerra. E Audrey também imaginou se eles não estavam ansiosos pela oportunidade de ter uma jornalista americana a seu lado, com a esperança de influenciar para que os Estados Unidos entrassem na guerra; não que Roosevelt se mostrasse inclinado a ajudá-los. Há quase um ano ele estava de braços cruzados e não se via o menor sinal de envolvimento americano em um futuro próximo. Audrey se perguntava, com freqüência, o que seria necessário para convencê-lo. Mas não pensava em seu país quando o avião aterrissou, com precisão, na pista. Os soldados que viajaram com ela estavam imersos em uma conversa amigável, contando mais algumas piadas e recolhendo seu equipamento, enquanto se preparavam para desembarcar.

— Onde você ficará? — um deles perguntou.

Estava admirando Audrey desde o embarque em Londres, e se perguntava como seriam suas pernas sem calças. Audrey usava austeras calças de *tweed* cinza, um suéter e uma das jaquetas de couro de Charlie. Também comprou botas, pois pensava que podia ficar contente em usar caso fossem trabalhar em regiões acidentadas. E sorriu para o jovem, sabendo que devia estar estranha com aquele traje.

— Tentarei ficar em um quarto do Shepheard — era onde Charlie se hospedava e Audrey não sabia ao certo se o hotel era reservado apenas para uso militar. Charlie falara do hotel com entusiasmo em suas cartas e Audrey sabia que James também esteve hospedado lá quando foi ao Cairo.

— Farei uma visita a você qualquer dia desses — o soldado sorriu e Audrey fitou-o divertida, mas não o encorajou.

Tinha pensado em comprar uma aliança de casamento para a viagem, mas nunca se escondeu atrás de regras como essa e não queria começar agora. Estava com trinta e três anos e era independente. Não precisava sentir-se casada para estar a salvo. Afinal de contas, superou a provação do aborto sem o auxílio do casamento. Ainda estava abalada com a perda da criança e não sabia ao certo o que contar para Charlie.

Queria contar milhares de coisas para ele quando chegasse, mas primeiro precisava encontrá-lo. Pegou carona em um jipe militar e se viu espremida entre um australiano com um bigode à Dali e uma risada estrondosa e um enorme sul-africano com cabelos ruivos claros e uma queda pelas piadas bem sujas. Mas agora Audrey encontrava-se em zona de guerra e sabia que tinha que se acostumar rápido com isso. Era melhor do que ficar plantada em Londres, passando todas as noites nos abrigos contra bombas, à espera de que as sirenes soassem avisando que estava tudo bem e se perguntando se ainda tinha uma casa aonde ir.

— O que você está fazendo por essas bandas, gatinha? — o australiano foi o primeiro a perguntar; o motorista mandou-o calar a boca, com um puro sotaque escocês, enquanto piscava para Audrey. — Veio aqui ver seu namorado? — ele a provocava, pois tinha visto o enorme pacote que ela levava e as duas câmeras penduradas no pescoço, uma carregada com filme branco-e-preto e a outra com filme em cores.

— Talvez — ela sorriu.

— Ou para encontrar um novo? — sugeriu o sul-africano. Audrey notou que todos estavam com uniformes de camuflagem para o deserto, com os amarelos, marrons e cinzas que mais bem os ocultavam por lá. — Eu me apresento como voluntário para essa tarefa.

Audrey deu uma risada.

— Tenho um namorado aqui. Ele é correspondente de guerra.

Todos vaiaram e assoviaram, enquanto o jipe ia em disparada, desviando-se de mulheres, crianças e camelos. Carneiros e cabras estavam por toda parte e ali as mulheres usavam véu, assim como na Turquia e no Afeganistão anos atrás, quando viajou por aqueles países a caminho da China. Agora, Audrey teve uma fraca recordação daquela viagem, embora a atmosfera do Cairo fosse totalmente diferente. Mas havia uma aura de excitação por estar viajando tão longe de Londres. As ruas estavam abarrotadas de rostos europeus, na maioria ingleses, e uma incrível diversidade de militares. Via-se de tudo, desde indianos a neozelandeses, australianos, sul-africanos, franceses livres, comandos gregos e até mesmo iugoslavos e poloneses, muitos dos quais fugiram dos alemães e foram para lá juntar-se aos ingleses. Os australianos e neozelandeses usavam jaquetas de couro sem mangas para se proteger nas noites frias do deserto. E em toda parte em volta deles havia uma cacofonia de sons e cheiros. Tudo isso apresentava a maravilhosa excitação de sua viagem pela metade do mundo sete anos atrás e, de repente, Audrey perguntou-se como se dera por satisfeita por permanecer em Londres e San Francisco durante todos aqueles anos. Era isso que ela amava tanto, a distância e o exotismo, com todas as suas visões, perfumes e promessas mágicas.

— Quer tirar minha foto, querida? — dois homens correram até ela, quando o jipe parou para permitir que dois camelos entrassem em um bazar. Audrey deu uma risada e se protegeu quando um deles tentou dar-lhe um beijo.

— Você é americana, não é? — o sul-africano perguntou quando se puseram a caminho de novo.

— Sou.

— Já esteve antes no exterior? — Sorriu com condescendência e Audrey riu. Aquele não era um lugar para um viajante amador, coisa que ela não era.

— Morei na China durante um ano há vários anos e moro em Londres há cinco anos.

Agora ele pareceu impressionado e Audrey notou que os outros ouviam com um interesse revigorado.

— Em que lugar da China?

— Na Manchúria, em Harbin. Administrei um orfanato por algum tempo, durante a ocupação japonesa.

O motorista escocês assoviou e os outros ficaram intrigados, enquanto o australiano entrava na conversa com um olhar de desprezo para o amigo.

— Não deve ter sido fácil — era óbvio que Audrey era uma mulher e tanto. — O que o seu marido diz disso tudo?

Essa era uma pergunta que todos desejavam fazer, em especial se ela fosse ficar no Cairo durante algum tempo. Era bom saber do estado de uma mulher, e Audrey riu da pergunta.

— Não tenho marido, receio — e, então, ela decidiu chocá-los. Aquelas eram pessoas com as quais viveria a partir de agora, homens como aqueles, dia após dia... se Charlie a deixasse permanecer... ainda havia essa barreira a ser ultrapassada... mas ela não voltaria para casa, não importava o que ele dissesse. Audrey tomou essa decisão no avião e estava preparada para discutir com ele. — No entanto, tenho uma adorável filha chinesa.

Todos apuparam na mesma hora, mas o escocês flagrou seus olhos no espelho, com um sorriso arreganhado.

— Uma das órfãs de Harbin? — ela respondeu que sim. — Boa menina. Que idade ela tem agora?

— Seis anos.

Audrey sorriu, pronta para mostrar uma foto; e mostrou uma fotografia que ela tirara quando Molly deu um sorriso desdentado para ela. Os homens responderam rápido com sorrisos. Depois Audrey soube que, apesar do interesse deles por ela, dois dos três eram casados e tinham, no total, sete filhos. Fotos foram trocadas e passadas adiante, todos apertaram-se as mãos, se apresentaram e, no momento em que chegaram no Hotel Shepheard, já eram velhos amigos. Havia uma certa amizade surpreendente entre companheiros em tempo de guerra e, de repente, Audrey ficou contente por ter ido. Desejava fazer algo de útil por lá em vez de apenas ver o tempo passar em Londres.

Todos saltaram no hotel, Audrey seguiu-os até a recepção e perguntou por Charlie. O funcionário procurou a chave, olhou suas anotações e informou que o Sr. Parker-Scott saíra.

— Ele está viajando, ou só deu uma saída rápida? — Audrey perguntou-se se aquele homem saberia. O sujeito tinha uma pele lisa, cor de azeitona, lindos olhos negros e Audrey ficou surpresa com a quantidade de egípcios que era, de fato, bonita.

— Acredito que ele passe a tarde fora, madame.

Ele falou com um impecável sotaque inglês de sílabas abreviadas, era como se tivesse freqüentado Eton. Audrey agradeceu e saiu no terraço para dar uma olhada na cidade. A vista era de um romantismo incrível, ao se olhar para a beleza da cidade; lá embaixo as ruas estavam apinhadas, enquanto homens com dúzias de uniformes diferentes passavam correndo, gritando-se e indo apressados para suas diferentes missões. Cairo era o centro de toda a atividade, era o quartel-general das operações no Oriente Médio e na África. Audrey ficou fascinada no terraço durante horas, enquanto esperava por Charles e, afinal, adormeceu. Quando acordou, o sol se punha no horizonte e ela sobressaltou-se quando alguém agarrou-a pelo braço e sacudiu com brutalidade. A princípio, não conseguiu recordar-se de onde estava e olhou para um rosto com olhos conhecidos, embora não o resto. E então, de repente, deu uma risada ao compreender quem era.

— Meu Deus, você deixou a barba crescer! — mas nesse momento não foi a barba que ela notou. Os olhos dele dançavam de fúria.

— Mas que *diabo* você está fazendo aqui?

O funcionário da recepção lhe disse apenas que uma senhora o esperava no terraço, e Charles a encontrou caída em um canto, a bagagem no chão aos seus pés, o estojo da câmera no colo, um chapéu puxado para cima dos olhos e as câmeras penduradas no pescoço, usando o que ele considerou um traje ridículo. Por um segundo, Charles ficou contente com a visão que ela formava e, depois, de súbito, foi possuído por uma onda de raiva. Não a queria ali. Aquela era uma zona de guerra e Audrey não fazia parte daquele lugar. Queria que ela retornasse para Londres e sua relativa segurança.

— Eu vim vê-lo, Charlie — abriu os braços ao se espreguiçar e deu um sorriso angelical para ele. Sabia que Charles ficaria furioso e sabia como manejá-lo. No final, ele se acalmaria e Audrey sabia que tinha feito a coisa certa. Jamais poderia continuar em Londres assistindo à guerra, enquanto ele perambulava pelo mundo e escrevia para vários jornais. — Não vai me dizer olá? — Audrey fazia força para não rir do jeito furioso dele. — Gostei da barba.

Charles estava parado diante dela quase trêmulo de fúria.

— Aud, nem se dê ao trabalho de desempacotar suas coisas. Você partirá daqui no primeiro avião amanhã de manhã. Como foi que você conseguiu manobrá-los para deixá-la vir?

— Eu disse que era fotógrafa autônoma — nesse momento, Audrey sorriu do argumento — e que nós sempre trabalhamos juntos.

— O quê? E eles acreditaram! Esses burros malditos... — Charlie jogou o chapéu no chão e atravessou o terraço, enquanto as pessoas por perto sorriam e Audrey esperava por seu retorno. Ele se acalmaria mais cedo ou mais tarde; quando voltou em sua direção, Audrey sugeriu que tomassem um drinque. Mas agora havia algo mais nos olhos de Charlie.

— Já que vou passar só uma noite, bem que podíamos comemorar um pouquinho — Audrey fitou-o do mesmo jeito que sempre lhe derretia o coração, mas Charles apenas resmungou e deslizou intranqüilo para cima de uma cadeira. Sabia muito bem que não devia confiar nela. Audrey era muito menos dócil do que se apresentava e, se dizia que partiria no dia seguinte, ele não devia acreditar. — Molly mandou transmitir seu amor.

— Como ela está? — seus olhos suavizaram-se um pouco, mas ele não baixaria a guarda, disse para si mesmo.

— Está bem. Está com Alexandra e James, na casa do pai de James, no campo, e ela dá a impressão de estar adorando. Ele cria São-Bernados e Molly encontrou um que adorou. Quer levá-lo para casa quando voltar a Londres — Audrey e Charles trocaram um sorriso, o primeiro sorriso autêntico desde que ele a descobrira dormindo no terraço.

— Vamos ter que deixar o apartamento só para o cachorro — ele riu com suavidade, mas seus olhos estavam cheios de preocupação. Não podia mais esconder de Audrey o que era parte de sua vontade de não querê-la no Cairo. Ele supunha que ela ainda devia repousar embora, na verdade, a viagem ao Cairo fosse a melhor coisa que lhe aconteceu desde o aborto. — Tem uma coisa que você não me contou, Aud... antes de minha partida...

O coração dela disparou, pensando em como ele poderia ter sabido e, então, teve a resposta... James...

— Oh! — Audrey tentou parecer indiferente, ao virar-se e pedir um outro drinque. — Não, realmente.

— Sim, realmente — Charlie segurou firme seu braço e esperou até que seus olhos se encontraram de novo. — Por que não me contou?

Os olhos de Audrey encheram-se de lágrimas, contra a própria vontade dela.

— Eu não queria deixá-lo preocupado — sua voz mal passou de um sussurro; e, sem dizer outra palavra, Charles tomou-a nos braços e abraçou-a quando ela começou a chorar. — Sinto muito. Foi tudo culpa minha. Eu fico pensando que se não tivesse feito isso ou aquilo... talvez... — não conseguiu continuar, mas Charles compreendeu.

— Você não pode fazer isso consigo mesma. Aconteceu... e eu sinto muito mesmo... mas haverá uma outra vez. Eu prometo — deu um sorriso compreensivo para Audrey, com os olhos úmidos. — Espero que na próxima vez você me avise — ela assentiu e sorriu, enquanto assoava o nariz no lenço que Charles lhe passou. Em seguida, ele tornou a franzir a testa. De uma certa maneira era um alívio vê-la. Tinha ficado tão preocupado com ela desde o encontro com James. — James disse que foi terrível. Você está bem?

Audrey não negou.

— Estou bem. Vi foi maravilhosa.

— Posso imaginar — Charles tocou-lhe a face com os dedos compridos e deu um suave beijo em seus lábios, agora mais contente por vê-la do que ousaria admitir. — Sinto muito, Aud... Desculpe por eu não estar lá.

— Você não poderia fazer nada — Audrey respirou fundo e tornou a enxugar os olhos. — Foi muito duro... sem você e com Molly fora... eram as únicas coisas em que eu conseguia pensar — voltou os olhos tristonhos para ele, que pôde ver que a experiência deixara suas marcas. — Eu tinha que vir.

Charles assentiu. Compreendia, e talvez ela não estivesse errada. Depois disso, assinou a conta das bebidas e os dois subiram. Carregou a bagagem para ela e quando chegaram ao quarto Charles atravessou a soleira com Audrey nos braços e depositou-a na cama.

— Seja bem-vinda em casa, futura Sra. Parker-Scott — Charles arreganhou um sorriso e Audrey levantou uma sobrancelha.

— Você sabe de alguma coisa que não sei? Teve notícias de Charlotte? — Audrey nem se atrevia a ter esperanças e Charles balançou a cabeça.

— Não. Mas James trouxe uma dica interessante. Ele não contou para você? — Audrey balançou a cabeça. — Parece que a minha charmosa esposa tem um segredo interessante.

— Oh! — Audrey ficou intrigada e deu um sorriso mais largo. Charles ficou de ótimo humor depois do que James lhe contou, a não ser pela preocupação com ela. Mas seria maravilhoso se os dois pudessem casar em conseqüência da aplicação de um pouco mais de pressão em cima de Charlotte.

— Ao que parece a cara senhora tem um gosto peculiar. Ela prefere as mulheres.

— Ela é lésbica? — Audrey não era tão tímida quanto *Lady* Vi e fitou Charlie, surpresa. — Tem certeza?

— Absoluta. Ao que parece Vi a viu beijar uma mulher em uma rua secundária. Estou surpreso por ela não ter contado para você.

— Talvez a hora não fosse apropriada — o que, de fato, era verdade. — Que coisa surpreendente. E agora?

— Vou ameaçar pôr um anúncio no *Times* de Londres, se aquela puta não me der o divórcio. O que você acha?

Os dois riram e Charles enfiou-se na cama ao seu lado. Alguns momentos depois os dois esqueceram-se de todos... de Charlotte e James... e de *Lady* Vi... lembravam-se apenas de si próprios e do quão felizes eram por estar juntos.

Capítulo 38

Na manhã seguinte, Charles estava mais sério de novo e tinha escrúpulos em deixar Audrey permanecer.

— Afinal de contas, isso aqui é uma zona de guerra. E Mussolini começou a invasão ao Egito.

Então, Audrey deu um sorriso meigo para Charles e apertou-lhe a mão por cima da mesa.

— Você sabe como os italianos são, querido. Vão levar anos até chegar aqui — não tinha a menor intenção de ir embora.

Dia após dia, Charles foi se acostumando com a presença de Audrey. Um mês depois, eles ainda esperavam o ataque italiano e, em toda parte, havia uma espécie de atmosfera festiva. Ela tornara-se amiga de muitos homens e, junto com Charlie, passava horas no terraço do Hotel Shepheard, bebendo com os outros correspondentes. Todos os outros acostumaram-se com ela e Charlie parara, inclusive, de pressioná-la para voltar para casa. Adorava tê-la por lá e ela não corria, de fato, o menor perigo. A única coisa desagradável com que sempre tinham que conviver eram as ocasionais tempestades de areia, com que se deparavam quando saíam ao deserto. Outros já se tinham perdido nas violentas tormentas e o general Wavell, o oficial-comandante, fizera uma severa advertência a Charlie e Audrey. O exército não tinha nenhum interesse em perder correspondentes de guerra nas tempestades de areia do deserto. Mas eles passavam a maior parte do tempo no próprio Cairo e as escaramuças com os italianos pareciam, na melhor das hipóteses, tíbias. As coisas estavam tão sob controle que Audrey até faltou em ir em casa para ver Molly no Natal, durante um breve período de tempo, mas receou que, se fosse, Charlie não a deixaria voltar, e Violet escrevera avisando que passaria o Natal com as crianças, o sogro e James, e assegurou a Audrey que Molly estava tão feliz quanto possível, de modo que decidiu permanecer com Charlie, no Cairo.

Em dezembro, os ingleses levaram os italianos a sério e tomaram a decisão de expulsá-los da Líbia de uma vez por todas. A 21 de janeiro de 1941, forças britânicas tomaram Tobruk e a 7 de fevereiro os italianos renderam-se aos britânicos.

Porém, algo muito mais interessante acontecia nessa época, sobre a qual Charlie e Audrey escutavam havia semanas. Ao que parecia, os alemães não estavam nem um pouco satisfeitos com a maneira com que os italianos trataram a campanha da Líbia, e enviaram um general e tropas alemãs para assumir o comando e dar o troco aos ingleses. Na ocasião em que Tobruk caiu, os boatos circulavam por toda parte e, quando os italianos renderam-se, todos falavam sobre o misterioso general germânico que devia chegar a qualquer momento e ninguém do Alto Comando britânico sabia de quem se tratava. Dois dias após a rendição italiana, Wavell convidou Charlie para jantar, e ele, ao voltar, foi vago com Audrey sobre o que discutiram.

— Ele disse alguma coisa sobre o general alemão que está a caminho? Eles já sabem quem é? — todos falavam disso e mesmo entre os outros correspondentes com quem Audrey jantou nessa noite esse foi o principal tópico da conversa. Todos queriam o furo, em especial os ingleses.

— Não, nada por enquanto — mas evitou os olhos de Audrey enquanto tirava a roupa.

— Você acha que Wavell está preocupado? — Charles achou o general muito preocupado, mas não queria contar para Audrey. O que devia dizer-lhe é que ficaria fora alguns dias e não podia dizer-lhe aonde iria. Estava pensando no que faria quando, de repente, Audrey postou-se à sua frente. — Você não está me ouvindo — os olhos dela sondaram o rosto dele. Audrey conhecia-o muito bem. Era exatamente disso que ele tinha medo. Charlie seria capaz de encarar um general alemão com mais facilidade do que aquela mulher.

— Estou sim, Aud. Eu só estava pensando no jantar. Dessa vez, a comida estava boa. E a sobremesa foi uma maravilhosa invenção egípcia.

— Não me venha com essa — Audrey sentou-se na beirada da cama e encarou-o desconfiada. — Você tem uma carta escondida na manga, Parker-Scott. O que é?

— Oh, pelo amor de Deus. Que droga, estou cansado, Aud, não me interrogue hoje à noite. Se eu soubesse alguma coisa sobre os alemães, contaria para você.

Deu as costas para Audrey, fingindo estar aborrecido, e fez o mesmo quando foram para a cama, mas ela estava de bom humor nessa noite e ficou passando a mão entre as coxas dele, que tentou não rir, ainda de costas viradas para ela. Agora havia meses que os dois moravam no Shepheard, que começava a parecer um lar. Mas, nesse momento, Charles tinha uma séria preocupação sobre o que diria a Audrey.

— Você não está muito amigável hoje, Charlie — sussurrou, ele virou-se e fitou-a com um sorriso triste.

— Sabe, às vezes você é uma tremenda peste. Alguém já lhe disse isso?

Audrey arreganhou um sorriso para ele, com os narizes quase se tocando no travesseiro.

— Ninguém teve esse tipo de oportunidade antes.

Charles sorriu. Sabia que era o único homem com quem Audrey dormira em toda a vida.

— Não quer dormir um pouco hoje, Aud? — ele precisava acordar cedo no dia seguinte, mas não queria dizer-lhe.

— Quero saber o que você está escondendo de mim. Você se apaixonou por alguém hoje? Nós já sabemos o que acontece com você no Cairo. Qual é o problema, Charlie? — Audrey apoiou-se em um cotovelo e fitou-o. — Sabe, você daria um péssimo espião. Eu sempre posso dizer quando você está mentindo.

— Que afirmação terrível, Aud. — Às palavras dela um calafrio percorreu a coluna de Charles, que esperou que ela nunca dissesse isso para o Ministério do Interior. — Eu nunca minto para você.

— Não sobre coisas importantes. Mas seu nariz fica branco quando você mente. É mais ou menos o mesmo princípio de Pinóquio.

Charles recostou-se nos travesseiros e fechou os olhos na cama confortável. Audrey era mesmo impossível. Tornou a abrir os olhos e olhou fixo para o teto. Não havia porque continuar escondendo dela. Audrey o perseguiria a noite inteira. Era a sua própria Mata Hari.

— Ficarei fora alguns dias e não posso lhe dizer onde, portanto não me pergunte.

— Charlie! — ela exclamou surpresa e sentou-se na cama. — Então, você vai fazer alguma coisa sobre a qual está mentindo para mim — estava assombrada com a própria precisão e agora Charlie parecia cansado e resignado.

— Eu não estou mentindo.

— Está sim — Audrey estava assombrada ao fitá-lo. — Bem, o que é?

— Eu já lhe disse, Audrey. Não posso contar para você. É ultra-secreto.

Ela hesitou diante dessas palavras, apenas um pouco em xeque.

— É perigoso?

— Não. — Charles não queria preocupá-la.

— Então, por que não pode me contar?

— Trata-se apenas de uma pequena viagem com o general Wavell. Eu prometi a ele que não contaria nada — tentou falar de modo a não parecer algo que fosse interessá-la e, nesse momento, Audrey perguntou-se se o general Wavell teria uma amante.

— É isso?

— Bem... Audrey... não posso dizer. É uma questão de honra entre homens — Charles fazia o que podia para convencê-la, desejando ter pensado nisso antes. Para seu alívio, Audrey mordeu a isca. Depois disso, deixou-a atacar outra vez, e depois que fizeram amor ela beijou-o sonolenta.

— Quanto tempo você e o general ficarão fora?

— Só alguns dias... agora não diga nada a ninguém.

Charlie sorriu consigo mesmo quando Audrey pegou no sono. Não era um espião tão ruim quanto ela pensava. E ele rezou para conseguir a informação para eles.

Capítulo 39

Na manhã seguinte, enquanto Charlie se vestia, Audrey colocou filmes nas câmeras e sorveu uma xícara de café. Os desjejuns sempre eram levados em bandeja ao quarto e o Shepheard servia fabulosos *croissants,* que faziam com que ela se queixasse de que estava engordando; mas enquanto ela cantava o mesmo velho refrão, olhou para o toucador dele com um ar de surpresa, que fez Charles congelar.

— O que você está fazendo com o meu passaporte?

Audrey sempre o levava em um compartimento fechado da bolsa da câmera para o caso de alguém pedir. Na condição de americana, tinha muito mais liberdade do que teria se fosse inglesa. Seu passaporte americano era de grande valia para ela, já que a América ainda não entrara na guerra. Como conseqüência disso, ela era neutra do ponto de vista oficial, ao contrário de Charlie. Nesse momento, Audrey foi até o armário para pegar o passaporte, ainda sem saber como ele tinha ido parar lá, ao passo que Charles pensava desesperado em uma desculpa para distraí-la, enquanto Audrey avançava. Deteve-a pouco antes de esticar o braço para pegar o documento, pedindo para ela servir-lhe uma xícara de chá. Charles disse isso, recolheu o passaporte e atravessou o quarto como se fosse colocá-lo na bolsa dela, mas ao manusear a sacola, descobriu que Audrey o vigiava, agora com o olhar bem sério.

Audrey depositou o bule de café na mesa e encarou-o.

— É o meu passaporte, não é, Charlie? — ela percebeu no ato e Charles amaldiçoou o dia em que permitira que ela ficasse no Cairo ao seu lado. Era esperta demais para o seu próprio bem e, dessa vez, para o dele. E não havia como evitá-la agora.

Ele balançou a cabeça fitando-a.

— Não, Audrey, não é.

— De quem é?

Os dois trocaram um olhar, cada um em um canto do quarto e, pela primeira vez, Audrey começou a compreender as coisas. Nesse momento, ela compreendeu que ele trabalhava o tempo todo para a Inteligência do Ministério do Interior. Charles não poderia negá-lo. Confiaria a própria vida a ela e esperava não estar enganado. Uma palavra descuidada da parte dela e ele poderia ser morto.

— É o meu passaporte.

Audrey assentiu. Agora compreendia perfeitamente.

— Antes disso, eu não tinha a menor idéia — sua voz foi quase um sussurro ao falar com ele. — Com um nome diferente? — Audrey perguntava-se até que ponto eles iriam e a extensão do envolvimento de Charles.

Mas ele sacudiu a cabeça.

— Minha mãe era americana. Na verdade, puderam conseguir isso para mim com muita facilidade.

A única coisa forjada eram vários carimbos de entrada e saída de várias alfândegas espalhadas pelo mundo. Na condição de americano, Charles parecia uma pessoa muito viajada, embora não em excesso. O bastante para um jornalista; e ele dominava um sotaque americano de suavidade total, que pegou-a de surpresa quando ele experimentou com ela. Aprendeu com facilidade no decorrer dos anos com a mãe e por morar com Audrey. Sempre era capaz de imitar os amigos americanos em toda parte e aquilo era mais ou menos a mesma coisa. Nesse momento, Audrey fitou-o com olhos preocupados.

— É sério, não é? — ele concordou; ambos sabiam que era. — Posso ir junto?

Charles sacudiu a cabeça.

— Não, não pode.

— Posso perguntar aonde você vai?

Então, ele cometeu seu primeiro erro.

— A Trípoli — só contaria isso, era tudo que ele tinha a dizer e, no mesmo instante, Audrey soube o porquê.

— Meu Deus, você vai descobrir, não vai?... — Charles ia

descobrir quem era o general alemão. Fingiria ser um jornalista americano... e depois retornaria para informar Wavell. — Charlie, você tem que me deixar ir junto! — agora Audrey estava com uma expressão frenética. — Vai precisar de minhas fotos.

O rosto dele ficou sério.

— Eu mesmo tirarei. Audrey, você não irá à parte alguma.

— Se não me levar, eu o seguirei.

— Você ficou maluca.

— Quem vai saber o que somos de verdade? Ficará até melhor se você levar um fotógrafo junto! Ainda por cima uma moça! Ninguém jamais suspeitaria de você. Ora, Charlie... me dê uma chance.

— Mas que porcaria é essa? Uma competição de talento para a revista *Life*? Sua tola, você arriscaria sua vida se viesse comigo. Estou indo para Porto Said e de lá tomarei um barquinho de pesca para Trípoli. Talvez atirem em nós e nos afundem. Talvez os italianos decidam que sou um saco de merda e me fuzilem no ato. Ou os alemães, o mais provável.

Os olhos de Audrey encheram-se de lágrimas ao ouvi-lo e, então, ela foi abraçá-lo.

— Não me deixe aqui. Charlie, você é toda a minha vida, sempre foi... esse é o meu destino... você não pode me abandonar agora.

Ele ficou parado olhando fixo para ela, endurecendo seu coração, sem querer lhe dar ouvidos, mas Audrey fora tão convincente ao suplicar...

— Não arriscarei o seu pescoço — falou em tom áspero, mas só porque a amava demais.

Nesse momento, Audrey falou furiosa, ao voltar-se para ele.

— A decisão é minha, não sua. E eu mesma fiz essa opção ao vir para cá. Eu não sabia que seria assim — aqueles meses foram um piquenique para os dois que acabava subitamente. — Tomei a decisão de segui-lo a todos os lugares, em julho passado, e estou falando sério, Charles Parker-Scott. Se não me levar junto, estará perdendo a valiosa oportunidade de fazer a coisa direito. Você terá muito mais credibilidade se estiver acompanhado de uma moça estúpida, com um cacho de câmeras pendurado no pescoço — era verdade, mas Charles levaria qualquer pessoa, menos Audrey.

— Não vou aproveitar essa oportunidade — agora ele gritava, e ela também.

— Eu vou! Tudo bem? E se você não me levar, droga, então eu o encontro por lá. Pego a porcaria de um jipe e dirijo até lá.

Então, Charles percebeu que ela o faria mesmo. Atravessou o quarto, agarrou-a pelo braço e sacudiu-a com tanta força que os dentes dela bateram.

— Seja sensata, que droga! Quero que você fique aqui.

Audrey sacudiu a cabeça, obstinada, e ele deixou-se cair pesado em uma cadeira e encarou seus olhos.

— Eu desisto. Mas você estará arriscando a minha vida, assim como a sua, portanto é melhor olhar por onde anda em cada milímetro do caminho.

— Eu olharei... eu juro... — lançou-lhe um olhar agradecido e Charles sorriu cansado.

— Você sabe como forçar a barra, sabia?

— Eu tento, senhor — ela sorriu. — Eu tento.

Capítulo 40

Levaram três horas de jipe, do Cairo até Porto Said, e estava à espera deles o prometido barco de pesca. Charlie arrancara todas as etiquetas inglesas das roupas e dissera a Audrey para levar as coisas que tivessem a marca USA, ou que fossem nitidamente americanas à primeira vista. Audrey calçou um antigo par de alpargatas, que usou em todo o trajeto apesar de não serem confortáveis, e ficou contente porque a maioria das roupas que levara era antiga. Levava consigo vários suéteres que comprara em San Francisco. Os casacos já tinham visto dias melhores, mas desse modo a história deles se tornaria mais crível, caso alguém chegasse ao ponto de inspecionar. Ele era um suposto jornalista americano e ela uma fotógrafa *freelance*; não que o dono do barco de pesca se importasse. Só estava interessado no dinheiro, que ganharia levando-os até Trípoli. Fizeram paradas em Beida, Bengasi, Al-Algheila e Sirte no trajeto, e a viagem demorou dois dias no barquinho fedorento. O capitão disse que tinham feito em bom tempo. Audrey foi obrigada a lutar, com toda sua coragem, para não enjoar, mas não se atreveu a enjoar com medo de que Charlie jamais a perdoasse. Quando se sentiu bem, tirou algumas fotos; e os dois pensavam, com calma, no que os esperava pela frente. A realidade surgiu quando entraram silenciosos no porto, em meio às embarcações de guerra italianas e alemãs e os uniformes que viam em todas as partes. Agora eles encontravam-se em campo inimigo, com um passaporte falso, e se algum dos dois cometesse um engano ambos seriam mortos. O dono do barco podia tê-los denunciado, mas como trabalhou para os ingleses no último ano, não tinha o menor desejo de perder essa lucrativa fonte de renda. Desembarcou-os no cais e, em seguida, zarpou outra vez, para seguir o mesmo trajeto da ida até Porto Said. Os dois seriam obrigados a encontrar o caminho de volta e Audrey esperava que fosse por terra. Seguiu Charlie através do porto apinhado de pessoas; encontraram um sujeito disposto a levá-los de carro ao Hotel Minerva, onde Charlie acompanhou-a até o bar, os dois pediram drinques e, mais tarde, hospedaram-se em quartos situados no mesmo andar. Conversaram tranqüilamente durante algum tempo, sem saber se visitavam ou não os poucos pontos turísticos da cidade.

— O que devemos fazer? — ela fitou-o, calma, agradecida por estar em terra com ele.

— Acho que vamos ouvir o que precisamos quando isso acontecer. Todos estão excitados com isso por aqui.

Audrey concordou com ele, mas nenhum dos dois esperava ouvir com a rapidez com que ouviram. No dia seguinte, tomaram conhecimento, através de dois italianos que conversavam excitados no bar, que o general alemão chegara naquela noite e estava hospedado em um hotel a poucos quarteirões. Não sabiam seu nome, mas era um dos melhores, os dois italianos arreganharam um sorriso feliz para Audrey e Charles. Os italianos ficaram excitados ao saber que eles eram da imprensa americana e que agora a notícia seria transmitida para todo mundo.

— Agora os ingleses vão tremer nas bases! — disseram e Charlie mostrou-lhes um sorriso sedutor.

Depois disso, quando saíram do bar, Charles lançou um olhar de vitória para Audrey.

— Eu disse que nós ouviríamos.

Mas ainda não sabiam o nome. Tinham que saber agora, quando entraram, com passos atrevidos, no hotel e se dirigiram com naturalidade ao bar. Ali tudo fervia de atividade; havia uniformes alemães, assim como italianos, e um guarda das SS conversava animado no saguão. Quando Audrey e Charles chegaram, foram notados, de imediato, e dois homens sorriram famintos para ela. Charles puxou-a direto para o bar com um ar de desinteresse e bebeu seu drinque devagar. Não queria embebedar-se agora e aconselhou Audrey a também tomar cuidado, enquanto fingia rir e conversar trivialidades com ela.

— Parece que é aqui que está a ação, minha cara. — Charlie sorriu.

Agora seria fácil, desde que ninguém os flagrasse; e ambos puderam sentir o suor descer pelas costas e braços, ao mesmo tempo em que lutavam para ficar calmos e fingir que estavam relaxados como todos os outros do bar. Uma hora mais tarde, quando conversavam sobre o local onde comeriam, de repente, entraram doze oficiais alemães e, no meio deles, um homem forte, musculoso e com intensos olhos azuis, observando a todos. Tudo nele parecia ser disciplinado, militar e asseado, assim como ele parecia observar todas as pessoas do salão, inclusive Audrey e Charlie, com seus olhos interessados. Era como se ele os estivesse inspecionando como parte de seu novo comando; e não havia a menor dúvida de que ele era o homem que eles tinham ido ver. Houve uma sinfonia de saltos chocando-se, infindáveis saudações e até mesmo os italianos ficaram impressionados, enquanto seus ajudantes-de-ordens referiam-se a ele, sem parar, como *Mein General,* mas este não dava a impressão de ser uma pessoa pretensiosa e, mais tarde, Audrey disse que seus olhos eram inteligentes. Quase se podia ouvir o clique-clique de sua mente, enquanto ele olhava para todos; Audrey quase teve vontade de saudá-lo. Ela ficou esbaforida, ao olhar para o general, pôde ouvir Charlie prender a respiração e rezou para que ninguém mais tivesse escutado. Em seguida, o general saiu rápido do bar e seus olhos encontraram os de Charles durante um longo momento, perguntando-se se o outro o reconhecera

— Você sabe quem ele é? — Audrey falou em voz baixa.

Charlie balançou a cabeça com um lento movimento. Havia um quê familiar no homem e Charles achou que já vira fotos dele, mas não teve certeza.

— Vou perguntar por aí. Tenho certeza que todos o conhecem.

Depois disso, quando foram conversar no bar durante algum tempo, ninguém o conhecia, exceto um jovem oficial alemão, que riu deles abertamente.

— Americanos! Vocês têm que saber o nome do maior general da Alemanha! — tomou-os por tolos e sacudiu a cabeça. Todos os alemães conheciam seu nome, mesmo que os italianos não conhecessem. — É o general Rommel, claro!

A missão deles fora um sucesso e Audrey teve que esforçar-se para não soltar um grito de alegria e aplaudir, quando, um pouco mais tarde, os dois saíram do bar. O próprio Charles parecia satisfeito consigo próprio e apertou a mão de Audrey, quando chamaram um táxi para voltar ao hotel. Podiam jantar por lá e voltar, de imediato, para o Cairo. Fora bem fácil. Mas Audrey não se dava por satisfeita por apenas conhecer o nome do general.

— Por que não o entrevistamos? — ela sugeriu durante o jantar; Charlie ficou horrorizado.

— Você ficou maluca? E se eles nos descobrirem?

— Descobrirem o quê? Nós somos americanos. Você é jornalista e eu sou fotógrafa. A única coisa que podemos fazer é perguntar... — seus olhos dançavam. — E não seria uma coisa e tanto, Charlie? — agora Audrey divertia-se e, quando Charles pensou na coisa, todo o jantar caiu como uma pedra no seu estômago. Era óbvio que Audrey estava fora de si.

— Olhe, você vai ser levada embora...

Mas quando pensou direito, viu que ela estava certa. Já que estavam ali... e talvez assim descobrissem mais alguma coisa... Conversaram sobre isso durante o café e, nessa noite, planejaram tudo. Voltariam ao hotel dele no dia seguinte e deixariam um recado solicitando uma entrevista. Depois, aguardariam. Na manhã seguinte, Audrey pôde sentir o coração martelar dentro do peito, quando foram ao hotel e deixaram um recado elaborado pelos dois. Sabiam que a carta passaria pelas mãos de vários ajudantes-de-ordens antes de chegar a ele; o bilhete apenas dizia que eles eram dois jornalistas americanos em visita a Trípoli e que ficariam honrados em entrevistar o general Rommel.

O sujeito a quem entregaram a carta pediu que voltassem às 16 horas desse mesmo dia para obter a resposta. Quando retornaram, foram recepcionados por um par de inquisidores olhos azuis alemães e passaram pela avaliação sumária de um jovem ajudante-de-ordens, que lhes perguntou se já conheciam o general.

— Não, não conhecemos — Audrey ostentou um sorriso inocente. — Mas gostaríamos de conhecê-lo. Nós publicamos matérias em vários jornais e revistas americanas e sabemos que o público dos Estados Unidos ficaria fascinado com o comandante do novo Corpo Africano — deu um sorriso doce para ele e ficou óbvio que ele a achou de uma terrível estupidez.

— Daremos uma resposta amanhã, às dez horas da manhã,

Fraulein — e fez um breve aceno de cabeça para Charles quando os dois saíram com naturalidade, conversando sobre coisa sem importância, até que chegaram na rua e Audrey voltou-se e disse com voz suave:

— Acha que eles estão de olho em nós?

Charles balançou a cabeça.

— Duvido.

Manteve baixo o tom da voz e os dois pouco conversaram no caminho de volta ao hotel. Passaram o resto da tarde perambulando pelas ruas de Trípoli, com os italianos assoviando para Audrey. Era exaustivo estar ali, sentindo a pressão da falsa identidade e Charlie receava que tinham sido ambiciosos em demasia com o complô para entrevistar o general Rommel. Agora já sabiam tudo que precisavam saber. Não precisavam voltar com mais informações e ele não queria demorar muito tempo, senão a informação perderia o valor para os ingleses.

— O que você quer fazer hoje à noite? — fitou-a quando se encontravam no porto, e Audrey sorriu.

— Rezar.

Charles sorriu para ela, os dois voltaram ao hotel, onde jantaram. Foram para a cama cedo e, na manhã seguinte, retornaram ao hotel às dez em ponto. O mesmo ajudante-de-ordens fitou-os desconfiado quando se aproximaram da recepção, e Audrey sentiu de novo o coração martelar quando o sujeito entregou a Charlie uma carta lacrada, a qual ele abriu no meio do salão. O bilhete dizia apenas o nome do hotel onde se encontravam e a inscrição 13 horas. Ele olhou surpreso para Audrey.

— Meu Deus, nós conseguimos!

Não deixou que o rosto aparentasse a excitação que sentia e sussurrou as palavras para Audrey ao conduzi-la ao bar, embora passasse pouco das dez. Pediu duas cervejas e entregou a Audrey a simples tira de papel. As palavras estavam escritas à máquina; Charles perguntou-se o que fariam agora. Levava consigo um bloco de anotações para a entrevista e Audrey sempre carregava todas as suas câmeras para estar preparada e também para assegurar-se de que não seriam roubadas.

— O que faremos até uma hora? — Audrey estava tão nervosa quanto uma noiva na manhã do casamento.

As três horas seguintes passaram voando, enquanto caminhavam e discutiam sobre o que desejavam saber do general Rommel. Quando enfim encontraram o general, nada os preparara para ele. Os aposentos que ele ocupava como seu quartel-general eram tão deslumbrantes quanto o resto do hotel, mas ele mandara retirar alguns dos balangandãs e, quando entrou no quarto onde Audrey e Charlie aguardavam, os dois ficaram impressionados, de imediato, com sua aparência. Mesmo que ele ficasse nu em pêlo em qualquer parte do mundo, todos saberiam que aquele era um homem importante só por seu porte. Tinha olhos azuis-claros intensos, e um sorriso surpreendentemente afetuoso dava a impressão de estar muito contente por vê-los. Elogiou o presidente dos EUA e disse que estivera na América antes da guerra, apesar de agora andar muito ocupado para ir a qualquer lugar. Pareceu se divertir com a própria piadinha e Audrey notou a foto de uma mulher simples em cima de uma escrivaninha próxima. No mesmo instante, ele viu os olhos dela vagarem para a foto.

— É a minha mulher, Lucy — e pela maneira como falou, era claro que a adorava.

Era surpreendente pensar que tinham, de fato, conseguido, uma entrevista com o general Rommel, fingindo ser jornalistas americanos. Charlie ainda não superara a facilidade que tivera para conversar com ele. Rommel falou da Alemanha de antes da guerra, do *Führer,* com um tom de voz de adoração que só foi menor do que a veneração com que falara da mulher. À medida que falava, Charlie fazia rápidas anotações; e ficou óbvio que ele vivia enfiado até o pescoço na vida militar. Rommel disse que adorava andar de avião e que estava muito interessado pelo pouco que vira da África. Fez questão de contar para Charles que o *Afrika Korps* seria um importante braço do exército. Então, quase ao mesmo tempo em que pronunciava essas palavras, esticou a mão para a câmera de Audrey. Ela assustou-se com o gesto e entregou a máquina para ele, esperando que nela nada houvesse que pudesse denunciá-la; ela e Charles se tinham feito um mútuo e completo exame antes de partir do Cairo, e Audrey achou que os dois estavam bem. Nenhum sinal de caixas de fósforos ou pedaços de papel com o nome do hotel, chaves de quarto, ou, Graças a Deus, o passaporte inglês de Charles, que ele escondera no hotel do Cairo preso com fita adesiva na parte de baixo do tapete da escrivaninha.

Nesse momento, Audrey observou-o enquanto ele fazia um exame meticuloso na câmera.

— Há alguma coisa errada? — de novo aquele batimento cardíaco ensurdecedor, mas os olhos de Rommel encontraram os de Audrey com um sorriso e um aceno de aprovação.

— Tenho uma igual. Só que eu uso uma lente diferente. Venham — pôs-se de pé de um salto. — Vou mostrar-lhes — e, com dois passos rápidos, atravessou o quarto, abriu uma gaveta e tirou três câmeras iguais às de Audrey, cada qual com uma lente que apresentava uma diferença sutil em relação à outra. Audrey ficou interessada em saber a maneira como ele as usava. Conversavam durante vários minutos sobre as suas lentes e os motivos pelos quais ele as usava e por que tinha câmeras diferentes. Ao que parecia, Rommel nutria um extremo interesse pela fotografia e não ficou nem um pouco perturbado quando ela tirou fotos dele, após Charlie concluir a entrevista. No final, passaram quase duas horas com ele e Rommel trocou afetuosos apertos de mão com os dois, que agradeceram e se prepararam para ir embora. — Vocês terão grandes notícias do *Afrika Korps,* meus amigos.

— Tenho certeza — Audrey ostentou-lhe um sorriso gracioso, que não foi de todo insincero. No trajeto de saída do hotel, ela descobriu que precisava lembrar-se que aquelas eram as mesmas pessoas que tinham fuzilado Karl Rosen. Quando voltavam a pé para o hotel, ela olhou para Charlie, que ainda estava embriagado com o sucesso deles. — Odeio dizer, mas gostei dele.

— Eu também.

Charles ainda estava assombrado com a maneira direta do general. Claro que este não revelara nenhum fato sobre seus planos em relação ao *Afrika Korps,* mas fora muito loquaz sobre tudo o mais que eles perguntaram e, pela entrevista, seria impossível odiá-lo. As coisas que ficaram claras a respeito de Rommel eram que ele adorava a mulher, o exército, suas máquinas fotográficas — e, com toda a probabilidade, nesta ordem. Ele era o militar completo em todos os aspectos e Charlie viu-se perguntando-se se os ingleses seriam páreo para ele. Começava a recear que não.

Retornaram ao hotel, empacotaram as poucas coisas que levavam, pagaram a conta e foram embora de carro para o porto. Charlie decidiu que seria perigoso demais tentar voltar ao Cairo pela rota em terra firme, e desejava ver se havia barcos pequenos a frete no porto. Levaram horas conversando com os capitães de várias pequenas embarcações, até que, afinal, descobriram um que os levaria até Alexandria por uma pequena fortuna e zarparam com a maré, ao pôr-do-sol. Charlie fitou-a quase ofegante e pousou o braço em seus ombros. Rezava para que Rommel não tivesse ordenado para seguirem-nos. Mas, mesmo que ele o tivesse feito, não havia nada de chocante em eles viajarem para o Egito. Afinal de contas, os dois eram americanos à procura de histórias de guerra interessantes. Rommel até os elogiara por sua coragem, em especial a Audrey, "tão longe de casa", como ele disse, "e em um lugar tão perigoso para uma jovem atraente". Seu rosto não aparentara nenhuma luxúria e seus olhos iluminaram-se todas as vezes que ele mencionou a amada Lucy. Era um homem decente e franco, e Audrey lastimou por se encontrarem em lados opostos na guerra. Ela também ouvira que seus homens nutriam um intenso respeito por ele. Rommel era o tipo de comandante que ia para a batalha e lutava ao lado de seus homens. Todos diziam que ele estava levando centenas de tanques para a África do Norte.

Dessa vez, a viagem levou três dias e, ao chegar a Alexandria, encomendaram um jipe para levá-los de volta ao Cairo. Quando, enfim, viram de novo o Hotel Shepheard, parecia uma miragem do deserto. Audrey soltou um grito de alegria quando chegaram e jogou os braços no pescoço de Charles, com uma gargalhada nervosa.

— Nós conseguimos! *Nós conseguimos!*

Charlie disse-lhe para baixar a voz, mas seu êxtase era idêntico, e levou-a para ver o general Wavell, uma hora depois. Demoraram apenas o tempo suficiente para tomar um banho, trocar de roupa e Charlie resgatar o passaporte do esconderijo do tapete. Agora tudo parecia um sonho. Era difícil acreditar que, de fato, tinham entrevistado o general Rommel.

Foram de carro até o Gezira, um clube de esportes onde Wavell jogara golfe a tarde inteira. Foi óbvio seu contentamento ao ver a chegada de Charles, embora se assustasse um pouco ao ver Audrey. Charlie falou direto para o general que ela o acompanhara a Trípoli. O rosto de Wavell tornava-se vermelho à medida que ouvia e sua expressão era de muito pouca satisfação com Charles, até que ela, tranqüila, entregou-lhe dois rolos de filmes e olhou-o dentro dos olhos.

— Acho que ficará contente com isso, senhor.

O general olhou para ela, depois desviou o olhar para Charlie.

— Eu não sabia que vocês dois trabalhavam em equipe, Parker-Scott — Charlie esteve a ponto de dizer "nem eu", mas achou que o general não iria gostar. Os dois o seguiram a um aposento privado, onde o general trancou a porta a chave e virou-se para encará-los. — Vocês têm muita sorte por terem saído com vida — olhou com desaprovação para Charles. — Sabe, se eles tivessem algum motivo para duvidar da história de vocês, poderiam prender a moça como refém.

Nesse momento, Charles seria capaz de estrangulá-la, mas apenas fez um aceno contrito para o general Wavell.

— Nós conseguimos a informação, senhor.

O silêncio do quartinho podia ser cortado a faca, quando ele tornou a olhar para os dois.

— E então?

— É o general Rommel.

O longo sorrisinho dissipou-se no rosto do general, que encarava Charles.

— Maldição — e, então, seus olhos estreitaram-se. — Você o viu pessoalmente? Tem certeza que era ele?

Audrey sorriu e desviou o olhar. Mal podia esperar a hora que ele visse as fotos. Mas, nesse momento, Charles falava ao general.

— Sim, senhor — e, depois, quase sem conseguir esconder o próprio sorriso. — Nós o entrevistamos, senhor.

— Vocês fizeram o *quê*?

Charlie recuperou rápido o fôlego e tentou explicar o mais rápido possível.

— Na verdade, foi idéia da Srta. Driscoll. Nós nos apresentamos como sendo jornalistas americanos e o entrevistamos em seu hotel.

O general olhou firme para os dois e depois sentou-se em uma cadeira, agora agarrando os dois rolos de filmes como se estes pudessem sair voando.

— E isso aqui são as fotos que você tirou de Rommel durante a entrevista? — não podia acreditar naqueles dois indivíduos temerários à sua frente; era óbvio que os dois eram malucos, mas o general ficou contente por ser assim.

Charlie deu a Audrey o crédito que ela merecia.

— Na verdade, quem tirou as fotos foi a Srta. Driscoll, senhor. Eu fiz a entrevista.

— Você fez anotações?

— Sim, senhor.

O general sorriu radiante de alegria e apertou primeiro a mão de Charles e depois a de Audrey.

— Vocês são absolutamente extraordinários.

Encarou-os mais uma vez e, em seguida, assegurou que em pouco tempo receberiam notícias. Em todo caso, queria vê-los em seu gabinete, às oito horas do dia seguinte. Desejava ver as anotações de Charlie, embora este o tivesse prevenido que em nenhum momento Rommel pôs as cartas na mesa, nem dissera quais suas intenções com o novo *Afrika Korps*. Mas agora Wavell e seus ajudantes-de-ordens queriam saber todos os detalhes, e os filmes seriam revelados nessa noite. Tornou a apertar-lhes as mãos antes de sair apressado do clube e convidou Audrey e Charlie para ficar e tomar um drinque, caso desejassem, mas o local era um pouco tranqüilo demais para os dois. Eles ficaram felizes em voltar para o Shepheard e ver os amigos confortavelmente aboletados em enormes cadeiras de vime do terraço.

Capítulo 41

Nas semanas seguintes, os ingleses souberam, através de outros contatos em Trípoli, que um mês após sua chegada, o general Rommel inspecionou suas tropas. Apresentou seu amado *Afrika Korps* novo para quem estivesse por perto e, na verdade, para o divertimento dos contatos britânicos, mostrou-o várias vezes. Ele lançou mão de um truque engenhoso para confundir quem estivesse passando informações para seus inimigos. Fez com que muitos dos tanques passassem várias vezes na parada e só por causa das lagartas quebradas de dois tanques foi que alguém notou isso. Foi um truque brilhante que ele usou e, claro, todos os observadores ficaram muito impressionados. Rommel era um homem astuto e brilhante e os ingleses nutriam um profundo respeito por ele, assim como por Audrey e Charlie, agora que tinham sido bem-sucedidos na missão de descobrir a identidade dele. As fotos que Audrey tirou foram reveladas e passadas adiante e eram algumas das melhores já tiradas de algum alemão do Alto-comando. Mais de uma vez, o general Wavell mexeu com ela por causa das fotos.

— Uma pena que você não possa mandá-las para a mulher dele, sabe. Estão muito boas mesmo... ela ficaria feliz em possuí-las...

Mas Audrey também estava feliz. Elas o mostravam como ele era, um homem atencioso, inteligente, prático ao extremo, sagaz e, com toda probabilidade, decente. Audrey jamais pensou que fosse dizer isso de algum dos homens de Hitler e, no entanto, gostou de Rommel desde o momento em que o conheceu.

Doze dias após ter inspecionado suas tropas em Trípoli, Rommel começou a avançar para leste e atacou Al-Agheila, na costa, usando tanques; e os ingleses recuaram 50 quilômetros para nordeste. Foi a primeira vitória de Rommel, que usou suas duas ferramentas preferidas sobre o inimigo. Lançou mão tanto da velocidade como da surpresa. Também sobrevoou a batalha em seus estágios iniciais a fim de ter uma melhor perspectiva das coisas e, por volta do meio-dia, estava ao lado de suas tropas, combatendo com seu próprio tanque. A batalha foi vencida no final da tarde. A 10 de abril, os ingleses foram forçados a recuar todo o caminho até Tobruk, onde firmaram os pés. Recusaram-se a renunciar a Tobruk e avisaram que não se importariam com o preço a ser pago. No Cairo, Audrey e Charlie ouviam as histórias e começavam a se preocupar com a possibilidade de Rommel ser bem-sucedido ali. Ele era um soldado poderoso em muitos aspectos e os dois ficaram profundamente impressionados com ele. Era assustador pensar que ele avançava sobre eles agora. A cada dia que passava, aumentavam as lendas que o cercavam. Rommel usava os óculos de proteção contra o deserto de um oficial britânico, presa de guerra que ele recolhera no chão após uma batalha vitoriosa; e estava sempre pilotando seu próprio avião para ter uma melhor visão do campo. Lutava ombro a ombro com seus homens, em tanques e a pé, assim como no ar. Pelo o que os soldados desengajados diziam, ele parecia estar em todas as partes e tornou-se óbvio que o *Afrika Korps* era uma força que merecia respeito e que, nova ou não, era composta, sem dúvida, por alguns de seus melhores soldados.

As batalhas com Rommel pareciam arrastar-se por meses, ao passo que os ingleses tentavam sustentar Tobruk, com Rommel combatendo-os pela cidade. Charles chegou a ir lá uma vez, levado de jipe durante uma madrugada, com uma pequena força enviada pelo general Wavell. Agora todos tomavam o máximo cuidado. Cobriam os rastros que deixavam na areia do deserto e chegavam ao ponto de retirar o pára-brisas de modo a não haver nenhum reflexo. Aprendiam alguns dos truques do próprio Rommel, que agora parecia conhecer todos. Charlie ficou chocado com a dureza da batalha, com a quantidade de homens perdidos e com o modo como tudo parecia inútil, em certos momentos. Mas os britânicos não cederiam a Rommel.

Pior ainda, o clima agora já não estava a favor. Acabaram

os meses do suave inverno e agora as chuvas dificultavam as manobras com os tanques, depois surgiram os meses secos com as brutais tempestades de areia e muralhas de pó fino, que penetravam em toda parte e a todos cegavam, tanto aos ingleses como aos alemães, até que todos sufocavam com a miséria dessas areias. As tempestades de areia eram tão violentas que tombavam os caminhões militares. Os capacetes foram abandonados e as cabeças passaram a ser enroladas, a água tornou-se mais preciosa do que antes e em toda parte pernilongos picavam as pessoas. Uma vez distante dos luxos do próprio Cairo, o campo de batalha era um lugar miserável, com soldados que se perdiam nas tormentas de areia e morriam ao perambular sem destino, ou morriam de fome dentro dos tanques. De fato, no início de abril, seis generais ingleses que se confundiram nas nuvens de poeira entraram sem saber em um acampamento alemão e foram aprisionados.

Rommel e o *Afrika Korps* avançaram a uma distância de 100km de Alexandria; agora ele passava o tempo todo voando em aviões de reconhecimento, mas os britânicos se aferraram em Tobruk e Charlie ficou contente por, enfim, voltar ao Cairo e encontrar Audrey à sua espera, aliviada por ele estar bem. Audrey voou para seus braços quando Charlie galgava os degraus do hotel. Ela estava sentada no terraço, como sempre, com amigos, fazendo o tempo passar enquanto esperava notícias dele e, de repente, lá estava Charlie e ela ria, chorava e beijava seus olhos, faces e a barba, enquanto ele a girava nos braços.

— Garota maluca, o que você andou aprontando desde que parti?

— Só fiquei à sua espera, meu amor. — Audrey sorriu para os olhos, que ela tanto amava. — Eu estava morta de preocupação.

— Eu sou invencível, meu amoı, assim como a frota britânica.

Mas relatos recentes desmentiam essa afirmação. Os submarinos estavam cobrando um alto preço aos navios ingleses e Audrey fitou Charlie, preocupada.

— Fiquei preocupada com você cada minuto em que esteve fora.

— Isso é uma tremenda perda de tempo, Aud — ela seguiu-o para dentro do hotel e os dois subiram para o quarto. — Temos sobrevivido a tudo que já nos aconteceu e vamos sobreviver a essa guerra. E pense em como somos sortudos. Estamos juntos aqui, garota, não como a pobre Vi que agora quase não vê James mais.

— Eu sei... mas prefiro os dias em que a coisa mais perigosa que você faz é pedir um uísque duplo com soda, às cinco horas, no terraço — ela sorriu e Charlie deu uma risada e, com um giro de seus braços fortes, atirou-a em cima da cama; nessa noite, não tornaram a descer.

Ficaram deitados na cama confortável e Charles contou como estava Tobruk. Os dois conversaram, fizeram amor e cochilaram até o amanhecer, quando ele levantou-se, tomou um banho e voltou ao quarto para olhar a figura adormecida de Audrey. Parecia um anjo que caíra do teto esculpido na cama dele, e Charles pensou na sorte que eles tinham... e em como era sortudo... em seguida, voltou à cama, em silêncio, e tornou a passar a mão na pele fresca de Audrey. Só de estar no mesmo quarto que ela Charlie se sentia diferente, Audrey mexeu-se e abriu um olho para fitá-lo, sonolenta.

— Que maneira gostosa de acordar, meu amor... — esticou os braços e puxou-o contra seu corpo, beijando-lhe o pescoço, o peito e depois os lábios, de olhos fechados, o corpo e a alma nas mãos dele, sempre faminta por ele.

Os britânicos contra-atacaram em junho de 1941, com a esperança de fazer os alemães recuarem, mas o general Wavell fracassou e foi substituído pelo homem, carinhosamente chamado de *O Auch.* O general Auchinleck reorganizou a força do Deserto Ocidental e colocou o general Cunningham no comando. Os dois levaram quatro meses para reunir todas as forças e fazer Rommel recuar. No final, encontraram Rommel em Forte Madalena, a 18 de novembro, e em uma semana ficou claro que o general Cunningham não se sairia melhor onde Wavell fracassara. A 26 de novembro, *O Auch* retirou Cunningham. No dia 13, Rommel voltou a sitiar Tobruk, decidido a tomar a cidade, sem se importar com o custo. E dessa vez Charlie soube que teria que voltar para relatar o cerco. A batalha era importante demais para ser noticiada a partir do terraço do Shepheard ou do Gezira Sporting Club. Em muitos aspectos, aquele foi um posto tranqüilo para ele. Charlie e Audrey iam jantar fora todas as noites e, com freqüência, acompanhavam os amigos aos clubes noturnos. Mas agora ele não poderia fazer isso e Audrey ficou perturbada ao vê-lo arrumar a mochila que levaria para o campo.

— Você vai voltar a Tobruk, não vai? — os olhos de Audrey estavam arregalados de medo e Charlie assentiu, olhando para ela. Nesse mesmo dia, mil homens tinham sido perdidos e *O Auch* prometera levá-lo para lá, de qualquer forma. — Não quero que você vá — sua voz foi um sussurro no quarto silencioso.

— Eu sou obrigado, Aud. É por isso que estou aqui.

— Mas, em todo caso, é tão estúpido morrer por uma batalha que já vem durando meses. Pelo amor de Deus, eles estão combatendo por Tobruk desde a primavera passada. E você já esteve lá uma vez.

Charlie sorriu, amável.

— Você sabe que sou obrigado, Aud.

— Mas que droga, por que não pode ir um outro qualquer? Há um milhão de outros correspondentes por aqui e, pelo amor de Deus, essa não é uma missão de espionagem que ninguém mais possa cumprir. Qualquer débil mental pode relatar um sítio.

— Neste caso, acho que esse débil mental aqui terá que fazer isso — ele tomou-lhe as mãos, com delicadeza. — Não se preocupe, Aud. Estarei muito bem e volto em poucos dias.

— E se eles o fizerem prisioneiro? — de repente, Audrey ficou aterrorizada. Alguma coisa lhe dizia que Charlie não devia ir a Tobruk dessa vez.

— Ninguém me quer, a não ser você, sua solteirona.

— Estou falando sério — agora os olhos dela estavam cheios de lágrimas. E com uma boa razão. Aquilo já acontecera antes.

Charlie foi amável porém firme e partiu de madrugada, enquanto Audrey dormia. Seria árduo chegar lá e mais árduo ainda infiltrar-se por trás das linhas, mas Charlie conseguiu e relatou a batalha com toda diligência. Já se encontrava lá havia quase quatro dias; no momento em que virou-se de costas para passar o cantil a fim de que um ferido bebesse um pouco da água que restava, ouviu uma súbita explosão que jogou-o ao chão, e uma dor lancinante subiu por suas costas. A próxima coisa de que se lembrava era de estar caído de rosto no chão e de pessoas conversando acima. Depois disso, tudo escureceu e houve um calor intenso, depois ficou muito frio, e a dor era excruciante, enquanto ele se debatia durante o que pareceram ser dias, até que se encontrou em uma barraca, em algum lugar atrás das linhas. Alguém dissera que havia beduínos nas proximidades e Charles se perguntou se teria sido atacado por um deles, ou talvez estivesse nas mãos dos alemães... não sabia de coisa alguma... e foi como se se passassem anos até que alguém chamou seu nome e Charlie pensou ter ouvido a voz de Audrey, embora não pudesse ter certeza. Não podia ter certeza de coisa alguma, exceto da terrível dor nas costas, que se irradiava pelas pernas.

— Charlie?... Charlie... querido... — foi como uma eternidade até conseguir abrir os olhos e, quando o fez, Audrey o encarava. Charlie se encontrava no Hospital Britânico do Cairo. Uma matrona com um uniforme engomado estava ao lado, em toda parte homens gemiam e Charles descobriu que era um deles. — Está tudo bem, querido. Você está a salvo agora...

Passaram-se dias até que ele recuperasse os sentidos a ponto de ela poder explicar. Charles foi atingido por estilhaços de granada ao virar-se para dar de beber ao homem.

— Algum dia eu vou voltar a andar? — perguntou em um tom sombrio, deitado de rosto para baixo, na cama do hospital; Audrey sorriu para ele.

— Vai... mas não pode se sentar... — e, então, ele compreendeu onde eram as dores, mas não achou engraçado, por mais que todos os outros achassem divertido. Fora atingido nas nádegas. — Pelo menos não vai aparecer nos jantares — Charles sorriu corajoso para Audrey, mas ainda se sentia miserável por causa do ferimento e da longa viagem de volta desde as linhas inimigas.

— Como estamos indo por lá?

— De modo genial. Tivemos uma importante vitória. Rommel foi repelido ontem — mas algo mais importante acontecera nesse meio-tempo. — Charlie... — Audrey tentou despertá-lo do torpor em que estivera até então devido à febre e às drogas. — Ontem os japoneses bombardearam Pearl Harbor — seu tom de voz revestia isso de uma tremenda importância. Charlie tentou concentrar-se e ao mesmo tempo olhar para ela.

— Onde fica isso?

— No Havaí. — Charlie ainda não sabia ao certo o que isso significava, mas Audrey explicou rápido. — Agora a América está na guerra. Roosevelt declarou guerra aos japoneses. Chamou o ataque de um "dia de infâmia", e com razão.

Era o lugar onde Audrey nasceu e, de uma certa forma, só de pensar nisso, sentiu-se mais próxima de casa, mas Charlie adormecia de novo. Estava doente demais para compreender direito. Só uma semana depois esteve em condições de conversar sobre isso com Audrey, que estava deitada ao seu lado na cama do hospital.

— Bem, agora vocês estão metidos na coisa conosco.

Audrey fez uma carranca para ele.

— Eu estive o tempo todo.

— Você, mas seus compatriotas sem dúvida não estavam. Lembra daquele maldito discurso que Lindbergh fez em Des Moines, em setembro, em que ele exortou os Estados Unidos a não se envolverem na guerra? E não há dúvida que Roosevelt não tinha a menor pressa de entrar na guerra, até que jogaram uma bomba na porta dos fundos dele. Há anos que ele podia ter-nos ajudado.

— Bem, pelo menos agora você tem essa ajuda. Ou algum outro terá.

Audrey sorriu. Eles iriam para casa dentro de poucos dias, quando fosse seguro pegar um vôo e quando Charlie estivesse recuperado o bastante para entrar em um avião. Ainda havia algo que ela precisava dizer. Os dois combinaram que iriam ao campo visitar Vi e passar o Natal por lá, com Molly, caso houvesse um quarto disponível. Era o lugar ideal para a recuperação de Charlie, mesmo assim, quando partiram, ele queixou-se amargamente. Charles desejava permanecer na África do Norte até o derradeiro fim. Foi inflexível em relação a isso até o embarque no avião e, então, pareceu relaxar. De repente, começou a pensar nos prazeres dessa viagem ao país natal para ver Violet, James, Molly, e virou-se para Audrey com um sorriso; então, notou, pela primeira vez, como ela estava pálida. Audrey não estava com uma aparência nada boa. Ficara trancada em casa durante semanas para cuidar dele e seu bronzeado se dissipara, mas além disso Charlie podia ver que ela não se sentia bem e se consumia pela culpa por não ter notado antes.

— Há quanto tempo você está desse jeito?

— De que jeito? — ela fingiu inocência, mas percebeu que Charlie a flagrara. Enfim. Audrey escondera isso durante um longo tempo. Estava com quase três meses de gravidez.

— Você está pálida. Está se sentindo bem?

Audrey sorriu. Podia contar para ele. Os dois estavam indo para casa, não havia o perigo de ela ficar sozinha novamente.

— Eu me sinto ótima .. levando-se em consideração que... — agora ela o provocava e Charlie parecia perturbado.

— Levando-se em consideração o quê?

— Levando-se em consideração o fato de eu já estar com quase três meses de gravidez.

— Você está o *quê*? — olhou fixo para ela, atordoado. — E não me contou? Você devia ter ficado de cama esse tempo todo.

Nenhum dos dois esquecera o aborto do ano anterior. Mas Audrey se consultara com um médico no Cairo e este apenas lhe dissera para ir com muita calma. O que ela fez. Audrey tomava cuidado, mas, claro, não ficou de cama e não tinha a menor intenção de fazê-lo agora.

— Você ficou maluca? — mas o choque e a raiva de sua voz dissiparam-se em prazer, quando ele olhou, com ternura, dentro dos olhos dela. — Sua vagabundinha cheia de segredos... — Charlie beijou-a. — Eu te amo — pousou a mão suave sobre a barriguinha de Audrey e fitou-a com os olhos felizes. — Já dá para você sentir o menino?

— Como você sabe que é um garoto? — o primeiro era, mas este era um assunto que ela não gostava de pensar.

— Molly precisa de um irmão.

Os dois sorriram e ficaram de mãos dadas, enquanto o avião aterrissava. Nessa noite tomaram o trem para ir à casa de *Lord* Hawthorne e Vi os esperava com sanduíches e chocolate quente. Audrey e Charlie foram dar uma espiada em Molly. Audrey sentou-se na beirada da cama e acariciou-lhe os cabelos, com lágrimas rolando pelas faces. Levantou o olhar para Charlie, com um sorriso, e este reclinou-se e beijou as duas. Era bom estar em casa... melhor ainda agora que ele sabia do bebê.

Capítulo 42

A companhia de Molly, Vi e as crianças era boa demais para ser interrompida, mas, tão logo sentiu-se capaz de viajar sozinho, Charles insistiu em embarcar no trem para Londres.

— Por quê? Você não tem nada a fazer por lá. — Já era quase Natal, e Audrey odiava ficar longe dele, mesmo que fosse apenas por um minuto, em especial agora. Queria ficar agarrada nele o tempo todo e ambos sabiam que era por causa do seu estado. Ainda não tinham contado para Molly. Achavam que ainda era cedo demais e queriam estar seguros de que Audrey não perderia o bebê e Molly se desapontasse. — Aonde você vai, Charles?

— Tratar de alguns negócios, só isso — não desejava falar nada com ela até conversar com Charlotte. Com o delicado estado de Audrey, ele não queria que ela passasse a nutrir esperanças. — Vi, fique ao lado dela hoje. Não deixe que ela faça nada.

— Não deixarei — Violet já passara por aquilo antes e faria qualquer coisa para impedir que ocorresse outra desgraça. Vi balançou o dedo para a amiga e Audrey riu, perguntando-se aonde Charles iria. Ficaram ocupadas a tarde inteira e Charlie acomodou-se no trem, pensando no que diria a Charlotte. A viagem de trem era desconfortável, mas Charles seria capaz de andar em cima de carvão em brasas para chegar ao lugar aonde se dirigia.

O trem parou na estação quando faltavam exatos cinco minutos para as 16 horas. Charlie saiu mancando, apoiado nas muletas, e chamou um táxi. Disse ao motorista o endereço de seu editor e sentou-se tenso no assento traseiro. Nem sentia a dor de seu ferimento de tão concentrado que estava. Agradeceu ao motorista e deu-lhe uma bela gorjeta antes de sair apressado, o mais rápido que podia com as muletas. Entrou no escritório familiar e deteve-se ao lado da escrivaninha da secretária. Decidira que seria melhor não telefonar antes para marcar hora, mas sim surpreendê-la. Nesse momento, a moça levantou o olhar para ele; era nova e, embora o rosto lhe fosse conhecido, não sabia quem ele era. Quando Charlie perguntou por Charlotte, a secretária perguntou seu nome.

— Por favor, tenha a gentileza de dizer que é o marido dela — Charles deu um sorriso delicado e a moça pareceu totalmente surpresa. Ninguém jamais lhe dissera que a Sra. Parker-Scott tinha um marido. A secretária supunha que ela fosse viúva ou divorciada; mas, nesse momento, foi apressada ao escritório de Charlotte para dizer-lhe que seu belo marido tinha retornado da guerra. Estava ansiosa para dar a notícia, muito mais do que Charlotte para recebê-la. Em seguida, a secretária saiu, o rosto avermelhado, para explicar que a Sra. Parker-Scott estava ocupada e que, por favor, ele fizesse a gentileza de telefonar para marcar hora. — Claro — Charlie sorriu para ela e caminhou na direção da porta do escritório de Charlotte, enquanto a moça ofegava.

— Não... não... o senhor não pode!

— Está tudo bem — e fechou a porta sem fazer ruído, depois que entrou. Então deteve-se e olhou para Charlotte.

— Olá, Charles. — Charlotte estava fria atrás da escrivaninha, deu um rápido olhar nas muletas e depois no rosto de Charlie. — Foi ferido?

— Má sorte para você. Só de leve.

— Nunca lhe desejei nenhum mal — ela estava bem penteada e arrumada como sempre.

— Acho que não concordo com você nesse assunto — aproximou-se e sentou-se desajeitado diante dela, sem em nenhum momento desviar o olhar dela. — Vim aqui para conversar sobre um negocinho com você.

Por um breve momento, Charlotte demonstrou um ar de aborrecimento, depois deu de ombros.

— Não vai lhe fazer nenhum bem, se é que você tenciona discutir o que estou pensando. Ou quer conversar sobre seus livros?

— Nem um pouco. Como você sabe, eu trato disso com seu pai. Não, pensei em termos uma conversa sobre o nosso divórcio.

– Não desperdice seu fôlego, Charles. Não haverá qualquer divórcio.

— Não? — sorriu com malícia. — Suas amigas não são contra isso, Charlotte? Eu pensava que elas ficavam aborrecidas com o fato de você ser casada.

Os olhos de Charlotte brilharam de suspeita.

— O que as minhas amigas têm a ver com isso?

— Não sei. Por que você não me conta? Na verdade, acho bastante interessante que você esteja tão ansiosa assim para ocultar a sua homossexualidade sob o manto de mulher casada e respeitável — se tivesse coragem, Charles teria dado uma gargalhada.

Charlotte ficou com cara de quem sufocava, atrás da escrivaninha, e ergueu-se a meio na cadeira, o rosto primeiro pálido, e depois vermelho, quando tornou a sentar-se pesadamente.

— Como você ousa insinuar tal coisa?! Como *ousa*! Você e essa mulher medonha com quem tem vivido todos esses anos, como se atreve a tentar me enlamear dessa maneira... — mas sua expressão era de extremo nervosismo.

— De forma alguma. — Charles continuou calmo. — Não acho que isso seja tão chocante assim. Estou surpreso por você não ser mais honesta quanto a isso. Mas você nunca foi muito forte nesse ponto, minha querida, foi?

— Saia de meu escritório! — ela levantou-se e apontou para a porta, mas Charles não se mexeu.

— Receio que não vou sair, Charlotte querida. Não vou à parte alguma até acertarmos isso.

— Você não tem nenhuma prova... — ela começava a gaguejar e ele preparou-se para dar o golpe mortal, com uma mentira maior ainda do que a dela.

— Acho que tenho sim. Mandei que você fosse seguida nesse último ano... bem, você sabe o resto... — fitou-a com olhos duros como aço, enquanto Charlotte esticava os braços para o outro lado da escrivaninha, como que para agradá-lo, mas Charlie evitou-a com facilidade e agarrou-lhe o braço com firmeza.

— Seu canalha — ela estava chorando, mas Charlie não sentiu a menor pena. Charlotte tentara arruinar sua vida e ele não deixaria que ela arruinasse a de Audrey.

— Por que não entramos direto no assunto, Charlotte? Estou gostando disso tão pouco quanto você. Eu quero o divórcio. *Agora!*

— Por quê?

— Isso não é, em absoluto, de sua conta. Mas você tem muito o que arriscar. E se você não cooperar, começarei por contar a seu pai, aliás ficarei contente em mostrar a ele os relatórios que tenho. — Charlotte empalideceu com essas palavras. — Depois estragarei sua reputação em toda Londres.

— Isso é uma calúnia!

— Só se for mentira... coisa que não é!

De repente, Charlotte esvaziou-se como um balão furado e fitou-o com ódio.

— Você é um grande filho da puta... — sua voz sumiu e Charlie balançou a cabeça.

— Acho que tenho sido um bom esportista em relação a isso, durante anos, mas agora a brincadeira acabou, Charlotte. — Levantou-se, ajustou-se nas muletas e encarou-a com olhos frios. — Ficou bem claro para você? Posso mandar meus advogados telefonarem?

— Pensarei no caso — mas ela blefava e os dois sabiam disso.

— Você tem até amanhã de manhã. Depois disso, farei uma visita ao seu pai... com meus relatórios...

— Saia de meu escritório! — Charlotte tremia da cabeça aos pés e Charles inclinou a cabeça para ela, com um sorriso amargurado.

— Com todo prazer.

Quando saiu, sorriu para a secretária e retornou à sua casa vazia, que não via há um ano e meio. Nessa noite, telefonou para Audrey e prometeu voltar na tarde do dia seguinte. Dormiu bem essa noite, até que começaram a soar as sirenes. Nessa época, os ataques aéreos estavam bem encarniçados e Charlie ouviu dizer que vários quarteirões tinham sido destruídos, com muitas perdas de vidas humanas. Quando retornou à casa, descobriu que várias janelas estavam quebradas. Fechou-as com tábuas, depois tomou um banho, vestiu-se e foi ver Charlotte.

A mesma secretária estava sentada lá, com o rosto estupefato, e ao vê-lo entrar, fitou-o desanimada. Só Deus sabia o que Charlotte mandara-a dizer. Agora ele conhecia todas as artimanhas dela.

— A Sra. Parker-Scott está à minha espera — era apenas uma meia-verdade, mas a moça balançou a cabeça com um ar de horror.

— Ela não pode recebê-lo.

— Eu tenho certeza que pode — ele avançou para a porta como fizera no dia anterior e a moça correu em sua direção balançando a cabeça.

— O senhor não pode entrar. O Sr. Beardsley está aí dentro...

— Está tudo bem. Ele é meu sogro — deu um sorriso radiante para a moça e entrou, coxeando o mais rápido que pôde com as muletas. Sabia que a presença do pai enervaria Charlotte ainda mais e ela concordaria mais rápido com o que ele queria. Levava uma pasta debaixo do braço para convencê-la de que tinha os tais relatórios que mencionara.

Mas Charles não estava preparado para a cena com que se deparou no escritório de Charlotte. Ela não podia ser vista em parte alguma e o próprio Beardsley estava sentado à escrivaninha, com o rosto escondido nas mãos. Nesse momento, Charlie perguntou-se se ela teria contado para o pai, por medo que ele o fizesse. Beardsley levantou a vista e seus olhos eram poços de desespero sem fundo e, por um instante, Charlie sentiu pena dele.

— Olá. — Charlie não soube que outra coisa dizer, quando seus olhos se encontraram e o outro homem acenou.

— Eu não sabia que ela tinha um encontro com você — deu uma rápida olhada na agenda da filha, como se isso fizesse alguma diferença. — Mandei que eles telefonassem para todos os outros.

— Ela está doente? — Charlie pareceu surpreso.

— Você quer dizer que ainda não sabe? — Charlie balançou a cabeça, mudo. — Ela morreu no ataque aéreo de ontem à noite. O maldito cachorro correu para fora de casa, ela foi atrás dele e uma viga esmagou-a — começou a chorar e Charlie compadeceu-se do outro. O pai a adorava, por mais que ela pudesse ter sido canalha com Charlie. — Levaram-na para o hospital assim que puderam, mas... — olhou para Charlie, com uma expressão deplorável. — Ela morreu hoje de manhã.

— Eu sinto muito.

Beardsley acenou com a cabeça.

— O que você queria? Pensei que vocês já não se falassem mais.

— Agora não tem mais importância — nesse momento, Charles sentiu-se embaraçado... não é nada, eu só vim aqui para chantagear sua filha, senhor... sentiu-se repugnante e ansioso para fugir. Mas esteve tão ansioso para acertar tudo. Agora já não parecia tão terrível nem importante. Não gostava de Charlotte, mas gostou no passado, havia muito tempo, e foi essa lembrança que lhe veio à mente nesse momento. — Sinto muito, senhor. Há alguma coisa que eu possa fazer?

Beardsley balançou a cabeça, depois olhou pensativo para Charlie, com as lágrimas ainda em seu rosto.

— Nunca compreendi o que aconteceu entre vocês dois. No princípio, fiquei com muita raiva de você, mas ela sempre disse que a culpa não era sua. Acho que foi decente da parte dela.

— Muito decente. — Charlie concordou, sufocado com a palavra, mas que, em todo caso, foi dita por causa do pai. — Foi algo que aconteceu só entre nós dois — o pai fez um aceno de cabeça. — Por favor, avise-me se houver alguma coisa que eu possa fazer. Deixarei o número de meu telefone com a moça da recepção.

Beardsley tornou a assentir e Charlie saiu da sala. Estava com o rosto pálido quando saiu e seus olhos encontraram os da jovem secretária.

— Eu tentei contar para o senhor.

— Está tudo bem.

Charlie anotou rapidamente o número do telefone da casa de *Lord* Hawthorne em um pedaço de papel. Pegou um táxi para voltar à estação e, ao cair da noite, estava de volta no campo. Entrou silencioso na enorme sala de jantar do barão, perguntando-se onde estariam os outros. A viagem de trem fora longa e tranqüila, com os pensamentos rememorando a época em que se casou com Charlotte, o motivo e a mentira que ela contara sobre o bebê. Após tantos anos de ódio que sentia por ela, de repente não sentia nenhuma raiva mais. Só desejava deixar a história para trás e se casar com Audrey; e sentia muita pena do velho Beardsley.

— Charles, é você? — *Lady* Vi saiu da biblioteca, usando um avental e trazendo na mão um enfeite de Natal. — As crianças estavam decorando a árvore, que ficou maravilhosa — e, então, notou o ar de cansaço em seus olhos. — Algo errado? — estava sempre preocupada com James, sempre preocupada que outro soubesse de algo antes dela.

— Nada, foi apenas uma viagem chata de Londres até aqui.

Violet fez um aceno de cabeça, aliviada, e ofereceu uma xícara de chá para Charles.

— Ela está bem. Até tirou um cochilo hoje à tarde. Depois que eu ameacei contar para você caso ela não dormisse.

Charles seguiu-a até a cozinha e encontrou Audrey por lá. Quando ela olhou nos olhos dele, soube que alguma coisa tinha ocorrido.

— Qual é o problema?

— Nada. Por quê?

— Você está com cara de cansado.

— Eu estou cansado — Charles balançou as muletas ao se sentar. — Essas coisas aqui não facilitam a vida.

Ambos sabiam que se passariam meses até ele poder abrir mão das muletas. Seu nervo ciático, atingido por um estilhaço, não fora danificado para sempre, disseram-lhe, mas levaria um longo tempo até ficar curado. De certa maneira, Audrey ficou contente. Queria Charles ao seu lado até o nascimento do bebê.

Mas ela ainda o fitava com olhos indagadores, enquanto ele bebia o chá.

— O que você está escondendo de mim, Charles? — estava preocupada que pudesse ser outra missão de espionagem; no entanto, com o ferimento dele, não parecia provável.

Charles riu da insistência.

— Mata Hari — então, tomou a decisão de contar. Vi estava ocupada de novo com as crianças e eles podiam contar-lhe mais tarde. — Charlotte morreu ontem à noite.

Por um instante, Audrey ficou atordoada, sem absorver por completo as implicações.

— Como você sabe?

— Fui vê-la ontem.

— Para quê?

— O que tínhamos conversado antes. O duro da coisa é que fui lá para chantageá-la e obter o divórcio. Fingi que mandei alguém segui-la durante o último ano — agora não sentia orgulho disso, mas, se ela estivesse viva, essa seria a única maneira de Charles sair do casamento.

— O que ela disse? — Audrey falou calma, ainda chocada com a notícia.

— Charlotte ficou lívida e claro que ia concordar com o divórcio. Ela disse que precisava pensar no assunto, o que foi um blefe. Quando voltei lá hoje, encontrei o pai dela no escritório e ele me contou... — Audrey estendeu a mão e tomou a dele, supunha corretamente que ele se sentia muito mal com o que tinha feito e, no entanto, não tinha outra opção. Só ficava terrível quando se via a coisa depois. Quem poderia saber que ela morreria na noite anterior? — Ele estava muito perturbado e eu me senti um completo filho da puta.

Audrey balançou a cabeça.

— Está tudo bem, Charles... você não podia fazer nada. Foi esse o motivo pelo qual você foi a Londres?

— Foi — suspirou. — Em todo caso, o resultado final foi o mesmo. Na verdade, por mais terrível que pareça, foi melhor assim. É mais fácil. Quero casar com você o mais rápido possível — os dois trocaram um sorriso.

— Você acha oportuno?

— Está falando sério? Nessas circunstâncias, seria ridículo eu fingir que estou de luto. Eu mal a conhecia e ela fez o possível para arruinar a minha vida. Não devo a ela nem um dia de luto — embora, em todo caso, sentisse pena dela, ou pelo menos do pai. Charles olhou no fundo dos olhos de Audrey. — Quer casar comigo, Aud?

— Você sabe que quero.

— Quando? — ele não queria esperar nem um minuto mais.

— Agora... amanhã... na semana que vem, quando você quiser — Audrey sorriu.

Esperaram James voltar para casa e se casaram no dia depois do Natal. Tanto *Lord* Hawthorne como James foram padrinhos de Charles e Vi foi a madrinha. Molly foi a dama de honra e Alexandra e James fizeram parte da festa de casamento. Foram núpcias encantadoras em um dia claro, ensolarado e frio e Vi emprestou a Audrey um lindo vestido branco de lã fina, que era um pouquinho grande para ela, mas que ocultava perfeitamente a protuberância da barriga que crescia. Nessa noite, Audrey e Charles deitaram pensando em como tinham ido longe e no quanto se amavam.

Ficaram sussurrando no escuro e, depois que fizeram amor, Charlie envolveu-a com o braço e os dois ficaram deitados olhando o luar, agradecidos por estarem longe dos ataques aéreos de Londres.

— Quero que você fique aqui até o bebê nascer.

Audrey não gostava da maneira como ele falava da guerra, e fitou-o preocupada.

— Você não vai ficar, também?

— Ficarei o tempo que puder. Só que mais cedo ou mais tarde eles vão querer me mandar de volta, para o Cairo ou para outro lugar.

— Basta que você diga para eles esperarem seis meses.

— Trate de relaxar. Nada importa, eu estarei aqui — foi uma promessa que Charles esperava poder cumprir. Não queria que ela passasse por mais nada sem que ele estivesse presente e, com sorte, o bebê nasceria no final daquela licença por ferimento. Charles não desejava ficar mais tempo em casa. — A propósito, como vamos chamá-lo?

— Que tal Edward em homenagem ao meu avô?

Charles gostou do som do nome e puxou-a para mais perto.

— Eu gosto. E que tal Anthony em homenagem ao meu? Edward Anthony Parker-Scott.

— Edward Anthony Charles... — acrescentou com um sorriso e adormeceu nos braços dele. Era tão maravilhoso estar casada.

Capítulo 43

Os dias pareciam arrastar-se depois do Natal, mas Audrey sentia-se mais saudável do que se sentira em anos. Os dois faziam longas caminhadas pelo campo e Charles dava a impressão de estar ficando mais forte. Ele era obrigado a se apresentar ao hospital militar mais próximo uma vez por semana, mas eles pareciam contentes com seus progressos. E o bebê dava a impressão de estar bem. Audrey ficava maior a cada semana que passava e, na primavera, Charles provocou-a dizendo que ela estava desajeitada. Ela quase não tinha o que vestir assim, Charles levou-a a Londres a fim de inspecionarem sua casa e a de Vi, e comprar algumas roupas que Audrey pudesse usar quando ficasse mais gorda. Quando voltavam, sempre levavam presentes para Molly e as outras crianças. Molly estava uma linda menininha e se animava com o bebê que chegaria no próximo verão.

— Como ela vem, mamãe? Uma fada vai deixá-la no jardim?...

— Bem, não, não é bem assim... Eu e papai teremos que ir ao hospital para conseguir o bebê. E, sabe, pode ser um menino — Molly sempre se referia ao bebê como sendo "ela", assim como Charlie tinha certeza que seria um menino. — Talvez um menino também seja bom.

— Hum... — Molly não pareceu impressionada. — Talvez. Depois que o bebê nascer, papai terá que voltar para a guerra? — estava com um ar de preocupação e Audrey abraçou-a, enquanto concordava.

— Sim, querida, ele terá que voltar. Assim como o tio James.

— E você também?

Audrey balançou a cabeça.

— Ficarei aqui com você e o bebê.

Molly ficou aliviada com a resposta. Superara bem a ausência deles, mas preferia tê-los em casa, o que era compreensível. Audrey tinha plena consciência das saudades que Alexandra e James sentiam do pai. Charlie tentava compensar brincando com eles, levando o pequeno James em passeios de carro e até ensinando-o a dirigir na camionete Chevrolet, mas nada igualava-se à alegria deles quando James ia passar fins de semana ocasionais em casa.

James voltou para casa na época da Páscoa e Vi organizou para todos uma caça ao ovo. Escreveu frases engraçadas nos ovos e escondeu pequenos prêmios e guloseimas em lugares óbvios. Então, Audrey já estava com mais de seis meses de gravidez e Charlie brincou com ela dizendo que a esconderia na condição de prêmio maior. Ela era o maior ovo de todos e Charlie adorava sentir o bebê mexer-se quando colocava a mão na barriga de Audrey.

— Tem certeza que não são gêmeos?

— Charlie, isso não tem nada de engraçado!

Mas a própria Audrey foi obrigada a admitir que estava enorme, e James brincou com os dois dizendo que estavam em lua-de-mel com Audrey "naquele estado". Todos estavam aliviados por, enfim, Audrey e Charlie conseguirem casar.

Foi uma época pacífica e feliz, uma pausa na guerra, e Audrey só ficou pesarosa ao receber uma carta de Annabelle informando que o marido morrera no Pacífico. Audrey sentou-se para escrever uma longa e séria carta para a irmã, mas duas semanas depois Annabelle tornou a escrever. Casara-se com um oficial da marinha em San Diego. Audrey ficou chocada. Annabelle era mesmo uma moça estranha, e Audrey pôde imaginar como ela estaria comportando-se mal com os militares de San Francisco. Isso deixou-a muito preocupada, mas Charlie lembrou-a que não havia coisa alguma que ela pudesse fazer. Audrey foi obrigada a admitir que havia muitos anos que não se sentia próxima da irmã. Agora a sua vida era ali, na Inglaterra, e quase parecia uma tolice manter um pseudo-interesse nas casas de Tahoe e San Francisco, a não ser pelo fato de estar contente por deixá-las para Annabelle, que dava a impressão de querer continuar morando lá. O novo marido já embarcara e Annabelle retornou à casa da California Street com as crianças, que Audrey mal conhecia. O pequeno Winston e Hannah.

— É estranho, não é, a maneira como as pessoas conseguem ser diferentes, até dentro de uma mesma família — Audrey refletiu com Charlie, quando os dois estavam deitados na grama, debaixo de uma enorme árvore, com a imensa barriga de Audrey parecendo uma montanha sob a qual ela jazia, enquanto ele fazia carícias suaves em seus cabelos cor de cobre e a fitava com ternura. Nunca a achou tão adorável como agora.

O telefone tocou quando entraram em casa de mãos dadas. Charlie atendeu, pois Vi tinha saído para comprar mantimentos e Audrey cortava uma maçã para os dois. *Lord* Hawthorne acompanhara Vi e as crianças faziam os deveres de casa com a babá, inclusive a pequena Molly.

— Alô?... sim... não, eu sou Charles Parker-Scott, posso anotar o recado para ela? — houve um longo silêncio e Charlie virou-se de costas para sua mulher. — Eles têm certeza? — falou à meia-voz. — Não se trata de um engano?... quando ficarão sabendo?... compreendo... por favor, liguem outra vez.

Desligou e por um momento não se mexeu, enquanto Audrey o observava. Quando voltou-se para encará-la, seus olhos brilhavam de lágrimas. Não queria contar para Audrey, mas não poderia esconder.

— Oh, Charlie... o que foi?... — mas ela já sabia... no fundo de seu coração, ela soube no momento em que Charlie começou a falar ao telefone. Tratava-se de James. — O que aconteceu?

— O avião de James foi derrubado após um ataque a Colônia. Ele foi dado como desaparecido em missão. Pode estar morto, ou talvez tenha sido feito prisioneiro, eles ainda não sabem. Quando tiverem mais informações, voltarão a ligar para nós. Alguns dos aviões ainda não voltaram.

— Eles têm certeza de que ele não está em um desses?

Charles balançou a cabeça.

— Viram o avião dele cair.

— Oh, meu Deus... — Audrey sentou-se em uma cadeira, segurando a barriga.

— Fique calma, Aud.

Ele foi pegar um copo com água e Audrey bebeu um gole com a mão trêmula. Ambos pensavam em Vi. O segundo telefonema foi dado duas horas depois, no exato momento em que Vi entrava pela porta e corria para atender, como sempre fazia, mas Charlie foi mais rápido.

— Já peguei, Vi — virou-se de costas para ela, como fizera com Audrey na primeira chamada. — Aqui fala Parker-Scott — de repente, ele falou de um modo muito britânico para os ouvidos de Audrey, cerimonioso em demasia. Audrey não queria que aquilo estivesse acontecendo com eles e não sabia o que diriam a Vi... e poderia ter sido com Charles em vez de James... mas ela não queria que fosse com nenhum dos dois... seus olhos encheram-se de lágrimas e Audrey teve que desviar-se, de maneira que Vi não notasse. Charlie desligou rápido o telefone, com o olhar sombrio. Olhou para Audrey e depois para Vi. — Vamos sentar.

Violet enrijeceu-se no mesmo instante.

— O que há de errado, Charles? Diga-me agora — sua voz tremia e Charles levou-a para uma cadeira da cozinha, fazendo-a sentar-se antes de falar.

— Vou lhe dizer o que sei, Vi. O avião de James foi derrubado quando voltava de um bombardeio na Alemanha. Eles atravessaram a França, dentro das linhas de ocupação. E ninguém sabe ao certo se ele foi morto. Simplesmente não existe como sabermos de nada, até termos notícias se ele foi feito prisioneiro ou não... — ou até o fim da guerra, mas isso ele não disse. — Os homens que viram a queda acham que ele pode ter escapado.

O folego de Violet soou como se fosse uma dor física, e todo seu corpo tremia.

— Entendo. Quando aconteceu?

— Hoje de manhã.

— Eles já não teriam que saber?

— Não necessariamente. Talvez levem semanas para saber, ou até meses. Você terá que esperar... e rezar...

Mas seria terrível contar para as crianças.

Foi a própria Vi quem contou e o pequeno James tentou controlar-se, com toda coragem. Depois saiu para chorar nos braços de Charles, enquanto as mulheres ficavam com Alexandra e Molly. Vi segurou sua filha no colo e Audrey segurou Molly. Conversaram sobre Deus, sobre como Ele era bom e o quanto Ele amava o pai deles. Molly observou-as com os olhos arregalados.

— Será que o tio James vai encontrar agora a minha outra mamãe e o meu papai? — ela sabia que tinha nascido na China, que era filha de outros pais; Audrey abraçou-a, com lágrimas rolando por suas faces.

— Talvez, querida. Mas talvez ele volte para casa de novo — e talvez não. O pior de tudo era não saber.

Depois que puseram as crianças na cama, Violet sentou-se olhando para o fogo da lareira, com uma expressão de completo desespero. A coisa mais difícil que tinha feito na vida foi contar para os filhos que o pai podia estar morto. Nesse momento, Audrey estendeu a mão para ela e as duas mulheres ficaram sentadas lado a lado, de mãos dadas, pensando em James.

— Eu ainda continuo achando que ele vai voltar para casa. Não parece uma tolice? — Vi olhou para os dois, enquanto as lágrimas voltavam a transbordar em seus olhos; Audrey disse que queria acreditar na mesma coisa. — Talvez a França Livre o ajude. Ele fala um belo francês... — sua voz sumiu e Violet insistiu em ir levar um conhaque para *Lord* Hawthorne.

Ele se retirara para seu gabinete, pois era orgulhoso demais para chorar junto com os outros, mas Charlie sabia da angústia que ele devia estar sentindo por James.

Já era meia-noite quando todos foram para a cama, mas continuavam esperando o telefone tocar com notícias de James... que ele retornara... que tudo fora um engano... mas o telefone não voltou a tocar nessa noite.

Capítulo 44

Os últimos dias da gravidez foram de uma verdadeira tristeza para Audrey. Charles estava quase bom e começava a ficar inquieto por estar ali. O desaparecimento de James deixou-o ainda mais ansioso para voltar à guerra e fazer algo de útil. Violet estava mais sensível do que antes, embora nos momentos de tranqüilidade insistisse que ainda achava que James estava vivo em alguma parte e não renunciaria à esperança, até que alguém pudesse dizer-lhe com certeza que o marido não sobrevivera à missão. Mas com o passar dos dias tornava-se menos provável que ele tivesse sobrevivido à queda do avião.

Aos poucos, as crianças se ajustavam à realidade, embora talvez não tão bem se Violet tivesse sido capaz de admitir que ele estava morto, ou se soubessem ao certo. Era difícil insistir que a ausência dele em suas vidas era apenas temporária. Todos sentiam muitas saudades, em especial Vi e as crianças.

Audrey ficara tão grande que mal conseguia mover-se e, para piorar as coisas, em junho houve uma forte onda de calor. Ela sentia-se como uma montanha sobre pernas e à noite mal conseguia respirar. Nem conseguia mexer-se quando a criança chutava, empurrava e a socava. Audrey explicou a Charlie que era como ser espancada por dentro; e duas semanas depois da data marcada ela ainda esperava. O médico disse que isso não era incomum e exortou-a a fazer longas caminhadas e dormir muito, sendo que ambas as coisas pareciam impossíveis a Audrey, de tão estorvada que estava, mas tanto Charles quanto Vi forçavam-na a sair para caminhar. E, dezessete dias depois da data marcada para o nascimento, eles estavam andando por ondulantes morros verdes com ela, que se queixava enquanto a instigavam e os três riram de seu enorme inchaço. A chegada do bebê era a única coisa que equilibrava o terrível sofrimento que todos sentiam por causa de James.

— Ei, vocês dois, não vou dar mais nenhum passo, em absoluto. Vocês entendem? Vocês terão que me carregar de volta! Primeiro me fazem comer um enorme almoço, depois me arrastam em uma marcha de oitenta quilômetros! — eles riram e Audrey sentou-se em cima de uma pedra grande, recusando-se a avançar um milímetro. — É *isso*! Se quiserem me levar para casa, terão que conseguir um caminhão — ela fitou Charles, que riu.

— Vai ter que ser um tremendo caminhão... — disse com ar pensativo e Audrey fingiu que ia bater nele.

Mas seu cansaço era autêntico quando voltaram para casa; e as costas a estavam matando. Vi ofereceu um saco de água quente quando Audrey se queixou e depois mencionou que se sentia como se estivesse gripada.

— O que a faz dizer isso? — Vi olhou desconfiada para a amiga.

— Tive uma tremenda indigestão o dia inteiro... e minhas costas estão me matando...

— É mesmo?

Violet deu um sorriso de vitória e, um pouco mais tarde, informou a Charles que suspeitava que o filho dele apareceria em pouco tempo.

— Você quer dizer agora? — Charles ficou em pânico. — Ela já começou?

— Não, não... — Violet sorriu para ele, mas seus olhos já não sorriam como antes... não sem James... — Eu só reconheci alguns dos sinais de advertência. Ela está chegando lá.

— Já era hora.

Charles ficou aliviado, mas assustou-se quando, nessa noite, Audrey começou a reorganizar o quarto do bebê em vez de ir para a cama. Ela insistiu que não tinha tudo que precisava e que só iria para a cama depois de uma da madrugada, quando ele já estivesse dormindo. Mas Audrey simplesmente não conseguia ficar confortável e teve que levantar-se para andar de um lado para o outro. As dores nas costas pioraram e ela sentia dorzinhas importunas em todo corpo. Decidiu tomar um banho quente, mas nem isso ajudou e, então, quando estava na banheira, teve uma forte contração que a deixou ofegante. Ela esperava que a coisa começasse devagar, como os livros diziam, mas a contração foi brutal. Em seguida, quando a dor desapareceu, Audrey perguntou-se se era imaginação sua aquela dor aguda. Sentiu-se melhor de novo e refestelou-se na banheira e, então, quando estava prestes a sair, foi possuída por outra dor violenta e teve que agarrar-se nas torneiras para não gritar nem perder o equilíbrio. A seguir, saiu o mais rápido que pôde, enrolou-se em uma toalha e ia chamar Charles quando sua bolsa d'água rompeu-se, espalhando-se no chão do banheiro. De repente, Audrey sentiu pânico. As coisas não deviam ocorrer dessa maneira. Deviam acontecer de modo ordenado e calmo, indo em um crescente que terminaria com um bebê em seus braços. Achou aquilo dissonante e tentou não pensar no pânico que sentira quando abortou.

Foi acordar Charles assim que pôde. Já passavam das quatro horas, Charles mexeu-se sonolento e depois fitou-a.

— Acho que chegou a hora — mas Audrey não parecia contente. Estava com cara assustada e estendeu a mão para ele. — Charlie... estou com medo...

— Não tenha medo — sentou-se na cama e deu-lhe um sorriso meigo. — Vai dar tudo certo, querida. Vou me vestir. Trate de ficar sentada aqui, depois eu a ajudarei a se vestir — mas antes que pudesse mexer-se, Audrey teve outra contração e agarrou-lhe os braços tentando recuperar o fôlego e, ao mesmo tempo, lutar contra a agonia. Charles ficou chocado com a dor que ela sentia. — Há quanto tempo isso vem acontecendo? — ele perguntou-se por que Audrey não o acordara mais cedo.

— Só tive algumas dores como essa... mas foram... oh, Deus... Charlie... oh... — agarrou-se a ele e não conseguiu falar. Charles ajudou-a a deitar-se na cama, com um ar preocupado.

— Vou ligar para o médico.

— Não me deixe... — já estava tendo outra contração. Era incrível. Já estava em trabalho de parto e as dores começaram apenas meia hora antes.

— Deixe-me apenas telefonar para o médico, em volto em seguida.

No caminho, bateu na porta de Vi, contou o que estava acontecendo, depois correu para o telefone. O médico atendeu sonolento e disse que ia encontrá-los no hospital. Ele falou com toda calma e Charlie invejou-o enquanto voltava apressado para o quarto, onde Audrey, agarrada nas mãos de Vi, sentava-se na cama e com as pernas escarranchadas, lutando contra as dores. Charlie olhou para ela e depois para Violet. Falou primeiro para esta:

— Temos que levá-la para o hospital. — Vi não teve tanta certeza, mas não disse nada, enquanto Charlie corria para o banheiro com suas calças, a camisa e as meias. Em seguida, saiu vestido o suficiente para levá-la ao hospital. Calçou os sapatos e tornou a olhar para Vi. — Vou ligar o carro — mas Audrey balançava a cabeça e fazia frenéticos acenos para ele, que não suportou deixá-la para trás. Charles voltou para a cama e olhou nos olhos dela. Audrey estava muito assustada e sentia dores muito fortes. — Eu me apresso, prometo...

— Não... não vá... eu não posso ir...

Vi odiou assustá-lo.

— Acho que pode ser tarde demais. Torne a ligar para o médico e conte o que está acontecendo. Talvez ele possa vir para cá.

— E ela ter o bebê em casa?

Charles ficou horrorizado. E se alguma coisa desse errado? Ele queria que ela fosse para o hospital, mas algo nos olhos de Vi disse que seria melhor ele lhe dar ouvidos — apenas uma hora depois do início do trabalho de parto, Audrey começou a gritar. Os gritos deixaram-no desalentados, enquanto corria ao telefone e contatava o médico pouco antes de sair de casa. O médico concordou com Vi e disse que iria de carro direto para a casa dos Hawthorne. Cumpriu a palavra e quinze minutos depois estava lá. Nesse momento, o rosto de Audrey estava coberto de suor e ela estava agarrada às mãos de Vi e de Charlie, totalmente fora de si, histérica de dor, enquanto a cabeça do bebê a pressionava. De súbito, Audrey começou a tremer.

O médico entrou calmo no quarto, olhou para Audrey e aproximou-se da cama, olhando nos olhos dela com uma expressão muito severa. Falou alto com ela, mas seu tom de voz não foi indelicado.

— Ouça-me. Seu bebê vai sair daqui a pouco. Agora preste atenção! Quero que você respire fundo... — observou os olhos de Audrey; ficaram perturbados com a contração seguinte. —

Agora! Respire!... — e afastou as mãos de Vi e Charles. — Respire! Uf... uf... como um cachorro... assim! — o médico gritava com ela e Charles estava fascinado, Audrey fazia o que ele mandava e, dessa vez, quando a contração passou, Audrey pareceu satisfeita consigo mesma. O médico mandou que ela respirasse fundo outra vez e depois fechasse os olhos.

Quando sentiu a contração começar sob sua mão que repousava de leve na barriga dela, ele tornou a dar as mesmas ordens. Audrey recuperou o autocontrole quando Charles postou-se ao seu lado, observando-a.

— Agora eu vou examiná-la, Audrey — anunciou o médico, que ordenou que ela ofegasse outra vez e pediu a Charles que segurasse os ombros dela. Mas, nesse momento, ela tornou a se descontrolar por causa da dor do exame. — Não vai demorar muito — ele disse calmo para Charlese e, em seguida, recomeçou a dar ordens para Audrey.

Audrey perdeu a calma uma vez e, nos últimos cinco minutos, só fazia ofegar, empurrar e gritar, mas, em um dado momento, o médico aproximou-se ainda mais e, no final do grito mais lancinante, o médico deu um grunhido de satisfação e lançou um rápido olhar para o rosto de Charlie, quando as lágrimas começaram a rolar por suas faces. A cabeça do bebê tinha aparecido e ele soltou um grito alto, enquanto Audrey fitava Charles, que a olhava e ao bebê entre suas pernas, maravilhado.

— Oh, Deus... oh, querida... ele está saindo... é lindo! — Charles estava hipnotizado.

O médico girou os ombrinhos fortes e saiu o resto do bebê. Alguns momentos depois, este estava deitado na barriga da mãe, olhando para ela; Charlie tocava o filho que desejara durante tanto tempo e os dois choraram. Em seguida, Charlie olhou para Vi, que também chorava e ria com eles. O bebê era a coisa mais linda que ele já vira. E Violet disse isso para o médico, que recuara e parecia contente.

— Tudo isso não passa de métodos novos... para uma arte muito antiga — ele sorriu para Audrey e seu filho. — Você se saiu muito bem, Sra. Parker-Scott. O Dr. Dick-Read ficaria orgulhoso de você.

Ele vinha usando o método do outro com enorme sucesso e Audrey nunca esteve tão radiante, enquanto Charles ajudava a colocar o filho em seus seios, que o bebê sugou suavemente.

Uma hora depois, Audrey estava limpa, penteada e coberta na cama, segurando-o, com Charles sentado ao seu lado, os olhos fixos no milagre que nasceu para os dois. A criança tinha cabelos macios e avermelhados, muito parecidos com os de Audrey, e olhos enormes, mas no conjunto era mais parecida com Charles. A cena era tão terna que Vi achou que devia deixá-los. Quase não podia suportar vê-los daquele modo... não depois que James... sentiu vergonha de si mesma porque estava muito feliz por eles. Eram seis horas, o sol mal tinha nascido, aquele era um lindo dia azul e dourado de julho; então, os pássaros começaram a cantar nas árvores lá fora.

Vi saiu pela porta da cozinha e viu o carro do médico afastar-se; em seguida, viu um outro aproximar-se, um carro velho e todo quebrado, que ela nunca vira antes, com um homem ao volante. Perguntou-se quem seria, não pôde imaginar, e, então, de repente, seu coração parou de bater... não podia ser... soltou um grito que Charles e Audrey ouviram. Charles saiu correndo do quarto para ver o que acontecera a Vi. Ele viu a porta da cozinha aberta e ela do lado de fora, plantada no chão, a mão cobrindo a boca, enquanto James saltava do carro e detinha-se apenas um momento para admirar-lhe a beleza... a mulher com quem sonhara durante três meses, enquanto rastejava para fora da França, ajudado pela Resistência... de repente, lá estava ela. James começou a chorar e andou mancando na direção dela. Perdera um braço, mas nenhum dos dois se importava, ele estava vivo... *vivo*!... Charlie observou os dois, depois afastou-se. Voltou para Audrey com lágrimas rolando pelas faces e um ar de assombro. Nesse momento, Audrey sentiu que mais alguma coisa ocorrera. Sentou-se ereta na cama e fitou-o.

— Charlie, o que foi?

Ele não conseguiu encontrar as palavras e, então, começou a soluçar... os dois chegaram no mesmo dia, com poucos momentos de distância, seu filho e seu velho e querido amigo.

— É James... ele está aqui. — Audrey recostou a cabeça no travesseiro, segurando o bebê, e começou a chorar. No final, suas orações foram atendidas. Vi estava certa o tempo todo. James estava vivo... e agora se encontrava em casa.

— Graças a Deus! — Audrey estendeu o braço à procura da mão de Charles e os dois ficaram ali, agradecidos pela bênção recebida.

Demorou um longo tempo até James entrar para ver os três. Não havia palavras para o que sentiam. Houve risos e lágrimas e, um pouco mais tarde, as crianças gritavam, berravam e choravam também, com James e Alexandra agarrados nele e Molly dançando em volta. Então, ela foi espiar o irmãozinho que, enfim, chegara. Foi um dia que nenhum deles jamais esqueceria. Charles e Audrey concordaram, sem dificuldade, em acrescentar mais um nome ao primogênito. Ele foi chamado James Edward Anthony Parker-Scott... e era um lindo bebê.

Capítulo 45

Charlie levou mais um mês inteiro para se recuperar por com pleto dos ferimentos e, então, tornou a se apresentar ao Ministério do Interior. O ferimento ainda o aborrecia um pouco, de vez em quando, mas não o bastante para mantê-lo em casa. Ficara em casa durante um longo tempo, quase oito meses, e estava ansioso para voltar à ação. Mas agora tinham novos planos para ele. Queriam que voltasse para a África do Norte, só que para Casablanca dessa vez. Havia muita coisa para ele fazer por lá e, quando Charles partiu, Audrey quase sentiu inveja. Inveja do movimento e excitação que ele encontraria... e sentiu uma solidão desesperada sem ele. Porém Charles tinha um trabalho importante a fazer. Contara-lhe o segredo antes de partir. Ia na condição de correspondente, mas com uma missão secreta sobre algo chamado Operação Tocha. Tratava-se de um esforço combinado de ingleses e americanos, que implicaria no desembarque de tropas aliadas na África do Norte, no outono, a fim de obter um maior controle do Mediterrâneo. Era exatamente pelo que Charlie ansiava e seus olhos estavam cheios de excitação, quando ele explicou para Audrey. Mais tarde, ele até seria incluído nas reuniões com o general Eisenhower. Charles foi enviado a Casablanca para ajudar a colher informações antes do desembarque das tropas aliadas mais tarde, no outono: ao contrário do Egito, Casablanca não se encontrava nas mãos dos aliados, antes, do ponto de vista técnico, Casablanca, Argel e Oran estavam sob o domínio da França de Vichy, embora a intriga acontecesse sem parar. Os alemães também estavam lá, assim como a França Livre, apesar de não de forma organizada, os ingleses, americanos e todo mundo vendia informações para todos, assim como mulas roubadas e drogas. Casablanca era um lugar extraordinário e estava preparada para qualquer coisa. O melhor de tudo era que os alemães estavam envolvidos demais no leste para se importar com essas cidades e, como resultado disso, havia uma excelente probabilidade de que o desembarque fosse um sucesso total.

Quando ouviu, Audrey sentiu uma verdadeira inveja, mas agora era obrigada a ficar em casa com o bebê, e era bom poder dar um tempo para que Vi e James ficassem a sós, depois de tudo que a amiga fez por ela. Então, trocaram os papéis. Audrey tomava conta das quatro crianças, ao passo que Vi e James faziam passeios de carro e longas caminhadas. Divertiam-se o tempo todo, agora que ele voltara para casa depois de quase morrer. Audrey compartilhava com eles todas as cartas de Charlie. Casablanca parecia ser fascinante e era óbvio que Charles estava feliz ali.

Segundo suas cartas, a cidade estava apinhada de pessoas, intrigas, confusões e decadência e, pelo que ele dizia, Audrey lembrou-se, de uma estranha maneira, de Xangai. A vida na cidade era completamente diferente da vida ordeira do Cairo, que, no entanto, não se situava muito longe. Era imunda, cheia de fumaça, segundo Charles, e a descrição de seu quarto de hotel fez Audrey ficar de pele arrepiada. Mas o mais importante de tudo era que o desembarque das tropas aliadas na África do Norte dependia em grande parte dele. Claro que não podia mencionar isso nas cartas e Audrey estava morta de vontade de saber o que estava ocorrendo.

Audrey sabia que as forças da França Livre estavam entrincheiradas ali, no entanto do ponto de vista oficial o governo de Vichy estava no poder, embora não parecesse incomodar ninguém. Os funcionários do governo ou estavam bebendo a maior parte do tempo, ou se encontravam na companhia de prostitutas; era notável o que acontecia bem debaixo de seus narizes o dia inteiro. Ninguém parecia importar-se; italianos, alemães, ingleses e americanos perambulavam pelas ruas comprando e vendendo o que fosse. Charlie escreveu várias histórias interessantes sobre a cidade e enviou fotos de crianças vendendo cigarros, de prostitutas paradas nas esquinas, de soldados olhando de soslaio em atitude suspeita. Era uma fantástica miscelânia de seres humanos, se se pudesse abstrair seu lado desagradável. Ele também viajava para Oran, Rabat e Argel. Mas Casablanca dava a impressão de ser o centro dos interesses.

Em setembro, outubro e novembro, as forças de desembarque atravessaram o Mediterrâneo. Os alemães sabiam que elas estavam ali, mas não conseguiam imaginar aonde se dirigiam. Ainda estavam ocupados mais a leste, no Egito e na Líbia, e foram pegos de surpresa quando os aliados desembarcaram, com sucesso, em Casablanca, Oran e Argel, ao mesmo tempo, a 8 de novembro de 1942. Houve breves escaramuças entre os ingleses e as guarnições de Vichy, mas os ingleses rapidamente as subjugaram e os homens de Eisenhower logo ocuparam o terreno. Em seguida, a cidade voltou a ser o mesmo que era antes, só que mais agitada. Ainda fervilhava de atividade e mistério; e as intrigas entre as várias facções se acotovelavam. A cidade tornou-se uma espécie de posto provisório para a França Livre fazer entrar e sair pessoas e informações das forças da Resistência, na França ocupada.

Em janeiro, Churchill, Roosevelt e os generais Giraud e De Gaulle chegaram a Casablanca para uma conferência muito celebrada, que tornou Eisenhower o chefe das forças aliadas na África do Norte e, pouco depois, Trípoli caiu nas mãos dos ingleses. A partir daí, Charles passou a reportar-se diretamente aos americanos. Quando escreveu, explicou com detalhes para Audrey, que transmitiu a explicação a Vi e James. Era a única coisa de que falava: Charlie e suas missões na África do Norte, embora só mencionasse isso para James e Vi.

— Pobre moça, sua solidão é tão desesperada sem ele — Vi comentou, uma noite, para James.

Sabia muito bem como fora difícil para ela, mas pelo menos eles sabiam que Charlie estava a salvo por enquanto. Não parecia que ele recebia missões muito ruins, pelo menos pelo que dizia nas cartas.

Nessa época, James esperava ser nomeado para uma função burocrática e Vi pensava em voltar para Londres com ele, deixando as crianças na casa dos Hawthorne com o sogro e, claro, Audrey permaneceria com Molly e Edward, como chamavam o bebê. Era confuso demais ter três James na mesma casa.

— Quero dizer, afinal de contas alguém pode me acusar de

estar sujando as fraldas e a ele de estar bebendo uma cerveja — ele brincou com Audrey, um dia, e ela deu uma risada.

O senso de humor de James era tão agudo quanto antes e Vi era sua velha companheira de novo, embora ainda houvesse uma pontada de dor enterrada em seus olhos. Violet passara por maus momentos, esperando notícias de James, quando todos os outros pensavam que ele estava morto. Eram extraordinárias as histórias sobre a maneira como ele atravessara a França. A pior de todas foi quando ele perdeu o braço. James delirou durante dezoito dias em um celeiro, em Provença. Audrey estremeceu só de pensar. Mas agora tudo estava bem.

Em abril, Charlie escreveu contando que Rommel retornara à Alemanha, derrotado e doente, e Audrey recordou-se da entrevista que fizeram com ele, muito tempo atrás. Isso deixou-a ansiosa para participar novamente. Em maio, Vi e James mudaram-se para a cidade e reabriram a casa. Ele conseguia ficar em casa a maior parte do tempo e trabalhar em um gabinete durante o dia; agora Violet não queria separar-se dele. Nem mesmo por um dia. Audrey compreendeu perfeitamente, estava esperando que Charlie fosse passar alguns dias em casa, mas poucos dias antes do aniversário de Edward recebeu um telegrama informando que ele não poderia viajar como prometera antes.

DAREI TUDO DE MIM. ASSIM QUE POSSÍVEL. SINTO NÃO PODER IR PARA CASA AGORA. AGÜENTE FIRME. AMO SEMPRE. CHARLIE.

Audrey estava ficando cansada disso. Desmamou o bebê alguns meses antes e tirou tantas fotos de todos que não podia mais imaginar fotografá-los. E, com exceção de Edward, todos davam a impressão de ser bem independentes agora. Molly levava uma vida agitada e tinha muitos amigos. Alexandra e James cresciam e o pequeno Edward tanto ficava feliz com a babá ou *Lord* Hawthorne quanto com Audrey. Uma noite, quando foi jantar com Vi e James, Audrey disse-lhes isso, depois foram obrigados a se refugiar de novo no abrigo. Nada mudara.

— Sinto que você está aprontando alguma, Aud. — James fitou-a. — Estou certo? — leu a mente de Audrey antes que ela percebesse.

— Eu não estava mesmo pensando em nada.

Havia um ano e meio que ela retornara da África do Norte

e estava morta de vontade de voltar, admitisse ou não, em grande parte porque queria ficar com Charlie de novo; nesse momento, ao olhar para os dois, Audrey soube que James estava certo. Era exatamente isso que ela desejava fazer. No dia seguinte, voltou ao Ministério do Interior e explicou sua situação. Não precisou fazer muita força para convencê-los. Fez um bom trabalho antes e eles tinham um bom uso para ela na África do Norte. Prometeram contatá-la dentro de poucos dias e Audrey hospedou-se com James e Vi à espera de notícias. Quando a chamaram, deu um grito de alegria e, nessa mesma noite, embarcou no trem para o campo. Agora, ao pensar na coisa, Audrey não sabia se tinha feito a coisa certa. O bebê ainda precisava dela, assim como Molly... e, no entanto, desejava tanto estar com Charlie. As crianças estavam a salvo e contentes onde se encontravam e ela poderia retornar quando quisesse. Audrey sentia-se muito dividida ao tomar o táxi para casa e entrou pela porta da frente para encontrar o bebê, gorgolejando feliz nos braços de *Lord* Hawthorne, e Molly brigando, bem-humorada, com James. Olharam para ela, que sorriu e se perguntou como poderia dizer a Molly que estava indo embora outra vez. Mas dessa vez Molly surpreendeu-a.

Nessa noite, Audrey sentou-se na beirada da cama de Molly e começou a acariciar-lhe os sedosos cabelos negros, que, às vezes, ainda a fazia lembrar de Ling Hwei. Depois disse que pensava em partir de novo.

— Dessa vez tentarei não ficar fora muito tempo.

— Papai foi ferido de novo? — ela voltou os olhos preocupados para o rosto de Audrey, que balançou a cabeça com um sorriso tranqüilizador.

— Não, querida, ele está bem. Eu só acho que devia estar lá, ao lado dele, para que ele não fique muito solitário — e havia algo nela, algo do qual ela não se orgulhava. Mas era parte dela e era real... os mesmos genes que levaram seu pai ao fim do mundo; talvez um dia Edward sentisse o mesmo e se perguntasse de onde isso viera. — Mas também quero estar aqui. Às vezes é difícil saber qual a coisa certa a se fazer.

Molly concordou. Isso fazia sentido para ela. Estava com nove anos e, embora odiasse ver sua mãe partir, compreendia o que esta lhe dizia. E a mãe de Alexandra e James também estava fora, embora não tão longe. Mas eles tinham um ao outro e ao vovô, como o chamavam agora.

— Você vai escrever para mim? — Molly virou os olhos enormes para ela e Audrey sentiu uma fisgada no coração. Sentiu-se pior ainda no dia seguinte, quando Edward começou a andar. Era quase impossível a separação e Audrey pôde sentir-se dividida, mais tarde, nessa noite, sentada quieta em frente à lareira, bebendo uma taça de vinho do Porto com *Lord* Hawthorne. Se fosse embora, sentiria saudades de todos e de tudo. Mas, como estava, sentia a falta de Charlie.

— Você deve ir para onde seu coração a leva, Audrey — disse *Lord* Hawthorne. Em alguns aspectos, ele a fazia lembrar-se de seu próprio avô, embora não fosse tão austero nem tão difícil. Mas, como seu avô, ele era um homem sábio com um coração afetuoso.

— Às vezes isso é uma decisão tão difícil de ser tomada. Quero ficar aqui com eles e lá com Charlie e não sei o que fazer.

— Tomarei conta deles direitinho por você — olhou para Audrey com um sorriso amável e ela soube que ele o faria.

— Eu sei, senão jamais pensaria...

E, no fundo do coração, Audrey sabia que devia partir. Mas isso era uma das coisas mais difíceis que podia fazer, em especial alguns dias depois, quando segurou o bebê no colo e depois passou-o para *Lord* Hawthorne; também abraçou Molly pela última vez. Pediu que não a acompanhassem até a estação. Não suportaria isso; e quando o carro afastou-se, Audrey virou-se e viu Molly correndo atrás de James no gramado, com os sedosos cabelos negros ao vento e o pequeno Edward tropeçando atrás deles, gritando com todas as forças de seus pulmões e rindo ao cair. As crianças acenaram apenas uma vez, depois retornaram às suas brincadeiras; então, Audrey teve certeza que estariam bem sem ela.

Capítulo 46

Audrey viu Vi durante apenas alguns momentos antes de sua partida e as duas tiveram uma conversa apressada. Ela não tinha muito tempo antes do vôo. Violet levou-a de carro até a base da RAF e deixou-a no portão da frente; conhecia bem a base. Saltou do carro e abraçou Audrey.

— Cuide-se, Aud. E volte sã e salva.

— Nós dois voltaremos. Cuide-se e tome conta de James — as duas mulheres trocaram um sorriso choroso. — Vou sentir uma saudade terrível de você.

Elas passaram por tantas coisas juntas e, como ocorreu com as crianças, Audrey sentia-se uma traidora por abandoná-la agora. No entanto, viajar era tão forte nela, assim como estar com seu marido, onde quer que ele estivesse.

— Você é uma moça maravilhosa. Eu a admiro muito.

— Por quê? — Audrey ficou embaraçada e surpresa.

— Por ter a coragem de fugir para ficar com ele. É a coisa certa a fazer, e as crianças ficarão bem.

Era o que ela precisava ouvir e isso libertou-a ao abraçar Violet uma última vez; em seguida, Audrey observou-a partir de carro, enquanto acenava para ela.

Depois disso, apresentou-se e embarcou no avião mais tarde, nessa noite. Pouco depois, puseram-se a caminho. De repente, Audrey tornou a lembrar-se da viagem ao Cairo, quando viajara ao encontro de Charlie sem avisá-lo. Dessa vez, ele tampouco a esperava, mas Audrey achava que, de forma alguma, ele se importaria.

Foi um longo e desconfortável vôo no avião militar, que aterrissou duramente na pista, fazendo-a chocalhar os dentes e sacudindo-lhe os nervos. Havia quase um ano que não o via e agora seu coração martelava só de pensar nele. Audrey perguntava-se o que Charlie diria ao vê-la por lá. Talvez ficasse furioso, agora que eram casados e tinham um filho. Ao sair do avião, agarrou-se à câmera, como fizera no Cairo e saltou dentro de um jipe para ir ao hotel de Charles. Ali a atmosfera era totalmente diferente. Mais se parecia a Istambul, com suas mesquitas e bazares, sua sujeira e seus cheiros, mas pairava no ar um perfume inebriante e Audrey flagrou seus olhos vagueando por todas as partes, abarcando tudo e, por instinto, começou a enfocar a câmera e, cada vez que se detinham, precisava tirar uma dúzia de fotos antes de seguirem em frente; então, sentiu-se feliz por ter ido. Era lá que ela devia estar e Audrey respirou fundo, enchendo os pulmões com os fortes cheiros no ar. Sentia-se uma pessoa diferente ao saltar diante do hotel e ao dar uma olhada em volta; a seguir, entrou devagar para perguntar por Charlie. O homem da recepção falou em francês e sabia exatamente onde Charlie estava.

— *Oui, mademoiselle, il est là* — ele estava lá. — *Dans le bar.* — Audrey sorriu. No bar. Onde todos os negócios eram transacionados, com toda probabilidade.

Audrey entrou no salão, sentindo o coração martelar por ele, como há anos, e isso lembrou-a de uma dúzia de outras vezes... o encontro em Veneza, no passado... a ida a Istambul... e Xangai, Pequim... vendo-o partir de Harbin... o encontro com ele em San Francisco... e em Antibes e em Londres, outra vez... o Cairo, quando ela foi encontrá-lo pela primeira vez. Os dois deram a volta ao mundo, circundaram-no com seus corações e mãos e, nesse momento, Audrey encontrava-se bem atrás do lugar que ele ocupava e correu um dedo suavemente pelo pescoço de Charlie.

— Paga um drinque?

Charles levantou um pé e virou-se com um ar furioso, para o encanto de Audrey, em seguida arregalou os olhos ao fitá-la.

— Bem, que droga... — estava assombrado. — O que você está fazendo aqui? — mas não parecia descontente. Seu olhar era afetuoso e a única coisa que ele queria fazer era beijá-la. Sentira saudades terríveis de Audrey e jamais ousaria pedir-lhe para vir, agora que Audrey tinha que cuidar do bebê. Mas, em todo caso, estava muito feliz.

— Só pensei em ver o que você está aprontando... já que não voltou para casa...

Charles deu um sorriso em resposta.

— Está tudo bem por lá?

Audrey assentiu e fez um sinal para o garçom, depois pediu uma garrafa de champanhe.

— Está tudo bem em casa e todos mandaram seu amor para você.

Charles puxou uma cadeira para ela que se sentou ao seu lado. Não conseguia tirar os olhos de cima dela e quando o garçom serviu o champanhe, Charles reclinou-se e beijou-a com a paixão que vinha guardando para ela há um ano.

Ele sorriu e ergueu a taça.

— À vontade de perambular que a trouxe para mim... e sempre... e oxalá sempre traga... — fitou-a com ternura, enquanto Audrey erguia sua taça e sorria para ele.

— A nós, Charlie.

— Amém — os olhos de Charlie dançavam, ele inclinou-se e beijou-a.

* * *

Impresso no Brasil pelo
Sistema Cameron da Divisão Gráfica da
DISTRIBUIDORA RECORD DE SERVIÇOS DE IMPRENSA S.A.
Rua Argentina 171 – Rio de Janeiro, RJ – 20921-380 – Tel.: 2585-2000